왕은 없다

대산세계문학총서
183

왕은 없다

Không có vua

응우옌후이티엡   김주영 옮김

문학과지성사

대산세계문학총서 183

왕은 없다
— 응우옌후이티엡 소설집

지은이   응우옌후이티엡
옮긴이   김주영
펴낸이   이광호
주간   이근혜
편집   박김문숙 김은주 박솔뫼
마케팅   이가은 허황 맹정현
제작   강병석
펴낸곳   ㈜**문학과지성사**
등록번호   제1993-000098호
주소   04034 서울 마포구 잔다리로7길 18(서교동 377-20)
전화   02) 338-7224
팩스   02) 323-4180(편집) 02) 338-7221(영업)
전자우편   moonji@moonji.com
홈페이지   www.moonji.com

제1판 제1쇄 2023년 3월 16일

ISBN 978-89-320-4141-4 04830
ISBN 978-89-320-1246-9(세트)

이 책은 대산문화재단의 외국문학 번역지원사업을 통해 발간되었습니다.
대산문화재단은 大山 愼鏞虎 선생의 뜻에 따라 교보생명의 출연으로 창립되어
우리 문학의 창달과 세계화를 위해 다양한 공익문화사업을 펼치고 있습니다.

차례

일러두기

1. 이 책은 Nguyễn Huy Thiệp의 *Tuyển tập Truyện ngắn Nguyễn Huy Thiệp* (NHÀ XUẤT BẢN VĂN HÓA THÔNG TIN, 2002)에 실린 37편의 단편 중 대표작 15편을 우리말로 옮긴 것이다.

2. 본문의 주는 '원주'임을 밝힌 것 말고는 모두 옮긴이의 것이다.

3. 인명과 지명 등 고유명사의 표기는 국립국어원의 외래어표기법에 따랐으며 일부는 관용적 표현에 따라 표기했다.

4. 강조하기 위해 원서에서 이탤릭체로 표기한 것을 본문에서는 고딕체로 표기했다.

흘러라 강물아

꼭* 나루를 흐르는 강이 날렵하게 굽이치며 퇴적지 쪽 모래
톱을 저 멀리 서쪽으로 밀어내고 있었다. 마을 입구에 외로이
선 목면 바로 옆에 나루터가 있다. 나룻가의 강물은 누군가를
기다리는 듯 혹은 원망하는 듯 아련하고 애달팠다. 꽃의 계절
이 돌아와 목면 꼭대기에는 낯모르게 붉은빛이 번졌다. 잔잔히
흐르는 강물은 강의 중심에 이르러 연신 날카롭게 물결을 베
어내었고 베어진 물결 끝은 화살촉처럼 검었다. 지나는 사람이
거의 보이지 않는 나루터는 고요했다. 겨울이면 노란 발에 검
은 깃털을 두른 구관조들까지 배가 강 저쪽으로 흘러가지 못하
게 목면 쪽으로 당겨주는 쇠줄 위에 정박했다. 쉬지 못하고 가
만가만 뒤스르며 흘러가는 물결 위로 녀석들은 고개를 살짝 기
울였다. 어둠이 내리면 꼭 나루 가운데에 있는 교회의 종소리

* 꼭cốc: '가마우지(새), 컵, 똑똑(문 두드리는 소리), 손가락 끝으로 머리를 치
는 행위' 등을 뜻하는 말이다.

흘러라 강물아 7

가 끝없이 펼쳐진 광활한 강물 위로 퍼져나갔다. 강물은 순간 몸을 부르르 떠는 듯하더니 다시금 고요히 흘러갔다. 마치 모든 것을 알아버렸으나 깊은 생각에 잠겨 주변의 혼잡한 것들은 알 필요도 없고, 알고 싶지도 않은 사람처럼.

그 강과 나루터는 내 어린 시절과 맞닿아 있다. 그 시절 내 집은 나루터에서 200~300미터쯤 떨어진 곳에 있었다. 학교가 파하면 나는 가끔 나루터에서 어슬렁거리며 시간을 보내곤 했다.

늘 나는 밴댕이를 잡는 계절이 가장 좋았다. 땡땡 땡땡 두드리며 물고기를 모는 소리, 철썩철썩 작은 배의 뱃전을 치는 물결 소리가 내 혼을 쏙 빼놓았다. 강 표면에는 수많은 잔물결 이랑마다 희미한 별빛이 흩뿌려져 이상하리만치 아름답게 빛났다. 자그마한 대나무 배 수십 척이 고요하게 수면 위에 떠 있다. 가벼운 기침 소리, 라오스 담배* 한 모금을 깊이 들이마시는 소리, 중얼중얼 불경을 외며 기도하는 소리가 그지없이 흡족하게 들려왔다. 아침이 밝자, 강 위에 안개가 자욱이 드리워 나루터와 강변의 경계도, 뱃길과 하늘의 경계도 분간할 수 없었다. 배 안에는 희미한 은빛의 하얀 밴댕이들이 가득했다. 짙은 연기의 향과 고소한 생선구이 냄새가 이른 아침의 상쾌한 공기 속으로 퍼져나갔다. 그 모든 광경과 느낌은 실로 굉장했다. 그런데 더욱더 굉장한 것은 이 곡류에 사는 검은 물소에

---

* 니코티아나 루스티카Nicotiana rustica종으로 만든 흡연용 담배. 베트남의 경우, 이 종은 라오스로부터 유입되었기 때문에 '라오스 담배(투옥라오thuốc lào)'라고 불린다.

관한 매혹적인 전설이었다. 밤중에 물고기를 잡는 사람들은 녀석을 보았다고 주저 없이 말했다. 녀석은 보통 한밤중에 나타난다. 강바닥에 있다가 수면 위로 뛰어오른다. 번쩍번쩍 빛나는 온몸과 높게 치솟은 두 개의 뿔, 쉴 새 없이 숨을 내뿜는 주둥이, 물소는 마치 땅 위를 달리듯 물 위를 달려나간다. 물소는 물고기 알처럼 생긴 게거품을 뿜어낸다. 만일 누군가 운 좋게도 그 거품을 핥아먹게 된다면 비상한 힘을 갖게 되어서 새우나 물고기처럼 잠수를 잘하게 된다고 했다.

그러한 모든 것이 어린 시절에는 신기하게도 매력적으로 다가왔다. 내심 늘 물소를 보기를 바랐다. 내가 기적의 주인공이 될지도 모르지 않는가? 어둑어둑 해가 질 때면 나는 늘 공부나 엄마의 잔소리에는 아랑곳없이 밖으로 나갔다. 선착장으로 내려가 밴댕이 잡으러 나가는 사람들에게 삯은 필요 없으니 돕게만 해달라고 졸랐다. 보통은 침을 튀기며 열을 올려야 겨우 누군가 한 사람이 가엾게 여겨 배에 태워주었다.

"꼭 나루를 지날 때까지만이다!" 의협심 강한 선주는 한마디 덧붙였다. "개같이 멍청한 녀석, 날이 이렇게 추운데 집구석에 가서 자빠져 있을 것이지. 밴댕이 잡는 것은 배워서 뭐 하려고 그래?"

"커서 합작사* 세울 거래!" 옆 배에 탄 살지고 피부가 검은 놈이 음흉한 미소를 지었다. "주여! 영악하신 분이 밤 물고기

---

* 개인 경제를 사회주의 경제로 전환하는 과도적인 역할을 담당했던 지역 협동조합을 가리킨다.

잡이에 도가 트면 우리는 생선 가시만 먹어야 되겠나이다!"

"하바신*이 잡아가게 녀석을 강에 던져버려!" 한 놈이 위협
했다. 놈은 배를 스쳐 지나가며 노를 이용해 내 옆구리를 까무
러칠 만큼 아프게 찔렀다.

"오늘 밤에 저 녀석 데려가서 일 시켰다간 얻어맞을 거라
고!" 외눈박이 노인 하나가 으르렁거렸다. 절대 장난으로 하는
말이 아니라는 듯 노인은 노를 쳐들었다.

"됐다, 너 내려라!" 우리 배의 선주는 겁을 먹었다. "텅 두목
이 나한테 농을 칠 리가 없지."

"제발요……" 나는 애걸했다. "아저씨가 아까 꼭 나루 끝까
지라고 했잖아요!"

"꼭이든 꽉이든……" 반은 짜증이 난 듯 반은 겸연쩍은 듯
우리 배 선주는 강변 쪽으로 배를 돌렸다. "네가 탄 지 얼마나
됐다고 배에 이렇게 물이 가득 찼는데, 꼭 나루 끝까지 갔다가
는 강바닥에 곤두박질쳐서 하바신을 만나라고?"

나는 물이 얕은 곳에 내려 떠나는 배를 바라보았다. 눈물이
왈칵 솟았다. 물고기 한 마리가 종아리 한가운데를 치고 갔다.
녀석의 지느러미가 매끈하고 부드럽게 부딪쳤다.

한번은 바로 그 살지고 피부가 검은 놈의 배에 타게 되었다.
놈의 이름은 따오다. 놈의 두 눈은 생선 눈깔처럼 흐리멍덩했

---

* 하바Hà Bá신: 도교에서 강을 다스리는 신. 한자 이름은 하백河伯이다. 하바신
은 보통 머리카락과 수염이 새하얗고 손에는 총채와 물병을 들고서 거북이 등
에 앉아 밝게 웃고 있는 노인의 모습으로 그려진다. 주로 강 물고기 잡이를 하
는 어부들이 하바신에게 제사를 지낸다.

고 왼쪽 뺨에 남아 있는 손바닥만 한 화상 자국 때문에 얼굴이 완전히 일그러져 있었다. 놈은 나긋나긋 매끄럽게 막힘없는 말투로 이야기했다.

"배에는 태워주겠다만 내 말을 잘 들어야 한다. 내가 너만 할 때, 나도 밤에 물고기를 잡으러 다녔지. 강 아래로 그물을 던졌다가 힘껏 끌어당기는 거야. 그날 부슬부슬 비가 오고 쌀쌀했는데 말이야…… 그물이 쇠사슬처럼 무거웠어. 이번 판은 그물이 찢어질 만큼 물고기가 많이 걸려 있어야 한다고 생각했지. 내가 그물을 배 위로 끌어 올렸는데 그 안에 뭐가 있었는지 아느냐? 죽은 사람의 머리였어! 풀어 헤쳐진 머리카락이 기생충처럼 기다란 해초와 가닥가닥 엉켜 있었어. 머리는 물에 불어 부풀어 있었고 입은 꾸아티* 같았지. 양쪽 콧구멍에는 사람 침처럼 끈끈한 피가 얼룩져 있었어. 턱에 손을 갖다 대자 곧바로 아래로 미끄러지면서 잇몸이 드러났어. 손가락 마디만 한 이뿌리가 세 개로 갈라져 있고 거기에 실처럼 가느다란 매듭들이 잔뜩 붙어 있더라고…… 머리에 붙어 있는 부리부리한 눈 두 개가 나를 바라보는데, 누가 그 안에서 공기를 불어넣는 것처럼 푹 팬 눈두덩이에서 두 눈동자가 천천히 튀어나오고 있는 거야……"

나는 무서워서 하얗게 질려버렸다. 조타수가 없는 배는 빙빙

---

* 꾸아티Quả thị: 지름이 3~6센티미터 정도 되는 동그랗고 노란색의 과일로 작고 납작한 감 모양이다. 베트남과 타이 등지에서 자라며, 영어 이름은 '골드 애플'. 「떰깜Tấm Cám」 등 베트남 민담에 등장할 정도로 베트남, 특히 베트남 북부 사람들에게 친숙한 과일이다.

돌면서 작은 소용돌이들을 만들었다. 따오가 갑자기 소리쳤다.

"무슨 노를 그렇게 젓는 거야? 무서워서 바지에 오줌이라도 지린 거냐?" 따오는 짤따랗고 통통한 손가락을 들어 내 멱살을 움켜쥐었다. "지금 당장 내 배에서 꺼져주시죠! 네가 배에 탄 바람에 내가 또 사람 머리를 건져 올리기라도 한다면, 아이고 끔찍해!"

나는 훌쩍훌쩍 울면서 허둥지둥 허리를 숙이고 애원했다. 배는 지금 강 한가운데에 떠 있고, 나루터 쪽 목면은 아득히 멀리 있어서 마치 손가락이 여럿 달린 자그마한 손바닥이 탁한 하늘을 향해 살랑살랑 손가락을 흔드는 것처럼 보였다.

"내려!" 따오는 날카로운 이를 내보이며 거칠게 소리 질렀다. "지금 당장 노로 뒤통수를 갈겨줄 테다!"

나는 물 아래로 미끄러져 내려가 목면나무 쪽을 바라보며 잠자코 헤엄을 쳤다. 따오는 물살 반대편으로 배를 몰았다. 놈의 웃음소리가 수면 위로 퍼져나갔다. "조심해서 헤엄쳐라! 거기가 바로 내가 전에 사람 머리를 건졌던 곳이니까 말이야!"

터지는 울음을 참기 위해 나는 이를 꽉 물었다. 내 작은 심장이 조여왔다. 물은 매우 거세게 흘렀다. 물은 늘 거세게 흐른다. 강변에 닿을 때까지 그저 열심히 헤엄을 쳐야 할 뿐이다……

또 한번은 아무 탈 없이 밤 물고기 잡이에 따라갔던 적도 있었다. 그때는 팅 두목의 배에 탔다. 이 애꾸눈 노인은 오싹한 인생 이야기로 아주 유명했다. 젊었을 적에 그는 프랑스 군대에 입대했었다. 그의 아내에게는 피부가 하얗고 푸른 눈에 매

12

부리코인 아이가 둘 있었다. 프랑스인 대위를 죽이고 그 마누라를 차지했던 것이다. 인민위원회에서 가끔 그를 불러 며칠씩 가둬두는 것을 보면 마을에서 발생한 크고 작은 절도 사건들은 분명 그와 관련이 있었다. 그는 반탄 국수* 가게를 차렸는데 사람들은 그가 독극물로 쥐를 잡아 그 고기를 사용한다고 수군거렸다. 반탄 국수를 개에게 먹이자 개가 죽어버렸다. 그 개의 고기를 먹은 사람도 죽어버렸다. 보름 만에 그는 가게를 정리했다. 그는 가게 안에 볏짚을 쌓아놓고 활활 불을 붙였다. 어떤 이는 불길이 높게 타오를 때 가게 안에서 사람 장딴지만큼 커다란 쥐가 튀어나와 연신 껄껄대며 웃었다고도 했다. 팅 두목은 그렇게 무서운 사람이었는데 나를 배에 태워주었다. 나는 배에 기어올랐지만 무서워서 몸이 딱딱하게 굳어버렸다. 하지만 이내 내 안에 있던 그 신비함과 모험에 대한 탐닉이 승기를 잡았다. 나는 노를 젓기 시작했고 노인이 시키는 것들을 잘 해내려고 애를 썼다.

　노인은 강가의 침식된 곳을 따라 배를 몰라고 했다. 노인의 배는 다른 배들과 500미터 정도 떨어져 있었다. 노인이 배를 조종하는 것을 보고 있자니 이것이야말로 물일에 능숙한 노장의 솜씨라는 것을 알 수 있었다. 노인은 어디에서 배를 멈추어야 하는지 잘 알고 있었다. 물론 아등바등하는 나에게는 아랑곳없이 노인은 수차례 비몽사몽간에 누워 있기도 했다. 한밤중

---

* 중국의 광둥 지방에서 유래한 반탄vằn thắn(만두)과 고기, 해산물, 채소 등을 넣어 끓인 국수.

께 노인은 구관조처럼 정신을 차리더니 갑자기 주저리주저리
이야기를 했다.

"물고기 잡는 일은 이 세상 최초의 직업이라고." 노인은 말
했다. "옛날 시몬의 형제들도 물고기 잡이를 했지. 예수님께서
보시고 말씀하셨어. '너희들은 나를 따라오너라. 내가 너희를
사람을 낚는 어부가 되게 하리라.'" 노인은 투옥라오 담배 한
모금을 빨고는 쓸쓸하게 말을 이어나갔다. "그날 현*에서 공안
이 나에게 물었어. '무슨 일을 합니까?' 나는 물고기를 잡는다
고 말했지. 그들이 배꼽을 쥐고 웃는 거야. '사람을 낚는 거겠
지!' 제기랄! 내가 바로 시몬이 되었던 거지 뭐겠어!"

"세상에 도둑질만큼 널널한 직업이 또 있을까…… 한번은 비
가 부슬부슬 오는데 밤이슬 맞고 다니는 동네 녀석** 몇이 나
에게 그러더라고. '팅 두목, 지금 개고기 좀 먹었으면 좋겠는
데!' 내가 말했지. '팅 두목 집에 왔으니 원하는 건 뭐든지 해야
지!' 그렇게 말하긴 했지만 존나게 걱정되더라고…… 문득 오
후에 티 총장***네 집에서 개를 잡았던 게 생각났어. 그래서 옷
을 입고 나섰지. 부엌 가까이 다가갔는데 개고기 냄새가 나는
거야. 속으로 쾌재를 불렀지. 집 안을 슬쩍 들여다보니 카드 놀
음을 하는 무리가 보이더군. 나는 부엌으로 당당히 걸어 들어

---

* 현縣(huyện): 베트남의 행정 구역 중 하나로, 한국의 '도道' 아래에 있는 '시市'
또는 '군郡'과 유사하다.

** '도둑'을 의미한다.

*** 옛날 봉건시대 농촌 행정 구역 중 하나였던 '총總'의 우두머리. '총'은 규모
면에서 '현'과 유사하거나 조금 작다.

가서 거기 있는 사람에게 말했어. '개고기 다 되었는가? 어르신들이 빨리 내오라고 성화이신데 말이야…… 불 끄시게! 내가 자네들 부엌에서 몰래 맛보라고 한 그릇 퍼주고 어르신들께 솥째 가져다드릴 테니!' 입이 말하는 동안 손은 벌써 움직이고 있었지…… 멍청이 몇이 개고기가 담긴 그릇을 보고 달려들었어. 나는 솥을 들고 그대로 내빼 버렸지!"

노인은 푸하하 웃었다. 노인의 웃음소리를 듣고 있는 내 마음속에는 짜증과 기묘한 애달픔이 함께 일었다. 강가 모래톱 쪽에는 초승달 모양의 달무리가 희미한 푸른빛을 내뿜고 있었다. 바람이 가볍게 스쳐 갔다. 밤 사냥을 나온 어떤 새가 애처롭게 울며 날아갔다. 강 표면은 육지에 맞닿아 있지 않은 듯 한없이 넓기만 했다. 목면 쪽에서는 새벽을 준비하는 붉은 불빛들이 희미한 빛을 발하기 시작했다.

나는 팅 두목에게 물었다.

"아저씨, 그럼 검은 물소 이야기는 진짜인가요?"

팅 두목은 몸을 뒤로 젖히며 웃음을 터뜨렸다. 푹 팬 눈두덩에서 온유한 눈빛이 깜박였다.

"내가 이 강에서 물고기를 잡는 게 벌써 60년째야. 뱃길이란 뱃길은 하나하나 모조리 알고 있다고…… 검은 물소 이야기는 그냥 헛소문일 뿐이야…… 내 말을 믿거라. 이 쪽 나루에는 말이야, 살인이나 도둑질도 진짜고 불륜도 진짜고 도박도 진짠데 말이야, 그 검은 물소 이야기만큼은 가짜야."

나는 조용히 긴 한숨을 내쉬었다. 배는 물결을 따라 둥둥 떠갔다.

잠시 후, 우리 배는 한 바퀴 빙 돌아 강 중심으로 가야 했다. 다른 배들도 점차 한곳으로 모이기 시작했고, 땡땡 땡땡 두드리는 소리가 요란스럽게 수면 위에 퍼져나갔다. 팅 두목은 갑자기 벌떡 일어나더니 이상하게 격앙된 목소리로 말했다.

"물고기 떼다!"

다른 배들도 역시 물고기 떼를 발견한 후였다. 쟁탈전이 벌어졌다. 치르륵치르륵 강 위로 그물을 던지는 소리가 끊임없이 이어졌다. 우리 배는 다른 배들 사이에 끼어 그물을 던질 수가 없었다. 팅 두목은 구시렁구시렁 욕을 해댔다. 노인이 배가 솟아오르도록 조종을 하는 바람에 나는 뒤로 자빠졌다. 몸을 일으키려는 찰나에 흔들리던 배가 비스듬히 뒤엎어지면서 나를 물 아래로 밀쳐버렸다. 나는 내가 처한 상황을 바로 인지하지 못했다. 코와 입에 물이 차올라 숨이 막혀왔다. 싸한 충격이 심장과 머리를 강타했다. 나는 목청이 떨어져나가도록 큰 소리로 살려달라고 외쳤다. 다리는 딱딱하게 굳어갔고 익숙지 않은 날카로운 고통이 찾아왔다. 나는 물 아래로 가라앉았다. 불현듯 물고기를 잡는 사람들은 물에 빠진 사람을 구해주지 않는다는 불문율이 떠오르자 나는 미칠 듯이 두려워졌다. 의식이 몽롱해지면서 나지막이 누군가 나에게 말을 거는 듯한 소리가 아련히 들려왔다.

"올해는 아직 하바신이 아무도 잡아가지 않았지!"

두려움에 숨죽인 여자의 목소리였다. 나는 정신을 잃었다. 하늘이 온통 무너져 내렸다.

정신을 차리고 보니 내가 어느 나룻배에 누워 있었다. 내 옆에는 어떤 여자가 수건으로 얼굴을 꽁꽁 싸맨 채 앉아 있었다. 크고 검은 두 눈이 기쁨에 넘쳐 나를 바라보았다.

"정신 차렸구나…… 죽 좀 먹자."

나는 애써 몸을 일으켰다. 배 속은 비어 있었고 몸은 가리가리 찢어질 듯 아픈 데다 다리는 부들부들 떨렸다. 나는 뜨거운 생선 죽이 담긴 그릇을 받아 들었지만 제대로 들고 있을 수가 없었다.

"내가 먹여줄게." 여자가 다정하게 말했다. "난 네가 죽은 줄 알았어. 네 다리가 딱딱했거든…… 따오 할아버지가 너를 거꾸로 들어서 배 속에 있는 물을 반 항아리는 토해내게 했을 거야. 너도 참 대담하구나! 팅 두목이랑 밤에 물고기 잡이를 나갔다가는 어느 날 개죽음을 당해서 시체도 찾지 못하게 될 거야!"

"누나가 날 구한 거예요?" 내가 물었다.

"응…… 네가 살려달라고 하는 소리를 들었거든."

"고기 잡는 사람들 정말 못됐어요, 누나." 나는 서글프게 말했다. "내가 살려달라고 하는 소리를 들었으면서도 계속 모른 척하다니……"

"그 사람들을 그렇게 원망하지 마." 여자는 나를 위로했다. 노래하듯 낭랑한 목소리였다. "그들을 좋아하는 사람은 아무도 없어…… 그들은 가난한 데다 어리석기도 하지……"

누나의 말에 나는 놀랐다. 나에게 그렇게 얘기한 사람은 아무도 없었다. 그날 아침 날씨는 더할 나위 없이 좋았다. 겨울에는 보통 호방한 태양이 번쩍이는 후광을 온 땅 위에 비추는 듯한 화창하고 따스한 날들이 이어진다. 하늘은 매우 파랗고 한 줄기 바람이 일어 배 위에 작은 모래 소용돌이를 일으켰다. 강 저편에서는 누군가 아주 낯선 노래를 부르고 있었다. 실로 구슬픈 음색이었다.

　　흘러라 강물아
　　고민은 왜 하나?
　　강물이 다 걸러낼 텐데
　　영웅인들 무엇 할까?……

　노랫소리가 수면 위에 매달려 날아갔다. 강물 위로 수증기가 훨훨 피어올랐다. 내 마음속에서 마치 막 목욕을 마친 듯, 암울한 것들을 막 씻어낸 듯 낯설게도 아늑한 감정이 일어났다.

　그렇게 나는 탐 누나를 알게 되었다. 탐 누나의 집은 꼭 나루에 있었다. 누나네는 정말 가난했다. 네모난 검은 수건 한 장으로 얼굴을 가린 채 하루 종일 나룻배 위에서 지냈다.

　나는 언젠가 탐 누나에게 검은 물소 이야기를 물었다. 누나가 말했다. "검은 물소는 진짜 있어! 녀석은 물속에 있단다. 사람들에게 힘을 불어넣어 주기 위해 물 밖으로 나오는 거야…… 근데 착한 사람이 되어야만 녀석을 만나서 신비한 힘을 얻을 수 있어."

　나는 누나의 말을 믿었다. 아직도 내 안에는 그 신비한 만남을 기대하는 마음이 소중히 남아 있다.

"우리 인간들은 너무나 어리석어⋯⋯" 둘이 함께 나룻배 끝에 앉아 강을 건너갈 손님을 기다리는 동안 누나가 말했다. "사람들은 길가에 내려앉는 먼지처럼 정말 무심해⋯⋯"

나는 누나의 말을 들으면서 눈으로는 이따금 촉촉한 모래밭 위에 진홍색의 가지들을 부드럽게 드리우는 목면꽃을 바라보았다.

꾸벅꾸벅 졸음이 밀려왔다. 누나가 들려주는 하늘나라에 있는 성인들의 이야기가 나지막이 울려 퍼졌다.

"옛날 옛적 예루살렘에 어떤 '사람'이 살고 있었는데⋯⋯"

그해 여름, 우리 집은 도시로 이사를 했다. 결국 나는 꼭 나루와도, 탐 누나와도 멀어졌다. 내가 마을을 떠나올 때 탐 누나는 나를 나룻배로 불러 생선 죽을 끓여주었다. 그것이 내가 소년 시절에 먹는 마지막 밴댕이 죽이 될 거라고는 나조차도 생각지 못했다. 새로운 인생이 내 눈앞에 들이닥쳤다. 도시에서도 밴댕이를 팔기는 했다. 하지만 내장을 빼고 절여서 말린 것들이었다.

내가 언제부터 도시의 생활에 섞여들게 되었는지는 나도 잘 모르겠다. 나는 조금씩 성장했고 열성적으로 신기루들을 쫓아다녔다. 내 유년 시절의 밴댕이 철과 검은 물소에 관한 추억은 점점 희미해져 갔다.

작년에 우연히 꼭 나루에 갈 일이 있었다. 이제 나는 어른이 되었다. 관청에서 공무원으로 일하고 아내도 얻었으며 아이들도 북적거릴 만큼 낳았다. 풍족한 부르주아의 삶이 나를 에워

싸고 있다. 내가 삶에 대해 불평할 이유는 전혀 없어 보인다. 어린 시절의 꿈은 현실의 요구 앞에 자리를 내어주고 말았다.

꼭 나루는 예전 모습 그대로였다. 밴댕이가 강가에 하얗게 널려 있었다. 나루터를 지나다니는 사람은 거의 없었다. 목면나무는 옛날 그 자리에 외롭게 서 있었고 꽃은 애끓는 속을 감추지 못하고 붉게 빛났다. 나룻배로 발걸음을 옮기는 내 마음은 이루 말할 수 없이 조마조마했다.

나룻배에는 한 노파가 생각에 골몰하여 앉아 있었다. 나는 가까이 다가가 조용히 물었다.

"할머니, 탐 누님이 아직도 여기서 배를 몰고 있나요?"

"탐이라고?" 노파의 얼굴에 순간 놀라는 기색이 번졌다. 나는 예전의 그 나룻배를 알아보고는 조용히 몸을 일으켰다. 어린 시절의 추억이 일시에 되살아났다.

"탐을 아시오, 젊은 양반?" 노파가 목멘 소리로 물었다. "한동안 탐에 대해 묻는 이가 아무도 없었는데…… 탐은 20년 전에 물에 빠져 죽었다오!"

나는 왈칵 울음을 터뜨렸다. 강 주변이 희미하게 얼룩졌다. 노파는 배를 저으며 서글프게 이야기를 이어갔다.

"불쌍한 것! 탐이 이 강에서 사람을 몇 명이나 구해주었는지 몰라…… 그런데 결국 그 애가 물에 빠졌을 때에는 아무도 구해주지 않았지……"

강 저편에서 마비되어버린 그 어느 시절의 노랫소리가 울려 퍼졌다.

흘러라 강물아
고민은 왜 하나?
강물이 다 걸러낼 텐데
영웅인들 무엇 할까?……

　나는 비통함에 엉엉 울고 싶어졌다. 갑자기 지금의 내 삶이 몹시도 무의미하게 느껴졌다. 내 어린 시절의 검은 물소, 검은 물소는 이제 어디로 가버렸단 말인가?
　강 저편에서 누군가 부르는 소리가 줄기차게 들려왔다.
　"나룻배…… 어이, 나룻배! 나룻배! 어이, 나룻배!"

왕은 없다

집안 배경

싱이 끼엔 영감네 며느리가 된 지도 몇 해가 되었다. 이 집에 들어올 때 싱은 얇은 옷 네 벌, 추울 때 입는 모직 외투 한벌, 스웨터 두 벌, 꽃무늬 이불 한 채, 알루미늄 솥 네 개, 편수 냄비 한 개, 2.5리터들이 보온병 한 개, 목욕통 한 개, 면수건 한 다스, 다시 말해 싸인 시장에서 쌀장사를 하는 싱의 어머니 말마따나 '돈다발'을 싸 들고 왔다.

싱의 남편인 껀은 상이군인이다. 그들은 우연한 기회에 만났다. 비가 오던 어느 날, 두 사람은 한 처마 밑에 나란히 서 있었다. 이런 이야기라면 벌써 쓴 사람이 있다. (그러고 보니 우리 작가들은 뭐든 쓸 수 있었군!) 사람들 말에 따르면, 대략 그것은 소박하고, 맑고, 유물론적인 삶과 이익을 추구하지 않고, 조화롭고, 아름답고, 사랑스럽고…… 등등 온갖 수식어를 갖다 붙일 수 있는 사랑 '신scene'이었다.

22

껀은 장남이다. 껀 밑으로는 한두 살씩 터울이 지는 남자 형제 넷이 있다. 도아이는 교육계 공무원이고, 키엠은 식품 회사의 도살장 직원, 캄은 대학생, 막내 똔은 몸이 쪼그라지고 기형인 정신병 환자다.

끼엔 영감네 식구는 여섯이다. 전부 남자다. 끼엔 영감의 아내인 년 부인은 11년 전에 돌아갔고, 그때 끼엔 영감은 쉰세 살, 재혼을 하자니 뭣하고 안 하자니 또 뭣한 얄궂은 나이였다. 끼엔 영감은 덜 뭣한 쪽을 선택했다. 그대로 살기로……

끼엔 영감네 집은 도로에 면해 있다. 영감은 자전거 고치는 일을 한다. 껀은 머리를 자른다(처음 싱을 만났을 때에는 서비스업을 한다고 말했다). 평범한 서민 가정(아버지는 선생님이고 어머니는 쌀장사를 한다)에서 교육받고 자란 싱은 편협한 고정관념에 사로잡힌 사람이 아니다. 게다가 성격을 보자면 심지어 자유분방한 면까지 있다. 공부를 많이 하지는 못했지만(싱은 중학교를 졸업했다) 그건 아무런 상관이 없다. 여자들에게 있어서 공부는 자기 안에 신성한 힘을 배양하는 데 별로 중요한 역할을 하지 못한다. 이건 증명할 필요도 없다.

며느리로 들어온 싱은 처음에 자유로운 집안 분위기에 적잖이 당혹했다. 그 누구도 잘 먹겠다, 잘 먹어라 한마디 하지 않은 채 남자 여섯 모두가 벌거숭이 웃통에 반바지만 입고서 태연하게 웃고 떠들며 용이 순식간에 전부 집어삼키듯 후루룩 쩝쩝거렸다. 싱은 하루에 세 번씩 밥을 지어 준다. 다행히 어려운 일은 똔이 도와주니 싱이 할 필요가 없다. 똔은 하루 종일 닦고 빤다. 녀석에게는 다른 일을 할 만한 능력이 없다. 늘 플라

스틱 양동이와 걸레 조각을 끼고 다니면서 두세 시간에 한 번씩 집을 닦는다. 녀석은 더러운 걸 참지 못한다. 누가 옷을 갈아입든 간에 녀석은 옷을 빨아서, 아주 깨끗하게 빨아서 잘 말린다. 똔은 말수가 적다. 누가 뭘 물으면 그냥 수줍게 웃으며 짧게 대답했다. 바닥을 닦으며 녀석은 흥얼흥얼 노래를 부른다. 술꾼들이 부르는 노래를 언제 배웠는지 모르겠다.

아아…… 왕은 없소
하루 종일 취해 있고
날과 달은 북*과 같고
나와 너는 엉켜 있고
정과 셈은 잘되는고?

똔은 싱을 많이 도와준다. 녀석은 그지없이 좋은 마음으로 싱을 대한다. 그녀의 사소한 바람들까지 녀석은 금수가 제 자식 돌보듯 지극정성으로 해준다. 한밤중에 싱이 무심코 "오마이**가 있으면 좋겠는데"라고 말하면 곧바로 오마이가 생겼다. 똔이 무슨 돈으로 어느새 사러 갔다 왔는지는 모르겠다. 어찌된 일인지 알 수가 없다.

---

* 베틀에서 날실의 틈으로 왔다 갔다 하면서 씨실을 푸는 기구. 여기서는, '날과 달(세월)이 베틀의 북처럼 빨리 지나간다'는 뜻으로 쓰였다.

** 오마이ô mai: 매실, 자두, 라임, 복숭아, 귤, 망고, 사과 등 신선한 과일을 말리거나 혹은 그대로 설탕, 소금, 생강, 고추, 감초 등에 버무려 절인 음식. 주로 간식용으로 애용된다. 남부 사람들은 '씨무오이xí muội'라고도 부른다.

싱의 집에서 제일 무서운 사람은 끼엔 영감이고 그다음은 키엠이다. 영감은 하루 종일 눈살을 찌푸리고 성을 낸다. 영감을 좋아하는 사람은 아무도 없다. 영감은 돈은 많이 벌지만 밥 먹듯이 사람들과 다투고 독한 말들만 쏟아낸다. 예를 들자면, 도아이에게는 이렇게 말한다. "너냐? 이 모양으로 무슨 공무원이냐? 문둥이처럼 게을러터져서는 '작作'인지 '조祚'인지도 모르면서 돈만 축내기는!" 대학 2학년생인 캄에게는 이렇게 말한다. "똥파리 같은 놈! 공부는 무슨 공부! 널 가르치는 사람도 참 한심하다." 껀에게는 조금 덜 한다. 가끔 칭찬도 한다. 하지만 칭찬도 욕 같다. "자알 한다. 머리 깎고 귀 후비는 일이 부끄럽다면 부끄럽다마는 돈은 거둬들이지 않느냐!" 키엠에게만큼은 영감이 시비를 거는 일은 거의 없었다. 키엠은 거대하고 육중한 몸집에 성질은 불같다. 매일 퇴근하고 돌아올 때면 (키엠은 보통 밤에 일한다) 키엠의 손에는 어떤 때는 고기가, 어떤 때는 내장이 들려 있다. 키엠이 빈손으로 돌아오는 날은 거의 없었다. 도아이는 이따금 말한다(물론 키엠의 등 뒤에서 하는 말이다). "언젠가 감방에 가고 말 거야. 내 눈엔 저놈의 미래가 보인다니까. 적어도 6년 징역형은 될 거다. 말하다 보니 거참 이상하네. 1년이면 족히 고기를 반 톤은 훔쳐 올 텐데 사람들이 녀석을 가만히 놔둔다니 말이야!"

키엠은 두 형을 얕잡아 보는 것 같다. 껀에게 이발을 할 때면 키엠은 늘 돈을 낸다. 키엠이 말했다. "챙겨주는 척하지 마쇼. 내가 형에게 일을 시켰으니 나한테는 돈을 낼 권리가 있다고." 껀은 눈살을 찌푸렸다. "너는 나를 남 취급하는구나." 키엠이 말했다. "남이라 그러는 게 아니고. 안 받으려면 마쇼. 다른 가게로 갈 테니까. 다른 놈한테 귀 파달라고 하지 뭐…… 에이, 칼 좀 조심합시다! 콧수염은 건드리지 말라니까!" 껀은 뭐라 대답해야 할지 몰랐다. 돈을 받을 수밖에. 싱이 남편에게 말했다. "당신이 돈을 받으면 도련님이 깔보잖아요." 껀이 말했다. "난 맏형이야. 어떻게 날 깔보겠어?"

키엠은 도아이를 원수로 생각한다. 하지만 영리한 도아이에게 키엠은 아무 대꾸도 할 수가 없다. 출근할 때면 도아이는 늘 찬합에 밥을 넣고 고기 몇 점과 내장 몇 점을 얹어 도시락을 싼다. 도아이는 말했다. "살짝 이렇게 단백질이 들어가야 하루 종일 일할 수 있는 2천 칼로리를 채울 수 있지. 이것도 다 능수능란하고 재빠른 우리 키엠 아우 덕분이구나." 키엠이 말했다. "뭐가 능수능란하고 재빠르다는 거야?" 도아이가 말했다. "그게 말이야, 아우가 사람들은 능수능란하게 다루고 돼지는 재빠르게 다룬다는 뜻이지." 키엠은 화가 나서 목이 메고 입에 거품이 일었다.

싱은 메말라 갈라진 땅에 비가 내리듯 이 집안에 스며들었다. 분위기가 누그러졌다. 처음 두세 달 동안 끼엔 영감은 자식들에게 시비를 걸지 않았다. 껀이 가장 행복한 사람이었다. 그는 싹둑싹둑 가위를 들고 열과 성을 다해 손님을 친절하게 대했다. 껀은 이발 비용을 30동에서 50동으로, 귀 후비는 비용을 10동에서 20동으로, 머리 감는 비용을 20동에서 30동으로, 면도 비용을 10동에서 20동으로 올리기로 결정했다. 수입이 치솟았다. 주로 껀이 관리하는 가족의 생활비가 한결 넉넉해졌다.

지출 비용이 증가한 것을 본 도아이는 처음에는 겁이 났지만 자기가 내는 생활비에 대해 아무런 말이 없자 이내 안심이 되었다. 그리고 키엠은 전달이나 전전달이나 늘 똑같았다. 돈 한 푼 내지 않았지만 매일 규칙적으로 돼지 내장 한 벌이나 고기 한두 근을 가져다주었다. 열흘 넘게 계속해서 돼지 내장을 먹게 되자 싱은 겁이 나서 남편에게 말했다. "내일 키엠 도련님이 돼지 내장을 가져오면 시장에 가져가서 다른 물건이랑 바꿔 와야겠어요." 껀은 웃으면서 눈으로 아내의 부드러운 몸매를 어루만지고는 말했다. "**황후** 좋을 대로 하세요."

아침

집에서 가장 먼저 일어나는 사람은 대개 키엠이다. 키엠은 새벽 1시에 울리도록 시계를 맞춰놓는다. 종이 울리면 바로 일어나서 이를 닦은 후 자전거를 끌고 나간다. 똔이 나가서 문을 잠근다. 잠을 깬 도아이는 투덜거린다. "진짜, 도둑들이나 일하는 시간에." 새벽 3시, 끼엔 영감이 일어나 전기 레인지에 찻물을 끓인다. 전기 레인지를 꽂는 콘센트가 헐거워져 몇 번이나 고쳤지만 얼마 못 가 펄쩍 뛰게 감전되는 사람이 생겼다. 감전된 끼엔 영감이 득달같이 욕을 해댔다. "이놈들이, 니들이 날 죽이는구나. 니들은 내가 죽기를 바랄 테지만 하늘에도 눈이 있는 법이여. 난 오래오래 살 거다." 도아이가 침대에 누워 울려 퍼지도록 말했다. "눈이 어디에 있다는 건지 모르겠네. 이 집에서는 '누런 잎이 나무 위에 붙어 있고 푸른 잎은 떨어지는'

게 예삿일인데 말이야." 끼엔 영감이 욕을 했다. "네미, 아비한
테 그게 무슨 말버릇이냐? 왜 너 같은 놈을 교육부에서 받아
줬는지 도무지 이해가 안 간다!" 도아이는 웃었다. "그 사람들
이 내 이력을 확인했잖수. 근데 우리 집이 전통 있는 가문이고
3대가 거울처럼 깨끗했으니까." 끼엔 영감은 중얼거렸다. "어
찌 아니겠냐? 내 니들은 어떤지 모르겠다만 내 위로는 이 집안
에서 덕에 어긋난 일을 저지른 사람이 없었다." 도아이가 말했
다. "아무렴요. 10동짜리 펑크 때우고서 30동 부르는 게 덕이
있는 거죠." 끼엔 영감이 말했다. "네미, 그럼 넌 매일 주둥이
로 들어가는 밥이 어디에서 났는지 생각은 하냐?" 캄이 탄식했
다. "됐어, 됐다고요. 도아이 형, 내 생각 좀 해줘요. 오늘 철학
시험이 있단 말이야." 도아이가 말했다. "철학은 책벌레들의 사
치품이야. 너 싱 형수 목에 걸린 구슬 목걸이 봤냐? 그게 철학
이야." 캄은 대답하지 않았다. 집 안은 한 시간 정도 조용해졌
다 싶더니 다시 왁자지껄 소란해졌다. 그때가 새벽 4시 30분,
싱이 일어나 밥 짓는 시간이었다.

싱은 일어나서 밥을 지었다. 우유 팩 여섯 개 반만큼 쌀을
퍼 왔다. 껀은 열심히 채소를 다듬었다. 캄이 말했다. "잘 어울
리는 한 쌍이네요. 뭐 할 게 있으면 제가 도울게요." 싱이 말했
다. "어제 보니 돼지 내장을 놓아둔 곳에 개미가 득실거리더라
고요. 도련님이 개미를 전부 쫓을 수 있다면 좀 해주세요." 캄
이 말했다. "우리나라에서 사람 머릿수당 돼지 내장 소비 밀도
를 따진다면 우리 집이 제일 높을 거야. 내가 통계를 내봤는데
말이에요, 키엠 형이 1년에 돼지 내장을 260벌이나 가져오고

28

있더라고." 도아이가 말했다. "동생아, 그놈은 우리 집의 복덩이란다. 말만인 게 아니라, 녀석이 일하는 백정이라는 직업이 나나 너의 대학 졸업장보다 열 배는 더 가치가 있다고."

끼엔 영감이 가게 문을 열었다. 어느 아주머니 하나가 쏘이* 통을 껴안고 지나가면서 안을 들여다보았다. "아저씨, 아침 주전부리하세요." 끼엔 영감은 손을 내저으며 고개를 팩 돌려버렸다. "이런, 장사하는 집에 아침이 밝자마자 이렇게 여자가 와서 들러붙어 있으면 장사는 어떻게 하누." 쏘이 장사 아주머니가 말했다. "내가 이 늙은이한테는 쏘이 한 톨이라도 파나 봐라." 껀은 소가죽 조각에 쓱싹쓱싹 칼을 갈면서 중얼거렸다. "오늘 머리 열 개만 깎았으면 좋겠다."

밥이 차려졌다. 싱과 캄은 냄비 앞에 마주 보고 앉았다. 캄이 밥을 푸자 싱이 말했다. "밥이 뜨거워요. 그렇게 가득 푸면 어떻게 먹겠어요?" 캄이 말했다. "형수, 걱정 마요. 이 '응우옌시'씨 집안은 입이 전부 무쇠나 강철로 돼 있거든요." 싱이 말했다. "아버님, 진지 드세요. 여보, 도련님들 식사하세요." 도아이가 말했다. "다른 집안에 들어왔으면 그 집안의 풍속을 따라야지. 이 집안에서는 밥 먹으라고 부르지 않는다니까. 캄, 한 그릇 더 줘." 캄이 말했다. "빨리도 먹네. 난 이제 겨우 두 젓가락 먹었는데." 도아이가 말했다. "열네 살 때부터 단체 생활을 해서 빨리 먹는 데는 익숙하다고. 대학 다닐 때는 말이야, 1분

---

* 쏘이xôi: 찹쌀밥에 닭고기, 땅콩, 녹두, 코코넛, 가늘게 찢은 육포 등 기호에 따라 다양한 종류의 고명을 얹어 먹는 음식.

30초 동안 밥 여섯 그릇을 먹어치우는 친구 녀석도 있었어. 그래도 끔찍하냐?" 끼엔 영감이 말했다. "요즘 배운 놈들은 전부 다 범부속자凡夫俗子라니까." 캄이 웃었다. "옛날 어른들이 '식食이 있어야 도道를 높일 수 있다'고 가르쳤잖아요?" 끼엔 영감이 물었다. "너희들은 지금 무슨 도를 높이고 있느냐?" 도아이는 밥을 다 먹고 일어나서 기지개를 켰다. "이 문제는 토론을 해봐야 해. 옛날 어른들이 도에 대해 뭔가 알기나 하고서 그런 말을 했던 건지 의심스럽거든. 이렇게 얘기를 했어야지. '식이 있어야 정을 높일 수 있다.' 그러니까 사람 사이의 정 말입니다, 동포 여러분." 껀이 킥킥 웃었다. "너는 정이 넘치지." 도아이는 형수 가슴에 똑딱단추가 풀어져 움푹하게 드러난 언저리를 유심히 바라보다가 모호하게 지껄였다. "정이여, 연인이여, 정이 너무 파여서 연인의 넋을 잃게 하는구나." 싱은 얼굴을 붉히고는 잠시 후 몰래 단추를 채웠다.

싱은 밥상을 치웠다. 끼엔 영감은 앉아서 물을 마셨다. 캄은 청바지와 티셔츠를 챙겨 입었다. 셔츠 위에는 'Walt Disney Productions(월트 디즈니 프로덕션스)'라고 쓰여 있었다. 캄이 말했다. "껀 형, 나 50동만 줘요." 껀이 말했다. "돈이 어디 있다고 줘." 캄이 말했다. "아버지 50동만 주세요." 끼엔 영감이 말했다. "앉아서 저쪽 구석에 있는 타이어 구멍 다 때우면 돈 주마." 캄은 눈살을 찌푸렸다. "그럼 수업 시간에 늦잖아요." 끼엔 영감은 대답 없이 연장통을 열고 일에 집중했다. 캄은 자전거를 끌고 문을 나서다가 무슨 생각을 했는지 자전거를 세워두고는 가방을 끌어안은 채 집으로 들어왔다. 캄은 방문을 열었다. 앞뒤를 살펴봐도 아무도 보이지 않자 쌀통을 열고 우유 팩 세 개 반만큼 쌀을 퍼서 가방에 담고는 몰래 밖으로 나왔다.

싱이 레인지에 냄비를 올려놓았다. 도아이가 따라 들어와 찬합에 밥을 담았다. 도아이는 손을 뻗어 싱의 등에 대고는 말했다. "우리 형수 몸은 분*처럼 부드럽다니까." 싱은 당황해서 뒤로 물러났다. "어머, 도아이 도련님, 왜 이래요?" 도아이가 말했다. "아이쿠나, 조금 놀렸다고 떨면서 몸을 빼다니." 도아이는 말을 마치고 부엌을 나갔다.

똔은 물이 든 양동이를 들고 가 열심히 바닥을 닦으면서 흥얼흥얼 노래를 불렀다. "아아…… 왕은 없소……"

머리를 자르러 온 사람이 있어서 껀이 물었다. "아저씨, 어떤 스타일로 잘라드릴까요?" 손님이 말했다. "짧게 잘라주게. 조심해요. 정수리 근처에 부스럼이 났거든."

도아이가 옷을 다 입고는 자전거를 끌고 나갔다. 도아이는 문까지 나갔다가 다시 돌아와서 껀에게 말했다. "모레가 어머니 제삿날이유. 형, 키엠에게 내일 맛있는 고기 한 근 구해다 달라고 말해주슈. 싱 형수한테 100동 줘놨어요." 껀이 말했다. "알았어."

제삿날

년 부인의 제삿날에 끼엔 영감은 다섯 상을 차린다. 외가 쪽

---

* 분bún: 쌀국수의 일종. 굵기에 따라 여러 종류가 있으며 각종 요리에 쓰인다.

에서는 푹옌에 사는 년 부인의 남동생인 비가 참석한다. 비는
퇴직 공무원으로 3급 공무원 연금의 100퍼센트를 받고 있다.
아이가 많고 집이 가난한 비는 달랑 따이쭈어* 열 개와 백주
한 병만 선물로 가져왔다. 끼엔 영감의 여동생 부부도 시내에
서 내려왔다. 여동생은 말린 식품을 팔고, 이름이 히엔인 남편
은 양철공이다. 히엔은 아들딸 섞어서 아이가 다섯이다. 손님
중에는 도아이와 같은 직장 실장인 민도 있었다. 캄은 같은 반
친구 세 명을 데려왔는데 여자 한 명은 이름이 미란이고 또 한
명은 미쩐이다. 비엣홍이라는 남자는 하얀 안경을 꼈고 입술이
여자처럼 빨갰다.

　10시경, 손님이 많이 모였다. 껀이 한 상 들고 와 제단 앞에
놓고 향을 세 개 피운 후 뒤로 돌아서서 말했다. "아버지, 들
어와서 절하세요." 작업복 바지에 주머니가 세 개 달린 하얀
색 짧은 소매 윗옷을 입고 머리에는 맹물을 반지르르하게 바른
끼엔 영감이 제단 앞으로 나와 합장하고 중얼중얼 기도했다.
"베트남사회주의공화국, ……년. 하늘님, 부처님, 시조님, 조상
님, 내 아내 응오티년께 비옵니다. 부디 제위 모두 제 보잘것
없는 상을 받으시옵소서. 나, 응우옌시끼엔, 64세, 거처는 ……
가 129번지. 아들들 이름은 껀, 도아이, 키엠, 캄, 똔. 며느리는
싱. 모두 성심으로 제위께 비옵니다, 건강이 넘치고 사업이 번
창하도록 도와주시옵소서." 기도를 마친 끼엔 영감이 돌아서서

---

* 따이쭈어tai chua: 동남아 지역에 분포하는 열대 과일로 베트남에서는 주로
북부나 북중부에서 생산된다.

비에게 말했다. "자네도 와서 자네 누이한테 절 한 번 하시게."
쑨원이 즐겨 입던 스타일인 혁명 간부복을 입고 단추를 목까지
채운 비는 매우 엄숙해 보였다. 비가 말했다. "우리 간부들은
신을 믿지 않아요. 지난 40년 동안 저는 혁명을 따랐고 집에 제
단도 없다고요. 기도하는 법을 어찌 알겠어요." 끼엔 영감은 아
무 말도 하지 않았다. 눈이 약간 벌겠다. 비는 제단 앞으로 나와
엄숙한 표정으로 서서 묵념하듯 고개를 숙였다. 끼엔 영감은 눈
을 닦으며 말했다. "이제부터 절을 할 사람은 차례로 나와서 절
을 하거라." 히엔 부인은 가짜 금궤 다섯 개, 저승 돈* 한 다발,
종이옷 한 벌을 제단 위에 벌여놓고 무릎 꿇고 엎드려 팔꿈치
로 몸을 지탱한 채 세 번 절을 하더니 머리를 땅에 갖다 대었
다. 히엔이 제단 앞으로 나와 합장하고 세 번 절했다. 껀도 합
장하고 세 번 절했다. 껀이 말했다. "도아이도 와서 예를 드려
라." 도아이는 닭고기를 자르고 있었다. 손에 기름이 범벅이었
지만 손도 씻지 않고 그대로 제단으로 달려와서 재빠르게 절을
했다. 도아이가 말했다. "어머니께 기도하오. 제발 저 유학 좀
가게 해주시고 큐브 오토바이 한 대 마련하게 도와주오." 비가
웃었다. "어느 나라로 가려고 그러나?" 도아이가 말했다. "그건
저기 콧수염 기르고 체크무늬 옷 입고 있는 저분에게 달려 있
다오." 민이 듣고 있다 말했다. "가고 못 가는 게 왜 나한테 달
려 있나?" 도아이가 말했다. "어떻든지 간에, 내 직속 상관이시
니까 나한테서 등을 돌리시면 난 죽는 거 아니겠습니까." 민이

---

* 가짜 돈.

말했다. "계속 일 잘하게. 내가 지원해줄 테니." 도아이가 말했다. "나랏일이라는 걸 잘했는지 못했는지 어떻게 압니까? 그저 도아이라는 녀석이 늘 나한테 잘했었지, 라고만 기억해주십시오."

싱은 부엌일에 열심이었다. 싱의 방에서는 캄이 세 친구에게 자기 앨범을 보여주고 있었다. 뒤집기 연습을 하던 아기 적 사진까지 있었다. 미란이 말했다. "캄 오빠 아기 때 진짜 포동포동했네." 캄이 말했다. "내 자식도 나중에 그렇게 포동포동할 거야. 근데 나보다 더 예쁘고 턱에 검은 사마귀가 있겠지." 얼굴을 붉힌 미란이 자기 턱에 있는 사마귀를 더듬으며 캄의 등을 토닥토닥했다. 비엣홍이 물었다. "이 사진, 훈련 갔을 때 찍은 거지?" 캄이 말했다. "응." 비엣홍이 감탄했다. "참 잘 나왔다!" 미란이 물었다. "그때 오빠 고구마 훔쳐서 민병한테 잡혔어요?" 캄이 얼굴을 붉히며 말했다. "다 헛소리 지껄이는 거야. 동료를 욕하는 것도 죄라고. 어떻게든 보상을 받고 말 거야." 미란이 물었다. "어떤 보상요?" 캄이 말했다. "어두워지면 알게 될 거야." 모두 웃었다.

도아이가 들여다보고는 손을 흔들어 캄을 불렀다. 도아이가 말했다. "상 내가." 캄이 물었다. "다 먹었어요?" 도아이는 대답하지 않았다. 캄은 도아이를 따라 부엌으로 들어갔다. 도아이가 물었다. "사마귀 있는 애가 네 애인이냐?" 캄이 말했다. "네." 도아이가 물었다. "그럼 저 향기로운 위인은 어떠냐?" 캄이 웃었다. "걘 미쩐이에요. 걔네 아버지 **눈부셔라 아잉** 씨는 전자 제품점 사장이지." 도아이가 물었다. "저 녀석하고 걘 어때?" 캄이 말했다. "아직 아무 사이도 아니야." 도아이가 말했다. "내가 쟤 꼬신다."

캄이 상을 들자 싱이 말했다. "부족한 거 있으면 부르세요." 캄이 사라지기를 기다렸다가 도아이가 말했다. "정이 조금 부족할 뿐이지. 싱, 정 조금만 줘요." 싱이 말했다. "아이참, 방에 들어가서 캄 도련님 여자 친구들한테 달라고 하세요." 도아이가 말했다. "저 두 애송이가 어찌 싱하고 같을 수가 있겠어." 싱이 말했다. "나가요, 나가." 도아이가 말했다. "싱의 영감 껀은 물컹한 게딱지 같으면서 강압적이기도 하단 말이야." 싱이 말했다. "껀 형님한테 이를 거예요." 도아이가 말했다. "이거 무섭구먼." 그러고는 바싹 다가와서 싱의 볼에 살짝 입을 맞췄다. 싱은 밀쳐냈고 도아이는 씨근거렸다. "내가 미리 말해두겠는데, 어떻게든 싱이랑 한번 잘 거야." 말을 마치고 가버리자 싱은 왈칵 울음을 터뜨렸다.

껀이 들어와 아내의 눈이 벌게진 것을 보고 물었다. "왜 그래?" 싱이 말했다. "우리 부엌 때문이죠 뭐. 아이, 매워라." 껀이 말했다. "물 주전자 몇 개만 내다 줘. 뜨거운 물이 떨어졌네." 싱이 말했다. "내가 머리 세 개에 손이 여섯 개예요?" 껀이 노려봤다. "무슨 말이 그래? 이 집안엔 법도도 없나! 이 그릇들은 왜 아직도 안 닦은 거야?" 말끝에 그릇 더미를 밀쳐버리고는 밖으로 나갔다. 그릇이 깨졌다. 싱은 울음을 터뜨렸다.

세번째 상이 나왔다. 다 먹고 나서 손님들은 돌아갔다. 계속해서 마지막 상 두 개를 먹었다. 그때 이미 오후 2시가 넘었다. 먹고 있을 때 키엠이 퇴근해서 돌아왔다. 무표정하게 입을 꼭

다물고 아무에게도 인사하지 않았다. 캄이 말했다. "키엠 형도 이리 와서 우리랑 같이 먹어요." 미란과 미찐도 재잘거리며 청했다. 모두 젓가락질을 멈추고 기다렸다.

끼엔 영감은 술에 취해 비몽사몽으로 침상에 누워 있었다. 돗자리 위에 침이 고였다. 도아이가 푹옌행 오후 버스 시간에 맞춰 비를 터미널에 데려다주기 위해 일어섰다.

키엠이 물었다. "똔 녀석은 어딨어?" 캄이 말했다. "여기저기 왔다 갔다 하던데. 형 와서 밥 먹어요. 우리 기다리고 있잖아." 키엠이 말했다. "어서 먹어." 캄이 말했다. "우리끼리 먹자. 죽여주게 까다로운 양반이라니까." 미찐이 말했다. "꼭 타잔처럼 생겼다."

키엠은 부엌으로 가서 싱에게 물었다. "똔 어딨어요?" 싱이 말했다. "이른 새벽부터 바빠서 나도 까맣게 잊고 있었네. 똔 도련님 어디 있는지 모르겠는데요." 키엠은 무거운 부대 자루 하나를 찬장에 집어 던졌다. 싱이 말했다. "내장이에요?" 키엠은 대답도 않고 집 안으로 들어가 싱의 방을 들여다보았다. 껀이 드르렁드르렁 코를 골고 있었다. 키엠은 문을 밀치고 들어가 껀에게 물었다. "똔 어딨수?" 껀이 벌떡 일어나 물었다. "지금 몇 시냐?" 키엠이 물었다. "똔 어딨느냐고?" 껀이 말했다. "집에 일이 있는데 녀석이 들락날락하도록 두는 게 불편해서 변소 옆에 있는 방에 가뒀어." 키엠은 탁자 위에 놓인 재떨이를 집어 껀의 얼굴에 던졌다. 껀은 '어이쿠' 하고 비명을 지르더니 나뒹굴었다. 키엠은 마구잡이로 떼밀고 들어왔다. 캄이 달려들어 키엠을 밀쳐냈다. 싱이 튀어나와 어쩔 줄 몰라 하며 말했다. "왜 그래요?" 키엠은 싱을 밀쳐냈다.

변소 옆방은 전에는 돼지우리였고 지금은 탄과 장작을 보관하는 용도로 쓰이고 있다. 문짝은 나무 상자를 이어 만들었다. 누군가 바깥쪽에 새로 자물쇠를 달아놓았다. 어제까지는 없었다. 키엠이 자물쇠를 세게 당겨보았지만 꿈쩍도 하지 않았다. 키엠은 지렛대를 들고 자물쇠를 부숴버렸다. 문이 열렸다. 손발과 얼굴에 검댕 칠을 한 똔이 이를 드러내고 웃고 있었다. 키엠이 소리쳤다. "나와." 똔은 두 다리를 질질 끌고 절름거리며 집 안으로 들어섰다. 더러운 집 안 꼴을 본 녀석은 곧바로 양동이와 걸레를 집어 들었다.

친구들이 주뼛주뼛 인사를 하고 돌아가자 캄은 자전거를 끌고 따라 나갔다. 집을 나서면서 캄은 탁자 위에서 재빨리 담배 몇 개비를 뽑아 주머니에 넣었다.

술이 깬 끼엔 영감은 집 안이 휑한 것을 보고 물었다. "다들 어디 간 거냐?" 싱은 똔에게 면을 끓여주었다. 배가 고팠던 똔은 앉은자리에서 서너 그릇을 먹어치웠다. 바닥에 면 가닥이 축축 널렸다. 키엠은 아무것도 먹지 않은 채 자전거를 끌고 밖으로 나가버렸다. 껀은 가슴을 쓸어안고 콜록콜록 기침을 하더니 부러진 이 한 개를 뱉어냈다. 입가에 피가 묻었다. 껀은 아버지 앞에서 주먹 쥔 손을 치켜들며 말했다. "아버지, 저놈 좀 이 집에서 쫓아버리세요. 제가 녀석을 죽여버리는 걸 보고 싶지 않으시면요." 끼엔 영감이 말했다. "너희들 그냥 서로 죽이고 죽고 해라. 그러면 난 더 신날 테니까." 말을 마친 끼엔 영감은 망가진 자물쇠를 집어 들고 중얼거렸다. "아침 내내 걸려서 겨우 자물쇠를 달아놨는데. 결국 돈만 버렸구먼."

오후

싱이 제사상 설거지를 마친 시간은 오후 3시였다. 싱은 옷가지를 챙겨 씻으러 가려고 방으로 들어갔다. 갑자기 싱이 놀란 목소리로 껀을 불렀다. 껀이 물었다. "왜?" 싱이 말했다. "아침에 반지를 빼서 반짇고리에 넣어두었는데 당신이 가져갔어요?" 껀이 말했다. "아니." 싱이 물었다. "누가 이 방에 들어왔었어요?" 껀이 말했다. "아니."

자전거를 끌고 집으로 돌아온 도아이가 물건들이 어지럽게 널려 있는 것을 보고 물었다. "무슨 일이우?" 껀이 인상을 썼다. "너 이 방에 들어왔었냐?" 도아이가 말했다. "아니요." 껀이 말했다. "싱 형수가 반지를 잃어버렸다." 도아이가 말했다. "아버지한테 물어보슈." 끼엔 영감이 욕을 했다. "네미. 그럼 너 지금 내가 훔쳤다고 의심하는 거냐?" 도아이는 입을 다물고 잠깐 생각하더니 말했다. "아침에 캄 녀석이 친구 세 명이랑 이 방에 앉아 있었수. 안경 끼고 연지 바른 것처럼 입술이 빨간 그 녀석이 난 의심스러운데. 녀석 눈이 정말 사기꾼처럼 생겼더라고."

그때 마침 캄이 돌아왔다. 껀이 말했다. "네 친구 놈이 싱 형수 반지 훔쳐 갔다." 캄은 얼굴이 하얘져서 물었다. "누가 그래요?" 껀이 말했다. "내 눈으로 봤어." 캄이 말했다. "왜 바로 잡지 않았어요? 막 놀러 왔는데 계속 가겠다고 고집을 부리더라니. 녀석 집으로 가서 달라고 해야겠어요. 안 돌려주면 뒤지게 때려주자고요." 껀이 말했다. "나도 같이 가마." 두 사람은 자전거를 끌고 나갔다. 끼엔 영감이 말했다. "망치 가져가거라! 머리는 때리지 마라. 녀석이 죽으면 무기징역감이야."

도아이는 침상에 누워 신문을 펼쳐 들었다. 싱은 잠깐 정리를 하고 나서 씻으러 갔다. 싱은 양동이 두 개에 물을 퍼 담아 들고 욕실로 들어가 문을 닫았다.

끼엔 영감은 일부러 부엌으로 들어가 욕실에서 들리는 물소리를 들으며 긴 한숨을 내쉬고는 집 안으로 들어왔다. 두세 걸음 내딛다가 끼엔 영감은 발길을 돌려 다시 부엌으로 들어가 등받이 없는 의자를 딛고 올라서서 숨을 죽이고 욕실 안을 들여다봤다. 욕실 안에서는 싱이 벌거벗은 채 서 있었다.

도아이는 꾸벅꾸벅 졸다가 뚠이 옷을 잡아당기는 바람에 벌떡 일어나서 물었다. "뭐야?" 뚠이 손을 내저으며 도아이를 끌고 부엌으로 가서 의자 위에 까치발을 들고 서 있는 끼엔 영감을 가리켰다. 도아이는 인상을 쓰더니 아주 세차게 뚠의 뺨을 때렸다. 뚠은 걸레를 올려놓은 물 양동이 위로 얼굴을 처박으며 쓰러졌다. 끼엔 영감은 급히 의자에서 미끄러져 내려와 문짝 뒤에 몸을 숨기고 있다가 잠시 후 튀어나오며 물었다. "왜 애를 때리냐?" 도아이가 말했다. "녀석이 못 배운 짓을 하니까 때리죠." 끼엔 영감이 욕을 했다. "그럼 너는 배웠냐?" 도아이는 이를 갈며 나지막이 말했다. "나도 못 배웠지만 벗고 있는 여자를 훔쳐보진 않수." 끼엔 영감은 침묵했다.

도아이는 집 안으로 들어와 술을 따라 마셨다. 끼엔 영감은 똔을 일으켜 세웠다. 똔은 양동이를 들고 가 웅크리고 앉아서 걸레질을 했다. 끼엔 영감이 도아이에게 다가가 말했다. "나도 한 잔 줘라." 술 한 잔을 쭉 들이켜더니 끼엔 영감이 말했다. "너는 배웠지만 못됐어. 자, 이제 남자 대 남자로 얘기해보마." 도아이가 말했다. "절대 용서 안 할 거예요." 끼엔 영감이 말했다. "용서 따윈 필요 없다. 남자가 부끄러워할 필요가 뭐가 있겠냐. 애…… 뭐 그런 게 생겼다고." 도아이는 말없이 앉아서 술 한 잔을 더 마시고는 갑자기 한숨을 쉬었다. "그 말도 맞네요." 끼엔 영감이 말했다. "사람이라는 게 진짜 힘들구먼." 도아이가 물었다. "그럼 왜 재취를 안 얻었어요?" 끼엔 영감이 욕을 했다. "네미, 내가 나만 생각했으면 네 녀석들이 이렇게 될 수 있었겠냐?" 도아이는 술을 한 잔 더 따르고는 머뭇거렸다. "아버지 한 잔 더 하실래요?" 끼엔 영감은 어둠 속으로 얼굴을 돌리고서 고개를 저었다. 도아이가 말했다. "아버지 죄송해요." 끼엔 영감이 말했다. "지금 너 꼭 텔레비전에 나오는 배우 같구나."

똔은 바닥을 닦다가 장롱 밑에 떨어져 있는 반지를 발견하고는 곧장 싱에게 가져다주었다. 싱은 정말 기뻤다. 도아이는 반지를 들고 불빛에 비춰 보며 말했다. "많아야 반 돈이겠군." 싱이 말했다. "친정어머니가 살면서 힘들 때 쓰라고 혼수로 마련해주신 거예요." 끼엔 영감이 말했다. "아이고, 큰일 났네. 껀 녀석이 남의 집에서 사고 치면 면상 다 팔릴까 봐 걱정이구나."

어둠이 내리자 껀과 캄이 돌아왔다. 둘 다 하수구에 빠졌다

올라온 도둑놈들처럼 칠칠치 못하게 꾀죄죄했다. 도아이가 웃었다. "매라도 맞은 거야?" 껀은 대답하지 않았다. 캄이 말했다. "그 집에 셰퍼드 두 마리를 키우고 있어서 들어갈 수가 없더라고." 도아이가 말했다. "집어치워, 찾아보지도 않고 누가 깡패처럼 달려가래."

껀이엔 영감이 말했다. "반지 찾았다." 껀이 물었다. "어디서요?" 끼엔 영감이 말했다. "네 마누라가 바지춤에 숨기고 있었지, 뭐겠냐." 껀이 말했다. "나쁜 년." 그러고 나서 눈앞에 반딧불이 번쩍이도록 싱을 세게 한 대 때렸다. 껀이 더 때리려 하자 도아이가 껀을 밀쳐내고 싱 앞을 막아섰다. 손에는 칼을 쥐고 여차하면 찌를 기세로 이를 갈며 낮은 소리로 말했다. "꺼져! 저 여자한테 손대면 형이라도 바로 그어버릴 테니까."

싱은 침상 가장자리에 얼굴을 파묻고 엉엉 울었다. "아이고…… 내 신세는 왜 이리 치욕스러울꼬?"

끼엔 영감이 캄에게 물었다. "망치 가져왔냐?" 캄이 짜증을 냈다. "좀 있으면 셰퍼드 두 마리한테 물려 죽을 판인데 망치는 뭐고 펜치는 다 뭐예요?" 끼엔 영감이 말했다. "그럼 돈만 버렸구먼."

설날

시간이 흘러 설이 다가왔다. 음력 12월 보름, 끼엔 영감은 은행에 가서 예금이자 8천 동을 찾았다. 끼엔 영감은 똔에게 셔츠 한 벌, 싱에게 양말 한 켤레를 사주고 나머지는 전부 껀에게 주었다. 캄이 말했다. "아버지는 며느리랑 막내만 예뻐하시네요."

키엠은 다른 지역으로 돼지를 구매하러 가야 해서 며칠 동안 계속 집을 비웠다. 일이 분명 고된 것 같았다. 키엠은 매일 밤 11시에 출근해서 다음 날 점심때가 돼서야 집에 돌아왔고 온몸에서는 돼지똥 냄새를 풍겼다. 집에 돌아오면 바로 쓰러져 잠들었지만, 눈은 늘 푹 꺼지고 붉은 핏발이 서 있었다.

껀 역시 손님이 많았다. 아침 6시부터 밤 10시까지 계속해서 머리 자를 차례를 기다리는 사람이 끊이지 않았다. 점심때 껀이 잠깐 눈을 붙이면 캄이 대신해서 가게에 나와 머리를 잘랐다. 첫날에는 아직 익숙지 않아서 어떤 손님의 귀를 잘라 피를 내기도 했다. 그 손님은 화가 나서 이발비 70동 중 20동만 지불했다. 껀은 연필을 들고 매일매일 얼마나 일했는지 수첩에 기록을 했다. 100동은 더하기 표시를 하고, 200동은 동그라미 표시를 했다. 삼각형 안에 점을 하나 찍은 것도 있는데 이건 무슨 표시인지 도무지 알 수가 없었다. 도아이가 말했다. "이 회계장부는 진짜 간첩 수첩 같구면."

음력 12월 23일, 옹따오*가 하늘로 올라가는 날이다. 싱이 면을 끓여서 모두가 배불리 먹었다. 캄이 물었다. "왜 옹따오

---

* 옹따오ông Táo: 각 가정의 부엌을 다스리는 조왕신. 주로 부엌 안이나 근처에 제단을 마련하여 수시로 제를 올린다. 베트남 사람들은 매해 음력 12월 23일에 옹따오가 잉어를 타고 하늘로 올라가 옥황상제에게 지난 1년간 그 가정에서 있었던 일을 낱낱이 고한다는 믿음을 가지고 있다. 따라서 옥황상제를 만났을 때 잘한 일들은 크게 말해주고 못한 일들은 조금만 말해달라는 의미에서 옹따오에게 제사를 지내는 풍습이 있다.

라고 부르는 거예요?" 도아이가 말했다. "그러니까 말이야. 옹 따오는 화로를 지탱하는 세 명의 신이야. 옛날에 두 형제가 아내 한 명을 함께 얻었어. 이 여자는 하루는 형이랑 자고 하루는 아우랑 잤지. 그들이 죽자 그들의 굳은 애정에 감동한 옥황상제는 그들을 화로에 달린 세 개의 발로 만들어 언제나 서로 붙어 있을 수 있게 해주었어. 우리는 그걸 부엌 신 또는 옹따오라고 부르는 거야." 싱은 상을 들고 부엌으로 들어갔다. 캄이 말했다. "옛날에는 신이 되기도 쉬웠구나!" 끼엔 영감이 말했다. "저 녀석 말 듣지 마라." 도아이가 말했다. "이런 이야기도 있어. 어느 집에 며느리가 있었는데, 시아버지가 며느리의 젖가슴을 주물럭대는 거야. 아들이 물었지. '아버지 왜 내 마누라 가슴을 주무르는 거예요?' 아버지가 말했어. '빚 탕감하는 거다. 그럼 옛날에 너는 왜 내 마누라 가슴을 주물러댔냐?' 듣자하니 이 사람들도 신이 되었다더라." 껀이 말했다. "네 얘기, 하나도 이해가 안 간다." 끼엔 영감이 말했다. "저 녀석 말 듣지 마라."

27일, 끼엔 영감이 바인쯩*을 만들었다. 찹쌀 15킬로그램으로 바인쯩 스물여덟 개를 만들었다. 종류는 두 가지, 콩을 넣은 것과 설탕을 넣은 것을 만들었는데 설탕을 넣은 것은 붉게 물

---

* 바인쯩bánh chưng: 바나나잎 등 커다란 나뭇잎에 찹쌀을 깔고 그 위에 녹두, 돼지고기 등을 놓은 후 다시 찹쌀을 덮고 네모난 모양으로 싸서 쪄낸 베트남 전통 떡. 주로 설이나 음력 3월 10일 훙브엉(Hùng Vương, 고대 베트남 최초의 국가인 '반랑Văn Lang'을 건국하고 이끌어온 여러 대에 걸친 왕들을 아우르는 명칭) 제일에 먹는다.

들인 대나무 끈으로 묶어 표시를 해두었다.

싱은 바인쯩을 쪘다. 도아이는 어슬렁어슬렁 부엌을 배회했다. 도아이가 물었다. "싱, 나중에 이 집이 누구 차지가 될지 알아?" 싱이 말했다. "아니요." 도아이가 웃었다. "내 차지가 될 거야." 싱이 물었다. "왜요?" 도아이가 말했다. "아버지는 늙어서 죽을 거고, 키엠은 언젠가 감방에 갈 거고, 캄은 졸업하고 나서 떠이박이나 떠이응우옌*으로 갈 거고, 똔은 뭐라 말이 없을 거고, 쓸모없는 녀석." 싱이 물었다. "그럼, 껀 형님은요?" 도아이가 말했다. "싱한테 달렸지. 만약 싱이 날 사랑한다면 내가 집 밖으로 쫓아내 버릴게." 싱이 말했다. "참 쉽네요?" 도아이가 말했다. "싱은 뭐가 아직도 그렇게 좋아? 껀 영감은 멍청하고 비겁한 데다 허약하기까지 한데. 의사가 정액 냉증에 걸렸다고 하지 않았수. 싱이랑 결혼한 지 2년이 됐는데 어디 자식이 생겼나?" 싱은 말없이 앉아 있었다. 바인쯩 솥이 펄펄 끓었다.

도아이가 말했다. "오늘 밤에 싱 방으로 갈게!"

싱은 칼을 집어 들고 나지막이 말했다. "꺼져버려. 가까이 오면 죽여버릴 거예요!" 도아이는 비웃으며 뒤로 물러나 집 안으로 들어오면서 중얼거렸다. "여자는 꼭 악귀 같다니까."

---

* 떠이박Tây Bắc은 베트남 북부의 서쪽에 있는 산간지대를 가리키는 말로, 중국 및 라오스와 국경을 접하고 있는 라오까이Lào Cai성, 라이쩌우Lai Châu성, 므엉라이Mường Lay성, 디엔비엔Điện Biên성 및 내륙의 선라Sơn La성, 옌바이Yên Bái성으로 구성된다. 떠이응우옌Tây Nguyên은 베트남 중부 고원지대를 이르는 말로, 꼰뚬Kon Tum성, 잘라이Gia Lai성, 닥락Đắk Lắk성, 닥농Đắk Nông성, 럼동Lâm Đồng성으로 이루어져 있다.

음력 29일, 끼엔 영감은 시장에 가서 매화꽃 가지를 사 왔다. 30일 오후가 되자 키엠은 열매가 3층으로 달린 커다란 귤나무 분재와 6미터짜리 폭죽을 가져왔다. 캄이 말했다. "호화찬란하게 놀아보겠네." 도아이가 말했다. "지가 돈이 많은 줄 안다니까." 캄이 말했다. "우리 둘은 배웠다는 소리를 듣는데 설이 되면 변변한 옷 한 벌이 없네요." 도아이가 말했다. "부자 마누라를 얻는 수밖에 없어. 너 오늘 밤에 눈부셔라 아잉 씨네 딸한테 나 좀 데려다줘라." 캄이 말했다. "알았어요. 일이 잘되면 나한테 뭐 해줄 거예요?" 도아이가 말했다. "시계 사줄게." 캄이 말했다. "좋아요. 증거로 삼게 글로 써줘요." 도아이가 물었다. "날 못 믿는 거냐?" 캄이 말했다. "못 믿어요." 도아이는 종이에 적었다. '미찐과 자게 되면, 3천 동짜리 시계를 선물로 사주겠음. 미찐과 결혼하게 되면, 혼수의 5퍼센트를 주겠음. O년 O월 O일, 응우옌시도아이.' 캄은 웃으며 종이를 주머니에 넣고는 말했다. "고마워요."

캄이 말했다. "어제 키엠 형 얘기를 듣고 잤다가 밤에 아주 끔찍한 꿈을 꿨어요." 도아이가 물었다. "무슨 얘기?" 캄이 말했다. "키엠 형이 돼지 잡는 일에 대해 말해줬어요. 양손에 전기 양극을 하나씩 쥐고 돼지의 관자놀이에 지지직 하면 '퍽' 하고 죽는 거지. 전기가 나갔을 때는 키엠 형이 쇠지레를 들고 돼지 뒷덜미를 내려치는 거예요. 돼지가 너무 튼튼해서 열 번 내리쳐도 목덜미가 너덜너덜해질 뿐 죽지 않으면 키엠 형은 너무 피곤한 나머지 그냥 돼지 다리를 후려갈겨 버린대요. 하루 동안 돼지를 천 마리도 넘게 잡아서 상도 받았다네." 도아이가 물었다. "그래 무슨 꿈을 꿨는데?" 캄이 말했다. "꿈속에서 내가 돼지 잡는 일을 하는데 아무리 잡아도 돼지가 이를 드러내고 웃을 뿐 죽지를 않는 거야. 결국 돼지 똥통 치우는 일로 쫓겨나고 말았어요. 돼지 똥통은 시멘트로 만들어졌는데 가로 10, 세로 6, 높이 1.5미터 크기에 용적이 90세제곱미터였어. 비바람이 몰려와서 일시에 똥통이 휙 떠내려가는 바람에 나는 그 안에 빠졌는데 입이랑 귓구멍에 똥이 잔뜩 들어갔지 뭐예요." 도아이가 말했다. "꿈 좋네. 무슨 일을 했든 뭣 하러 신경 써. 복권 사. 꼭 당첨될 테니까. 어른들이 똥 밟으면 복이 들어온다고 했어. 너는 똥통에 온몸이 잠겼으니까 당첨자가 한 명뿐인 복권에 당첨될 수도 있어." 캄이 말했다. "그럴까. 형이 말 안 했으면 몰랐을 뻔했네." 캄은 말을 마치고 들떠서 밖으로 달려나갔다.

그믐밤, 집에는 키엠과 똔 그리고 싱만 남아 있었다. 초저녁에 히엔 부부가 사위를 보내 끼엔 영감과 껀을 오토바이에 태워 시내로 나오게 했다. 분명 술 마시고 취해서 아직 집에 돌아오지 못하고 있을 것이었다. 도아이와 캄은 미쩐과 미란을 데리고 응옥선사로 복을 따러* 갔다.

키엠은 살아 있는 것을 잡아 싱이 오후부터 삶아준 영계 수

---

* 음력 12월 31일 밤 또는 1월 1일 아침에 사원이나 사당 등 신성한 곳에 심어진 나무의 새로 돋아난 작은 가지를 꺾어 집으로 가져오는 풍습. 새해에 부처님이나 신의 복을 조금 얻어 자신의 가족에게 나누어준다는 의미가 있다. 꺾어 온 가지는 현관 앞에 걸어두거나 꽃병에 꽂아둔다. '집 안에 이미 복이 왔다'는 의미로 출입문 앞에 걸어두어 마귀를 쫓기도 한다. 새해에 돈을 많이 벌기를 기원하며 은행 등에 심어진 나무의 가지를 꺾어 오는 사람도 있다.

닭의 주둥이에 장미꽃 한 송이를 물려 제단 위에 올려놓았다. 그리고 설탕 절임 통을 열어놓고 술을 꺼내 와 석 잔을 따른 후 차 한 주전자를 우려서 함께 올려놓았다. 키엠이 말했다. "형수 와서 절하세요." 싱은 루주를 살짝 바르고 서양식 바지와 속에는 긴 스웨터, 밖에는 조끼 모양으로 짠 소매가 짧은 스웨터를 입고 단추를 여미지 않은 채 목에는 노란 황옌꽃* 색의 얇은 스카프를 두르고 있었다. 집에서 입는 옷차림을 한 보통 때와는 완전히 달라 보였다. 싱이 말했다. "도련님 절하세요. 나 같은 여자가 기도하는 법을 어찌 알겠어요." 키엠이 말했다. "형수가 손위잖아요. 형수가 먼저 세 번 합장해야 내가 기도하죠." 싱이 말했다. "그러죠, 뭐." 말을 마치고 제단 앞으로 나가 세 번 합장한 후 서서 잠깐 중얼중얼하더니 다시 세 번 더 합장했다. 의례를 모르는 사람이 아니었다.

키엠은 똔에게 말했다. "내가 문에 폭죽을 걸어놓을 테니까 내 기도가 끝나면 불을 붙이거라." 말을 마치고 나서 필터 달린 담배에 불을 붙여 똔의 입에 꽂았다. 키엠이 말했다. "담배를 들고 이렇게 지지직 하는 거야." 똔이 고개를 끄덕였다.

키엠은 세 번 합장을 하더니 말했다. "베트남사회주의공화국, ……년 ……" 똔이 폭죽에 불을 붙였다. 셋 모두 얼굴이 밝게 빛났다. 하늘과 땅이 화합하고 마음속에는 감동이 넘쳤다.

키엠이 말했다. "형수님, 새해에도 건강하고 행운이 가득하

---

* 황옌Hoàng yến꽃: 카시아 피스투라Cassia fistula. 골든샤워트리(황금소나기나무)에 피는 꽃의 이름으로, 노란색의 작은 꽃들이 샤워기에서 물이 떨어지는 모습으로 가득 매달려 피는 것이 특징이다.

길 바랍니다. 한 살 더 먹은 기념으로 천 동 드릴게요. 형수 받으세요, 복이 생기게요." 싱은 눈물을 흘렸다. "왜 이렇게 많이 주세요? 도련님도 작년보다 다섯 배, 열 배 더 건강하세요. 껀 형님이 돈을 전부 가지고 있어서 도련님에게 줄 세뱃돈이 없네요. 똔 도련님한테는 세뱃돈 100동 줄게요. 이건 키엠 도련님의 복이에요." 똔은 돈을 받아 들고 불빛에 비춰 보며 물었다. "돈이에요?" 키엠이 말했다. "그래." 똔이 물었다. "돈이 뭐예요?" 키엠이 말했다. "왕이지."

새벽 1시에 끼엔 영감과 껀이 돌아왔다. 잠시 후 도아이와 캄도 돌아왔다. 식구 모두 둘러앉아 3시까지 먹고 마시다가 반시간쯤 눈을 붙인 후 일어나 달그락달그락 상을 차리고 대강 절을 하고 나서 다시 먹고 마셨다. 8시가 되자 끼엔 영감이 말했다. "이웃집에 설 인사하러 가야겠다. 껀 내외도 따라나서거라. 키엠아, 세뱃돈 주게 돈 좀 다오."

끼엔 영감과 껀 내외는 설 인사를 하러 갔다. 끼엔 영감은 작업복 바지에 검은색 모직 옷을 입고 머리를 덮는 털모자를 썼다. 껀은 위관 계급의 군복 모양으로 만든 옷을 입었다. 저이 시장에서 산 이 옷에는 소매 한쪽에 담뱃재가 떨어져서 생긴 구멍이 하나 있었다. 싱은 코르덴 바지에 독일식 털옷*을 입었다. 캄이 말했다. "형수 꼭 왕비 같네요."

이웃에서 설 인사를 오자 도아이가 나와서 맞이했다. 서로

---

* 속에 털을 채워 누빈 패딩 점퍼. 이 점퍼가 베트남에 처음 소개되었을 당시 베트남 사람들은 이 옷을 '독일식 털옷'이라고 불렀다.

오며 가며 설 인사를 주고받은 후 앉아서 차를 마시며 이런저런 이야기를 했다. 도아이가 말했다. "죄송하지만, 아저씨 댁에 식구가 몇인지, 이름이 뭔지 제가 전혀 모르고 있네요." 이웃 아저씨가 웃었다. "그건 나도 그렇다네." 도아이가 말했다. "옛날에 도둑놈들한테는 네 가지 경우의 집은 털지 않는다는 법칙이 있었대요. 첫째는 이웃집, 둘째는 친구 집, 셋째는 슬픈 일을 당한 집, 넷째는 좋은 일이 있는 집. 그렇다면 제가 도둑질을 하러 가게 된다면 알게 모르게 그 법칙을 어기게 되겠네요." 이웃 아저씨가 웃었다. "그건 내 자식들도 그러겠지." 차를 다 마시고 모두 돌아갔다. 이웃 아저씨의 아들이 말했다. "도아이는 배웠다는 사람이 말을 제멋대로 하네요." 이웃 아저씨가 말했다. "엉망진창이구먼."

3일간의 설이 모두 지나갔다. 길에는 폭죽 잔해가 가득했다. 누구든 설이 빨리 지나갔다고 느낄 것이다! 아이고, 어떤 날인들 빨리 흐르지 않는 날이 있을까?

밤

3월 말, 싱은 생리가 끊기고 신 것을 찾았다. 이따금 구토를 하면서 몸이 굳어졌다. 임신 증상이었다.

5월에는 끼엔 영감이 몸져눕는 일이 발생했다. 처음에는 가벼운 병이라 생각했다. 점차 위독해지리라곤 아무도 생각지 못했다. 처음에 끼엔 영감은 그냥 눈이 부셨고 한 개가 두 개로 보이는가 하면 문이 없는데 계속 가다가 벽에 세게 부딪히기도 했다. 식구들 모두 걱정이 되어 서양 병원으로 데려갔다. 의사는 신경계 이상이라고 진단하고 비타민 B6를 처방해주었다. 의사가 말했다. "이거 보세요, 신경 줄은 이렇게 되어 있어요. 여기 신경 줄 두 개가 서로 달라붙어 버리는 바람에 하나가 두 개로 보이고 닭이 쇠물닭으로 보이는 거죠." 껀이 물었다. "선생님, 그러면 어떻게 해야 하나요?" 의사가 말했다. "의학계에서 연구 중입니다."

입원하고 일주일이 지난 후 끼엔 영감의 눈은 더 흐릿해졌다. 도아이가 말했다. "아무래도 잘못 진단한 것 같아." 도아이는 한의원에 있는 지인에게 부탁했다. 그 지인이 말했다. "서양 의술이 뭘 알아? 가서 아버지 모시고 이리로 와요." 도아이가 돌아와 끼엔 영감을 옮기게 해달라고 했다. 의사가 말했다. "가면 다시는 못 돌아오는 겁니다."

끼엔 영감은 한의 치료를 받았지만 차도가 없었다. 몸은 여위어가고 머리는 쑤셔왔다. 10월이 돼서야 뇌종양이 생긴 걸 발견했다. 의사가 말했다. "그냥 두면 죽습니다. 수술하면 운 좋게 살릴 수 있습니다." 껀은 집에 돌아와 가족들과 상의했다. 껀이 말했다. "어떻게 할까? 아버지가 편찮으시고 나서 우리 집 돈 정말 많이 썼어." 껀이 회계장부를 펼쳐 들고 읽기 시작했다. "키엠이 1천 동 한 번, 8천 동 한 번, 5천 동 한 번 냈고. 도아이가 100동 한 번, 60동 한 번, 1,100동 한 번 냈어. 캄이 300동 한 번 냈는데 내가 또아이 아저씨네 약방에 가서 약을 가져오라고 1천 동을 준 날 캄이 약을 500동어치만 사 오고 나머지 500동은 가져버렸어. 식비는 이렇고…… 이래…… 누

50

가 얼마를 썼든 내가 다 적어놨어."

도아이가 말했다. "내 생각에 아버지는 늙어서, 수술을 해도 그럴 거야. 그냥 돌아가시게 두는 것이 더 낫지 않을까." 똔은 흑흑 울었다. 껀이 물었다. "캄 생각은 어때?" 캄이 말했다. "형들 생각대로 따를게요." 껀이 물었다. "키엠은 왜 그렇게 말이 없어?" 키엠이 물었다. "형은 어쩔 작정이유?" 껀이 말했다. "생각 중이다." 도아이가 말했다. "거참, 더럽게 오래 걸리네. 아버지를 돌아가시게 두자는 데 동의하는 사람 손들어, 내가 표결할 테니까."

끼엔 영감의 뇌 수술이 있던 날, 싱과 똔을 제외한 나머지 형제들은 모두 병원에 모였다. 수술은 42분간 계속되었다. 대기실에서 기다리다가 도아이가 캄에게 말했다. "노인네 아직 유언장도 안 써놨는데 고비를 만났으니 나중에 재산은 어떻게 나누지?" 캄이 말했다. "껀 영감 욕심이 많다고요. 우리는 길바닥에 나앉을 거야." 도아이가 말했다. "내년에 미쩐이랑 결혼할 때 눈부셔라 아잉 씨가 금 열 돈을 주겠다고 약속했어. 금 열 돈이면 집을 살 수 있다고 했었지?" 캄이 말했다. "나라면, 그걸 바로 20~30돈으로 늘리겠어." 도아이가 말했다. "사업에 소질이 있다면야 진짜 좋지. 문학이나 예술 같은 다른 재주는 전부 다 쓸모가 없다니까."

껀이 들어가서 의사를 만났다. 잠시 후 밖으로 나오면서 고개를 저었다. "의사가 한 달쯤 후에 아버지 데려가래."

끼엔 영감을 데려온 날, 머리에 붕대를 감은 끼엔 영감은 뭘 물어도 말이 없고 눈은 흐리멍덩했다. 집 안으로 들어와서 싱이 붕대를 풀었다. 끼엔 영감의 머리에는 머리카락 한 올 남지 않았고 달걀같이 큰 혹이 하나 돋아 있었다. 보름 후, 이 혹은 자몽 반만 한 크기로 커졌다. 손가락으로 눌러보면 그 속에 두부 같은 찌꺼기가 들어 있는 것 같았다. 세게 누르면 깊게 패고 살살 누르면 조금 패었다. 싱이 정말 힘겹게 돌보고 있었다.

캄이 도아이에게 물었다. "이 병 옮는 거예요?" 도아이가 말했다. "멀리하는 게 좋겠지. 조심해라. 껀 영감 내외는 돈이 있잖아. 키엠 녀석도 돈이 있고. 너랑 나는 어쩌다 병이라도 걸리면 무슨 돈이 있어서 치료하겠냐?"

오래지 않아 끼엔 영감은 계속 신음을 내면서 헛소리를 하게 되었다. "죽게 해줘, 아파죽겠어." 집안 분위기는 어두워지고 모두가 다 마음이 아팠다. 심지어 똔조차 걸레질을 그만두고 하루 종일 변소 옆 창고 방에서 웅크리고 앉아 있기만 했다.

시내에서 내려온 히엔 부인은 자기 오빠가 고통으로 몸부림치는 모습을 보고 눈물을 흘렸다. "오라버니, 전생에 무슨 죄를 지었길래 이렇게 불쌍하고 불쌍하게 죽는 거예요." 히엔 부인이 말했다. "너희들이 보기에는 어떠냐? 이렇게 그냥 둬야 하는 거니?" 껀이 말했다. "어떻게 하면 좋을까요?" 히엔 부인이 말했다. "내 친구 하나가 『무상경無常經』을 가지고 있어. 지금 그거 베껴 와서 읽으면 운 좋게도 오라버니가 편안히 가게 될지도 몰라." 도아이가 말했다. "그럴 것까지야."

히엔 부인은 키엠에게 태워다 달래서 시내에 있는 친구 집으로 가 『무상경』을 베껴 왔다. 키엠은 『무상경』을 들고 도아이에게 가서 말했다. "형이 글을 잘 아니까 형이 읽으슈." 도아이는 종이를 받아 들고 가로로 세로로 돌려 보더니 고개를 저었다. "네가 이렇게 써 온 글씨는 무슨 말인지 알아볼 수가 없어. 껀 형의 회계장부 같구먼."

키엠이 방으로 들어가 경을 읽었다. 그때가 해 질 무렵이었다. 히엔 부인은 향을 피우고 옆에 앉았다. 끼엔 영감은 처음에는 괴로워하다가 나중에는 편안히 누웠다. 밤 11시, 모두 잠자리에 들었다. 키엠은 그대로 앉아서 경을 읽었다. 읽고 또 읽었다. 경의 요지는 곧 죽을 이의 죄를 사하여주고 업보는 살아 있는 사람이 짊어지게 해달라고 부처님께 기원하는 것이었다. 이해하기 힘든 이야기였다. 그 밤 내내 키엠은 자리에 앉아서 경을 읽었다. 목소리가 변해버렸다. 다음 날 새벽 4시가 되어서야 끼엔 영감은 숨을 멈췄다. 입술에는 미소가 어른거렸다. 아주 인자하고 진실해 보였다. 키엠은 아버지의 눈을 감겨주고 방으로 가 껀을 불렀다. 식구들 모두 일어났다.

도아이가 말했다. "노인네 갔네. 정말 다행이군. 내가 가서 관 사 올게."

보통 날

끼엔 영감 장례를 지내고 100일 후에 싱은 딸을 낳았다. 싱을 맞이하면서 식구들은 축하 잔치를 마련했다. 껀과 캄은 시장에 갔다. 키엠은 요리를 했다. 도아이와 똔은 청소를 했다. 미란과 미찐도 꽃을 사 들고 참석했다.

잔치가 시작되자, 모두들 싱을 가운데 자리에 앉혔고 양옆으로는 미란과 미쩐이 앉았다. 싱은 아름답게 빛났다. 도아이가 컵에 술을 따라 들고는 일어서서 말했다. "내가 들고 있는 이 술잔은 바로 인생입니다. 술은 달기도 하고 쓰기도 하죠. 인생을 받아들인다면 잔을 들어주십시오. 망할 놈의 인생이지만 기막히게 아름답네요. 저기 새로 태어난 아기를 위하여, 녀석의 미래를 위하여." 모두 잔을 들었다. 도아이가 말했다. "잠깐. 근데 녀석 이름은 뭐로 하지?" 모두 웃었다. 모두 함께 즐겁게 술을 마셨다. 키엠이 말했다. "형수, 이 응우옌시 가문의 며느리로 살아보니 힘듭디까?" 캄이 말했다. "형수, 미란이랑 미쩐이 무서워하지 않도록 말 잘해야 해요." 싱이 웃었다. "계속 이렇다면야 힘들지 않죠." 껀이 물었다. "그럼 보통 때는 힘들다는 말인가?" 싱이 말했다. "힘들죠. 얼마나 치욕스러운데요. 고통스럽기도 하고 애통하기도 하죠. 근데 너무 가여워요." 똔이 미소를 지으며 멍하게 되뇌었다. "너무 가여워요!"

집배원이 대문을 지나 들어왔다. "129번지 맞죠? 전보 왔습니다." 껀이 나가서 확인하고 말했다. "푹옌에 사는 비 삼촌이 어제 아침 8시에 돌아가셨대." 도아이가 말했다. "잠깐 치워두슈. 늙은 어른들이 죽는 게 뭐가 이상하다고? 계속 즐기자고요. 자, 드세요, **장군님들!**"

퇴역 장군

1

이 글을 쓰면서 나는 지인 몇 사람의 마음속에 시간이 지워버린 감정을 불러일으켰고, 바로 내 아버지의 무덤이 속한 고요한 세계를 침범했다. 나는 그렇게 할 수밖에 없었다. 부디 나로 하여금 글을 쓰도록 다그치는 감정들을 존중하시어 나의 부족한 글재주를 용서해주십사 독자 여러분께 부탁하는 바이다. 이 감정은, 미리 말씀드리지만, 아버지에 대한 나의 비호다.

아버지의 이름은 투언이고, 응우옌씨 집안의 장남이다. 마을에서 응우옌씨는 구성원이 많은 성씨로, 장정의 수로 따지자면 아마도 가장 많은 부씨 다음일 것이다. 전에 내 할아버지는 유학을 공부했고, 나중에는 학문을 가르쳤다. 할아버지에게는 두 명의 아내가 있었다. 첫째 부인은 내 아버지를 낳은 지 며칠 지나지 않아 돌아가셨고, 그 때문에 할아버지는 재혼을 해야만 했다. 둘째 부인은 옷감에 물을 들이는 일을 했다. 나는 얼굴은 잘 알지 못하고, 한없이 엄한 여자였다는 말만 들었을 뿐이다. 계모와 살면서 아버지는 소년 시절에 이미 혹독한 일들을 많이 견뎌야 했다. 열두 살 되던 해에 아버지는 집을 뛰쳐나오고 말았다. 군에 입대하고 나서는 집에 거의 오지 않았다.

몇 년도쯤엔가 아버지는 마을로 돌아와 혼인을 했다. 이 혼인이 사랑에 의한 것이 아님은 확실했다. 많은 업무를 뒤로하고 얻은 열흘의 휴가였다. 사랑이라는 건 조건을 필요로 한다. 물론 그중에는 시간도 포함된다.

나는 일을 했고 아내를 얻었고 아이를 낳았다. 어머니는 늙어갔다. 아버지는 오래도록 감감무소식이었다. 가끔은 집에 들르기도 했지만 매번 짧게 있다 돌아갔다. 아버지가 보내오는 편지 역시 비록 행간에 많은 애정과 근심이 숨겨져 있다는 걸 알고 있었지만 짧기는 마찬가지였다.

나는 외동이다. 나는 모든 면에서 아버지의 은혜를 입었다. 공부를 할 수 있었고 외국도 나가게 되었다. 가족의 모든 물질적인 기반까지 아버지가 책임졌다. 교외에 자리한 우리 집은 아버지가 퇴역하시기 8년 전에 지은 것이다. 아름다운 별장식 주택이지만 꽤 불편하다. 나는 아버지의 친구인 어느 저명한 건축 전문가의 설계에 따라 집을 지었다. 그는 대령으로, 병영을 짓는 일에만 정통할 뿐이었다.

70세가 되던 해에, 아버지는 소장으로 퇴역했다.

미리 알고는 있었지만, 아버지가 돌아왔을 때 나는 당황스러웠다. 어머니는 노환으로 정신이 오락가락했고(어머니는 아버지보다 여섯 살이 많았다), 그래서 사실 집에서 유일하게 나 혼자만 이 사건에 감정이 특별했다. 아이들은 아직 어렸다. 아내는 아버지에 대해 거의 알지 못했다. 우리 둘은 아버지가 소식을 끊고 지냈을 때 결혼했기 때문이다. 당시는 전쟁이 있던 때였다. 그렇긴 해도 우리 가족들 사이에서 아버지는 언제나 영광과 자부심의 상징이었다. 집안 전체에서도, 마을에서도 모든 사람이 아버지의 명성을 앙망했다.

아버지는 돌아왔고 짐은 간소했다. 아버지는 건강했다. 그는 말했다. "내 인생의 큰일을 끝마쳤다!" 내가 말했다. "네." 아버지가 웃었다. 감격스러운 심정이 온 집안에 번졌다. 모두들 보름 가까이 거나하게 취해 비틀거렸고 생활은 제멋대로였으며 어느 날은 밤 12시에야 겨우 점심을 먹기도 했다. 손님들이 떼를 지어 우르르 놀러 왔다. 아내가 말했다. "이렇게 놔두면 안 되겠어요." 나는 돼지를 잡게 하고 기쁨을 함께 나누고자 마을 사람들과 친척들을 초대했다. 우리 마을은 도시에서 가깝긴 했지만 농촌의 풍속을 유지하고 있었다.

꼭 한 달이 지나서야 겨우 아버지와 마주 앉아 집안일을 논의할 기회가 생겼다.

2

이야기를 계속하기 전에 나의 가족을 소개하겠다.

나는 서른일곱 살이고 물리 연구소에서 일하는 엔지니어다. 아내 투이는 의사이며 산부인과에서 일한다. 우리에게는 열네 살, 열두 살 먹은 딸 둘이 있다. 어머니는 정신이 오락가락하고 하루 종일 한자리에 앉아만 있다.

언급한 사람들 외에 꺼 아저씨와 그의 괴상한 딸도 우리 가족이다.

60세인 꺼 아저씨는 타인호아* 사람이다. 아저씨 집이 불타버리고 재산을 모조리 잃었을 때 아내가 아저씨 부녀를 알게 되었다. 아저씨 부녀가 착하기도 하고 불쌍하기도 해서 아내는 그들이 우리와 함께 지낼 수 있도록 해주었다. 아저씨 부녀는 별채에 머물며 따로 생활했지만 모든 기반은 아내가 공급했다. 호적이 없었기 때문에 그들은 도시에 사는 다른 사람들처럼 식량과 식품 배급표를 받지 못했다.

꺼 아저씨는 온순하고 몸을 사리지 않았다. 아저씨는 주로 정원과 돼지, 닭, 종견 들을 돌보는 일을 맡았다. 우리 집에서는 셰퍼드를 키웠다. 개를 기르는 일이 소득이 크다는 걸 나역시 알지 못했었다. 이 수입이 우리 집에서 가장 많았다. 라이는 비록 괴상하기는 했지만 육체노동과 집안일을 잘했다. 아내는 라이에게 말린 돼지껍질 요리하는 법, 버섯 요리하는 법, 닭 삶는 법을 가르쳐주었다. 라이가 말했다. "저는 그렇게 먹어본 적이 없어요." 그녀는 정말 먹지 않았다.

우리 부부와 두 아이는 집안일을 걱정할 필요가 없었다. 먹고 마시는 것에서부터 빨래며 모든 집안일을 두 사람에게 맡겼다. 아내는 지출 내역을 관장하는 지휘권을 쥐고 있었다. 나는 일이 많아 바빴다. 현재는 전기분해 응용연구에 몰두하고

---

* 타인호아Thanh Hóa: 베트남 중북부에 있는 성.

있다.

더 이야기해둘 필요가 있겠다. 우리 부부의 정서적 소통은 순조로웠다. 투이는 학식이 있는 여자였고 현대적인 스타일의 삶을 살았다. 우리는 독립적으로 사고하고 사회적인 문제들을 상대적으로 간소하게 바라보았다. 투이는 경제적인 문제들뿐만 아니라 아이들을 교육하는 문제에 통달했다. 그리고 나는, 아무래도 꽤 구식이고 무슨 일을 벌일지 알 수 없으며 조야하고 미숙한 것 같다.

3

우리 부자가 마주 앉아 집안일을 논의하는 대목으로 돌아가겠다. 아버지가 말했다. "퇴역했는데, 아버지는 뭘 할까?" 내가 말했다. "회고록을 쓰세요." 아버지가 말했다. "아니야!" 아내가 말했다. "앵무새를 길러보세요." 요즘 도시에서는 많은 사람이 흰눈썹웃음지빠귀나 앵무새를 기른다. 아버지가 말했다. "돈을 벌라는 말이냐?" 아내는 대답하지 않았다. 아버지가 말했다. "생각해보마!"

아버지는 집안사람들 모두에게 군용 옷감 4미터씩을 나누어주었다. 꺼 아저씨와 라이에게도 주었다. 나는 웃었다. "아버지는 공평하시네요!" 아버지가 말했다. "그런 게 사는 도리지." 아내가 말했다. "온 집안이 단체복을 맞춰 입으면 군대가 되겠네요." 모두들 웃음을 터뜨렸다.

아버지는 어머니처럼 별채의 방에서 머물기를 원했다. 아내는 동의하지 않았다. 아버지는 언짢았다. 어머니가 따로 머물면서 홀로 식사하는 것이 아버지를 불안하게 했다. 아내가 말했다. "어머니는 온전치 않으시니까요." 아버지는 마음이 쓰였다.

두 딸아이가 왜 할아버지에게 잘 다가가지 않는지 나 역시 이해할 수 없었다. 나는 아이들에게 외국어와 음악을 가르친다. 아이들은 언제나 바쁘다. 아버지가 말했다. "얘들아, 책 있으면 읽게 좀 다오." 미가 웃었다. 그리고 비가 말했다. "할아버지 뭐 읽고 싶으세요?" 아버지가 말했다. "읽기 쉬운 거." 두 아이가 말했다. "그럼 없어요." 나는 아버지를 위해 일간신문을 구독했다. 아버지는 문학을 좋아하지 않았다. 요즘 예술 문학은 읽기가 매우 어렵다.

어느 날 내가 직장에 갔다 돌아와 보니 아내가 대규모로 기르는 닭과 개의 우리 앞에 아버지가 서 있었다. 아버지는 기분이 좋아 보이지 않았다. 내가 물었다. "무슨 일 있으세요?" 아버지가 말했다. "꺼와 라이가 너무 바쁘구나. 둘이서 모든 일을 다 할 수는 없어. 내가 두 사람을 도와주고 싶은데, 괜찮겠니?" 내가 말했다. "투이에게 물어볼게요." 아내가 말했다. "아버님은 장군이세요. 퇴역하셨어도 여전히 장군이시라고요. 아버님은 지휘관이잖아요. 아버님이 병사나 하는 일을 한다면 장기판이 엉망이 된다고요." 아버지는 아무런 말도 하지 않았다.

아버지는 퇴역했지만 손님이 많이 찾아왔다. 나로서는 놀랍기도 하고, 즐겁기도 한 일이었다. 아내가 말했다. "기뻐하지 말아요…… 그 사람들은 그저 부탁이나 하러 오는 거라고요.

아버님, 능력을 벗어나는 일은 하지 마세요." 아버지는 웃었다. "별것 아니다…… 난 그저 편지 한 장 써줄 뿐인데 뭐…… 예를 들자면, '군관구 사령관 N에게…… 내가 자네에게 이 편지를 쓰네…… 50 몇 년 만에 처음으로 음력 3월 3일 명절을 내 집에서 보낸다네. 전장에 있을 때 우리 둘은 꿈을 꾸었지. 어쩌고저쩌고…… 자네 길가에 있던 마을 기억하는가? 후에가 곰팡이 핀 밀가루로 바인쪼이*를 만들었지. 밀가루가 등허리에 여기저기 묻었었는데. 어쩌고저쩌고…… 이참에 말이야, 내가 아는 사람 중에 M이라고 있는데, 자네 관할하에 있는 일을 하고 싶은가 봐. 어쩌고저쩌고……' 이렇게 편지를 써도 되겠느냐?" 내가 말했다. "되죠." 아내가 말했다. "안 돼요!" 아버지는 턱을 긁적였다. "사람들이 나한테 부탁하는데."

아버지는 늘 겉면에 '국방부'라고 인쇄된 가로 20, 세로 30센티미터 크기의 빳빳한 종이로 만든 공문서 봉투에 편지를 넣어 부탁한 사람에게 들려 보냈다. 석 달 후에 그 봉투는 전부 소진되고 말았다. 아버지는 학생용 공책 표지를 이용해 역시 가로 20, 세로 30센티미터 크기의 봉투를 만들었다. 1년 후, 아버지는 우체국에서 5동에 열 개씩 판매하는 평범한 봉투에 편지를 넣었다.

---

* 바인쪼이bánh trôi: 바인쪼이-바인짜이bánh chay. 중국에서 유래한 베트남 북부 지역의 전통 떡. 음력 3월 3일 한식날에 사람들이 이 두 종류의 떡을 즐겨 먹기 때문에 이날을 '바인쪼이 바인짜이 날'이라고 부르기도 한다. 주재료인 찹쌀과 멥쌀을 반죽해 직경 2~4센티미터 정도의 동그란 모양으로 빚은 후 녹두나 설탕 등으로 속을 채워 만든다.

그해 7월에, 그러니까 아버지가 퇴역하시고 나서 3개월 후에 집안 친척인 봉 삼촌이 아들을 장가보내게 되었다.

4

봉 삼촌은 내 아버지와 이복형제 간이다. 삼촌의 아들인 뚜언 녀석은 소달구지 모는 일을 한다. 부자는 모두 소름이 끼쳤는데, 몸집은 호법선신*만큼 크면서 말은 제멋대로 지껄였다. 뚜언 녀석이 아내를 얻는 건 이번이 두번째였다. 지난번 아내는 매를 맞다가 너무 아파서 집을 나가버리고 말았다. 법정에서 그는 아내가 남자를 따라 도망갔다고 진술했고, 법관들은 믿을 수밖에 없었다. 이번 아내는 이름이 낌찌이고 제대로 배운 집안의 딸로, 아이들을 가르치는 일을 했는데 어찌나 칠칠치 못했는지 녀석의 아이를 갖게 되었다고 한다. 아름다운 아가씨인 낌찌가 뚜언 녀석의 아내가 된다는 건 말 그대로 '물소 똥 더미에 재스민꽃을 꽂는 일'이었다. 내심 우리는 봉 삼촌 부자를 좋아하지 않으면서도 '피 한 방울이 맹물 한 웅덩이보다 붉다'는 말 때문에 어쩔 수 없이 제사나 명절 때마다 왕래를 했다. 하지만 평상시에는 정이 없었다. 봉 삼촌은 자주 말했다. "지식 있는 나리들은 끔찍하다니까! 노동자들을 멸시하잖아! 녀석 아버지를 봐서 오는 거지, 아니었다면 문 쾅 해버렸을 거야!" 말만 그렇게 할 뿐, 봉 삼촌은 여전히 돈을 빌리러 왔다.

---

* 불법을 수호하는 신.

내 아내는 엄격했다. 언제나 삼촌에게 담보물을 잡히게 했다. 봉 삼촌은 아주 격분하며 말했다. "내가 지 삼촌인데, 어쩌다 보니 저한테 빚을 지게 됐지마는 꼭 지주처럼 군다니까." 삼촌은 수많은 빚을 계속 모르는 체하면서 갚지 않았다.

아들을 장가보내면서 봉 삼촌은 내 아버지에게 말했다. "형님이 혼주를 하셔야죠. 낌찌 아버지는 부기관장이고 형님은 장군이시니까 그래야 '문당호대門當戶對'*잖아요. 나중에 아이들이 형님 복으로 덕을 봐야지요. 저 같은 달구지꾼이야 뭐 귀한 게 있겠습니까!" 아버지는 만족해했다.

교외의 결혼식은 우스꽝스러우면서도 꽤 조야했다. 자동차가 세 대였다. 필터 담배가 있었지만, 식이 끝나갈 때쯤 다 떨어져서 궐련으로 대체해야 했다. 상은 50개를 차렸지만 열두 개에는 손님이 없었다. 신랑은 검은 양복을 입고 빨간 넥타이를 맸다. 나는 옷장에서 가장 예쁜 넥타이를 빌려주어야만 했다. 빌린다고는 했지만 돌려달라고 할 수 있을지는 모르겠다. 신랑 들러리를 맡은 여섯 명의 청년은 모두 푸른 데님을 위아래로 똑같이 차려입었고 수염을 끔찍하게 길렀다. 결혼식 시작 무렵에는 라이브 악단이 「아베 마리아」를 연주했다. 뚜언 녀석과 같은 소달구지 합작사**에 있는 한 남자가 무대로 뛰어올라 끔찍한 독창 한 곡을 뽑았다.

---

* 두 집안의 사회적 지위나 형편이 서로 비슷하다는 뜻.
** 개인 경제를 사회주의 경제로 전환하는 과도적인 역할을 담당했던 지역 협동조합을 가리킨다.

음…… 에…… 바비큐 치킨

나는 강호의 이곳저곳을 방랑하네

돈이 있는 곳을 찾아서

돈아, 어서 내 주머니로 들어와라

음…… 에…… 병든 치킨

그다음은 내 아버지 차례였다. 아버지는 당황해하며 괴로워
했다. 공들여 준비한 글은 아무 소용이 없었다. 마침표 뒤에 클
라리넷 연주가 아주 제멋대로 깔렸다. 폭죽이 요란하게 터졌
다. 아이들은 쓸데없는 소리라고 평했다. 아버지는 문단 중간
에서 건너뛰었다. 종이를 손에 쥐고서는 몸을 벌벌 떨었다. 무
질서하고 아주 일상적인 듯 태연하면서도 조잡하고 심지어는
오탁하기까지 한 오합의 무리가 그를 두렵고 아프게 했다. 사
돈인 부기관장 역시 놀라움에 빠져 당황스러워하며 신부의 치
마에 술까지 쏟았다. 아무것도 들리지 않았다. 라이브 악단이
귀에 익은 비틀스와 아바의 신나는 노래들로 모든 것을 덮어버
렸다.

그 후, 아버지의 머리를 복잡하게 만든 첫번째 사건은 낌찌
가 결혼식 이후 단 열흘 만에 아이를 낳았다는 것이었다. 봉
삼촌네 가족은 스캔들에 휘말렸다. 삼촌은 술에 취해 며느리를
문밖으로 내쫓았다. 뚜언 녀석은 칼을 들고 아버지를 베었으나
다행히도 칼이 미끄러졌다.

하는 수 없이 아버지는 조카며느리를 집으로 들여야 했다.
우리 가족은 입이 둘 늘었다. 아내는 아무런 말도 하지 않았다.

라이에게는 임무가 하나 더 늘었다. 라이는 무심했지만, 다행히도 아이를 좋아했다.

5

어느 날 밤, 내가 『스푸트니크』*지를 읽고 있는데 아버지가 말없이 들어왔다. 아버지가 말했다. "너에게 할 말이 있다." 나는 커피를 탔지만 아버지는 마시지 않았다. 아버지가 말했다. "너 투이가 하는 일에 신경은 쓰는 거냐? 아비는 계속 떨리는구나."

아내는 산부인과에서 일하는데 태아를 긁어내서 절단하는 일을 맡고 있다. 매일 버려지는 태반을 투이가 아이스박스에 담아 가져온다. 꺼 아저씨는 그것을 끓여 개와 돼지에게 먹인다. 사실 이 일은 나도 알고 있었지만 아무 말도 하지 않았다. 전혀 중요하지 않았다. 아버지는 나를 데리고 부엌으로 가서 여물 끓이는 솥을 가리켰다. 그 안에는 자그마한 태아 조각들이 있었고 불그스름한 작은 손가락들도 보였다. 나는 침묵했다. 아버지는 울었다. 그는 아이스박스를 들어 셰퍼드들에게 던져버렸다. "제기랄! 나는 이런 돈 필요 없다." 개들이 짖어댔다. 아버지는 집 안으로 들어가 버렸다. 아내가 들어와 꺼 아저씨에게 말했다. "왜 분쇄기에 넣지 않았어요? 왜 아버님이 알도록

---

* 『스푸트니크Sputnik』: 소비에트 연방의 잡지로, 1967년부터 1991년까지 여러 언어로 출판되었다.

두었냐고요?" 꺼 아저씨가 말했다. "깜빡했습니다. 죄송합니다, 사모님."

12월에 아내는 사람을 불러 셰퍼드들을 모조리 팔아버렸다. 아내가 말했다. "당신 갈랑 담배 끊으세요. 올해 우리 집 수입은 2만 7천이 빠졌고 지출은 1만 8천이 넘쳤다고요. 합하면 4만 5천이라고요."

낌찌는 휴가 기간이 끝나 다시 일을 나가기 시작했다. 그녀가 말했다. "아주버님, 형님, 감사했습니다. 이제 아이를 데리고 집으로 갈게요." 내가 물었다. "어디로 가려고요?" 뚜언 녀석은 깡패 짓을 하다가 감옥에 간 상태였다. 낌찌는 아이를 데리고 친정 부모님 집으로 갔다. 아버지가 택시를 대절해 집까지 데려다주었다. 아버지는 거기서 하루 머물면서 낌찌의 아버지인 부기관장과 노닐다 왔다. 인도에 출장 갔다 막 돌아온 그는 아버지에게 꽃무늬 비단과 만능 고약 50그램을 선물했다. 아버지는 꽃무늬 비단은 라이에게, 고약 50그램은 꺼 아저씨에게 주었다.

6

음력설 전에 꺼 아저씨가 우리 부부에게 말했다. "두 분께 한 가지 부탁드리고 싶은 게 있는데요." 아내가 물었다. "무슨 일이에요?" 꺼 아저씨는 앞뒤가 전혀 맞지 않게 횡설수설했다. 대강 고향에 다녀오고 싶다는 말이었다. 6년간 우리와 함께 살면서 저축을 해온 꺼 아저씨는 고향에 가서 아내의 묘를 이장해주고 싶어 했다. 오래도록 놔두어서 분명히 판자가 내려앉았을 것이다. '죽은 이에 대한 의義는 마지막 의義'다. 도시에 살면서 고향에 찾아가 친척들에게 뽐내고 싶기도 했을 것이다. 벌써부터 이러는 걸 보면, 나중에는 '여우가 죽은 지 3년이면 머리를 산으로 돌릴'* 것이다. 아내가 말을 잘랐다. "그래서 언제 갈 거예요?" 꺼 아저씨는 머리를 긁적였다. "열흘 동안 가려는데, 음력 섣달 23일 전에 하노이로 돌아오려고요." 아내는 계산을 했다. "가도 돼요. 여보 투언 오라버니(투언은 내 이름이다), 당신 휴가 낼 수 있어요?" 내가 말했다. "낼 수 있어." 꺼 아저씨가 말했다. "저희는 어르신을 모시고 고향으로 놀러 가고 싶은데요. 여행 가는 것처럼요." 아내가 말했다. "저는 싫어요. 근데 아버님은 뭐라고 하세요?" 꺼 아저씨가 말했다. "어르신은 동의하셨어요. 어르신이 아니었다면 제가 어떻게 저희 묘 이장하는 일을 기억했겠어요." 아내가 물었다. "그럼 아저씨랑 따님이랑 얼마나 가지고 있어요?" 꺼 아저씨가 말했다. "저한테 3천 동이 있고, 어르신이 2천 동을 주셨으니까, 5천 동요." 아내가 말했다. "됐어요, 아버님 돈 2천 동 대신 내가 그 2천 동을 줄게요. 그리고 5천 동 더 드릴게요. 그럼 아저씨 부녀한테 만 동이 생기는 거죠. 갈 수 있겠네요."

출발하기 전날, 아내는 밥을 했다. 온 가족이 둘러앉아 밥을 먹었다. 꺼 아저씨와 라이도 함께 먹었다. 아버지가 돌아오던

---

* '호사수구狐死首丘'에서 비롯된 베트남 속담으로, '죽은 후에도 자신의 근본을 잊지 않는다'는 의미.

날 선물한 천으로 만든 새 옷 한 벌을 차려입은 라이는 신이 났다. 미와 비 두 녀석이 놀려댔다. "라이 언니가 제일 예쁘다니까." 라이는 작게 웃었다. "아휴, 아니야. 사모님이 제일 예쁘시지." 아내가 말했다. "차 타고 내릴 때마다 할아버지를 부축해드려야 한다." 아버지가 말했다. "그냥 가지 말까?" 꺼 아저씨는 펄쩍 뛰었다. "아이고, 제가 이미 전보를 쳤는걸요. 한 소리 듣는다고요." 아버지는 한숨을 쉬었다. "나한테서 무슨 소리가 난다고 듣는다는 건가?"

7

아버지는 일요일 아침에 꺼 아저씨, 라이와 함께 타인호아에 갔다. 월요일 밤에 내가 텔레비전을 보는데 '쿵' 소리가 나서 서둘러 밖으로 나가보니 어머니가 정원 귀퉁이에 쓰러져 있었다. 어머니는 지금까지 4년간 정신이 온전치 않아서 주는 대로 먹고 마셨고, 부축해서 화장실에 데려가야 했다. 매일 라이가 돌보았기 때문에 문제가 없었다. 오늘은 내가 부주의한 탓에 밥만 먹이고 화장실에 데려가지 않았던 것이다. 나는 어머니를 부축해 안으로 들어왔다. 노인네는 연신 머리를 숙였다. 아픈 것 같지는 않았다. 한밤중에 잠에서 깬 나는 어머니가 차갑게 식어 눈에 초점이 풀린 것을 보았다. 나는 무서워서 아내를 불렀다. 투이가 말했다. "어머니는 늙으셨어요." 다음 날 어머니는 식사를 하지 않았고, 그다음 날에도 식사를 하지 않은 채 화장실에 가려고 하지도 않았다. 나는 빨래를 하고 요를 갈

왔다. 열두 번이나 하는 날도 있었다. 투이와 두 아이가 깨끗한 것을 좋아한다는 걸 알았기 때문에 나는 바로바로 요를 갈았고, 집에서 빨지 않고 수로까지 가져가서 빨았다. 어머니는 약을 먹이면 연신 토해냈다.

토요일에는 어머니가 갑자기 일어나 앉을 수 있게 되었다. 천천히 혼자서 정원으로 나갔다. 밥도 먹었다. 내가 말했다. "잘됐어." 아내는 아무 말도 하지 않았는데, 그날 오후에 하얀 천 10미터를 끊어 오고 목수도 부르는 것을 보았다. 내가 물었다. "준비하는 거야?" 아내가 말했다. "아니에요."

이틀 후에 어머니는 꼼짝 않고 누워서 밥도 안 먹고 전처럼 변을 보았다. 건강이 빠르게 쇠약해졌고, 냄새가 아주 지독한 짙은 갈색 물을 토했다. 나는 삼을 먹였다. 아내가 말했다. "삼 드리지 말아요. 어머니 힘드시니까." 나는 울음을 터뜨렸다. 아주 오랜만에 그렇게 울음을 터뜨렸다. 아내는 잠자코 있다가 말했다. "당신 마음대로 해요."

봉 삼촌이 문안을 왔다. 그가 말했다. "어머님이 이렇게 침대 위에서 계속 가로로 세로로 뒹굴뒹굴하고 있으면 곤란한데!" 그러고는 물었다. "형님, 형수님 저 알아보시겠어요?" 어머니가 말했다. "알아." 봉 삼촌이 다시 물었다. "그럼 제가 누구예요?" 어머니가 말했다. "사람이지." 봉 삼촌은 울음을 터뜨렸다. "그럼 형수님이 저를 가장 예뻐라 하시는 거네요. 온 친척이랑 온 마을이 저더러 개자식이라고 하는데요. 제 마누라는 저보고 사기꾼이래요. 뚜언 녀석은 저를 비겁한 놈이라고 불러요. 누님만 저를 사람이라고 불러주시네요."

무례하고 대담하며 온갖 비인간적이고 의롭지 못한 일들을 자행하던 소달구지꾼 삼촌이 처음으로 내 눈앞에서 어린아이가 되었다.

8

아버지가 집에 돌아오고 나서 여섯 시간 후에 어머니는 돌아가셨다. 꺼 아저씨와 라이가 말했다. "저희 때문이에요. 저희가 집에 있었으면 할머니 안 돌아가셨을 텐데." 아내가 말했다. "쓸데없는 소리는." 라이가 울었다. "할머니, 할머니 저를 속이고 가시네요! 왜 제가 시중들지 못하게 하시는 거예요?" 봉 삼촌이 웃었다. "너 할머니 시중들고 싶으면 따라가라, 내가 관뚜껑 덮어줄 테니." 어머니를 염할 때 아버지는 울었다. 아버지가 봉 삼촌에게 물었다. "왜 할멈 몸이 이렇게 빨리 쇠약해진거냐? 늙은이는 전부 다 이렇게 힘들게 죽는 거냐?" 봉 삼촌이 말했다. "형님 헛소리하시네요. 매일 우리나라에서는 수천 명씩 고되게 힘들게 고통스럽게 죽어간다고요. 형님 같은 군인들이나 '탕' 한 발이면 편안해지는 거죠."

나는 천막을 치고 목수에게 관을 덮으라고 했다. 꺼 아저씨는 일전에 아내가 잘라놓으라고 했던 판자 더미 곁을 계속 서성거렸다. 목수가 고함을 쳤다. "우리가 나무를 훔쳐 가기라도 할까 봐 무서운 겁니까?" 봉 삼촌이 물었다. "몇 센티짜리 판자냐?" 내가 말했다. "4센티미터요." 봉 삼촌이 말했다. "소파 한 세트가 날아가 버렸네. 누가 매그놀리아 목재로 관을 만들더냐? 묘 이장할 때 판자는 나를 줘라." 아버지는 우울하게 앉아 있었는데 그 모습이 너무나도 고통스러워 보였다.

봉 삼촌이 말했다. "투이 조카, 닭 좀 삶아주고 찹쌀밥 좀 만들어주게." 아내가 물었다. "찹쌀 몇 킬로나 할까요, 삼촌?" 봉 삼촌이 말했다. "네미, 오늘따라 왜 이렇게 고분고분한 거냐? 3킬로!" 아내가 나에게 말했다. "당신 집안사람들은 끔찍해죽겠어."

봉 삼촌이 나에게 물었다. "이 집은 누가 **경제를 통솔**하나?" 내가 말했다. "제 아내요." 봉 삼촌이 말했다. "그건 평상시 얘기고. 내가 묻는 건 이 **장례식에서 누가 경제를 통솔**하느냔 말이야?" 내가 말했다. "제 아내요." 봉 삼촌이 말했다. "안 돼 조카야, 피가 다르면 마음이 없는 법이야. 내가 네 아버지한테 말하마." 내가 말했다. "제가 할게요." 봉 삼촌이 말했다. "나한테 4천 동을 줘라. 넌 몇 상이나 차릴 참이냐?" 내가 말했다. "열상요." 봉 삼촌이 말했다. "상여꾼들이 배를 씻기에도 부족해.* 네 마누라랑 다시 상의해라. 40상은 돼야지." 나는 삼촌에게 4천 동을 주고 집 안으로 들어갔다. 아내가 말했다. "다 들었어요. 저는 30상 생각하고 있어요. 한 상에 800동이니까, 3, 8에 24. 2만 4천 동에 딸린 비용 6천 동. 사고파는 건 제가 알아서 할게요. 음식 장만은 라이에게 맡길 거고요. 봉 삼촌 말은 듣지 말아요. 그 노인네 사기꾼이라고요." 내가 말했다. "봉 삼촌이 4천 동 가져갔어." 아내가 말했다. "당신도 참." 내가 말했다. "내가 다시 달라고 할게." 아내가 말했다. "됐어요, 수고비 드렸

* '아주 적은 양'이라는 뜻.

다고 생각하죠 뭐. 그 노인네 사람은 좋은데 가진 게 없어서."

악단으로 네 명이 왔다. 아버지가 나가서 맞이했다. 입관은 오후 4시에 했다. 봉 삼촌이 어머니의 입을 벌리고 카이딘 동전인 찐*과 알루미늄으로 된 하오**를 섞어 아홉 개의 동전을 넣어주었다. 그가 말했다. "배 타고 가시라고요." 그러고 나서 또똠*** 한 벌을 넣었는데 땀꾹**** 카드 몇 장도 섞여 있었다. 그가 말했다. "괜찮아, 형수님은 옛날에 땀꾹도 하셨으니까."

그날 밤, 나는 어머니의 관 옆에 앉아 이런저런 온갖 것에 대한 생각에 잠겼다. 죽음이라는 건 어느 누구 하나 빠짐없이 우리 모두에게 다가온다.

봉 삼촌은 상여꾼 몇과 함께 마당에 앉아 돈내기 땀꾹을 치고 있었다. 거의 이길 때쯤 되면 봉 삼촌은 어머니 관으로 달려가 손을 모아 기도했다. "형수님께 빕니다. 저 사람들 주머니를 정말로 탈탈 털 수 있게 형수님이 저 좀 도와주시오."

미와 비 두 녀석도 나와 함께 깨어 있었다. 미가 물었다. "왜 죽어서 배 타고 갈 때도 돈을 내야 하는 거예요? 왜 할머니 입에 돈을 넣어요?" 비가 말했다. "저게 돈 먹고 입 다문다는 거

---

* 응우옌Nguyễn왕조의 열두번째 황제인 카이딘(Khải Định, 재위 1916~1925) 시대에 주조된 동전. 동전의 단위인 '찐chinh'은 '하오hào'보다 작은 단위이다.

** 하오hào: 베트남민주공화국(북베트남)의 화폐 단위로 지폐와 동전으로 구성되어 있다. 10하오가 1동에 해당한다. 단위가 너무 작아 1986년에 발행이 중단되었다.

*** 또똠tố tôm: 베트남 민간에서 보편적으로 즐기는 카드놀이 중 하나. 놀이 규칙이 다소 어려우며, 남성 또는 노인 들이 주로 즐긴다.

**** 땀꾹tam cúc: 베트남 북부 지역에서 보편적으로 즐기는 카드놀이 중 하나. 놀이 규칙이 다소 간단하고 카드의 개수가 적어 여러 계층의 사람들이 즐긴다.

예요, 아빠?" 나는 울었다. "너희들은 이해 못 한단다. 아빠도 이해가 안 돼. 그건 미신이야." 비가 말했다. "저는 이해해요. 사람이 살면서 얼마나 많은 돈이 필요한지 몰라요. 죽어서도 필요한 거죠."

나는 너무나도 외로웠다. 내 아이들도 외로웠다. 노름을 하는 이들도, 내 아버지까지도.

<h1 style="text-align:center">9</h1>

집에서 묘지까지 지름길로 가면 500미터밖에 되지 않았지만 마을 입구를 지나는 주요 도로를 이용하니 2킬로미터는 가야 했다. 길이 좁아서 수레는 지나갈 수 없었기 때문에 상여를 어깨에 짊어지고 가야 했다. 서른 명이나 되는 상여꾼이 서로 교대를 했는데 우리 부부가 이름도 모르는 사람들이 많았다. 그들은 평상시에 늘 하는 일처럼, 집의 기둥을 나르는 것인 양 천진난만하게 관을 날랐다. 가면서 쩌우를 씹기*도 하고 담배를 피우기도 하고 잡담을 하기도 했다. 쉴 때는 관 바로 옆에 아무렇게나 서거니 앉거니 했다. 누워서 뒹굴뒹굴하던 이가 말했다. "진짜 시원하다. 바쁘지 않으면 여기서 이대로 밤까지 잠이나 잘 텐데." 봉 삼촌이 말했다. "자 아버님들, 갑시다. 가서 한잔하자고요." 그렇게 다시 갔다. '아버지는 모셔 가고 어머니

---

* 아시아 및 오세아니아 열대 지역의 보편적인 풍습. 쩌우trầu(베틀후추)잎으로 까우cau(빈랑나무) 열매를 말아 씹는다. 베트남에서는 석회 등을 추가로 바르기도 한다.

는 맞이한다'*는 풍습에 따라 나는 지팡이를 짚고 관 앞쪽에서 뒷걸음으로 걸었다. 봉 삼촌이 말했다. "언젠가 내가 죽으면 내 상여꾼들은 전부 도박꾼들이고 상에는 돼지고기가 아니라 개고기가 오를 거야." 아버지가 말했다. "이 사람, 이런 때 농담이 나오시는가?" 봉 삼촌은 갑자기 입을 꾹 다물더니 울기 시작했다. "형수님, 형수님 절 속이고 가시는군요…… 절 버리고 가시는군요……" 나는 생각했다. '왜 속였다는 거지? 설마 죽은 사람은 전부 산 사람을 속였다는 건가? 이 묘지에는 얼마나 많은 사기꾼이 있는 건가?'

관을 묻고 난 후 모두 집으로 돌아왔다. 한꺼번에 스물여덟 상이 차려졌다. 차려진 상들을 바라보고 있자니 실로 라이가 존경스러워졌다. 상마다 불러댔다. "라이 어디 있어?" 라이는 입으로 연신 네네를 외치며 술이며 고기를 들고 분주하게 날랐다. 밤이 되자 라이는 샤워를 하고 빨래를 마친 후 깨끗한 옷을 입고 제단 앞으로 나와 울었다. "할머니, 죄송해요. 할머니, 제가 할머니를 들판까지 모시지 못했네요…… 일전에 할머니가 게국을 드시고 싶어 했는데 제가 안 만들어드려서 할머니가 못 드셨잖아요…… 이제 시장에 가도 누구한테 줄 선물을 사야 할까요?……" 입맛이 쓰디썼다. 나는 이제까지 10여 년 동

---

* 이 풍습에 따르면, 상주는 아버지의 장례 때에는 관 뒤에서 따라가고 어머니의 장례 때에는 관 앞쪽에서 뒷걸음을 걸으며 관을 이끈다. 베트남 북부 지역에서는 자녀들의 혼례 때에도 이 풍습이 적용되는데, 혼인식 날 신부의 아버지는 자신의 딸을 신랑의 집으로 데려가고 신랑의 어머니는 집에서 신부를 맞이하게 된다.

안 어머니에게 빵 한 조각이나 사탕 한 알 사다 준 적이 없다 는 사실이 기억났다. 라이는 울었다. "제가 집에 있었으면 할머니가 돌아가셨을까요, 할머니?" 아내가 말했다. "울지 마라." 나는 성을 냈다. "그냥 울게 놔둬. 장례식에 울음소리가 안 나면 좀 그렇잖아. 우리 집에서 노인네를 위해 저렇게 울어줄 사람이 어디 있어?" 아내가 말했다. "서른두 상이에요. 내 계산이 얼마나 정확한지 당신 알겠죠?" 내가 말했다. "정확하고말고."

봉 삼촌이 말했다. "내가 시간을 볼게. 노인네한테는 입묘入墓 가 하나, 중상重喪이 둘, 천이天移가 하나* 들었구먼. 부적은 써서 붙일 건가?" 아버지가 말했다. "부적은 무슨 부적…… 내 살면서 3천 명은 묻어봤지만 이런 경우는 처음이네." 봉 삼촌이 말했다. "그러니까 편하고 좋았던 거죠, '탕' 쏘면 끝이었으니까." 삼촌은 손가락 한 개를 들어 올려 방아쇠를 당기는 시늉을 했다.

10

그해 설에, 우리 집은 복사꽃**을 사지 않았고 바인쯩***도 만들지 않았다. 음력 2일 오후에 아버지의 옛 부대에서 사람을

---

* 사주명리학四柱命理學과 관련한 용어.

** 베트남 북부 지역에서는 오행의 중심이자 '번식'을 상징하는 복사꽃이 악귀를 물리치고 가족들에게 풍족하고 즐거운 한 해를 가져다줄 것이라고 믿기 때문에 음력설에 집집마다 연분홍 복사꽃을 준비한다. 반면 베트남 남부 지역에서는 음력설에 노란 매화꽃을 준비한다.

*** 바인쯩bánh chưng: 베트남의 대표적인 음력설 음식. 불린 찹쌀에 녹두, 돼지고기 등으로 소를 넣고 바나나잎이나 코코넛잎으로 네모나게 싼 후 쪄서 만든다.

보내 어머니를 참배하도록 했다. 500동을 올렸다. 이제는 장군이 된, 아버지의 옛 부하 쯔엉 장군이 무덤 앞에 향을 올렸다. 보급장교인 타인 대위가 따라와 하늘을 향해 총을 세 발 쏘았다. 나중에 마을 아이들은 군대가 투언 할머니 묘를 참배하면서 대포를 스물한 발 쏘았다고 지껄였다. 쯔엉 장군이 아버지에게 물었다. "형님, 옛 부대에 방문하고 싶으세요? 5월에 군사훈련이 있어요. 부대에서 차를 보내드리겠습니다." 아버지가 말했다. "그래."

쯔엉 장군은 꺼 아저씨의 안내에 따라 우리 집 소유물들을 둘러보았다. 쯔엉 장군이 아버지에게 말했다. "형님 재산이 정말 억 소리 나네요. 뜰이며 물고기 뛰노는 연못하며 돼지우리랑 닭장에 별장까지. 이 정도면 든든하시겠어요." 아버지가 말했다. "내 아들이 만든 걸세." 내가 말했다. "제 아내가 한 거예요." 아내가 말했다. "라이가 한 거죠!" 라이는 작게 웃었다. 요즘 마치 경련이 일어나는 것처럼 연신 머리를 끄덕이고 있다. "절대 아니에요." 아버지가 농담을 했다. "그럼 V.A.C 모형* 덕분이구나."

음력 3일 날 아침, 낌찌가 아이를 안은 채 시클로를 타고 인사를 왔다. 아내가 세뱃돈으로 천 동을 주었다. 아버지가 물었다. "뚜언 녀석은 편지라도 쓰느냐?" 낌찌가 말했다. "아니요." 아버지가 말했다. "다 내 잘못이구나. 난 네가 아이를 가진 줄 몰랐어." 아내가 말했다. "그건 아무것도 아니에요. 요즘 처녀

---

* 뜰(Vườn, 농산물), 연못(Ao, 수산물), 축사(Chuồng, 가축)로 구성된 농촌 종합 생산 시스템을 이르는 말. 베트남의 여러 농촌 지역에서 보편적인 생산방식이다.

가 어디 있어요. 제가 산부인과에서 일하잖아요. 잘 안다니까
요." 낌찌는 부끄러워 어쩔 줄을 몰랐다. 내가 말했다. "그렇게
말하지 마. 근데 숫처녀로 사는 건 정말 피곤하다고." 낌찌는
울었다. "아주버님, 저희 여자들은 너무 수치스러워요. 딸을 낳
으니까 애간장이 계속 타들어 가네요." 아내가 말했다. "난 딸이
둘인데." 내가 말했다. "그럼, 사람들은 남자로 사는 건 수치스
럽지 않다고 생각하는 건가?" 아버지가 말했다. "남자는 심心이
있는 녀석이라면 수치스럽겠지. 심이 클수록 수치심도 큰 법이
야." 아내가 말했다. "우리 집 사람들은 전부 정신 나간 것처럼
말하네요. 됐어요. 밥이나 먹어요. 오늘 낌찌도 왔으니까 제가
한 사람당 닭연'심'쩜* 한 마리씩 대접할게요. 心心이라고요. 먹
는 게 제일이죠."

11

우리 집 근처에 콩이 산다. 아이들은 그를 공자라고 부른다.**
콩은 느억맘*** 회사에서 일하지만 시를 좋아해서 『반응에**** 신

---

* 닭에 연꽃의 씨앗인 연자의 심을 넣고 끓인 보양식(따옴표 강조는 옮긴이의
것임).

** 그의 이름인 '콩Khổng'이 공자孔子의 베트남어 표기인 '콩뜨Khổng Tử'의 첫
글자와 같아서 '공자'라고 부른 것이다.

*** 느억맘nước mắm: 생선을 소금에 절인 후 발효시켜 만드는 생선 액젓의
베트남식 이름.

**** 반응에văn nghệ: '문예'란 뜻.

문』에 시를 기고한다. 콩은 자주 놀러 온다. 콩이 말했다. "시는 가장 초월적이라고요." 그는 나에게 로르카나 휘트먼 따위를 들려주었다. 나는 콩이 싫었다. 그 친구가 시보다는 뭔가 모험적인 것 때문에 놀러 오는 건 아닌지 약간 의심스러웠다. 어느 날, 아내의 침대에 손으로 베껴 쓴 시집 한 권이 놓여 있는 것을 보았다. 아내가 말했다. "콩이 쓴 시예요. 읽어볼래요?" 나는 고개를 저었다. 아내가 말했다. "당신은 늙었어요." 나는 갑자기 소름이 확 끼쳤다.

직장에서 당직을 서느라 집에 늦게 돌아온 날이었다. 아버지가 문까지 나와 맞이하면서 말했다. "콩 녀석이 해 질 녘부터 놀러 와 있다. 개랑 네 마누라랑 계속 킥킥거리면서 지금까지도 안 가고 있어. 거슬려죽겠구나." 내가 말했다. "아버지 그만 주무세요. 뭐 하러 신경 쓰세요?" 아버지는 고개를 저으며 위층으로 올라갔다. 나는 오토바이를 끌고 나와 휘발유가 다 닳을 때까지 거리 곳곳을 질주했다. 오토바이를 끌고 오다 무위도식하는 사람처럼 꽃밭 한 귀퉁이에 주저앉았다. 얼굴에 분칠을 한 여자가 지나가면서 물었다. "오라버니, 놀러 갈래요?" 나는 고개를 저었다.

콩은 애써 내 얼굴을 피했다. 꺼 아저씨는 너무 싫어하며 어느 날 나에게 말했다. "제가 손 좀 봐줄까요?" 하마터면 고개를 끄덕일 뻔했다. 그리고 생각했다. '관두자.'

나는 도서관에 가서 책 몇 권을 빌려 보았다. 로르카, 휘트먼 등을 읽을수록 나는 탁월한 예술인들은 끔찍하게 고독한 사람들이라는 걸 막연하게 느끼게 되었다. 갑자기 콩 녀석이 그러

는 게 당연하다는 생각이 들었다. 녀석의 사기성에 화가 날 뿐
이었다. 왜 녀석은 자신의 시를 다른 사람이 아니라 내 아내에
게 보여주는 걸까?

아버지가 말했다. "너는 약해빠졌어. 근본 원인은 네가 혼자
서는 **절대로** 살 수 없기 때문인 거야." 내가 말했다. "아니에요,
살다 보면 웃기는 일이 많은 법이에요." 아버지가 말했다. "웃
기는 일이라고 했냐?" 내가 말했다. "아니, 웃기는 일은 아닌
데, 뭐 심각한 것도 아니죠."

아버지가 말했다. "왜 나는 계속 외톨이 같은 기분인 걸까?"

직장에서 남쪽으로 출장 계획이 잡혔다. 나는 아내에게 말했
다. "다녀올게." 아내가 말했다. "가지 마세요. 내일 욕실 좀 고
쳐줘요. 문이 고장 났어요. 일전에 미가 샤워하고 있는데 콩이
지나가다가 나쁜 짓을 하려고 해서 미가 깜짝 놀랐지 뭐예요.
그 비열한 인간, 출입 금지시켜버렸어요." 아내는 울음을 터뜨
렸다. "제가 정말 당신한테도 딸한테도 잘못했어요." 나는 두고
보기 힘들어 돌아섰다. 만일 지금 비 녀석이 있었다면 이렇게
물었을 것이다. "아빠, 저거 악어의 눈물이에요?"

12

5월에 옛 부대에서 차를 보내 아버지를 데리러 왔다. 타인
대위가 쯔엉 장군의 편지를 들고 왔다. 아버지는 편지를 들고
벌벌 떨었다. 편지에는 다음과 같이 쓰여 있었다. "…… 우리는
장군님이 필요합니다. 부디…… 하지만 올 수 있으면 오십시오.

강요하지는 않겠습니다." 나는 아버지가 돌아가지 말아야 한다고 생각했지만 말을 꺼내기가 어려웠다. 퇴역한 후로 아버지는 급격하게 늙어갔다. 오늘 편지를 받아 든 아버지는 활발하고 젊은 모습이었다. 나도 덩달아 즐거웠다. 아내는 여행용 색*에 물건들을 챙겨 넣었다. 아버지는 동의하지 않으며 말했다. "배낭에 넣거라."

아버지는 마을을 쭉 돌며 인사를 하고 어머니의 묘에까지 간 후 타인 대위에게 하늘을 향해 총을 세 발 쏘라고 말했다. 밤에는 꺼 아저씨를 불러 2천 동을 주며 비석을 파서 타인호아로 보내 아내의 묘에 표식을 하라고 말했다. 아버지는 라이도 불러 말했다. "너 혼인하거라." 라이는 울음을 터뜨렸다. "저는 못생겨서 아무도 혼인하려고 하지 않을 거예요. 게다가 남의 말도 쉽게 믿어버리는걸요." 아버지는 목이 메었다. "얘야, 너 남의 말을 쉽게 믿는다는 게 바로 살아가는 힘이라는 걸 모른단 말이더냐?" 그러한 것들이 아버지가 이 길로 나가서 돌아오지 않을 거라는 전조였다는 사실을 나 역시 알지 못했다.

차에 오르기 전에 아버지는 배낭에서 학생용 노트를 꺼내어 나에게 건네주었다. 아버지가 말했다. "여기에 아버지가 몇 가지를 적어두었다. 읽어보거라." 미와 비가 할아버지에게 인사를 했다. 미가 물었다. "할아버지 전쟁터에 나가시는 거예요?" 아버지가 말했다. "그래." 비가 물었다. "'이 계절에 전장으로

---

* 어깨에 대각선으로 가로질러 메는 작은 가방.

가는 길은 너무나도 아름답'*지요, 할아버지?" 아버지가 욕을
했다. "네미! 버르장머리 없이!"

13

아버지가 가시고 며칠 후에 집안에 배꼽을 잡을 만큼 웃긴
일이 발생했다. 얘기인즉, 꺼 아저씨와 봉 삼촌이 함께 연못 아
래에 있는 진흙을 퍼내다가(내 아내는 봉 삼촌에게 일당 200동
과 식사를 제공하기로 했다) 느닷없이 항아리 밑바닥을 발견한
것이었다. 두 사람은 열심히 파다가 또 다른 항아리의 밑바닥
을 발견했다. 봉 삼촌은 분명히 옛날 어르신들이 재산을 묻어
놓은 것일 거라고 생각했다. 두 사람은 내 아내에게 알렸다. 투
이가 와서 보고는 함께 뛰어들어 팠다. 라이도 미도 비도 함께
했다. 식구들 모두 진흙투성이가 되었다. 아내는 연못을 막게
하고는 콜 펌프를 빌려 와 물을 퍼냈다. 분위기가 정말 엄숙했
다. 봉 삼촌은 너무 좋아했다. "내 공 먼저 생각해서 나한테 항
아리 한 개 나눠줘야 한다." 하루 동안 열심히 해서 깨진 항아
리 두 개를 파내었으나 안에는 아무것도 없었다. 봉 삼촌이 말

---

* '이 계절에 전장으로 가는 길은 너무나도 아름답네': 시인 팜띠엔주엇(Phạm
Tiến Duật, 1941~2007)의 시 「동쯔엉선–서쯔엉선Trường Sơn đông-Trường Sơn
tây」(1969)의 한 구절(1연 3행). 이 시구절을 듣고 당시의 많은 베트남 젊은이
가 기꺼이 전장에 몸을 던졌다. 형제 또는 연인인 두 사람이 쯔엉선산맥의 동
쪽 끝과 서쪽 끝으로 헤어져 서로를 그리워하는 내용을 담고 있는 이 시는 미
국과 치뤘던 베트남전쟁을 배경으로 한 대표적인 시로 꼽힌다. 작곡가 호앙히
엡(Hoàng Hiệp, 1931~2013)이 곡을 붙인 노래로도 널리 알려져 있다.

했다. "분명히 더 있을 거야." 그러고는 또 팠다. 항아리 한 개를 더 건졌으나 역시나 깨져 있었다. 모두들 지치고 배고팠으며 애가 탔다. 아내는 빵을 사 오게 해 먹이면서 계속해서 땅을 파낼 힘을 보충했다. 10미터 가까이 파 내려가서는 도자기병을 건지게 되었다. 온 식구가 무척 기뻐하며 모두들 금일 거라고 단정했다. 안을 열어보니 온통 녹이 슨 구리로 만들어진 '바오다이통보'* 꾸러미뿐이었다. 그리고 부서질 것 같은 메달 한 개도 보였다. 봉 삼촌이 말했다. "어이쿠 저런, 생각났다. 옛날에 나랑 년 두목이랑 한띤네 집에서 도둑질을 하고 나서 도망치다가 년 두목이 이 병을 연못에 던져버렸어." 온 식구가 한바탕 배꼽을 잡고 웃었다. 년 두목은 시 외곽에서 악명 높았던 도둑놈이다. 한띤은 전에 프랑스 식민지 군대에 들어가서 '남방의 용이 돈을 내뿜어, 적군 독일을 몰아내자'**는 운동에 참여했었다. 둘 다 옛날 옛적에 죽어서 썩은 몸이었다. 봉 삼촌이 말했다. "괜찮아. 이제 온 마을이 다 죽어버려도 뱃삯으로 입에 넣어줄 돈이 나한테는 충분하니까 말이야."

다음 날 아침, 일어나 보니 문에서 부르는 소리가 들렸다. 나가보니 콩이 밖에 서 있었다. 나는 생각했다. '제기랄, 이 사기꾼 같은 자식이 내 인생에서 가장 불길한 징조라니까.' 콩이 말했다. "투언 형님, 전보가 왔어요. **할아버지가 돌아가셨대요!**"

---

* 1933년에 발행된 베트남의 마지막 전통 방식의 동전. '바오다이Bảo Đại'는 응우옌왕조의 열세번째이자 마지막 황제의 연호이다.

** 프랑스가 제1차 세계대전에 참여했을 당시 식민지 주민들로부터 전쟁에 필요한 비용을 갈취하기 위해 벌였던 운동.

쯔엉 장군의 전보였다. '응우옌투언 소장少將, 모일 모시에 임무를 수행하는 도중 희생함. 모월 모시 열사묘지에 안장 예정.' 나는 꼼짝할 수 없었다. 아내는 아주 빠르게 모든 일을 정리했다. 내가 자동차를 빌려 집으로 돌아와 보니 모든 것이 있어야 할 곳에 정돈되어 있었다. 아내가 말했다. "위채 문을 잠그세요. 꺼 아저씨는 집에 계시고요."

자동차는 1번 국도를 따라 까오방*으로 달렸다. 도착해보니 아버지의 장례식이 끝나고 두 시간이 지난 후였다.

쯔엉 장군이 말했다. "저희가 가족분들께 잘못한 것 같군요." 내가 말했다. "그렇지 않습니다. 사람에게는 운명이란 게 있는걸요." 쯔엉 장군이 말했다. "아버님은 존경받을 만한 분이셨습니다." 내가 물었다. "장례식은 군대식으로 치렀나요?" 쯔엉 장군이 말했다. "전장으로 나와 격전지로 가기를 원하셨어요." 내가 말했다. "알겠습니다. 더 이상 말씀하지 마십시오."

나는 울었다. 지금껏 그렇게 울어본 적은 없었다. 아버지가 돌아가신 듯이 운다는 게 어떻게 우는 것인지 이제야 나는 알게 되었다. 마치 그것은 한 사람의 인생에서 가장 큰 울음인 것 같았다.

아버지의 무덤은 열사묘지 안에 놓였다. 카메라를 들고 간 아내는 사진 몇 장을 찍겠다고 말했다. 다음 날 나는 돌아가겠

---

* 까오방Cao Bằng: 베트남 북동부 최북단에 위치한 성.

다고 청했다. 쯔엉 장군이 만류했지만 나는 듣지 않았다.

돌아오는 길에 아내는 차를 천천히 몰라고 말했다. 처음으로 먼 길을 나선 봉 삼촌은 기분이 좋았다. 삼촌이 말했다. "우리 나라는 참 그림처럼 아름답구나. 왜 국가를 사랑해야 하는 건지 이제야 알겠네. 우리 고향은 말이야, 말 그대로 문명화된, 바로 그 하노이인데도 난 하나도 사랑하는 마음이 느껴지지 않는단 말이지." 아내가 말했다. "삼촌이 익숙해지셔서 그런 거예요. 다른 곳에서도 마찬가지라고요. 그 사람들은 하노이를 사랑할걸요." 봉 삼촌이 말했다. "그렇다면 이곳은 저곳을 사랑하고, 이 사람은 저 사람을 사랑하는 거네. 모두가 다 우리 국가고, 우리 인민이로군. 그럼, 국가 만세, 인민 만세 아닌가! 얼씨구나 주마등이로구나!"

15

아마도 나의 이야기는 여기에서 마쳐야 할 것 같다. 이후 가족의 일상은 아버지가 퇴역하기 전의 모습으로 되돌아갔다. 아내는 하던 일을 계속했다. 나는 전기분해에 관한 연구를 마무리 지었다. 꺼 아저씨는 말수가 적어졌는데, 얼마간은 라이의 병세가 악화했기 때문이었다. 짬이 날 때면 나는 아버지가 적어놓은 것들을 펼쳐 읽는다. 나는 아버지를 더 이해하게 되었다.

이상이 내가 기억나는 대로 기록한, 내 아버지가 퇴역한 후 1년 조금 넘는 기간 동안의 일들이다. 나는 이것이 사람을 그

리워하며 타들어 가는 향 같은 것이라고 생각한다. 만일 누군
가 내가 쓴 것을 눈으로 읽고자 마음먹은 이가 있다면 부디 아
량을 베풀어주기를 바란다. 감사를 올리는 바이다.

꾼*

1

지인들 중에서도 나는 문학 연구가 X를 무척 존경한다. 그는
우리 문학의 이론적인 문제들에 깊이 통달하고 있다. (솔직히
말하면 나는 이 분야에 대해 별로 아는 것이 없다.) 그의 글들은
한때 많은 이로부터 '문학 창작이라는 말'에 채찍질을 가해 더
빨리 질주하면서도 길을 벗어나지 못하게 하는 '회초리'에 비
유되곤 했다.

X는 핸섬하고, 명석하며, 특히 고통스럽고 슬프고 괴로운 것
들에 민감하다. 그와 만남을 되풀이하면서, 나는 X가 평소 걸
인이나 장애인이 있는 곳은 피해 간다는 사실을 알게 되었다.
피하지 못할 경우, X는 무척 당황하면서, 창백한 얼굴을 하고

---

* 꾼cún: 베트남어로 '강아지'를 뜻한다. 어린아이를 사랑스럽게 부를 때에도
사용된다.

는 그 걸인, 혹은 장애인에게 가방을 전부 털어주어 버렸다.

나를 비롯하여 내 세대에 속한 젊은 작가들에게 X는 매우 엄격하다. X는 그가 인간성이라고 부르는 고상한 것들을 요구했다. 모범이 되는 글[文範]은 말할 것도 없고, 직업 정신, 희생의 미덕, 진기력盡其力, '마음 심心' 자 같은 것들 말이다. 그러한 엄격함 때문에 우리 두 사람의 우정은 풍파를 겪지 않을 수 없었다. 하지만 나는 X를 진심으로 존경한다.

어처구니없는 심정이 일 때마다, 무언가 매우 심오한 이유가 있어서 X 같은 사람이 만들어졌을 것이라는 생각이 들었다. 한번은, 내가 집요하게 따져 묻자 X가 갑자기 말문을 열었다.

"우리 아버지는 꾼이라네. 짧디짧은 일평생 동안 그 양반한테는 사람이 되고 싶다는 한 가지 소망밖에 없었지만 끝내 이루지 못하셨지……"

X의 이 말을 듣고, 나는 이 이야기를 썼다.

2

〔단 몇 분 후면 자신에게 죽음이 닥칠 것을 꾼은 알고 있었다. 꾼의 발은 이미 차가워졌다. 발에서부터 그대로 냉기가 거꾸로 올라오고 있었다. 언젠가 머리끝까지 냉기에 휩싸이는 순간, 끝이다. 영원히 인간과는 이별이다. 영원히 삶과도 이별이다……

꾼은 입을 벌렸다. 목말라, 목말라…… 꾼은 목이 말라오고 있음을 느꼈다. 몸 전체가 구석에 몰려 짓눌리는 느낌이었다.

이번에는 그것을 피할 수 없다는 걸 꾼은 알았다. 그것이었다! 그것은 깜깜한 밤같이 형체 없는 검은 혀를 내밀어 꾼의 두 눈을 핥고 있었다……

10년도 훨씬 전에, 시 외곽을 흐르는 강변 하수로에서 누군가 꾼을 발견했다. 강에는 새까만 폐수가 흐르고, 쓰레기며 휴지 조각 들과 이파리에 먼지가 잔뜩 낀 부레옥잠들이 가득했다. 시멘트로 만들어진 하수로는 자그마한 길을 가로지르며 강가 쪽에서 불어오는 바람과 들판 쪽에서 불어오는 바람을 모두 맞고 있었다. 악취가 풍기는 누더기를 겹겹이 둘러싸고 누워 있는 꾼은 바람 때문에 머리부터 발끝까지 새파랗게 질려 있었다. 어떻게 그때 바로 죽지 않았는지 의심스러울 따름이다. 분명 하 노인 덕분이었을 것이다. 만약 꾼이 하 노인을 만나지 못했다면, 분명 꾼은 그때 죽었을 것이다.

하 노인은 시장에서 빌어먹는 노인이다. 그날, 자신도 모르는 사이에 하 노인은 하수로까지 걸어오게 되었다. 길에 다다르자 노인의 귀에 울음소리가 들려왔다. 울음소리는 마치 땅속에서, 어쩌면 저승에서 메아리쳐 올라오는 듯했다. 노인은 두려움에 몸을 벌벌 떨었다. 어둠이 내리고 있었다. 햇살은 꺼졌고, 지평선 쪽에서 닭기름 색으로 변한 구름 사이로 싸늘하고 섬뜩한 빛줄기가 땅 위로 쏟아졌다. 북동 계절풍*이 초라한 시장 천막들 주위를 휘몰아치고 있을 뿐, 사람 그림자 하나 보이지 않았다. 하 노인은 이가 덜덜 떨렸다. 망령이 모습을 드러낼

---

* 주로 겨울철에 베트남 북부 지방으로 불어오는 바람.

것만 같은 광경이었다. 마침 귀신이 출몰한다는 시간이었다. 거의 일평생 동안, 하 노인은 사람을 무서워하지는 않았다. 사람은 노인에게 사랑하거나 싫어하고, 좋아하거나 좋아하지 않는 감정만을 불러일으킬 뿐이었다. 하 노인은 단지 사람이 아닌 것들이 무서울 뿐이었다.

하 노인은 너무 무서워서 팔다리에 힘이 다 풀려버리고 말았다. 목메어 우는 소리는 과연 진짜였다. 노인은 귀를 쫑긋 세우고 들어보았다. 정말로 어린아이의 울음소리였다.

하 노인은 허둥지둥 강가로 뛰어 내려갔다. 노인은 달리는 도중 연신 고꾸라졌다. 울음소리가 노인을 끌어당겼다. 노인은 길 쪽을 바라보았고, 하수로 안에 누워 있는 아이를 발견했다.

하 노인은 점점 정신이 들었다. 사실, 귀신 따위는 없었던 것이다! 아휴, 식겁했네! 귀신은 노인을 사냥할 기회를 놓치고 만 것이었다!

하 노인은 하수로 쪽으로 기어가서 손을 뻗어 아이를 꺼냈다. 아이의 손발은 얼음장처럼 차가웠다.

하 노인은 아이를 안고 시장에 쳐놓은 천막으로 돌아왔다. 노인은 아이의 이름을 '꾼'이라고 지었다. 꾼은 개 이름이지 사람 이름은 아니다. 이 아이 역시 정말로 사람이 아니었다. 아이는 외형이 괴이했다. 머리는 정상치보다 훨씬 컸고, 두 팔다리는 마치 뼈가 없는 것처럼 쉽게 구부러졌으며, 중심이 조금만 흐트러지면 몸이 땅바닥에 널브러졌다. 신기한 건 꾼의 얼굴만큼은 이상하리만치 고왔다는 것이다.

꾼은 하 노인과 함께 살았다. 두 가지의 괴상한 능력 덕에 꾼은 목숨을 부지할 수 있었다. 하나는 두 눈이었다. 꾼의 두 눈은 주변 사람들 모두를 두려움에 떨게 했다. 꾼의 눈앞을 지나가면서 낡은 모자에 동전 한 닢 던져주지 않으면 안심이 되지 않았다. 꾼의 눈빛이 그들을 따라다니면서 밤낮으로 그들을 괴롭혔다. 꾼의 둘째 능력은 기막힌 인내심이었다. 그는 배고픔을 견딜 수 있었고, 추위도 참을 수 있었으며, 온몸이 인간세계의 것이 아닌 다른 무언가로 만들어진 듯 태연하게 살았다.

하 노인은 장애가 있는 이 아이를 아꼈다. 꾼이 있어서 노인은 더 쉽게 돈을 벌었다. 노인은 아이를 데리고 이리저리 다니면서 생계를 이어갔다. 혼자 구걸 다닐 때에는 몇 년이 걸렸던 금액을 푸쟈이 축제* 한곳에서 다 벌었다. 노인의 구걸 방법은 정말 간단했다. 수많은 인파 속에 꾼을 드러눕히고 그 옆에 낡아빠진 모자를 두었다. 그걸로 끝이었다. 꾼이 꿈틀거리면서 눈으로 작업을 할 것이다. 그 애의 눈이 사람들에게 말을 걸 것이다.

"아저씨, 아줌마! 아저씨 아줌마는 사람이잖아요. 아직 사람이 덜 된 저를 좀 봐주세요……"

---

* 푸쟈이Phủ Giày 축제: 매년 음력 3월 3일부터 8일까지 남딘Nam Định성(북부 베트남)에 있는 푸쟈이(또는 푸져이) 사원에서 성모 리에우하인(柳杏)의 공덕을 기리기 위해 사부모신四府母神에게 제사를 지내는 축제. 푸져이 축제라고도 불린다. 사부모신은 하늘을 다스리는 천부天府, 땅을 다스리는 지부地府, 물을 다스리는 수부水府, 그리고 산을 다스리는 악부嶽府를 가리키며, 그중 리에우하인 성모는 지부를 상징한다. 베트남에서 열리는 각종 모신제母神祭의 요람으로 여겨진다. 유네스코 세계문화유산으로 등재되었으며, 푸쟈이(푸져이) 사원은 베트남 정부에서 지정한 역사 문화 유적지이다.

하 노인은 어딘가에 숨어서 지켜보다가 모자에 돈이 꽤 모이면 나와서 돈을 거두어 갔다. 이따금 노인은 마치 팔려고 장에 가져 나온 닭들에게 모이를 주듯이 꾼에게 바인둑응오* 몇 조각을 먹여주었다.

하 노인은 꾼을 자식으로 여겼다. 그러나 아이에게 전혀 관심을 두지 않았다. 노인에게는 해야 할 일들이 있었다. 다른 직업을 가진 사람들이 살면서 이만큼의 일을 한다면 구걸을 하는 노인 역시 그와 유사하게 많은 일을 한다. 거지들의 세계에서 장애가 있는 아이는 별 볼 일 없는 존재였다. 하 노인은 열 때문에 벌벌 떠는 꾼을 밥도 먹이지 않은 채 내버려 두고, 술을 한잔하거나 노름을 하러 나가면서도 절대로 걱정하지 않았다. 노인 자신도 여러 번 그렇게 배고팠고, 아팠고, 추웠던 터였다. 거지들의 세계에서는 구걸을 핑계로 두세 달 동안 어린아이를 이용할 수 있다. 아이가 죽으면 그들은 망가져서 못쓰게 된 광주리나 냄비 받침 같은 물건을 버리듯 아이를 쓰레기 더미에 던져버린다. 새로운 아이를 찾는 일은 어렵지 않다. 고작 돈 몇 푼 쥐여주거나 아편 찌꺼기 또는 헌 옷 한 벌이면 족하다. 삶 속에는 추위와 배고픔이 있다. 추위와 배고픔은 사람의 도리도 인정도, 그 어느 것에도 아랑곳하지 않는다.

꾼은 점차 성장했다. 날이 갈수록 꾼은 자신의 운명을 깨달았고 자신의 환경을 직시해야만 했다.

---

* 바인둑응오bánh đúc ngô: 석회수에 불린 옥수수를 아주 곱게 간 후 끓여서 굳힌 음식. 베트남어 이름은 바인(빵 또는 떡)이지만 만드는 과정과 결과물은 한국의 묵과 비슷하다. 주로 베트남 북부 산간 지역에서 많이 먹는다.

그해에, 전쟁이 일어나서 많은 사람이 굶어 죽었다. 날은 매섭도록 추웠다. 꾼과 하 노인은 도시 외곽에 있는 머이 시장으로부터 약 100미터 정도 떨어진 어느 집 처마 밑에서 각자 부대 자루를 뒤집어쓰고 몸을 동그랗게 웅크린 채 누워 있었다. 하 노인은 연신 기침을 해댔다. 노인은 무척 쇠약했다. 요 며칠 사이 일어나지도 못했고, 이따금 피가 섞인 기침을 토하기도 했다.

"꾼아, 너도 이제 다 컸구나…… 나는 곧 죽을 것 같다…… 내가 가면 너는 이제 의지할 곳이 없겠구나……" 하 노인은 꾼을 향해 힘없이 말했다. "사실대로 말하자면, 나 역시도 네가 의지할 곳은 아니었지. 나와 너는 함께 살아왔으니 말이다…… 지렁이나 귀뚜라미처럼, 벌이나 개미처럼 살아왔구나……" 노인은 콜록콜록 기침을 하고는 울음을 터뜨렸다. "사람이라면 달리 살아야 하는 건데…… 아이고, 하느님, 어찌 우리에게 이리도 모진 것입니까? 그저 다른 이들처럼 살고 싶었을 뿐인데, 안 됐네요……"

꾼은 귀 기울여 듣고 있었다. 꾼은 노인이 혼자 큰 소리를 내며 흐느끼도록 내버려 두었다. 꾼은 아무런 말도 하지 않았다. 꾼은 이런 상황에 익숙했다. 꾼은 찢어진 자루를 잡아당겨 배를 덮었다. 꾼은 휴 한숨을 내쉬었다. 꾼은 지쳐버렸다. 이제까지 10년이 넘도록 꾼은 구걸을 다녔다. 꾼에게 사람들의 삶은 조금도 낯설지 않았다…… '거지는 누구야? 거지는 나지…… 배고프고 옷 찢어지면 그게 바로 거지지……' 인간의 삶은 예측할 수 없는 일들과 불의로 가득 차 있다. 그들도 꾼처럼, 하 노인처럼, 지렁이처럼, 귀뚜라미처럼, 벌이나 개미처럼 사는 것이다⋯⋯ 꾼은 그저 자신의 장애 때문에 마음이 아플 뿐이었다. 꾼은 아직 인간이 아니었다. 어느 누구나 할 수 있는 일이 꾼에게는 전부 어렵기만 했다. 커갈수록 땅 위에 굳건히 서는 것조차 결코 쉽지 않다는 것을 꾼은 더욱더 확실히 알게 되었다. 벌벌 떨면서 세 걸음 정도 떼면 바로 중심을 잃고 땅으로 고꾸라져버렸다. 꾼의 양손과 발은 자신의 마음대로 움직이지 않았다.

요즘 꾼은 갑자기 두려워졌다. 형체가 없는 어떤 것이 두려워졌다. 이유는 알 수 없었지만 꾼은 지금 거처하는 처마의 집 주인인 지에우를 자꾸 떠올렸고 꿈까지 꾸게 되었다. 지에우는 시장에서 장사를 하는데 몸에서는 늘 향수와 나프탈렌 냄새가 감돌았다. 지에우의 눈은 작았고 얇디얇은 콧방울은 벌름거렸다. 성격은 농담을 좋아하고 잘 웃었다. 그녀는 꾼을 '사람 닮은 잘생긴 애'라고 부르곤 했다.

"얘, 사람 닮은 잘생긴 애야! 1하오* 줄 테니 내일 아침에 문 앞으로 마중 나와 줄래. 너는 이 집의 화록성化祿星** 같은 존재야. 시장에 나가는 날 너를 만나게 되면 세상 사람들이 서로 빼앗으려고 경쟁하듯이 떼밀고 들어와서 장사가 잘된다

---

* 하오hào: 베트남민주공화국(북베트남)의 화폐 단위로, 0.1동(VND)에 해당하는 금액. 단위가 너무 작아서 1986년 이후 더 이상 발행되지 않고 있다.

** 자미두수(중국의 도교에서 시작된 점술)에 따르면, 화록성은 운이 함께할 경우, 수명을 관장하고 지혜와 식량, 재물을 불러온다. 그러나 운이 따르지 않을 경우, 고단하고 고달픈 별이다.

니까……"

꾼은 멋쩍게 웃었다. 꾼은 허리를 숙여 동전을 주우려 했지
만 이내 땅으로 고꾸라지고 말았다. 꾼의 손바닥으로부터 포석
세 개 정도 거리에 동전이 있었다. 꾼은 몸을 일으켜 세우고
한쪽 무릎을 세워 중심을 잡은 뒤 팔을 뻗었지만 견디지 못하
고 이내 몸이 오른쪽으로 기울다가 넘어졌다. 동전은 꾼으로부
터 아직 포석 한 개만큼 떨어져 있다. 지에우는 현관 앞 계단
위에서 연신 유쾌하게 깔깔깔 나방처럼 웃어댔다.

"이 사람 닮은 잘생긴 애도 참, 웃기네! 힘내라 힘! 힘내서
한 번 더 해보자고!"

꾼은 흐뭇해하며 웃었다. 이런, 꾼이 지에우를 즐겁게 해주
었군. 꾼은 기분이 좋았다. 꾼은 몸을 일으키고 두 무릎을 접으
려 애썼다. 됐어…… 그래, 그렇지…… 조금만 더 힘을 내서 몸
을 왼쪽으로 기울이면 동전에 닿을 수 있어. 꾼은 숨을 헐떡이
며 땀을 흘렸다. 꾼은 어림잡아보았다. 꾼은 웃었다. 꾼이 몸을
기울였다 반동으로 쫙 편 바로 그 순간, 지에우가 땅으로 달려
들어 동전을 주운 후 포석 한 개만큼 옆으로 옮겨놓았다. 지
에우는 큰 소리로 웃었다. 꾼은 추진력을 잃고 포석 위로 쓰러
졌다. 꾼은 포석 위에 이마를 박았다. 입에서 피가 흘러내렸지
만 꾼은 개의치 않았다. 꾼은 서둘러 부인의 매력적인 향기를
들이마셨다. 지에우가 그렇게 꾼 가까이에 있는 것은 처음이
었다.

꾼은 만족감에 연신 웃음이 터져 나왔다. 만약 노래를 부를
수 있었다면 꾼은 노래를 불렀을 것이다……

하 노인은 금이 간 벽의 모퉁이에 잠자코 앉아 애처로운 눈빛으로 꾼을 바라보았다. 노인은 천천히 몸을 일으켜 동전이 있는 곳으로 와서는 말없이 동전을 주워 자기 주머니에 넣었다.

"몹쓸 늙은 년!" 지에우는 웃음을 거두고 입술을 앙다문 채 씩씩거렸다. "그 동전 너한테 준 거 아니거든! 어디 또 술 마시느라 전부 써버리기만 해봐라!"

하 노인은 흡사 죄지은 사람처럼 풀이 죽어서 잠자코 서 있었다. 노인의 어깨는 매를 기다리는 사람처럼 움츠러들었다. 지에우가 집 안으로 사라지자 하 노인은 그제야 쭈그려 앉아 꾼의 피를 닦아준 후 겨드랑이를 들어 올려 꾼을 부축해서 시장 쪽으로 향했다……

그런 지에우가 하루하루 더욱더 꾼의 삶 속으로 밀고 들어왔다. 꾼은 끊임없이 생각했다. 꾼은 지에우가 왔다 갔다 하고, 말하고, 웃는 모습을 머릿속에 그려보았다. 꾼은 옆에 누워서 목멘 소리로 웅얼웅얼 부르는 하 노인에게는 전혀 신경 쓰지 않았다. 한참 후에, 하 노인이 소리를 빽 지르며 거친 손가락으로 꾼의 얼굴을 꼬집자 너무 아팠던 꾼은 그제야 번쩍 정신을 차렸다. 꾼은 눈을 떴다. 깜짝 놀란 꾼은 하 노인의 얼굴이 완전히 변한 것을 보았다. 노인의 얼굴은 밀랍처럼 핏기가 없었고, 인중은 한쪽으로 치우쳐 있었다. 노인의 입에서 검은 피가 울컥울컥 솟았다. 노인은 애써 웅얼웅얼 무언가를 말하고 있었다. 노인의 손이 꾼의 손에 작고 묵직한 주머니 하나를 힘겹게 눌렀다. 꾼은 꿈틀대며 몸을 일으켰다. 꾼은 상황 파악이 되었다. 죽음이 지금 뼈를 통해, 살을 통해 꾼의 면전에서 모습을 드러내는 것이었다. 그것이었다. 그것은 하 노인의 움푹 패고 생기 없는 눈동자 속에 숨어 있었다. 꾼은 훌쩍훌쩍 울었다. 그렇다면 꾼은 의지할 곳을 잃게 되는 것이었다. 꾼 자신이 아주 어렴풋하게밖에 이해할 수 없는 이 땅 위에서 중심을 잃지 않을 수 있도록 해주는 의지할 곳 말이다……

하 노인의 죽음 이후에도 꾼의 운명은 그다지 변하지 않았다. 여전히 춥고 배고팠다. 혹독했던 그해 겨울에 지에우는 시집을 갔다. 지에우의 남편은 물건 배달을 하는 놈이었다. 놈은 바싹 말라빠진 두 눈을 하고 있었다. 놈의 눈은 어떤 것 앞에서도 감동하지 않았다. 꾼은 여자의 하루하루 일상을 지켜보았다. 꾼의 감으로 볼 때 그녀는 전혀 행복해지지 않을 것 같았다.

감은 꾼을 속이지 않았다. 혼례를 치르고 석 달 후, 지에우의 남편은 혼인한 지 얼마 되지 않은 아내의 재산을 깨끗이 싹쓸이해서 새로 생긴 애인과 함께 남부로 도망갔다.

지에우는 마치 실성한 사람 같았다. 무엇이든 쉽게 믿었다는 이유로 모든 것을 잃었다. 그녀는 한 달이 넘게 몸져누웠고, 스스로 목을 베어 목숨을 끊으려는 결심을 하기도 했다.

지에우가 병석을 털고 일어나 음식으로 보양을 할 수 있게 된 날은 온화한 햇살이 쏟아지는 어느 여름날이었다. 그녀는 방 안에 앉아 길 밖을 내다보았다. 햇살이 방나무 위에서, 서우 나무와 린랑 풀* 위에서도 반짝였다. 그녀의 집에는 아무도 없

---

* 방bàng나무는 열대아몬드나무로, 베트남에서는 프엉phượng(불꽃나무)과 함

다. 텅 빈 장식장 안쪽 어느 구석에서, 나무를 갉고 있는 벌레 소리만이 온몸에 소름이 돋도록 들려올 뿐이었다. 지에우는 시장이 그리웠고, 자신의 잡화점이 그리웠다. 언제쯤 그녀는 그런 가게를 갖게 될까?

지에우는 슬픔에 잠겨 길 밖을 내다보았다. 그녀는 문득 자신의 집 현관 앞에 꾼이 앉아 있는 것을 보았다. 꾼은 주머니 속에 손을 넣어 무언가를 주섬주섬하고 있었다. 그녀는 고개를 숙이고 창밖을 바라보았다. 꾼은 하 노인이 자신에게 준 헝겊 주머니를 열고 있었다. 검은 실로 바느질된 흑갈색 헝겊 주머니는 닭의 모래주머니만큼 아주 작았다. 지에우는 꾼의 손바닥에서 금반지 몇 개가 반짝이는 모습을 보고는 화들짝 놀랐다. 그녀는 등골이 오싹해졌다. 손발이 벌벌 떨렸다. 순간 어떤 생각이 머릿속에 번쩍 떠올랐다.

"애, 사람 닮은 잘생긴 애야!" 그녀는 서둘러 문을 살짝 열고 꾼 곁에 몸을 웅크려 앉았다. "너 손에 있는 게 뭐니?"

꾼은 고개를 들었다. 꾼은 손을 펴고 생각 없는 어린애처럼 천진하게 자랑하는 듯한 목소리로 말했다.

"반지예요! 하 할머니가 나한테 준 금반지라고요……"

"진짜 금이야? 가짜 금이야?"

지에우는 꾼의 손을 잡아챘다. 그녀의 손에 금반지 세 개가

께 여름을 상징한다. 서우sấu나무는 주로 베트남의 북부 지역에서 볼 수 있으며, 과실과 그늘을 얻기 위해 심는다. 린랑linh lăng은 자주개자리로 별칭은 '알팔파Alfalfa'이며 토끼풀과 비슷하게 생겼다. 베트남에서는 차, 가루, 음료 등의 형태로 이용된다.

떨어졌다. 한 개에 못해도 두 돈씩은 돼 보였다.

"어디 한번 볼까?"

지에우는 반지를 한 개씩 살짝 돌바닥에 떨어뜨렸다. 귀 기울여 소리를 들었다. 그녀는 빛에 비추어 보았다. 입에도 넣고 씹어보았다. 그녀는 끙끙 앓는 소리를 냈다.

"오오, 이런, 진짜 금이네…… 이게 전부 유산으로 받은 건가 봐…… 사람 닮은 잘생긴 이 녀석 엄청난 부자였잖아……"

그녀의 얼굴이 창백해졌다. 그녀는 웃었다. 주먹으로 꾼의 몸을 툭툭 쳤다.

"'구리 따위 섞지 않은 진짜 금이건만…… 불 가까이 가져가서 금의 마음을 아프게 하지 마소서……'* 아유, 이 강아지하고는! 왜 이제야 내가 너를 알아본 걸까?"

지에우는 숨이 가빴다.

"들어와…… 들어와…… 부자 강아지야……"

지에우는 문을 닫고 꾼의 몸을 의자에 눌러 앉혔다. 그녀는 손가락에 반지를 끼워 넣고 등 뒤에서 두 손을 포갰다. 그녀는 꾼의 코앞에 바짝 붙어 서서 활처럼 몸을 앞으로 쑥 내밀었다.

"어때? 내가 흥정해줄게!" 지에우는 웃으며 말했다. 생각 하나가 섬광처럼 그녀의 머릿속을 빠르게 갈랐다. "너 나한테 이 반지 세 개 줘라. 넌 이거 없어도 상관없잖아…… 넌 여전히

---

* 베트남 민요(Ca dao) 「총각네 아버지 어머니를 원망하는 노래Trách cha trách mẹ nhà chàng」의 한 대목. "총각네 아버지 어머니를 원망하네/저울로 재어보아도 금인지 구리인지 알 수가 없으니/구리 따위 섞지 않은 진짜 금이건만/불 가까이 가져가서 금의 마음을 아프게 하지 마소서"

거지니까…… 어때? 괜찮지? 네가 원하는 거 다 해줄게……"

꾼은 고개를 끄덕였다. 꾼의 눈꼬리에 눈물이 가득 맺혔다. 꾼은 행복하기만 했다. 자신이 지에우를 기쁘게 해준 것이었다. 지에우의 병은 깨끗이 나았다. 지에우는 건강해졌다. 꾼은 얼이 빠진 것 같았다. 꿈속에 있는 것 같았다.

"어때?" 지에우는 몸을 숙여 꾼의 이마에 자신의 이마를 비볐다. "왜 그런 표정을 짓는 거야?" 그녀는 만족감에 연신 웃음이 터져 나왔다. "말해봐…… 지금 원하는 게 뭔지?"

꾼은 팔을 들어 올렸다. 꾼은 팔 근육 하나하나를 제 마음대로 움직일 수 없었다. 꾼의 팔은 허공에서 알 수 없는 그림을 그리고 있었다. 제단 앞에서 향불을 붙이는 사람들도 저렇게 알 수 없는 동작을 하긴 하지……

"알았어…… 알았다고." 지에우는 곁에 앉아 꾼을 쓰다듬었다. "너도 아주 몹쓸 놈이었구나! 너희 남자들은 전부 그렇지…… 됐다…… 됐어…… 그럼 값이 적당하겠네…… 좋아…… 단지 네가 못 할까 봐 걱정이긴 한데. 하긴 뭐, 못 배워 먹은 내 남편 놈도 임신은 못 시켰으니까……"

지에우는 꾼을 끌고 가 침대에 넘어뜨렸다. 꾼은 겁에 질렸다. 꾼은 눈을 감고 숨을 쉴 때마다 벌름거리는 푸르스레한 지에우의 콧방울에 얼굴을 묻었다. 꾼의 몸은 구름 위를 나는 듯했다…… 꾼은 자신의 인생을 짓누르던 무거운 슬픔이 일시에 전부 사라져버리고 신기하게도 평온해지는 기분이 들었다.

결국, 꾼은 자신이 언제부터 길가에 앉아 있었는지조차 알 수 없는 지경에 이르렀다.

"자, 이걸로 빚은 하나도 없는 거다!"

꾼은 어디선가 들려오는 지에우의 목소리를 들었다. 그리고 꾼은 알았다. 자신이 방금 끔찍하고 커다란 어떤 일을 경험했다는 것을. 공허한 느낌이 들기도 했지만 아찔할 정도로 비할 바 없이 행복했다.

꾼은 이것이 자신의 비참한 삶 속에서 이런 느낌을 누릴 수 있는 유일한 기회였다는 것을 알지 못했다. 그 기회는 신기하게도 9개월 후 꾼에게 아들 하나를 안겨주었다……

그 여름날로부터 아홉 달 뒤, 지에우는 아들을 낳았다. 몇 개월 전에 그녀는 꾼에게 이 소식을 알려주었다.

"이봐, 사람 닮은 잘생긴 애야…… 너한테 곧 아이 생긴다! 나도 이런 기괴한 일이 생길 줄은 상상도 못 했어!"

꾼은 기쁨을 감출 수 없었다. 꾼은 마치 정신 나간 사람 같았다. 꾼은 먹지도, 마시지도 않았다. 몸에는 살가죽과 뼈만 남았다. 저런, 꾼에게 아이가 생긴다니! 아직 사람이 되지 못한 자에게 아이가 생기는 것이다. 꾼은 아이의 모습을 아주 선명히 그려볼 수 있었다. 아이는 땅을 딛고 당당히 걸을 것이고, 결코 중심을 잃지 않을 것이며, 미소를 띠며 걸을 것이고, 아이의 주변에는 오색찬란한 빛이 비칠 것이다.

지에우가 임신한 몇 개월 동안 꾼은 멍하니 바보처럼 살았다. 꾼은 병이 들었다. 꾼은 그저 아이가 어떤지 알기도 전에 갑자기 죽음이 들이닥칠까 두려울 뿐이었다. 꾼은 죽음과 협상을 했다. 꾼은 매일매일 죽음에 간청했다. 죽음은 꾼을 대신해서 땅 위의 여로를 이어 달려줄 꾼의 아이가 세상에 나오는 순간까지 꾼을 기다려주기로 했다.

지에우가 출산을 하던 바로 그 밤, 꾼은 몸을 질질 끌며 시
장 천막에서 나와 그녀의 집 창문 앞까지 힘겹게 기어갔다. 므
어푼*이 내리고 있었다. 추위가 몸속으로 스며들어 꾼을 얼어
붙게 했다. 꾼의 머리는 느닷없이 뜨거워졌고, 이따금 의식을
잃고 기절하기도 했다. 100미터 조금 넘는 거리일 뿐이었지만
꾼에게는 너무나도 멀게만 보였다. 꾼은 죽음으로부터 이 길을
1미터 1미터 힘겹게 쟁취해나갔다. 그것이었다. 그것은 저기
저 한밤중처럼 어두웠다. 꾼이 조금 움직일라치면 그것은 꾼을
잡아당겨 진흙탕에 처박았다.

꾼은 신음하며 다리를 끌었다. 귀에서는 뚝뚝 피가 흘렀다.
불빛이 밝은 창가의 처마에 다다랐을 때 꾼은 쓰러지고 말았
다. 정신을 차리고 보니, 무언가 거대한 물체가 몸을 무겁게 짓
누르는 것 같은 느낌이 들었다.

꾼은 입을 벌렸다…… 목말라, 목말라. 꾼은 목구멍이 말라
붙는 갈증을 느꼈다. 거지로 살아온 힘겨운 일평생 동안 꾼은
이렇게 목이 말랐던 적이 없었다. 꾼은 힘을 아끼기 위해 힘껏
숨을 참았다. 꾼은 자기 아이의 신호를 기다렸다. 꾼은 의식을
완전히 잃었다가 정신이 다시 들기를 반복했다. 한밤중이 되어
집 안에서 부산을 떠는 소리가 들려오자 꾼은 깜짝 놀라 몸을
떨었다. 응애 응애, 갓 태어난 아기의 울음소리가 들렸다……

---

* 므어푼mưa phùn: 베트남 북부에서 매년 초(음력설 무렵)에 며칠씩 계속해서
내리는 가랑비.

사내아이의 울음소리였다. 꾼은 그 아이라는 걸 알았다. 꾼이 기다리던 그 아이가 이제 세상에 태어난 것이었다.

꾼은 행복한 미소를 지으며 깊은 잠에 빠져들었다. 진짜인지 조차 분명치 않은 극히 모호한 바람 한 줄기가 꾼의 미동도 없는 얼굴 위를 훑고 지나갔다.

꾼은 죽었다. 실로 짧은 생이었다. 아직 사람이 되지 못한 자의 삶이었다. 때는 1944년 겨울이었다.〕

3

꾼의 이야기를 탈고한 후, 나는 문학 연구가이자 교수인 X에게 가져가서 읽어주었다. 이야기가 이어질수록 그의 얼굴은 창백해졌다.

"그게 아니야!" X는 내 손에서 원고를 빼앗아 들었다. "자네는 거짓 이야기들만 썼구먼! 현실을 존중해야지. 현실은 다르다고! 자네, 내 아버지가 어땠는지 아는가?"

X는 책장 속 어딘가를 뒤져 컬러 사진 한 장을 꺼냈다. 그는 요동치듯 살짝 웃으면서 부드러운 손바닥으로 내 팔꿈치에 있는 유지혈油池穴* 가운데를 건드렸다.

"내 아버지는 꾼이기는 하지만 그렇지는 않았어! 알겠나?

---

* '유지혈'은 원문의 후이엣주찌huyệt *Du chi*의 한자를 한국어식으로 읽은 것으로, 곡지혈曲池穴의 오기로 보인다.

자, 이게 노인네 사진일세!"

　사진 속에서는, 목에 빳빳하게 풀을 먹인 검은 아오태*를 입고 검은 콧수염을 말끔하게 다듬은, 살집이 두둑한 남자 얼굴이 나를 보며 미소 짓고 있었다.

---

* 아오태áo the: 하노이 인근 박닌Bắc Ninh 지역의 전통 의상. 예전에 성인 남성들의 경우, 교육자 또는 마을의 유지 들이 검은색 아오태를 즐겨 입었으며, 증명사진이나 제단에 올리기 위한 영정사진 등을 찍을 때에도 흔히 검은색 아오태를 차려입었다.

숲속의 소금

 설이 한 달쯤 지났을 때가 숲이 가장 좋을 때다. 나무들은 일제히 새싹을 틔워낸다. 숲은 짙푸르고 초근초근하다. 자연은 장엄하면서도 정감이 있다. 그건 어느 정도는 봄비 때문이다.

 이 무렵 숲에 들어가면 쌓여 있는 썩은 나뭇잎들을 발로 밟으며 맑은 공기를 들이마시고, 맨살이 드러난 어깨에 가끔씩 나무에서 떨어진 물방울이 닿아 나도 모르게 몸이 움츠러들 때면 정말로 기분이 최고다. 저우자* 나뭇가지 위를 달리는 작은 다람쥐의 뜀박질 한 번이면 하루하루 부딪히게 되는 불편하고 부자연스러운 일들을 모두 깨끗이 털어낼 수 있다.

 바로 그런 때에 지에우 영감은 사냥을 나섰다.

 사냥을 가야겠다는 생각이 든 것은 외국에서 공부하는 아들

---

* 저우자dâu da: 버마포도(Burmese Grape)로, 인도 및 동남아 전역에서 재배되는 과실. 직경 2~3센티미터의 작고 동그란 모양의 열매가 포도송이처럼 무리지어 열린다. 노란색 또는 붉은색의 껍질 속에 여러 조각으로 나뉜 노르스름한 (또는 불그스름한) 과육이 들어 있다.

녀석이 그에게 쌍총신 총 한 자루를 보내왔을 때였다. 총은 매우 훌륭했다. 가볍고 꼭 장난감처럼 생겼다. 정말 꿈에서도 생각지 못한 것이었다. 60세의 나이에 새 총을 들고 어느 봄날 숲속으로 사냥을 나선다는 것은 꽤 살맛 나는 일이었다.

지에우 영감은 따뜻한 옷을 입고 장비를 단단히 둘러멘 후 털모자를 쓰고 목이 긴 신발도 신었다. 비상시에 대비하기 위해 찹쌀 주먹밥 한 개도 챙겨 넣었다. 그는 마른 개울을 따라 거슬러 올라가서 수원지에 닿았다. 수원지에서 약 450미터쯤 떨어진 곳에 석회동굴 왕국이 있다.

지에우 영감은 구불구불한 오솔길로 꺾어 들어가 계속 걸었다. 오솔길 양편에 늘어선 그네툼나무* 위에 나뭇잎새들이 잔뜩 앉아 있었지만 쏘지 않았다. 이런 총으로 나뭇잎새나 쏜다면 총알이 아까울 뿐이었다. 나뭇잎새라면 그는 이미 질리게 먹은 터였다. 맛은 있지만 비리다. 그의 집에 새가 없겠는가? 그의 집에는 비둘기도 무척 많다.

길이 꺾어지는 곳에 다다른 순간, 너도밤나무 숲속에서 사각거리는 소리가 나자 지에우 영감은 깜짝 놀랐다. 그의 눈앞에서 알록달록한 깃털 다발이 툭 떨어졌다. 그는 숨을 죽였다. 멧닭 한 쌍이 머리를 앞으로 숙인 채 꼬꼬댁 꼬꼬 소리를 치며 총총걸음으로 서둘러 앞쪽을 향해 달려갔다. 지에우 영감은 총신을 겨누었다. '쏴봤자 빗나가겠네!' 이렇게 생각하며 그 자세

---

* 그네툼gnetum나무: 소철, 은행, 삼나무 등과 같은 마황목과의 겉씨식물. 아시아, 서아프리카, 남아메리카의 아마존 등지에 분포하며 비가 많이 내리는 곳에서 자란다.

그대로 한참 동안 가만히 앉아 있었다. 그는 숲이 다시 고요해지기를 기다렸다. 멧닭 한 쌍은 사람을 만난 게 아니라고 여길 것이다. 그렇게 생각하는 편이 멧닭들에게 좋다. 물론 그에게도 좋다.

아찔할 정도로 높게 솟은 바위산은 웅장하기만 했다. 지에우 영감은 유심히 바라보며 자신의 힘을 가늠해보았다. 원숭이나 산양을 잡게 된다면 실로 더할 나위가 없을 것이다. 산양은 어려우리라는 걸 지에우 영감은 알고 있다. 이런 짐승은 우연히 잡을 수 있을 뿐이다. 지에우 영감은 행운이 올 것이라고 믿지는 않았다.

한참을 생각한 후 그는 석회암산을 벗어나 저우자 숲으로 들어가서 원숭이를 잡기로 했다. 분명 더 확실하면서 힘도 덜 들 것이다. 여기는 화과산花果山이요, 이 산골짜기의 수렴동水簾洞이다.* 저우자 숲에는 원숭이 여러 무리가 산다. 그가 원숭이 한 마리쯤 쏘아 잡는 건 어렵지 않다.

지에우 영감은 덩굴식물이 자란 흙더미 앞에서 발걸음을 멈추었다. 이 나무가 무슨 나무인지 알 수가 없었다. 색이 바랜 잎은 인디언올리브의 잎 같았고 노란 꽃들은 귀걸이처럼 땅 위까지 늘어져 있었다. 그는 그 옆에 앉아 잠자코 주위를 둘러보았다. 원숭이들이 이곳에 나타나는지 살펴보아야 했다. 이 동물은 인간처럼 영리해서 먹이를 구하러 나올 때면 늘 망보기를

---

* 화과산 수렴동: 중국 고전 『서유기西遊記』의 배경인 산과 동굴. 1년 사계절 꽃이 피고 과일이 가득한 선인의 산이며 마르지 않는 샘이 있는 동굴로, 손오공의 고향이다.

세운다. 망보기 원숭이는 귀가 아주 밝다. 녀석을 발견하지 못한 채로 사냥이 성공하기를 바라서는 안 된다. 우두머리를 잡겠다고 바라서도 안 된다. 우두머리 역시 원숭이일 뿐이다. 하지만 그건 다른 어떤 원숭이도 아닌 바로 그 원숭이이며, 영감의 원숭이다. 그래서 그는 기다려야만 했다. 총을 쏘아 잡을 방법을 강구해야 했다.

지에우 영감이 말없이 앉아 있은 지 족히 반 시간은 흘렀다. 봄비가 가늘고 부드럽게 내렸다. 날은 따뜻했다. 영감이 아무 생각도 하지 않고 슬프지도 기쁘지도 않은 채로 걱정도 없고 따져야 할 일도 없이 이렇게 가만히 앉아 있는 것도 정말 오랜만이었다. 숲속의 평온한 고요함이 그를 뚫고 지나갔다.

마치 거대한 무언가가 요동치는 소리처럼 저우자 숲이 갑자기 후드득 떨렸다. 지에우 영감은 우두머리가 다가오는 것을 알아차렸다. 이 원숭이 녀석도 아주 보통이 아닌걸. 제왕의 의식을 치르며 모습을 드러내려고 하니 말이야. 난폭할 정도로 자신만만하군. 지에우 영감은 미소를 지으며 주변을 예의 주시했다.

움직임이 감지되고 몇 분 후 정말로 우두머리가 나타났다. 녀석은 단 1초도 멈추지 않는 것처럼 보일 정도로 아주 재빠르게 몸을 움직였다. 지에우 영감은 녀석의 민첩함과 지구력에 감탄했다. 녀석은 한걸음에 사라져버렸다. 그는 안타까움에 마음이 쓰렸다. 제왕의 운명은 영감의 운명과는 달랐다. 집을 나설 때부터 그의 마음속에서 활활 타오르던 즐거움이 반으로 줄어버렸다.

우두머리 원숭이가 사라지자 스무 마리 정도 되는 원숭이들이 사방에서 몰려나왔다. 어떤 녀석은 꼭대기에서 거드름을 피웠고, 어떤 녀석은 나뭇가지를 옮겨 다니며 그네를 탔다. 땅으로 뛰어내리는 녀석도 있었다. 지에우 영감은 세 마리 원숭이가 서로 엉켜 있는 것을 보았다. 수컷 원숭이와 암컷 원숭이 그리고 새끼 원숭이였다.

그 즉시 수컷 원숭이를 사냥감으로 삼아야겠다는 생각이 지에우 영감을 강하게 붙들었다. 저 타락한 아비 녀석! 바람둥이에 방탕한 놈! 험궂은 가장! 더러운 입법자! 비열한 폭군 자식!

지에우 영감은 몸이 갑자기 뜨거워지는 것을 느꼈다. 그는 모자와 면으로 된 윗옷을 벗어 나무 그늘 아래 놓았다. 주먹밥도 땅 위에 놓아두었다. 그는 천천히 땅이 더 깊게 팬 곳으로 움직였다. 주의 깊게 살펴보니 망보기 원숭이는 암컷 원숭이였다. 그렇다면 일이 더 편해진다. 암컷은 언제나 쉽게 집중력이 흐트러지기 때문이다. 저것 봐, 봤지? 보초를 서는 와중에 몸에 있는 이를 잡다니 더 말해 뭐 하겠어? 암컷들은 자기 몸이 최우선이라니까. 그건 아주 기본적이면서도 좋은 일이다. 하지만 매우 가슴 아픈 일이기도 하다……

지에우 영감은 계산을 마친 후 바람이 부는 반대 방향을 따라 망보기 암컷 원숭이에게 접근했다. 원숭이 무리에서 20미터 앞까지 접근해야 총을 쏠 수가 있다. 그는 재빠르고 아주 능숙하게 기어갔다. 사냥감을 확정하고 나자 영감에게는 성공에 대한 확신이 생겼다. 대자연이 그 누구도 아닌 영감을 위해 바로 그 원숭이를 마련해준 것이었다. 심지어 그가 발소리를 조금 크게 내서 부주의하고 어리석은 행동을 한다 해도 아무 상관 없다는 걸 그는 알고 있었다. 불합리해 보이지만 너무나도 자연스러운 일이었다.

생각은 그렇게 한들 지에우 영감은 사뭇 매우 조심스럽게 원숭이 무리에 접근했다. 대자연에는 예기치 못한 일들이 많다는 걸 영감은 알고 있었다. 신중해서 지나칠 일은 없는 것이다.

지에우 영감은 나무에서 가지가 갈라져나간 부분에 총을 걸쳐놓았다. 세 마리의 원숭이 가족은 재난이 다가오고 있음을 결코 알지 못했다. 나무 위에 매달린 아빠 원숭이는 열매를 따서 모자 원숭이를 향해 땅으로 던졌다. 녀석은 열매를 던져주기 전에 매번 맛있는 것을 골라 먼저 먹어버렸다. 정말 비열한 행동이었다. 지에우 영감은 방아쇠를 당겼다. 원숭이들이 한참 동안 숨죽이고 있을 만큼 총소리가 사납게 울렸다. 수컷 원숭이가 팔에 힘이 풀려 땅 위로 벌렁 나자빠졌다.

혼란에 빠진 원숭이 무리의 모습을 보며 지에우 영감은 두려움에 벌벌 떨었다. 그는 방금 악한 일을 저질렀다. 영감의 팔다리는 힘이 쭉 빠져버렸고 이제 막 어려운 일을 마친 사람 같은 느낌이 들었다. 원숭이 무리는 숲속으로 도망쳐버렸다. 엄마 원숭이와 새끼 원숭이도 무리를 따라 도망갔다. 얼마 못 가서 갑자기 엄마 원숭이가 되돌아왔다. 어깨에 총을 맞은 수컷 원숭이는 일어나려다 다시 쓰러지고 말았다.

암컷 원숭이는 주위를 살피며 조심스럽게 수컷 원숭이에게 접근했다. 이런 고요함은 의심스럽기 그지없었다. 하지만 곧 수컷 원숭이가 소리를 내 암컷을 불렀다. 울음소리가 구슬프고 고통스러웠다. 암컷은 당황하고 겁먹은 모습으로 멈춰 서서 가만히 귀를 기울이고 있었다.

"도망가!"

지에우 영감이 작은 소리로 신음하듯 말했다. 하지만 암컷 원숭이는 목숨을 건 모양이었다. 녀석은 가까이 다가와 수컷 원숭이를 일으켰다.

지에우 영감은 화가 나서 총을 겨누었다. 자기의 몸을 희생하려는 암컷 원숭이의 행동이 그의 마음에 증오심을 불러일으켰다. 사기꾼 같은 년, 사모님 같은 고상한 마음씨를 보여주려는 거냐! 이런 연극들 때문에 도덕이 무너지기 시작한 거라고. 날 속일 수 있을 것 같으냐?

지에우 영감이 방아쇠를 당기려는 순간 암컷 원숭이가 몸을 돌려 영감을 바라보았다. 녀석의 두 눈에는 제정신을 잃을 정도로 두려워하는 빛이 역력했다. 녀석은 수컷 원숭이를 쿵 땅바닥에 내팽개치고 달아나 버렸다. 지에우 영감은 안도의 한숨을 내쉬고는 조용히 웃음을 터뜨렸다. 그는 숨어 있던 곳에서 밖으로 몸을 내밀었다.

"이게 아니었군!"

지에우 영감은 작은 소리로 욕을 내뱉었다. 그가 밖으로 나오려는 찰나에 암컷 원숭이가 곧바로 다시 돌아왔기 때문이었다. '녀석이 내가 사람이라는 걸 알게 되면 모든 게 끝이다!' 과연 암컷 원숭이는 그를 힐끔힐끔 쳐다보면서 수컷 원숭이에게로 돌진했다. 녀석은 재빠르고 능숙하게 수컷 원숭이를 제 가슴에 껴안았다. 둘은 함께 땅 위를 떼굴떼굴 굴렀다. 이제 암컷 원숭이는 분명히 바보 같은 노인네처럼 미쳐버릴 것이다. 녀석은 고상한 마음씨가 발동해 열성적으로 희생을 할 것이고, 그렇다면 대자연으로부터 높은 점수를 받게 될 것이다. 그는 암살자의 얼굴을 드러냈다! 죽어가면서도 녀석은 이를 드러내며 웃을 것이다. 어떻게 하든지 간에 그는 마음이 아플 것이고 마음 편히 잠들지 못할 것이다. 그가 지금 녀석을 쏜다면 심지어 2년 일찍 세상을 뜨고 말 것이다. 이 모든 게 그저 숨어 있던 곳에서 2분 일찍 밖으로 나온 탓이었다.

'됐어, 지에우……' 그는 서글픔에 잠겨 생각했다. '이렇게 관절염에 걸린 두 다리로 네가 어떻게 온 힘을 다하는 저 원숭이의 충실한 마음만큼 빨리 달릴 수 있겠어?'

마치 놀리기라도 하듯 두 원숭이는 서로를 부축하며 도망갔다. 이따금 암컷 원숭이가 두 팔을 들어 올려 허공을 휘저으며 뒤뚱뒤뚱 안짱다리처럼 걸어가는 모습이 우스우면서도 음탕해 보였다. 화가 난 지에우 영감은 재빨리 뛰어가 앞쪽을 향해 총을 세게 던졌다. 그는 녀석이 무서워서 사냥감을 놓아주기를 바랐다.

돌무덤 뒤에서 갑자기 새끼 원숭이가 튀어나왔다. 녀석은 영감의 총에 달린 끈을 움켜쥐고 땅 위에 질질 끌며 끌어당겼다. 세 원숭이는 기며 뛰며 허둥지둥거렸다. 지에우 영감은 잠시 멍하니 서 있다가 웃음을 터뜨렸다. 그가 처한 상황이 정말 비상식적이지 않은가!

지에우 영감은 흙과 돌을 집어 원숭이들에게 던지고는 소리를 지르며 쫓아갔다. 원숭이들은 극도로 공포에 떨었고, 두 마리는 산 쪽으로, 작은 원숭이는 벼랑 쪽으로 도망갔다. '총을 잃어버리면 끝장이야!' 지에우 영감은 이렇게 생각하며 작은 원숭이를 쫓아갔다. 거친 돌들이 가로막고 있지만 않다면 그가 힘껏 뛰어들어 바로 총을 잡아챌 수 있을 정도로 거리가 좁혀졌다.

지에우 영감이 작은 원숭이를 벼랑 근방까지 몰아넣은 것은 상상도 못 했던 결과를 초래했다. 녀석은 총 끈을 단단히 쥐고 조금의 망설임도 없이 벼랑 아래로 몸을 굴렸다. 아직 경험이 많지 않았기 때문에 녀석은 이런 경우 어떻게 해야 할지 다른 해결 방법을 찾지 못한 것이었다.

지에우 영감은 얼굴이 하얗게 질렸고 샤워하듯 땀이 흘렀다. 그는 벼랑 끝에 서서 아래를 바라보며 몸을 떨었다. 아득히 깊은 곳에서부터 작은 원숭이의 처참한 고함이 울려 퍼졌다. 영감의 기억에 이런 고함을 들어본 적은 아직 없었다. 지에우 영감은 두려움에 뒤로 물러섰다. 벼랑 아래에서 모락모락 피어오르는 안개가 두렵기도 하고 죽음의 기운에 휩싸여 있는 듯도 했다. 안개는 한 발짝씩 숲속으로 밀려들더니 순식간에 주변 풍광을 지워버렸다. 지에우 영감은 왔던 길로 되돌아 도망쳤다. 아주 오랜만에, 아마도 어릴 적 이후 처음으로 지에우 영감은 이렇게 귀신이 쫓아오고 있는 것처럼 도망을 쳤다.

바위산 자락에 다다라서 지에우 영감은 힘이 바닥나버렸다. 그는 땅바닥에 주저앉아 벼랑 쪽을 바라보았다. 안개가 벼랑을 완전히 덮고 있었다. 문득 그의 뇌리에 이곳은 골짜기에서 가장 무서운 지역이자 사냥꾼들이 '죽음의 구렁'이라 이름 붙인 지역이라는 사실이 떠올랐다. 이 깊은 구렁에서, 거의 해마다 규칙적으로 사람들이 안개에 걸려들어 개죽음을 당했다.

'혹시 귀신인가?' 지에우 영감은 생각했다. '처녀 귀신이나 몽달귀신의 외로운 영혼이 흰 원숭이 형상으로 변하는 일이 자주 있지 않은가?'

그 원숭이는 흰색이었다. 영감조차도 어떻게 그렇게 간단할 수 있는 건지 의심스러울 정도로 녀석은 예사롭지 않게 그의 총을 빼앗아 갔다.

'내가 홀린 건가?' 지에우 영감은 주위를 둘러보았다. '이 모든 게 꿈인 걸까?' 그는 벌떡 일어나 당혹스러워하며 산비탈을 올려다보았다. 죽음의 구렁 반대편에 있는 바위산 쪽 하늘은 안개 따위에 휩싸이지 않은 채로 깨끗하기만 해서 모든 경관이 선 하나까지 또렷하게 드러나 있었다.

깜짝 놀라 울부짖는 소리가 들려왔다. 지에우 영감이 고개를 들자 상처 입은 수컷 원숭이가 튀어나온 바위 위에 늘어져 있는 모습이 보였다. 암컷 원숭이는 보이지 않았다. 영감은 기뻐하며 올라가는 길을 찾았다.

바위산은 경사가 급하고 미끄러웠다. 그곳에 올라가는 것은 위험하고 매우 힘든 일이었다. 지에우 영감은 자신의 힘을 헤아려보았다. '하지만 어쨌든 반드시 네놈을 잡아야만 해!' 지에우 영감은 정신을 가다듬으며 벌어진 돌 틈을 붙잡고 기어올랐다.

10미터쯤 올라갔을 때 지에우 영감은 갑자기 몸이 뜨거워지는 것을 느꼈다. 편하게 일어설 수 있는 곳을 고른 영감은 신발과 겉옷을 벗어 사포나무* 가지 위에 걸쳐두었다. 몸에 속옷만 남게 되자 영감은 편안한 기분이 들었다. 그는 재빠르게 위로 올라갔고, 자신이 그렇게 민첩하고 지구력이 강하다는 사실이 갈수록 놀랍기만 했다.

상처 입은 수컷 원숭이는 평평하지만 다소 위태로워 보이는 돌 위에 누워 있었다. 돌 아래에는 산비탈에서 한 뼘 정도 너비로 벌어진 틈이 보였다. 지에우 영감은 몸이 떨렸다. 언제라도 바위가 떨어져 내릴 수 있다는 기분에 그는 두려웠다. 범상치 않은 대자연이 영감의 용기가 어떤지를 시험해보려는 것 같았다.

지에우 영감은 두 팔꿈치를 지지대 삼아 몸을 웅크리고 올라갔다. 황금색에 매끈한 털을 가진 원숭이는 대단히 멋있었다. 녀석은 엎드려 누운 상태로 움직일 방법을 찾으려는 듯 두 손으로 바위 위를 긁고 있었다. 녀석의 어깨 부위는 붉게 얼룩졌다.

지에우 영감이 손을 대보니 원숭이의 몸이 뜨겁게 달아오르는 것이 느껴졌다. '10킬로그램은 족히 넘겠는걸……' 지에우 영감은 원숭이의 가슴 밑으로 손을 넣어 들어 올리며 예측해보았다. 녀석의 가슴 속에서 '흠' 하고 작은 소리가 났다. 마치 죽음의 신이 영감의 훼방 때문에 화가 잔뜩 난 듯 아주 소름 끼

---

* 학명은 스트레블루스 아스퍼Streblus asper. 인도네시아, 말레이시아, 필리핀, 타이, 베트남 등에 분포하는 나무. 수피는 이질과 설사병 치료에 사용된다.

치는 소리였다. 지에우 영감은 얼른 손을 뺐다. 원숭이는 부르르 몸을 떨었다. 녀석은 멍하게 풀린 두 눈을 들어 애원하는 눈빛으로 영감을 바라보았다. 지에우 영감의 마음속에 불현듯 동정심이 일었다. 총알이 녀석의 어깨뼈를 바스러뜨렸고 뼈가 4센티미터만큼이나 드러나 있었다. 드러난 뼈가 무언가에 부딪힐 때마다 원숭이는 몸을 뒤틀었는데 그 모습을 보고 있자니 너무나도 마음이 아팠다.

'저대로 놔두면 안 되겠어!' 지에우 영감은 라오풀*을 한 움큼 모아 짓이긴 후 입에 넣고 꼭꼭 씹었다. 그는 씹은 풀 한 줌을 원숭이의 상처 부위에 덮었다. 한 줌의 풀이 녀석에게서 흐르던 피를 멈추게 해줄 것이다. 원숭이는 몸을 움츠린 채 젖은 두 눈을 비스듬히 뜨고 영감을 바라보았다. 지에우 영감은 녀석의 두 눈을 피했다.

잠시 후, 원숭이는 아예 지에우 영감의 두 손바닥 안으로 기어들어 왔다. 녀석의 입에서는 어린아이의 소리 같은 것이 우물우물 새어 나왔다. 녀석이 지금 애원하면서 도움을 구하고 있다는 걸 그는 알았다. 그는 마음이 너무 불편했다.

'차라리 네가 덤볐다면 난 더 좋았을 텐데.' 지에우 영감은 자그마한 원숭이의 온순한 머리를 바라보며 눈살을 찌푸렸다. '나도 이제 늙었네…… 늙은이는 쉽게 공감한다는 걸 녀석이

---

* 라오풀Cỏ Lào: 열대 식물 중 하나. 원래 명칭은 '법법bóp bóp나무'이다. 기록에 따르면 이것은 베트남 공산당의 제1차 당대회가 개최되었던 1935년에 베트남에서 처음으로 발견되었기 때문에 '공산나무'라고도 불린다. 지혈 효과가 탁월해 전쟁 당시에도 약초로 많이 사용되었다.

알고 있는 거겠지. 원숭이야, 네 상처를 뭐로 좀 싸매줘야 할 것 같은데?'

지에우 영감은 생각해보았다. 입고 있는 팬티를 벗는 수밖에 없었다. 그는 그 팬티로 녀석의 상처를 싸매주었다. 상처에서 피가 멈추었고 원숭이는 더 이상 신음을 하지 않게 되었다.

그렇게 벌거벗은 채로 지에우 영감은 원숭이를 반쯤 안아 올려 부축하면서 산기슭으로 내려가는 길을 찾았다. 갑자기 산 중턱에서 어떤 힘에 떠밀린 듯 돌무더기가 우르르 떨어졌다.

산사태다!

지에우 영감은 몸을 웅크리며 바위에 딱 달라붙었다. 무서웠다. 방금 영감이 올랐던 길이 순식간에 평평하고 곧게 잘라낸 흔적만 남은 채 사라져버렸다. 지에우 영감이 옷과 신발을 걸쳐놓았던 사포나무도 더 이상 보이지 않았다. 지금 이 길을 내려간다는 건 정말 위험한 일이다. 산 뒤로 돌아갈 수밖에 없었다. 더 멀긴 하지만 이편이 안전하다.

두 시간 넘게 길을 찾아 내려온 끝에 지에우 영감은 겨우 산기슭에 닿을 수 있었다. 이렇게까지 고생스럽고 힘들었던 적은 정말 없었다. 영감의 몸에는 긁힌 상처가 가득했다. 원숭이는 살아 있는 것도, 죽은 것도 아니었다. 녀석을 땅에 질질 끌고 가자니 너무 마음이 아팠고 팔에 안고 가자니 힘이 없었다.

아침에 숨어서 원숭이들을 기다렸던 덩굴 수풀로 돌아온 지에우 영감은 멈추어 서서 모자와 옷 그리고 쏘이*를 찾았다.

---

* 쏘이xôi: 찹쌀밥에 닭고기, 땅콩, 녹두, 코코넛, 가늘게 찢은 육포 등 기호에

116

거기에는 세워놓은 볏짚단만 한 흰개미 집이 솟아올라 있었다. 밝은 붉은색을 띤 새 흙으로 이루어진 흰개미 집은 더럽고 끈끈했다. 그 위에는 흰개미의 젖은 날개와 말라비틀어진 날개가 가득 붙어 있었다. 제기랄, 저 흰개미 집에 닿았다면 영감의 물건들은 부스러기가 되었을 것이다! 실망에 찬 한숨을 내쉰 지에우 영감은 다시 돌아와 원숭이를 안아 올렸다.

'설마 이렇게 알몸으로 집에 돌아가야 하는 건 아니겠지. 그건 정말 싫은데!' 지에우 영감은 짜증이 났다. '온 세상의 웃음거리가 되고 말 거야……'

지에우 영감은 걸으면서 계속 생각했다. 잠깐 이 길 저 길 헤매다가 길을 찾았다.

'그래서 어쨌다는 거야!' 그는 갑자기 웃음을 터뜨렸다. '누가 이런 원숭이를 잡을 수 있겠어? 고기가 15킬로그램은 나올 거라고…… 염색이라도 한 것 같은 황금빛 털은 또 어떻고…… 이런 짐승을 잡을 수만 있다면 갑옷 하나쯤 멀쩡하지 않다고 해도 가치 있는 일이잖아!'

뒤쪽에서 조용히 움직이는 소리가 났다. 지에우 영감이 깜짝 놀라 돌아보니 암컷 원숭이가 있었다. 영감을 보자 녀석은 수풀 속으로 재빨리 사라져버렸다. 사실 암컷 원숭이는 산에서부터 영감을 따라오고 있었는데 영감이 모르고 있었던 것이다. 그는 기분이 이상했다. 지에우 영감이 조금 걷다가 뒤를 돌아보니 녀석이 아직도 뒤에서 따라오고 있는 게 보였다. 진짜 제

따라 다양한 종류의 고명을 얹어 먹는 음식.

기랄이네! 지에우 영감은 수컷 원숭이를 땅에 내려놓고는 돌을 주워 암컷 원숭이를 쫓아버렸다. 녀석은 날카로운 비명을 지르며 달아났다. 잠시 후 지에우 영감이 쳐다보니 여전히 녀석은 바싹 붙어 따라오고 있었다.

그렇게 이 셋은 한 덩어리가 되어 조용히 숲을 지나갔다. 암컷 원숭이도 정말 끈기가 대단했다. 지에우 영감은 갑자기 엄청난 모욕감을 느꼈다. 마치 감시를 당하면서 빚 독촉을 받는 것 같았다.

이제 수컷 원숭이까지도 자기의 동족이 부르고 있는 신호를 눈치챘다. 녀석이 심하게 발버둥 치는 탓에 영감은 너무나도 힘들었다. 죽을 만큼 지쳐버린 지에우 영감에게 원숭이를 안고 갈 힘은 조금도 남지 않게 되었다. 원숭이의 두 손이 영감의 가슴을 피가 나도록 긁어댔다. 결국 견딜 수 없어진 영감은 화가 나서 녀석을 바닥에 내팽개치고 말았다.

수컷 원숭이는 젖은 풀밭 위에 널브러졌다. 지에우 영감은 슬픔에 잠긴 채 앉아서 바라보기만 했다. 멀지 않은 곳에서 암컷 원숭이도 나무 뒤에 숨어 주저하며 지켜보고 있었다.

지에우 영감은 마음속 저 밑바닥까지 비통함을 느꼈다. 그는 원숭이 두 마리를 바라보며 콧날이 시큰해졌다. 그랬다. 삶 속에서 살아 있는 것들의 등을 짓누르는 책임감은 실로 무거운 것이었다.

"그래 됐다. 널 놓아주마!"

지에우 영감은 잠시 가만히 앉아 있다가 벌떡 일어서더니 자기 발치에 침을 뱉었다. 잠깐의 망설임 끝에 그는 서둘러 떠나버렸다. 암컷 원숭이는 이때를 기다렸다는 듯 숨어 있던 곳을 박차고 나와 수컷 원숭이가 누워 있는 곳으로 급하게 달려갔다.

지에우 영감은 다른 길로 접어들었다. 그는 사람들을 피해 가고 싶었다. 그 길에는 길을 막고 있는 가시덤불이 가득했지만 뜨후옌꽃도 이루 다 말할 수 없을 만큼 잔뜩 피어 있었다. 지에우 영감은 얼이 빠져 그 자리에 멈춰 섰다. 뜨후옌꽃은 30년마다 한 번씩 핀다. 뜨후옌꽃을 본 사람은 행운을 만난다고 했다. 이 꽃은 하얗고 짠맛이 나며 이쑤시개 끝만큼 가늘어서 사람들은 숲속의 소금이라고 부른다. 숲에 소금이 맺히면 나라가 평화롭고 수확이 풍성할 거라는 징조다.

골짜기를 빠져나온 지에우 영감은 들판으로 내려갔다. 봄비가 부드럽지만 아주 빠르게 떨어졌다. 영감은 줄곧 그렇게 벌거벗은 채로 그토록 외로운 걸음을 내디뎠다.

잠시 후 그의 그림자는 빗줄기에 희미해졌다.

얼마 후면 절기상 입하다. 날이 점차 따뜻해질 것이다.

강 건너기

나루터.

스님 하나, 시인 하나, 교사 하나, 도둑 하나, 골동품 장수 둘, 어머니와 아이, 연인 한 쌍 그리고 배를 부리는 여인이 나룻배에 탄다. 뱃사공 여인은 골동품 장수 둘이 나룻배에 오토바이를 실을 수 있도록 판자로 다리를 놓았다. 키 크고 마른 자가 체크무늬 옷을 입은 자에게 말했다.

"조심해!"

친구에게 천으로 둘둘 싼 것을 잘 안고 있으라고 하는 말이었다. 그 안에는 골동품 병이 들어 있다.

"좀 도와주시오!"

키 크고 마른 자가 뒤에 있는 사람에게 말했다. 그 사람은 시인이다.

그들은 낑낑대며 판자 다리 위로 오토바이를 밀었다. 시인이 그만 서투른 손놀림으로 오토바이를 뒤집고 말았다. 그는 강물 아래로 털썩 무릎을 꿇었다. 강가에 서 있던 남녀 한 쌍이 웃음을 터뜨렸다. 아가씨가 애인에게 말했다.

"저 사람들 좀 거들어줘요!"

청년은 겉옷을 벗어 아가씨에게 건넸다. 그는 쓰러진 오토바이 곁으로 다가왔다.

오토바이는 배 위로 밀어 올려져 도시에 살면서 시골에 다니러 가는 어머니와 아이 쪽에 실렸다. 어머니는 서른두 살, 아름답고 고상하다. 아홉 살인 사내아이는 아주 귀엽고 사랑스러워 보였다.

오토바이가 배 가운데에서 가로로 방향을 틀다가 젊은 부인과 부딪쳤다. 부인은 눈살을 찌푸렸다. 키 크고 마른 자가 재빨리 말했다.

"미안합니다."

키 크고 마른 자는 몸을 구부려 젊은 부인의 무릎에 묻은 얼룩을 털어냈다. 부인은 그자의 손을 밀쳐내며 고개를 돌려버렸다.

그들의 뒤편에서는 스님이 교사에게 보리달마 이야기를 들려주고 있었다.

"달마님께서 숭산에서 면벽 수행을 하고 계실 때 혜가가 찾아와 법인法印을 구하려고 합장하며 말했지. '스님, 소승의 마음이 편치 않사옵니다.' 달마님이 말씀하셨네. '자네의 마음을 놓아주시게.' 혜가가 답했지. '스님, 아무리 마음을 찾아봐도 보이지 않습니다.' 달마님이 말씀하셨네. '그것일세! 내가 이미 자네의 마음을 편안하게 해주었기 때문이지.' 그렇게 해서 혜가는 깨달음을 얻게 되었지……"

천으로 싼 것을 가슴에 껴안은 체크무늬 옷을 입은 자가 스님 옆에 앉았다. 이곳은 배에서 가장 안전한 곳이다. 교사는 마음에 들지 않았다.

"이 사람이 참! 왜 여기로 끼어드는 거요?"

체크무늬 옷을 입은 자는 고분거렸다.

"어르신, 죄송합니다! 제가 지금 손에 보물을 들고 있거든요. 이 병을 깨트리면 전 망합니다."

"무슨 병인데 그러시오?"

체크무늬 옷을 입은 자는 몸을 약간 움츠렸다.

연인 한 쌍이 배에 올라탔다. 그들은 뱃사공 여인의 뒤편 뱃머리에 앉았다. 청년은 외투를 집어 아가씨의 허벅지 위에 덮어주었다. 그의 손이 그녀의 따스한 배에 닿았다. 그는 그 상태 그대로 손을 빼지 않았다. 아가씨는 얼굴을 붉히며 외투를 끌어 올려 그의 손을 덮었다.

시인은 배의 측면에 쓸쓸히 앉아 있었다. 그가 손을 물속에 담그고 휘휘 젓자 배가 기울어 흔들렸다. 키 크고 마른 자가 눈살을 찌푸리며 시인의 어깨를 툭툭 쳤다.

"그만하시오! 지금 전부 다 죽이려는 거요?"

시인은 어이가 없었다.

"물 참 맑다! 저기 바닥에 천사 고기*들까지 보이네."

키 크고 마른 자가 웃음을 터뜨렸다.

---

* 에인절피시angel fish. 농어목 시클리드과의 열대어로 납작한 몸에 가로무늬가 있으며 지느러미가 길다.

"못 말리겠군! 내 눈엔 붕어밖에 안 보이는구먼!"

아이가 시인 편을 들며 끼어들었다.

"천사 고기예요!"

키 크고 마른 자가 젊은 부인의 가슴께로 시선을 던졌다.

"얘, 저게 붕어인지 천사 고기인지 엄마한테 물어본 거니?"

젊은 부인은 허둥지둥 다리를 오므리며 아이의 팔을 잡아당겼다.

뱃사공 여인이 장대를 밀었다. 배가 나루터를 떠났다. 오후의 하늘에는 회색 구름이 끼어 있다. 새 한 마리가 산 쪽으로 날아간다. 배가 옆으로 돌았다.

"나룻배!"

나루터 쪽에서 격하게 부르는 소리가 울려 퍼졌다. 키 크고 마른 자가 손을 휘저었다.

"그냥 갑시다!"

뱃사공 여인이 머뭇거리며 장대를 밀었다.

"나룻배!"

부르는 소리가 더욱 격해졌다. 나룻배는 나루터 쪽으로 뱃머리를 돌렸다.

모래톱에서 배로 올라타는 자는 풍채가 크고 어깨에는 가방을 둘러멘 것이 떠돌이의 품새였다. 그는 한 걸음 풀쩍 뛰어 배에 올라탔다. 강물이 스님에게까지 튀었다.

스님은 깜짝 놀라 외쳤다.

"나무아미타불!"

교사가 중얼거렸다.

"사람하곤, 꼭 도적패 두목처럼 생겼군."

그자는 정말 도적패의 두목이다. 그는 모두에게 미안하다는 듯 점잖게 웃고 나서 태연하게 노를 집어 들었다. 그는 노 머리 부분에 천 가방을 둘둘 감아 건 후 노를 겨드랑이에 끼고 담뱃불을 붙이면서 뱃사공 여인에게 눈을 꿈쩍꿈쩍하며 말했다.

"해도 없고 비도 안 오는구나. 벌써 점심때가 다 지나버렸네!"

뱃사공 여인이 알 듯 모를 듯 애매한 말을 했다.

"태풍도 안 불었는데 까마귀가 산에서 내려온 거야?"

도둑은 즐거웠다.

"결혼식이 있어서 초대를 하더라고. 60세 노인이 열일곱 아가씨를 얻었거든."

배 위의 모든 사람은 쥐 죽은 듯 조용했다. 아무도 이런 대화에 호감이 가지 않았다. 연인 한 쌍만이 아랑곳없을 뿐이었다. 청년은 아가씨의 바지 속으로 슬금슬금 손가락 네 개를 집어넣었다. 아가씨는 저항의 표시를 하려고 했지만 사람들이 볼까 봐 잠자코 앉아 있었다.

노 젓는 소리가 아주 유연하게 이어졌다.

체크무늬 옷을 입은 자는 꾸벅꾸벅 졸고 있다.

교사는 계속해서 이야기를 이어갔다.

"스님! 인생의 본질에는 악이 있습니다. 인간은 허무맹랑하게도 욕정, 돈, 명성 같은 것들을 좇지요."

스님은 눈을 돌려 손바닥을 쳐다보았다. 교사가 말했다.

"스님! 여길 보나 저길 보나 전부 짐승들뿐입니다. 모조리 다 짐승들이죠. 충실한 사랑을 한다 해도 짐승이에요. 선善에 대한 인식까지도 죄다 짐승이라니까요."

시인이 조용히 읊조렸다.

"무리 속에 외로이 나 혼자뿐이네……"

젊은 부인이 오렌지 하나를 까서 아이에게 건넸다. 아이는 고개를 저었다.

키 크고 마른 자가 담뱃갑을 꺼내 시인에게 권했다. 시인은 그자의 콧날 바로 위에 검정 사마귀 하나가 있는 것을 발견했다. 그는 고개를 저었다.

"그 사마귀 한번 끔찍하구먼!"

키 크고 마른 자가 눈을 부라렸다.

"왜 그러시오?"

"형씨는 장난치듯이 돌연 사람을 죽일 수도 있겠어."

시인은 손을 들어 자기 목을 가로로 그었다.

"이렇게, 이렇게 말이야……"

키 크고 마른 자가 웃음을 터뜨렸다.

"어떻게 아시오?"

시인은 우물거렸다. 스스로도 자기가 한 말을 확신하지 못했다.

"나는 꿰뚫어 보는 눈을 가진 예언자라고."

아이가 그의 팔을 붙들었다.

"그럼 저는 어때요, 아저씨?"

시인은 아이의 눈을 유심히 들여다보다가 조상 대대로 전해지는 듯 새겨져 버린 근심과 함께 아주 가느다란 핏발들이 서 있는 것을 발견했다.

그는 망설이며 물었다.

"너 혹시 꿈이 있니?"

아이는 단호히 고개를 끄덕였다.

"네!"

시인은 미소를 지었다.

"그럼 너는 불행하겠구나."

젊은 부인은 한숨을 내쉬었다. 교사가 중얼거렸다.

"여길 보나 저길 보나 전부 사기꾼들이군."

뱃머리에 앉은 아가씨는 연신 몸을 뒤척였다. 그녀의 애인은 손가락 네 개를 그녀의 팬티 속으로 은밀히 조금 더 밀어 넣었다. 그의 행동은 젊은 부인의 눈을 그냥 지나쳐 가지 못했다. 여자의 개인적인 경험으로 미루어, 한 쌍의 연인이 지금 원숭이 짓을 하고 있다는 것을 젊은 부인은 알았다.

교사가 읊조렸다.

    명리名利에 뒤꿈치는 진흙 묻어 잿빛이 되고,
    풍진風塵에 얼굴은 햇볕에 그을려 세월이 풍기네.
    부유하는 운명을 생각하니 마음이 아프고,
    고난의 바다를 떠가는 거품처럼 정처 없는 부평초 신세.
    세상의 맛에 고통스레 혀가 마비되고,
    그 길 위에 뒤꿈치가 갈라지고 터져도.
    하구에 굽이치는 큰 물결,

넘실대는 물결 위를 깎아내는 배 한 척······

시인은 나지막이 탄성을 질렀다.

"와, 좋다! 누구의 시입니까?"

교사가 답했다.

"응우옌쟈티에우*요."

시인이 한숨을 뱉었다.

"진짜 안됐어······ 재능 있는 사람들은 모두 아깝게 가버린다 니까······ 문학은 모조리 요절해버리지······"

뱃머리에 앉은 아가씨가 갑자기 나지막이 신음을 냈다.

젊은 부인은 아가씨의 눈을 자세히 들여다보더니 몰래 욕을 했다.

"음탕한 것!"

아가씨는 욕하는 소리를 듣고 바로 고개를 돌려버렸지만 젊 은 부인의 시선은 계속 따라왔다. 참지 못한 아가씨가 뻔뻔스 럽게 젊은 부인의 눈을 똑바로 응시하며 수긍했다.

"그래, 음탕하다!"

체크무늬 옷을 입은 골동품 장수의 입가에 침이 질질 흐르는 것을 보고 아이는 갑자기 웃음을 터뜨렸다. 그자의 눈꺼풀은 꼭 붙어 있었고 고개는 연신 스님의 얼굴께로 파고들었다.

체크무늬 옷을 입은 자의 손 위에 있던 천 보자기는 아예 교

---

* 응우옌쟈티에우(Nguyễn Gia Thiều, 1741~1798): 18세기 베트남의 시인. 그가 쯔놈chữ Nôm(베트남어를 적기 위해 한자를 빌려 만든 차자)으로 지은 『궁원음 곡宮怨吟曲』은 베트남 문학 중 걸작으로 손꼽힌다.

사의 허벅지 위에 놓였다. 짜증이 난 교사는 끈이 풀어져 병이 드러나도록 보자기를 잡아당겨 버렸다.

체크무늬 옷을 입은 자가 깜짝 놀라 잠에서 깼다.

"죄송합니다!"

교사는 병을 손에 들고 유심히 바라보다 감탄했다.

"병 한번 멋지구먼!"

교사는 옆으로 몸을 돌렸다.

"스님! 이 병은 언제 적 것입니까?"

스님은 고개를 들었다. 시선 속에서 욕망과도 같은 빛이 번쩍 비쳤다.

"중국 복속 시대의 병이라네. 리비* 때나 쿡트어주** 때……"

잠시 망설이다 스님은 곧바로 손을 들어 병 주둥이를 쓰다듬었다.

"뜨엉사寺에 이런 병이 있었는데 그걸 팔아서 삼관문을 다시 지을 돈을 마련했지."

"'열 돈'짜리라고요!"

키 크고 마른 자가 자랑스러운 얼굴로 교사의 손에 들린 병을 조심히 받아 들었다. 도둑은 노를 멈추었다. 배 안에서 그자

---

* 리비李賁(Lý Bí): 544년에 반쑤언(萬春, 544~602)을 세우고 첫 왕위에 오른 리 남데(李南帝, 503~548)의 본명. 반쑤언은 베트남이 중국의 영향력에서 벗어나 잠시 독립을 되찾았을 때의 국호이다.

** 쿡트어주(Khúc Thừa Dụ, 830~907): 베트남의 토호로, 중국 복속 시대에 905년부터 907년까지 베트남을 통치하는 징하이靜海(Tĩnh Hải) 절도사를 지냈다. 약 천 년간 지속되어오던 중국의 지배에서 벗어날 수 있도록 독립의 초석을 놓은 인물로 평가받고 있다.

의 눈을 지나쳐 갈 수 있는 것은 없었다.

나룻배 끝에 앉은 아가씨가 몸을 돌려 자기 애인의 도를 넘는 부주의한 행동을 피했다. 청년은 짜증을 내며 아가씨의 아랫배에서 손을 뺐다. 그는 몰래 나룻배 판자 사이의 갈라진 틈에 손을 문질렀지만 손가락에 묻은 곱슬곱슬한 털을 떼어낼 수가 없었다. 바로 그때 생각 하나가 떠올라 갑자기 그를 짜증 나게 했다.

그는 아가씨와 떨어져 앉았다.

"여자란…… 저승사자라니까…… 전부 쓸데없어…… 더러워 가지고……"

아가씨는 다리를 쭉 뻗었다. 그녀의 실망한 모습은 젊은 부인의 관심을 끌었다. 젊은 부인은 웃었다. 눈 속에 어린 만족스러운 빛을 감출 수 없었다.

시인은 병을 보며 감탄했다.

"수천 년의 역사라…… 정말 대단하군! 옛날에 공주가 이 병에 물을 담아서 머리를 감았을 거야!"

키 크고 마른 자가 미소를 지었다.

"내가 보기엔 술을 담는 병인 것 같은데?"

시인은 고개를 끄덕였다.

"맞아! 13세기에 몽골군이 쳐들어왔을 때 이 병을 술을 담는 데 사용한 병사가 있었지…… 15세기에 사람들이 이 병을 땅 속에 묻었고."

"못 말리겠군!" 키 크고 마른 자는 흥미로웠다. "이 병에는 분명히 여러 이야기가 있겠죠?"

"물론이지." 시인은 다시 눈을 가늘게 뜨고 쳐다보았다. "이야기가 50가지는 있겠어."

교사는 손에서 가방을 떨어뜨렸다. 체크무늬 옷을 입은 자가 종이를 주워주었다. 거기에는 글씨들이 적혀 있었다. 그는 곁눈질로 읽어보았다.

"고상한 인간들을 창조해내기 위해 끊임없이 일해야 하는 것은 인류의 본분이다. 인간에게 그것 이외의 다른 과제는 없다(니체). 나는 예술가들을 향해 말하곤 한다. 끊임없이 입버릇처럼 말한다. 우주와 인류 안의 온갖 충돌이 지향하는 최종 목표는 바로 극예술이다. 그 충돌들은 그 이상 아무런 효용이 없기 때문이다(괴테)."

체크무늬 옷을 입은 자는 교사에게 종이를 건넸다. 그자는 예의 바르게 말했다.

"글씨가 참 생기 있네요!"

교사는 종이를 받아 들고 씁쓸하게 말했다.

"글씨 말인가! 좋은 문장, 잘 쓴 글씨면 뭐 하겠는가?"

아이는 시인의 품에 완전히 기대었다. 아이는 병 주둥이 속에 손을 집어넣었다. 젊은 부인은 기겁했다.

"얘! 손 안 빠지면 큰일 나니까 조심해야지!"

어쩌면 젊은 부인이 상기시켜준 이 말은 바로 조물주의 저주일지도 모른다. 거기에는 과거의 모든 원한이 다 담겨 있을 테니까.

키 크고 마른 자는 깜짝 놀랐다. 그자가 아이에게 말했다.

"손 빼!"

시인이 비웃었다.

"역사에 손을 담그면 거기에 오랫동안 끼어 있어야 한다고!"

아이는 낑낑거렸다. 마치 병 주둥이가 작아진 것 같았다. 아이는 입을 삐죽였다.

"엄마 도와줘!"

나룻배 안의 모든 사람이 당황해서 부산을 떨었다. 어찌 된 일인지 아이는 병 주둥이에서 손을 뺄 수가 없었다.

여자는 겁이 났다.

"어떡해?"

체크무늬 옷을 입은 자가 주저앉아 병 빼는 것을 도왔다. 그자는 병을 돌리면서 투덜거렸다.

"말썽쟁이 같으니! 여기저기서 사고만 친다니까!"

아이가 왈칵 울음을 터뜨렸다. 키 크고 마른 자는 화가 나기 시작했다.

도둑은 더 이상 노를 젓지 않았다. 그자는 가까이 다가와 살펴보았다.

그자가 아이에게 권했다.

"손을 세게 확 빼봐!"

키 크고 마른 자가 얼굴을 찡그리며 쉰 목소리로 말했다.

"병을 깨트리지 않게 조심해!"

노를 한 번만 더 저으면 나루터에 닿는 거리였다. 물결은 아주 고요하다. 저 멀리 마을 쪽에서 오후의 짙푸른 연기가 보였다.

연인 한 쌍도 앉은 자리에서 일어나 아이 쪽으로 다가왔다.

사람들은 병을 빼낼 이런저런 방법을 궁리해냈다. 아이의 눈에는 눈물이 그렁그렁했다.

시인은 누가 봐도 상황에 전혀 맞지 않는 농담을 했다.

"병을 구하려면 아이의 팔을 자르는 수밖에 없겠군. 그러고 나서 병을 깨고 아이의 팔을 구하는 거야."

젊은 부인은 울면서 신음했다.

"아이고…… 큰일 났네!"

키 크고 마른 자가 병을 받아 들었다. 그자는 병을 세게 잡아당겼다.

이것이 마지막 시도였다. 아이의 손목은 붉어지고 피부가 온통 벗겨졌다.

"안 되겠어!"

키 크고 마른 자가 단호하게 말했다. 그자는 일어서서 손을 뻗어 옷섶 안으로 넣었다. 체크무늬 옷을 입은 자는 자기 친구가 무엇을 하려는지 알고 있다.

배가 나루터에 닿았다. 나루터에는 사람 그림자 하나 보이지 않았다.

차가운 바람이 불었다.

키 크고 마른 자와 체크무늬 옷을 입은 자가 양쪽에서 날카로운 칼끝을 겨누었다.

키 크고 마른 자가 젊은 부인에게 말했다. 딱 잘라서 냉정하게.

"이 병은 '열 돈'짜리요! 낼 수 있으면 내시오!"

젊은 부인은 겁이 나서 아이를 꼭 껴안았다.

"아이고…… 저 돈 없어요……"

돌연 생각이 난 젊은 부인은 서둘러 손가락에서 반지를 빼냈다.

키 크고 마른 자는 체크무늬 옷을 입은 자를 향해 고개를 까딱했다. 이자는 반지를 낚아채 옷 주머니에 넣었다.

키 크고 마른 자가 아이의 목에 칼을 들이밀었다. 칼끝에서 피 한 방울이 번졌다. 핏방울은 허연 어루러기* 자국 위로 천천히 흘러내렸다.

"어찌 그러시오?"

교사가 벌벌 떨다 안경까지 떨어뜨렸다. 칼끝이 더 깊이 들어갔다. 가느다란 핏줄기가 교사의 손에 튀었다.

청년 옆에 서 있던 아가씨가 얼굴을 감싸고 고함을 지르며 배의 난간 옆으로 쓰러졌다. 청년은 시인을 밀쳐내고는 손에서 반지를 빼 체크무늬 옷을 입은 자에게 건넸다.

그는 명령하듯 말했다.

"아이를 놔주시오!"

젊은 부인은 울음을 멈췄다. 그녀는 청년의 행동에 조금 놀랐다.

키 크고 마른 자는 눈이 뒤집혔다. 칼끝이 아이의 목으로 점점 더 깊게 파고들었다.

체크무늬 옷을 입은 자는 청년의 손에서 반지를 채 갔다.

---

* 덥고 습한 곳에서 번식하기 쉬운 곰팡이가 기생하여 생기는 피부병. 백반증과 유사한 증상을 보이지만 백반증과 달리 전염성이 있다.

도둑이 돌진하여 아이의 발을 밟았다.

아이가 고함을 질렀다. 도둑의 몸이 휘청하며 교사 쪽으로 쓰러졌다. 그자의 어깨에 걸친 천 가방이 떨어져 전문적으로 쓰이는 용품들이 뒤죽박죽 쏟아졌다. 쌍절곤, 50개쯤 되어 보이는 서로 다른 열쇠 꾸러미, 대검, 팔자 수갑, 낡고 얼룩진 택일 달력 등 조금도 선량해 보이지 않는 것들이다.

도둑은 허겁지겁 천 가방에 전문용품들을 쑤셔 넣었다. 그자는 쌍절곤을 손에 들고 휘두르며 말했다.

"이미 글렀어. 아무래도 운수가 사나운 것 같군. 밑지고 팔다니 말이야!"

키 크고 마른 자가 노려보았다. 도둑이 농담 반 진담 반으로 말했다.

"됐어! 어린이는 미래잖아! 어찌 됐든 간에 최고의 인덕을 발휘해야지."

키 크고 마른 자는 칼끝을 거두어야 하나 망설였다. 바로 그때 도둑의 손에 들린 쌍절곤이 병 주둥이를 강하게 내리쳤다.

도자기 병이 깨졌다.

시인은 안도의 한숨을 내쉬며 찬동했다.

"그래야지!"

아이는 엄마의 품으로 돌아왔다. 모자는 부둥켜안고 울었다. 키 크고 마른 자와 체크무늬 옷을 입은 자는 깜짝 놀라 멍하니 서 있었다. 그들은 도둑 쪽으로 건너와 칼을 겨눴다. 도둑은 슬슬 뒤로 물러서더니 강가로 뛰어내렸다. 그자는 손에 든 쌍절곤을 휘둘렀다.

"소용없어!" 그자는 태연하게 말했다.

그런데 정말 소용이 없었다. 분명히 그랬다.

청년은 아가씨를 부축했다. 아가씨는 미소를 지었다. 그녀는 자신이 그를 영원히 사랑하리라는 것을 알았다.

시인은 중얼거렸다.

"사랑은 인간을 고상하게 만들지."

두 골동품 장수는 칼을 거두고는 오토바이를 끌고 강가로 나왔다.

그들은 구시렁구시렁 욕을 해대며 오토바이에 올라탔다. 교사는 어질어질했다. 벌어진 사건에 그는 넋을 놓고 말았다.

"이런! 병을 깨버리다니! 진짜 영웅이구먼! 혁명가야! 개혁가야!"

뱃사공 여인은 웃음을 감추었다. 한밤중에 혼자서 그자를 맞닥뜨리는 사람은 참 복도 없다고 그녀는 생각했다.

시인은 도자기 조각 몇 개를 주워 젊은 부인에게 건넸다. 그가 말했다.

"기념으로 가지세요."

그는 몸을 숙여 아이를 일으켜 세웠다. 모두 차례로 강가에 내렸다.

오후가 점점 저물고 있었다. 나룻배 위에는 스님이 미동도 없이 앉아 있었다.

뱃사공 여인이 조심스럽게 말했다.

"스님! 내리시죠."

스님은 고개를 흔들었다.

"아니, 생각을 바꿨네…… 다시 돌아가게 해주게."

잠시 주저하다가 그는 머뭇머뭇 말했다.

"나는 나중에 가겠네."

뱃사공 여인은 망설이며 하늘 끝에 있는 별들을 바라보았다.

"스님! 강 저쪽으로 돌아가면 저는 다시 오지 않을 겁니다."

스님은 흐뭇하게 살짝 미소를 지었다.

"괜찮네! 가고 싶어 하면 갈 수 있어. 옛날에 보리달마님은 풀잎 하나에 올라타고 강을 건너셨는걸……"

나룻배가 떠나온 나루터로 돌아간다. 잔잔한 강물 위로 뱃사공 여인과 스님의 그림자가 드러났다. 달이 뜨고 고요하게 종소리가 이어진다. 스님은 나직한 소리로 진언을 외웠다.

"아제 아제! 바라아제! 바라승아제!"*

---

* 아제 아제! 바라아제! 바라승아제!Gate gate! Para gate! Para para san gate!: 가자 가자! 피안으로 건너가자! 피안으로 완전히 건너가자!

수신의 딸

첫번째 이야기

어떤 사랑인가
미색의 빛깔을 빌려서 가네……
—옛 노래

분명 많은 이가 1956년 여름의 태풍을 아직도 기억하고 있을 것이다.

그 태풍 때, 까이강 위에 솟은 땅인 노이에 서 있는 오래된 망고나무 꼭대기에 벼락이 떨어졌다. 누가 한 말인지는 모르겠지만, 교룡蛟龍* 한 쌍이 서로 몸을 휘감고 제멋대로 움직이면서 강물을 온통 흐리고 있는 것을 보았다고 했다. 비가 그치고

---

* 용과 외형이 유사하고 몸집이 거대하며 성질이 매우 난폭한 수중 괴물. 사람을 비롯하여 온갖 동물을 잡아먹는다.

난 뒤, 망고나무 아래에는 갓난아기가 누워 있었다. 그 아이는 수신水神*이 남기고 간 아이였다.

지역 사람들은 그 아이를 '매까'**라고 불렀다. 누가 매까를 길렀는지는 모르겠지만 띠어 사원의 관리인 아저씨가 데려다 키웠다는 풍문을 들었다. 시장 안의 몽 아주머니가 데려다 키웠다는 소문도 있었다. 또 다른 이야기로는 외부와 단절된 수도원의 수녀들이 데려다가 매까에게 지안나 도안티프엉이라는 세례명을 붙여주었다는 말도 있었다.

매까에 관한 이야기는 어린 시절 내내 내 머릿속에서 떠나지 않았다. 어느 날, 쑤오이 시장에 다녀온 어머니는 매까가 도아이하의 호이 씨 부녀를 구한 이야기를 해주었다. 집을 짓는 호이 씨는 여덟 살 난 딸아이를 데리고 모래를 채취하러 갔다. 모래 구덩이에 개구리가 입을 벌린 모양으로 구멍이 생기면서 와르르 무너져 내려 부녀를 묻어버렸다. 강에서 헤엄을 치고 있던 매까가 그 모습을 보고는 수달로 변신해 있는 힘껏 땅을 파내서 두 사람을 구할 수 있었다.

한번은, 뜨쭝 씨가 우물을 파다가 구리로 만든 북 하나를 캤다고 했다. 현***의 문화과에서 나와 북을 가져가겠다고 말했다. 그들이 강을 건너는데 갑자기 천둥 번개가 아주 사납게 치면서 큰 파도와 강한 바람이 연달아 일었다. 강에서 헤엄을 치

---

* '물을 맡아 다스리는 신'을 가리킨다.

** 매까Mẹ Cả: 베트남어로 '태모太母(great mother)'라는 뜻이다.

*** 현縣(huyện): 베트남의 행정 구역 중 하나로, 성tỉnh에 속한다. 한국의 '도道' 아래에 있는 '시市' 또는 '군郡'과 유사하다.

138

고 있던 매까가 말했다. "여기로 북을 던져요." 배가 곧 뒤집어 질 듯 흔들리자 사람들은 하는 수 없이 북을 매까에게 던져야 만 했다. 매까는 북 위에 앉아 둥둥 북을 쳤다. 그러자 천둥이 흩어지고 비가 그쳤다. 매까는 북을 끌어안고 강바닥으로 내려 갔다.

매까에 관한 이야기는 너무나도 뒤죽박죽이다. 반은 허구이 고 반은 사실이다. 나의 어린 시절은 침울했고 여러 일이 엉망 진창으로 얽혔는데 하나같이 모두 힘이 들었다. 나에게는 다른 사람의 이야기에 신경을 쓸 여유가 전혀 없었다.

우리 집은 농사를 짓고 홍토紅土*를 파면서 모자를 짜는 데 쓰이는 대나무를 벗기는 일을 부업으로 했다. 농사는 누구나 할 수 있다고 할 수도 없고, 절대 쉽지도 않다. 열네 살 때 나 는 합작사**의 주력 쟁기꾼이었다. 새벽 4시가 되면 쟁기조 조 장이 문 앞에서 불렀다. "쯔엉, 오늘은 괴뢰군 무덤 언덕 아래 논으로 쟁기질하러 가자!" 그러면 나는 자리를 박차고 일어나 허겁지겁 식은 밥을 먹고는 일을 나갔다. 날은 아직 어두웠고, 강기슭의 옥수수밭에서는 들쥐들이 사사삭 달아났다. 나는 잠 이 반쯤 덜 깬 상태로 갈지자를 그리며 오른 다리로 왼 다리를 차면서 시사***에 전깃불이 밝혀진 쪽을 향해 물소를 몰았다. 괴

---

* 라테라이트. 농경에는 부적합하여 건축자재 등으로 쓰인다.

** 개인 경제를 사회주의 경제로 전환하는 과도적인 역할을 담당했던 지역 협 동조합을 가리킨다.

*** 시사市社(thị xã): 베트남의 '현'급 행정 구역으로, 성tinh 또는 중앙직할시thành phố trực thuộc trung ương에 속한다. 한국의 '도' 소재 '시'와 유사하다.

뢰군 무덤 언덕 아래 논이 거기에 있었다. 그곳은 들판에서 가장 나쁜 논으로, 온통 하얗게 변색되었고 가끔은 돌도 묻혀 있는 비옥하지 않은 땅이었다. 나는 점심때까지 쉬지 않고 쟁기질을 했고 그림자가 서는 것을 보고서야 물소에게 매여 있던 쟁기를 풀고 돌아왔다. 어머니가 말했다. "쯔엉아, 니에우 씨가 그러는데, 우리 집 홍토가 이달에는 80덩어리가 부족하다는구나. 일전에 네 아버지가 겨우 400덩어리 넘게 냈다고." 나는 삽을 어깨에 짊어지고 서이 언덕으로 올라갔다. 서이 언덕의 홍토는 보통 여섯 층만 파내면 한 광층이 끝나고 중토층이 나왔다. 홍토는 날이 좋을 때에만 팔 수 있었다. 비가 오는 날에는 진흙이 질퍽질퍽하고 색이 너무 붉으면서 땅이 물렀다. 보통 오후 동안 온 힘을 다하면 나는 스무 덩어리를 팔 수 있었다. 니에우 아저씨가 지나가면서 칭찬을 했다. "아주 잘하는구먼. 옛날에 나는 땅을 파다가, 제길, 엄지발가락을 딱 잘라버렸지 뭔가." 그는 고무 슬리퍼를 신은 발을 쭉 내밀어 잘린 발가락을 나에게 보여주었다. 니에우 아저씨의 발은 엄지발가락이 곧지 않고 사이가 완전히 벌어진 쟈오찌 발*이었다. 그런 발에는 분명 맞는 신발이 없을 터였다. 밤중에 나는 앉아서 난**을

---

* 쟈오찌Giao Chi: 양쪽 엄지발가락이 안으로 굽으면서 각각의 발가락 사이가 벌어져 있는 발. '쟈오찌'는 '발가락이 서로 모이다'라는 의미이다. 고대 중국 지배기에 베트남인들의 발이 보통 이런 모양으로 생겨서 '쟈오찌 사람'이라고 불리기도 했다.

** 난nan: 모자를 짜기 위한 재료. 대나무를 손질해 가늘고 길게 만들어놓은 것을 가리킨다.

만들고 있었다. 뗏목을 모는 사람에게서 대나무를 사서 집으로 가져와 껍질을 벗겨내고 마디를 정리한 후 작게 잘라 솥에 넣고 삶았다. 그런 후 유황을 넣고 쪄서 널어 말리고, 묶어서 지붕 위에 얹어놓았다. 만들 때에는 며칠간 물에 담갔다가 칼로 벗겼다. 대나무를 벗길 때에는 대장장이에게 주문해서 만든, 날이 아주 얇고 손가락도 쉽게 잘릴 만한 칼을 써서 매우 조심스럽게 해야 했다. 속을 따로 분리한 후 결을 따라 고르게 잘라서 아이들을 고용해 난을 짜게 했다. 한 뭉치에 20미터씩 하는 것들을 모자 만드는 사람에게 판매했다. 어머니가 말했다. "이 일로 부자가 될 수는 없겠지만 아이들이 말썽을 부릴 수 없게 1년 내내 일이 있긴 하구나." 내 동생들은 네 살 때 이미 난을 짤 줄 알았고, 종일 손을 재빠르게 움직이며 어디를 가든 난 꾸러미를 겨드랑이에 끼고 다녔다. 닭이 울음으로 삼경三更* 을 알리면 나는 비로소 잠자리에 들었다. 온종일 일이 넘쳤다. 잠이 밀려왔다. 매까의 이미지는 아주 작은 어떤 틈을 비집고 나의 잠 속을 파고들었지만, 늘 그런 것은 아니었고 1년에 한 번쯤이나 되었는지 확실하지도 않다.

어느 날, 당시 합작사 주임이 된 하이틴 아저씨가 말했다. "이봐, 쯔엉, 마을 장정들은 전부 군대에 가는데 말이야, 자네는 바르고 솔직하니 내가 자네를 빼내서 회계직을 시킬 생각이야. 근데 자네 교육 수준이 너무 낮아. 아, 됐네, 검사반이나 경비 일을 하지 뭐." 내가 물었다. "검사반은 뭘 하는 곳인가요?

---

* 밤 11시에서 새벽 1시 사이.

경비는 뭘 하는 거고요?" 하이틴 아저씨가 말했다. "검사반은 우리들이 뭘 빼돌리지는 않는지 봐두었다가 사*의 서기장**인 프엉 씨에게 보고하는 일을 하지. 경비는 말이야, 합작사에 사탕수수밭이 있지 않은가? 노이 놈들이 자꾸 와서 훔쳐 간단 말이지. 자네는 어깨에 총을 메고 다니면서 누가 도둑질을 하는 게 보이면 하늘에 대고 총을 쏴서 녀석들에게 겁을 주는 걸세." 내가 말했다. "전 검사반은 절대 못 합니다. 고자질이 뭐가 좋다고요. 경비를 하겠습니다."

강가에 있는 사탕수수밭은 넓이가 10만 제곱미터 정도 되어서 감시하기가 어려웠다. 나는 망루를 만들어놓고 거기에 올라가 누워서 이야기책을 보았다. 전혀 읽히지가 않았다. 언제인지 모르게 나는 잠에 빠져들고 말았다. 한번은 꿈에서 쟁기질을 하러 갔는데 괴뢰군 무덤 언덕을 전부 쟁기질하고 나서 시사로 나가 끊임없이 쟁기질을 하니 시사 사람들이 서로 손을 잡고 도망가는 것이었다. 또 한번은 꿈을 꾸었는데, 홍토를 파던 중 엄지발가락을 잘라버리고 말았다. 그런데 잠시 후 발가락이 저절로 다시 자라났고 그러자 또 한 번 잘라버렸고, 그렇게 20~30번을 반복했는데 매번 너무 아팠다. 어떤 때는 꿈에서 대나무를 벗기다가 칼이 다섯 손가락을 모두 잘라버려서 밥을 먹을 때 개처럼 얼굴을 파묻어야 했다. 내 꿈은 대강 그런 식이었다. 모두가 매일 하는 일들이었고 전혀 별 볼 일 없는 일

---

* 사社(xã): 베트남의 행정 구역 중 하나로, 한국의 '면'과 유사하다.
** 당 위원회의 서기장.

들이었다. 그건 내가 상상력이 빈곤했기 때문이다. 나중에 자라서 머리가 깨고 나서야 알게 되었다. 그때, 열여섯 살의 나는 아무것도 몰랐다.

달이 무척이나 밝던 어느 밤, 7월경이었던 걸로 기억한다. 나는 사탕수수밭을 돌며 경비를 서고 있었다. 달빛이 하나하나를 선명하게 비춰서 마치 시나무*의 뿌리처럼 사탕수수 마디마다 듬성듬성 돋아난 수염들까지 전부 보였다. 바람에 의해 건조해져 아주 부드러워진 모래 표면에 사탕수수 행렬이 검게 물든 그림자를 기다랗게 끼얹었다. 가끔은, 사탕수수밭에서 바람이 주저리주저리 농담을 하는 바람에 듣고 있으면 온몸이 싸늘해지기도 했다. 사탕수수 쓰러지는 소리가 들려 달려갔더니, 모래 위에 사탕수수가 어지럽게 누워 있는 것이 보여 너무나도 애가 탔다. 나는 자제력을 상실한 채 허공에 대고 총을 한 발 쐈다. 대여섯 명쯤 되는 아이들이 벌거벗은 채 우르르 달려 나왔다. 열두 살쯤 돼 보이는 두목 같은 여자아이 하나는 사탕수수까지 질질 끌면서 달려 나왔다. 나는 큰 소리로 외쳤다. "거기 서!" 녀석들은 깜짝 놀라 물로 뛰어들었고 허둥지둥 노이 쪽으로 헤엄쳤다.

나 역시 총을 집어 던지고는 옷을 벗고 강으로 뛰어들었다. 한 명이라도 잡자고 결심했다. 한 명을 잡으면 전부를 추적할 수 있다. 경찰들이 보통 그렇게 했다.

---

* 시si나무: 가지에서 돋아난 수많은 뿌리(처럼 보이는 가지)를 아래로 드리우고 있는 나무. 나무 이름인 '시'는 베트남어 명칭이다.

사탕수수를 끌고 나온 여자아이는 혼자 떨어져 헤엄을 치고 있었는데, 되는대로 물을 차는 모습이 마치 수영을 할 줄 모르는 것 같았고, 물을 거슬러서 헤엄을 치는 탓에 속도도 아주 느렸다. 나는 헤엄을 치며 따라갔다. 녀석은 내 쪽을 돌아보며 아주 장난스럽게 혀를 내밀었다. 나는 헤엄쳐 앞을 막아섰고 아이는 내 눈앞에서 물에 빠졌다. 나는 물속으로 잠수하면서 녀석의 발을 잡을 수 있는 거리를 가늠해보았다. 아이는 몸부림을 치며 도망갔다. 계속 그런 식이었다. 아이는 앞쪽에서 헤엄쳤고 끝까지 나와 멀지 않은 거리를 유지했다. 30분 가까이 흘렀지만 나는 녀석을 잡을 수 없었다. 나의 적수는 강에 아주 정통했기 때문에 녀석을 잡는다는 것은 결코 장난이 아님을 나는 문득 깨달았다. 아이는 다른 녀석들이 도망칠 수 있게 나를 속인 것이었다. 아이는 헤엄을 치면서 약을 올렸다. 나는 너무 화가 나서 물을 내려치며 양팔을 쭉 뻗고서 뒤쫓았다. 아이는 깔깔 웃으며 재빨리 헤엄쳐 강 중심부로 향했다. 녀석이 나에게 말했다. "돌아가. 안 그러고 총을 잃어버리면 큰일 날 테니까!" 나는 깜짝 놀랐다. 녀석이 맞는 말을 하는 것 같았다. 아이가 다시 말했다. "너는 날 절대로 못 잡아. 어떻게 매까를 잡을 수 있겠어!" 나는 당황해서 뒷머리까지 쭈뼛 일어섰다. 설마 이 아이가 수신의 딸이란 말인가? 물살이 내 얼굴까지 내려쳐 흠뻑 젖었다. 나는 물기를 반짝이며 맨살을 드러낸 강인한 등판이 눈앞에서 요동치는 모습을 보았다. 달빛 아래 번쩍이는 모습이 정말 오싹했지만 너무나도 아름다웠다. 돌연 모든 것이 사라졌다. 나는 아무도 없는 광활한 강 한가운데에서 갑자기 굳어버렸다. 모든 것이, 마치 아무 일도 일어나지 않은 듯했다. 어제, 그제, 아니 500년 전부터, 강은 아주 오래전부터 그래왔다. 나는 어색하고 부끄러웠다. 한밤중에 갑자기 벌거벗은 채로 강에서 헤엄을 치면서 왔다 갔다 요란을 떨었는데 결국 무엇 때문이었단 말인가! 사탕수수 댓 그루에 가치가 있다면 얼마나 있다고? 수확할 때, 합작사에서는 여러 더미를 내다 버리기도 했다. 또는 비가 오는 계절에 홍수가 한 번만 들어도 수천 제곱미터씩 내다 버리는 일도 예사였다. 강변으로 밀어내는 물살에도 아랑곳없이 나는 갑자기 서글퍼졌다. 알고 보니 겨우 두세 그루가 없어졌을 뿐 많이 잃어버린 것은 아니었다. 나는 자리에 앉아 사탕수수 줄기를 부러뜨려 입에 넣었다. 사탕수수는 밍밍했다. 나는 사탕수수 줄기를 집어 던지고 망루로 돌아와 자리에 누워 아침까지 잠들지 못하고 뒤척였다. 나는 매까의 얼굴을 기억해내려 애썼지만 생각이 나질 않았다. 눈을 감으면 계속 거친 오렌지 껍질 같은 코를 가진 둥글고 커다란 하이커이 아줌마의 얼굴이나 긴 데다 물소 불알처럼 핏기 없는 빈 누나의 얼굴, 찐 새우처럼 붉은 히 씨의 얼굴, 말처럼 턱뼈가 벌어진 즈 형의 얼굴같이 전부 익숙한 얼굴들만 떠오를 뿐이었다. 그 어느 얼굴도 사람 얼굴 같은 얼굴이 없었다. 어떤 얼굴이든 다 동물처럼 보였다. 육감이 흘러넘쳤고 사기를 치거나 거짓말을 하지 않으면 고통으로 얼굴에 주름이 자글자글했다. 나는 깨진 거울 조각을 찾아 내 얼굴을 비춰보았다. 거울 조각이 너무 작아 얼굴 전체가 분명히 보이지 않았다. 거울 속에서는 마치 절에 있는 목각상의 눈처럼 나를 바라보는 흐리멍덩한 두 눈만이 보일 뿐이었다.

그해 말에 나는 경비 일에서 발을 빼고 수리水利대로 옮겼다. "일토, 이목一土, 二木",* 삽질하고 흙을 퍼 나르는 작업은 힘이 들었지만 나는 젊었으므로 쉼 없이 재빨리 움직였다. 어느새 3년, 천 일이 넘게 흘렀다. 내가 짊어진 흙을 전부 합하면 작은 산 하나를 쌓아 올릴 수 있을 정도였다. 하지만 내 고향 어디에 작은 산 같은 게 있단 말인가. 척박한 들판과 여전히 비쩍 말라 갈라진 땅의 이곳저곳을 가로질러 흐르는 도랑들이 있는 그저 평평한 땅뿐이었다.

1975년, 그해는 잘 돌아보고 기억할 만한 해이다. 고향에서 아주 큰 잔치를 열었다. 강물 노젓기 대회와 씨름 대회가 열렸고, 성** 예술단이 와서 공연도 했다. 도아이하의 씨름 선수들이 다른 지역의 씨름 선수들을 큰 격차로 이겼다. 노이 사람들은 그렇게 대담한데도 지명된 네 명의 선수가 모두 첫판에서 떨어졌다. 노이를 무릎 꿇리자 도아이하는 기세등등해졌다. 티 선수가 북을 치며 큰 소리로 말했다. "씨름판에 들어올 사람이 없다면 도아이하에게 상을 주겠습니다." 너무 화가 난 우리 마을 남자들은 나더러 씨름판에 들어가라고 재촉했다. 솔직히 말하면, 나는 씨름을 잘하지는 못했지만 힘은 있었다. 내 손은 어딘가 붙었다 하면 정말로 펜치와 똑같았다. 내

* '땅'과 관련된 일이 가장 어렵고, '나무'와 관련된 일이 그다음이라는 뜻.

** 성省(tinh): 베트남의 행정 구역 단위로, 한국의 '도'와 유사하다. 전국은 5개의 중앙직할시와 58개의 성으로 구성되어 있다.

공인지 외력인지 알 수는 없었지만 내가 꽉 쥐면 벽돌도 박살이 났다.

나는 옷을 벗고 갈색 반바지 하나만 입었다. 모두들 웃음을 터뜨렸다. 누군가 길고 복잡하게 설명을 해주었는데 대강 내가 우승을 하고 싶으면 다섯 명을 쓰러뜨려야 한다는 말이었다. 우리 마을 남자들은 받아들이지 못하고 서로 시끄럽게 다투더니 결국 내가 두 사람을 쓰러뜨려야 현재 가장 점수를 많이 딴 티 선수와 겨룰 수 있다는 선에서 합의를 보았다.

띠엔 선수가 씨름판에 들어왔다. 나는 바로 달려들었다. 역시 건장한 띠엔 선수는 내 다리를 감고 잡아당겼다. 천 일이 넘는 시간 동안 진흙탕에서 헤엄치고 어깨에 흙을 짊어졌던 내 다리는 아주 튼실했고 마치 말뚝처럼 바닥에 꽂혀 있었다. 띠엔 선수가 가로로 세로로 몸을 돌렸지만 나는 변함없이 꼼짝 않고 서 있었다. 내 두 손은 띠엔 선수의 두 어깨뼈를 움켜잡고 그대로 꽉 쥐었다. 약 3분 만에 띠엔 선수는 굳어버렸고 얼굴이 창백해지면서 그대로 쓰러지고 말았다. 심판이 나의 승리를 선언했다.

니에우 선수 차례가 되었다. 니에우 선수는 작고 재빨랐다. 그자는 물떼새처럼 뛰어다녔고 틈을 파고드는 데 아주 능숙했다. 단 한두 대를 주고받은 후, 나는 니에우 선수가 그저 내가 중심을 잃을 때를 기다렸다가 몸을 숙여서 어깨로 나를 들어 올린 후 쓰러뜨릴 속임수를 짜고 있다는 것을 알게 되었다. 눈치를 채자마자 나는 즉시 몸을 피해 일어서면서 한쪽 다리를 뒤로 뺐다. 몸이 약간 기울었다. 니에우 선수가 몸을 굽히고 내 두 다리 사이로 머리를 들이밀고 들어 올리려 했는데 기술이 너무 험악했다. 나는 다리를 바꾸고 무릎을 꽉 붙이면서 온 힘을 다해 양쪽 갈비뼈를 움켜잡고 세게 쥐었다. 니에우 선수는 커다란 뱀처럼 몸부림을 쳤다. 잠시 후 더 이상 움직일 수 없게 된 것을 보고 나서야 나는 그자를 자빠뜨리고 배꼽을 세게 내리쳤다. 함성이 우레와 같았다. 누군가 껍질을 벗긴 사탕수수 조각을 내 손에 쥐어주었다. 모두들 몰려와 권투 선수를 돌보듯이 옷으로 내 얼굴에 부채질을 했다.

북이 다시 울렸다. 티 선수는 체구가 크고 두 눈이 마치 삶은 돼지 눈 같았다. 그자는 짧은 권법을 선보였는데 너무도 멋있었다. 여기저기서 탄식이 터져 나왔다. 나는 조용히 느릿느릿 걸어 들어갔다. 티 선수는 내 코앞에 서서 나를 노려보았다. "살고 싶으면 지금 바로 패배를 인정하시지, 꼬마야!" 내가 말했다. "거저 먹으려는군!" 티 선수가 욕을 했다. "네미! 코 잘 지켜라! 이 형님이 너에게 피 맛을 보여줄 테니까!" 그자는 곧바로 돌진하면서 무릎을 아주 위험하게 들어 올렸다.

10분이 넘도록 티 선수는 나를 쓰러뜨리지 못했다. 그자는 정정당당하지 못한 기술로 전환했다. 팔꿈치와 무릎을 이용해 나를 쳤다. 대결은 긴장감이 흘렀다. 도아이하 사람이었던 심판은 반칙을 잡아내야 했지만 계속 눈감고 있었다. 나는 너무 화가 나서 몸을 피하며 물었다. "이게 지금 씨름이에요, 싸움이에요?" 티 선수가 말했다. "네미! 내가 널 때려 죽여주마, 이 자식아!" 북소리가 쌓이고, 모든 이가 환호성을 질렀지만 그 누구도 나서서 막지 않았다. 엄청난 함성과 티 선수를 독려하는 소리가 들려왔다. "때려, 그 자식을 때려죽여 버려!" 내 안에서 분노가 차올랐다. 나는 눈이 흐려지고 귀가 울리면서 입술에 찝찔하게 피가 흘렀다. 티 선수는 뛰어올라 비상했지만 나는 피하면서 손쉽게 발목을 잡을 수 있었다. 티 선수가 뿌리쳤지만 내 두 손은 강철 펜치와도 같았다. 티 선수는 바닥 위를 굴렀다. "졌어, 졌어"라는 고함이 온통 시끄럽게 울렸다. 심판은 내가 규칙에 맞지 않게 상대를 넘어뜨렸다고 말했다. 나는 아무런 말도 하지 않은 채 그를 밀쳐내고 그대로 테이블로 걸어가 상패를 끌어안고 내려왔다. 누군가 내 어깨를 쳤다. "그 정도면 잘했어! 아주 깡패 같았어!" 나는 깡패라는 두 글자의 의미를 이해하지는 못했지만 분명 그건 칭찬하는 말일 터였다.

씨름판을 나와서 나는 상점에 들어가 동생들에게 줄 사탕과 어머니에게 드릴 빗을 사서 들판을 가로질러 강변을 지나 집으로 돌아왔다. 강에 다다르자 날이 어둑어둑해졌다. 모퉁이에서 갑자기 사나운 사람들 한 무리가 밀고 나왔는데, 티 선수, 니에우 선수, 띠엔 선수가 선두에 서 있었다. 티 선수가 말했다. "살고 싶으면 거기 서!" 내가 물었다. "노상강도냐?" 그들은 아무 말도 하지 않고 곧장 달려들어 나를 때렸다. 나 역시 격렬하게 맞받아쳤지만 혼자의 몸이라 세력이 약했고, 잠시 후 정신을 잃고 말았다. 정신을 차려보니 나는 짚으로 만든 깔개 위에 누워 있었고 몸은 쑤시고 아팠다. 어머니가 물었다. "아프니?" 나는 고개를 끄덕였다. 어머니는 울었다. "쯔엉아, 뭣 하러 밖에 나가서 세상과 싸워 이기려고 하니? 몸뚱이로 다른 사람의 재밋거리가 되어보니 어디 부끄럽긴 하더냐?" 나는 속으로 눈물을 지었다. 어머니의 말이 맞는 것 같았다. 어머니가 말했다.
"어미랑 약속하자. 다시는 그러지 않겠다고!" 나는 어머니가
가여워서 약속을 했지만 다음번엔 어디를 가든 칼을 가지고 가
야겠다고 생각했다. 나는 어머니에게 물었다. "누가 저를 구했
어요?" 어머니가 미소를 지었다. "매까가 구했다." 나는 더 물
으려고 했지만, 어머니는 밖으로 나가버린 후 나에게 먹일 개
망초잎을 볶아서 달였다.

나는 매우 빠르게 건강을 회복했다. 주효한 원인은 약 때문
이 아니라 젊음 덕분이었다. 약이 뭐가 있었겠는가? 그저 볶아
서 말린 개망초잎을 붙이고 먹었을 뿐이었다. 왔다 갔다 할 수
있게 되었을 때, 처음으로 한 생각은 칼을 메고 티 선수를 찾
아가는 일이었다. 하지만 합작사에서 나를 티사에서 열리는 기
획 업무 수업 대상으로 지명했고, 소집 통보가 너무 긴급했기
때문에 나는 복수의 뜻을 중도에 굽힐 수밖에 없었다.

우리 수업은 30명이 6개월간 교육을 받는 것이었다. 우리는
과학적 사회주의, 역사, 정치경제학과 회계·관리 업무 관련 과
목들을 배웠다. 나는 처음으로 아주 생소한 명사, 개념, 전문용
어 들을 알게 되었다. 나는 굉장히 열성적이었다. 2~3일 후 나
는 마음 아프게도 내가 공부를 하지 못한다는 사실을 알아차
리고야 말았다. 지식은 끊임없이 빠져나갔다. 어떻게 해도 나
는 수입과 지출의 원칙, 계좌, 통계표 들을 분간할 수 없을 뿐
만 아니라 유심론이나 유물론 같은 개념도 이해할 수 없었다.
변증법이란, 내 생각에 진보이며, 어려움을 무릅쓰는 것, 간단
히 말하면 내가 괴뢰군 무덤 언덕을 쟁기질하는 꿈을 꾸는 것

과 유사한 것이었다. 부정의 법칙은, 비열한 원한을 품고 티 선수 무리가 휘두르는 폭력 같은 것으로 생각했다. 나는 그것을 증오하게 되고, 그것이 법칙이 되면 복수를 해야만 한다. 그것이 나를 내리쳤던 것보다 더 아프게 내리쳐야 한다. 나는 역사도 배웠는데, 시대 구분이 완전히 헷갈렸다. 선생님들은 매우 격분하며 나에게 학습 능력이 없다고 말했다.

반 전체에서 나를 좋아하는 사람은 없었다. 나는 점수를 깎아먹었다. 나는 바보 같기도 했다. 반 전체에서 나처럼 옷을 입는 사람은 없었다. 그들은 모두 티사 스타일로 정말 멋지게 옷을 입었다. 나 역시도 그게 너무 좋았지만, 돈이 없었기 때문에 어쩔 수 없었다. 나는 갈색 아랫도리에 찌르레기 알처럼 파르스름한 윗도리를 입었다. 그리고 먹는 것은, 모두들 함께 먹었지만 나는 따로 밥을 해서 먹었다. 함께 먹을 때에는 제한이 있기 마련인데, 나는 한 끼에 여덟, 아홉 그릇씩 하루 세 끼를 먹었으니 어느 정도 가지고 감당해낼 수 있었겠는가.

반에서 나는 구석에 앉아 실컷 졸았다. 선생님들은 낙담하여 나를 괴롭히는 일을 그만두었고, 시험을 볼 때마다 중간 점수인 5점을 주었다.

과정이 끝나갈 때쯤, 위에서 갑자기 프엉 선생님을 보내 우리에게 회계 과목을 가르치게 했다. 프엉 선생님은 외국에서 공부를 했고, 성격이 시끌벅적 유쾌했다. 그녀는 청바지에 티셔츠를 입었다. 티셔츠는 바지 안에 집어넣고 어깨에는 가방을 메었는데 그 모습이 흡사 영화배우 같았다.

쪽지 시험지를 돌려주면서 프엉 선생님이 갑자기 물었다.

"누가 이름이 쯔엉이죠?" 내가 말했다. "접니다."* 반 전체가 웃음을 터뜨렸다. 프엉 선생님은 아직 젊었고 나와 동갑이었기 때문이다. 프엉 선생님은 웃음을 참으며 말했다. "쯔엉 씨의 글은 통 이해가 되지 않더군요. 회계 방식이 특히 불가사의했어요." 반 전체가 또다시 웃었다. 프엉 선생님이 말했다. "수업 끝나고 쯔엉 씨는 저를 좀 보시죠. 제가 여러 경제 법칙들을 쯔엉 씨에게 다시 설명해줄게요."

오후 수업을 마치고 나는 프엉 선생님을 찾아갔다. 누군가 그녀가 방금 오토바이를 몰고 강으로 갔다고 알려주었다. 나는 시무룩해져서는 책과 공책, 돈, 종이가 들어 있는 작은 가방을 어깨에 걸치고 밖으로 나가 이리저리 돌아다녔다.

이리 가든 저리 가든 나는 강가 쪽으로 돌아가게 되었고 불현듯 프엉 선생님이 오토바이 옆에 홀로 앉아 있는 모습을 보게 되었다. 내 고향과 똑같은 풍경이었다. 앞쪽에는 강이 흐르고 뒤쪽으로는 사탕수수밭이 있었다.

가까이 다가가자 프엉 선생님이 두 손으로 얼굴을 감싼 채 어깻죽지를 들썩이며 울고 있는 모습이 보였다. 들릴락 말락 인사를 했다. 프엉 선생님은 깜짝 놀라며 고개를 들어 나를 쳐다보고는 즉각 화를 내며 말했다. "꺼져. 당신 같은 빌어먹을 남자 놈들!" 나는 무서워서 넋이 나간 채로 그 자리에 붙박여 버렸다. 프엉 선생님은 신발을 집어 들어 내 얼굴에 던졌다. 신

---

* 쯔엉은 대답을 할 때 '손아랫사람' 또는 '동생'을 의미하는 호칭(em)을 사용하여 자신을 낮춰 말했다.

발은 굽이 높고 징이 박혀 있었다. 나는 제때 피하지 못했고 얼굴에서는 피가 흘렀다. 피가 너무 많이 흘렀다. 나는 털썩 주저앉았고 눈까지 흐릿해졌다. 프엉 선생님이 달려와 무릎을 꿇고 내 두 손을 잡아 내리며 당황해했다. "괜찮아요? 아이고 이런, 난 왜 이렇게 바보 같은 걸까!"

나는 강으로 내려가 아픈 상처를 물로 가볍게 닦아냈다. 프엉 선생님은 계속 내 곁에서 애를 쓰며 미안하다고 부산을 떨었다. 나는 티 선수 녀석들에게 맞아서 생긴 어깨와 팔의 상처들을 프엉 선생님에게 보여주었다. 내가 말했다. "괜찮습니다, 선생님. 이런 상처쯤이 뭐라고요." 프엉 선생님이 말했다. "미안해요. 내가 안 좋은 일을 당하는 바람에 피해를 입혔네요. 스스로를 억제하지 못했어요."

프엉 선생님은 빵과 바나나를 가져와 내게 억지로 먹였다. 프엉 선생님이 말했다. "용서해주세요. 연애를 했는데 배신당했어요. 난 받아들일 수가 없었어요. 쯔엉 씨도 연애를 해봤으면 알 거예요." 내가 말했다. "난 연애를 해본 적이 없어요. 하지만 만일 누군가 사랑을 배신하면 그건 아주 나쁜 거라 생각합니다." 프엉 선생님은 쓴웃음을 지었다. "쯔엉 씨는 아무것도 이해 못 해요. 배신자도 좋은 사람인걸요. 단지 희생을 하지 못할 뿐이죠."

프엉 선생님이 손으로 무릎을 감싸고 앉아 있는 모습은 자그마하면서도 슬펐고, 또 아름다워 보이기까지 했다. 내 안에서는 가여운 감정이 흘러넘쳤고 그건 마치 바로 내 여동생을 가여워하는 마음 같았다.

프엉 선생님이 말했다. "내가 옳지 못했어요. 누군가가 나를 위해 감히 희생할 수 없는 것은 당연한 건데. 내가 나쁜 여자인 거죠?" 나는 고개를 저었다. 프엉 선생님을 사랑하게 되는 사람은 정말로 행복할 거라고 생각했다. 나는 말했다. "그렇지 않습니다. 선생님은 아주 예뻐요." 프엉 선생님이 웃었다. 그녀는 내 가방을 잡고 툭툭 쳤다. "이 안에 뭘 넣은 거예요?" 나는 어색해하며 말했다. "책이랑 공책이랑 돈이랑 증명서, 단증*요." 프엉 선생님이 말했다. "쯔엉 씨, 만약 사랑을 하게 된다면 쯔엉 씨는 사랑하는 사람을 위해 희생할 수 있겠어요?" 나는 당황해서 어떻게 대답해야 할지 몰랐다. 프엉 선생님이 말했다. "자, 이렇게 가정해봐요. 만일 내가 쯔엉 씨를 사랑한다면, 쯔엉 씨는 이 가방을 강에 던져버릴 수 있겠어요?" 나는 고개를 끄덕였다. 프엉 선생님이 말했다. "던져봐요." 나는 일어서서 가방을 집어 들어 강 한가운데로 내던졌다. 작은 가방은 완전히 가라앉아버렸다. 프엉 선생님은 놀라서 얼굴이 창백해졌다. "저 울타리 부숴버릴 수 있어요?" 나는 말없이 사탕수수밭을 둘러싼 울타리로 가서 가시가 달린 쇠줄을 잡아 뜯고 쇠말뚝들을 뽑아 구부러뜨려 그녀의 발아래로 던졌다.

프엉 선생님이 말했다. "이리 와보세요." 그녀는 내 목을 감싸 안고 입술에 키스를 했다. 나는 기운이 쭉 빠졌다. 프엉 선생님은 기분이 너무 좋다고 말했다. "쯔엉 씨 알아요? 그런데

---

* '당' 하부에 있는 '(청년)단'의 구성원임을 증명하는 카드. 베트남인들은 의무적으로 초등학교, 중학교 시절에는 '소년대'에, 9학년(한국의 중학교 3학년)부터는 '청년단'에 가입해야 한다.

도 난 이기적인 남자 때문에 슬퍼했어요. 정말 아무것도 아니었는데!" 프엉 선생님은 오토바이를 타고 달려가다가 되돌아와서 말했다. "그 빌어먹을 경제 법칙들은 잊어버리세요."

나는 넋이 나갈 정도로 놀랐다. 갑작스러운 키스가 나를 취하게 만들었다. 나는 기분이 좋았다. 그대로 강물에 들어가 저쪽으로 헤엄쳐 갔다가 다시 헤엄쳐 돌아오기를 반복했다. 달은 매우 밝았고, 삶은 더할 나위 없이 진실로 아름답게 느껴졌다.

그날로부터 이틀 후, 교육 과정이 끝났다. 프엉 선생님은 오지 않았고, 듣자 하니 일이 있어 하노이에 갔다고 했다. 나는 슬픔에 잠겨 물건들을 챙기고 모두에게 인사를 건넨 후 마을로 돌아왔다.

마을로 돌아온 나는 회계장에 임명되었다. 한 달이 지나고 나서 하이틴 아저씨가 말했다. "자네 공부한답시고 돈만 버렸구먼." 그들은 나를 해고했고, 그렇다고 해서 나는 전혀 슬프지도 않았다. 나는 오전엔 쟁기질을 하고 오후엔 홍토를 파고 밤엔 대나무를 벗겨 모자를 짜는 일상적인 일, 10년 전의 일로 되돌아왔다. 일이 힘들었지만 프엉 선생님에 대한 생각을 진정시킬 수 없었다.

한번은, 티사에 간 길에 프엉 선생님을 만나러 전에 다니던 학교에 들렀다. 그곳에서는 아무도 나를 알아보지 못했다. 경비 아저씨가 물었다. "어떤 프엉을 찾으슈? 학교에 프엉이라는 사람이 참 많은데. 쩐티프엉, 꾸아익티프엉, 레티프엉…… 그쪽이랑 또래인 프엉도 있었는데 그 선생님은 이미 학교를 떠났다우. 그 선생님은 옛날에 외부와 단절된 수녀원에서 살았는데,

세례명이 지안나 도안티프엉이었지." 나는 깜짝 놀라 말문이
막힌 상태로 매까에 관한 옛이야기를 떠올렸다.

경비 아저씨는 그 이상은 알지 못했다. 여름방학 중이라 학
교에는 인기척이 없었다. 나는 티사 여기저기를 어슬렁거렸다.
누구에게 물어야 할지 알 수 없었다. 결국 나는 외부와 단절된
수녀원에 가보자는 데 생각이 미쳤다.

넛 부인이 나를 맞이했다. 그녀는 꽤 나이를 많이 먹었고 두
눈은 완전히 우수에 차 있었다. 넛 부인이 말했다. "지안나 도
안티프엉은 여섯 살부터 열두 살 때까지 이 수녀원에서 지냈
어요. 그녀의 부모님이 나에게 양육을 맡겼었죠." 나는 놀랐다.
"왜 지안나 도안티프엉을 매까라고 하는 건가요? 수신의 딸이
라고요?" 넛 부인이 말했다. "지안나 도안티프엉의 부모님은
하노이에 계세요. 그녀는 느억맘* 장사를 하는 도안흐우웅옥
씨의 혼외자예요." 맥이 빠진 나는 우울하게 밖으로 나왔다. 넛
부인이 말했다. "당신이 말하는 매까가 누구인지는 모르겠지
만, 지안나 도안티프엉은 하느님의 자녀입니다. 도안흐우웅옥
씨는 아이를 탁아소에 보내듯 하느님의 집에 보냈지만 하느님
은 역정을 내지 않으셨어요. 하느님은 용서해주셨답니다. 하느
님은 본래 자비로우시니까요."

그날 밤, 나는 외부와 단절된 수녀원의 담장 밖에 앉아 있었
다. 티사의 거리에서는 차들이 시끄럽게 달렸고 나는 잠을 잘

---

* 느억맘nước mắm: 생선을 소금에 절인 후 발효시켜 만드는 생선 액젓의 베트
남식 이름.

수가 없었다. 다음 날 아침 일찍, 나는 둑길을 따라 띠어 사원을 찾아갔다.

강에 바로 접해 있는 띠어 사원은 돌로 정성 들여 쌓은 보조 제방 위에 위태롭게 서 있었다. 띠어 사원을 지키는 관리자는 대략 60세쯤 된 끼엠이라는 어부로, 바로 사원 안에 거처했다. 사원으로 들어가자 마당에 가득 널리다 못해 두 개의 대들보 위에까지 걸쳐진 생선들이 보였다. 끼엠 씨는 나에게 생선구이에 술을 한잔하게 했다. 끼엠 씨가 말했다. "나는 혼자 살면서 40년이 넘도록 이 사원을 관리하고 있소. 친구 하려고 거북이를 기르면서 말이지." 그는 줄에 묶인 채 침상 아래에 누워 있는 거북이를 가리켰다. 나는 그에게 매까에 대해 물었다. 끼엠 씨가 말했다. "나는 모르오. 하지만 그 태풍은 기억하지. 노이에 있는 망고나무 꼭대기에 벼락이 떨어져서 부러졌잖아. 거기에 가서 물어보슈."

나는 오전 내내 끼엠 씨와 노닐면서 사원 지붕에서 비가 새는 곳을 때워주었다. 점심때가 되자 끼엠 씨와 작별을 하고 들판을 가로질러 노이로 갔다.

도아이하를 지나 노이로 가는 길에 나는 예전에 매까에게 자신의 딸과 함께 구조를 받았다던 호이 씨네 집을 방문했다. 호이 씨는 늙어서 아무것도 분간을 하지 못했다. 호이 씨가 말했다. "모래를 팠어. 개구리 입처럼 구멍이 생겼어. 무너졌어. 너무 무거워. 피가 막 솟구쳐⋯⋯" 무엇을 물어도 그 소리뿐이었다. 호이 씨의 아들이 나에게 말했다. "노인네는 아무것도 기억 못 해요. 귀가 안 들린 지 3, 4년 됐어요." 나는 아픈 마음으로 그 부자와 작별을 하고 돌아섰다.

나는 헤엄을 쳐 강을 건너 노이에 다다랐다. 벼락을 맞은 오
래된 망고나무는 여러 해가 지나 바싹 말랐고 나무 아래에는
아이들이 불을 피운 자리가 거무스름하게 깊게 패어 있었다.
나는 그 옆에 그물을 감시하는 천막으로 다가갔다. 안을 들여
다보고는 오싹했다. 어둑한 귀퉁이 바닥에 지푸라기를 깔고 누
워 있는 노인이 보였다. 나를 본 노인이 물었다. "티 선수냐?"
노인이 일어났다. 두려움에 떠는 나에게 수염과 머리카락이 제
멋대로 나 있고 두 눈이 흐릿한 노인은 귀신과 다를 바 없어
보였다. 노인은 다리를 쓰지 못하는 것 같았다. 두 다리는 쪼그
라졌고 다리털이 마치 돼지 털 같았다. 나는 노인에게 인사를
했고, 예사롭지 않게 영명하고 또박또박 이야기하는 노인의 모
습을 보고는 놀랐다. 잠시 후, 이야기를 나누며 나는 노인이 도
아이하에 사는 티 선수의 아버지라는 것을 알게 되었다. 노인
은 다리를 쓰지 못한 지 수십 년이 되었고 그물을 감시하는 곳
에서만 누워 지내고 있었다.

한참 이야기를 하다가 나는 노인에게 매까 이야기를 물었다.
노인은 배꼽을 잡고 떼굴떼굴 뒹굴며 웃었다. 마비되어 움직
이지 않는 두 다리가 너무 무서워 보였다. 누군가가 그렇게까
지 끔찍해 보였던 적은 없었다. 노인이 말했다. "자네 저기 낡
은 채반이 보이는가? 저 안에서 교룡 한 쌍이 서로 몸을 휘감
고 있다고……" 노인이 또 웃었다. 나는 끔찍하게 무서웠다. 노
인이 다시 물었다. "그때는 내 다리가 아직 멀쩡했지. 내가 매
까 이야기를 지어냈어. 모두가 믿더군. 매까의 무덤이 저기에

있네. 자네 매까가 어떻게 생겼는지 궁금하면 가서 파보게나."
노인은 망고나무 뿌리 가까이에 있는 버섯갓 모양의 흙무덤을
가리켰다. 나는 천막 안에 있는 삽을 들고 나가 버섯갓 모양의
흙무덤을 팠다. 사람들이 무덤을 만들 때 파 내려가는 모양대
로 땅을 팠다. 1미터 넘게 파 내려갔을 때 나는 아무런 형태도
띠지 않은 썩은 나뭇조각 하나를 건져 올렸다. 나는 그 나뭇조
각 옆에 아주 오랫동안 앉아 있었다. 귀신 같은 노인도 웃음
을 멈추었는데, 아마도 분명히 천막 안에서 잠이 들어 있을 터
였다.

내 코앞에서 강물은 쉴 새 없이 뒤척이며 흐르고 있었다. 강
은 바다로 흐른다. 바다는 끝도 없이 넓다. 나는 아직 바다를
몰랐지만, 이미 인생의 절반을 살았다…… 시간도 쉼 없이 뒤
척이며 흐르고 있었다. 몇 년 후면 2000년이 된다……

나는 일어서서 집으로 돌아왔다. 내일 나는 바다로 나갈 것
이다. 바다에는 수신이 없다.

두번째 이야기

바다로 떠나기 전, 어머니에게 인사를 하면서도 나는 바다가
어디에 있는지 전혀 알지 못했다.

어머니가 말했다. "쯔엉아, 그래 이 어미를 버리고 떠나는 거
냐? 동생들을 버리고 떠나는 거냐고?" 나는 대답하지 않았다.
나는 뛰듯이 다급하게 골목으로 빠져나왔다. 나는 알고 있었
다. 만일 여기서 멈춘다면 앞으로 나는 절대로 가지 못할 것이

었다. 나는 10년 전의 일로 돌아갈 것이고, 인생이 끝날 때까지 오전에는 쟁기질을 하고 오후에는 홍토를 파고 밤에는 대나무를 벗겨 모자를 짜면서 그렇게 살 것이었다. 나는 내 삶을 그렇게 갉아먹을 것이었다. 내 아버지처럼, 니에우 아저씨처럼, 하이틴 아저씨처럼, 내 고향의 온순하고 남루한 사람들처럼.

나는 갔다…… 해가 떠오르는 곳을 향해 갔다. 일부러 도아 이하까지 가서 만들어 온 아주 날카로운 칼 말고는 그 어떤 물건도 몸에 지니지 않았다. 이 칼은 짙푸른 쇳물에 날이 뾰족한 자동차 쇼바*를 연마한 것이었다.

매까에 대한, 지안나 도안티프엉에 대한 생각이 머릿속을 떠나지 않았다. 수신의 딸, 만일 그녀를 찾게 된다면 나는 인생에 대해 어떤 것도 후회하지 않을 것이다. 왜 그랬는지는 모르겠지만, 나는 그녀가 거기에 있을 것이라고 생각했다. 아주 먼 그곳에, 바다에……

나는 밥벌이를 해가며 아주 많은 마을을 지나갔다. 지나온 시골 마을들은 모두 따분하고 황량했다. 아무리 돌아다녀도 벼, 옥수수나무, 고구마, 몇 가지 익숙한 채소들처럼 똑같은 풀 나무뿐이었다. 아무리 돌아다녀도 밭 갈기, 심고 수확하기, 경작하기처럼 똑같은 일뿐이었다.

아침마다 나는 내가 지나가는 마을의 입구에 나가 서 있었다. 시나무 아래 또는 곧 쓰러질 것 같은 식당, 어떤 때에는 길가에 펼쳐진 작은 장터에 있을 때도 있었다. 남자 여자 할 것

---

* 충격 흡수 장치(shock absorber).

없이 아주 많은 사람이 나와 같았다. 그들은 모두 방랑하는 시골 사람들이거나 마을의 가난한 사람들이었다. 이 인력시장은 닭이 울기 시작하면 열렸다…… 고용하려는 사람들은 횃불을 들고 우리의 얼굴을 비춰보고 한 사람씩 팔과 다리도 만져보았다. 그들이 물었다. "이 일 할 줄 압니까? 저 일은요?" 그들과 우리는 값을 협상했고, 보통 하루 치 노동에 대한 삯은 아주 적었다. 땅 파는 일을 하면 벼 이삭으로 하루에 대략 2킬로 500에서 3킬로를 받았고, 모내기를 하면 그보다도 적어서 대략 1킬로 200에서 1킬로 800밖에 받지 못했다. 나는 심고, 거두고, 씨 뿌리고, 비료를 주는 일과 같이 주로 들에서 하는 일을 받았다. 실내에서 하는 일은 받고 싶지 않았다. 들판에 있으면 공기가 탁 트여 밝으면서 머리 위에는 자유로운 하늘이 있고, 인간이 맺는 어떤 관계들로부터 얽매이지 않게 되었다. 나를 고용하는 사람들도 절대로 부유하지는 않았다. 그들 역시 쉴 틈 없이 힘겹게 일해야 했고, 가끔은 일꾼에게 삯을 주기 위해 밥을 굶아야 할 때도 있었다.

시골 마을의 우울하고 갑갑한 분위기에 나는 극도로 비통한 감정을 느꼈다. 모두들 밥벌이를 하기 위해 분주하고 수선스러웠다. 고정관념과 풍속 들은 정말로 버거웠다. 나는 가부장 정신이 인간의 운명을 얼마나 망가뜨리는지 목격했다. 또한 성별과 도덕에 관한 오해들이 소녀들의 얼굴에서 빛나는 아름다움을 살해하는 것도 목격했다. 청년들은 아주 적었다. 들판에는 늙은 남녀, 여성 그리고 학교에 갈 수 없는 아이들이 일하는 모습만 보일 뿐이었다.

3월이 되자 농사일이 점차 줄어 내가 계속해서 할 일이 없었다. 여러 날을 굶어야 했다. 나는 제방을 따라 은빛 안개 속을 걸어갔다. 안개 입자들이 얼굴 앞에, 오른쪽에, 왼쪽에, 등 뒤에 펼쳐졌다. 바람이 회오리치듯 강하게 불어왔다. "배고픔이나 추위나 매한가지다." 옛사람들 말은 정말로 하나도 틀린 것이 없었다. 한번은, 둑 옆에서 거지 노인이 굶어 죽은 모습을 보았다. 일순간 알 수 없는 걱정과 두려움이 내 안에 번졌다. 나는 죽음에 대해 생각하기 시작했다. 이전에는 생각해본 적이 없는 것이었다. 배고픔. 추위. 바람 같은 외로움이 내 얼굴을 휘갈겼다. 내 마음은 매까, 수신의 딸을 향한 조바심으로 애가 타고 불안했다. 당신은 누구인가? 당신은 추한가 아니면 고운가? 당신은 어디에, 어느 수평선 아래에 있는가?

나는 그녀를 그려보기 시작했다. 그녀는 찬란하게 나타났다. 얼굴 위의 선들은 분명했고, 두 눈썹은 깨끗하고 빼어나면서도 과감했다. 한눈에 봐도 심지어 그녀는 새까맣고 냉담했다. 아름답지 않았다. 나와 그녀 사이의 거리는 대립하면서도 포위하는 자유로운 두 물체 사이의 거리였다. 나와 그녀 모두 소유를 인정하지 않으면서도 서로가 존재하기를 원했다. 그녀는 나를 원했고, 나는 그녀를 원했다. 그녀는 나를 포위하기를 원했고, 나 역시 그랬다. 나와 그녀는 모두 그 포위로부터 벗어나 자유로 향할 방법을 찾기 위해 함께 투쟁했다. 그녀가 나를 잃고 내가 그녀를 잃을 때에야 비로소 자유로웠다. 그녀를 갖기 위해 나는 유배를 당해 온갖 고초를 겪는 자의 삶을 살아야 했고, 죽도록 나를 쥐어짜야 했다. 그녀의 영혼은 실로 야만적인 음식을 먹고 마셨는데, 그건 내 삶에서 아주 신선하게 살아 숨쉬는 조각조각들이었다. 나는 그녀가 날카로운 손톱이 달린 가늘고 작은 손으로 내 몸을 발기발기 찢어버리는 모습을 떠올렸다. 그녀는 살을 한 점 한 점 씹어 먹고 아주 뾰족한 혀끝을 내밀어 솟구치는 핏방울들을 핥았다.

이런 생각은 배고픔과 목마름을 견디며 길을 헤매던 당시에 바로 떠올린 것이 아니라, 한참 후에 이해하게 된 것들이었다. 내가 지금 이야기하는 그 시절에 나는 아직 아무것도 인식하지 못할 정도로 멍했고 오해를 일삼는 편견들로 가득했다. 나는 마음속에 하찮은 사람들을 가여워하는, 유심론적이면서도 형이상학적이고 또 평범하기도 한 감정이 가득 찬 우둔한 농촌 청년이었다. 아직 자기 자신을 경멸할 줄 몰랐고, 학문을 경멸할 줄도 몰랐다. 아직 자신을 아끼는 방법을 몰랐다. 집안에 관해, 마을의 정감에 관해 머릿속에 늘 맴도는 것들은 신화적이고 낭만적인 색채로 휩싸여 있었지만, 그것은 일종의 수준 낮은 문화이자 붙잡고 늘어지는 힘이기도 했다. 아직 개인뿐 아니라 사람들의 존재 이유에 대해 깨닫지 못하고 있었다.

7월 말에 나는 선떠이* 출신 할머니네 집에서 벽돌 찍는 일을 하게 되었다. 80세인 할머니에게는 캄보디아에 주둔 중인 군대에 있는 아들이 있었다. 할머니에게는 올해 42세이고 이름이 터이인 딸이 있었는데, 먼 마을에서 남편을 얻어 살면서 오후에 가끔 어머니를 찾아와 잠시 다급하게 청소를 하고는 돌

---

* 선떠이Son Tây: 수도 하노이의 북서부에 위치한 지역.

아갔다. 할머니는 360제곱미터가 넘는 넓은 터에서 혼자 살았다. 짚으로 지붕을 이고 대나무로 벽에 기둥을 세운 집은 길어야 비가 많이 오는 계절을 두 번만 지나면 무너져버렸다. 아들은 공병 부대 대대장으로, 이름은 테였고 아직 결혼을 하지 않았다. 할머니는 아들이 꽁뽕쏨*에서 쓴 편지들을 나에게 보여주었다. 굉장히 흘려 쓴 글씨였는데 내용은 효심 있는 아들의 것이 분명했다.

"어머니, 그저 이 아들의 걱정을 덜어주기 위해서라도 몸조심하세요. 내년에는 꼭 휴가를 얻어서 집에 갈게요. 집도 짓고 장가도 갈 거예요. 어머니는 마을에서 아가씨 한 명을 점찍어두세요. 저를 사랑해주기만 한다면, 얼굴이 곰보여도 좋고 과부여도 좋아요. 열흘만 휴가 내면 모든 일을 다 마무리할 수 있고, 어머니는 황천에서 마음 편히 계시게 될 거예요. 그리고 저는 아주 건강합니다. 모든 사람에게 사랑을 받고 있어요. 저는 늘 어머니가 그립습니다. 가시로 내장을 찌르는 것처럼 그리워요……"

나는 뜰에서 흙을 파서 벽돌을 찍었다. 민무늬 벽돌 한 장에 품삯은 5하오**였는데, 할머니가 세끼 밥을 지어주었기 때문에 쌀값과 반찬값을 제하면 실제 품삯은 3하오 반밖에 되지 않았다. 할머니가 말했다. "난 그저 아들한테 벽돌 6만 개를 만들

---

* 꽁뽕쏨Công Pông Xom: 캄보디아 남서부에 위치한 시아누크빌의 옛 이름(베트남어식 발음).

** 하오hào: 베트남민주공화국(북베트남)의 화폐 단위. 10하오가 1동에 해당한다. 단위가 너무 작아 1986년에 발행이 중단되었다.

어주고 싶수. 아들이 집 짓는 데 4만 개를 쓸 거고, 나머지 2만 개는 부엌을 만들 거야. 삼촌 생각해보슈. 내가 만약 삼촌에게 벽돌을 가마에 넣고 꺼내는 일까지 전부 부탁하면, 동지 전에 일을 끝낼 수 있겠수?" 내가 말했다. "끝낼 수 있습니다." 할머니가 말했다. "내가 계산을 잘못해도 너무 잘못했지. 왜 내가 비 오는 계절에 벽돌 찍는 사람을 구했겠는가? 그러면 힘들지 않겠는가? 처음엔 나도 망설였지. 전부 터이 그년 때문이야. 내가 그 애한테 귀걸이 한 쌍을 팔아달라고 했는데 말이야 걔가 계속 팔 수 없다고 거짓말만 하는 거야. 그래도 다행히 삼촌을 만났고, 삼촌이 날 가엾게 여겨서 돈 받고 일하면서도 꼭 집안사람처럼 일을 해주니까. 그것도 내 운명이지 뭐, 자식들한테 복을 물려주라고……" 나는 눈이 매웠다. 푸른 하늘을 뚫고 올라가도록 크게 소리치고 싶었다. 일을 그만두고 다시 길을 떠나고 싶었다. 비가 계속해서 내려서 하는 수 없이 100~200장을 찍은 후에는 어깨에 지어 날라 비를 피해야 했다. 나는 배를 곯았다. 다른 일거리는 없었다. 이 빌어먹을 일, 날 빈털터리로 만들어버릴 수도 있는 이 일을 해야만 했다.

내가 어떻게 일을 했는지는 말하지 않겠다. 할머니는 닭이 울 때 일어나서 뜰에 나가 고구마잎이며 비름나물, 악취화*잎을 조금씩 따서 맘꾸어국**을 끓였다. 기름기 있는 음식으로는

---

* 간염, 황달, 피부감염, 상처 등의 치료 및 진통제로 사용되는 약용식물.

** 맘꾸어mắm cua국: 민물게와 젓갈(각종 새우나 멸치 또는 생선을 소금에 절여 삭힌 소스류)을 넣고 끓인 국.

보통 잔새우 볶음, 깨소금, 작은 게 볶음이 나왔다. 밥은 돌솥에 지었다. 할머니는 밥을 잘했다. 밥은 절대 메진 적 없이 차졌고, 누룽지는 말라버리거나 다시 딱딱해지는 법 없이 부드러웠다. 할머니의 모든 정성은 벽돌 6만 개로 향하고 있었다. 나역시도 나의 정성이 그렇게 구체적인 물질을 향하기를 바라고 있었다. 만일 그럴 수 있다면, 만일 그렇게 된다면……

10월이 되어 나는 벽돌 6만 개를 모두 찍었고 벽돌 가마 두개를 동시에 땔 준비를 했다. 높게 쌓여 있는 벽돌 더미가 참보기 좋았다. 작고 마른 할머니가 일어서서 벽돌 더미 안으로쏙 들어가더니 훌쩍훌쩍 울었다. 내가 말했다. "만약 가마를 때면 뜰에 있는 케나무*며 바나나나무가 전부 죽어버릴 거예요, 할머니." 할머니가 말했다. "죽으면 죽는 거지 뭐." 내가 말했다. "땔감이 다 떨어지면 집을 뜯어서 불을 때어야 해요, 할머니." 할머니가 말했다. "그럼 뜯으면 되지! 내년에 내 아들이새 집을 지을 거야."

나는 불을 붙여 벽돌 가마 두 개를 땠다. 야전 스타일 가마였고, 정확히 살을 에는 듯 추운 동짓날이었다. 가마에 불을 붙이며 차린 고사상에는 간장에 찍어 먹는 삶은 족발과 함께 곡주가 병째 올랐다. 나는 술 반병을 모두 마셔버리고 욕을 한마디 내뱉고는 지붕을 덮은 짚을 끌어내려 불을 붙였다. 할머니는 대나무 평상에 누워 낡은 담요를 덮고 있었다. 할머니는 몸이 안 좋은 상태였다. 나는 지붕의 절반을 뜯어내고서야 겨우

---

* 케khê나무: 스타프루트나무.

166

불을 붙일 수 있었다. 두 개의 벽돌 가마에는 붉은 불꽃이 활활 타올랐다. 타는 듯이 더웠다. 날이 추웠지만 나는 반바지 하나만 입었고 땀이 샤워하듯 흘렀다. 가마는 사흘 밤낮으로 탔다. 뜰 안의 풀나무들은 모두 베어졌다. 셋째 날 밤이 되자 할머니는 돌아가셨다. 할머니는 아무 유언도 하지 않은 채 아주 편안히 눈을 감았다. 나는 몽유병 환자처럼 할머니의 시신을 팔에 안고 벽돌 가마 두 개의 주위를 빙 돌았다. 벽돌 6만 개면 할머니는 나에게 21만 동을 빚진 것이었다.

다음 날 아침, 할머니의 딸인 터이가 하얀 장례 두건을 두른 아이들을 데리고 달려왔다. 터이는 어머니의 시신을 더듬더니 금귀걸이를 꺼내서는 나에게 품삯으로 지불했다. 사람들이 할머니의 관을 덮을 때 나는 금귀걸이를 옷 속에 찔러 넣고 집을 나왔다. 누군가의 한 많은 울음소리가 등 뒤에서 울렸다. 나는 이곳에서 일하느라 반년 가까이를 소비했다. 바다는 아직 아득히 멀리 있었다……

어슴푸레 아침이 밝아올 무렵 나는 H시진*에 있는 어느 금방의 문을 두드렸다. 반년 동안 머리도 깎지 않았고 집을 떠날 때부터 입고 있던 옷은 전부 해졌으며 몸에 지닌 물건이라곤 날이 날카로운 칼뿐이었으니 내 모습은 분명 아주 무서워 보였을 것이다.

나는 금귀걸이 한 쌍을 꺼내놓으며 팔고 싶다고 말했다. 맨발로 나온 금방 주인은 제를 올리듯 무릎을 꿇고 엎드렸다. "어

---

* 시진市鎭(thị trấn): 베트남의 행정 구역 중 하나로, 한국의 '읍'과 유사하다.

떻게 이런 귀걸이를 가지고 있는 겁니까? 이건 시장에서 흔히 파는 애들 장난감이에요. 이른 아침이라 물건을 정리하던 중이니 이해해주세요……"

나는 대리석 바닥 위에 주저앉았다. 금방 주인이 장식장에서 각종 여성 장신구들을 꺼내어 어떤 게 서양 금*이고 우리 금** 인지, 어떤 게 18K이고 순금인지, 어떤 게 구리이고 백금이고 사파이어인지 설명해주었다. 금방 주인은 나를 데리고 길가에 있는 잡화점으로 가서 아이들 장난감으로 만들어진 금귀걸이와 반지를 보여주었다. 할머니가 나에게 품삯으로 지불한 귀걸이 한 쌍은 그것과 똑같았고 으스러뜨릴 수 있었다.

나는 마음씨 좋지만 겁이 많은 금방 주인에게 인사를 하고 길을 떠났다. 나는 삼거리에 멈춰 섰다. 안개가 짙게 끼어 있었다. 내 주위에는 아무도 없었다. 나는 칼을 꺼내 들고 퍼*** 한 그릇을 사 먹기에 충분한 1천 동을 손에 넣기 위해 이 순간 내 눈앞을 지나가는 첫번째 사람을 찔러 죽이겠다고 결심했다. 나는 배가 고팠다. 침팬지처럼 배가 고팠다. 멧돼지처럼 배가 고팠다. 지옥에 사는 동물처럼 배가 고팠다. 지금까지 반년 동안 배가 고팠다. 반년 동안 나는 고구마잎이며 비름나물, 악취화 잎같이 전부 빈혈에 걸리기 쉬운 것으로 만든 한 가지 음식만 먹었다.

---

* 14K 금과 18K 금을 가리킨다.

** 24K 금을 가리킨다.

*** 퍼phở: 소고기 또는 닭고기를 푹 곤 육수에 쌀국수를 말아 먹는 음식.

나는 한참을 서 있었다. 안개가 서서히 걷히고 가인*을 멘 아가씨, 아주머니 무리가 다가왔다. 매우 날카로운 어느 여자의 목소리가 낄낄거리며 웃었다. "프엉, 저기 네 가인을 시장까지 메어다 줄 사람이 기다리고 있네." 사람들이 내 앞에서 발길을 멈췄다. 나는 프엉이라는 이름의 아가씨 얼굴을, 수많은 꿈속에서 나를 끈질기게 따라다니던 그 얼굴을 알아보고는 멍해졌다. 여전히 그 얼굴이었다. 선들은 분명하면서도 과감했고, 천진난만하면서도 냉정했다. 프엉이 말했다. "이봐요, 품삯 받고 메다 줄래요?" 내가 말했다. "네!" 프엉은 가인을 나에게 건네주었다. 프엉이 말했다. "쌀이 담긴 가인을 시장까지 들어다 주면 내가 돈을 줄 테니까 머리 좀 자르세요." 모두들 웃었다. 그들은 내 어깨를 툭툭 치고 주먹으로 가슴을 때렸다. 나는 반드시 해야 하는 일처럼 쌀 가인을 메고 그들의 뒤를 따라갔다. 왜 그랬는지는 모르겠다. 프엉은 붉은색 인조가죽 가방을 흔들며 내 옆에서 걸어갔다.

설이 가까워져 오니 시장은 축제 때처럼 사람들로 붐볐다. 프엉은 금세 다 팔아버렸다. 프엉이 나에게 말했다. "우리 분지에우** 먹으러 가요. 그리고 내가 물건을 조금 살 동안 기다렸다가 돌아갈 때 가인을 좀 메주세요." 나는 고개를 끄덕이고는

---

* 가인gánh: 얇게 쪼갠 기다란 나무의 양쪽 끝에 바구니를 달아 물건을 담은 후 한쪽 어깨에 지고 운반하는 도구.

** 분지에우bún riêu: 베트남 국수 요리의 일종. 생선이나 게를 우리고 토마토를 넣어 끓인 신맛이 나는 붉은색 국물을 분(얇은 쌀국수) 위에 붓고 각종 고명을 올려 먹는다.

프엉을 따라 분지에우 식당으로 들어갔다. 나는 후루룩 두 젓가락 만에 한 그릇을 비웠다. 프엉이 웃음을 터뜨리며 한 그릇을 더 시켰다. 프엉이 물었다. "며칠 동안 배를 곯은 거예요?" 말을 하려고 하니 갑자기 눈물이 흘렀다. "곯은 지 여섯 달 됐습니다." 식당 안에 있던 사람들이 일제히 입을 다문 채 조용히 나를 바라보았다. 분명 아무도 내 말을 믿지 않았을 것이다. 프엉은 아무런 말도 하지 않고 먹기를 중단한 채 내가 먹는 모습을 바라보았다. 내가 다 먹자 프엉이 다시 물었다. "바인둑* 먹을래요?" 나는 고개를 끄덕였다. 프엉은 바인둑 반 소쿠리를 더 시켜주었다. 내 인생에서 그렇게 맛있고 배부르게 먹고 마셨던 적은 없었다.

나는 물건을 짊어 메고 프엉을 따라 집으로 갔다. 물건은 전부 석회와 페인트였다. 무엇을 하려고 산 건지 나는 알 수가 없었다. 프엉의 집은 우리 고향과 똑같이 강변 지역에 있었고, 다른 점이라면 이곳에는 천주교 성당이 있다는 것뿐이었다. 프엉은 아버지와 진짜 이름이 뭔지는 모르겠지만 사람들이 마리아라고 부르는 맹인 고모 한 명과 함께 살고 있었다. 프엉에게는 여동생이 둘 있었는데, 한 명은 이름이 투이였고 한 명은 리엔이었다. 나를 데려가면서 프엉은 사람들에게 말했다. "삼 거리에서 이 젊은 남자를 주웠어요. 나쁜 놈들 소굴의 불한당은 아니고, 노동자인 것 같아요." 프엉의 아버지가 물었다. "이

---

* 바인둑bánh đúc: 곱게 간 쌀가루를 불린 후 끓여서 굳힌 음식. 베트남어 이름은 바인(빵 또는 떡)이지만 만드는 과정과 결과물은 한국의 묵과 비슷하다.

보슈, 이름은 뭐요? 도둑이나 뭐 그런 거에 얽혀 있소?" 내가 말했다. "저는 쯔엉입니다. 저는 좀도둑질은 하지 않습니다." 프엉의 아버지가 웃었다. "알겠수. 당신 상은 큰 도둑질을 할 상이지 좀도둑질을 할 상은 아니야. 저런 귓불에 저런 긴 물통 모양 코는 평범한 부류가 아니지. 사는 게 지겨웠나, 어째서 부평초 이파리가 여기까지 이렇게 떠내려온 거요?" 내가 말했다. "제 운명이 그랬습니다." 마리아 아주머니가 손을 들어 내 얼굴을 더듬으며 외쳤다. "예수님! 주여! 어디 사람이길래 살은 보이지 않고 이렇게 흙만 잔뜩 보인단 말입니까?"

나는 프엉의 집에서 머물렀다. 한 달 동안 나를 거두어주기로 약속했다. 프엉의 아버지는 천주교의 수장이었다. 나의 일은 교회 전체에 페인트를 칠하고 석회를 다시 바르는 것이었다. 가장 힘든 일은 종각 꼭대기에 서 있는 예수상에 페인트를 다시 칠해야 하는 것이었다. 조각상은 2미터 높이에, 붉은 가운을 걸치고 두 팔을 벌린 채 둥근 지구 위에 발을 딛고 선 주예수님을 형상화한 것이었다. 이곳은 종각의 가장 높은 지점으로 비계*를 세워놓을 땅이 전혀 없었다. 조각상에 칠을 하려면 몸에 밧줄을 묶고 그 밧줄을 다시 조각상에 매어놓는 수밖에 없었다. 내 노동 계약에 보험은 없었다. 프엉의 아버지는 말했다. "우리 교회에서 자네에게 세 끼를 제공하고, 자네가 죽으면 우리가 묻어주도록 하겠네. 일을 마치면 자네는 20만 동을 받게 될 걸세." 선떠이 할머니에게 벽돌을 찍어주었던 품삯이 떠

---

* 높은 곳에서 작업을 할 수 있도록 임시로 설치한 시설물.

올라 울고 싶은데 억지로 미소를 지었다. 프엉이 나에게 말했다. "다시 생각해봐요. 조각상은 200년 전에 만들어졌어요. 석회 모르타르가 견고하지 않고 다 썩었다고요. 저기 올라갔다가 죽으면 어떻게 해요?" 내가 말했다. "주님이 날 도와줄 거예요. 만일 도와주지 않는다면 주님은 없는 거겠죠."

나는 약 한 달간 교회에 석회를 발랐다. 우선 낡은 석회층을 모두 벗겨내고 그 위에 석회 모르타르를 두 겹으로 덮었다. 마지막으로 회반죽을 발랐다. 투이와 리엔이 내 일을 도와주었다. 프엉의 아버지는 일을 지켜보았다. 그가 나에게 말했다. "동생, 난 그저 동생이 종교를 믿지 않는다는 게 안타까울 뿐이네. 그렇지 않다면, 내 딸 셋을 전부 동생한테 시집보낼 텐데." 나는 얼굴을 확 붉혔다. 나는 쓴웃음을 지었다. 나는 암캐나 찾아다니는 수캐는 아니지 않았던가? 나의 마음은 그녀에게, 매까에게, 수신의 딸에게 속해 있었다……

석회를 다 바르고 교회 유리문에 전부 페인트를 칠한 후에, 나는 예수상을 색칠하는 작업에 착수했다. 종각 꼭대기에 매달리기 전날, 프엉은 홀리바질 물 한 솥을 끓여주며 나에게 몸을 씻고 머리를 감으라고 했다. 프엉네 집 사람들 모두 신경 써서 나를 돌봐주었다. 내일 내가 더 이상 이승에 존재하지 않게 될 수도 있다는 것을 그들은 알고 있었다. 천주교 수장님은 초조한 듯했다. 한밤중에 그는 자는 나를 깨워 진하게 우려낸 차를 대접했다. 그가 말했다. "쯔엉 군, 조각상 칠하는 일을 그만두게나. 내가 얼마나 걱정이 되는지." 내가 말했다. "절 그냥 내버려 두십시오. 일이란 게 그렇죠." 노인은 한숨을 쉬었다. "웅!

그렇지. 만일 어떠한 생명의 위협을 받게 된다면 말이야, 자네는 나를 원망할 텐가?" 내가 말했다. "아니요." 노인은 잠시 생각하더니 주저하며 물었다. "이보게 쯔엉, 무슨 유언이라도 남기고 싶은 게 있나?" 나는 웃었다. "우리나라에 6천만 명이 살고 있는데 그중 5,800만 명이 제 유언에 코웃음을 칠 겁니다." 노인이 말했다. "이해하네. 그만 가서 자게나."

나는 잠자리에 들었다. 과연 나는 아무런 걱정도 하지 않았다. 집을 나온 그날부터 나는 나 자신에 대해 생각하는 일이 거의 없었다. 나의 갈망들이 지표면으로부터 나를 들어 올렸다. 나의 생각들은 나 자신의 삶이나 존재와는 관계가 없었다. 오늘 내가 동물처럼 살든 황제처럼 살든 무엇이 중요하단 말인가? 나의 심장은 시들어 말랐고 힘이 빠져버렸다. 나는 수장님의 딸인 프엉이 나에게 베풀어준 모든 선의를, 심지어 투이와 리엔이 베풀어준 선의까지도 알고 있었다. 나는 모두 알고 있었다. 나에게는 나의 생명을 그들에게 밀착시킬 권한이 없었고, 그렇기 때문에 결국 나 역시 니에우 아저씨처럼, 하이틴 아저씨나 내 고향에 있는, 또는 이 종교를 믿는 온순하고 남루한 사람들처럼 살 것이었다. 한 초가지붕 아래 황금 심장이 서넛이면 그걸로 족하다. 언젠가 회계 교실에서 만났던 프엉 선생님이나 여기 수장님의 딸인 프엉 역시 그저 수신의 딸이자 내가 만나기를 기대하는 그녀의 파편일 뿐이었다……

다음 날 아침, 나는 종각 꼭대기에 매달렸다. 밧줄 하나로 올가미를 묶어 줄 예수의 목에 걸어 지지대로 삼았다. 나는 내 몸에 밧줄을 묶고 그네를 타며 일을 했다. 교회 사람들 모두 종각 아래 모여서 숨을 죽인 채 내가 일하는 모습을 주시했다. 부주의하거나 밧줄이 끊어지거나 또는 균형을 잃기만 하면 나는 23미터 아래 돌마당 위로 추락하는 것이었다.

나는 일에 집중했다. 시간이 얼마나 흘렀는지 알 수 없었다. 주 예수의 소매 안에 새 둥지가 하나 있었다. 새 둥지의 지푸라기들이 마치 순금 줄 같았다.

드디어 조각상 채색을 마치는 날이 다가왔다. 감출 수 없는 기쁨에 나는 숨이 막혔다. 마지막 순간, 왜인지는 모르겠지만, 나는 주님의 평온한 이마 위에 사인을 하고 싶은 미친 마음을 억제할 수가 없었다. 늘어뜨린 머리카락을 더듬어 그 위에 날카로운 칼로 내 이름을 새겼다. 이 일과 관련해 나중에 나는 상상할 수 없었던 아주 비싼 대가를 치러야 했다.

나는 조각상의 어깨 위에 서서 먼 곳을 바라보았다. 해수면이 눈앞에 떠올랐다. 실처럼 팽팽했다. 사람이 숨을 헉헉 몰아쉬는 소리 같은 파도 소리가 들렸다. 바다 한편에서 후광이 반짝였고, 왜인지는 모르겠지만 나는 그곳이 수신의 딸이 몸을 숨긴 곳이라고 생각했다.

교회 사람들 모두의 기쁨 속에 나는 마당으로 내려왔다. 현기증이 났고 전신이 녹초가 될 만큼 피곤했다. 나는 돌계단 위에 누워 정신을 잃고 말았다. 내 혼이 연기처럼 가볍게 느껴졌다. 내 혼은 교회 입구의 계단 위에, 짚으로 이은 지붕들 위에, 작은 골목들 위에, 바나나밭들 위에 닿을 듯 아슬아슬하게 날아다녔다. 내 혼은 메마르고 갈라진 들판 위를 날아다녔다…… 나는 사람들이 언제 나를 집으로 데려왔는지조차 알지 못했다.

닷새 정도 쉰 후 나는 다시 길을 나섰다. 나무껍질로 염색한 갈색 옷 한 벌을 입고 허리에 날이 날카로운 칼을 찔러 넣었다. 프엉네 사람들 모두 아쉬워하며 나를 배웅했다. 수장님, 마리아 아주머니, 투이와 리엔은 바나나밭 끝까지 나를 배웅하고 발길을 멈췄다. 마리아 아주머니가 십자가가 달려 있는 줄을 내 목에 걸어주고는 내 가슴 위에 성호를 그었다. 프엉은 나를 조금 더 배웅해주었다. 프엉이 말했다. "쯔엉 오라버니, 그럼 진짜로 가는 거예요?" 나는 고개를 끄덕이며 말했다. "됐어, 어서 들어가. 나를 위해 기도해주는 거 잊지 마." 프엉은 내 가슴팍에 얼굴을 묻고 훌쩍거렸다. "그래요, 가세요. 발은 단단하고 돌은 무르길* 바랄게요. 제가 붙잡을 수는 없죠…… 그저 제 걱정을 덜어주기 위해서라도 몸조심하세요."

나는 달리듯 재빨리 길을 떠났다. 내 코앞에 강이 있었다. 강은 바다로 흐르고, 바다는 끝도 없이 넓다. 나는 아직 바다를 몰랐다…… 하지만 이미 인생의 절반을 살았다. 시간도 쉼 없이 뒤척이며 흐르고 있었다. 몇 년 후면 2000년이 된다……

나는 계속 갔다…… 내 앞에는 여전히 예상치 못한 일들이 아주 많이 기다리고 있었다. 당신은 누구인가? 수신의 딸인가? 당신은 어디에 있는가? 수신의 딸인가? 어떤 사랑인가? 수신의 딸인가? 나에게 미색의 빛깔을 빌려 가게 해주오……

---

* 먼 길을 떠나는 이에게 하는 축원의 말. 고난과 역경을 극복할 수 있는 지구력과 강인함을 표현한 말이다.

세번째 이야기

강호는 나만을 남겨두었네
타인의 고향에는 쓰디쓴 연기가, 타인의 고향에는 매운 술이……
—응우옌빈*

내가 강가의 천주교 마을을 떠나온 날로부터 어느새 몇 년이
흘렀다. 얼마나 많은 일이 지나갔는지, 얼마나 많은 사람을 내
가 만났고, 만나고 헤어지고 했는지, 얼마나 많은 기쁨과 슬픔
이 있었는지 모른다. 쓰라림도 있었고, 달콤함…… (오오, 근데
달콤한 맛이라는 건 왜 또 그렇게 밍밍한 건지?) 어쨌든 달콤함
도 있었다……

나는 사랑을 했고 사랑을 받았다. 또한 여러 차례 도망을 치
기도 했다. "이봐 쯔엉! 그렇지 않아, 그렇지 않대도!"

열 살 때 일이 기억났다. 그때는 매까에 관한 이야기로 온통
시끄러울 때였다. 나는 이른 아침에 그 초범한 모습을 보게 되
기를 마음속 깊이 바라며 자주 강가 모래밭을 따라 걸었다. 안
개가 강 표면에 가득 펼쳐졌다. 햇살이 비치자 안개가 흩어지
고 또 흩어지더니 연기처럼, 구름처럼 날아가 버렸다. 선명하
게 드러난 강 표면은 잠이 덜 깬 얼굴로 부끄러워했다. 물결이
강변을 때리며 부유蜉蝣와 하루살이 들의 사체를 내 발까지 닿

---

* 응우옌빈(Nguyễn Bính, 1918~1966): 베트남의 낭만주의 서정 시인. 농촌 친
화적이고 순박한 시를 많이 썼다.

도록 밀어 올렸다. 그것은 일상적인 것과 비일상적인 것이 처음으로 살금살금 찾아와 내 영혼을 탐색하는 느낌이었다. 나는 알지 못했다. 나는 그들에게 전혀 관심을 두지 않았다. 나는 아직 너무 어렸다! 그때, 상실도 무의미함도 변화하는 시간에 대한 의식도 내 신경을 빼앗아 가지는 못했다.

나는 강가의 모래밭을 따라 걸었다. 물 가장자리 바로 옆에 움푹 팬 모래 구멍 하나가 보였다. 어젯밤에 수신의 딸이 여기에서 쉬었다고 상상을 해보았다. 그녀는 비스듬히 누워서 몸을 구부리고 무릎을 턱에 바싹 붙였다. 그녀는 물결과 이야기를 나누었다. 물결이 그녀의 몸을 덮어버렸다. 그녀는 물결에게 속삭였다. 그녀가 말했다. "물결아! 장난치지 마, 어리석게 굴지 말라고……"

나는 갔다…… 내가 살던 시대는 힘겹고 고통스러운 시대였다. 전쟁은 지나갔고, 모두들 새 삶을 건설하기 시작했다. 오랜 상처들은 점차 아물었고 새살이 돋아났다. 사람들은 분주하게 일거리를 찾았고 희망을 찾았다. 사람들의 물결은 농촌에서 도시로 셀 수 없이 많이 흘러넘쳤고, '표산민漂散民' 계층을 만들어냈다. 나는 자기 운명에 대한, 그리고 몇몇 농민의 운명에 대한 불안하고 걱정스럽거나 또는 가장 궁핍하거나, 가장 갈망과 환상이 가득한 마음을 품고 이 사람들 속에 섞여서 갔다. 저기 등 뒤에 남겨두고 온 것들은 무슨 가치가 있을까? 말 없는 고향의 강, 마을 입구에 늘어선 대나무들, 이끼 덮인 홍토 조각상 그리고 어머니의 그림자가 오후의 햇살 속에 쓰러질 듯 비스듬히 찍혀 있었다. 제기랄! 나는 추억에 대고 토악질을 했다.

그것은 재물을 낳지도 못했고, 나에게 아무 미소도 가져다주지 못했다. 그곳에는 희망이 없었다.

나는 갔다…… 나는 앞쪽에 무엇이 있는지 보고 싶었다.

나는 갔다…… 나는 마치 사막을 걷는 사람이 물을 찾듯이, 그 얼마나 사랑을 갈망했던가! 그곳은 꿈이 뒤섞여 매우 혼란스러웠다. 행복, 눈물, 온화, 수평선, 넓고 머나먼 수평선과 해수면, 뜰의 자그마한 구석, 넓은 창이 달린 작은 집 같은 것이었다. 오, 아주 많은 것이 있었지! 나의 매까, 소녀보다도, 여자보다도 더한 그 어떤 것의 형상. 그것은 나의 위쪽 또는 아래쪽에 있는 세상의 절반의 형상이자 천상계와 지상계의 형상이었다. 수신의 딸! 당신은 어디에 있는가? 당신은 무얼 하고 있는가? 왜 당신은 내 앞에 나타나지 않고 갑자기 내리는 저 비처럼, 갑자기 찾아오는 저 달밤처럼, 갑자기 들려오는 저 청아한 피리 소리처럼, 마음속 밑바닥까지 고통스럽게 저려오는 갑작스러운 저 급한 입맞춤처럼 자신의 사자들을 보내기만 하는 것인가……

됐다 됐어…… 나는 얼마만큼이나 치욕스러웠고 비열했던가. 어디에서? 어디로부터? 무엇을 위해서? 근데 쯔엉, 너의 외로움과 무력함은 너 이외에 그 누가 알 수 있단 말인가? 누가 무엇을 했는가? 근데 너는 무엇을 했는가? 어떤 사랑 때문에?

자! 나는 인생을 찾으려는 나의 갈망 속에 아마도 수 세기 동안 사나운 악마가 숨어서 잠들어 있었다는 것을 인정해야 한다. 녀석은 이기적이고 고독하고 모욕을 당했으며, 모든 것을 의심하고 모든 것을 조심하고, 자기중심적이며 비열하다. 녀석은 분명 그저 대조해서 자신의 사나운 악마로서의 정신과 자신감에 날카로움을 더하기 위한 목적으로 종교에 대해, 인간의 본질에 대해 약간 숙고할 뿐이었다. 녀석은 바보스러우면서도 현명하고 민첩하다. 녀석은 조조처럼 의심이 많았다. 녀석은 시국을 이해했다…… 아…… 녀석은 자신에게 아주 적은 기회들만 있음을 이해했다. 녀석은 구석구석 뒤지고 찾았다. 녀석은 내 마음을 배신했다. 녀석은 이 세속의 육체 안에서 바로 자신의 삶을 유지하기 위해, 고상하고 기품 있고자 하는 내 안의 갈망들을 죽여버렸다. 나는 희미한 잠재의식 속에서 여러 번 녀석을 맞닥뜨렸다. 내가 얼굴을 가리고 진저리 치며 도망가면서 치욕스러워하고 부끄러워하고…… 그래야만 했을 때, 녀석은 영혼의 구석에 앉아 자신의 노래를 작게 읊조렸다. 차갑게, 비웃듯이…… 녀석은 질서는 물론이고 심지어는 사랑, 도덕, 우정, 신의, 충직한 마음 그리고 종교에까지 침을 퉤 뱉었다. 녀석은 이 모든 것이 그저 규약일 뿐이며, 얼마나 정확하지 않은지, 견고함도 떨어지고, 누군가에 의해 불가피한 상황, 가끔은 생사를 가르는 상황 속에서 만들어진다는 것을 알고 있었다. 그것을 만든 자는 스스로 삶이 싫증 날 때, 실패했을 때, 그러니까 삶에서 더는 많은 기회가 허락되지 않을 때 혼란스러울 것이며 부끄러울 것이다. 사나운 악마가 조심하고 두려워하는 신은 하느님이 아닌 바로 저승사자다. 반드시 그럴 것이라고 나는 믿는다. 분명히 그럴 것이다……

나는 간다…… 어제는 비가 왔다. 오늘은 화창하다. 내일은 맑을 것이다. 나는 쯔엉이다. 나는 간다…… 나는 험한 말들을 아무렇게나 내뱉고 싶었다! 나는 간다, 나는 가고 있다…… 나는 험한 말들을 아무렇게나 내뱉고 싶었다!

그리 오래되지 않은 얼마 전, 나는 도시의 어느 가정에서 일을 해주었다. 집주인은 부자였다. 별장은 다 지어진 후였고, 그때는 외부와 차단하는 벽을 하나 더 만드는 참이었다. 나는 다른 다섯 명과 함께 일을 받았는데, 그중 호아빈 마을에서 온 머이라는 아가씨가 있었다.

일을 한 지 사흘째 되던 날, 점심이 가까워올 때 머이가 다가와 말했다. "쯔엉 씨, 주인아주머니가 쯔엉 씨를 집 안으로 데려오래요."

나는 응접실로 들어갔다. 넓은 방에 카펫이 깔려 있었고, 물건들은 자연스럽지 않고 이상했다. 벽에는 말 두 마리가 서로 사랑하는 모습을 묘사한 태피스트리가 걸려 있었다. 벽에 걸린 시계가 똑딱거리는 소리에 초조하면서도 수상한 마음이 들었다. 나는 생각했다…… 만일 내가 사는 곳이라면 출입문은 작게, 창문은 넓게 내고, 장식은 아무것도 하지 않은 채 저 밖으로 푸른 풀밭과 숲이 보이게 할 것이다.

한참을 기다리니 위층으로 올라오라고 부르는 소리가 들렸다. 대략 서른두 살쯤 된 아름다운 주인아주머니가 침대 위에 누워 있었다.

주인아주머니가 말했다. "이리 들어오세요……" 나는 방으로 들어갔다. 주인아주머니가 말했다. "앉으세요. 제 이름은 프엉이에요. 이름이 뭐예요?" 내가 말했다. "저는 쯔엉입니다. 홍

씨 아들이에요." 프엉이 웃었다. "앉으세요. 쯔엉 씨 이름은 저에게 아무런 의미가 없어요. 자, 보세요. 나 예뻐요?" 내가 말했다. "아름다우십니다." 프엉이 웃었다. "너무 서두르시네요. 여자의 어떤 게 아름다운 거고 어떤 게 못난 건지 쯔엉 씨는 아직 몰라요. 쯔엉 씨가 보기에 내가 부자니까 아름답다고 생각하는 거죠. 내가 배운 사람처럼 보이니까 쯔엉 씨는 내가 아름답다고 생각하는 거예요. 그렇지 않아요! 만일 내가 아름답다면 쯔엉 씨 눈빛 속에 분명히 어리는 욕망과 갈구가 보여야겠죠." 나는 우울하게 웃었고 어떤 대답을 해야 할지 몰랐다. 프엉이 말했다. "쯔엉 씨는 품을 파는 사람이고 평민이에요. 맞죠?" 내가 말했다. "맞습니다." 프엉이 말했다. "그럼 그건 쯔엉 씨에게는 아무것도 없다는 뜻이에요. 쯔엉 씨는 약자라고요." 내가 말했다. "절 욕보이지 마십시오." 프엉이 말했다. "쯔엉 씨를 욕보이는 게 아니에요. 난 그냥 사실을 말하는 것뿐이에요. 쯔엉 씨는 재산도 없고 개인 소유물도 없고 체면도 없고 자존심을 가져서도 안 되고 반항을 해서도 안 돼요."

　나는 아무 말도 하지 않았다. 나는 돈 많고 배운 사람들이 잘 이해되지 않았다. 나는 그들이 비밀스럽고 능숙하며 위험하다고 생각했다. 그뿐이다! 나의 주인아주머니는 내 노동력을 원하는 것인가? 무엇을 원하는 것인가? 내 영혼을 원하는 것인가? 오랜 시간이 흐른 후에 나는 비로소 내 안에도 약간의 가치가 있었고 썩은 쓰레기 역시 적지 않게 있다는 것을 알게 되었다. 나는 내가 얻은 그 교훈에 대한 대가를 치러야 했다. 하지만 그건 나중에, 나중 일이었다……

그러고 나서 프엉과 나는 서로의 뜻을 이해했다. 나는 침대에 올라가 누웠다. 프엉이 말했다. "급하게 서두르네요! 쯔엉씨도 약한 짐승일 뿐이군요. 약한 짐승들은 사랑을 일인 양 밭갈기인 양 여기죠. 삶에 대한 그들의 태도 역시 전부 마찬가지예요. 전혀 그렇지 않아요! 삶은 쇠퇴하는 과정이고, 대가를 누리는 과정이에요. 그뿐이라고요!" 나는 사자처럼 으르렁거렸다. 프엉이 말했다. "입 다무세요…… 으르렁거리지 말아요. 사자도 가여운 짐승이에요. 다른 사자들을 두려워하죠…… 안심해요. 시아버지는 돌아가셨고, 남편은 집에 없어요!" 나는 울음을 터뜨릴 듯 입을 삐죽거리며 웃었다. 내가 배움이 짧아 논쟁을 펼칠 수 없고 조금도 이해할 수 없다는 사실이 안타까웠다. 나는 감동하지 못했다.

"우주, 사회, 지위와 명성, 돈, 예술…… 같은 것들의 모든 비밀요." 프엉이 말했다. "이 이야기 속에 있어요. 머릿속에서 가장 높고, 가장 넓고 크게 자리 잡고 있는 건 섹스예요. 종교나 정치를 포함한 다른 것들보다 더 높고 넓고 크게 자리 잡고 있어요. 당신 같은 남자들은 두려움 때문에 빙글빙글 돌기만 하죠. 당신들은 감히 탐닉하지 못한다고요. 부권父權적 질서는 천한 질서 중 하나로서 만들어졌어요. 거기에는 폭력과 거짓이 넘쳐나고, 주로 사람을 위한 질서라기보다는 남자들 안의 동물적 본성을 서로 제어하기 위해 사용하는 질서라고 할 수 있죠. 이해하겠어요?" 내가 대답했다. "아니요." 나는 말했다. "제가 혼자라서일 수도 있고요." 프엉이 말했다. "당신은 비열해요. 당신이 혼자라 해도 분명히 알 수 있어요…… 당신의 아버지가 분명히 알고 있기 때문이죠. 당신은 당신의 아버지와 똑같이, 홍 씨와 똑같이 비겁해요. 홍 씨 역시 자기의 조상인 거우 씨, 소이 씨, 제 씨, 런 씨*와 똑같죠. 모르는 척하지 말아요. 당신은 혈통 속에서 그 질서를 이해하고 있다고요. 당신 안에는 민주주의에 반대하는 부권적 권력이 숨겨져 있어요. 당신은 같은 시대를 살아가는 3천만 명의 남자 놈들과 똑같이 비열해요. 빨리 바지 입고 꺼져버려요."

나는 부끄러워하며 밖으로 나왔다. 이 상황이 그다지 좋지가 않았다. 나는 뜰 구석에 임시로 마련된 거처로 돌아왔다. 나는 잠이 들었다. 꿈속에서 바싹 마른 샘 근처에서 길을 잃은 나를 보았다. 나는 계속 반대로 올라가고 있었다. 길 양편에는 하늘로 올라가는 길처럼 돌벽이 서 있었다. 나는 꿈에서 수신의 딸을 보았다. 그녀는 뿌옇게 서린 신비한 빛 속에서 나타났다. 그녀는 달변은 아니었다. 그녀는 그저 우울할 뿐이었다. 그녀가 말했다. "이봐 쯔엉, 바다로 가는 길이 아니야……"

나는 프엉의 집에서 한 달 이상 쭉 머물렀다. 프엉의 남편은 집을 떠나 외국에 머물렀고, 아이들은 하루 종일 공부하러 다녔다. 프엉은 사랑에 대한 사고방식이 상당히 이상했다. "나는 당신을 즐기고, 당신을 노려요." 프엉이 말했다. "사람들이 음식을 먹는 것처럼 말이죠. 나와 3천만 명의 여자들은 비탄에 빠져 있어요…… 나는 여권의 혁명가라고요……"

프엉이 말했다. "당신네 남자들은 제멋대로 법률을 만들었

---

* '곰(gấu) 씨, 늑대(sói) 씨, 염소(dê) 씨, 돼지(lợn) 씨'라는 뜻.

죠. 내 남편도 마찬가지예요. 그들에게는 큰마누라, 작은마누라가 있어요. 그들은 감추는 걸 즐기죠…… 당신은 나의 작은 서방이에요. 좋아요?" 내가 말했다. "그런대로 괜찮습니다." 프엉이 말했다. "나는 당신의 천진하고 야만스러운 본성이 마음에 들어요. 무식하고 도리에 어긋나지만 건전하죠."

프엉은 자기 여자 친구들에게 나를 소개했다. 그들은 전부 아름다웠고 중년의 나이에 학식이 있고 부유했다. 침실에서 그들이 이야기하는 것들은 내가 아직 고향에 있을 때, 내가 학교에 다니거나 밖으로 밥벌이를 다닐 때 들었던 것들과는 완전히 달랐다. 삶에는 수준에 맞지 않게 겉모습이 번지르르하게 꾸며진 것들이 아주 많다는 것을 나는 희미하게나마 이해하게 되었다.

프엉이 말했다. "당신이랑 잘 때 다른 여자들은 소리를 내요?" 내가 말했다. "몇몇은 그랬습니다." 프엉이 웃었다. "그 소리들이야말로 원시적이고 정결한 언어죠. 그건 어떤 자장가나 시, 아악보다도 맑고 밝아요. 난 항상 그 소리들이 마치 동굴 안에서 선사시대 사람이 외치는 소리인 것처럼 느껴진다니까……" 나는 생각했다. 말이 되는 것 같긴 했지만 말을 하지는 않았다.

나는 강변에 자리한 내 고향 마을의 풍경에 대해 프엉과 그녀의 여자 친구들에게 들려주었다. 우리 집은 가난했고, 마을 사람들도 가난해 보였다. 홍수 때가 되면 나는 자주 강변에 있는 노이까지 헤엄쳐 가서 땔감을 건져 오곤 했다. 강물은 흙이 섞여 황토색이 되었다. 썩은 나뭇조각들이 둥둥 떠다녔다. 소용돌이들이 어지럽게 끌어당겼다. 장구벌레들이 미친 듯이 뛰어다니고 무수히 많은 부유蜉蝣와 하루살이의 주검들이 아주 태연하게 강가에 새하얗게 덮여 있었다. 그것들은 도덕에 대해 고민하지 않았다. 그것들은 달변이 아니었다.

프엉이 물었다. "당신은 그게 좋아요?" 내가 말했다. "나쁠 건 없죠." 프엉이 말했다. "내 생각엔 아무 의미도 없는 것 같은데. 인생이 아주 넓고 크다는 걸 당신은 알아야 한다고요."

나는 대답하지 않았다. 나는 나와 내 고향 사람들의 인생이 평범하게 간소하고 너무 많은 질문을 하지 않는다고 생각했다. 우리는 살고 자라고 수백 수천 세대가 이어지고, 먹고사는 일, 가정, 종교, 집, 욕망 등등의 주변을 빙빙 돈다. 우리에게 많은 돈, 많은 집, 많은 도덕, 많은 영웅이 뭐가 필요하단 말인가? 아침이 지나면 점심이 오고 저녁이 온다. 봄이 지나면 가을이 오고 겨울이 온다…… 슬픔만이 영원할 뿐이었다.

내가 말했다. "슬픔만이 영원할 뿐입니다." 프엉이 말했다. "그럴지도…… 하지만 단정하진 말아요……" 나는 부유와 하루살이의 주검들이 파도를 맞고 강가로 밀려드는 모습을 머릿속에 그려보았다. 인간은 아주 멀리 물러서야 비로소 문명적 가치가 있는 흔적을 조금은 걸러낼 수 있다는 것을 나는 문득 깨달았다. 마치 오늘날 우리가 『끼에우전』*의 한 구절이나, 짬

---

* 『쭈옌 끼에우-Truyện Kiều』: '베트남의 위대한 시인(대문호)'이라 불리는 응우엔주(Nguyễn Du, 1766~1820)가 19세기 초에 저술한 대서사시. 중국 청나라 시대의 청심재인青心才人이 쓴 통속소설인 『금운교전金雲翹傳』을 응우옌주가 쯔놈 chữ Nôm(베트남어를 적기 위해 한자를 빌려 만든 차자)으로 축약 번역하여 장

수신의 딸 185

족*의 조각상, 오래된 도자기 병 위에 남아 있는 누군가의 지문 따위에 감동하는 것처럼 말이다. 수십억의 부유와 하루살이의 주검들은 아무런 흔적도 남기지 못한다.

"느낌뿐이에요." 프엉이 나에게 말했다. "우리 여자들은 오직 느낌만을 믿을 뿐이지만, 느낌은 혼동과 일시적인 것을 의미하죠. 당신은 이 집에 들어오면서 이 집이 부유하고 행복하다는 느낌을 받았죠. 50년 후에 사람들은 이 집을 부숴버릴 거예요. 그건 문화적인 게 아니에요! 난 역사에 느낌을 전달하는 방법을 몰라요. 만약 그 방법을 안다면 난 그게 늘 들떠 있도록 만들 거예요. 그렇다면 최소한 그건 실제만큼 덜 난폭해지고 더 용속庸俗해질 테니까요."

그렇게 어려운 것들에 대해 생각할 시간이 나에게는 아주 조금밖에 없었다. 다른 사람들에 비하면 나는 아무것도 없었다. 돈도, 지위와 명성도, 사랑하고 걱정할 가정도 없었으며, 친구도 없었다…… 신분증마저도 없었다. 나는 숫자 0이었다. 혼자서 즐겁고 혼자서 우울하며 혼자서 꿈을 꾸었다…… 나에게는 그저 기다리는 수신의 딸이 있을 뿐이었다……

"그렇다면 당신은 편한 거네요." 프엉이 말했다. "억지로 무언가를 가진다면 그 사람은 구속되고 말 거예요. 그건 형태가

편 서사시 『쭈옌 끼에우(끼에우전)』로 개작했다. 베트남 문학사에서 가장 중요한 작품 중 하나로 손꼽힌다.

* 쨈Chàm족: 베트남과 캄보디아에 거주하는 말레이계 소수민족. 이슬람교를 믿으며, 7세기에서 15세기까지 (현재 베트남의 중남부 지역에서) 존속했던 참파 왕국의 후예이다.

없는 멍에이고, 이 땅이 지옥으로 변하는 거죠. 나는 지옥에서 살고 있어요. 문화, 법률, 가정, 학교 말이에요. 근데 당신은, 바로 당신은 천당에서 살고 있네요."

나는 속으로 웃었다…… 나는 내가 인생에서 겪어온 것들이 생각났다. 아이들이 벌거벗은 채 강가에 앉아 사탕수수 사이에 몸을 숨기고 있었다. 우리는 고상한 이야기를 나누었다. 원자 폭탄을 만드는 러시아인과 미국인에 대해, 맹자의 어머니가 아이를 가르친 이야기며, 누군가 고래를 낚았지만 바닷가로 끌고 와보니 뼈만 남았더라는 이야기에 대해…… 그렇다. 어린이의 이야기들, 아주 큰 반향을 일으킬 수 있는 이야기들……

프엉이 말했다. "이봐요, 쯔엉 씨! 무슨 생각을 하고 있어요?" 내가 말했다. "대리석 바닥 위는 걷기가 아주 힘듭니다……" 프엉이 말했다. "내 남편도 그렇게 얘기하더군요. 그 사람은 '집 안에서 제대로 다닐 줄을 모른다, 활기 있게 행동하지 않고 그저 숫자 세듯이 한 걸음 한 걸음 옮길 줄만 안다'고 나를 꾸짖죠."

프엉은 연극 무대에 선 것처럼 말을 했다. 나는 고향에서 경비 일을 하던 때에 사탕수수밭에 있던 망루가 떠올랐다. 빛은 있지만 달이 보이지 않던 밤, 나는 턱을 괴고 앉아 멀리 별들을 올려다보았다. 광활한 하늘 한가운데 깊지 않은 어떤 곳에서부터 형태가 없는 눈빛이 나를 주시하고 있었다. 나는 그런 눈빛이 있다는 것을 분명히 알았다. 그 점은 나를 감동하게 했다. 나중에 나는 그녀와, 매까와, 수신의 딸과 머나먼 곳, 지구 반대편 저쪽 끝에서 아직도 나를 기다리고 있는 여자와 연결되었다. 나는 알았다. 그녀가 여전히 희망을 품고 있으며, 그것이 바로 내 마음속 황량한 외로움이 마지막으로 기댈 곳이라는 것을. 나는 보통 사람들과 싸움도 하고 가난하고 힘든 사람을 위해 삯을 받지 않고 일을 해주거나 불량배 무리와 과하게 농담을 주고받는 등 평범한 일들을 아주 많이 겪으며 살아왔다. 형태가 없는 눈빛은 여전히 나를 주시하고 있었다. 그녀는 여전히 밤중에 소곤소곤 말을 했다. 그녀가 말했다. "이봐 쯔엉, 아직도 바다로 가는 길이 아니야……"

프엉이 나에게 말했다. "아마 이전 세대였다면 내 아버지도 지금의 당신과 비슷했을 거예요. 그들은 우리에게 모든 것을 가져다주었어요. 우선은 물질을, 유일하게 삶의 문화는 제외하고 말이죠." 내가 물었다. "삶의 문화란 게 무엇입니까?" 프엉이 말했다. "나도 아주 많이 생각해봤지만 결론은 아마도 단 한 단어인 것 같아요. '만족!'"

나는 누운 채로 아무런 말도 하지 않았다. 나는 프엉이 하는 말들을 잘 이해할 수 없었다. 무엇이 사람으로 하여금 살고자 하는 열망을 갖게 한단 말인가? 나는 프엉에게 이 점에 대해 물었다. 프엉이 대답했다. "맛있는 음식, 아첨하는 말과 섹스. 뭐 더 추가하고 싶은 게 있다면 원하는 대로."

프엉의 집에 머무르는 날들은 나를 쇠약하게 만들었다. 나는 힘을 소진했다. 눈이 침침해졌고 어지러웠다. 옛날에 땅을 파러 다닐 때에도 이렇게 힘들지는 않았다. 가장 끔찍한 것은 여자들이 내 영혼에 쏟아붓는 이야기들이었다. 모두 다 쓸개즙이었다. 왜 삶에는 그다지도 많은 족쇄와 멍에가 있는 것인가?

프엉의 남편이 집에 돌아오고 나서 며칠이 지난 후 나는 즉시 일자리를 잃고 쫓겨나고 말았다. 그날 밤, 나는 임시 거처 구역의 모퉁이에서 몸을 뉘었다. 몸이 몹시 아팠다. 허리가 부러져 접힌 듯 아팠고 목이 바싹 말랐다. 한밤중에 빗장 소리가 들리더니 머이가 뜨거운 죽 한 그릇을 가져다주었다.

머이가 물었다. "쯔엉 씨! 열이 나요?" 내가 말했다. "아니." 머이가 말했다. "이봐요 쯔엉 씨, 오늘 밤에 난 주인아저씨의 시중을 들어야 해요. 난 거절을 할 수가 없어요. 그 사람이 나한테 주는 돈이 아주 많거든요…… 나는 나의 순수함을 다른 사람을 위해 쓸 생각은 없어요…… 나는 쯔엉 씨를 원해요…… 쯔엉 씨, 나를 좀 도와줘요……" 머이는 손을 뻗어 내 가슴팍에 있는 단추를 풀었다. 흐릿한 어둠 속에서 머이는 몸을 돌렸고 나는 벌거벗은 채 내 코앞에서 움직이는 등을 힐끗 보았다. 저 밖에서 비추고 있는 달빛이 정말 무서웠지만 너무나도 아름다웠다. 나는 문득 매까가, 수신의 딸이 떠올랐다. 마음이 갑자기 아프고 쓰라린 느낌으로 쑤셔왔다.

머이는 작은 소리를 냈다. 나에게는 먼 곳에서부터 울려오는, 사막에서 보내오는 울음소리처럼 들렸다. 나와 머이의 눈물이 서로 엉켜 두 얼굴을 흠뻑 적셨다.

머이가 몸을 뻗어 나에게서 벗어나며 실망을 했다. "쯔엉 씨! 불능이에요?" 나는 얼굴을 가리고 속으로 울었다. 부끄럽고 치욕적이었다. 머이는 일어서서 말했다. "저는 이해해요…… 제 운명이 그런걸요…… 오라버니 슬퍼하지 말아요. 더 이상 울지 말아요…… 저기 저 집에 사는 사람들은 모든 걸 가

졌어요…… 쯔엉 오라버니, 그저 제 걱정을 덜어주기 위해서라
도 몸조심하세요……"

머이는 마당으로 달려갔다. 지붕이 내 머리 위로 내려앉는
것 같았다. 하늘이 내 머리 위로 내려앉는 것 같았다. 모든 것
이 산산조각 나고 부스러졌다.

다음 날 일찍, 나는 도시를 떠났다. 나에게는 작별인사를 나
눌 사람이 없었다.

나는 갔다. 계속 갔다…… 내 코앞에서 강물은 쉴 새 없이
뒤척이며 흐르고 있었다. 강은 바다로 흐른다. 바다는 끝도 없
이 넓다. 나는 아직 바다를 몰랐지만, 이미 인생의 절반을 살았
다…… 몇 년 후면 2000년이 된다……

수신의 딸! 당신은 어디에 있는가? 당신은 어느 곳에 있는
가? 무엇을 위해? 무엇 때문에? 내가 미색의 빛깔을 빌려 가
게 해주오……

수신의 딸! 당신은 어디에 있는가? 당신은 어느 곳에 있는
가? 무엇을 위해? 무엇 때문에? 내가 미색의 빛깔을 빌려 가
게 해주오……

벌목꾼들

톱질을 하고 속이며 잘라낸다
능숙한 일꾼은
돌아가 왕의 밥상을 받고
서투른 일꾼은
돌아가 젖이나 빨고……
　　　　　　　—아이를 어르는 노래

　지금으로부터 몇 년 전, 나는 벌목꾼 무리를 따라 산악 지
역에 올라가 밥벌이를 했었다. 우리는 모두 다섯 명이었고, 나
의 친척 형인 브엉이 **십장**을 맡았다. 브엉은 강호에서 악명 높
은 자였다. 전에 브엉은 해군 특공대에서 군 생활을 했었다.
1975년에 그는 현*에서 있었던 질소비료 절도 사건에 연루되

어 3년간 옥살이를 했다. 출소 후, 브엉은 일자리를 찾지 않고 개고기 술집을 열었지만 1년이 조금 지나 망해버렸다. 브엉이 술집을 하는 동안, 매우 신기하게도 우리 마을에서는 아주 여러 집에서 개를 도둑맞았다. 개를 우리에 넣고 우리를 다시 방 안에 놓은 후 방문을 걸어 잠가두었는데도 잃어버린 집도 있었 다. 사* 인민위원회에서는 브엉을 이 절도 사건들의 범인으로 의심했지만 증거가 없었기 때문에 그는 줄곧 무혐의였다. 이 후, 도박에서 지고 사는 게 짜증이 난 브엉은 술집에 불을 질 러버렸다. 얼마 후 브엉은 과일 판매업으로 일자리를 옮겼다. 그는 용안나무, 잭프루트나무, 사포딜라나무 등등에 막 꽃이 핀 집에 찾아가 계약금을 내고 과일을 미리 사들였다. 2년이 지난 후, 그는 일을 그만두고 산악 지역에서 뗏목을 팔았다. 브 엉은 이번에는 마을로 돌아와 자신과 함께 숲으로 들어가 밥벌 이를 할 벌목꾼 무리를 꾸렸다. 브엉은 산악 지방에서 벌목일 은 '전망'이 아주 좋은 일이라고 말했다.

우리 무리에는 비엔과 비엥**이라는 쌍둥이 형제가 있었다. 그들은 모두 열일곱 살이었고 수물소처럼 건장했다. 브엉 형과 나는 당씨였고, 비엔과 비엥은 호앙씨였지만 친척 관계가 어떻 게 되는지는 몰라도 비엔과 비엥은 브엉 형을 큰아버지라 부르 고, 나를 젊은 할아버지라고 불렀다. 비엔과 비엥은 하이중 씨

---

* 사社(xã): 베트남의 행정 구역 중 하나로, 한국의 '면'과 유사하다.

** 베트남어 원문에 따르면 이 두 사람의 이름은 발음은 같고 성조만 다른 'Biên(비
엔)'과 'Biên(비엔)'이다. 하지만 한국어로는 베트남어의 성조를 표기할 수 없기 때
문에, 두 형제의 이름을 '비엔'과 '비엥'으로 일부 변경하여 표기했음을 밝힌다.

192

의 아들들이다. 하이중 씨는 우리 고향에서 소림홍가파 무술을 가르치는 사범이다. 전에 나는 2년간 하이중 씨에게서 무술을 배웠다. 나는 비엔, 비엥과 같은 세대다. 벌목꾼 무리에는 우리 네 명 외에 브엉 형의 둘째 자식인 진도 있었다. 녀석은 올해 열네 살로 식사 시중을 들기 위해 우리를 따라왔다.

나는 건장한 청년이다. 대학 공부를 마쳤지만 졸업 시험에 낙방하는 바람에 집에 머물면서 내년에 있을 재시험을 기다리고 있었다. 우리 집은 형제가 많았다. 내 어머니, 아버지는 자식을 아홉이나 낳았다. 형들과 누나들은 모두 농사를 지었는데, 누구 할 것 없이 모두 순박하고 온순했고, 단지 나만 그 누구보다도 고집이 세고 막무가내였다.

브엉 형이 내 부모님에게 말했다. "응옥(응옥은 내 이름이다) 녀석에게는 강호의 피가 흐르고 있어요. 자미성紫微星*이 천이궁遷移宮에 있어서 밖으로 나가면 좌보우필左輔右弼**일 텐데, 집에 있다가 잘못하면 독이 올라서 죽는다고요. 삼촌, 숙모, 녀석을 가엾게 여겨서 저랑 같이 숲에 한번 가게 해주세요." 아버지가 말했다. "난 그저 녀석이 자네 일을 망치지나 않을까 걱정일 뿐이네." 브엉 형은 하하하 크게 웃었다. "일을 망치면, 뒤지게 패주죠 뭐. 강호에는 강호의 법도가 있는 것 아니겠습니까. 삼촌, 숙모, 녀석을 저랑 같이 가게 해주세요. 집에 밥값

---

* 북두성의 동북쪽에 있는 15개 별 가운데 하나. 점성술에서는 이 별이 운명과 관련된다고 설명한다.

** '도와주는 사람이 많다'는 뜻.

도 줄이고 돈도 벌고, 1년 후에 제가 녀석을 고대로 돌려보내주면 되는 거 아니겠습니까?" 아버지가 말했다. "녀석에게 물어보게." 브엉 형이 나에게 말했다. "갈 거지? 어머니랑 같이집에만 있으면 언제 머리가 깨일 줄 알구?" 내가 말했다. "가긴 가는데요, 형이 날 때리면 나도 때릴 거예요." 브엉 형이비웃었다. "알았어. 친척 형제끼리 서로 정중하게 대해야지,안 그래?"

음력설을 쇠고 열흘 후에 우리는 길을 나섰다. 떠나는 날, 브엉 형수가 밥을 차려주었다. 우리 다섯 사람은 모두 열심히 먹었다. 음식은 별것 없었다. 돼지내장 한 접시, 즈어무오이* 한접시 그리고 닭 모가지와 날개를 넣어 요리한 감자 두 그릇이나왔다. 살코기는 브엉 형수가 발라내 병원에 입원 중인 브엉형의 아버지에게 드릴 음식을 만들어야 했기 때문에, 닭고기접시에는 뼛조각 몇 개만 흩어져 있었다.

브엉 형이 말했다. "자네들이 이해를 좀 해주게. 나도 장엄하게 출병식을 하고 싶었네만, 집이 원체 가난해서 말이야. 내년오늘은, 여기에 앉아서, 한 사람 앞에 삶은 닭 한 마리씩 내가약속하겠네."

다 먹고 나서 우리는 길을 나섰다. 모두들 쌀과 옷가지가 들어 있는, 어깨에 메는 두꺼비 배낭**을 하나씩 챙겼다. 진은 넘

---

* 즈어무오이dưa muối: 하나 또는 여러 종류의 채소를 약간의 양념을 가미한소금에 절인 후 신맛이 나도록 발효시켜 먹는 음식.

** 앞면과 양쪽 옆면에 작은 주머니가 달린, 천으로 만든 배낭. 군인들이 많이사용했다.

비와 그릇, 접시를 짊어 멨다. 장비로는 톱 두 세트, 지렛대 몇 개, 줄칼 몇 개, 이외에는 아무것도 없었다.

브엉 형수는 아이 셋을 데리고 나와 우리를 배웅했다. 브엉 형이 말했다. "애들 엄마는 이제 그만 들어가, 애들 안전하게 잘 지키고. 1년 후에 돌아올게." 브엉 형수는 울다 웃다 했다. "염병! 저 위에는 물에 독이 많아요! 넘어지니까 밤에는 목욕하지 말고요!" 브엉 형이 말했다. "알았어! 힘들구면! 밤에 누가 민물에서 목욕을 한다고 그래? 됐어, 들어가. '나에 대한 사랑은 마음속에 숨겨두시오. 어느 누구와도 부적절한 관계를 맺지 않기를.'* 브엉 형수가 말했다. "애들아, 아버지께 인사드려야지." 브엉 형의 세 아이는 작은 목소리로 연이어 말했다. "아버지, 다녀오세요." 브엉 형이 말했다. "그래! 신사 숙녀 여러분 잘 있게! 신사 숙녀 여러분 밥 잘 먹고 잘 자고 건강해야 한다. 아버지는 어머니 곁을 멀리 떠나서 길을 가야만 해." 브엉 형수가 말했다. "진아, 밥할 때 물은 손가락 한 마디 반만 부으면 딱 맞는다는 거 기억하거라." 진이 말했다. "알겠어요. 어머니, 집에서 제 동생 띤 때리지 마세요. 침대 뒤쪽에 몇백 동 숨겨두었으니까 어머니가 꺼내서 쓰시고요." 브엉 형이 말했다. "자, 됐어요, 감상주의자님들. 계속 이러다간 우리나라 문학이 죄다 흘러나오겠네."

우리는 하노이로 와서 떠이박**으로 가는 버스터미널을 찾았

---

* 민요의 한 구절. 뒤 문장은 브엉이 자신의 상황에 맞게 변형시킨 것이다.

** 떠이박Tây Bắc: 베트남 북부의 서쪽에 자리한 산악 지역. 라오스 및 중국과

다. 브엉 형은 아주 능숙해 보였다. 비엔과 비엥 그리고 진은 처음으로 멀리까지 와본 것이었기 때문에 보이는 모든 것이 신기하기만 했다. 브엉 형이 말했다. "너희들 조심해라. 하노이에는 도둑이 갯지렁이만큼 많다고. 놈들이 가져가 버려서 톱 세트를 잃어버리면 거지가 되는 거야."

떠이박으로 가는 길에는 비탈과 고개가 많았다. 비엔과 비엥은 차멀미를 해서 파란 담즙, 노란 담즙까지 전부 토해냈다. 이틀 내내 차를 타니 나 역시도 온몸이 녹초가 되었다.

차에서 내린 우리는 대강 요기를 하고 H시진*에서 잠깐 휴식을 취한 후 브엉 형을 따라 X농장 빈민**생산단의 소유지에 속한 산악 지대로 깊숙이 들어갔다. 양편으로는 광활한 옥수수밭과 목화밭이 펼쳐졌다. 석회암산이 들쭉날쭉 드높게 이어졌다. 산기슭을 따라 걷고 있는 우리는 작고, 고독하고, 무모하면서도 무능하고, 심지어는 무의미하기까지 했다. 흰꽃양제갑이 셀 수 없이 많이 피어 있었다. 흰 빛깔이 근심스럽고 심란해 보이기까지 했다. 이봐, 양제갑, 천 년 전에도 너는 그렇게 새하얬니?

브엉 형이 말했다. "이 황량한 땅에 '빈민'이라는 이름을 붙여줄 생각을 한 자는 진짜 지독한 사기꾼일세." 또 말했다. "그이름 한번 끔찍하다니까. 독물이 흐르는 악령의 지역***인데 이

국경을 접하고 있다.

* 시진市鎭(thị trấn): 베트남의 행정 구역 중 하나로, 한국의 '읍'과 유사하다.
** 빈민bình minh: '새벽, 여명'을 뜻한다.
*** 기후가 나쁘고 병이 잘 발생하는 산악 지역을 이르는 말.

름이 뜨엉라이, 빈민, 떤럽, 도안껫, 뜨끄엉*이야! 그 소리 한 번 참 듣기 좋다니까! 식당을 하는 어떤 자들은 손님이 들어오면 바가지를 씌우면서 이름은 '빈전이나 타인릭'**이라고 짓잖아! 그리고 한약을 파는 어떤 인사들은 배 속에 있는 여자 아기들을 떼주면서 이름은 '호이쑤언이나 끄우테'***라고 짓지! 우리나라 문학은 참 풍부하고 즐겁단 말이야!"

우리는 웃었다. 길을 가면서 주저리주저리 이야기를 나누었다. 거의 도착할 무렵, 우리는 땔감 수레를 밀고 있는 부부 한 쌍과 마주쳤다. 아내가 손잡이를 잡았고, 남편이 뒤쪽에서 밀고 있었다. 남편은 안경을 꼈고 지식인 같아 보였으며, 아내는 날씬하고 하얗고 매우 사랑스러워 보였다. 브엉 형이 뜻을 비쳤다. "타익사인****이 숲에서 나무를 하네. 공주님이 어깨를 웅

---

* 뜨엉라이tương lai는 '미래', 빈민bình minh은 '여명', 떤럽tân lập은 '신설', 도안껫đoàn kết은 '단결', 뜨끄엉tự cường은 '자강'을 뜻한다.

** 빈전bình dân은 '서민적인', 타인릭thanh lịch은 '교양 있는, 예의 바른'이란 뜻이다.

*** 호이쑤언hồi xuân은 '회춘', 끄우테cứu thế는 '구세救世'를 뜻한다.

**** 타익사인Thạch Sanh: 옛날이야기의 주인공. 일찍 부모님을 모두 여의고 홀로 나무꾼 일을 하며 보리수 아래에서 살아가던 타익사인은 우연히 리통Lí Thông과 형제의 연을 맺고 리통 모자와 함께 살게 된다. 당시 그 지역에는 흉악한 구렁이가 살고 있어서 매년 사람을 제물로 바쳐야 했다. 자신이 제물로 가야 할 차례가 되자 리통 모자는 타익사인을 속여 리통 대신 내보낸다. 타익사인은 구렁이를 죽이지만 리통은 다시 그를 속여 도망치게 하고는 그 공을 가로채 관직에 오른다. 보리수 아래로 돌아온 타익사인은 어느 날 독수리에게 잡혀가는 공주를 구해주게 된다. 하지만 리통은 또다시 타익사인을 속여 동굴에 가두고 그의 공을 가로챈다. 동굴 안에서 독수리를 죽이고, 독수리에게 잡혀 있던 용왕의 아들을 구하게 된 타익사인은 용왕으로부터 금은보화를 하사받지만 모두 거절한 채 비파 하나만을 받아 들고는 다시 보리수 아래로 돌아

크리고 손잡이를 끌도록." 부인이 지지 않고 바로 수레를 멈췄다. "가여우면 도와주시죠. 공주에게 시 따위는 필요 없으니까!" 브엉 형이 크게 웃었다. "아주 좋아! 비엥, 가서 좀 도와주게. 죄송합니다. 두 분은 어디로 가시기에 이 시간까지 이렇게 힘들게 수레를 끌고 계십니까?" 부인이 말했다. "저희는 빈민생산단으로 가요. 아저씨들은 어디에서 벌목을 하시나요?" 브엉 형이 말했다. "어디에서 벌목을 할지 어찌 알겠습니까? 오늘 밤에 어디에서 묵을지도 모르는데요!" 남편이 호탕하게 말했다. "아니면 저희 집으로 가실래요? 집에는 저희 부부 둘밖에 없어요. 집도 넓고요."

비엥이 수레의 손잡이를 잡았고, 우리는 뒤쪽에서 밀었다. 우리 모두는 가면서 이야기를 나누었다. 남편 되는 사람은 이름이 찐이라고 했고 농장 병원의 의사라고 했다. 그리고 부인은 이름이 툭이며 중학교 선생님이었다. 부부는 빈민생산단 안에 있는 집에서 살았고, 결혼한 지는 1년이 넘었는데 아이는

온다. 그 후 원한을 품은 구렁이와 독수리의 혼은 계략을 꾸며 타익사인을 옥에 갇히게 만든다. 옥 안에서 타익사인은 비파를 꺼내 연주하며 자신의 심정을 토로한다. 궁에 돌아온 후 실어증에 걸렸던 공주는 타익사인이 연주하는 비파 소리를 듣고는 말문이 트여 왕에게 사실을 고한다. 왕은 리통 모자를 처벌하려 하지만 타익사인은 그들을 용서해주고 공주와 혼인을 하게 된다. 그러자 공주에게 거절을 당했던 주변 위성국가들은 화가 나서 군을 이끌고 쳐들어온다. 타익사인은 즉시 비파를 꺼내 연주를 했고, 비파 소리를 들은 18개 위성국가의 군사들은 고향과 가족을 그리워하며 돌아가고자 하는 마음을 갖게 된다. 군사들이 물러나기 전에 타익사인은 그들을 융성하게 대접한다. 군사들은 얕보며 먹고 마셨지만 아무리 먹어도 음식이 동이 나지 않자 탄복하며 자기들 나라로 물러난다.

아직 없었다. 두 사람 모두 고향이 하남닌*이었다.

밥을 먹고 나서 우리는 자리에 앉아 잡담을 나누었다. 쩐 씨가 말했다. "따코앙에서 망천수望天樹**가 쓰러져서 농장 부사장인 투이엣 씨가 잘라서 집을 짓는다고 했어요. 가서 물어보시면 일거리를 얻을 수 있을 거예요." 툭 씨가 말했다. "아이고 참, 그 4구역의 노인네한테 벌목을 해주었다가는 된똥이나 먹게요. 그 노인네 얼마나 구두쇠라고요!" 브엉 형이 말했다. "개나 말이 언제 주인을 골랐습니까. 누님, 짐승 같은 저희를 가엽게 여기신다면 투이엣 씨네 집으로 가는 길 좀 살짝 알려주세요." 툭 씨가 말했다. "가려면 가보세요. 여기서 몇 집만 지나면 돼요."

브엉 형은 툭 씨를 따라갔다가 잠시 후에 되돌아와서 말했다. "내일 우리 군은 따코앙으로 간다." 툭 씨가 말했다. "전 브엉 씨한테 졌어요. 참 나긋나긋하시다니까. 여보, 숲에서 벌목해주는 삯을 농장에서 일하는 목수 임금만큼 쳐주는 사람이 있을까요? 농장 목수들은 쌀 배급도 받는데 아저씨들은 자유 업종 종사자들이니 뭘 타 먹겠어요?" 브엉 형이 말했다. "어쩔 수 없이 하는 거죠. 나도 전혀 나긋나긋하지 않아요. 톱질을 하고 속이며 잘라내잖아요……" 툭 씨가 말했다. "4구역 사람들은 정말 끔찍해요. 어쨌든, 척박한 땅이 사람을 무섭도록 야비

---

* 하남닌Hà Nam Ninh: 베트남 북부의 남쪽에 위치한 옛 성省. 홍Hồng강 델타에 속해 있다. 현재는 세 지역으로 나뉘어 각각 하남Hà Nam성, 남딘Nam Định성, 닌빈Ninh Bình성이 되었다.

** 중국의 희귀 수종으로, 높이가 50~80미터에 달하며 열대우림에서 자란다.

하게 만드는 거라고요. 앉아서 이야기 나누면서도 집주인은 따뜻한 물 한 모금 대접하지 않더라니까요." 찐 씨가 말했다. "당신도 참 편견이 심해. 평범한 사람들이나 고향, 뿌리를 찾지, 대인한테 그런 게 뭐가 중요하다고." 툭 씨가 비웃었다. "투이엣 씨가 대인인가 보죠?" 찐 씨가 말했다. "어쨌든지 간에 농장 부사장까지 됐으니 사람을 업신여기진 말라고." 툭 씨가 말했다. "네, 당신은 예의를 중요하게 여기니까." 브엉 형이 말했다. "그자도 대인이에요, 누님. 나랑 이야기하는데 꼭 공(숫자 0) 녀석이랑 이야기하는 것 같더라니까요. 그럼 그자도 득도한 거죠. 어디 제가 한마디라도 대들 빌미를 주던가요?" 툭 씨가 웃음을 터뜨렸다. "무슨 종교길래 그렇게 이상한 종교가 다 있어요?" 브엉 형이 말했다. "우리나라에는 종교가 아주 많다고요. 남쪽에는 관우랑 빅토르 위고를 숭배하는 종교도 있는데 그런 게 괴상한 거죠." 툭 씨가 말했다. "그럼 난 투이엣 씨가 어떤 종교를 믿는지 알겠어요." 브엉 형이 회심의 미소를 지었다. "저도 알아요."

다음 날 아침, 우리는 일찍 일어나 밥을 해 먹고 나서 투이엣 씨를 만나러 갔다. 툭 씨가 말했다. "아저씨들이 국을 맹탕으로 끓인 걸 봤어요. 영양가 있게 조미료를 좀 가져가서 넣으세요." 브엉 형은 펄쩍 뛰며 받지 않았다. 툭 씨가 말했다. "우리 부부를 무시하시네요. 다음번에는 여기로 지나가지 마세요." 브엉 형은 받을 수밖에 없었다. 브엉 형이 말했다. "감사합니다." 그러고 나서 한숨을 쉬었다. "이 은혜를 꼭 갚아야 할 텐데." 찐 씨가 웃었다. "이 벌목꾼 아저씨 참 친해지기 어렵네.

그렇게 꼼꼼히 계산해 버릇하면 빨리 늙는다고요.”

우리는 골목 초입에서 투이엣 씨를 만났다. 그의 얼굴을 보자 나는 몸이 떨렸다. 얼굴이 검으면서도 음낭 표면처럼 창백했고, 눈썹은 진했으며, 이가 앞쪽으로 돌출된 데다 개 이빨처럼 누렜다. 투이엣 씨가 말했다. “걸어서 7킬로미터 가야 하오.” 말을 마치자마자 발길을 옮겼다. 가는 길 내내 아무런 말도 하지 않았다.

망천수는 태풍을 맞아 뿌리째 뽑혀 메마른 개천 위에 가로로 누워 있었다. 길이는 30미터쯤 되었고, 둘레는 네 명이 둘러서야 겨우 감싸 안을 수 있을 정도였다. 투이엣 씨가 말했다. “할 수 있겠소?” 브엉 형이 말했다. “이가 다 떨리네요.” 투이엣 씨는 불편해 보였다. 브엉 형이 말했다. “집에서 여기까지 좀 머네요.” 투이엣 씨가 말했다. “여기에는 곰이랑 원숭이밖에 없소. 여기에 천막을 치고 묵으시오. 오후에 내가 사람을 시켜 이불을 가져다주겠소. 자급자족, 자강, 전력을 다해 일해주시오. 사이즈와 면적은 이 종이에 다 적어두었소.” 투이엣 씨는 브엉 형에게 글씨가 빽빽이 적힌 종이 한 장을 내밀었다. 브엉 형은 종이를 받아 나에게 주었다. 브엉 형이 말했다. “부사장님, 만약에 저희가 늑대에게 잡아먹히면 어떻게 합니까?” 투이엣 씨가 말했다. “늑대 같은 건 없소. 여기서는 그저 뱀이 무서울 뿐이지. 초록색 뱀을 조심하시오. 녀석에게 한번 꽉 물리면 개죽음이니까.” 브엉 형이 비웃었다. “충고해주셔서 감사합니다. 그럼 음식은 며칠에 한 번씩 주십니까?” 투이엣 씨가 말했다. “글쎄요. 하지만 걱정은 마시오. 규칙적으로 공급해줄 테니까. 그

럼 나는 갑니다!" 브엉 형이 말했다. "가십시오. 사모님과 자녀
분들에게도 감사 인사 전해주십시오."

투이엣 씨가 가고 우리 다섯 사람은 야생의 숲 한복판에 덩
그러니 남겨졌다. 브엉 형이 욕을 했다. "빌어먹을 인생, 제기
랄! 이것들 봐, 사는 게 어떤 건지 알겠지?" 내가 말했다. "투
이엣 씨는 끔찍해 보이네요." 브엉 형이 말했다. "일들 하라고!
비엔이랑 비엥은 톱을 준비하고! 나랑 응옥은 천막을 치자고.
진아, 너는 주변에 어디 물이 있는 곳이 있나 찾아보거라."

우리는 일에 착수했다. 브엉 형은 단숨에 대나무를 잘라서
새끼줄 꼬는 일을 마쳤다. 비엔과 비엥은 먼저 나무 꼭대기 부
분을 톱질하여 침상으로 쓸 판자 몇 장을 잘라냈다. 해 질 녘
이 되어 모든 일을 마쳤다. 진이 밥을 짓는 동안 아가씨 하나
가 이것저것 물건을 어깨에 메고 오는 모습이 보였다. 아가씨
이름은 꾸이였고, 올해 열일곱 살로 투이엣 씨의 장녀였다. 꾸
이는 하얗고 발그레했으며 얼굴이 아주 매력적이었다. 브엉 형
이 말했다. "아가씨, 나의 주인님, 우리한테 뭘 가져다주는 건
가?" 꾸이가 말했다. "예 아저씨, 저희 아버지가 아저씨들께 면
이불 두 장이랑, 돼지고기 5킬로그램이랑, 느억맘* 한 병 그리
고 쌀 20킬로그램을 가져다드리라고 했어요." 브엉 형이 말했
다. "좋아요. 그럼 램프도 가져왔어요?" 꾸이가 말했다. "아이
고, 깜빡했어요. 숲속에 계시면 램프가 필요 없을 거라고 생각

---

* 느억맘nước mắm: 생선을 소금에 절인 후 발효시켜 만드는 생선 액젓의 베트
남식 이름.

했거든요." 브엉 형이 말했다. "'살아 있을 때는 등잔 기름이요, 죽었을 때는 나팔과 북이라네.'* 무슨 그렇게 이상한 생각이 다 있나요?" 꾸이가 말했다. "좋아요, 제가 갔다가 내일 다시 올게요." 브엉 형이 말했다. "왜 가요? 아저씨들이랑 여기서 같이 자요. 응옥한테 탐정 이야기를 해달라고 할 테니까." 꾸이가 말했다. "염병! 저 갈게요. 곧 어두워질 거예요." 브엉 형이 말했다. "응옥! 아가씨 저기까지 바래다드려라."

나는 아가씨를 따라갔다. 내가 물었다. "이름이 꾸이**예요? 이름 좋네요." 꾸이가 웃었다. "좋기는 뭐가 좋아요? 여자 이름이 꾸이면 아주 피곤하다고요. 어떤 사람은 제가 유행 따라 지은 이름을 가졌다고 하던걸요." 내가 말했다. "이름이 좀 이상하긴 하죠. 마치 악귀처럼요. 내가 대학에 다닐 때, 꾸이라는 이름을 가진 아가씨들은 전부 매력도 없고 정도 없었어요." 꾸이는 놀랐다. "대학 공부를 했는데 왜 벌목 일을 해요?" 내가 웃었다. 나는 브엉 형의 말투를 본떠서 말했다. "그건 사랑 때문이죠, 아가씨. 사랑은 언제나 뒤죽박죽이잖아요. 사람들은 그게 손에서 빠져나갈 때만 그것 때문에 애가 타죠." 꾸이가 말했다. "말씀 재미있게 하시네요. 저는 하나도 이해가 안 돼요." 내가 말했다. "아무것도 이해 못 할 거예요." 마음속에서 갑자

---

* 베트남의 속담 중 하나. '장례식을 치를 때 반드시 나팔과 북이 필요하듯이, 살아 있는 사람에게는 반드시 등잔불이 필요하다'는 의미이다(베트남인들은 장례식 때 일반적으로 음악을 연주한다).

** 꾸이Quy: 한자 規(법 규), 歸(돌아갈 귀) 또는 龜(땅 이름 구, 거북 귀)의 베트남어 독음.

기 근거 없는 울화가 차올라서 입안이 쓰고 말랐다. 나는 이를 앙다물고 작게 말했다. "나 혼자뿐이야, 나머지는 타인들이고." 꾸이는 놀라고 당황해했다. 우리는 낯선 사람들처럼 헤어졌다. 사실 진짜 낯선 사람들이었다! 낯선 사람아, 내 인생에서 만났던 100만 명의 사람들 중에 내 피의 피인 자가 있단 말인가? 내 살의 살인 자가 있단 말인가? 날 위해 살고, 날 위해 죽을 자가 있단 말인가? 누가 있단 말인가? 나의 황제인 자가 있단 말인가? 그리고 나의 신하인 자가? 누가 나의 복심인가? 나의 희망인가? 그리고 나의 지옥인가?

나는 천막으로 돌아왔다. 우리는 어둠 속에서 조용히 밥을 먹었다. 브엉 형이 나에게 물었다. "어때? 투이엣 딸하고 뭐라도 좀 했냐? 얼굴이 왜 그렇게 원숭이처럼 어두워?" 내가 성을 냈다. "형, 그런 식으로 놀리지 말아요." 브엉 형이 말했다. "됐어, 지식인 도련님, 자네들은 도덕적인 것들에 머리를 싸매고 있지만 그건 정치에나 필요한 거라고. 여자한테는 하나도 소용이 없어요." 나는 밥을 먹었지만 아무 맛도 없었다. 나는 돌까지 씹었다. 별것 아니었다. 대학에 다닐 때, 나는 사랑을 했고 아픔을 견뎌냈다. 이 이야기는 다른 대목에서 다시 하도록 하겠다.

밤에, 이슬이 차갑게 내리자 우리는 불을 피워놓고 이불 속에 들어가 누웠다. 한밤중에 산 저쪽에서 사슴이 매우 처량하게 울었다. 나는 잠을 잘 수가 없었다. 브엉 형이 일어나 말했다. "이봐 한량 도련님, 집에 가고 싶어?" 내가 말했다. "아니에요. 사슴이 너무 가엾게 우네요. 엄마를 잃어버린 건 아닐까요?" 브엉 형이 말했다. "너 그렇게 감상적이어선 안 돼. 인생은 아주 힘들다고. 우리는 밥벌이를 위해 최선을 다해야 해. 감상은 사람을 약하게 만들지. 내일 일은 아주 힘든 일이야. 너 사슴 울음소리 때문에 못 잔다면 엄청난 손해를 보게 될 거야. 난 일하려고 너를 숲에 데려온 거지 수양하라고 데려온 게 아니라고." 나는 한숨을 쉬었다. "사슴이 밤새 울고 있다고요……언제 엄마를 만나려나…… 형은 주무세요. 저 신경 쓰지 마시고요! 내일 절대 게으름 안 피울 거니까." 브엉 형이 신경질을 냈다. "원숭이 같은 자식, 이유 없이 민감했다가는 네 인생만 부서져버릴 뿐이라고. 어떻게 사슴이 엄마를 찾아갈 수 있겠냐? 아이고 얘야, 저건 타락한 암사슴이야. 지금 수사슴을 찾고 있는 거라고. 복도 없지, 서카인* 같은 수사슴을 만났네. 이 수사슴은 너무 방탕해. 암사슴이 성병에 걸리고 말았지. 간단히 말해서 그런 거야. 언제까지나 그런 거지. 밤중에 우는 소리는 전부 퇴폐적인 욕망의 병적인 울음소리라고. 모자지간에는 절대로 저렇게 큰 소리로 울지 않아. 모자간의 정은 거꾸로 흘러서 마음속으로 들어가는 눈물이야. 그건 애간장을 갈가리 찢어놓거나, 피로 변해서 몸을 움직여 일을 하게 하고 절대로 쓸모없지 않은 실질적이고 구체적인 물질을 만들어내도록 강제

---

* 서카인Sở Khanh: 중국 청심재인青心才人이 지은 『금운교전金雲翹傳』과 19세기 초에 베트남의 응우옌주(Nguyễn Du, 1766~1820)가 이 작품을 쯔놈chữ Nôm(베트남어를 적기 위해 한자를 빌려 만든 차자)으로 축약 번역한 운문소설 『쭈옌 끼에우-Truyện Kiều(끼에우전)』에 등장하는 인물 중 하나. 본래 여자를 꾀어 청루에 팔아넘기는 사기꾼으로, 주인공인 끼에우 역시 사랑을 맹세하는 서카인의 말에 속아 청루로 팔려 간다.

하기도 하지."

나는 어릿어릿한 꿈속에서 잠에 빠져들었다. 브엉 형이 삶에
대해 이해할 가능성이 없다는 것을 나는 알고 있었다. 하지만
대체로, 아무도 그것에 대해, 그 무한하고 끝이 닿지 않는 삶에
대해 이해하지 못한다. 어둡고 배가 고플 때마다 그것은 시끄
럽게 울어댈 것이다.

다음 날 아침, 식사를 마친 후 우리는 일을 시작했다. 비엔과
비엥이 한 팀이다. 나와 브엉 형이 한 팀이다. 우리는 톱을 이
용해 투이엣 씨가 미리 정해놓은 크기대로 나무를 길고 짧게
가로로 잘라냈다. 망천수는 매우 단단하고 부스러지기 쉬워서
가로로 자르는 것은 쉬웠지만 세로로 잘라내는 것은 정말 어
려웠다. 나무의 몸통이 커서 우리는 타인호아* 스타일, 그러니
까 쐐기를 박지 않은 채로 나무를 바닥에 평평하게 놓고 자를
수밖에 없었다. 이 망천수는 어찌 된 일인지 모르겠지만 진액
이 너무 매워서 우리 넷 모두 눈물, 콧물이 쏟아져 나왔다. 브
엉 형이 말했다. "이 나무는 용왕님이 물속에 궁을 지을 때 사
용했던 거야. 다루기가 대단히 어렵다고. 제기랄, 전생에 우리
가 투이엣 자식에게 1만 관**을 빚졌던 거야."

투이엣 씨가 적어준 내용에 따라 우리는 40x40x320 사이즈
로 서른여섯 개의 기둥을 잘라내야 했다. 그것은 대들보와 서
까래 나무들은 포함하지 않은 숫자였다. 브엉 형이 말했다. "이

---

* 타인호아Thanh Hóa: 베트남 중북부에 있는 성.

** 관quan: 옛 화폐 단위. 1관은 600동에 해당한다.

투이엣 영감은 무슨 집을 짓길래 기둥을 이렇게나 많이 만드는 건지 모르겠네. 냐산*을 짓는 건가?" 오후에 농장에서 일하는 노동자 한 명이 땔감을 구하러 가는 길에 우리 일터를 지나게 되었다. 브엉 형이 붙들고 말을 걸었다. 브엉 형이 집에 쓸 커다란 기둥 서른여섯 개를 잘라야 한다고 불만을 토로하자 노동자가 웃었다. "이곳의 다섯 칸짜리 집은 많아야 기둥 열두 개면 충분하지. 투이엣이라는 자는 참 교활하다고. 분명 골짜기 아래에서 오는 운전사들에게 팔려고 기둥을 자르는 걸 거요. 그 사람들이 망천수로 만든 기둥을 아주 좋아하거든." 브엉 형이 말했다. "형씨, 운전사들을 여기로 데려와 줄 수 있겠어요? 우리가 직접 팔아보게요. 투이엣한테는 비밀로 하고요." 노동자가 말했다. "데려올 수 있죠. 근데 **콩고물** 좀 있습니까?" 브엉 형이 말했다. "확실하죠! 성함이 어떻게 되십니까? 제 이름은 당쑤언 브엉입니다." 노동자가 말했다. "내 이름은 쩐꽝하인陳光幸이오." 브엉 형이 말했다. "정말 멋진 이름이네요. 이름을 더럽히지 마십시오." 노동자가 웃었다. "알겠소. 나흘 후에 자동차가 들어올 거요."

그날 종일, 아무리 기다려도 꾸이는 오지 않았다. 브엉 형이 말했다. "요망한 년, 거짓말을 했군. 여자는 말이야, 얘들아, 절대 믿음을 주어서는 안 돼. 그들은 바로 그 하얗고 투명한 순진함 속에 난폭함을 숨기고 있거든. 그들은 다른 사람이 희생

---

* 냐산nhà sàn: 지면이나 수면에 높은 기둥을 세우고 그 기둥 위에 바닥(마루)을 깔아서 지은 집. 주로 산속이나 강가에서 볼 수 있다.

하고 탐내고 기다리게 만들지. 결국, 눈을 꼭 감고 손을 내저을 때까지 우리는 계속 소진되어가는 거라고."

다음다음 날 꾸이가 왔다. 그녀는 양배추 두 통과 램프를 가져다주었다. 꾸이가 말했다. "어머, 아저씨들 일 빨리하시네요. 나무가 참 많기도 하네. 내일 아버지더러 와서 보시라고 해야겠어요." 브엉 형이 말했다. "노인네에게 말하지 말아요. 우리는 아가씨한테만 빠져 있으니까. 노인네가 오면 우리는 태업에 들어갈 거라고. 육체노동자잖아, 아가씨, 정치를 동원할 수 없다고. 돈과 여자를 동원할 수 있을 뿐이지. 그거야말로 보약 아니겠어. 자본주의에는 사기성이 있어. 돈과 여자를 이용해 잉여가치를 착취하지. 우리 무산자들의 재산과 정력을 모두 잃어버리게 만든다고. 썩어빠진 자본주의를 타도하자!"

꾸이가 돌아가기 전에 브엉 형이 말했다. "응옥아, 종이랑 펜을 가져와서 내 편지 좀 받아적어 줘라. 꾸이가 우체국에 가서 좀 부쳐주고." 꾸이가 말했다. "써서 주세요."

브엉 형은 내가 적을 수 있도록 불러주었다. 편지는 다음과 같았다.

……년 ……월 ……일, 떠이박 숲에서
하이중 님(비엔과 비엥의 아버지를 말한다), 큰아버지 디에우 님(내 아버지를 말한다), 진이 엄마(브엉 형의 아내를 말한다)께
저는 브엉입니다. 벌목꾼들을 대신하여, 일을 맡게 되었고 수당이 상당하며 모두 건강하게 지내고 있다는 소식을 알려

드립니다. 산악 지역의 동포들은 누구나 다 좋고 온 마음과 힘을 다해 우리를 도와주고 있습니다. 다음 주에 돈을 보내도록 하겠습니다. 진이 엄마가 비엔과 비엥의 집에 5분의 3, 디에우 큰아버님 댁에 5분의 1을 보내드리고, 저희 집에서 5분의 1을 갖도록 하겠습니다. 노인네 탕약은 그 정도면 충분합니다. 노환이야 무엇으로든 고칠 수 있겠습니까? 중요한 건 어린아이들한테 입을 옷을 챙겨주고 굶어 죽지 않게 하는 것이죠. 나는 그저 번듯한 집 하나 없이 사는 어미와 자식들이 가여울 뿐입니다. 그래서 숲에 뛰어들어 고난을 감수하기로 결심한 것입니다. 하늘이 도운 덕분에 방향을 잘 잡았고 2년만 있으면 명성을 얻을 겁니다. 진이 엄마, 효와 정을 제대로 지켜주길 바랍니다. 인생의 나머지 다른 것들은 모두 다 덧없습니다. 종이는 짧지만 정은 깁니다.

서명: 당쑤언브엉

꾸이가 말했다. "브엉 아저씨 편지 참 잘 쓰시네요." 브엉 형이 큰 소리로 웃었다. "그냥 다 인민들에게 아부하는 것일 뿐이죠, 아가씨. 장수가 집을 떠나 있을 때 가장 중요한 건 후방이 안정적이어야 하니까."

우리는 밥을 먹고 가라고 꾸이를 붙들었지만 꾸이는 말을 듣지 않았다. 브엉 형이 말했다. "아가씨한테 폐를 많이 끼치네요. 여기 앉아요. 재미로 볼 수 있게 내가 녀석들한테 씨름을 하라고 할 테니."

브엉 형은 우리에게 옷을 벗으라고 하고는 종이로 제비 네

개를 만들었다. 더하기 표시가 있는 제비를 뽑은 사람은 씨름판에 들어가야 하는 거였다. 나와 비엥이 더하기 표시가 있는 제비를 뽑았다. 브엉 형이 큰 소리로 웃었다. "좋았어. 난 비엔이랑 비엥이 제비를 뽑을까 봐 그게 겁났을 뿐인데. 쌍둥이 형제가 씨름을 하면 '콩 줄기를 태워 콩을 삶는다. 콩이 흑흑 울었다. 같은 뿌리에서 나왔건만 그렇게 기꺼이 서로를 태우는가?'*와 다를 게 없잖아. 이제 시합을 시작해서 이기는 사람은 오늘 오후에 일을 쉰다."

나와 비엥이 씨름판에 들어갔다. 비엥은 나보다 어렸지만 몸은 나보다 컸고 몸무게가 62킬로그램이나 되었다. 나와 비엥 모두 하이중 사범님에게 배웠기 때문에 노하우는 서로 전혀 다르지 않았다. 비엥은 화를 잘 내는 성격이었다. 그는 화가 나면 아무도 눈에 보이지 않았다. 형제건 사촌이건 간에 신경 쓰지 않았다. 그렇게 알고 있었기 때문에 나는 그가 악랄하게 싸우지 않도록 유도하고자 가벼운 몸동작으로 씨름판에 들어가면서 꽃처럼 새싹처럼 생글생글 웃었다. 우리 둘은 대략 3분간 서로 맴돌았고, 나는 이익도 없지만 피해도 없는 관대한 내 페이스대로 비엥을 이끌었다. 내가 다리를 들어 올리면 비엥도 다리를 들어 올렸다. 내가 손을 들어 올리면 비엥 역시 손을 들어 올렸다. 브엉 형, 꾸이, 비엔 그리고 진은 손뼉을 치면서 크게 소리를 질렀다. 내가 위로 주먹을 날리면 비엥도 위로

---

* 조식曹植의 시(원주). 삼국시대 위나라 조조의 셋째 아들인 조식이 당시 위나라의 황제이자 친형인 조비曹丕에게 바친 시.

주먹을 날렸다. 내가 아래로 주먹을 날리면 비엥도 아래로 주먹을 날렸다. 나는 가만히 생각했다. '이 녀석의 운명은 하늘의 뜻인 거야. 내 잘못이 아니라고.' 나는 몸을 웅크리고 내공을 모아 느닷없이 두 손으로 비엥의 발목에 있는 복사뼈 부분을 움켜쥐고 꽉 누르면서 머리 꼭대기 위로 곧장 들어 올렸다. 비엥은 고통스러워하며 자세가 흐트러졌고 한 번에 쿵 하고 넘어졌다. 나는 그대로 돌진해 무릎으로 방광 쪽을 누르고는 팔꿈치로 비엥의 목을 막아 그가 더 이상 숨을 쉴 수 없게 만들었다. 모두들 큰 소리로 손뼉을 쳤다. 비엥이 일어나 앉아 머리를 흔들었다. "진짜 사기꾼같이, 재미로 하는 줄 알았는데 진짜로 하네." 나는 웃으며 비엥의 어깨를 쳤다. "미안해. 이 동작은 노인네가 따로 더 가르쳐준 거라서 비엥이 몰랐던 것뿐이야."

꾸이는 좋아하는 것 같았다. 두 볼이 아주 빨개졌다. 브엉 형이 말했다. "이제 내 차례다." 브엉 형은 풀밭으로 뛰어나가 영춘권파의 유명한 무술인 사권蛇拳을 펼쳐 보였다. 보기에도 아름답고 동작이 변화무쌍했다. 바라보고 있는 우리는 너 나 할 것 없이 모두 숨을 죽였고 긴장해서 심장이 오그라들었다. 나는 무술을 하는 사람을 여럿 보았지만 그렇게 무술 동작에 집중한 모습을 보는 것은 흔치 않았다. 우리는 마치 혼을 빼앗긴 것 같았다. 브엉 형이 동작을 멈추고 합장을 하자 우리는 겨우 가볍게 숨을 내쉬었다.

그날 오후에는 햇볕이 쨍쨍했다. 나는 브엉 형에게 물었다. "저는 자유죠?" 브엉 형이 딱 잘라 말했다. "아니." 내가 말했다. "이긴 사람은 쉰다면서요?" 브엉 형은 비엔과 비엥이 듣지 못하도록 나를 구석으로 끌고 갔다. 브엉 형이 말했다. "잘 들어, 너 그 불량배 같은 경기 스타일 좀 버려. 너는 가짜로 경기하는 척 유도하면서 비엥을 진짜로 무릎 꿇렸지. 너의 씨름 스타일은 지식인의 씨름 스타일이야. 꾸이를 속인 걸로 됐잖아. 절대 날 속일 수는 없어." 나는 웃었다. "형 아세요? 혁명가는 마지막 목적에만 집중한다는 걸요." 브엉 형이 말했다. "날 정치사상의 덫으로 유인하지 말라고, 사기꾼같이." 내가 말했다. "비엥은 이상한 거 없었어요? 그렇게 건장한 녀석이 내 팔이라도 부러뜨렸으면 형은 가여워했을까요?" 브엉 형이 말했다. "네 본질은 정치적으로 불량한 지식인이야. 아주 역겹네! 꺼져버려 이 새끼야!" 내가 말했다. "형은 형사범으로 감옥까지 갔다 온 놈이고 **오리지널** 불량배잖아요. 왜 나는 용납하지 못하는 거예요?" 브엉 형은 내 얼굴에 침을 뱉었다. 형이 말했다. "넌 자유야. 필요하면 내일 아침 일찍 네가 돌아갈 수 있게 돈을 빌려다 줄게."

나는 풀밭에 얼굴을 파묻고 누웠다. 잠깐 동안 바람이 불어와 내 얼굴에 묻은 침을 말려버렸다. 내 손은 굳은살이 박이고 피가 배어났고, 내 발은 메말라 갈라졌다. 일주일 내내 씻지도 옷을 빨아 입지도 못했고, 피부는 더럽고 가려웠다. 나는 갑자기 나 자신이 지독하게 가여워졌다. 몸서리나는 동정심이 내 심장을 조여왔다. 나는 개처럼 울었다. 잔디와 뾰족한 돌과 가시가 뒤섞인 바닥 위를 뒹굴었다. 나는 내가 사랑했던 여자의 얼굴을 떠올리기 위해 눈을 감았다. 그녀는 몸집이 자그마하고 얼굴이 둥글고 눈썹이 진하며 오른쪽 귀에서 4센티미터쯤 떨어진 목 뒤에 검은 사마귀가 있었다. 입술하며 콧날, 윤곽선까지 얼굴의 모든 선이 꽤 분명했다. 내가 그녀에게 사랑보다도 더한 어떤 것을 가져다줄 수 있다는 걸 그녀는 이해하지 못했다. (어떻게 사랑이 있을 수 있겠는가?) 그녀는 내 안에서 존경심과 동정심을 빼앗아 버렸다. 언제까지나. 영원히. 그 어떤 것도 구원해줄 수 없었다. 나는 그저 내 시대의 조건 속에서 덧없는 것들에 성을 내고, 성을 낼 뿐이었다. 모든 도덕적 신조는 언제나 단순하고 바보 같고 웃기고 간략하며, 심지어 천박하기까지 하다. 최악은 그 신조들이 옳다는 것이다. 그것은 필요하기 때문이다. 그것은 우리가 서로 각자에 대한 상대적인 이미지를 유지하기 위해 목에 건 사슬이다. 만일 그렇지 않다면 파괴되고 말 것이다……

나는 숲속으로 들어가 씻을 물을 찾았다. 샘은 말라 있었다. 돌 틈에서 흰나비의 날개가 어릿하게 흩날렸다. 샘을 따라 거꾸로 계속 올라가다 겨우 몸을 씻을 수 있는 물구덩이를 찾았다. 나는 벌거벗은 채 물소가 몸을 담그는 것처럼 물속에 몸을 담갔다. 물 밑바닥에 썩은 잎사귀들이 많아서 물빛이 짙푸른 색이었고 약간 끈적거렸다. 나는 아플까, 열병에 걸릴까 두려워 오래 씻을 수 없었다. 스물한 살이 되어 죽는다면 정말 인생이 아까웠다. 살아야만 했다. 비록 인생이 수천 번 비참하고, 추악할 뿐 아니라 고달픔이 가득하다 할지라도.

나는 벌목 천막으로 되돌아왔다. 나무쐐기를 대각선으로 박고 있던 브엉 형은 진과 함께 톱질을 하고 있었다. 브엉 형이 높은 곳에 섰고, 진이 땅바닥에 주저앉았다. 아이는 애를 쓰고 있었고 땀으로 등이 흠뻑 젖은 모습이 너무나도 가여워 보였다. 나는 진에게 다가가 말없이 톱을 잡았다. 나와 브엉 형은 아무런 말도 하지 않은 채 그대로 그렇게 조용히 어두워질 때까지 이 나무토막에서 저 나무토막까지 전부 톱질을 했다.

막 일을 끝내려고 하던 참이었다. 그때 나는 땅 위에 뱃사공 자세로 서 있었는데 톱질을 멈추려고 하는 순간 '싹둑' 하면서 톱 손잡이가 내 가슴을 쳤다. 나는 처참한 비명을 내지르며 나동그라졌다. 의도치 않은 것이었는지 의도적인 것이었는지는 모르겠지만, 브엉 형은 톱날이 나무 위에서 튕겨나가 내 발가락 끝을 베도록 그대로 내버려 두었다. 내 왼발의 발가락 끝 관절 부분에 새하얀 뼈가 드러났다. 피가 솟구쳐 흠뻑 젖었다. 나는 턱이 오그라들고 경련을 일으키는 것처럼 연신 몸을 떨 정도로 아팠다. 땀이 온 얼굴에서 새어 나왔고, 동시에 내 온몸에서는 냉기가 돌았다. 나는 땅 위를 굴렀다. 비엔과 비엥이 나를 타고 누워 내 몸을 땅에 밀착시켜야 했다. 얼굴이 창백해진 브엉 형은 지혈을 시키기 위해 고무줄을 이용해 내 발 가운데를 가로방식*으로 묶었다. 브엉 형은 당황해서 부산을 떨며 내 상처를 닦아주기 위해 진에게 뜨거운 물에 소금을 타서 가져오라고 했다. 나는 너무 아파서 감각을 잃고 말았다. 두 턱이 덜덜 떨려서 내가 아무리 노력을 해도 턱을 다물 수가 없었다. 한밤중이 되어서야 나는 잠이 들었다. 아마도 힘이 모두 빠져

---

* 고무줄이나 끈으로 상처 부근을 묶어 혈액의 흐름을 차단함으로써 지혈을 시키는 방법.

버려서였을 것이다.

　나는 3일 내내 열이 났고 발이 부어올랐다. 상처는 정말 끔찍했다. 톱날이 발가락의 3분의 2를 잘라버려 덜렁거렸다. 발가락 끝의 살이 검게 변했다. 분명 썩은 듯했다. 브엉 형은 항생제인 테트라사이클린을 잘게 부숴 상처에 뿌려주었다. 소금물로 닦아냈지만 벌어진 틈에서는 여전히 하얀 고름이 나왔다.

　오후에 쩐꽝하인이라는 농장 노동자가 4톤짜리 '질(ZiL)'* 트럭을 끌고 왔다. 브엉 형은 집에 쓰는 기둥 열두 개와 길이 2미터 20, 두께 8센티미터, 너비 60센티미터의 커다란 판자 몇 개까지 바로 팔아버렸다. 운전사는 값을 솔직하고 분명하게 치렀다. 브엉 형은 중개인에게 2만 동을 나눠주었다. 브엉 형이 말했다. "하인 형님, 이름을 쩐득하인**으로 바꾸세요."

　찐 씨와 툭 씨가 땔감을 주우러 가면서 우리가 머무는 곳을 지나갔다. 내 발이 크게 부어 있는 것을 본 툭 씨는 매우 마음 아파했다. 툭 씨는 브엉 형의 얼굴을 가리키며 욕을 했다. "진짜 야만적이네요. 발이 이 모양인데 아무런 응급처치도 하지 않은 거예요?" 브엉 형은 고개를 숙이고 흐느껴 울었다. "누님이 좀 알려주세요. 뭘 할 수 있을지?"

　찐 씨가 내 상처를 살펴보았다. 찐 씨가 말했다. "썩어버린 발가락 끝부분을 잘라내야 해. 오래 놔두면 괴사가 될 거고, 목

---

* 질(ZiL): 구소련(러시아)의 자동차 제조 업체명의 약자로, 주로 트럭, 군용차, 중장비를 생산했다.

** '득하인Đức Hạnh'은 '덕행德行'의 베트남어 발음. '쩐'은 성이다.

숨까지 위험해요! 큰일이네, 의료 도구를 안 가져왔는데."

브엉 형이 눈물을 닦으며 물었다. "큰 칼로 잘라도 될까요?"
찐 씨가 말했다. "가능해요. 근데 약은 어떻게 하죠?" 툭 씨가
말했다. "제가 가서 가져올게요." 말을 마치고 재빨리 길을 나
섰다. 찐 씨가 진에게 말했다. "너는 가서 벽 위에 걸 수 있는
주머니를 가져오너라. 주사기랑 주삿바늘도 가져오고." 브엉
형이 말했다. "진! 툭 아줌마랑 같이 가."

찐 씨는 비엥에게 물을 끓여 칼을 삶게 하고는 내 상처를 닦
아주었다. 찐 씨가 말했다. "벌목꾼 아저씨들은 정말 대담하시
군요. 사람의 목숨을 모기 목숨처럼 여기다니."

대략 한 시간쯤 후에 툭 씨와 진이 돌아왔다. 툭 씨는 집에
서 암탉을 한 마리 들고 와서 비엔과 비엥에게 잡아서 내가 먹
을 수 있도록 죽을 끓이라고 했다.

브엉 형은 나에게 앉아서 다리를 목재 위에 올려놓으라고 말
했다. 브엉 형이 말했다. "마음 편히 가져. 이제 발가락을 자를
거야." 또 말했다. "찐 형님은 칼을 여기에 대주세요. 제가 절굿
공이를 한 번 내리쳐 바로 잘라낼게요." 툭 씨는 얼굴을 감쌌
다. "끔찍해라! 아이고 무서워." 찐 씨가 웃었다. "내 의사 인생
에 이런 일은 이번이 처음이네."

찐 씨가 내 발가락 끝에 칼을 가져다 댔다. '탁' 하고, 아직
준비가 되지 않은 상태에서 브엉 형이 절굿공이로 칼등을 내리
쳤다. 나는 너무 아파서 펄쩍 뛰었다. 찐 씨가 말했다. "아직 때
가 아닌데 잘랐네. 칼날이 어디 제자리에 맞기나 했나?" 내가
말했다. "됐어요, 됐어. 너무 아파요. 더 잘랐다간 내 발이 죽어

버리겠어요." 툭 씨가 브엉 형의 손에서 절굿공이를 빼앗아 들었다. "저리 가요! 사람을 죽이려는 거예요?" 툭 씨가 찐 씨에게 말했다. "언제 쳐야 하는지 저한테 말해주세요." 찐 씨가 말했다. "이제 됐어! 잘라." 툭 씨가 절굿공이를 휘둘렀다. '크' 한 번에 내 발가락 끝의 썩은 살점이 튀어나갔다. 나는 내 손을 꽉 물었다. 눈이 흐릿해졌다……

찐 씨가 주사를 놓고 내 발에 붕대를 감아주었다. 찐 씨가 말했다. "좋았어. 하루 이틀 지나면 안정이 되겠어." 브엉 형이 내 발가락 끝의 썩은 부분을 집어 불 속에 던져버렸다. 브엉 형이 말했다. "녀석 안에 있는 불량한 기질이 전부 이 살점처럼 타버렸으면 좋겠네."

툭 씨가 나에게 죽을 먹여주고 나서 찐 씨의 약 가방에 넣어 온 조선 삼까지 꺼내 내 입에 넣어주었다. 브엉 형이 말했다. "응옥은 좋겠네. 난 살면서 누구한테 이렇게 극진하게 보살핌을 받은 적이 없는데." 툭 씨가 말했다. "발 여기에 놔봐요. 내가 한번 잘라내고 나서 보살펴줄 테니까." 찐 씨가 웃었다. "내 아내는 집에서는 뻣뻣한데 밖에 나오면 활달하고 후하다니까요." 브엉 형이 말했다. "여자들은 너무 이상해요. 자기들한테 속한 것에 대해서는 철저하게 학대를 하면서 바람이 가져다준 정만 귀하게 여긴다니까요. 그래서 인생을 살면서 가장 괴로운 건 남자가 여자의 소유물이 되는 것이죠." 찐 씨가 말했다. "응, 정말 그래요." 툭 씨가 말했다. "그럼 당신은 왜 나랑 살아요? 이혼할까요?" 찐 씨가 웃었다. "또 저 자존심하고는."

찐 씨와 툭 씨가 돌아가려고 했다. 브엉 형이 비엔과 비엥을 시켜 찐 씨의 세바각*에 판자 두 개를 실었다. 브엉 형이 말했다. "두 분께 이 판자를 드릴 테니 가져가서 깔개로 쓰세요. 세상에서 우리처럼 좋은 사람들이 사용하지 않고 나쁜 사람들이 사용하게 놔둔다면 너무 마음이 아프잖아요." 툭 씨는 절대로 받지 않으려고 했다. 툭 씨가 말했다. "안 돼요! 이 나무는 투이엣 씨 소유잖아요." 브엉 형이 말했다. "반은 어제 운전사에게 팔았는걸요. 무서울 게 뭐가 있겠어요!" 찐 씨가 웃었다. "벌목꾼 아저씨들 정말 대담하시네. 문서 없이 하늘도 팔아버리겠어. 투이엣이 추궁하면 어쩌려고?" 브엉 형이 말했다. "안심하십시오. 저희에게 방도가 있습니다. 투이엣 그자가 품삯을 그렇게 적게 주는데 우리가 속이지 않고 **톱질**만 한다면 어떻게 살겠습니까?" 툭 씨가 말했다. "어쨌든, 저는 받지 않겠어요." 브엉 형은 비엔과 비엥, 진에게 오라고 했다. "너희들 모두 두 분께 네 번 절을 하거라. 그래도 두 분이 받지 않는다면 모두 바위에 머리를 박고 자살해주길 바란다. 사람들이 우리를 더 이상 사람으로 보지 않으니 말이다." 벌목꾼들 모두 두 손을 모으고 무릎을 꿇었다. 진도 무릎을 꿇고 얼굴을 땅에 묻었다. 툭 씨가 울었다. "됐어요 됐어. 여러분들 이상하게 왜 그러는 거예요? 그럼 한 개만 받을게요." 브엉 형은 너무 좋아서 툭 씨의 손을 잡고 힘차게 흔들었다. "그럼 누님이 저희에게 공감해주신 겁니다. 저희를 짐승으로 보지 않으신 거예요! 저희는 가난한 팔자여서, 가진 것이 전혀 없는데 의와 정에 빚을

---

* 세바각xe ba gác: 바퀴가 세 개 달린, 운전석이 오토바이 모양으로 생긴 짐차.

218

지게 된다면 너무 괴로울 거예요!"

비엔과 비엥은 차를 밀어 숲 입구까지 찐 씨와 툭 씨를 배웅했다.

며칠 후, 내 발은 많이 좋아졌고 다시 나무를 자를 수 있게 되었다. 브엉 형은 너무 기뻐했다. 브엉 형이 말했다. "오늘 투이엣이 여기에 와서 군들에게 한턱내겠다고 했어. 삶에 다시 생기가 도는군."

그날 오후에 투이엣 씨와 꾸이가 왔다. 한턱낸다는 게 뭔가 했더니 겨우 담배 두 갑과 맘똠* 1킬로뿐이었다. 투이엣 씨가 말했다. "이건 수출하는 맘똠이네. 하이퐁**에서 무역을 하는 내 친구가 가져온 거야." 브엉 형이 말했다. "알겠습니다. 이 맘똠은 일본으로 수출하는 거잖아요?" 투이엣 씨가 말했다. "모르겠네. 하지만 유럽 사람들은 우리 맘똠에 아주 중독돼 있다고."

투이엣 씨는 나무를 살펴보더니 불평을 했다. "이 망천수를 자르면 여러 덩어리가 나올 줄 알았는데 얼마 안 되네?" 브엉 형이 말했다. "생각해보십시오. 나무의 반은 속이 비었는데 그 정도면 상당한 거죠. 집을 지으려면 적어도 두 개는 더 베어야 할 것 같습니다." 투이엣 씨가 말했다. "다 계산하고 있네. 이 나무로는 기둥과 대들보만 만들 생각이네. 서까래와 마룻대,

---

* 맘똠mắm tôm: (작은) 새우를 소금에 절인 후 발효시켜 만든 장.

** 하이퐁Hải phòng: 베트남 북부의 항구도시. 베트남의 다섯 중앙직할시 중 하나이다.

배튼*은 왐피나무 두 개를 더 베어야 하네. 판자를 몇 개 더 자르고 싶은데 돈이 말라버렸구면." 브엉 형이 말했다. "어르신이 힘을 내시면 가능합니다." 투이엣 씨가 말했다. "이 나무를 다 자르면 왐피나무도 잘라주게. 왐피나무는 높고 위험한 곳에서 자라지. 멀리 있기도 하고." 브엉 형이 말했다. "돈이 모든 걸 할 수 있습니다." 투이엣 씨가 말했다. "그 왐피나무는 주인이 둘이야. 나는 그저 더불어 먹는 주인일 뿐이지. 원주인은 송 씨라고, 브억 마을에 사는 타이족** 사람일세. 내일 아침에 그이가 올 거야."

투이엣 씨는 종이와 펜을 꺼내 계산을 하더니 말했다. "지금 품삯을 지불하겠네. 합의한 내용에 따르면, 이 나무를 잘랐을 때 나는 쌀 50킬로그램과 고기 10킬로그램을 지급하고 이런…… 이런…… 금액을 지불해야 하네. 하지만 자네들이 수량을 다 맞추지 못했으니 이런…… 이런…… 금액을 제하겠네. 솜이불 두 개는 이 정도…… 금액이네. 필요하면 내 자네들에게 팔겠네." 브엉 형이 말했다. "그럼 협상 금액의 3분의 1만 지불하시겠다는 겁니까?" 투이엣 씨가 말했다. "자네들이 마음대로 툭 씨네에게 팔아버린 판자 한 개도 제해야겠지만 툭 씨가 알아차리고 나에게 돌려주었으니 없던 걸로 하겠네." 브엉 형이 말했다. "그 판자는 판 것이 아니라 드린 겁니다. 그렇게

---

* 지붕을 구조적으로 보강하기 위하여 기둥을 꿰어 서로 연결하는 목재.
** 타이Thái족: 베트남, 라오스, 중국, 타이 등지에 거주하는 소수민족의 이름. 베트남에서는 흰 타이족, 붉은 타이족 등과 함께 '타이족'이라 불린다.

하는 건 무슨 도리입니까?" 투이엣 씨가 말했다. "자네가 마치 자기 나무처럼 하지 않았나. 농장 방위대를 시켜서 내 개인 소유권 침해로 툭 씨네를 감옥에 가게 할 수도 있었다고." 브엉 형이 말했다. "됐습니다. 툭 씨 부부는 이 일에 아무런 잘못도 없어요. 지금 돈을 계산해주시죠. 처음 이야기한 대로 돈을 주지 않으면 이 칼맛을 보게 해드릴 겁니다. 농을 치는 건 좋은데 이 당쑤언브엉한테 농을 치면 안 되지." 투이엣 씨가 비웃었다. "이봐, 불량배 같은 습성을 드러내시겠다는 건가? 이곳엔 이 관습이 있고 저곳엔 저 풍습이 있는 법이야. 여기 법은 전혀 그렇지 않다고. 잘 들어보게. 내가 손을 살짝만 움직여도 자네는 뼈가 으스러질 거야. 조용히 일 계속하고 싶은가, 아니면 그만두고 싶은가?" 브엉 형이 말했다. "어이쿠, 흉포하시네." 그 순간, 햇볕이 쨍쨍하던 중에 갑자기 푸른 하늘 높은 곳에서 강한 천둥소리가 울렸다. 우리는 모두 온몸이 싸늘해졌다. 투이엣 씨는 담배에 불을 붙이며 조용히 미소를 지었다. "받아들일 텐가?" 브엉 형이 고개를 저었다. "받아들이겠습니다." 투이엣 씨가 말했다. "돈 받게. 내일 아침에 차를 보내서 나무를 실어 가도록 하겠네."

투이엣 씨가 꾸이에게 말했다. "너 먼저 돌아가도록 해라. 아버지는 브억 마을로 가서 송 아저씨네 집에 들렀다 갈 테니."

투이엣 씨와 꾸이가 돌아갔다. 브엉 형이 돈을 들고 와 세었다. 브엉 형이 말했다. "애초에 세웠던 계획에 따르면, 이번 벌목 건으로 이런…… 이런…… 소득을 거두었어야 해. 투이엣과 계약하면서 우리는 70퍼센트를 손해 봤어. 다행히 내가 융

통성 있게 기둥 열두 개랑 판자 일곱 개를 팔아서 이런……
이런…… 금액이 생겼어. 결국 목표 금액과 비교하면 우리는
220퍼센트를 초과 달성한 거야. 인생 참 즐겁군! 이런 게 바로
실리적인 회계라는 거지!"

브엉 형이 말했다. "오늘 오후에는 쉬고, 내일 아침에 나
랑 진이랑 우체국에 가서 고향으로 돈을 부치고 올게. 송인
지 비엔인지* 하는 노인이 오면, 응옥이 나서서 대표를 맡도록
해라."

우리는 함께 목욕을 하러 갔다. 브엉 형이 말했다. "나는 일
이 있어서 좀 나갔다 올게. 먼저 밥들 먹어." 말을 마치고 급한
듯 앞뒤를 대강 훑어보더니 이내 가버렸다. 브엉 형의 태도가
미심쩍었던 나는 목욕을 하러 가지 않기로 결심하고 쫓아가 엿
볼 방법을 궁리했다.

브엉 형은 매우 빠른 속도로 농장 쪽을 향해 갔다. 브엉 형
이 똑바로 가지 않고 지름길로 가는 모습을 본 나는 더욱더 강
한 의심을 품게 됐다. 목화밭에 다다르자 그가 기어 들어갔다
가 잠시 후 기어 나오는 모습이 보였다. 사람이 완전히 달라
보였다. 몸에는 가지와 잎사귀를 잔뜩 묶었고, 옷은 반바지만
입었다. 숲 입구로 꺾어지는 곳에 다다르자 브엉 형은 빽빽한
수풀 속으로 들어가 버려 더 이상 보이지 않았다. 나는 불안했
다. "이 인간 무슨 일을 꾸미고 있는 거야?" 갑자기 손이 불끈

---

* 인물명인 '송Sông'은 동음이의어로 '강'이라는 뜻이 있고 비엔biển은 '바다'를
뜻한다. 따라서 '송인지 비엔인지'는 '강인지 바다인지'를 의미한다.

쥐어지면서, 절대로 좋지 않은 일을 목격하게 될 거라는 예감이 들었다.

과연, 얼마 후 숲에서 꾸이가 나오는 모습이 보였다. 오후의 황혼이 형용할 수 없는 슬프고 흐릿한 빛줄기를 사물에 비추고 있었다. 꾸이는 나뭇가지 하나를 손에 쥐고 길가의 풀밭 사이를 탁탁 치며 걸어갔다. 나는 꾸이의 자신감 넘치고 걱정 없는 모습이 싫었다. 그게 얼마나 바보 같은 것인지. 맞다, 바보 같았다. 내가 사랑했던 여자들도 전부 그랬다. 그녀가 자신 있고 자유롭다고 생각하는 건 스스로에게는 좋을 것이다. 백 번, 만 번 그렇지가 않다. 여자에게 자신감과 자유는 예측 불가이자 재난이고 결핍을 의미하며, 심지어는 불행과 오욕을 가져올 가능성도 있다. 내 경우를 보자면, 바로 나에게는 여자의 인격이란 무엇보다도 그녀에게 부속된 것이다. 언제까지나. 영원하다는 건 그런 것이다. 왜냐하면 나는 남자이고, 나이기 때문이다. 아무도 대체할 수 없는.

꾸이가 지나가자 거기에 숨어 있던 브엉 형이 벌떡 일어섰다. 꾸이가 목이 쉬도록 내지르는 소리가 들렸다. 브엉 형이 입을 막고 단숨에 아가씨를 안아 올려 수풀 속으로 들어갔다.

나는 상황을 이해하게 되었다. 화가 치솟아 심장이 오그라들 정도로 아팠다. 그대로 쓰러졌고 목구멍까지 꽉 막혔다. 나는 벌떡 일어나 허둥지둥 수풀 쪽으로 돌진했다. 꾸이는 벌거벗겨진 채 맨살이 드러난 두 다리로 부산스럽게 허공을 휘젓고 있었다. 나는 브엉 형을 끌어낸 후 그의 일그러진 얼굴에 그대로 한 방을 날렸다. 브엉 형은 나를 알아차리고는 '아' 하고 놀랐다. 우리는 두 마리 짐승처럼 맹렬히 서로를 공격했다.

우리가 싸우는 땅은 아주 좁았고 주변에는 가시 돋친 나무들이 숲을 이루었다. 우리는 물러설 수도, 나아갈 수도 없었다. 두 사람 모두 상대의 손을 꽉 부여잡고 방어 태세를 취했다. 밖에서 봤다면 분명 매우 웃겼을 것이다.

잠깐 동안 서로 대치하다가, 브엉 형이 소리를 질렀다. "개새끼, 싸우고 싶으면 저기 밖으로 나가. 이런 가시밭에서 어떻게 싸우겠다는 거야?" 말을 마친 후 브엉 형은 손을 놓고 공터를 찾아 뛰어갔다.

나도 그를 따라 뛰었다. 브엉 형은 물러서며 우울한 목소리로 꾸이에게 말했다. "요망한 년, 바지 입어! 싸우는 걸 보고 싶으면 거기 서서 봐. 우리는 너 때문에 싸우는 거야." 말을 마친 브엉 형은 마치 우리가 서로 싸우는 것이 당연한 일인 듯, 그것이 완전히 무의미하고 아무런 가치도 없는 일인 듯 태연하게 서서 콧구멍을 후벼 팠다.

솔직히 말하면 나는 당황스러웠다. 브엉 형은 미소를 지으며 나를 자극했다. "어때? 공격해야지, 도련님! 승전의 소식을 톨레도 마을의 둘시네아* 발밑에 바치라고!"

나는 미쳐버렸다. 순간 갑자기 내 인생의 첫사랑이 떠올랐다. 비록 그녀에게 허상과 거짓과 비도덕이 가득 차 있다고 할지라도 나는 그녀를 사랑했다. 그녀 이후에 분명 내 안에 다른 사랑은 없을 거라는 걸 나는 알았다. 내가 만나게 될 여자들은

---

* 세르반테스의 소설 『돈키호테』에서 돈키호테가 사랑한 시골 마을의 여인.

절대로 더 이상 나를 즐겁거나 아프게 할 수 없을 것이었다. 나는 나의 마음속 밑바닥에서부터 솟아나는 울분과 한탄을 품고 브엉 형에게 달려들었다.

분명 브엉 형은 갑자기 내가 그렇게까지 흉악하고 잔인하게 변할 거라고는 생각지 못했을 것이다. 만일 상대가 맞게 된다면 죽거나 평생 불구로 살아야 할 정도로 내 주먹은 강하고 독했다. 브엉 형은 내 주먹을 피하면서 비명을 질렀다.

우리는 격렬하게 서로를 때렸다. 나는 본래 소림홍가파의 무술을 연마했고, 브엉 형은 영춘권파의 무술을 연마했다. 군에 있을 때 브엉 형은 다른 무술들도 더 연마했기 때문에 그의 기술은 예측하기 어려운 방향으로 변했다. 늘 내가 맞았다. 아마도 브엉 형은 내가 바로 쓰러지기를 원하지 않아서 천천히 내 힘을 빼기 위해 고의로 빙빙 도는 것 같았다. 한 시간이 다 되어갈 때쯤 우리 둘 모두 지쳐서 서로를 놓아주어야만 했다.

어둠이 드리웠다. 달빛이 숲속 여기저기에서 반짝거렸다. 나와 브엉 형은 풀밭 위에서 몸을 뒤척이며 가쁜 숨을 내쉬었다. 잠시 후, 브엉 형이 일어나 앉아 나에게 말했다. "너 몹시 어리석다고 생각하지 않아? 두 남자가 갑자기 한 여자 때문에 서로 싸우다니. 아무런 의미도 없이 말이야." 브엉 형은 말을 이어갔다. 목소리가 변해 있었다. "응옥아, 너 그렇게 아파하지 마라. 왜 여자의 **그것**을 노인네들이 **나비**라고 부르는지 너 아냐? 그건 팔랑팔랑하는 날개가 달린 거야. 그건 하늘의 봉록이라고. 그게 어딘가에 앉으면 그 어딘가가 그걸 갖게 되는 거야. 때로는 사람들이 그걸 잡아야 하기도 하고." 나는 일어나 앉아서 피를 왈칵 내뱉었다. 말을 하는데 목소리가 떨렸다. "형은 너무 비열하네요. 애가 아직 어리잖아요." 브엉 형이 말했다. "너는 아무것도 몰라. 누가 나비의 나이를 계산하냐? 늙은 여자나 아가씨나 다 매한가지라고." 내가 말했다. "형은 아주 불량하고 사악해요." 브엉 형이 비웃었다. "애야, 그럼 예수 그리스도도 불량하고 사악하냐? 석가여래도 불량하고 사악하고?" 내가 말했다. "인간의 고상함은 바로 그의 한계 안에 있는 것 같아요." 브엉 형이 말했다. "그래 맞아! 너 꾸이가 벌거벗겨진 모습 봤냐? 그렇게 허벅지를 꽉 붙이고 있는 걸 보면 정신적인 면에서 그 애는 완전히 고상한 거야."

차가운 이슬이 내렸다. 우리는 말없이 벌목 천막으로 돌아왔다. 두 얼굴에는 멍이 들어 있었다. 브엉 형이 말했다. "너 싸움질이 너무 비겁해. 얼굴을 때리다니. 그런 식이면 너의 무공은 아직 상수가 아니야. 고수들은 다른 방식으로 싸운다고. 적이 공격할 때 고수는 바로 적의 에너지를 자신의 것과 결합할 수 있는 방법을 찾아. 물론, 그건 기술적인 동작을 통해서 실현되어야 해. 고수는 적을 빙빙 돌게 만들지. 모든 삶의 공간에서 원형은 언제나 가장 절호의 모형이야. 힘을 써서 충돌을 해결하는 대신에 고수는 상대에게 가볍게, 부드럽게, 노련하게, 애정을 갖고, 화합하며, 고요하게…… 대할 때 비로소 사람들 사이의 관계와, 각각의 사람과 전 세계 사이의 관계를 더 가깝게 이을 수 있다는 걸 깨닫도록 만들지. 기술적인 면에서는 난폭할 수 있지만 전략적인 면에서는 조화를 이루어야만 해. 더 정확히 말하면, 안정적이고 균형적이어야 하지. 그게 고수의 이

226

론 전부야."

나는 어둠 속에서 몰래 웃었다. 이 브엉이라는 자를 나는 알고 있었다. 일반적으로 말하는 삶에 대해 이해할 때 그는 언제나 명철했고, 언제나 인격적인 면에서 고상한 성품을 지키려고 노력했다. 하지만 그의 실제 생활은 개똥 같았다. 냄새를 맡기가 힘들었다.

다음 날 아침, 우리는 새로운 벌목 장소로 이동했다. 타이족 사람인 송 씨는 62세 노인으로 얼굴이 아주 진실해 보였다. 송 씨가 말했다. "어려울 텐데, 할 수 있겠소?" 브엉 형이 말했다. "어디로 가든 지옥인걸요."

왐피나무는 산 중턱의 높고 가파른 곳에서 절벽 쪽으로 기울어져 자라 있었다. 중요한 것은 어떻게든 나무를 잘라서 골짜기로 가져오는 것이었다. 우리는 한나절이 지나도록 의견을 나눈 끝에 결국 가장 좋은 방법을 찾아냈다. 한쪽 편은 가지를 쳐낸 후 잡아당길 수 있도록 줄을 묶고, 다른 한쪽은 나무를 안전하게 쓰러뜨릴 수 있도록 흙을 전부 파내고 땅을 다지기로 했다.

열흘이나 지나서야 우리는 겨우 나무를 쓰러뜨릴 수 있었다. 너무나도 기분이 좋은 송 씨는 음식을 대접하겠다며 우리를 마을로 초대했다. 브엉 형이 말했다. "나는 여기서 물건들 보고 있을게. 다들 다녀와." 비엔과 비엥, 나 그리고 진은 송 씨를 따라 브억 마을로 갔다. 대로에 접해 있는 이 타이족 마을에는 약 50개의 냐산이 있었다. 마을 사람들은 누구나 다 선했고 모두들 우리를 친근하게 대했다. 우리는 송 씨네 집에서 오후가 될 때까지 술을 마시고 돌아왔다. 벌목 천막으로 돌아온 우리는 이불이며 모기장, 옷가지 들이 여기저기 어지럽게 널려 있는 모습을 보고는 깜짝 놀랐다. 브엉 형은 어디에도 없었다. 우리는 형을 찾아 나섰다. 벼랑 쪽을 지나갈 때 눈썰미가 좋은 진이 마치 누군가 굴러떨어진 듯 나무들이 눌려 있는 것을 발견했다. 나와 비엔과 비엥은 각각 칼을 손에 쥐고 즉시 더듬거리며 아래로 내려갔다.

벼랑은 약 100미터가 넘는 깊이였고, 벼랑 끝에는 바싹 마른 샘이 있었다. 샘 한 가운데에서 마치 누군가 싸우고 있는 듯한 소리가 울려 퍼졌다. 우리는 모두 브엉 형이 분명히 저 아래에 있을 것이라고 확신했다.

과연, 샘의 좁은 곳에서 우리는 브엉 형이 커다란 곰 한 마리와 사납게 엎치락뒤치락하고 있는 모습을 보았다. 곰은 두 뒷발로 일어서서 끔찍한 소리로 울어대며 브엉 형을 공격할 방법을 찾고 있었다. 브엉 형은 손에 짧은 대나무 막대기를 들고 열심히 피했다. 등을 돌벽에 기댄 채 브엉 형은 녀석이 위험한 상황을 만들지 않도록 멀리 밀어내려 애쓰고 있었다. 곰의 힘이 너무 셌기 때문에 대나무 막대기가 곰의 가슴에 닿자 구부러져 버렸다. 브엉 형은 힘이 빠져 곧 쓰러질 것 같았다. 한쪽 어깨에는 피가 얼룩져 있었고 얼굴에는 땀이 범벅이었다.

비엔과 비엥 그리고 나는 일제히 고함을 치며 달려들었다. 비엥은 재빠르게 곰의 어깨를 한 번 베었다. 곰은 돌아서서 우리 쪽을 향해 섰다.

우리 네 사람은 샘 한가운데에서 동그랗게 둘러섰다. 비엔과 비엥 그리고 나는 각자 손에 끝이 뾰족하고 날이 짧은 칼을 하나씩 들고 있는 게 전부였다. 그리고 브엉 형의 무기는 대나무 막대기뿐이었다. 곰은 힘이 아주 셌고 대략 200킬로그램쯤 되어 보였는데 상처를 입은 탓에 매우 사나워져 있었다. 녀석의 타격은 아주 무서웠지만 다행히도 우리 넷 중 아무도 맞지 않았다.

비엥은 매우 영리했다. 그는 우리 세 사람에게 곰의 갈비뼈와 등 뒤에서 칼로 찌를 수 있는 상황을 만들어주기 위해 곰의 눈앞에서 연신 칼을 휘두르며 위협했다. 한번은 곰이 쓰러진 틈을 타서 내가 녀석의 목덜미를 정확히 한 번 찔렀다. 칼이 완전히 들어갈 정도로 세게 찔렀다. 곰이 뒤로 쓰러졌다. 비엥이 순식간에 달려들어 녀석의 심장 가운데에 칼날을 똑바로 꽂았다. 곰은 무서운 비명을 지르더니 넘어져 굴렀다. 양쪽 입가에서 피가 뿜어져 나왔다. 비엥이 녀석의 양쪽 갈비뼈를 두세 번 더 찔렀다. 몇 차례 몸부림을 치더니 곰은 죽어버렸다.

우리 넷 모두는 완전히 지쳤고 팔다리가 녹초가 되어버렸다. 브엉 형은 창백해진 얼굴로 금방이라도 울 듯이 입을 벌린 채 삐죽이며 웃었다. 이후에 나는 서로 다른 상황에서 아주 많은 승전의 웃음을 목격하게 되었는데 그 모든 웃음이 전부 금방이라도 울 듯이 입을 삐죽이며 웃는 웃음이었다. 그 웃음은 언제나 나에게 가늠할 수 없는 두려움과 감동을 주었다……

브엉 형은 칼로 곰의 배를 갈라 쓸개를 꺼냈다. 손가락 네마디만 한 쓸개에는 물이 가득 들어 있었다. 브엉 형은 아주 좋아하면서 끈 하나를 꺼내 곰의 쓸개를 묶은 후 곧바로 목에 걸었다.

바로 그날, 우리는 짐을 정리한 후 곰을 메고 농장으로 돌아가 툭 씨의 집으로 갔다.

우리는 새벽 2시에 툭 씨의 집 문을 두드렸다. 마치 축제 때처럼 많은 이웃이 몰려왔다. 찐 씨가 말했다. "정말 벌목꾼 아저씨들한테 졌어요 졌어. 이렇게 커다란 곰을 쓰러뜨리다니." 브엉 형이 말했다. "지금 곰 가죽을 벗기고 잔치를 열어서 주위 사람들 모두 초대해도 될까요, 툭 누님?" 툭 씨가 말했다. "더할 나위가 없지요. 이 촌락에는 열 집이 있어요. 모두들 와준다면 우리 집에 너무 영광이죠."

모두 모여 곰을 요리했다. 곰 고기는 아주 살이 많고 고소했다. 툭 씨는 발 네 개와 뼈를 전부 때려 넣고 죽을 한 솥 끓였다. 찐 씨가 말했다. "이 죽 한 그릇에 호랑이 뼈로 만든 고약 100그램과 같은 영양이 들어 있다고!"

투이엣 씨도 참석했다. 그는 10리터들이 곡주 한 통을 들고 왔다. 투이엣 씨가 말했다. "오늘 오후에 떤럽생산단에 갔는데 왠지 모르게 이 술 한 통을 가져오고 싶더라고. 바로 하늘의 계시였구먼. 보통 때에는 누가 술을 권하면 호통을 쳐주는데 말이야." 브엉 형이 말했다. "어르신께 여쭙니다. 뇌물 주는 사람들에게 호통을 치지 마십시오. 그들은 진심이지만 어리석지요. 대인이라면 스스로 가엾게 여기고 그들을 받아주셔야지요."

모두들 아주 즐겁게 술을 마셨다. 브엉 형은 술을 마실수록 흥분했다. 브엉 형이 말했다. "내가 천막 안에 앉아 있는데 말

이야, 곰이 다가오는 거야. 녀석이 다짜고짜 안으로 들어왔는
데 나는 너무 놀라가지고, 나무 막대기를 집어 들고 닥치는 대
로 계속 집어 던졌지." 툭 씨가 말했다. "그럼, 무섭지 않았어
요?" 브엉 형이 말했다. "무서웠죠. 하지만 생각했죠. 제기랄,
사는 거 너무 지겹네. 살아도 이 모양이고 죽어도 이 모양인
것을. 또 모르지. 결심만 한다면 무서운 짐승을 잡을 수 있을지
도. 그것도 인생의 기적인 거죠. 아무나 할 수 없는." 모두들 웃
었다. 하노이에서 놀러 온 투이엣 씨의 남동생인 캉도 앉아서
술을 마셨다. 그가 브엉 형에게 농담으로 물었다. "그럼, 아저
씨가 선한 일, 의로운 일을 한 게 전부 세상에 싫증이 났기 때
문인 거죠?" 브엉 형이 되받았다. "형씨, 지금 진짜로 묻는 겁
니까 아니면 비꼬아서 묻는 겁니까?" 캉 씨가 웃었다. "진짜
로 묻는 겁니다." 브엉 형이 진지한 표정을 지었다. "제가 하나
묻겠습니다. 그럼 형씨는 무슨 일을 합니까?" 캉 씨가 말했다.
"저는 하노이에서 미학을 가르칩니다." 브엉 형이 말했다. "그
것도 직업입니까? 제 생각에는, 아름다움에 관한 학문은 완전
히 무형이고 실재하지 않는 것입니다. 실질적으로 형씨의 전공
은 사기나 치는 것이죠. 일전에 나는 체르노빌*인가 뭔가 하는
사람의 책을 읽었는데, 그자가 말합니다. '아름다움은 삶이다'
라고. 이 말은 그 안에 커다란 웃음을 간직하고 있지요. 형씨는

---

* 브엉이 헷갈린 것이다. 실제로 이것은 N.G. 체르니솁스키를 말한다(원주). 니콜
라이 가브릴로비치 체르니솁스키(Николай Гаврилович Чернышевский, 1828~1889)
는 러시아의 사상가이자 문학자. 문학, 철학, 경제, 정치 등 다양한 분야에서 연구
활동을 펼쳤으며, 유물론적 미학을 주장했다.

미학을 가르친다고 했는데, 그럼 그 웃음을 발견하셨습니까?"
캉 씨가 말했다. "죄송합니다. 저는 아저씨와 같은 지식을 갖추
지 못했습니다." 브엉 형이 말했다. "이봐요, 캉 씨. 가서 엄마
젖 좀 더 먹고 오세요." 툭 씨가 말했다. "됐어요 됐어. 브엉 씨,
'이화위귀以和爲貴'*를 좀 존중해주시죠." 브엉 형이 웃었다. "누
님 말씀 듣겠습니다."

송 씨가 왔다. 모두들 들어와서 술 한잔하라고 청했다. 송 씨
가 웃었다. "그럼 아저씨들은 와서 나무 쪼개는 일을 계속 더
할 건가요 아니면 곰을 쓰러뜨린 걸로 끝낼 건가요?" 브엉 형
이 말했다. "저희는 형님의 나무를 쓰러뜨려 드렸으니 그걸로
끝입니다. 나머지 톱질이야, 형님도 노동자니까 스스로 하실
수 있다는 걸 저희는 알고 있습니다." 송 씨가 말했다. "맞습
니다."

툭 씨가 말했다. "제가 나무를 잘라서 사당을 세우는 곳을
한 곳 알고 있어요. 우선 배불리 먹고 마신 후에 제가 알려드
릴게요." 브엉 형이 말했다. "저희들은 진심으로 성심을 다해
일합니다. 나무를 잘라서 신령님께 바치게 된다면, 그건 복이
고, 정을 두텁게 하는 일이기도 하죠. 무엇으로 갚을 수 있겠습
니까?"

툭 씨가 말했다. "정은 정으로 갚아야죠. 조물주의 뜻에 어긋
남이 없고, 밑바닥까지 충실하다면, 진흙탕에서 뒹굴더라도 인
간으로 불리지 못할까 두렵지 않겠죠." 브엉 형이 말했다. "응

---

* '화목' '화합'을 귀하게 여긴다는 뜻.

232

옥아, 너 이 문장 적어둬라. 형식은 불명확하지만 뭔가 내용을 담고 있는 것 같아."

다 먹고 마신 후 우리는 쓰러져 잠이 들었다. 나에게도 잠이 곧바로 찾아들었다. 꿈속에서 나는 우리 벌목꾼 5형제가 일곱 빛깔 무지개 위를 걷고 있는 모습을 보았다. 천사들이 달려 나와 우리를 맞이했다. 푸른 옷, 붉은 옷이 펄럭펄럭 휘날렸다. 천사 한 명은 얼굴이 꾸이와 아주 비슷했다. 나와 친한 사람들이 길 양편에 서 있었다. 전에 내가 사랑했던 그녀의 모습을 보고 나는 깜짝 놀랐다. 그녀는 내 쪽으로 달려오면서 두 팔을 벌려 나를 맞이했다. 내 가슴에 머리를 파묻은 그녀는 울음을 터뜨렸다. "응옥 오라버니, 수많은 고통과 수치심을 겪은 후에야 저는 이해하게 되었어요. '나 혼자뿐이야, 나머지는 타인들이고'라고 했던 오라버니의 말을요." 나는 미소를 지었다. 그녀의 작은 손을 내 손으로부터 떼어내고 나서 나는 말했다. "너는 극단적이야. 전혀 그렇지 않아. 나는 그저 작고 힘없는 모래알일 뿐이야…… 내가 너에게 좋은 것을 가져다주지 않을 수도 있어. 어서 가. 너에게 주어진 운명의 길을 가라고." 나는 그녀를 밀쳐냈다. 나는 냉담한 내 심장 때문에 정말로 당황스러웠다.

우리는 일곱 빛깔 무지개 위를 계속 걸어갔다. 길가에 흰꽃 양제갑이 셀 수 없이 많이 피어 있었다. 흰 빛깔이 근심스럽고 심란해 보이기까지 했다. 이봐, 양제갑, 천 년 후에도 너는 그렇게 새하얄 거니?

우리는 걸었다. 계속 걸었다…… 우리 눈앞에 있는 저것이 분명 하늘의 문, 천국의 문이라는 걸 나는 알았다……

그때 이후로 운명은 나를 다른 방향으로 이끌었다. 나는 더이상 벌목을 하러 다니지 않았고 다른 일로 자리를 옮겼다.

농촌의 교훈들

내 어머니는 농사꾼이다,
그리고 나는 농촌에서 태어났다……
——서술자

열일곱 되던 해에, 고등학교를 졸업하고 나서 나는 N성 타익다오촌 냐이 마을에 있는, 같은 반 친구였던 럼의 집에서 여름휴가를 보내게 되었다.

냐이 마을은 까인 강변에 자리해 있다. 물이 마르는 계절이면 헤엄을 쳐서 건널 수 있고 가장 깊은 곳이 사람 가슴 정도 높이밖에 되지 않을 만큼 낮은 강이다. 마을 끝자락의 작은 골목 안 깊숙한 곳에 위치한 럼의 집에는 개망초가 심어진 울타리가 둘러쳐져 있었다. 짚으로 지붕을 이고 흙으로 벽을 발라 곁채를 이어 붙인 세 칸짜리 집이었다. 집 안에 물건이라곤 아무것도 없었다. 집 가운데에 볍씨를 담아놓은 커다란 함이 놓여 있고 양편에 대나무 침상 네 개, 벽에 붙은 옷걸이에 걸쳐 있는 옷가지가 전부였다. 집 안에 장식품이라곤 비단 위에 어린아이 댓 명이 복록수福祿壽* 세 노인에게 복숭아를 바치는 모습을 그린 오래된 그림 한 점이 유일했다. 유리가 끼워진 그림 액자에는 거미줄이 잔뜩 쳐져 있었다. 오래된 거울은 흐릿해졌고 표면에는 파리똥 자국이 가득했다.

럼의 집에는 사람이 많지 않았다. 럼의 할머니는 연로했다. 럼의 부모님은 농사를 지었다. 군에 입대한 럼의 형에게는 히엔이라는 아내가 있었는데, 히엔 누나는 럼의 집에 시집온 지 이제 겨우 반년이 되었다. 럼에게는 동생이 둘 있었다. 카인은 열세 살이었고, 띠엔은 네 살이었다.

내 집은 도시에 있다. 농촌에 와서 지낼 기회가 별로 없었기 때문에 나로서는 이번에 럼의 집에 오게 된 것이 너무나도 즐거웠다. 내 아버지는 선생님이고 (예전 봉건시대 관리 집안 출신인) 어머니는 집에서 살림을 하면서 아버지의 '조교' 역할을 하고 있다. 부모님은 내가 더 많이 공부하기를 원한다. "공부를 해야 덜 힘들단다 얘야." 어머니는 그렇게 말한다.

이번에 처음으로 나는 집을 멀리 떠났다. 내 어머니가 럼에게 일러두었다. "애가 아직 어리잖니. 무슨 일이 있으면 네가 저 애를 좀 도와주렴." 나는 럼을 바라보며 웃었다. 럼은 나보다 어렸다. 럼은 나보다 넉 달 늦게 태어났는데 몸집은 나보다 컸다.

럼의 가족은 진심으로 나를 맞아주었다. 히엔 누나가 밥상

---

* 베트남어로는 푹록토phúc lộc thọ. 복福과 녹祿(녹봉)과 수명壽命을 가리킨다.

두 개를 차렸다. 뒷간에 올려놓은 상은 럼 부자와 나를 위한 것이었다. 마당에 차려진 상은 럼의 할머니, 어머니, 히엔 누나, 카인과 띠엔을 위한 것이었다. 찬은 물미모사*를 넣고 끓인 게국, 까파오,** 볶은 새우 등등이었다. 우리 상에는 럼 아버지를 위한 술안주로 땅콩 몇 개와 파릇한 구아바 두 개가 더 올라왔다.

히엔 누나가 말했다. "어르신들, 편히 잡수세요." 띠엔 녀석이 졸라댔다. "나도 어르신들 하게 해줘!" 럼의 어머니가 밀쳐냈다. "버릇없이! 잠지가 그렇게 고추만 한데 어떻게 어르신들을 한다는 거야?" 카인이 입을 막고 웃었다. 나는 얼굴을 붉혔다. 럼의 아버지는 한숨을 쉬었다. "어르신들은 전부 잠지가 크다……" 모두들 배꼽을 잡고 있는데 럼의 아버지만은 웃지 않았다. 그의 얼굴은 검게 그을었고 피곤해 보였지만 우울이라고는 하나도 없이 평안하고 순탄했다. 띠엔 녀석은 울음을 터뜨렸다. 히엔 누나가 녀석을 얼렀다. "울지 마! 형수가 띠엔한테 이 게 집게발 줄게." 띠엔 녀석은 고개를 흔들었다. "으으……게 집게발이 너무 작잖아." 히엔 누나가 말했다. "내일 내가 시장에 가서 띠엔한테 땀꿕*** 한 벌 사줄게!" 럼의 어머니가 말

---

* 콩과의 여러해살이풀. 수생 식물로 벼처럼 재배하며, 어린순, 어린잎과 뿌리를 주로 먹는다.

** 까파오cà pháo: 화초가지(계란가지 또는 백가지). 여기에서 말하는 '까파오'는 약간의 설탕과 고추를 넣은 소금물에 까파오를 넣고 발효시킨 후 반찬으로 먹는 '까파오 무오이(소금 화초가지)'를 가리킨다.

*** 땀꿕tam cúc: 베트남 북부 지역에서 보편적으로 즐기는 카드놀이 중 하나. 놀이 규칙이 다소 간단하고 카드의 개수가 적어 여러 계층의 사람들이 즐긴다.

했다. "도박은 가난한 자의 아버지라고 했다. 애한테 땀꾹 사주지 마라. 녀석이 커서 도박에 빠지기라도 하면 큰일이야! 회초리나 사주거라!" 띠엔 녀석은 다시 울음을 터뜨렸다. "땀꾹 사줘." 히엔 누나는 럼의 어머니를 바라보고는 공모자의 눈빛을 감추며 말했다. "그래, 땀꾹 사줄게." 럼의 할머니가 말했다. "옛날에 돈내기 땀꾹에 빠진 하이쩹이라는 뱃사공이 있었는데, 처음에는 돈을 잃다가 다음에는 밭을 잃고 집까지 잃고 그 아내까지 집을 나가버렸지. 그러자 밤에 배에 나가 앉아서 울었어. 자기 인생에 화가 나서 속죄하고 싶었던 하이쩹은 칼로 자기의 불알 두 개를 싹둑 잘라 강에 던져버렸지. 그이의 아내는 그래도 절대 돌아오지 않았어." 럼의 어머니가 말했다. "그 여자도 참 야박하네요." 럼의 할머니가 말했다. "야박하기는? 불알 두 개는 귀한 재산인데 잃어버리고 나면 어디에서 찾겠냐?" 히엔 누나가 웃었다. "끔찍해라. 할머님 이야기를 들으니 오싹하네요."

식사 시간은 금세 지나갔다. 카인은 냄비 바닥을 싹싹 긁었다. 히엔 누나가 나에게 물었다. "많이 먹었니, 히에우?" 나는 고개를 끄덕였다. "저 네 그릇이나 먹었어요. 하노이에서는 세 그릇밖에 안 먹거든요." 럼의 어머니가 말했다. "장정이 네 그릇 먹는 걸로는 부족하지. 우리 집 아저씨는 꾹꾹 눌러 담아서 아홉이어야 하거든. 나도 여섯 그릇은 먹어야 배가 부른데 말이야." 히엔 누나가 말했다. "제가 어머님께 졌네요. 저는 많이 먹어야 세 그릇이거든요." 럼의 할머니가 말했다. "더 먹어라 얘야. 남자라는 인간들은 전혀 우리를 아껴줄 줄 모르니까.

술 마실 때는 우리보다 상석에서 상을 받으면서, 잘 때는 우리를 올라타잖니." 럼의 아버지가 나무랐다. "노친네도 참 웃기시네!" 럼의 할머니가 투덜거렸다. "웃기기는, 이 자식이! 내 나이가 80인데 틀린 말을 했다는 거냐?"

오후가 됐다. 럼의 아버지가 나에게 말했다. "너랑 럼이랑 연 날리는 거 보고 싶으냐?" 럼의 어머니가 말했다. "부탁 좀 드릴게요. 볍씨 몇 통만 갈아주세요." 히엔 누나가 말했다. "아버님 그냥 두세요. 제가 갈아드릴게요. 집에 손님이 오는 게 몇 번이나 된다고요." 럼의 아버지는 부엌 구석에서 바구니 배*만 한 크기에 수제 종이를 바르고 내 집게손가락만큼 굵은 연줄이 얼레에 감겨 있는 연을 꺼냈다. 럼은 구리로 만든 연 피리 세트**에 빛이 나도록 모래로 광택을 냈다. 럼의 아버지는 얼레를 옷 안에 넣었다. 햇볕이 사그라질 때를 기다려 우리는 들판으로 나갔다. 들판에는 추수가 끝나고 그루터기만 쓸쓸히 남아 있었다. 지평선 쪽에서는 구름이 뭉게뭉게 불처럼 붉게 빛났다. 논밭의 표면은 갈라졌다. 들판 전체가 진한 땅 냄새를 내뿜고 있었다. 마을 아이들이 와르르 따라 나왔다. 못가에서 볏짚을 널고 있던 노인 몇도 하던 일을 멈추고 서서 바라보았다. 누군가가 말했다. "바딘 영감 또 저러네." 다른 이가 말했다. "오늘 바람이 좋잖아. 연이 피리를 아주 잘 불 거라고."

---

* 베트남의 어촌에서 보편적으로 사용하는 작은 배. 길게 쪼갠 대나무를 직경 1~3미터의 동그란 바구니 모양으로 엮어 만든다.

** 연 끝에 작은 것부터 큰 것까지 네댓 개의 피리를 크기 순서대로 차례로 달아 바람을 타고 연이 날아오를 때 피리 소리가 나도록 만든 것.

웃옷을 벗고 반바지를 입은 럼의 아버지는 근육이 몽글몽글했다. 그는 커다란 얼레를 어깨에 걸쳤다. 나와 럼은 힘겹게 연을 날렸다. 럼의 아버지가 말했다. "덤띠엔 흰개미언덕에 올라가서 날리자." 럼이 나에게 말했다. "너는 서서 구경해." 럼은 높은 흰개미언덕 위에 올라서서 바람의 방향을 고른 후 높은 곳을 향해 손으로 연을 밀어 올렸는데 그 모습이 마치 춤추는 사람처럼 보였다.

나는 럼의 아버지를 따라 달렸다. 그는 몸을 뒤로 넘어뜨리면서 연줄을 강하게 잡아당겼다. 연이 빙글빙글 돌면서 떨어졌다. 럼의 아버지는 잽싸게 오른쪽으로 달려가서는 이쪽과 저쪽 두렁을 뛰어다녔다. 연은 상공에서 사선으로 길을 갈랐다. 럼의 아버지가 왼편으로 뛰어갔다. 연은 또다시 비스듬히 길을 갈랐다. 한동안 출렁이던 연은 둥실둥실 곧게 솟아올랐다. 럼의 아버지는 얼레를 풀었다. 벌거벗은 등판 위에 땀이 송골송골 맺혔다. 그는 가쁜 숨을 내쉬었다. 달리고, 넘어지고, 또 달리고, 또 넘어지고.

럼의 아버지를 따라 달린 나는 힘들어서 숨이 끊어질 것 같았다. 그는 말없이, 무모할 만큼 열심히, 힘겹게, 인내하며, 마치 지금 하는 일이 매우 어렵고 아주 심혈을 기울여야 하는 일임을 잘 아는 사람인 양 한창 추수 중인 논밭을 건너다니고 도랑을 헤쳐 지나갔다. 얼레가 점점 풀렸고 연은 최고로 높은 곳까지 올라갔다. 그곳에서는, 어려움을 유발하고 위험하며 예측 불가능성을 가득 품고 있는 바람이 더 이상 불지 않았다. 거기에는 자상하고 고상하며 도량이 넓고 포용력이 있으면서도 평온한, 다른 종류의 바람이 불었다. 녀석은 땅을 깔보려는 듯, 땅에게 인사를 하려는 듯, 한 번 몸을 숙이더니 조용히 일어서서 홀로 피리를 불었다.

이건 피리 소리, 피리 소리
노래는 어떻게 부르는 건지 아는 이가 있는가?
가느다란 실 하나로 땅에 묶여
언제 끊어질지 전혀 모른 채
이리저리 흔들리며 비상한다
연밖에 없으니, 연아
인생의 가벼움은 느낄지언정
아무도 해하지 않는다
푸르름 속에 불안정한 채로
작고 작은 퉁소를 만든다
그들이 하늘을 올려다보도록
아픔과, 심지어 영광까지도
그저 너를 더 예민하게 해서
계속 노래를 불러라
만족스러울 때까지
운명은 이미 정해져 있으니까
그 어느 연줄이든 한 번은 끊어지지 않겠는가?

연은 안정적으로 움직이기 시작했다. 연줄은 활처럼 느슨해졌다. 럼의 아버지는 둑 위로 올라가 길을 따라가며 연을 마을

쪽으로 옮겨 갔다. 손에 줄을 잡고 마치 막 물소를 치고 돌아오는 사람처럼, 심지어 더 이상 뒤편은 돌아보지 않는 채로 그는 말없이 걸었다. 하늘은 온통 피리 소리에 잠겼다. 진흙이 잔뜩 묻어 꾀죄죄한 그의 모습을 나는 존경스럽게 바라보았다. 내가 보기에 그가 방금 정복한 거리는 못해도 9 내지 10킬로미터는 되는 것 같았다.

마을 초입에 다다르자 럼의 아버지는 얼레 실 끝을 박혀 있는 대나무 말뚝에 단단히 묶어두고 그제야 눈을 들어 하늘을 바라보며, 높은 곳에 말없이 서 있는 연을 만족한 모습으로 주시했다. 잠시 후, 그는 연을 내버려 둔 채 강 쪽으로 내려갔다. 그는 옷을 전부 벗고 바지를 목에 맨 후 한 손으로 아랫도리를 움켜쥔 채 물속으로 헤엄쳐 들어가서는 단숨에 잠수를 해서 강 한가운데까지 가서야 머리를 내밀었다. 잠시 멈춘 사이, 나는 그 순간 그가 연을 보았다고 확신한다. 그는 뭐라고 한마디를 외치고는 이번에는 단숨에 잠수를 해서 사라져버렸다. 강 수면은 흐릿해져 갔고, 어둠이 풍경과 사물을 뒤덮기 시작했다.

나는 혼자 낯선 길을 걸어 마을 안으로 들어왔다. 어둑어둑하게 어둠이 내렸다. 공간에는 부드럽지만 비밀스러운 감정이 넘쳐흘렀다. 나무는 길 쪽에 드리워졌다. 나는 내가 지금 살고 있는 시간을 확정할 수가 없었다. 내 안에는 내가 늘 살아왔던 도시의 이미지는 하나도 없었고, 심지어 내 아버지, 어머니의 사랑스러운 얼굴마저 잊어버렸다. 오늘 아침에 나와 럼을 도시에서 여기까지 실어다 준 배편까지도 나는 잊어버리고 말았다.

그렇지만 내가 집을 떠난 건 이번이 처음이었다…… 엄마저도
잊어버렸다……

　됐어 잊어, 잊어버려
　밤이 내리네― 시간을 지우는 위대한 삭제자
　나를 낳게 한 우연부터 우선 지워
　사물에 매인 나의 구속을 지워
　쓸모없는 모든 것을, 뻔뻔스러운 어느 날의 부끄러움을 지
워버려
　지워…… 지워버려
　마음속 실들을 다시 묶어
　어떻든 밤에는 표류하기 마련이니까
　잠을 자는 동안 영혼은 저 혼자서 이리저리 방황해야 하지
　짐은 없고
　더는 몸으로 돌아가지 않은 채
　어떤 윤회가 기다리고 있을까?
　그리고 어떤 공간이 담겨 있을까?

　럼의 집에서는 럼의 어머니가 마당에 나와 쌀을 키질하고
있었다. 럼의 할머니는 해먹에 누워 띠엔을 재우는 중이었다.
카인은 대나무 평상 위에서 잠들었다. 럼의 아버지는 앉아서
대나무를 쪼개고 있었다. 럼의 어머니가 말했다. "럼이 너를
한참 기다렸는데. 그물 쳐서 새우를 잡으러 가려고 말이야. 녀
석은 벌써 갔어." 히엔 누나는 별채에서 쌀을 찧고 있었다. 누

나가 나에게 말했다. "히에우, 바쁘지 않으면 와서 나 좀 도와줄래."

나는 별채로 들어갔다. 어두워 흐릿했다. 집 안에는 자그마한 등잔불을 켜놓은 것이 전부였다. 묵직한 나무로 만들어진 쌀을 찧는 절구는 길이가 2.5미터였으며 입구는 쇠 덮개로 덮여 있고 서서 쌀을 찧는 사람이 자기 발힘으로 누르면서 사용할 수 있도록 가운데에 페달이 있었다. 히엔 누나가 물었다. "쌀 찧어본 적 있니?" 내가 말했다. "아직요." 히엔 누나가 말했다. "여기 서봐. 손은 밧줄을 꽉 붙들고." 내가 말했다. "쌀 찧는 것도 쉽네요." 히엔 누나가 웃었다. "히에우는 몇 살이니?" 내가 말했다. "저 열일곱요. 럼하고 동갑이에요." 히엔 누나가 한숨을 쉬었다. "나는 히에우보다 세 살이 많아. 그러니 늙었네. 여자는 그저 한 철이야. 난 너무 두려워…… 나랑 자리 바꾸자 히에우. 쌀 찧을 때 남자가 여자 앞에 서는 거 봤니?" 히엔 누나가 웃었다. 땀 냄새가 아주 가까이에서 났고, 히엔 누나의 양쪽 가슴이 부드러운 감촉으로 내 등을 누르자 나는 몸을 움츠렸다.

히엔 누나는 작은 소리로 속삭였다. "시골집에서 사는 건 너무 우울해. 나는 하노이에 딱 한 번 가봤어. 그때는 아직 결혼하기 전이었는데 재미는 있었지만 무서웠지. 하노이 사람들은 전부 다 못돼 보이더라. 그날 버스터미널에서 우리 아버님 나이 정도 되었는데, 안경을 끼고 콧수염을 기른 아저씨가 말하는 거야. '아가씨, 아가씨 나랑 같이 가자.' 나는 너무 무서워하며 말했지. '이 아저씨 참 웃기네.' 그 사람이 웃더라. '미안. 난 또 아가씨가 길 잃은 소*인 줄 알았지.' 난 길 잃은 소가 뭔지 전혀 모르겠더라고. 그러고 나서 떤 오라버니(그러니까 내 남편 말이야)가 나타났고, 그 아저씨는 슬그머니 없어졌지. 나는 떤 오라버니에게 이 이야기를 했어. 떤 오라버니는 갑자기 얼굴이 어두워지더니 말했어. '도시 것들은 전부가 못 배워먹었다니까.' 나는 뭐 어떤지는 모르겠지만 도시 사람들은 누구든 말을 잘하고 작은 일에도 미안하다고 하더라고."

히엔 누나는 다시 속삭였다. "시골집에서 가장 무서운 건 따분함이야. 일하는 건 전혀 무섭지 않아. 너무 따분해서 몸이 축 처질 때가 많지. 그때, 떤 오라버니가 입대했을 때 말이야, 난 너무 따분해서 자살하려고 했었어. 나는 혼자 옥수수밭으로 가서 푸른베짱이개미집이 있는 곳에 누웠어. 푸른베짱이개미한테 물리면 틀림없이 죽을 거라고 생각했지. 근데 안 죽었어. 개미가 날 불쌍하게 여겼던 거겠지? 분명히 개미가 보기에 내가 너무 젊어서 죽으면 아깝다고 생각했을 거야." 히엔 누나는 웃었다. 내 마음은 저려오면서 쓰라렸다. 나는 내 아버지 생각이 났다. 아버지는 콧수염을 기르고 안경도 자주 낀다. 그리고 내 어머니는, 만일 어머니가 개미집 옆에 누워 있었다면 반드시 죽었을 것이다. 어머니는 심하게 자주 꼼지락거린다. 푸른베짱이개미들은 꼼지락거리는 사람을 좋아하지 않는다……

히엔 누나가 말했다. "시골집에서 즐거울 때도 있긴 있지. 째

---

* 어떤 일 때문에 얼이 빠져 길을 헤매는 여자를 이르는 말.

오*나 뚜옹** 공연이 있을 때면 진짜 엄청 재미있다니까.「떤흐엉리엔 판결」***을 공연하던 때가 생각나네. 난 메뚜기 한 봉지를 볶아서 가져갔어. 메뚜기볶음이 얼마나 맛있는데. 나랑 르억이랑 투랑, 셋이서 먹으면서 서서 봤지. 쩐시미는 박정해. 관리면서도 아내를 무시했잖아. 다행히 바오꽁이 있었지. 만약에 바오꽁이 없었다면 그 인생은 계속 부조리하지 않았을까?" 히엔 누나는 잠깐 멈추더니 갑자기 웃음을 터뜨렸다. "주에동에서 온 청년 몇이 우리 뒤에 서 있었는데 말이야. 한 놈이 르억의 엉덩이에 성기를 비벼대는 거야. 르억이 말했어. '뭐 하세요?' 그 인간도 뻔뻔스럽더라고. 태연하게 말하는 거야. '협력 주임 일을 합니다.' 르억이 욕을 했어. '그만하세요.' 그자가 다시 말했어. '인민이 신임을 해주면 계속할 겁니다.' 주위 사람들이 웃었어. 르억이 밖으로 달려 나갔는데 바지 뒤쪽이 흠뻑 젖어 있더라고. 그 애는 너무 무서워했어. 다른 게 아니라 임신이

---

* 째오chèo: 베트남 북부 홍Hồng강 델타 지역을 중심으로 발전한 전통 종합무대예술. 하층 민속극인 째오는 10세기경 민간의 음악과 춤을 기반으로 발생하여 19세기에 절정을 이루었다. 관객의 적극적인 참여를 유도하는 방식으로 극이 진행된다.

** 뚜옹tuồng: 베트남 전통 악극의 한 유형. '핫보hát bộ' 또는 '핫보이hát bội'라고도 불린다.

*** 「떤흐엉리엔 판결Tấn Hương Liên xử án」: 중국 경극 중 하나. 떤흐엉리엔은 가난한 서생인 쩐테미Trần Thế Mỹ(또는 쩐시미Trần Sĩ Mỹ)와 혼인하여 아이 둘을 낳고 성심으로 남편의 공부를 뒷바라지하여 마침내 과거에 급제하게 만든다. 하지만 과거에 급제한 쩐테미는 공주와 혼인을 하고 자신을 찾아 수도에 올라온 아내와 자식들을 쫓아버린다. 억울한 떤흐엉리엔은 바오꽁Bao Công에게 판결을 요청한다. 이를 알아차린 쩐테미는 사람을 보내 떤흐엉리엔과 두 자녀를 죽이려 하지만 실패로 돌아가고, 결국 교수형을 당하게 된다.

되면 죽음이었으니까. 그래서 집에 돌아오자마자 바로 바지를 벗어 던지고 연못으로 뛰어들었지. 그게 떤흐엉리엔과 쩐시미의 전부야."

히엔 누나가 말했다. "그렇게 숨 쉬지 마 히에우. 아주 깊게 숨을 들이마셨다가…… 천천히 내뱉어. 우리 마을에서 꼭다이 풍*을 연마하는 소령님처럼 숨을 쉬라고. 소령님 이름은 '바'인데 퇴역했고 아주 뚱뚱하지. 아침마다 반바지를 입고 마을 주위를 뛰면서 크게 외쳐. '하나, 둘, 셋, 넷…… 건강!' 한번은 나랑 투랑 모내기를 하러 갔었거든. 겨우 새벽 4시였는데 바 아저씨가 길에서 뛰고 있는 게 보이더라고. 바지 끈이 끊어져서 아저씨는 바지를 붙잡고 뛰고 있었어. 투가 말했어. '아저씨, 아저씬 60세가 됐는데 건강해서 뭐 하시려고요?' 바 아저씨가 말했어. '가족을 지키려면 건강해야지. 자네들은 내 아내가 이제 겨우 마흔 살인 걸 모른단 말인가?' 그랬지만 좋은 사람이었어. 남을 돕는 걸 좋아했지…… 사람들이 그러는데, 늙어서가 아니라 지능이 떨어져서 은퇴한 거래. 듣자 하니 나라에서 이제는 젊고 배운 사람들만 직원으로 받는다고 하더라고."

히엔 누나는 또 말했다. "왜 여자는 남편을 얻어야 하는 걸까? 나처럼 말이야. 남편이 멀리 가버리면 남편을 얻었어도 없는 거나 마찬가진데 말이야. 남편을 얻었지만 남편을 버린다면

---

* 꼭다이퐁Cốc Đại Phong: 스스로 온몸의 혈 자리를 지압하고 문지르면서 건강을 유지하고 각종 병을 치료하는 중국식 수련법.

좋은 거니? 히에우야 말해봐." 나는 말했다. "아니요." 히엔 누나가 말했다. "맞아. '강물에 떠가는 대나무는 부서지지 않으면 꺾어진다. 남편을 헐뜯는 여자는 이런 악이 있지 않으면 저런 병이 있다.'" 나는 물었다. "그게 무슨 뜻이에요, 누나?" 히엔 누나가 말했다. "여자는 아무것도 아니라는 거지. 하지만 남자 역시 많은 이가 별 볼 일 없어. 가난한 데다 재능도 없는데 고상한 남자를 남편으로 얻으면 아주 무서울 거야. 그건 농담하 듯 쉽게 여자의 삶을 박살 내버리지." 내가 물었다. "누나는 왜 그렇게 생각하세요?" 히엔 누나가 말했다. "내가 그런 게 아니 야. 그건 찌에우 선생님이 하신 말씀이야. 찌에우 선생님은 야학을 가르치는데, 선생님이 여자에게 고상한 마음은 필요하지 않다고 말씀하셨어. 여자에게는 어루만지는 손길을 통한 공감 이 필요하고, 현금을 통한 도움이 필요하다고 말이야. 그런 게 사랑이야. 고상한 마음은 정치가들이나 위한 거지. 정치가 고 상하지 않으면 아주 무섭지. 정치란 사람들이 안심하고 살기 위해 들여다보는 거잖아."

나는 너무너무 졸렸다. 내가 언제 잠이 들었는지 기억조차 나지 않았다. 정신이 들었을 때 나는 극도로 고요한 텅 빈 방 안을 보고는 당혹스러웠다. 아무도 집에 없었다. 나는 세수를 한 후 이곳저곳을 들여다보았다. 별채에는 쌀 찧는 절구 옆에 흰쌀 몇 통이 쌓여 있었다. 연은 날개가 너덜너덜 찢어진 채 내팽개쳐져 있었다. 피리도 보이지 않았고 얼레도 전혀 보이지 않았다. 부엌에는 삶은 고구마와 까파오 네댓 개가 있었다. 분명 나를 위해 남겨놓은 것 같았다. 나는 고구마와 까파오를 먹고 안채로 돌아와 앉았다. 어린아이 댓 명이 복록수 세 노인에게 복숭아를 바치는 모습을 그린 그림은 대량으로 인쇄한 후 중국어 캡션을 단 수채화였다. 나는 까만 수염에 통통한 볼, 건강한 몸과 말하는 듯한 눈을 가진 록 노인이 제일 좋았다. 만일 말을 한다면, 록 노인은 이렇게 말할 것이다. "됐어, 난 분명히 알았네. 모두 진정들 해야지. 우리 상의를 합시다. 날 속이려 들지 말고."

마당에서는 닭 몇 마리가 볍씨를 쪼아먹고 있었다. 조용했다. 아무런 소리도 없었다.

멈춰, 모든 걸 멈춰
혼란스러운 삶의 소리를 모두 정리하자
잠깐 멈춰
절대적인 고요함에 귀를 기울이면
내가 얼마나 작은지 보게 될 거야
나는 그저 작디작은 선善의 씨앗 하나인 것을
하나의 작은 선으로, 어찌 이익을 얻을 수 있을까?
하나의 작은 선으로, 어찌 저항을 할 수 있을까?
어머니가 남겨주신 자산은 작고 초라해서
어두운 한구석에 비밀스럽게 감춰두었지
그 양심의 어두운 한구석은
밤낮으로 몰래 울어 목이 쉬었다네······

10시쯤 되자 럼의 할머니와 카인 그리고 띠엔이 돌아왔다.

럼의 할머니가 말했다. "셋이서 절에 다녀왔다. 노스님이 오안*
을 주셨어. 카인아, 히에우에게 한 개 줘라. 히에우가 맛이라도
보게." 내가 말했다. "할머니가 드셔야죠. 전 고구마 먹었어요."
럼의 할머니가 말했다. "나는 안 먹는다. 이미 많이 먹었어. 나
이 80까지 먹는 걸 탐하면 죽을 때 너무 힘들어. 지난 4년 동
안 난 몸을 보하는 건 아무것도 먹질 않았는데도 죽지를 않
네." 할머니는 한숨을 쉬었다. "너무 늙으면 원수가 된다잖니. 나
는 왜 그렇게 노령이 두려운지. 아침마다 절에 가서 석가모니
여래에게 죽여달라고 절을 해도 그분은 고개를 저으며 받아주
질 않는구나. 결국 내가 열심히 열심히 일을 했기 때문이야. 옛
날에 내가 좀 되는대로 놀았으면 이렇게까지 되지는 않았을 텐
데. 마을에서 내 또래의 여자애들 중에 어릴 때 '갈 데까지 다
가본' 애들은 그분이 일찍 하늘로 가게 해주시더라고. 일흔 살
까지 기다릴 것도 없이 말이야. 그러니까 사는 것도 행복하고
죽는 것도 행복한 거지. 근데 나는, 일평생 단 한 거시기……
밖에 모르고 충실하고 덕이 있다는 욕을 들으면서 누구를 귀하
게 여길 줄도 모르고, 그저 늙고 오래 살아서 자식 손자 괴롭
게 할 줄만 알았으니." 나는 쓴웃음을 지었다. "할머니, 그런 말
씀 마세요." 럼의 할머니가 고개를 저었다. "넌 너무 어려. 너
도 80까지 살아보거라. 부처님은 모든 사람에게 재산을 조금

---

* 오안oản: 설이나 제사 때 부처님과 조상에게 바치기 위해 만드는 떡. 익힌
찹쌀가루와 카사바 가루를 섞어 라임을 넣은 설탕물로 반죽한 후 (뾰족한 부분
을 잘라낸) 원뿔 모양의 틀에 넣어 굳혀 만든다. 완성된 떡은 각각 빨간색, 노
란색, 초록색 등 여러 빛깔의 종이에 싸서 상에 올린다.

씩 주셨어. 누구에게나 똑같이 말이야. 이 사람에게는 여덟 랑,
저 사람에게는 반 근*씩. 건강과 덕행 역시 재산이지. 재산이
있으면 쓸 줄을 알아야지. 너무 많이 갖고 있으면 요괴가 되는
법이야. 주에동에 있는 어떤 부잣집에는 수십 킬로그램의 금이
있었는데, 아내는 미쳐버렸고 아이는 바보가 되었지. 손주와
증손주 들은 아무도 서른 살까지 살지를 못했어."

럼 부자가 쟁기질을 하러 나갔다 돌아왔다. 럼의 아버지가
물었다. "점심인데 밥 아직 안 한 거야?" 카인이 부엌에서 말
했다. "제가 지금 밥하고 있어요." 집으로 들어온 럼의 아버지
는 그릇에 물을 따라 나에게 건넸다. 그가 말했다. "아무 데도
안 가니? 계속 우리 집 노인네 이야기만 듣다가는 언젠가 미쳐
버리고 말 거다." 럼의 할머니가 말했다. "맞아. 나는 바보다."
럼의 아버지가 말했다. "바보가 아니라 악한 거죠." 럼의 할머
니가 말했다. "마음이 악한 게 무서운 거지 입이 악한 게 뭐가
무섭더냐." 럼의 아버지가 말했다. "아이들은 맑은 우물물 같은
건데 어머니가 자꾸 그 안에 자라랑 악어 같은 것들만 풀어놓
고 있잖아요. 끔찍해라." 럼의 할머니가 토라져서 말했다. "됐
다 애야. 나한테 열 마디가 있다면 여덟 마디는 악마고, 한 마
디 반은 귀신이고, 반 마디만 사람이다. 조금이라도 알아듣겠
으면 듣고, 못 알아듣겠으면 흘려듣거라."

점심을 먹고 나자 찌에우 선생님이 놀러 왔다. 그는 겨우 서

---

* 랑lạng과 근cân: 베트남에서 예전에 사용하던 단위로, 1랑은 200그램이고
16랑은 1근이다. 따라서 8랑과 반 근은 1,600그램으로 같은 양이다.

른 살이 넘은 듯 젊었고, 마른 몸에 사는 게 지겨운 사람처럼 행동했다. 힐끗 쳐다보니 히엔 누나는 그의 평탄한 시선 앞에서 몸을 움츠리고 있었다. 찌에우 씨가 나에게 물었다. "시골집에 오니 좋습니까?" 내가 말했다. "좋습니다." 찌에우 씨가 웃었다. "너무 바보 같은 질문을 했네요. 손님이신데 싫다고 말하면 바딘 아저씨가 쫓아내 버릴 테니까요." 럼의 아버지가 말했다. "내가 감히 어떻게." 찌에우 씨가 말했다. "바딘 아저씨, 아저씨 손님은 여자처럼 수줍어하네요. 상을 보니 총명하기는 한데 불행한 일이 많겠어요. 내가 하는 말 잘 들어요. 나이 먹어서 글 쓰는 길로 접어들지 마세요. 어떻게든 매를 맞게 될 테니까. 사람들이 저주할 거예요. 삼촌은 배운 자들의 어리석음을 막아낼 수 없어요. 날 봐요, 난 배운 자들의 어리석음이 얼마나 해를 끼치는지, 반동적이고 위험하고 교양도 없는지를 너무 잘 알고 있어요. 배운 자들의 어리석음은 평범한 사람들의 어리석음보다 만 배는 더 역겹죠." 내가 물었다. "왜요?" 찌에우 씨가 말했다. "왜냐하면 그것들은 변장을 하기 때문이에요. 그것들은 양심, 도덕, 미학, 사회질서의 이름을 취하죠. 심지어는 민족의 이름까지 취하기도 해요. 정치가 숭고하지 않다면 혼동할 거예요." 내가 물었다. "인민에게는 지식이 필요 없다는 건가요?" 찌에우 씨가 말했다. "어린이에게는 매우 필요하죠. 근데 성장해서는, 그러니까 인민에게는 말이에요, 지식보다 더한 것이 필요하죠. 바로 자연스럽고 조화롭게 살기 위한 평온함이에요. 노인에게도 지식이 필요하지만 다른 형태의 지식이 필요하죠. 그건 종교예요. 나에게 있어서 인민이라는 개념에는 어린이나 노인이 없어요. 건강한 나이에 인민의 삶 그 자체가 지식인 거죠."

찌에우 씨가 히엔 누나에게 말했다. "종강했어요. 히엔 씨는 8학년이 되네요. 히엔 씨 수학 과목은 8점을 받았고, 작문은 3점을 받았는데 그냥 5점으로 올려줄게요." 히엔 누나는 얼굴을 붉혔다. "전 작문에 너무 소질이 없어요." 찌에우 씨가 말했다. "괜찮아요. 우리 인민은 무술에 능하면 그만이죠. 우리 문학이 정말 가치가 없어서 나는 슬퍼요. 문학은 실질적인 신앙과 아름다움이 부족하죠."

찌에우 씨가 돌아갔다. 내가 말했다. "저분 재미있네요." 럼의 아버지가 말했다. "좋은 사람이야. 이 마을 아이들은 전부 저분한테 배웠어. 우리는 저분 외할아버지인 닷 선생님께 배웠고."

날이 갑자기 어두워졌다. 잠시 후 비가 왔다. 큰비였다. 마당 가득 물이 넘쳤다. 카인이 환호성을 질렀다. "까로*다! 까로!" 카인이 마당으로 나가 물고기를 잡았다. 나도 비를 뒤집어쓰고 따라갔다. 카인이 외쳤다. "히엔 언니! 어롱 좀 주세요." 히엔 누나는 툇간에 서서 하늘을 바라본 후 럼의 아버지에게 말했다. "날씨가 변했어요. 아버님, 투망을 가지고 강으로 나가보세요." 카인이 크게 환호성을 질렀다. "강으로 가자! 강으로 가!"

럼의 아버지는 투망을 짊어 멨다. 나는 어롱을 들었다. 히엔 누나는 광주리를 들었다. 카인은 게 바구니를 들었다. 모두들

---

* 까로cá rô: 퍼치perch. 농어류의 민물고기.

강으로 갔다. 비가 퍼붓듯 내렸다. 물고기가 수면 위를 떠가고 있었다. 히엔 누나가 말했다. "아버님 저기 보세요. 물고기가 많지요?" 럼의 아버지는 물속으로 들어가서 물이 등허리까지 차오르자 그제야 투망을 던졌다. 작은 새우가 아주 많았다. 손바닥만 한 물고기들도 있었다. 히엔 누나와 나 그리고 카인이 투망을 풀었다. 물고기가 모래밭에 가득 쏟아졌다. 럼의 아버지는 계속해서 투망을 던졌다. 그렇게 열 번쯤 던졌는데 던질 때마다 물고기가 잡혔다. 사람 장딴지만큼 큰 메기도 있었다. 이 물고기는 비늘이 없었기 때문에 미끌미끌하고 끈끈했다.

여전히 큰비가 내렸다. 나는 추워지기 시작했다. 히엔 누나와 카인 역시 이를 덜덜 떨고 있었다. 피곤하기도 하고 춥기도 했지만 우리 셋은 모두 즐거웠다.

럼의 아버지가 두 번 연속해서 투망을 던졌지만 물고기를 잡지 못했다. 그는 즉시 투망을 거두더니 우리에게 말했다. "난 먼저 돌아간다. 못자리 바닥에 물을 빼주러 가야 해. 너희들은 나중에 오거라."

히엔 누나는 물고기를 광주리에 가득 담고 나서 카인에게 말했다. "내려가서 몸 좀 담가." 두 사람 모두 수영을 잘했다. 나는 잠깐 망설이다가 따라 들어갔다. 물은 아주 따뜻했다. 나는 이제 막 수영을 배우기 시작했으므로 멀리 갈 수 없었다. 히엔 누나가 말했다. "히에우는 잘 못하는구나!"

대략 10분쯤 후에 강가로 올라왔다. 젖은 옷이 히엔 누나와 카인의 몸에 딱 달라붙어 있었다. 히엔 누나와 카인의 몸매가 너무 아름다워서 보고 있자니 나는 몸이 굳어버렸다. 균형 잡

흰 곡선들이 이상하리만큼 관능적이었다. 피가 격렬하게 내 가슴으로 몰려들었다. 히엔 누나가 나를 불렀다. "히에우, 나 좀 도와줘." 히엔 누나의 눈빛이 내 눈과 부딪쳤다. 힐끗 보니 그 눈가에서 기대에 찬 소름 끼치는 모습이 보였다. 나는 허리를 굽히고 걸어갔다. 물고기가 담긴 광주리를 들어 올리려고 할 때 히엔 누나가 무의식적으로 그러는 듯 가까이 다가와 허벅지를 내 몸에 대었다. 나는 팔다리에 힘이 빠지고 턱이 굳어버렸다. 잠깐 슬쩍 보자, 히엔 누나가 내 눈 깊숙한 곳을 쳐다보더니 갑자기 얼굴을 붉히고 있었다. 나는 더 이상 숨을 쉴 수가 없었다. 다리가 구부러지며 모래밭에 쓰러졌다. 몸이 떨렸다. 히엔 누나는 내 머리에 손을 얹고 얼굴이 창백해진 채로 우물우물 알아듣기 힘든 말을 하더니 갑자기 어롱을 들고 앞서가고 있던 카인에게로 달려갔다. 두 사람이 연신 즐겁게 웃는 소리가 들려왔다.

나는 숨을 헐떡거리며 젖은 모래밭 위에 누워 뒹굴었다. 양쪽 고환과 음경이 묵직하고 너무 아팠다. 물고기를 담은 광주리가 쏟아져 버렸다. 나는 물고기와 새우 들 사이에 앞으로 고꾸라져 사정을 했다. 입안에는 모래가 가득했다. 내가 모래를 배 속으로 삼켰는지는 알 수 없었다. 내 마음속에서 두려움과 편안함이 차올랐다. 그 순간부터 어른이 되었다는 것을 나는 알 수 있었다.

잘 가, 어린 시절
나는 어른이 되었네

이제부터 나는 나에 대해, 사람들에 대해 책임을 져야만 해
나는 계속해서 부주의한 일들을 저지르기 시작했지
아, 어린 시절
내 안에 온전한 남성성이 있을 때
부, 명성, 법률 모두 나를 스쳐 지나가고
나를 덮는 건 어머니의 얇디얇은 두 날개
아, 어린 시절
어디에 있는가, 치우침 없는 미소여
신비한 옛날이야기들
학교로 가는 작은 길
그리고 버려진다는 두려움……
나는 어른이 되었네
내 눈앞에는 끝없이 겹쳐지는 도취
내 영혼은 혼탁해지고
나는 명성을 사냥하네
부를 사냥하네
행복과 의무가 나를 괴롭히고
죽음이 미소 지으며 길 끝에서 나를 기다리네
거기에는 지옥으로 꺾어 드는 길이 있지
아, 어린 시절
어린 시절은 희고 맑고
어린 시절은 가난하고 고독하고 침울하고
어린 시절은 처참하지
나는 너와 웃게 될까? 울게 될까?

그만, 잘 가!

나는 집으로 돌아왔다. 럼의 어머니가 말했다. "오후 장 시간
에 맞춰 돌아왔구나. 나는 생선을 팔러 가야 하거든." 럼의 어
머니는 가장 큰 생선 두세 마리를 집에 남겨두고 카인에게 몇
마디를 이른 후 광주리를 팔에 껴안고 시장으로 갔다. 카인은
칼과 도마를 들고 연못에 걸쳐놓은 다리로 나가 생선을 손질했
다. 그때 더 이상 비는 오지 않았지만 하늘에는 여전히 구름이
가득했다. 나는 매우 지쳐 잠이 쏟아졌다. 나는 침상 위로 올라
가 잠을 잤다.

한참 동안 눈을 붙인 후 마당에서 들려오는 킥킥거리는 웃음
소리에 번뜩 잠에서 깼었다. 카인과 띠엔이 문간에 앉아 쭈엔
때* 놀이를 하고 있었다. 카인이 노래를 부르며 조약돌을 던지
면서 나무막대기를 땅에 뿌렸다. 띠엔은 누나의 발 앞에 무릎
꿇고 앉아 누나를 흉내 내며 중얼거렸다. 카인의 목소리가 맑
게 울려 퍼졌다.

건네줘 건네줘 하나
한 쌍

---

* 쭈엔때chuyển thẻ: 베트남 민간에서 즐기던 놀이 중 하나. 두 명에서 다섯 명
의 어린이들이 모여 앉아 나무막대기 열 개와 테니스공과 같이 작고 동그란 물
건 한 개를 가지고 놀이를 한다. 놀이 방식은 공기놀이와 비슷하다. 동그란 물
건을 하늘 위로 던진 후 땅에 놓인 막대기를 한 개에서부터 열 개까지 차례로
집고 나서 떨어지는 동그란 물건을 다시 받으면 된다. 놀이를 하면서 가사에
숫자가 포함된 노래를 함께 부른다.

건네줘 건네줘 고구마

두 쌍

건네줘 건네줘 까파오

세 쌍

건네줘 건네줘 마

네 쌍

건네줘 건네줘 누에

다섯 쌍

흔들리는 탁자에 놓아줘……

럼의 할머니는 침상에 앉아 있었다. 눈물이 주름진 광대
뼈 위로 굴러떨어졌다. 카인의 목소리는 여전히 맑게 울려 퍼
졌다.

마을로 들어가

고기를 구걸하네

마을을 나가

쏘이*를 구걸하네

강가로 가

강가로 돌아와

겨자잎을 심고

나룻배를 저어 건너간다

---

* 쏘이xôi: 찹쌀밥. 얹어 먹는 고명의 종류에 따라 여러 종류의 쏘이가 있다.

나룻배 한 대가 건너간다
건너간다 나룻배 두 대가……

나는 골목으로 나갔다. 하늘이 갑자기 신기하게 아름다운 닭기름 색으로 반짝였다. 하늘과 땅, 풀나무를 비롯한 모든 것이 찬란하고 신비한 빛깔 아래 명확하게 드러났다. 닭기름 색이 모든 것을 감쌌다. 진홍색의 히비스커스꽃들까지도 사람의 입술 같은 분홍색처럼 다른 색으로 변해갔다. 나는 두려움에 심장이 조여왔다. 다른 세상, 구체적으로는 끔찍하고, 세밀하게 보자면 무섭기까지 한 그런 세상이 내 눈앞에 나타났다.

잠시 후, 하늘이 어두워졌다. 모든 것이 이전의 경치로 되돌아갔다. 나는 섬뜩하고 아프면서, 내 주위의 세계가 너무나도 창백하고 가엽다는 것을 깨달았다. 나는 한참을 잠자코 서 있은 후에야 마음을 가라앉힐 수 있었다.

높은 하늘에서 황새 몇 마리가 날아갔다. 쉰 목소리로 우는 소리가 아주 무섭게 들렸다. 나뭇잎에 맺혀 있던 빗방울들이 갑자기 내 몸 위로 우수수 떨어졌다. 나는 댓잎이 가득 떨어져 있는 작은 골목길을 따라 걷다가 길을 잃는 바람에 잠깐 마을 안을 헤맸다. 아이 몇이 기겁하며 달아났다. 어느 집에서 닭을 도둑맞고는 이웃을 욕하며 큰 소란을 피우고 있었다. 욕하는 소리가 매우 거칠고 수다스럽게 들렸다. 나는 빙 둘러 제방 쪽으로 갔다. 저 멀리서 갈색 돛 하나가 전혀 아무 일도 없다는 듯 천천히 강물을 거슬러 올라가고 있었다.

찌에우 씨가 제방에 앉아 책을 읽고 있었다. 나는 그에게로 다가갔다. 그가 앉아 있는 곳에는 사람 입술처럼 잎을 반쯤 벌린 보랏빛 꽃들이 무성했다. 나는 꽃 한 송이를 꺾어 코에 대고 향기를 맡았다. 좋은 향기가 났다. 찌에우 씨가 웃었다. "이 꽃 아세요?" 나는 고개를 저었다. 찌에우 씨가 말했다. "이 꽃은 참 신기해요. 웃는 입 모양이랑 똑같이 생겼는데 모기 같은 것이 어리석게 떨어지기라도 하면 바로 꽃잎을 닫아버리죠. 신기한 점은 그대로 놓아두면 아무 일도 일어나지 않지만 건드리면 짙은 향기가 난다는 거예요. 사람들은 창부들꽃이라는 이름을 붙여주었죠. 여자와 똑같아요. 가만히 놔두면 비정상적으로 품행이 바르면서, 손을 대면 아주 쉽게 부숴버리죠. 우선은 돈을 부숴버리고 나중에는 영혼을 부숴버리고 가정과 사업도 부숴버리죠." 나는 웃었다. "결혼하셨습니까?" 찌에우 씨가 말했다. "아직요. 다른 사람의 아내일 때는 예쁘고 자기 아내일 때는 상냥한 법이죠. 너무하잖아요!"

찌에우 씨는 푸른 풀밭 위에 누웠다. 그가 말했다. "누우세요. 도시에 사시잖아요, 그럼 시골 사람들을 깔보십니까?" 내가 말했다. "아니요." 찌에우 씨가 말했다. "네, 그들을 깔보지 마세요. 우리 같은 도시 사람과 배운 사람들은 모두 농촌에 중죄를 짓고 있잖아요. 우리는 자신의 물질적인 즐거움과 교육, 그리고 거짓된 학문으로 그들을 파괴하고, 법률을 이용해 그들을 학대하고, 감정으로 그들을 기만하면서 뼛속까지 착취하고 있어요. 우리는 각종 서류와 문명의 개념 들로 이루어진 지식의 상부구조를 이용해 농촌을 짓누르고 있다고요…… 이해하시겠습니까? 내 심장은 피를 내뿜고 있어요. 나는 늘 말함니다. '내 어머니는 농사꾼이다. 그리고 나는 농촌에서 태어났다……'라고 말이죠." 찌에우 씨는 입을 다물었다. 잠시 후, 그는 벌떡 일어나 앉더니 우울한 모습으로 나에게 말했다. "내가 한 말이 무슨 뜻인지 삼촌은 절대 이해하지 못할 거예요." 내가 말했다. "저를 믿지 못하시는 거지요?" 찌에우 씨가 말했다. "그렇지 않습니다. 그저 젊으시니까. 잘못은 자연에 있는 것이지 당신에게 있는 게 아니에요."

개미에게 물리는 바람에 나는 일어나 앉을 수밖에 없었다. 내 발아래에는 붉은 잠자리 사체 주변으로 검은 개미들이 바글바글하게 모여 있었다. 내가 말했다. "개미가 많네요." 찌에우 씨가 말했다. "그것 보세요. 민중도 그렇게 바글바글하죠. 그들은 아주 개미처럼 살아요. 재빨리 움직이면서, 분주하고, 손에 쥐는 건 얼마 되지 않죠. 잠자리를 다른 곳으로 옮겨보세요." 나는 찌에우 씨의 말에 따라 잠자리를 옮겼다. 찌에우 씨가 말했다. "개미들이 그쪽으로 옮겨 가는 게 보이지요?" 내가 말했다. "네." 찌에우 씨가 말했다. "남의 말을 잘 믿고 경솔한 민중도 그렇다니까요. 정치가들이나 천재들은 민중을 한쪽으로 밀어버릴 수 있는 능력을 지닌 자들이에요. 민중은 이익을 좇아요. 작은 이익만 있어도 그들은 서로 몰려들어 좇아가죠. 그것은 그들의 인생에서 무의미한 것들을 전부 모아놓은 것이지만 그들은 알지 못해요. 태어나고, 활동하고, 밥벌이를 하면서 계속 이쪽으로 밀려갔다 저쪽으로 밀려가면서 결코 스스로 방향을 정할 줄을 모르죠. 언젠가 민중이 이익을 좇을 수 없다는 걸, 이익을 좇는다 해도 아무도 주지 않는다는 걸 깨닫게 될 때, 사람들은 사기를 치기 위해 헛된 약속만을 하게 될 것이고, 만약 이익을 준다고 해도 그 이익이 손해에 미치지 못할 만큼 아주 적을 거예요. 이익은 바로 민중이 자신의 노동력을 이용해 창조해내야 합니다. 그들은 그것보다 더 높은 어떤 것을 추구해야 한다는 걸 깨달아야 할 필요가 있어요. 그건 자신의 삶 전체를 위한 진실한 가치, 스스로 삶을 결정지을 수 있는 권리, 한마디로 말하면 자유인 것이죠."

찌에우 씨는 한숨을 쉬며 잠깐 생각을 하더니 천천히 말했다. "그리고 한 가지 더 있어요. 이왕 말이 나왔으니 전부 해버립시다. 혼란기에는 반드시 패도 정치가 필요하죠. 그리고 평온기가 되면 패도 정치 노선은 민족을 재앙으로 이끌 거예요. 왕도, 민주, 신의, 높은 윤리 문화를 가진 정치만이 국가를 번영시킬 수 있죠."

우리는 침묵했다. 찌에우 씨가 말했다. "히에우 씨! 내 말 듣지 말아요. 나는 깊이가 없고 틀리는 게 많아요. 내 어머니는 농사꾼이고, 나는 농촌에서 태어났어요." 나는 그가 가여워 보였고, 갑자기 눈물까지 쏟아졌다. 나는 그에게 울고 있는 모습을 들키지 않으려고 풀밭으로 고개를 숙였다.

찌에우 씨는 일어서서 제방 가장자리로 내려갔다. 갑자기 그때 들판에서 시끄럽게 외치는 소리가 들려왔다. 진흙이 잔뜩 묻은 물소 한 마리가 우리 쪽으로 미친 듯이 달려오고 있었다. 바로 그때 나를 부르는 소리가 들렸다. "히에우 형, 와서 밥 먹어요!" 띠엔이 제방 아래에서 멍한 모습으로 나를 부르고 있는 모습이 보였다. 물소가 띠엔이 서 있는 곳으로 돌진해 오고 있었다. 나는 당황해서 마음을 채 가라앉히지 못하고 있는데 찌에우 씨가 달려들어 띠엔의 코앞을 막아서는 모습이 보였다. 쉰 목소리로 내지르는 끔찍한 고함만이 들려왔다. 물소는 무서운 힘으로 찌에우 씨에게 돌진했다. 나는 찌에우 씨가 물소의 양쪽 뿔에 높이 들어 올려지는 것 같은 모습을 보았다.

찌에우 씨는 바로 내 눈앞에서 죽었다. 그의 머리는 한쪽으로 꺾였고 입에서는 피가 잔뜩 솟구치면서 내장이 쏟아져 나왔다. 미친 물소는 태연하게 한쪽에서 풀을 뜯었다. 찌에우 씨에게 끌려가 논에 떨어진 띠엔은 시체처럼 창백해진 얼굴로 일어서려고 갖은 애를 쓰고 있었다.

여러 사람이 달려왔다. 몇 사람은 총을 들고 있었다. 어느 민병이 짐승의 머리에 미친 듯이 총을 쏘아댔다.

마을 사람들이 매우 많이 쏟아져 나왔다. 럼의 할머니는 띠엔을 데리고 와서 울면서 찌에우 씨에게 절을 했다. 럼의 아버지와 어머니도 울면서 논가에 무릎을 꿇고 앉아 제를 올리듯 절을 했다. 마을 노인 몇이 상의를 한 끝에, 멀리서 보면 나뭇가지들이 찹쌀밥을 담아놓은 쟁반처럼 퍼져 있고 줄기는 네 명이 겨우 감쌀 수 있을 만큼 굵다란, 900살이 넘은 오래된 쪼이나무 아래로 찌에우 씨의 시신을 옮겨 가자고 모두에게 말했다.

밤이 내렸다. 하늘에는 별들이 빽빽하게 펼쳐졌다. 나는 닭기름 색 빛이 갑자기 비춰왔던 오후에 그랬던 것처럼 불현듯 당황스러웠다. 나는 세상이 한없이 끝없이 넓다는 것을, 나 자신, 삶과 죽음까지도 모두 작고 의미 없는 것일 뿐임을 깨닫게 되었다.

사람들은 쪼이나무 바로 아래에서 찌에우 씨의 관을 만들었다. 럼과 마을 청년 몇이 제단을 세웠다. 제단 위에는 사진과 향로, 오색 과일, 까우쩌우* 등이 놓였다. 마을 사람들이 전부 쪼이나무 아래로 몰려왔다. 무늬가 있는 돗자리를 가지고 와 할머니들이 앉아서 쩌우를 말 수 있도록 바닥에 깔아준 이도 있었다. 민병이 총까지 들고 와서 보초를 섰다. 장엄하고 가련하면서도 걱정스럽기도 한 분위기가 모든 것을 덮어버렸다.

사람들은 한밤중에 찌에우 씨를 입관했다. 횃불이 그 일대를 밝게 비추고 있었다. 사람들은 모두 장례용 두건을 머리에 둘렀다. 럼의 어머니는 나에게도 장례용 두건을 건네주었다. 두건은 집에서 쓰던 오래된 커튼을 찢어 만든 것 같았다. 두건 위에 검은 실로 박음질한 자국이 있었다. 나팔과 북이 요란스럽게 울렸다. 할머니들, 누나들, 어린아이들이 눈물을 흘리며 울었다. 나도 울었다.

입관이 끝나고 럼과 청년 몇이 집으로 돌아가 돼지를 잡았다. 쪼이나무 바로 옆에서 참쌀밥을 짓고 돼지를 손질하고 음식을 만들었다. 날이 밝은 후 모든 일을 마쳤다.

찌에우 씨의 장례식은 아침 8시에 진행되었다. 그때 태양은 높은 곳에서 반짝였고, 햇볕이 들판 곳곳에 넘쳐흘렀다. 할아

---

* 까우쩌우cau trâu: 쩌우trâu(베틀후추)잎에 석회를 바른 후 까우cau(빈랑나무 열매)를 말아놓은 것. 일반적으로 '쩌우까우trâu cau'라고 불린다. 현재는 쩌우까우 씹는 풍습이 많이 사라졌지만, 예전 베트남에서 쩌우까우는 손님 접대나 명절, 잔치 등에 없어서는 안 되는 필수품이었다.

버지들, 할머니들 그리고 마을 사람들은 관 주위에 둘러섰다. 학생들은 그들 앞에 나란히 줄을 섰다. 교장인 미에우 선생님이 몸을 연신 떨면서 추도사를 읽었다. 나는 귀 기울여 듣다가 찌에우 씨가 이 마을 사람이 아니라는 것을 알고는 너무나도 놀랐다. 그의 부모님은 하노이에 계시는데, 아버지는 장관이고 어머니는 유명한 지식인 가문 출신이었다. 그는 독신으로 살았고, 이 마을에 온 지는 9년이 되었으며, 도시에 사는 자신의 가족을 방문한 적이 단 한 번도 없었다. 듣자 하니 그의 부모님이 그를 '버렸다'고 했다. 그 자신은 그저 평범한 초등학교 교사일 뿐이었다.

사람들은 마을 묘지에 찌에우 씨를 매장했다. 묘 위에는 하얀 꽃으로 만든 화환이 덩그러니 놓였다. 나중에 나는 많은 사람의 장례식에 참석하게 되었지만 이 장례식이 내 안에 바래지 않는 인상을 남긴 유일한 장례식이었다는 것을 알게 되었다.

시골 선생님이었던 그에게 사람들은 감사해야 한다네
그는 우리 인민의 위대한 문명인이었지
이것이야말로 정갈한 식견
비록 조야하고, 어긋나고, 유치하다 할지라도
그것은 a, b, c
오, 마을 선생님
그는 콧물 흘리는 장난꾸러기들과 일을 해야 했다네
그 애들은 어떤 게 오른손이고 어떤 게 왼손인지 알지 못했지
그는 그 애들을 가르칠 거야, 그렇지? 이렇게 가르칠 거야

오른손은 높이 들고

왼손은 심장 위에 놓으세요……

그는 그 애들을 가르칠 거야, 그렇지? 이렇게 가르칠 거야

이것은 숫자 0, 이것은 숫자 1

그런데 어머니는 절대로 잊히지 않았지

눈앞에는 진리가 있고

홍수로 난리가 날 것 같긴 하지만

지구 밖은 우주

이것은 문자 a……

그날 오후, 럼만 물소를 끌고 밭을 갈러 갔고 다른 사람들은 모두 집에 있었다. 럼의 어머니는 찌에우 씨의 제사를 지낼 음식을 만들었다. 히엔 누나는 울면서 닭털을 뽑았다. 머리에는 아직도 아사면 두건을 감고 있었다. 럼의 어머니가 말했다. "히엔아, 두건 벗거라. 우리 정말 마음이 있다면, 그 사람을 마음속에 묻자. 세상 사람들이 들여다보기라도 하면, 네 남편이면 곳에 있잖니, 난 그 두건이 무서워 보이는구나." 히엔 누나는 두건을 풀고 울었다. "선생님께 절을 올립니다. 현명하게 살다가 신성하게 돌아가신 선생님, 제 가족을 굽어살피시고 복을 내려주십시오." 럼의 할머니가 말했다. "우리 집 띠엔 녀석이 선생님 덕분에 목숨을 구했다. 비록 타인이지만 우리 집에서는 신성한 사람이 되었구나. 그렇게 귀한 사람이 또 어디에 있을꼬?" 미에우 씨는 럼의 아버지와 함께 앉아서 물을 마시고 있었다. 미에우 씨가 말했다. "그는 옛날에 유학자 단체에 발 담

266

그고 있었던, 닌싸 사람인 닷 선생님의 손자지요. 그 가문에는 영웅호걸이 많았어요." 럼의 할머니가 말했다. "이 동네 아가씨들도 참, 그럼 선생님을 좋아했던 애가 하나도 없었단 말이오? 그런 사람이 대를 이을 사람 하나 남기지 못하고 죽다니, 아깝지 않나?" 히엔 누나가 말했다. "전에 투한테 마음이 있었는데 냉정하고 철학적이고 감정이 없다고 그 애한테 퇴짜를 맞았다나 봐요." 럼의 할머니가 말했다. "제길 미친년, 조금 이따 그 애가 여기에 오면 한마디 해야겠구나. 요즘 아가씨들은 화려한 겉모습만 좋아하지. 그러다 결국 서카인*의 손에 걸려들어 봐야 비로소 고통이 뭔지 알게 된다니까." 미에우 씨가 말했다. "우리나라에서 영웅호걸의 피는 점점 말라가고 있어요. 미인들이 전부 서카인이나 쿠이엔과 응**의 손에 넘어가고 있기 때문이죠. 정말 안됐어요!" 럼의 아버지가 말했다. "나도 철학은 싫어." 미에우 씨가 말했다. "죽기 위해 철학적인 사람이라면 포

---

* 서카인Sở Khanh: 중국 청심재인靑心才人이 지은 『금운교전金雲翹傳』과 19세기 초에 베트남의 응우옌주(Nguyễn Du, 1766~1820)가 이 작품을 쯔놈chữ Nôm(베트남어를 적기 위해 한자를 빌려 만든 차자)으로 축약 번역한 운문소설 『쭈옌 끼에우-Truyện Kiều(끼에우전)』에 등장하는 인물 중 하나. 본래 여자를 꾀어 청루에 팔아넘기는 사기꾼으로, 주인공인 끼에우 역시 사랑을 맹세하는 서카인의 말에 속아 청루로 팔려 간다.

** 쿠이엔Khuyên과 응Ưng: 역시 『쭈옌 끼에우-(끼에우전)』에 등장하는 인물들로 끼에우의 두번째 남편의 본처인 호안트Hoạn Thư가 부리는 하인들이다. 호안트는 남편이 끼에우와 몰래 살림을 차렸다는 사실을 알고는 쿠이엔과 응을 시켜 끼에우의 집에 불을 지르고 불에 탄 시체 하나를 남겨놓은 후 끼에우를 납치해 온다. 불에 탄 시체를 본 남편은 끼에우가 죽은 것으로 여기고, 그사이 호안트는 끼에우를 자기 집의 하인으로 만들어버린다.

기해야겠죠. 우리나라에서 일어나는 여러 우연한 죽음들은 너무 무서워요. 사람들 모두 서둘러야 해요. **이미 늦어버린 것처럼 서둘러야 한다고요**…… 그게 찌에우 씨의 운명이에요."

오후가 저물 무렵, 제사상이 다 차려지자 이웃에 사는 헙 아주머니가 함께 모내기를 하는 아주머니와 아가씨 들을 끌고 왔다. 헙 아주머니는 골목 밖에서부터 고함을 쳤다. 헙 아주머니가 말했다. "바딘 아저씨, 나와서 아저씨 아들이 들일하는 것 좀 보세요. 쟁기질은 꾀를 부리고, 써레질은 대강 해치운다고요. 우리가 모를 다시 가져왔으니까 보상해주세요." 럼은 집 안에서 달려 나와 얼굴을 붉혔다. 럼의 아버지가 물었다. "모심기 못해?" 헙 아주머니가 말했다. "모심기가 되면 우리가 아저씨한테 보상해달라고 할 일도 없죠." 럼이 말했다. "죄송합니다. 집에 와서 제사 음식이 먹고 싶어서." 럼의 아버지가 고함을 질렀다. "여기 엎드려! 잊지 않도록 회초리 세 대만 맞자. 헙 아주머니, 제가 녀석한테 다시 해드리라고 하겠습니다." 럼의 아버지는 서까래 밑에서 등나무 막대를 꺼냈다. 럼은 마당에 엎드렸다. 모두들 모여들어 말렸다. 럼의 아버지가 말했다. "내가 아들을 가르칠 테니 여자들은 저리로 비켜. 일을 진중하게 하지 않으니 때려서 기억하게 하는 수밖에! 녀석이 밖에 나가서 밥 벌어먹다가 사기 치는 습관이 들어버리면 어떻게 할 거야?" 럼의 어머니는 럼의 아버지의 팔을 잡아당겼다. "제발요, 살살 때리세요." 럼의 아버지는 회초리를 들고 럼에게 말했다. "잊지 않고 기억하도록 세 대를 때릴 거다. 두 대는 진중하게 일해야 한다는 걸 기억하라는 의미다. 한 대는 바딘의 아들

이라면 네 아버지가 세상 사람들한테 면전에서 욕을 먹게 해
서는 안 된다는 걸 기억하라는 의미다." 회초리가 허공을 갈랐
다. 럼의 몸이 세 번 솟구쳤다. 럼의 어머니는 럼의 아버지 손
에서 회초리를 빼앗아 들고는 욕을 했다. "난폭한 인간 같으니
라고!" 럼은 가까스로 기어 일어나 손을 모았다. "아버지, 용서
해주세요." 럼의 아버지는 말없이 부엌 쪽으로 가서 물소의 목
줄을 풀어 쥔 후 써레를 짊어지고 골목으로 나갔다.

해 질 녘에 카인이 달려오며 말했다. "럼 오빠, 여기 히에우
오빠한테 편지 왔어요." 나는 깜짝 놀랐다. 알고 보니 내 아버
지의 편지였다. 아버지는 이렇게 썼다.

　사랑하는 아들에게
　아버지가 집을 비운 사이에 어머니가 마음대로 아들을 시
골에 보내다니, 아버지는 너무 화가 났다. 너에게 일러두는
데, 개자식아, 너의 집은 도시에 있고, 너의 미래도 여기에
있다……
　아들아, 아버지 말을 듣고 지금 바로 돌아오너라. 아버지,
어머니는 문을 활짝 열어놓고 너를 기다리겠다. 남을 잘 믿는,
너무나도 잘 믿는 자식을 맞이하듯……
　너의 아버지가……

나는 몸이 굳었다. 나는 편지를 럼에게 건네주었다. 럼이 말
했다. "히에우야, 그냥 집에 돌아가. 너희 아버지는 우리 아버
지처럼 회초리 세 대로 그칠 것 같지 않아. 이런 식으로 말하

는 걸 보면, 죽여버릴 거야. 내일 아침 5시에 기차가 있어."

다음 날 일찍, 히엔 누나는 일어나서 찰밥을 지어 바나나잎에 싸서 내 가방에 넣어주었다. 럼이 물었다. "너 혼자 갈 수 있겠어?" 나는 고개를 끄덕였다. 집안사람들은 모두 바쁜 듯했다. 아마도 아무도 나에게 신경을 쓰는 것 같지 않았다. 나는 알고 있었다. 그들에게, 럼의 할머니에게, 럼의 아버지에게, 럼의 어머니에게, 히엔 누나에게, 카인에게, 띠엔에게 아주 작은 애정을 강요할 만한 어떤 권리가 나에게 있단 말인가?

나는 마을을 떠났다. 날은 아직 매우 어두웠다. 들판에는 어둑하게 이슬이 덮여 있었다. 나는 자문해보았다. 왜 아버지는 나를 남의 말을 잘 믿는 사람이라고 보는 걸까?

남의 말을 잘 믿는 사람의 마음
나도 쉽게 네, 형도 쉽게 네, 누나도 쉽게 네
그리고 너도, 사랑하는 너
너는 몹시 남의 말을 잘 믿는다
이 세상에 사는 우리는 모두 쉽게 네네
나는 쉽게 내 아버지의 말을 믿었고
나는 쉽게 형의 말을 믿고, 누나의 말을 믿는다
그리고 너도, 사랑하는 너
너는 몹시 남의 말을 잘 믿는다
너의 마음은 그렇게 맑고
너의 입술은 그렇게 정결하고
너의 두 눈은 극도로 서글픈데

그런 믿음이라니……

믿음에는 아무런 가정도 없고, 아무런 조건도 없다

그런데 만일 내가 사악한 악마라면?

형은 사악한 악마인가? 누나는 사악한 악마인가?

나의 아버지, 어머니는 사악한 악마인가?

남의 말을 잘 믿는 사람의 마음

우리에게 날개를 달아주어 하늘로 올라가게 할 것인가?

나는 갔다. 계속 갔다. 나는 들판을 가로지르고, 강을 건너갔다. 태양은 언제나 내 앞에 있었다.

나는 아직도 기억한다…… 그해, 나는 열일곱이었다. N성 타익다오촌 냐이 마을.

후어땃의 바람
(작은 마을의 열 가지 이야기)

응우옌홍흥*에게

N.H.T

북서부 지역 찌엥동 산자락으로부터 대략 450미터쯤 떨어진 곳에 검은 타이족**이 사는 작은 마을이 있다. 마을의 이름은 후어땃이다.

후어땃 마을은 좁고 긴 골짜기에 자리 잡고 있고, 사방이 높은 산으로 둘러싸였다. 골짜기의 끝자락에는 작은 호수가 있는데 호수의 물은 거의 한시도 마르지 않는다. 호수 주변에는 가을이 오면 노란 들국화가 눈부시게 피어난다.

후어땃 골짜기에서 외부로 나가는 길은 여러 갈래가 있다. 중심 도로는 자갈이 깔려 있고 물소 한 마리가 지나가면 길이 꽉 찬다. 그 길의 양편에는 매로이***나무, 왕대, 부죽,**** 야생 망

---

* 응우옌홍흥(Nguyễn Hồng Hưng, 1952~): 베트남의 유명한 화가 겸 조각가.

** 타이Thái족: 베트남, 라오스, 중국, 타이 등지에 거주하는 소수민족의 이름. 베트남에서는 흰 타이족, 붉은 타이족 등과 함께 '타이족'이라 불린다.

*** 매로이mè loi: 작은 대나무의 일종(원주).

**** 대나무의 일종.

고스틴나무와 야생 망고나무 그리고 이름 모를 수백 종류의 덩굴식물 들이 가득하다. 길에는 수많은 사람의 발자국이 새겨져 있다. 그중에는 황제의 발자국도 있다고 한다.

후어땃 골짜기에는 볕이 잘 들지 않는다. 그곳에는 1년 내내 엷은 은빛의 안개가 뒤범벅되어 사람과 사물을 바라볼 때면 그저 흐릿한 윤곽만 대강 보일 뿐이다. 그것이 전설적인 분위기를 자아낸다.

후어땃에는 연한 노란빛을 띠고 단추처럼 작디작은 들꽃 같은 옛날이야기들이 작은 골목마다 세워진 울타리 주변 어딘가에 점점이 피어 있다. 남자들은 그 꽃을 입에 물고 술을 마시면 좀처럼 취하는 일이 없다. 그건 마치 샘물 한가운데에 비밀스럽게 놓여 있는, 실처럼 붉고 아주 가느다란 힘줄이 돋아난 하얀 조약돌들과도 같다. 여자들은 그 조약돌을 좋아한다. 그들은 조약돌을 주워 속옷에 넣고 꼬박 100일 동안 숙성시킨다. 남편이 깔고 잘 요를 만들 때 그들은 몰래 요 안에 그 조약돌을 숨겨 넣는다. 남편이 그 요 위에 누워서 절대로 다른 여자를 생각하지 않게 해달라는 기원을 담아서 말이다.

후어땃은 외로운 마을이다. 그곳 사람들은 간소하고 소박하게 살아간다. 산밭을 돌보는 일은 힘겹고 피곤하다. 사냥도 마찬가지다. 하지만 그곳 사람들은 넓은 마음으로 손님을 반긴다.

후어땃에 온 손님은 화롯불을 쬐며 말린 야생 짐승의 고기와 함께 뿔잔에 즈어우껀*을 대접받게 된다.

---

* 즈어우껀rượu cần: 일부 소수민족이 항아리에서 숙성시켜 만드는 술을 이르

만약 공명하고 반듯한 사람이 손님으로 온다면 집주인은 그 손님에게 옛날이야기를 들려줄 것이다. 그 옛날이야기들은 어쩌면 인간의 아픔에 대해 많은 것을 이야기할지도 모르지만, 우리 안에서 돋아난 그 아픔들을 제대로 이해해야만 도덕, 품위, 인간성을 꿰뚫는 혜안이 피어날 것이다.

옛날이야기 속에 살아 있는 사람들은 이제 더 이상 이 세상에 존재하지 않는다. 그들은 모두 후어딱의 먼지와 재가 되었다.* 그렇지만 그들의 영혼은 아직도 냐산**의 카우꿋*** 위를 어른어른 날아다니고 있다.

바람처럼.

첫번째 이야기
호랑이의 심장

그 시절, 후어딱에는 뿌어라는 아가씨가 있었다. 그녀의 미색으로 말할 것 같으면 그 어느 산간 마을에서도 비길 이가 없었다. 피부는 삶은 달걀처럼 하얗고 머릿결은 매끈하고 길었으

는 명칭. '껀'이라 불리는 긴 대나무 빨대를 항아리에 꽂아 술을 빨아 마신다. 각종 제삿날이나 축제 날 또는 손님을 접대할 때에만 마실 수 있는 귀한 술로 여겨진다.

* 검은 타이족 사람들에게는 죽은 이를 매장하거나 화장하는 풍습이 있다(원주).

** 냐산nhà sàn: 지면이나 수면에 높은 기둥을 세우고 그 기둥 위에 바닥(마루)을 깔아서 지은 집. 주로 산속이나 강가에서 볼 수 있다.

*** 카우꿋khau cút: 냐산의 지붕 위에 있는 상징물(원주).

며 입술은 연지를 바른 듯 붉었다. 단 한 가지 고통이 있다면 뿌어는 두 다리가 마비돼서 사시사철 누워 지내야 한다는 것이었다.

그 일이 일어난 때는 뿌어가 열여섯 되던 해였다. 열여섯은 청춘이요, 사랑할 나이다. 사랑은 몇 번이고 할 수 있지만 소녀의 봄은 단 한 번뿐이다. 열여섯은 봄의 첫 달이고, 열아홉이 되면 이미 가을에 다다르기도 한다.

후어땃의 봄은 온통 캔배* 소리로 가득 찬다. 캔배 소리가 아가씨들 집 마루 아래 기둥과 꽌** 아래 기둥에 들러붙는다. 계단 발치 아래의 풀들은 도무지 돋아날 수가 없었다. 거기에는 하얗게 반질거리는 땅만이 평평하게 깔렸다.

뿌어의 냐산에서는 캔배 소리가 들리지 않았다. 그 누구도 두 다리를 못 쓰는 아가씨를 아내로 맞이하려 들지 않았다. 모두들 뿌어를 가여워했다. 사람들은 뿌어를 위해 혼령에게 제사도 지내보고 약도 구해다 주었다. 아무런 효험도 없었다. 그녀의 두 다리는 변함없이 조금도 움직이지 않았다.

그해에 후어땃은 혹독한 겨울을 지나게 되었다. 하늘은 돌변했고 풀과 나무는 소금처럼 얼어붙은 이슬 때문에 시들어 말라 갔으며 물은 얼어서 얼음이 되었다. 그 겨울에 후어땃 숲에는 사나운 호랑이 한 마리가 나타났다. 호랑이는 밤낮으로 주위를

* 캔배khèn bè: 동남아 국가들에 퍼져 있는 전통 악기 중 하나. 가늘고 기다란 나무관 여러 개를 뗏목처럼 이어 붙여 만들며, 입으로 불어서 소리를 낸다.
** 꽌quán: 데릴사위가 거처하는 마루 또는 방(원주).

돌며 마을을 살펴보았다. 마을은 온통 횅할 뿐 아무도 밭에 나
갈 엄두를 내지 못했다. 밤이 되면 집으로 올라오는 계단 발치
에 가시 울타리를 단단히 둘러치고 문이란 문은 꽉 걸어 잠갔
다. 어스름 아침이 되면 집집마다 주위를 빙빙 돌다 간 호랑이
발자국이 보였다. 마을 전체가 두려움과 걱정 속에 지내야 했다.

  사람들 사이에는 호랑이가 평범하지 않은 심장을 가졌는데
그 심장이 조약돌만 하고 투명하다는 소문이 돌았다. 그런 심
장은 목숨을 지켜주는 부적이자 신비한 효험이 있는 약이기도
했다. 누군가 그 심장을 손에 넣게 되면 그 사람은 행운을 얻
고 일평생 부유하게 살게 된다. 그 심장으로 술을 담가 먹으면
모든 희귀병을 치료할 수 있다. 뿌어의 두 다리도 그 약을 먹
으면 나을 수 있다.

  소문은 매가 골짜기 곳곳을 옮겨 다니듯 퍼져나갔다. 화로
앞에서, 꽌 아래 기둥에서, 개울에서, 밭에서도 어디에서나 사
람들은 호랑이의 심장에 대한 이야기를 했다. 소문은 산 아래
평야 지대에 사는 낀족* 사람들에게도 날아갔고, 산꼭대기에
사는 흐몽족** 사람들에게도 날아갔다. 소문이라는 게 늘 그렇
다. 어리석은 사람들의 입을 거쳐 오면 기이하기 그지없고, 연

---

* 낀Kinh족: 베트남을 구성하는 54개 소수민족 중 인구수가 가장 많은 민족의
이름. 2009년 통계에 따르면 베트남 전체 인구 중 약 86퍼센트가 낀족이다. 나
머지 소수민족의 비율은 각각 1퍼센트 안팎이다.

** 흐몽H'mông족: 중국 및 동남아 일대에 거주하는 소수민족의 이름. 중국에서
는 '묘족'이라고 불린다. 베트남에서는 상대적으로 인구수가 많은 소수민족에
속한다. 2009년 통계에 따르면 베트남 전체 인구 중 약 1.24퍼센트를 차지한다.

류 있는 사람들의 입을 거쳐 오면 더욱더 흥미롭기 마련이다.

수많은 사람이 호랑이를 잡으러 나섰다. 타이족 사람들, 낀 족 사람들, 흐몽족 사람들 할 것 없이…… 누군가는 호랑이를 잡아 그 심장으로 목숨을 지키기 위한 부적을 삼고 싶어 했고, 또 누군가는 심장을 얻어 약으로 쓰고 싶어 했다. 어찌 그들을 탓할 수 있겠는가? 인간의 삶이라는 게, 누군들 뜬구름을 좇아 보지 않았겠는가?

사냥꾼들 중에는 후어땃 마을의 남자들이 가장 많았다. 그들 은 뿌어의 병을 고쳐주기 위해 호랑이의 심장을 손에 넣고 싶 어 했다.

호랑이 사냥은 겨울이 끝나갈 때까지 계속되었다. 하지만 마 치 요술이라도 부린 듯 호랑이는 숨어서 자신을 노리는 사람들 을 총명하게 피해 갔다. 사냥에 나선 사람들은 오히려 호랑이 에게 사냥을 당했다. 열 명이 넘는 사람들이 사나운 호랑이에 게 죽임을 당했다. 마을에서는 곡소리가 바람에 실려 길게 울 려 퍼졌다. 사람들은 점차 낙심하기 시작했다. 사냥을 나서는 사람들의 수는 다 익은 야생 망고스틴이 나무에서 떨어지듯 빠 르게 감소했고, 결국에는 단 한 사람만이 남게 되었다. 그 사람 은 코였다.

코는 후어땃 마을의 남자다. 그는 부모님을 여의고 존조개*
나 호저豪豬**처럼 살았다. 존조개나 호저는 외롭게 살면서 자

---

* 존don조개: 재첩과 비슷하게 생긴 아주 작은 조개.
** 온몸이 가시털로 덮여 있는 야행성 동물.

신만의 길을 가고 무엇을 먹고 무엇을 마시는지 아무도 알지 못한다. 코는 마을의 모임이나 축제에 참여하는 일이 좀처럼 없었다. 가난하기도 했고 못생기기도 해서였다. 그는 천연두에 걸려 얼굴이 얽고 곰보 자국이 있었다. 코의 몸은 기형이었는데, 두 팔이 무릎에 닿을 만큼 길고 두 다리는 바싹 말라서 걸을 때면 마치 달리는 듯했다. 존조개와 호저가 언제 움직였던가?

코가 사냥에 나서는 것을 보고 많은 사람이 놀랐다. 코가 호랑이 사냥에 나서는 이유가 자신을 위한 행운의 부적을 얻기 위함이 아니라 뿌어의 병을 치료할 약을 얻기 위함이라는 사실에 사람들은 더욱더 놀랐다. 날이 어둑해지면 코가 뿌어네 집 마루 밑에 서서 사랑에 빠진 사람처럼, 또는 도둑놈처럼 위를 쳐다보는 모습이 사람들 눈에 띄었다.

후어땃 마을 사람들은 코가 어느 길로 가서 호랑이의 흔적을 찾고 있는지 알 수 없었다. 호랑이 역시 존조개나 호저가 가는 길을 알 수는 없었다. 호랑이는 위험을 감지했다. 녀석은 거처를 옮기고 다니는 길을 바꾸었다. 코와 호랑이는 매 순간 서로를 노렸다……

어느 날 밤, 사람들이 뿌어네 집 마루에 앉아 이야기를 나누고 있을 때 총소리가 들려왔다. 다급한 총소리가 마치 천둥소리처럼 메아리쳐왔다. 사납게 포효하는 호랑이 소리가 산골짜기에서 울려 퍼졌다.

"호랑이가 죽었다! 코가 호랑이를 쏴 죽인 거야!"

숲에 태풍이 몰아치듯 마을 전체가 깜짝 놀라 법석거렸다.

사람들이 환호성을 질렀다. 많은 이가 환호성을 지르며 눈물을 쏟아냈다. 마을 남자들이 햇불을 붙여 들고 숲으로 들어가 코를 찾았다.

아침이 다 되어서야 사람들은 코와 죽은 호랑이의 사체를 겨우 찾아냈다. 둘 모두 골짜기 아래 깊은 낭떠러지 밑으로 굴러 떨어져 있었다. 코는 허리가 부러졌고 얼굴에는 호랑이가 할퀸 자국이 가득했다. 총에 맞은 호랑이는 머리가 깨졌다. 총알이 호랑이의 이마를 거의 둘로 쪼개고 파고들어 뇌 속에 박혀 있었다.

그런데, 정말 이상한 것은 호랑이의 가슴팍이 베어져 있었고 그 안에 심장은 이미 없었다는 사실이다. 칼로 쨴 자국은 오래되지 않았고 쨴 곳 양옆으로 피가 얼룩져 뚝뚝 떨어지고 비누거품처럼 거품이 일고 있었다. 누군가 호랑이의 심장을 훔쳐 간 것이었다!

후어땃 마을 남자들은 모두 입을 다문 채 고개를 숙였다. 그들은 부끄러웠고 화가 났고 애통했다.

그해 겨울에 열 명도 넘는 사람들이 사나운 호랑이를 잡으려다 죽어갔다. 그 일 이후 두 명이 더 시름시름 앓다 죽었다. 그 둘은 뿌어와 코였다……

후어땃 마을 사람들은 호랑이가 죽어 있던 곳에 호랑이를 묻어주었다. 아무도 호랑이의 심장에 관한 기묘한 전설을 되뇌지 않았다. 이 세상에서 벌어진 고통스러운 일들을 잊어버리듯 사람들은 그 이야기를 잊어버렸다. 그럴 필요도 있긴 하다.

그 이야기를 기억하는 건, 이제는 아마도 아주 적은 수의 사람들뿐일 것이다.

두번째 이야기
가장 큰 짐승

그 시절 후어땃에는 어느 마을에서 왔는지 알 수 없는 가족
이 살고 있었다. 그들은 마을 외곽, 귀신의 숲과 가까운 곳에
집을 지었다. 그 집에는 고령이 된 부부 두 사람만이 살고 있
었다. 그들은 어디를 가든 항상 함께했다. 아내는 언제나 말수
가 적고 조용해서 하루 종일 말 한마디 하는 것을 볼 수가 없
었다. 남편은 키가 크고 마른 몸에 얼굴은 피골이 상접하고 코
는 꼭 새의 부리 같았다. 흐릿하고 움푹 팬 노인의 두 눈에는
차가운 빛줄기들이 퍼져 있었다.

남편은 매우 뛰어난 사냥꾼이었다. 노인의 손에 들린 장총에
는 눈이 달린 듯했다. 총을 들기만 하면 어떤 산새나 산짐승이
든 죽음을 면하는 일은 드물었다. 노인의 집 뒤편에는 새의 깃
털이며 짐승의 뼈가 산더미만큼 잔뜩 쌓여 있었다. 형체를 알
아보기 힘든 깃털 더미는 먹처럼 새까맸고, 석회빛을 띤 짐승
의 뼈 더미는 누런 골수의 흔적이 얼룩덜룩 남아 있고 지독
한 악취를 풍겼다. 쌓인 무더기들은 무덤만큼 커다랬다. 사냥
꾼 노인은 숲에 사는 저승사자의 현신 같았다. 숲속의 새와 짐
승 들은 노인을 무서워했다. 후어땃의 사냥꾼들은 부러우면서
도 노인에게 불평을 했다. 노인은 자신의 사정거리 안에 들어
온 어떤 짐승도 그냥 놓아주지 않았다. 춤을 추고 있는 공작을

280

노인이 총으로 쏴서 죽이는 것을 직접 눈으로 보았다는 사람
도 있었다. 공작이 춤을 추고 있었다는 건, 머리는 벼잎처럼 구
부리고 꼬리는 다채로운 빛깔을 반 아치 형태로 펼치고는 황
금빛처럼 반짝반짝 불빛을 끼얹는 햇살 아래 두 발을 재주 좋
게 둥글둥글 비비 꼬고 있었다는 것이다. 사랑을 하고 있을 때
에만 그렇게 정교하게 비비 꼰다. 공작이 춤을 추고 있었다. 그
런데…… '탕'…… 노인의 손에 들린 총구가 순간 세게 요동치
더니 새빨간 불길이 솟아 나왔다. 공작이 쓰러졌고, 오색찬란
한 무지갯빛 날개에 피가 번졌다. 노인의 아내가 다가갔다. 비
쩍 마르고 새카만 그녀가 말없이 공작을 주워 등에 멘 렙* 안
에 넣었다.

그렇긴 한데 평생 노인은 평범한 새나 짐승밖에 잡지를 못했
다. 노인은 여태껏 300~400킬로그램 나가는 커다란 짐승을 잡
아본 적이 없었다. 노인의 총구는 작고 멍청한 짐승들만을 겨
눌 수 있을 뿐이었다. 바로 이 점이 노인의 마음을 들쑤시며
괴롭혔다.

온 후어땃 마을이 노인 부부를 피했고 아무도 노인의 가족과
이야기를 하거나 어울리지 않았다. 노인 부부와 마주치게 되면
사람들은 다른 길로 돌아서 갔다. 그렇게 사냥꾼 노인은 조용
히 아내 곁에서 외롭게 살았다.

그해 말에 후어땃의 숲에 변고가 생겼다. 나무와 풀 들이 온
전하게 남아나지 못했고 새들은 사라져버리고 짐승의 발자국

---

* 렙lép: 어깨에 메는 바구니(원주).

하나 남지 않게 되었다. 후어땃 사람들이 그렇게 힘겹게 살아야만 했던 적은 이제껏 없었다. 사람들 사이에서는 탠*이 벌을 주기 시작했다는 소문이 돌았다. 사냥꾼 노인 역시 생계를 유지하기 어려웠다. 노인 부부는 숲 이곳저곳을 헤매고 다녔다. 노인의 생에 처음으로 이런 상황을 맞닥뜨리게 된 것이었다. 달이 지구를 세 번 돌도록 노인의 총은 발사되지 않았다. 노인은 삼경三更에 닭이 울 때 눈을 떠서 총을 짊어 메고 나가서 깜깜한 밤중까지 돌아다녔다. 몸이 마른 노인의 아내는 더 이상 남편을 따라다닐 힘이 없었다. 할멈은 집에서 불을 피워놓고 기다렸다. 할멈이 피워놓은 불은 마치 귀신이 들린 듯 붉은빛이 아닌 늑대의 눈처럼 차가운 푸른빛을 띠고 있었다.

그때 노인은 일주일 내내 집을 비웠다. 노인은 지쳐버렸다. 노인의 무릎은 움츠러들고 근육들은 힘이 빠져서 피가 묻은 흐물흐물한 거머리를 손가락으로 비틀듯 손으로 비틀어버릴 수 있을 것 같았다. 노인은 다리를 질질 끌며 이곳저곳을 돌아다녔지만 아무도 만나지를 못했다. 산새나 심지어 나비 한 마리조차 보이지 않았다. 노인은 당혹스럽고 무서웠다. 사람들 말처럼 탠이 세상을 벌주는 것인가?

결국 지쳐 탈진한 노인은 다리를 끌며 집으로 돌아가야만 했다. 마을 입구의 냇가에 다다라서 노인은 발길을 멈추고 자기 집 쪽을 바라보았다. 노인의 집에서는 불빛이 새어 나오고 있었다. 차갑고 푸른 불빛이었다. 분명 노인의 아내가 아직 자지

---

* 탠Then: 타이족이 믿는 신, 하느님.

않고 남편을 기다리고 있을 터였다. 노인은 흐릿하고 움푹 팬 두 눈을 꼭 감았다. 잠시 생각에 잠기더니 노인은 숲으로 다시 들어갔다. 노인의 코가 짐승의 냄새를 맡은 것이었다…… 노인은 정말 운이 좋았다. 노인은 녀석을 발견했다. 그 공작은 춤을 추고 있었다. 저것 봐, 사뿐사뿐 오른쪽으로 이동하는 공작의 두 발과 왼쪽으로 동그랗게 쫙 펼쳐지는 꼬리, 녀석의 새파란 한 줌 머리털은 또 어찌나 반짝이는지! 노인은 총을 들었다. '탕!' 총을 쐈다. 노인은 째지는 비명을 들었다. 노인은 총에 맞아 쓰러진 짐승에게 달려갔다. 그것은 노인의 아내였다. 할멈이 숲에 들어와 노인을 기다린 것이었다. 할멈의 손에는 공작의 깃털 묶음이 들려 있었다.

사냥꾼 노인은 땅으로 엎어져 들쥐처럼 지독한 악취가 풍기고 썩은 냄새가 진동하는 나뭇잎 더미 위로 피가 웅덩이진 곳에 얼굴을 처박았다.

노인의 입은 멧돼지 소리 같은 울음을 내뱉었다. 노인은 그렇게 오랫동안 누워 있었다. 먹구름이 낮게 깔리고 숲에 짙은 어둠이 내리자 몸에 열이 나는 것처럼 후끈후끈해졌다. 아침이 가까워지자 노인은 문득 다람쥐처럼 재빠르게 벌떡 일어섰다. 짐승, 그러니까 그의 인생에서 가장 큰 짐승을 잡기 위한 미끼로 아내의 시신을 사용해야겠다는 생각이 노인의 머릿속에 떠올랐다. 노인은 아내의 썩어가는 시신이 놓인 곳으로부터 두 팔을 펼친 거리쯤에 있는 수풀 속에 누워 총알을 장전한 후 조마조마하게 기다렸다. 하지만 땐은 노인을 벌했다. 노인에게로 다가오는 짐승은 없었다. 죽음만이 노인에게 다가오고 있을 뿐이었다.

3일 후, 사람들은 구부러진 노인의 시신을 수풀 밖으로 끌고 나왔다. 총알 자국이 노인의 이마를 관통하고 있었다. 노인이 자기 생에 가장 큰 짐승을 잡은 것이었다.

세번째 이야기
부어 아가씨

후어땃에는 로티부어라는 특별한 여자가 살았다. 밖에 나가면 어느 누구도 그녀에게 인사를 하지 않았다. "지독한 마귀라고! 가까이 가지 마!" 부모들은 아이에게 이렇게 타일렀다. 아내들은 남편에게 이렇게 일러두었다.

부어는 매력적인 아가씨였다. 그녀는 키가 컸고 엉덩이는 펑퍼짐했으며 몸매는 단단했고 가슴은 보드랍고 풍만했다. 늘 밝게 웃는 그녀에게는 사람의 마음을 끌어당기는 빛이 넘쳐흘렀다.

부어는 자신이 낳은 아홉 명의 아이들과 함께 살았다. 아이들의 아버지가 누구인지는 아무도 알지 못했다. 부어 자신조차도 아이 한 명 한 명의 아버지가 누구인지 정확히 알지 못했다. 수많은 남자가 그녀에게로 왔다가 떠나버렸다. 아버지가 되기에는 아직 경험이 부족한 풋내 나는 청년들부터 노련한 노인들, 용감한 사냥꾼들에 돈이라면 벌벌 떠는 자들까지…… 모두들 자기 방식대로 부어에게 다가와서는 각각 다른 모습으로 떠나갔다. 애정사에 있어서 남자는 대개 약삭빠르고 무책임한

반면, 여자는 귀가 여리고 너무나도 지극정성이다. 부어는 자신에게 다가온 남자들 모두를 열렬히 사랑했고 또한 자신을 떠나버린 모든 남자에게 냉담했다. 아버지 없이 태어난 아이들을 그녀는 혼자서 거두었다. 부어는 이제 마을에 사는 어떤 남자와도 애정을 품거나 관계를 맺지 않았다. 그녀는 사람들 앞에서 무심하게 살았다. 그녀가 과연 사람들 말에 신경을 썼을까, 누가 알 수 있겠는가?

부어의 북적이는 집안은 즐겁고 화목했지만 가난했다. 마을 여자들은 화가 나서 이를 악물고 경멸하는 말들을 쏟아냈다. 사실 그들은 두려워하고 있었다. 마을 남자들은 비웃으며 욕심을 드러냈다. 그들은 화롯가에 둘러앉아 입가에 침을 질질 흘리며 두 눈을 미끈미끈하게 번득였다.

후어땃에서는 모든 사람이 제대로 된 가정을 이루고 있었다. 누구든 전통 풍습에 따라 아내에게는 남편이 있고, 아이에게는 아버지가 있는 삶을 살아야 했다. 정말 이렇게 기괴한 가족은 이제껏 없지 않았던가? 남편이 없는 아내! 아버지가 없는 자식! 아홉이나 되는 아이들! 아홉이지만 어느 한 아이도 다른 아이와 닮지 않았다! 조롱하는 말들이 전염병처럼 재빨리 마을에 퍼졌다. 여자들에게 그것은 닭진드기 전염병이었다. 남자들에게 그것은 열병이었다…… 제일 고통을 받는 것은 여자들이었다. 그들은 이 일을 타당하게 해결할 수 있는 방법을 찾아오라고 남자들에게 닦달했다. 아니면 부어를 쫓아내거나, 그것도 아니면 아이들의 아버지를 찾아내라는 것이었다. 어떻게 그런 가족을 후어땃 공동체 안에 내버려 둘 수 있겠는가? 아이

들이 자라면 마을의 남자가 되고 여자가 될 것이다. 그 애들은
예부터 내려오는 규범들을 모두 깨부숴 버릴 것이다.

후어땃 마을 남성 회의가 여러 번 예정되었으나 열리지 못했
다. 그 일과 관련해서 많은 남자가 자신에게 잘못이 있다고 느
꼈다. 그들은 양심의 가책을 느꼈다. 아무도 감히 자신의 아이
라고 인정하고 나서지를 못했다. 그들은 경박하지만 한결같은
아내들의 혀가 무서웠다. 그들은 세상의 말이 무서웠다. 하지
만 무엇보다도 무서운 것은 가난한 삶이었다.

그해에, 이유는 알 수 없었지만 후어땃 숲에 셀 수도 없이
많은 마가 자라났다. 사람들은 농담하듯 손쉽게 커다란 마를
캐냈다. 아삭하고 고소하고 향기로운 마를 푹 익혀 한입 먹으
면 입안이 쓰라린 느낌이 정말 좋았다. 부어와 아이들도 모두
함께 마를 캐러 갔다. 숲은 모든 이에게 후하고 너그러웠다.

어느 날, 마 뿌리를 따라가다가 부어와 아이들은 세월을 지
나오며 장어 껍질 빛깔의 광택이 사그라진 깨진 도자기 하나
를 캐게 되었다. 도자기 입구를 막은 흙을 털어내던 부어는 도
자기 안에 반짝이는 금괴와 은괴가 가득 든 것을 보고는 깜짝
놀랐다. 당황한 부어는 온몸을 부들부들 떨면서 바닥에 무릎을
꿇고 쓰러졌다. 기쁨의 눈물이 넘쳐흘렀다. 아이들이 몰려들어
두려운 눈빛으로 엄마를 바라보았다.

가난하고 멸시당하던 여자가 어느 날 갑자기 마을에서 제일
가는, 지역에서 제일가는 부자가 된 것이었다.

이제 부어에 관한 남성 회의는 더 이상 필요치 않게 되었다.
사람들은 자신의 아이를 데려가기 위해 차례로 부어의 집을 찾

아왔다. 알고 보니 아버지가 아홉 명이 아니었다. 스무 명도 아니었다. 그들은 50명이나 되었다. 하지만 부어는 그 남자들을 아이들의 아버지로 인정하지 않았다. 찾아온 이들은 모두 자신의 공식적인 아내를 기쁘게 해줄 선물을 받고 돌아갔다.

그해 말에 부어는 아내를 여의고 아이가 없는 어느 착한 사냥꾼과 결혼을 했다. 첫날밤에 그녀가 행복한 눈물을 흘린 걸 보면 아마도 이번이 그녀의 진짜 사랑이었던 것 같다. 전에 다른 남자들과 함께할 때에는 그녀에게서 그런 눈물이 나오지 않았다.

당연히 부어는 자신의 공인된 남편과의 사이에서 열번째 아이를 하나 더 낳을 예정이었지만, 그녀는 예로부터 내려오는 규범과 모든 것이 갖추어진 환경 속에서 출산을 하는 데에 익숙하지 않았다. 그녀는 따뜻한 이불 속에서 진통 중에 숨을 거두고 말았다.

그녀의 장례식에 후어땃 공동체 모두가 참여했다. 남자, 여자, 아이 할 것 없이 모두. 사람들은 그녀를 용서해주었고, 아마 그녀도 그들을 용서해주었을 것이다.

네번째 이야기
가장 즐거운 쏘애*춤 잔치

하티애는 마을 우두머리인 하반노의 딸이다. 애처럼 아리따

---

* 쏘애xòe: 베트남 북서부 산악 지역에 거주하는 소수민족인 타이족의 무곡.

운 사람은 드물었다. 허리는 불개미의 허리 같았고, 눈은 쿤루와 낭우어* 별처럼 반짝였으며, 목소리는 온화했다. 그녀가 웃을 때면 웃음소리가 티 없이 맑았고 근심 걱정 하나 느껴지지 않았다. 애가 아름다운 것은 물론이었지만 그녀의 덕행 또한 견줄 이가 거의 없었다. 그녀는 후어땃 사람들의 자부심이었다. 온 마을이 그녀가 자신에게 합당한 남편감을 찾을 수 있기를 바랐다. 마을 우두머리인 하반노 역시 그러기를 원했고, 마을의 원로들도 그러기를 원했다. 애처럼 아름다운 딸을 합당하지 않은 남편감에 보낸다는 것은 탠에게 죄를 짓는 일이었다. 그녀는 탠이 후어땃 사람들에게 내려준 선물이었기 때문이다. 그럼 누구를 선택해야 할까? 사람들은 애의 남편을 고르는 일에 대해 논의했다. 마을 우두머리인 하반노의 사위가 되고자

---

* 옛날이야기 속의 인물로, 쿤루Khun Lú와 낭우어Nàng Ủa 별은 홈Hôm별과 마이Mai별(원주). 타이족의 서사시에 등장하는 두 주인공이다. 옛날에 탠Then(타이족이 믿는 신, 하느님)에게 꽁뼁Cong Péng이라는 딸이 있었다. 꽁뼁은 너무나도 아름답고 총명해서 하늘나라에서는 신랑감을 찾을 수가 없었다. 탠만이 유일하게 꽁뼁의 남편이 될 만한 능력을 지니고 있었다. 하지만 그 당시 법에 따르면 아버지와 딸은 혼인할 수 없었으므로 탠은 꽁뼁에게 사람으로 환생해서 살다가 23년 후에 하늘나라로 돌아오라고 명했다. 이후 꽁뼁의 혼은 둘로 나뉘어 지상에 사는 어느 자매의 아들과 딸로 다시 태어났다. 언니가 낳은 아들 쿤루와 동생이 낳은 딸 낭우어는 서로 사랑했으나 (사촌) 남매 사이였으므로 혼인을 할 수 없었다. 그들은 하늘에서라도 연을 맺기 위해 함께 목숨을 끊었지만, 탠은 23년 전 꽁뼁이 환생할 때 약속한 대로 낭우어를 자신의 아내로 삼았고 쿤루는 궁녀 중 한 명과 혼인을 시켜주기로 한다. 하지만 낭우어를 잊지 못한 쿤루는 어느 궁녀와도 혼인을 하지 않은 채 그저 낭우어 가까이에서 지냈다. 쿤루와 낭우어는 매일 서로를 바라볼 수는 있었지만 직접 만날 수는 없었다. 후에 두 사람의 혼은 별이 되었는데, 쿤루는 절망적인 사랑에 빠져 흐릿한 별(저녁샛별)이 되었고 낭우어는 소원을 이루었으므로 밝은 별(샛별)이 되었다.

청하는 사람들은 매우 많았다. 후어땃 마을 사내도 있었고 후어땃 외부 사내도 있었다. 후어땃 마을 원로들은 하룻밤을 꼬박 새우며 즈어우껀 다섯 항아리를 모두 비우고 나서야 재능을 겨루어 가장 고귀하면서도 가장 찾아보기 어려운 덕성을 가진 사람을 애의 남편감으로 선택하기로 결정했다. 가장 고귀하면서도 가장 찾아보기 어려운 덕성이란 무엇인가? 누가 그런 덕성을 지녔단 말인가? 사내들은 화롯가에 모여 앉아 논쟁을 벌였다. 얼마나 많은 술과 고기가 소진되었는지 모른다. 요즘 젊은이들은 냉수만 가지고는 생각할 줄을 모른다니까, 확실히……

어느 날은 용맹한 모습의 사내 한 명이 찾아와서 우두머리와 원로들에게 말했다.

"용감성은 가장 고귀하면서도 가장 찾아보기 어려운 덕성입니다. 저는 그런 덕성을 가지고 있는 사람입니다!"

"증명해보시게!" 우두머리가 말했다.

사내는 숲으로 들어갔다. 오후가 되어서야 사내는 사냥한 멧돼지 한 마리를 어깨에 짊어지고 돌아왔다. 60킬로그램이 넘는 멧돼지는 고슴도치 털처럼 뻣뻣한 털이 듬성듬성 나 있었고, 죽었는데도 녀석의 시뻘건 두 눈에는 여전히 핏기가 가득 서려 있었다. 사내는 돼지를 바닥으로 내던졌다. 사내의 눈은 밝게 빛났고 몸에서는 후광이 비치는 듯했다. 모두들 사내를 칭찬했다.

우두머리가 딸에게 물었다.

"얘야, 보거라. 저 사내 정말 용감하구나. 자신의 용감한 덕성을 증명해 보였어……"

애는 미소를 지었다. 구혼자의 용감한 눈빛을 보는 순간 그녀의 심장은 요동쳤다. 그 두 눈에서는 불꽃이 일고 있었다. 하지만 용감한 사람들은 자신의 일에만 몰두할 거라는 사실을 본래부터 총명한 애는 알고 있었다.

애가 답했다.

"그러네요, 아버지! 저 사내는 자신의 용감한 덕성을 증명해 보였네요…… 정말 고귀한 덕성을요…… 하지만 아버지, 그 덕성이 고귀하기는 하지만 분명 찾아보기 어려운 건 아닐 거예요. 아침에 시작해서 이제 겨우 오후가 되었을 뿐인데 그걸 증명해냈잖아요."

원로들은 고개를 끄덕였다. 사람들은 애의 말을 수긍했다. 돼지는 해체해서 고기로 먹었다. 용감한 덕성, 그러니까 고귀하기는 하지만 찾아보기는 어렵지 않은 덕성을 기뻐하기 위해 온 마을이 밤새 쏘애춤을 추었다. 진정 숲에 사는 많은 사내가 그러한 덕성을 가지고 있었다……

한번은 총명하고 영민해 보이는 사내가 찾아와서 마을 우두머리와 원로들에게 말했다.

"지혜는 가장 고귀하면서도 가장 찾아보기 어려운 덕성이지요! 저는 그런 덕성을 가지고 있는 사람입니다!"

"증명해보시게!" 원로들이 사내에게 말했다.

사내는 숲으로 들어갔다. 오후가 되어서 사내는 상처 하나 입지 않은 온전한 수달 한 쌍을 들고 왔다. 수달은 숲에서 가장 지혜로운 동물이다. 녀석의 청각은 매우 발달해서 덫을 놓아 녀석을 잡는다는 것은 사람의 힘으로는 거의 불가능한 일이었다. 사내는 미소를 지었다. 사내의 눈은 밝게 빛났고 몸에서는 후광이 비치는 듯했다. 모두들 사내를 칭찬했다.

우두머리가 딸에게 말했다.

"보거라, 저 사내 정말 지혜롭구나. 자신의 지혜로운 덕성을 증명해 보였어……"

애는 미소를 지었다. 다시 한번 그녀의 심장이 요동쳤다. 구혼자의 두 눈에서는 불꽃이 일고 폭풍우가 몰아쳤다. 하지만 지혜로운 사람들은 언제나 고통스럽고 심지어는 불행할 것이다. 그들은 너무나도 많은 것을 알고 있다……

애가 답했다.

"아버지, 저 사내는 자신의 고귀한 덕성을 증명해 보였네요…… 하지만 아버지, 그 덕성이 고귀하기는 하지만 그 역시 분명 찾아보기 어려운 건 아닐 거예요. 아침에 시작해서 이제 겨우 오후가 되었을 뿐인데 그걸 증명해냈잖아요."

원로들은 고개를 끄덕였다. 사람들은 수달 한 쌍을 잡아 고기로 먹었다. 지혜로운 덕성, 그러니까 고귀하기는 하지만 찾아보기는 어렵지 않은 덕성을 기뻐하기 위해 온 마을이 밤새 쏘애춤을 추었다. 진정 숲에 사는 사내들이라면 모두 이러한 덕성을 가질 필요가 있었다……

또 한번은, 살이 찐 사내 하나가 말을 타고 마을에 나타났다. 살찐 사내가 말했다.

"부富는 가장 고귀하면서도 가장 찾아보기 어려운 덕성입니다. 저는 부유한 사람이지요."

살찐 사내는 얼마인지 알 수도 없는 금과 순은을 바닥에 쏟아놓았다. 모두들 눈이 부셔했다. 우두머리와 원로들은 침묵을 지켰다. 이제껏 그들은 그런 부자를 본 적이 없었다.

　"부는 증명을 할 필요가 없지요!……" 살찐 사내가 말했다.

　원로들은 고개를 끄덕였다. 마을 우두머리도 고개를 끄덕였다. 살찐 사내는 미소를 지었다. 사내의 눈에서는 불꽃이 일며 폭풍우가 몰아쳤고 깜깜한 밤까지 어려 있었다. 사내의 몸에서는 후광이 비치는 듯했다.

　우두머리가 애에게 물었다.

　"어떠냐, 우리 딸…… 부는 고귀하고 찾아보기 어려운 덕성이더냐?"

　"찾아보기 어려운 건 맞는데요." 애가 대답했다. "하지만 부는 덕성이 아니잖아요. 만일 거짓을 말하는 거라면 그건 일종의 덕성이겠네요…… 거짓 없이는 부도 없으니까요……"

　원로들은 웃음을 터뜨렸다. 사람들은 부자를 기뻐하기 위해 밤새도록 쏘애춤을 추었다.

　마지막으로 후어땃 마을의 사내 하나가 우두머리와 원로들을 만나러 왔다. 그의 이름은 학, 고아 출신 사내로 마을에서 제일가는 사냥꾼이었다. 학이 모두에게 말했다.

　"진정성이 가장 고귀하고 찾아보기 어려운 덕성이지요!"

　"증명해보게!" 모두가 사내에게 말했다. 학이 대답했다.

　"진정성은 목에 건 은목걸이처럼 여러분들에게 보여주고 만져보게 할 수 있는 것이 아닙니다."

　모두들 법석거렸고 원로들은 의견을 나누었다. 우두머리는 화가 나서 불타는 듯 순식간에 얼굴을 붉혔다.

 "반드시 증명을 해야 한다!" 우두머리는 크게 소리쳤다. 그는 학을 바라보는 애의 애정 어린 두 눈을 보았다.

 "누가 자네를 믿을 수 있겠나! 누가 자네더러 진정성 있는 덕성을 가졌다고 한단 말인가?" 우두머리가 물었다.

 "탠이 아십니다!" 학이 대답했다.

 "저도 알아요!" 애가 엄숙하게 말했다.

 "정신이 나갔느냐!" 우두머리가 사납게 외쳤다. 그는 원로들을 바라보며 도움을 청했다. 그는 알고 있었다. 노인들은 언제나 세상의 모든 복잡한 일로부터 탈출할 수 있는 길을 쉽게 찾아낸다는 사실을.

 "탠에게 기도를 해보게!" 원로 중 한 명이 학에게 말했다. "지금은 가뭄 중이네. 수원水源이 모두 바싹 말라버렸지. 만약 자네에게 진정성이 있다면 탠에게 비를 내려달라고 기도해보게!"

 다음 날 정오 무렵, 후어땃 마을 사람들은 제단을 세웠다. 날이 숨이 막힐 듯 몹시 더웠다. 학이 제단 위에 올라섰다. 그는 장엄하게 두 눈을 들어 하늘을 바라보았다. 그가 말했다.

 "진정성을 지키기 위해서는 늘 고통과 손해를 견뎌야 한다는 걸 알면서도 저는 진정성 있는 삶을 살고 있습니다. 하지만 만일 진정성 있는 마음으로 죄를 대속할 수 있다면, 이 세상에 사랑을 가져올 수 있다면, 하늘이시여 비를 내려주옵소서……"

 하늘은 높고 고요하기만 했다. 갑자기 머나먼 어딘가에서 희미한 바람이 불어왔다. 숲속의 나무들이 일제히 바스락거렸다.

대지 위에서는 자그마한 회오리바람들이 일기 시작했다.

오후가 되니 하늘에 비구름이 가득 끼었고 밤이 내리자 비가 쏟아졌다.

이번에는 사람들이 학과 마을 우두머리 딸의 혼인을 축하하기 위해 한 달 내내 쏘애춤을 추었다. 후어땃 마을에서 가장 즐거운 쏘애춤 잔치였다. 온 마을이 흥건하게 취했다. 각 집의 기둥들과, 심지어 들판의 나무들까지도 뿔잔에 술 한 잔씩을 거나하게 대접받았다.

다섯번째 이야기
원수를 갚은 늑대

후어땃에는 대대로 사냥꾼 일을 하는 황씨 가문이 살고 있었다. 황반년 대에 와서 이 가문의 명성이 마을 곳곳으로 울려 퍼졌다. 년은 사냥을 잘했다. 사냥철이 되면 그는 늘 지휘관이었다. 그는 두려움을 몰랐다. 이 점은 그의 아버지나 친할아버지, 증조할아버지와 닮았다.

년에게는 두 명의 아내가 있었지만 둘 모두에게 아이는 없었다. 50이 넘어서 년은 아내를 한 명 더 얻었고 다행스럽게도 그 셋째 부인이 그에게 금동金童같이 예쁜 아들을 낳아주었다. 년은 아들에게 황반산이라는 이름을 지어주었다.

다섯 살 되던 해부터 산은 아버지를 따라 숲에 들어갔다. 년은 아들 역시 노련한 사냥꾼이 되도록 단단히 훈련할 생각이었다. 마을 원로들이 그에게 충고했다.

"산이 더 이상 귀신에게 잡혀가지 않는 열세 살을 지나도록 그냥 놔두게나. 숲을 좀 무서워하라고. 아이를 너무 일찍 숲에 들여보내면 절대 좋을 게 없어!"

년이 답했다.

"다섯 살 되던 해에 저희 아버지도 저를 숲에 들여보냈다고요!"

원로들이 말했다.

"옛날은 옛날이고, 지금은 지금이지. 자네 아버지한테는 아들이 넷이나 있었지만 자네한테는 하나뿐이지 않은가……"

년은 냉소했다. 우리 젊은이들도 자주 그렇게 어른들에게 냉소를 보인다. 어른들의 말이 때로는 선지자의 말과 같다는 걸 우리는 모른다. 어른들은 두려움을 안다. 두려움이라는 건 즐거워할 만한 것이 못 된다……

산은 점차 성장했다. 여덟 살에 아이는 덫을 놓아 꿩을 잡았고, 열 살에는 총을 열 발 쏘면 일곱 발이 맞았다. 년은 이제 아들에게 사나운 짐승을 잡게 할 때가 왔다고 느꼈다. 열두 살이 되자 년은 아들을 늑대 사냥에 내보냈다.

그날, 년을 따라 사냥에 나선 무리는 족히 서른 명이 넘었다. 늑대는 영리하고 숲속에서 오만하기로는 뒤지지 않는 짐승이다. 녀석은 독하고 꾀가 넘친다. 사냥꾼들이 덮치면 녀석은 무리를 분산하고 주요 늑대들을 보호하기 위해 몇몇을 미끼로 희생시킨다. 년은 노련한 사람이었다. 그는 사냥꾼 몇에게 미끼 늑대를 쫓게 했다. 그와 남은 사냥꾼들은 우두머리 늑대들을 놓칠 수 없었다. 그는 대장 늑대를 바로 알아보았다. 대장은 털에 붉은빛이 도는 늙은 암컷 늑대였다. 달릴 때 녀석은 몸을 땅바닥에 바짝 숙이고 꾸불꾸불한 갈지자 길을 따라 질주했다. 년은 착 달라붙어 녀석을 동굴 안까지 몰아넣기로 결정했다.

산은 아버지를 바짝 뒤쫓았다. 아이에게 늑대들의 울음소리는 이미 익숙했다. 년은 아들에게 늑대의 신호를 분별하는 법을 가르쳐주었다. 어떤 게 명령을 내리는 소리이고 부르는 소리인지 두려워 우는 소리인지, 심지어 꼬리를 흔드는 것도 방법에 따라 각각 다른 신호를 나타낸다는 것까지 가르쳤다. 마지막 날이 되자 무리의 늑대들은 사냥꾼들에 의해 거의 전멸했다.

사냥꾼들은 우두머리 암컷 늑대를 녀석이 사는 동굴 안으로 몰아넣었다. 동굴에는 푸른 이끼가 긴 종유석 기둥들이 있었다. 늑대는 늙었다. 등에 난 털이 한 움큼씩 듬성듬성 희끗희끗하게 변해 있었다. 동굴 안으로 몰리자 녀석은 격렬하게 저항했다. 녀석의 눈은 시뻘게졌다. 그때 녀석이 무슨 생각을 했는지 모르겠다. 형태를 기억하려는 듯 녀석은 잠시 동안 년을 유심히 바라보더니 늑대들이 모여 있는 가장 깊은 구석 쪽으로 돌진했다. 녀석이 새끼 늑대 한 마리를 물었을 때 총을 발사했다. 년은 늑대의 등 쪽에 산탄총 총알 다발까지 집어 던졌다. 우두머리 늑대는 이빨로 정수리를 물고 있던 작은 늑대를 짓눌렀다. 사냥꾼들이 몰려들어 우두머리 늑대의 사체를 끌어당기고 새끼 늑대들을 잡았다. 산은 어미 늑대의 입에 물려 있던 새끼 늑대를 데려가는 것이 불길했다. 이 녀석은 새끼 늑대들 중에서도 가장 잘생긴 녀석이었다.

새끼 늑대는 집에서 기르는 개들과 함께 자랐다. 녀석의 정수리에는 이빨에 물린 자국이 남아 있었다. 상처 부위에는 털이 나지 않았다. 새끼 늑대는 년의 집에서 길러졌다. 녀석은 사람과 친숙했고 집에서 기르는 개와 비슷한 성격이었는데 눈과 몸짓만은 달랐다. 녀석의 눈은 굉장히 사나웠고 몸짓은 힐끗힐끗 무언가를 살피며 피해 다녔다. 년과 산 모두 이 새끼 늑대가 싫었다. 하지만 늑대는 집안사람들이나 다른 동물들의 뜻을 거스르는 일이 절대로 없었다. 녀석은 모든 충돌을 피했고 녀석의 성격은 이상하게도 극도로 온화했다. 녀석은 다른 개들과 먹이를 다투지도 않았고 말이나 염소, 돼지, 닭과 일을 벌이지도 않았다. 녀석은 조용하고 아주 분별력 있게 살았다. 녀석은 집안사람 모두가 자신을 싫어한다는 걸 알았던 것 같다.

시간이 흘러 어느덧 산이 열세 살이 되었다. 년은 아들에게 귀신 제사를 지내주기로 했다. 그는 집안사람들에게 돼지 두 마리를 잡으라고 하면서 마을 사람들에게 대접할 것이니 늑대도 함께 잡으라고 말했다.

그날, 집안사람이 돼지를 잡으려고 칼을 든 순간 무서운 일이 벌어졌다. 아버지 옆에 앉아 있던 산은 최고로 예쁜 아마포 옷 한 벌을 입고 있었다. 아이는 주인의 풍모를 풍겼다. 년은 아들에게 어떻게 하는지 가서 살펴보라고 했다. 산은 고개를 끄덕이고는 쇠로 지지대를 단 황금빛 나무 계단을 세 발짝 뛰어 내려가다가 불행히도 계단에 가로로 박혀 있는 지지물에 아마포 바지 자락이 걸려버리고 말았다. 아이는 늑대를 매어놓은 곳으로 고꾸라졌다. 자리에 누워 게슴츠레 졸고 있던 늑대가 깜짝 놀라 일어났다. 산은 늑대 옆에 있는 돌에 머리를 박으면

서 늑대를 매어놓은 쇠줄에 입을 부딪혔다. 산의 입에서 피가
흘렀다. 산의 입에서 흘러내리는 붉은 핏자국은 야수의 흐릿한
무의식 속에 잠자고 있던 어떤 것을 일깨웠다. 녀석은 벌떡 일
어서서 날카롭고 새하얀 아랫니를 드러내 보이다 산에게 돌진
하여 어루러기 자국이 흐릿하게 번진 목 한가운데를 덥석 물
었다. 년의 집안사람이 깜짝 놀라 달려갔다. 늑대는 미친 듯이
아이를 물고 놓아주지 않았다. 녀석은 물고 뜯고 갉고 훑었다.
녀석은 산의 목에서 피로 얼룩진 살점을 하나하나, 근육과 힘
줄을 하나하나 뜯어냈다. 산은 눈을 까뒤집은 채 곧바로 죽어
버렸다. 아이의 목은 한쪽 부분이 아주 새빨갛게 움푹 팼고 그
아래에서 피가 연신 솟구치면서 거품까지 부글부글 일었다. 피
가 늑대의 머리를 흠뻑 적시고 털이 제멋대로 덥수룩한 머리까
지 온통 빨갛게 물들였다.

사람들이 애를 써서 겨우 늑대를 떼어냈다. 년은 눈물을 뚝
뚝 흘리며 도끼를 들고 늑대에게 달려들었다. 사람들은 양쪽으
로 갈라져 그에게 길을 내주었다. 년은 온몸을 떨었다. 늑대는
몸을 비틀며 계단 아래쪽에 딱 달라붙었다. 잠시 주춤하더니
갑자기 년은 도끼를 휘둘러 쇠목줄을 연신 내려쳤다. 도끼날
은 휘어졌고 잘린 쇠줄은 사방으로 튀었다. 늑대는 한번 크게
울부짖고는 숲 쪽으로 내달렸다. 목에는 여전히 목줄의 일부가
짧게 매달려 있었다. 사람들이 멍하니 서 있는 년 주위를 에워
쌌다. 년은 도끼를 떨어뜨리고 하나뿐인 아들의 시신 옆에 주
저앉았다. 비쩍 말라 뼈가 드러난 손가락뿐만 아니라 무릎 관
절까지 피로 얼룩진 땅바닥을 후벼 파내고 있었다.

여섯번째 이야기
잊힌 땅

로반빠인은 후어땃 마을에서 유명한 노인이었다. 80이 넘었지만 영감의 이는 열일곱 청년의 이처럼 가지런했다. 쌀을 가는 맷돌도 영감은 장난치듯 한 손으로 움직였다. 영감은 세 사람 몫의 일을 해냈다. 술을 마셔도 그렇고 영감의 힘은 만 명을 감당해낼 수 있었다. 후어땃 마을 장정들은 영감을 존경했다.

빠인 영감에게는 세 명의 아내, 여덟 명의 자식 그리고 약 서른 명의 손주가 있었다. 그들은 화목하고 꽤 풍요롭게 살았다. 가족은 난로와도 같다. 각각의 탄들은 서로를 따뜻하게 해주는 힘이 있지만 그다음에는 서로를 태우기도 한다. 어느 가족이 그렇지 않단 말인가?

만일 빠인 영감이 후어땃 골짜기 안에서만 왔다 갔다 하며 살았다면 아무런 일도 생기지 않았을 것이다. 하지만 갑자기 영감은 므엉름으로 가서 물소를 사기로 마음을 먹었다. 사실 물소만 산다면야 그렇게까지 많이 힘들 것은 없었다. 그저 찌 마을이나 맛 마을에만 가도 빠인 영감은 최상급 밭갈이 물소를 살 수가 있었다. 하지만 므엉름은 빠인 영감이 젊었을 적에 살던 곳이었다. 오래된 기억이 영감 안에서 되살아났다.

므엉름은 쩌우옌 끄트머리에 있는 멀고 먼 외진 땅이다. 타이족 말로 므엉름은 **잊힌 땅**이라는 뜻이다. 그곳에는 상고 시대부터 존재했던 원시림과 끝도 없이 늘어선 풀나무들 그리고 셀 수 없이 많은 새와 짐승 들이 있었다.

그날, 빠인 영감이 말을 타고 므엉름 근방에 도착하자 날이 어두워져 버렸다. 우박이 매섭게 쏟아져 내렸다.

빠인 영감은 우박을 피할 곳이 있는지 주위를 둘러보았지만 칼처럼 날카로운 잎이 달린 풀로 덮인 언덕만 광활하게 펼쳐져 있을 뿐이었다. 우박이 높은 곳에서 후드득 쏟아져 내렸다. 말이 두려워하며 더 이상 앞으로 나아가지 못했다. 녀석의 입에서는 히이잉 울음소리가 울려 나왔고 말굽은 땅을 후벼 파고 있었다.

빠인 영감은 서둘러 말에서 내려오며 욕을 해댔다. 그는 이제껏 그렇게 거친 비바람을 본 적이 없었다. 바람이 엄청 거세고 우박 덩어리가 영감의 몸을 참을 수 없을 만큼 아프게 채찍질해댔다. 밤이 점차 내려앉고 천둥 번개가 연신 울려 퍼지며 땅을 뒤흔들었다. 말은 고삐를 끊고 언덕 아래로 쏜살같이 사라져버렸다. 빠인 영감이 쫓아가려고 하는 찰나에 갑자기 작은 그림자 하나가 영감 쪽으로 달려오고 있는 모습이 보였다. 영감은 마음을 가라앉혔다. 그건 밭일 나갔다 돌아오는 아가씨의 모습이었다. 예상치 못한 비를 만나 무서웠던 그녀는 연신 아이고 아이고를 외치며 헐레벌떡 달려왔다. 빠인 영감을 만나자 힘이 빠진 그녀는 영감의 품 안에서 쓰러지고 말았다.

비가 쏟아붓듯 내렸고 얼음덩어리가 산탄처럼 사방으로 튀었다. 빠인 영감은 일어서서 허리를 굽혀 아가씨를 보호했다. 아가씨는 두 손바닥에 얼굴을 파묻은 채 온몸을 벌벌 떨었다. 신뢰감을 느낀 그녀는 건장하게 맨살을 드러낸 영감의 가슴팍에 몸을 기댔다. 빠인 영감은 달래주었다.

"무서워하지 말거라…… 무서워하지 마…… 탠의 분노는 곧 지나갈 테니까……"

그들은 우박과 천둥으로 둘러싸인 푸른 언덕 한가운데에 그렇게 서 있었다. 빠인 영감은 기묘한 느낌이 들어 정신이 아찔했다. 지나온 생애를 전부 통틀어 겪어본 적 없는 느낌이었다. 그는 이것이 바로 자신이 항상 찾기를 원했던 것임을 알고 있었다. 사랑 이상의 무엇, 영감이 만났던 여자들 이상의 무엇, 이런 느낌은 마치 **행복**인 것 같았다.

비가 그치자 높은 곳에서 희미한 붉은빛이 어른거리기 시작했다. 아가씨는 부끄러워하며 빠인 영감의 손에서 자신의 손을 뺐다. 영감은 그렇게 예쁜 사람을 아직까지 보지 못했다. 그녀는 갑자기 내달렸다. 영감은 당황해하며 뒤쫓아 갔다. 넘어지기는 했지만 결국 그녀의 손을 잡을 수 있었다.

"이름이 무엇이냐?" 영감이 물었다. "내일 내가 청혼하러 가겠다…… 내가 마음에 드느냐?"

아가씨는 당황해하며 한참 후에야 중얼거렸다.

"저는 무온이에요…… 므엉름 마을에 사는……"

아가씨는 영감을 밀쳐내고는 언덕을 내려갔다. 하얗게 드러난 두 종아리가 매끄러웠다. 빠인 영감은 땀에 흠뻑 젖은 채 녹초가 되어 땅바닥에 주저앉았다. 그의 마음속에 좋은 기분이 흘러넘쳤다. 벌거벗은 가슴팍 위로 커다랗고 검은 개미들이 아무렇게나 기어 다니는데도 아랑곳하지 않고 그는 흠뻑 젖은 풀밭 위에 드러누워 버렸다. 총명한 말이 다시 찾아와 뜨거운 입

김이 나는 주둥이로 곱슬곱슬한 검은 털들이 돋아난 커다란 귀를 살살 물어 깨울 때까지 그는 잠에 빠져들었다.

다음 날 점심께, 빠인 영감은 말을 끌고 무온의 집을 찾아 마을로 들어왔다. 영감은 무온의 아버지에게 물소를 사줄 요량으로 호아쏘애 은화*를 산더미처럼 쌓아놓고는 무릎을 꿇고 앉았다. 손님이 청혼하러 온 것을 안 무온의 아버지는 껄껄껄 웃으며 처자식과 마을 사람들을 불러 모았다. 모두들 웃고 떠들며 의견을 나누었다. 빠인 영감은 칼로 찌르는 듯한 날카로운 비웃음 속에서도 아무 일 없는 듯 앉아 있었다. 무온은 문 뒤에 숨어 틈 사이로 내다보았다. 그녀는 이 상황이 재미있기도 하고 웃기기도 한 것 같았다. 사실 그녀는 어젯밤의 우박과 눈물과 언덕 위에서의 만남을 모두 잊고 있었다.

빠인 영감은 고집스럽게 청혼의 말을 반복하고 또 반복했다. 너무나도 심각한 나머지 모두들 더 이상 웃을 수가 없었다. 결국 무온의 아버지는 조건을 내걸어야 했다.

"됐어요, 내 사위가 되고 싶으면 푸루옹 정상에서 가장 큰 림나무**를 어떻게든 뽑아서 가져오십시오. 그 나무로 나중에 당신과 무온의 집을 만들 터이니……"

모두들 웃음을 터뜨렸다. 이 자리에 그 림나무를 모르는 사

---

* 호아쏘애hoa xòe 은화: 인도차이나 동전(piastre). 1885년에서 1954년 사이에 프랑스령 인도차이나반도에서 발행, 유통되었던 프랑스인의 화폐를 가리킨다. 꽃이 꽃잎을 활짝 펼친 것 같은 무늬가 새겨져 있어 호아(꽃)쏘애(펼치다) 은화라고 불렸다.

** 림lim나무: 격목格木.

람은 없었다. 여덟 사람이 둘러서서 껴안아도 다 감싸지 못하는 둘레였다. 그곳에서 내려다보면 므엉름이 나산의 지붕만큼 작아 보일 정도로 나무는 높은 석회암산 정상에서 자라고 있었다.

"좋습니다! 그 말 꼭 지키십시오!" 빠인 영감은 칼로 돌을 자르듯 대답했다.

사람들 사이에 소문이 돌았다. 빠인 영감이 산 정상에 올라가 도끼로 나무를 내리쳤는데 한 번 내리치고는 힘이 다 빠져버렸다는 것이다. 영감은 심장이 터져서 죽었다.

빠인 영감의 장례식에 무온은 따라가지 않았다. 그날 그녀는 엔쩌우 시장에서 열리는 닭싸움을 보러 가기에 바빴다. 오후에 집에 돌아오는 길에 그녀는 또다시 비를 만났지만 이번에는 우박은 내리지 않았다.

일곱번째 이야기
버려진 뚜바*

마을 우두머리인 하반노의 집 다락방에는 언제부터 거기에 있었는지 알 수 없는 뚜바가 있었다. 물소 뿔로 만들어 은으로 상감한 이 뚜바는 금이 간 채로 거미줄이 가득 쳐지고 안쪽에는 땅벌이 지어놓은 집도 있었다. 아무도 뚜바에 관심을 주지

---

* 뚜바tù và: 소 또는 물소 뿔, 코끼리의 상아 등으로 만든 악기. 불어서 소리를 내며 신호를 보내는 도구로도 사용된다.

않았다. 뚜바는 거기에 놓여 내팽개쳐지고 버려졌다.

그해에, 갑자기 후어땃 숲에 이상하게 생긴 검은 벌레가 나타났다. 녀석들은 이쑤시개처럼 작았고 나뭇가지와 이파리에 빽빽하게 붙어 있었다. 숲에 들어가거나 밭에 올라갈 때면 늘 벌레들이 탁탁탁탁 몸을 튕기는 소리, 사각사각 나뭇잎 갉는 소리가 들려와 온몸이 오싹했다. 그 벌레가 먹지 못하는 나뭇잎은 없었다. 벼잎부터 대나뭇잎, 가시가 잔뜩 돋친 등나무와 덩굴 야자의 이파리까지 모두 벌레들이 게걸스럽게 먹어버렸다.

마을 우두머리 하반노는 비쩍 말라버렸다. 그는 마을 사람들과 함께 그 신충을 박멸하기 위한 온갖 방법을 강구해보았다. 그들은 나무를 흔들어도 보고 불을 붙여도 보고 연기도 피워보고 뜨거운 물과 독초인 단장초斷腸草 즙도 부어보았다. 모든 방법이 다 무효했다. 벌레는 놀라울 만큼 빠르게 번식했다.

후어땃 마을은 페스트가 번진 것처럼 휑뎅그렁하니 처량했다. 사람들은 후어땃 마을을 떠나 다른 곳으로 옮기는 일에 대해 논의했다. 원로들도 회의를 열었다. 모두들 무서워하며 주술사를 불러와 제사를 지내게 했다.

마을 우두머리 하반노는 사람들을 시켜, 하늘과 땅의 귀신들에게 보호해주십사 기도할 때 쓸 물소와 돼지를 잡게 했다. 주술사가 말했다.

"하씨 집안 조상의 뼈가 썩으면서 벌레로 변했구먼. 뼈를 밖으로 꺼내야만 벌레를 모두 없앨 수 있겠어."

마을 우두머리는 깜짝 놀랐다. 그곳의 하씨 집안은 사람이 죽었을 때 화장을 하는 풍습이 있다. 타고 남은 뼈는 사기로 만든 작은 관에 넣어 보이지 않는 곳에 보관한다. 집안에서 단 한 명의 남자만이 그 관을 어디에 보관했는지 알 수 있다. 죽기 전에 그 사람은 집안에서 한 사람을 선택해 자신의 일을 이어받게 한다. 만약 서로 미워하는 관계라면 상대편이 그 뼈를 가져다 부숴 화약에 섞은 후 쏘아버리면 온 집안이 절멸해버린다는 저주가 있었다. 하씨 집안에 원한을 품은 사람은 적지 않았다. 만약 지금 뼈를 꺼내어 닦는다면 뼈를 숨겨둔 곳이 드러날 것인데, 그러면 적들에게 좋은 기회를 만들어주는 것과 무엇이 다르겠는가.

마을 우두머리는 생각하고 생각했다. 그는 적들이 자신의 일거수일투족을 감시하고 있다는 걸 알았지만 벌레들이 고향을 파괴하도록 그대로 놔둘 수는 없는 노릇이 아니겠는가?

월말의 어느 날 밤에 마을 우두머리는 잠에서 깨어 아들인 하반마오에게 따라오라고 일렀다. 열여덟 살인 마오는 누구보다도 준수하고 총명하고 사려 깊었다.

마을 우두머리 부자는 조용히 집을 나섰다. 산 정상에 있는 아주아주 깊은 동굴 속에 하씨 집안의 해골을 숨겨놓은 곳이 있었다. 동굴 입구는 오래된 대만고무나무 한 그루가 뻗어놓은 뿌리로 완전히 덮여 있었다. 잔뜩 얽혀 있는 뿌리 층을 베어내고서야 비로소 그 안으로 기어 들어갈 수 있었다. 너무 힘들었다. 햇살이 희미해질 때쯤 우두머리 부자는 겨우 사기로 만든 작은 관을 동굴 입구까지 들고 나올 수 있었다.

마을 우두머리가 사기 관의 뚜껑을 열고 뼈를 꺼내 땅 위에 늘어놓은 후 술로 닦아냈다. 뼈는 주술사의 말처럼 썩지는 않았고 원래 모습 그대로였다. 뼈들 가운데 은으로 만든 아주 정교한 줄 하나가 있었다. 마오가 아버지에게 물었다.

"이 줄은 뭐 하는 줄입니까?"

"모르겠구나!" 마을 우두머리는 생각했다. "무기 같은 것을 묶거나 맬 때 사용하는 것 아니겠느냐?"

"저 이거 맘에 듭니다!" 마오는 아버지에게 말하며 은줄을 옷 안에 챙겨 넣었다.

우두머리 부자는 동굴을 떠나 산 아래로 내려갔다. 동굴에서 멀지 않은 곳에 있는 길모퉁이에 다다랐을 때 그들은 한 무리의 낯선 사람들이 매복한 것을 발견했다. 마을 우두머리는 적들이라는 것을 알아차렸다. 그는 아들에게 마을로 달려가서 지원해줄 사람들을 불러오라고 시킨 후 자신은 남아 길을 막았다.

마을 우두머리는 계획을 짰다. 그는 적들을 깊은 비밀 동굴로부터 멀리 떨어지도록 유인할 수 있는 방법을 강구했다. 이렇게 불공평한 상황에서 그의 목숨은 머리카락 한 올에 매달려 있는 것 같았다.

마오는 마을로 돌아왔다. 그는 즉시 마을에서 가장 뛰어난 포수들을 불러 자기 아버지를 구하러 산으로 올라가자고 했다. 산에서 이따금 들려오는 총소리가 그의 마음에 불을 붙이는 듯했다.

점심때가 되어서야 그들은 마을 우두머리를 찾아냈다. 그는 비밀 동굴로부터 4.5킬로미터쯤 떨어진 곳에 있는 나무 그루터기에 묶여 있었다. 총알이 하나도 없는 총이 그의 발아래 버려진 채였다. 그가 집안에서 해골을 숨겨놓은 곳을 불지 않는다는 이유로 적은 그의 혀를 잘라버렸다.

마오는 자기 아버지를 마을로 모셔 왔다. 마을 우두머리는 죽지는 않았지만, 그날부터 벙어리가 되어서 더 이상 말을 할 수가 없게 되었다.

벌레로 인한 피해는 날이 갈수록 더욱더 심각하게 퍼져나갔다. 마오는 화가 났다. 그는 아버지의 원한을 씻기 위해 사람을 시켜 주술사의 혀를 자르게 하고는 마을을 떠나 다른 땅으로 갈 채비를 하라고 명했다.

물건들을 정리하는 날, 마오는 다락방에서 뚜바를 발견했다. 뚜바에는 줄을 묶는 작은 구멍이 있었다. 그는 문득 조상의 뼈들 사이에서 가져온 은줄을 떠올렸다. 그는 곧바로 줄을 가져와 뚜바에 걸었다. 갑자기 뚜바가 한없이 아름다워졌다. 마오는 뚜바를 들어 한번 불어보았다. 정말 신기했다! 뚜바 소리가 울리자마자 나무 위에 붙어 있던 검은 벌레들이 갑자기 몸을 뒤틀더니 땅으로 떨어지는 것이었다.

마오는 깜짝 놀랐다. 그는 뚜바를 손에 들고 두 번 세 번 불어보았다. 검은 벌레들이 비가 오듯 떨어져 내렸다. 그는 너무 기뻐하며 황급히 사람들에게 짐 싸는 일을 멈추라고 명했다.

온 마을이 환호성을 지르며 마오를 따라 산으로 올라갔다. 그날 아침, 뚜바는 멈추지 않고 그 신기한 소리를 계속 냈다. 검은 벌레는 주룩주룩 떨어졌고 사람들은 그저 흙으로 덮어 죽이면 그만이었다. 벌레들에 의한 피해는 단 하루아침에 깨끗이 사라졌다.

벌레들을 박멸하고 난 후 후어땃 마을 사람들은 축하 잔치를 열었다. 낡은 뚜바는 옥좌 모양의 제단 위에 장중하게 놓였다.

그때부터 후어땃 마을에서는 아침이 되면 뚜바 소리가 울려 퍼졌다. 그 옛날의 뚜바 소리는 모든 이로 하여금 조상에 대해 떠올리게 했고, 벌레가 해를 끼치지 않는 평안한 삶의 표식이 되었다.

뚜바는 언제나 벙어리 영감 하반노의 옆구리에 매달려 있었다. 그 뚜바는 보이는 것도 평범할뿐더러 일반적인 뚜바와 조금도 다르지 않았다. 오히려 그것은 보기 싫게 생겼고 다른 뚜바들보다 소리도 절대 크게 나지 않았다.

여덟번째 이야기
사

후어땃 마을에서 가장 정신이 나간 자는 사였다. 사는, 여덟 명의 자녀와 거의 서른 명에 가까운 손주를 거느린 북적북적한 가정을 이루었던 인물이자 이 마을 저 마을 곳곳에서 유명했던 빠인 영감의 막내다.

어릴 적부터 사는 장난이 심하고 돌아다니는 것을 좋아했다. 평생 그는 비범한 전설을 쓰고야 말겠다는 꿈을 꾸었다. 충고하는 말들을 전부 뿌리치며 한결같이 자기 뜻대로만 하려고 우겨댔다. 음주 말인가? 단번에 뿔잔으로 스무 잔을 마실 수 있는 사람이 있다면 그와 겨루어보시기를! 사슴 사냥은 어떻고?

3일 이상 사슴을 쫓아서 사슴이 힘이 빠져 나자빠지게 할 수 있는 사람이 있으면 그와 겨루어보시기를! 누가 그보다 더 빠르고 능숙하게 꼰을 던질 수 있단 말인가?* 누가 그보다 더 캔(캔배)으로 매력적인 음색을 낼 수 있단 말인가? 그리고 또, 누가 그보다 더 재주 좋게 여자의 마음을 정복할 수 있단 말인가?

한번은 호수에 풀어주었던 물고기들을 후어땃 마을 사람들이 하루 종일 고생해서 전부 배 위로 거두어들였다. 물고기들을 나누어 가지려는 찰나에 사가 배를 뒤집어엎어 버렸다. 소리치고 욕하는 소리에도 아랑곳없이 사는 큰 소리로 웃어젖혔다. 그는 방금 풀려나 이리저리 요동치고 있는 하얀 은빛 물고기들 사이로 뛰어들었다.

사는 내기 한 번에 곧바로 불 속으로 뛰어들 정도로 정신이 나갔다. 그에게 아이 또는 여자가 해주는 칭찬의 말 한마디는 금보다도 귀했다. 하지만 (이 역시 세상 모든 악폐처럼 기괴

---

* 꼰còn 던지기 놀이: 음력설 즈음인 봄철에 행해지는 타이족의 민속놀이 중 하나. 이 놀이를 통해 젊은 남녀가 만나고 연을 맺기도 한다. 옛날에 타이족 남녀가 논일을 하다가 볏단을 서로 던지곤 했던 풍습에서 유래했다는 설이 있다. 여자들은 1년 동안 모은 자투리 천을 가지고 꼰을 만든다. 꼰은 형형색색의 천을 이어 붙여 커다란 오렌지 정도의 크기로 동그랗게 만든 주머니 안에 각종 씨앗을 채워 넣은 후 여기에 천으로 된 50센티미터 정도의 긴 끈을 달아 만든다. 형형색색의 천은 우주의 풍요로움을 상징하며, 각종 씨앗은 생명과 번식에 대한 갈망 및 후대에 좋은 것들을 물려주고자 하는 희망을 나타낸다. 놀이 방식은 꼰을 던져서 높은 기둥 위에 매달린 고리 안을 통과시키는 사람이 승자가 되는 것이다. 사람들은 승자에게 한 해 동안 행운이 따를 것이라고 믿는다. 남녀가 편을 나누어 서로의 꼰을 빼앗으며 놀이를 즐기는 방식도 있다.

하고 악독한 것이지만) 후어땃 마을 사람들 중 어느 누구도 그를 칭찬하지 않았다. 사람들은 그의 이름을 부르지 않았다. '돈녀석'…… '정신 나간 녀석'…… '미친놈'…… 이런 것들이 그의 이름이었다. 그는 마치 사람들 사이에서 살아가는 낯선 짐승 같았다. 사는 그렇게 불안하고 고통스럽게 살았다. 그는 자신의 지혜와 능력을 의심했다. 잔치가 열리면 그는 즐거웠지만 얼마 후 돌멩이처럼 입을 꾹 다물어버렸다. 그는 하루 종일, 한 달 내내 쭈그리고 앉아서 장난감인지 무기인지를 만들었지만 다 만들고 나서는 내던져 버리고 말았다. 아무도 감히 이 예측할 수 없는 사람에게 신뢰심을 갖거나 일을 맡기려 하지 않았다. 외로움이 그의 마음을 지독하게 짓밟고 찢어발겼다. 삶에 대한 욕구와 갈망이 맹렬하게 그를 찢고 나와 일상의 모든 행동으로 나타났다. 서른 살이 되던 해에 아랫마을에서 올라온 소금 장수의 꼬임에 빠져 사는 다른 땅에서 비범한 전설을 쓰겠다는 뜻을 품고 후어땃을 떠났다.

사가 떠나고 나자 후어땃 마을의 삶은 더욱더 무미건조해진 것 같았다. 싸움이 일어나도 전처럼 기를 쓰고 싸우지 않았다. 여자들도 좀처럼 외도를 하는 일이 없었다. 더 이상 밤새 날이 샐 때까지 쏘애춤 잔치를 벌이지도 않았다. 웃음도 드물어졌다. 심지어 후어땃 하늘을 날아다니는 새들까지도 날갯짓이 굼떠졌다. 사람들은 인상을 쓰게 되었고 해야 할 일들이 전보다 더 무겁게 그들의 어깨를 짓눌렀다. 그제야 사람들은 사가 그리워졌고, 사가 떠난 것을 아쉬워하게 되었다.

이따금 소금 장수가 들려주는 사에 관한 소식은 모두를 놀라

게 했다. 듣자 하니 그는 산 아래 먼 곳에서 근왕운동*을 돕고 있다는 것 같았다. 어느 날에는 그가 아주아주 먼 나라에 사신으로 갔다는 말이 들렸다. 그리고 또 얼마 후에는 조정에 반대하는 음모에 가담해 귀양을 가게 되었다는 말이 들려왔다.

여자들은 남편을 가르치기 위한 모범으로 사를 들먹이기 시작했다. 후어땃 마을 사람들은 다른 마을 사람들과 이런 일 저런 일을 비교할 때 사의 이름을 떠올렸다. 심지어, 사람들은 옛날에 마을에서 사가 하지도 않은 일들을 끌어대기도 했다. 그의 이름은 그들의 자부심이 되었다.

그렇게 세월이 흘렀다. 사람들은 분명히 사가 다른 이의 고향인 낯선 땅에서 죽었을 거라고 생각했다. 그런데 어느 날 갑자기 사가 돌아왔다.

더 이상 사는 젊고 유쾌하지 않았다. 온전히 산사람 모습을 하고 한쪽 다리를 절면서 노약한 두 눈의 눈동자에 눈물이 고이기 시작한, 노쇠한 노인의 모습이었다.

질문을 받고서 사는 자신이 거쳐온 빛나는 삶에 대해 신중하게 답했다. 소금 장수가 들려준 소문들은 어느 정도 사실이었다.

후어땃 마을 사람들은 사에게 냐산 한 채를 지어주었다. 그

---

* 프랑스의 침략에 대항하여 1885년부터 1896년까지 베트남 전국에서 일어난 저항 운동. 프랑스 세력을 몰아내고 외래 종교를 타파하는 데 그 목표를 두었다. 황제의 이름으로 프랑스의 침략에 저항할 것을 호소하는 '근왕령勤王令'이 반포된 후 전국 각지에서 저항 운동이 활발히 전개되었으나 끝내 프랑스를 축출하지 못했다.

는 다른 사람들처럼 평범하게 살았다. 누군가 옛날이야기를 꺼내면 그는 피해버렸다.

사는 아내를 얻었다. 늙은 부부는 아들을 하나 낳았다. 70세까지 살고서 그는 숨을 거두었다. 죽기 전에 예의 그 소문을 들은 그가 다시 말했다.

"다른 사람들처럼 후어땃 마을에서 살았던 마지막 평범한 일생이야말로 실로 내가 써낸 비범한 전설이다!"

그럴 수가 있을까? 그 말에 대해 왈가왈부하는 후어땃 사람은 보지 못했다. 하지만 사의 장례식을, 사람들은 제왕의 장례식과 똑같이 성대하게 거행했다.

아홉번째 이야기
전염병

후어땃에는 루와 헤인이라는 부부가 살고 있었다. 그들은 어릴 때부터 친했다. 커서 두 사람은 서로 사랑했고 결혼했고 아이도 낳았다. 그들은 서로의 행동거지 하나하나에서부터 성격과 생각에 이르기까지 훤히 알고 있었다. 둘은 절대 멀리 떨어지는 법이 없었다. 후어땃에 콜레라가 퍼졌던 그때까지 두 사람은 50년이나 서로 붙어 있었다.

므엉라, 마이선에서 발생한 콜레라는 햇볕이 쨍쨍하면서 비가 억수같이 쏟아지던, 날씨가 아주 이상한 어느 날에 후어땃에까지 번졌다. 지면 위의 수증기가 뜨겁게 달아올라 활활 피어나자 온몸에 소름이 돋았다. 아이들이 먼저 죽고 나서 노인

312

들이 죽었다. 가난한 이들이 먼저 죽고 나서 부자들이 죽었다. 착한 이들이 먼저 죽고 나서 비열한 자들의 차례가 왔다. 반 달 동안 후어땃 마을에서 서른 명이 죽어 나갔다. 사람들은 서 둘러 구덩이를 파고 사람을 묻은 후 그 위에 석회 가루를 뿌렸 다. 저승사자가 황토빛 달무리 아래에서 쏘애춤 잔치를 여는 밤이 찾아왔다.

후어땃 사람들은 강한 술과 잘게 찧은 생강에 마늘과 고추를 섞은 것으로 콜레라에 저항했다. 사람들은 엄마 젖을 물고 있 는 어린아이들의 입에 그 물을 몇 그릇씩이나 들이부었다. 아 이들은 간과 창자가 긁히고 찢어지는 고통에 울부짖었다. 무슨 상관이란 말인가, 어쨌든 삶을 살다 보면 간장이야 여러 번 긁 히고 찢어지지 않던가.

전염병이 돌 때 루는 집을 떠나 있었다. 셀 수 없이 그에 게 해를 입혔던, 어릴 적부터 떠돌아다니면서 도박에 빠져 있 던 습관이 이제 바로 구명으로써 그에게 보답을 하는 참이었 다. 그 기간 내내 루는 므엉름까지 가서 적흑회*에 빠져 있었 다. 열흘 내내 단 한 순간도 행운이 그를 떠나지 않았고, 심지 어 오줌을 싸러 갈 때에도 루는 돈을 주웠다. 도박꾼들은 그가 부적이라도 가지고 있는 게 아닌지 의심했다. 마지막 날이 되 어 작별을 고한 후 호아쏘애 은화가 가득 든 자루를 메고 집으 로 돌아온 루는 이재민들에게 참담한 절망감을 안겨주었다.

엔쩌우 시장을 지나가면서 루가 말 한 마리를 사며 값을 깎

---

* 붉은색(행운), 검은색(불행)의 모임. '도박'을 일컫는다.

지 않자 낀족 사람이었던 말 장수는 아주 깜짝 놀라며 싸게 팔았다는 아쉬움에 가슴을 푹푹 내리쳤다. 술집으로 들어간 그자는 우울한 나머지 말 판 돈을 전부 써버릴 때까지 인사불성이 되도록 마셨다. 루는 흔들흔들 말을 타고 집으로 돌아왔다. 마음은 들떠 있었다.

마을 입구에 다다라서 루는 울타리에 꽂힌 푸른 나뭇잎을 보고는 깜짝 놀랐다. 하얀 석회 가루가 이곳저곳을 지워버리고 있었다. 나산의 카우꿋 위에는 살찐 까마귀가 가득했다.

사람들은 루가 마을에 들어오지 못하도록 막아섰다. 그들은 그날 아침 루의 아이들이 자기들의 엄마를 묻은 곳인 귀신의 숲으로 가는 길을 가리켰다. 헤인은 죽었고, 이제 막 석회 가루를 잔뜩 뒤집어쓴 묘가 그녀가 묻힌 곳이었다.

미칠 듯이 마음이 아팠던 루는 전속력으로 말을 달려 아내를 묻은 곳으로 갔다. 묘 앞에 엎드려서 루는 꺼이꺼이 울부짖었다.

"헤인아……" 루는 울었다. "당신이 없는데 이제 난 어떻게 살아? 밭일 갔다 오면 누가 있어서 나 세수하라고 물을 끓여주나? 들짐승을 잡아 와도 누가 랍*을 만들어주나…… 누가 있어서 기쁨과 슬픔을 나눌까?"

루는 한참 동안 울었다. 기억이 되살아나 그를 아프게 했다. 그는 아내가 한없이 불쌍했다. 자신은 불성실하고 무정하며, 아내는 고상하고 인내심이 있다고 생각했다. 생각할수록 후회

---

* 랍ลาบ: 라오스와 타이 북동부 이산 지역에서 많이 먹는 음식. 각종 고기를 채소와 함께 버무려 만든다.

가 되고 마음이 아팠다. 먹을 것 한 입도 혜인은 양보했고, 예쁜 천 한 조각도 혜인은 아껴두었는데…… 전부 그 때문에, 아이들 때문에, 그와 함께 살면서 혜인은 누나였고, 어머니였고, 하인이었다. 그런데 그는, 50년이 넘는 시간 동안 혜인에게 무엇을 해주었던가?

묘 앞에서 머리를 숙이고 있던 루는 갑자기 땅속에서부터 울려오는 신음을 들었다. 혜인의 신음이다! 그는 아내의 숨소리 하나까지 익히 알고 있었기 때문에 바로 알아차렸다. 두려움은 한쪽으로 치워두고 루는 허둥지둥 급하게 땅을 팠다. 마음속의 희망이 혹시 잘못된 건 아닐까?

깊이 팔수록 신음은 또렷해졌다. 루는 미치도록 기뻤다. 그의 손에서는 피가 흘렀지만 아프지 않았다. 결국 그는 관 뚜껑을 벗겨냈고 혜인이 아직 옅게 숨을 쉬고 있는 것을 보았다.

아내를 관에서 끌어냈다. 루는 서둘러 아내를 말안장 위에 얹고 돈 자루를 끌어안은 채 약방을 찾아 찌 마을로 말을 달렸다. 사람들은 그를 막아서며 마을로 들어가지 못하게 했다. 루는 가진 돈의 반을 보초에게 쏟아놓으며 설득했다. 결국 사람들은 두 사람을 마을로 들어가도록 해주었지만 안타깝게도 자루에 든 돈의 3분의 2를 내어놓아야 했다.

마을로 들어가서 루는 약방을 찾아갔다. 루는 남은 호아쏘애 은화를 모두 쌓아놓으며 약방 선생님에게 최선을 다해 혜인을 구해달라고 부탁했다.

루는 자기가 한 일이 가져올 재앙을 알지 못했다. 그에게 병이 전염된 것이다. 두 사람 모두 바로 그 밤에 죽어버렸다. 약방 선생님은 루의 돈으로 두 사람의 장례식을 치러주었다.

두 사람은 한 무덤에 묻혔다. 흙을 덮으면서 사람들은 석회 가루를 뿌렸고 새하얀 호아쏘애 은화 한 움큼과 서양 카드 한 벌을 던져 넣었다.

1.5미터 아래 땅속에서 분명히 루의 영혼은 미소를 머금고 있을 것이다. 그러고 나서 얼마 지나지 않아 후어땃 마을에 퍼진 전염병은 모두 사라졌다. 그 전염병에 대한 두려움은 몇 세대가 지나서야 겨우 잦아들었다. 루와 헤인이 묻힌 무덤은 이제 가시 돋친 등나무와 덩굴 야자 들이 가득 자라난 꽤 높은 언덕이 되었다. 후어땃 마을 노인들은 그곳에 절개의 묘라는 이름을 붙여주었고, 아이들은 전염병 걸려 죽은 두 사람의 무덤이라고 불렀다.

열번째 이야기
신 아가씨

신은 후어땃 마을에 사는 고아 처녀다. 옛날에 그녀의 엄마가 귀신에 홀려 숲에서 그녀를 낳았다고 한다. 신은 비쩍 마르고 자그맣고 아주 불쌍해 보였다. 그녀는 이제껏 맛있는 것을 먹거나 예쁜 옷을 입어본 적이 없었다. 꼰흐언* 신분인 그녀는 메추라기처럼 외로웠다.

---

* 꼰흐언côn hươn: 가장 낮은 계급(원주). 1945년 8월 혁명 이전, 타이족 지역의 농노를 이르던 말.

316

후어땃에는 귀신의 숲으로 들어가는 길가에 작은 사당이 하나 있다. 이 사당은 언젠가 사나운 호랑이를 잡아주었던 청년 코를 기리는 곳이다. 사당 안에는 벽돌로 만든 제단 위에 사람 주먹만 한 돌멩이가 놓여 있었다. 돌멩이는 대패로 깎은 듯 매끈했고 안쪽 깊은 곳에 사람의 핏줄같이 붉고 가느다란 무늬들이 있었다. 기도를 하고 싶은 사람은 돌멩이에 손을 얹고 입을 돌멩이 가까이 가져가 주저리주저리 말을 했다. 돌멩이는 수대에 걸쳐 제단 위에 누워 아주 많은 인생과 아주 많은 운명을 목격했다. 돌멩이는 신성한 영물이 되었고, 밤에는 돌멩이에서 불덩이처럼 빛이 나는 걸 본 사람이 있었다. 고통과 기도의 말들이 작은 돌멩이 안에 쌓였다.

언젠가 산 아래 마을에서 낯선 방문객이 올라왔다. 키가 큰 그는 튼튼한 흑마를 타고 있었다. 그는 마을 우두머리의 집에 갔다가 원로들을 방문하고 여기저기 돌아다녔다. 그는 마을 풍습을 너무나도 잘 알고 있었다. 후어땃 마을 사람들은 그를 호랑이 뼈 고약이나 진귀한 짐승의 털을 파는 사람이라고 생각했다. 그는 돈이 아주 많았고 행동거지가 의로우면서도 아주 고상했다.

어느 날, 방문객은 코의 사당을 지나다가 돌멩이를 발견하고는 손에 들고 살펴보기로 했다. 하지만 정말 신기하게도 아무리 애를 써도 돌멩이를 제단에서 들어 올릴 수가 없었다. 놀라운 나머지 그는 마을로 돌아가 사람들에게 와서 보라고 했다. 사람들이 작은 사당 주위에 몰려들었다. 방문객은 한 사람씩 차례로 사당에 들어와 손으로 돌멩이를 들어보게 했지만 아무도 들지 못했다. 돌멩이는 기절초풍할 만큼 무거웠다.

"무슨 우여곡절이 있는 겁니까?" 방문객은 사람들에게 따져 물었다. "마을에 아직 이 사당에 와서 돌멩이를 들어보지 않은 사람이 있을까요?"

사람들이 둘러보니 신이 보이지 않았다. 사람들은 그녀를 잊고 있었던 것이다.

방문객은 사람들에게 가서 신을 찾아오라고 말했다. 그녀는 수원지까지 멀리 가서 마를 캐는 중이었다.

신이 사당에 왔다. 사람들이 그녀에게 길을 내주었다. 방문객이 그녀에게 돌멩이를 들어보라고 말했다. 마치 기적처럼 신은 장난하듯 쉽게 돌멩이를 손으로 들어 올렸다. 모두들 놀라서 일제히 감탄하는 비명을 내질렀다.

신은 돌멩이를 집어 방문객에게 건네주었다. 햇살이 그녀의 두 손바닥 위로 쏟아졌다. 두 손은 거칠고 굳은살이 박여 손가락이 손가락 같지 않았다. 신은 그 신성한 영물을 손으로 가볍게 눌렀다. 사람들이 보는 앞에서 돌멩이가 갑자기 물처럼 녹아내렸다. 눈물처럼 투명한 그 물방울들은 그녀의 손 사이로 흘러나와 땅으로 떨어지면서 별빛 같은 무늬를 만들었다.

방문객은 잠자코 있었다. 눈물이 광대를 타고 굴러떨어졌다. 그는 마을 사람들에게 신을 데려가게 해달라고 청했다. 그는 그녀에게 새 치마와 새 옷을 사주었다. 신은 갑자기 빼어나게 아름다워졌다.

다음 날, 방문객은 후어땃 마을을 떠났다. 사람들 사이에는 후에 신이 아주 행복해졌다는 소문이 돌았다. 방문객은 옷을 갈아입고 암행을 하던 황제였던 것이다.

후어땃에는 골짜기까지 이어지는 돌이 깔린 길, 작고 물소가 지나기에 꼭 맞고 양편에는 매로이나무, 왕대, 부죽, 야생 망고 스틴나무와 야생 망고나무 그리고 이름 모를 수백 종류의 덩굴 식물 들이 가득한 길이 있는데, '신 아가씨 길'이라고 불린다.

그 길은 지금까지도 남아 있다.

도시의 전설

딸아이의 생일을 맞아, 티에우 여사는 음식을 장만하고 손님들을 초대했다. 그날 참석자는 거리에서 금은방을 하는 여사 둘과 티에우 씨와 같은 청에서 근무하는 공무원 둘 그리고 토아의 친구인 젊은이 댓 명이었다. 닭기름 색 새틴으로 만든 옷을 위아래로 차려입은 티에우 여사는 열 살은 젊어 보였다. 청바지에 붉은 티셔츠를 입은 토아는 반짝반짝 빛이 났고 제법 귀티가 흘렀다. 그녀의 어머니 말에 따르면, 토아의 아름다움은 '정신력'에서 비롯된 것이었다. 이 점은 좀 의심스럽다. 토아는 이제 겨우 스무 살이고 대학 입시에도 낙방했으며 지적 훈련이라고는 야간 영어 수업용 교재를 보는 게 거의 전부였다. 하지만 바로 그 젊음과 살랑거리는 엉덩이, 코를 찡긋할 때의 기막힌 행동거지는 과연 매력적이었다.

식탁에서 오가는 이야기는 흥미로웠다. 티에우 여사가 춥고 배고팠던 시절의 추억담을 꺼냈다. 성공한 사람들은 늘 이런 식으로 화제를 전환한다. 이 경우 최후에 도출되는 교훈은 만

대까지 이어지는 의지력이다. 분옥* 파는 아줌마가 금은방 주인이 된 건 단순히 의지력이 작동한 결과만은 아니라는 사실을 손님 누구나 안다. 하지만 어쨌든지 간에 맛있는 음식 덕분에 귀 따갑게 듣고 또 들은 이야기들이 모두 꿀떡꿀떡 잘도 넘어갔다.

이야기로 열기가 한껏 달아오를 때 갑자기 넓은 문이 열리더니 한 남자가 쿵쿵거리며 걸어 들어왔다. 티에우 여사는 환호성을 지르며 기뻐서 펄쩍펄쩍 뛰었다.

"푹!"

응접실에 활기가 가득 찼다. 영화제작사에서 일하고 있는 푹은 티에우 여사의 남동생이다. 그는 작은 키에 살집이 좀 있고, 수염과 머리를 제법 예술가답게 길렀다. 주머니가 세 개 달린 잿빛의 짧은 소매 옷 안에 몸이 꽉 끼는 모습이 아주 건강해 보였다.

"늦게 와서 미안……"

푹은 조카의 어깨를 툭툭 쳤다.

"급한 일이 생겨서 말이야. 삼촌이 친구랑 같이 왔는데, 그 사람이 지금 밖에서 기다리고 있어……"

"아니, 왜?"

티에우 여사가 애교스럽게 꾸짖었다.

"언제부터 그렇게 사람을 무시하는 습관이 생긴 거야? 네 친

---

* 분옥bún ốc: 하노이 사람들이 즐겨 먹는 분(쌀국수) 요리의 일종. '옥'이라 불리는 우렁이(류)가 고명으로 올라가며, 국물에 조미료로 쓰이는 쌀누룩(남부의 경우, 타마린)과 토마토를 넣어 신맛이 난다.

구면 내 친구이기도 한 거지. 예나 지금이나 우리 집 가풍은 단순하잖니…… 어서 그이더러 들어오라고 해라.”

“알았어요, 알았어…… 누님이 그러라면 나가서 데려올게요!”

푹은 쿵쿵거리며 나가더니 금방 어린 청년 한 명을 데리고 들어왔다.

“하인이에요…… 사업부에서 일하는……”

푹이 청년을 소개했다.

토아는 유심히 바라보았다. 대략 서른쯤 된 것 같았고, 반짝이는 두 눈에 꽉 다문 입매가 다소 엄격해 보였다. 그는 작업복을 입고 있었다. 이곳 응접실에서 그런 옷을 입고 있으니 약간 눈에 거슬렸다.

“이리 들어와요……”

티에우 여사가 의자를 밀며 권했다.

“오늘이 토아 생일이에요. 우선 낯설어도 차차 익숙해지면 되니까. 손님들은 전부 가까운 사람들이라우……”

하인은 수줍게 웃었다. 그는 당황한 얼굴로 차례차례 모든 사람과 악수를 하고는 다시 자리로 돌아왔다. 티에우 여사는 몸을 약간 숙여 그에게 음식을 권했는데, 그 모습이 흡사 커다랗고 그늘을 넓게 드리운, 도량이 넓은 나무가 평범한 땅바닥을 향해 몸을 낮추는 것 같았다.

푹과 함께하는 식사는 정말 즐거웠다. 푹은 이야기를 잘했다. 그는 예술계에 떠도는 신기한 이야기들을 많이 알고 있었다. 멋스럽고 훌륭한 식사 자리에 이보다 더 입맛을 꼭 맞출 수 있는 음식은 과연 없었다. 예술계 사람들로 말하자면, 티에우 씨와 같은 청에서 근무하는 공무원들의 엄격한 눈에는 머릿속에 잡다한 생각들만 가득 찬 가볍고 쓸모없는 사람들일 뿐이었지만, 청년들의 젊은 눈에는 존경해 마지않는 우상이었다. 티에우 여사는 남동생이 자랑스러운 눈치였다. 그녀는 푹을 가리키며 말했다.

"쟤는 의지가 있다니까!"

"이 정도론 어림도 없죠!"

푹은 동조하지 않았다.

"내 인생은 실패했다고요! 의지 하면 요즘 젊은이들이죠. 여기 이 하인처럼 말이에요."

푹은 자기 친구의 어깨를 툭툭 쳤다.

"이제 겨우 서른인데 그 능력을 인정받았잖아요. 혼자서 공부했어도 대학에 합격했다고요!"

"형님이 그냥 이렇게 말씀하시는 겁니다…… 능력이 있어도 돈이 없으니 슬플 따름이죠. 능력이 있으면 돈도 많이 있어야 한다고요!"

하인은 동의를 구하는 눈빛으로 티에우 여사를 바라보았다.

"제 말이 맞죠?"

"난 잘 모르겠는데!"

젊은이의 다소 겁 없는 눈빛 때문에 티에우 여사는 당황스러웠다.

"요즘 청년들은 옛날하고는 많이 다르니까!"

"이 친구는 부자 될 꿈만 꾼다니까요!"

푹이 미소를 지었다.

"그건 좋은 꿈이죠!"

공무원 하나가 기둥에 못을 박듯 딱 잘라 말했다.

"그럼 부자가 되기 위해서 무엇을 했어요?"

토아가 불쑥 물었다.

"아직 아무것도!"

하인은 어색하게 웃었다.

"인생에는 예기치 못한 일들이 가득해요. 난 행운의 여신이 다가오기만을 기다리고 있죠……"

"하하……"

푹이 크게 웃었다.

"자네 복권을 사게나! 단독 1등에 두 번 당첨되면 백만장자가 될 수 있어!"

말을 마치고는 갑자기 생각이 났는지 윗옷 가슴팍에 있는 주머니에서 복권 두 장을 꺼냈다. 그는 진중하게 말했다.

"자, 운명의 이름으로…… 나한테 방금 산 복권 두 장이 있는데 말이야…… 오늘은 토아의 생일이니까, 한 장은 토아에게 선물해야지. 스무 살 아가씨들을 위하여! 그리고 또 한 장은……"

그는 나머지 한 장을 하인의 윗옷 주머니 속에 넣었다.

"자네에게 선물하겠네. 새싹처럼 돋아나고 있는 젊은 능력자들을 위하여!"

"실없는 사람하고는!"

공무원 둘이 서로 바라보며 눈짓을 했다.

"저 양반도 참 해맑으시네!"

금은방 여사 둘이 낄낄거렸다.

그리고 토아의 친구들 몇은 부러우면서도 불편했다. 그들은 관심이 없는 척 말없이 오징어 놈* 요리를 공격하고 있었다.

식사를 마친 후 젊은이들은 위층으로 몰려가 음악을 요란스럽게 틀었다. 나랏일이라는 게 언제나 중요하고 시간이 부족한 일이기 때문에 공무원 둘은 서둘러 돌아갔다. 금은방 여사 둘은 자리에 남아 티에우 여사와 절에 참배드리러 가는 일에 대해 상의했다. 푹 씨는 꾸벅꾸벅 졸고 있었다. (그에게는 장애가 하나 있는데, 배부르게 먹거나 술에 취할 때면 언제나 눈꺼풀이 붙어버린다.) 하인은 여사들 틈에 앉아 있었다. 주인아주머니 남동생의 후원에 힘입어 그는 가족에게 친숙한 인물이 되었다.

하인은 이야기를 귀 기울여 듣고 있다가 이따금 몇 마디를 들이밀며 끼어들었다. 농촌에서 태어난 그는 도시의 상류층과 교류할 기회가 거의 없었다. 하인은 동경과 갈망을 가득 품고 부자들의 삶을 바라보았다. 하인은 가난했다. 그는 결핍이 두려웠다. 아아, 만일 그에게 생활에 필요한 것들이 충분히 갖추어진 집 한 칸이 있다면! 만일 그에게 돈이 있다면! 그는 생활비를 걱정하지는 않는다. 그는 일을 할 것이고, 창작을 할 것이다. 그는 어쩌면 아주 뛰어난 사람이 될 수도 있다. 지금 그는

---

* 놈nộm: 느억맘(생선 액젓)을 기본으로 한 소스를 이용해 각종 채소와 함께 새큼달큼하게 무쳐낸 베트남식 샐러드. 북부에서는 '놈', 남부에서는 '고이gỏi'라고 부른다.

도시 변두리에 있는 먼 친척 삼촌의 집에 세를 얻어 살고 있다. 하인의 거처는 침대 하나를 놓으니 꽉 차버려서 책과 노트를 비롯한 솥, 그릇, 팬 등 주방용품들은 모두 침대 밑에 쑤셔넣어두었다. 하인은 매달 친척 삼촌에게 집세를 내고 있다. 그의 노력으로 생겨난 혈육의 정을 아무리 열심히 키워가도 집세는 계속해서 올랐다. (본래 시클로 기사인) 친척 삼촌은 '아는 사람이 더 고통을 준다'라는 옛말의 정신에 따라 꽤나 단순하게 그를 대했다.

하인은 외롭게 살았다. 즐거움이 가득한 도시의 삶은 많은 꿈을 갖게 했다. 하지만 그 즐거움 속에는 올가미가 가득 놓여 있다는 걸 하인은 너무나도 잘 알았다. 본래 관찰을 즐기는 그는 전도유망한 젊은 '화가'들, 젊은 '시인'들, '지식인'들이 커피와 담배 그리고 사랑에 대한 탐욕으로 어떻게 무너져버리는지 이 도시에서 직접 목격했다. 그 즐거움에 매혹되지 않은 부류는 먹고 입는 문제에 봉착해서 일상에 대한 걱정들로 무릎을 꿇게 된다. 하인은 그런 것들이 두렵지 않았다. 열여덟 살 때부터 하인은 스스로 극히 절제하는 삶의 방침을 세웠다. 하인은 담배를 피우지 않았고 술도 마시지 않았으며 흥에 취해 미치게 하는 각종 노름에 돈을 낭비하지도 않았다. 하인은 평온하고 사교성이라고는 거의 없는 겉모습 속에 커다란 야망과 불처럼 활활 타오르는 상상력을 마음 깊이 감추고 있었다. 돈은 성공을 위한 조건이라는 것을 하인은 알고 있었다. 돈이 없다면 입신은 그저 공허한 이야기일 뿐이었다. 조금씩 아끼고 한 푼씩 절약하자. 이것은 하인이 항상 되뇌어야 하는 말이었다.

금은방 여사들은 보름 법회에 갈 계획을 확정했다. 향과 꽃값, 종이에 소원을 써서 올리는 비용, 제단에 놓는 떡값, 시클로비, 공덕함에 넣는 돈 등등 어림잡아도 비용이 1만 동은 되었다.

"그리고……"

티에우 여사가 불현듯 떠올렸다.

"푹이 토아에게 준 복권도 가지고 가서 복을 빌어야겠다!"

"언니, 저승 돈* 70만 동도 같이 펼쳐놓아야 해요!"

세마포 옷을 입은 한 여사가 미소를 지었다.

"언니는 그저 내가 신한테 저승 돈을 이승 돈으로 바꿔달라고 기도하는 것만 보고 있으면 돼요! 요즘은 신들도 주고받는 게 확실하다니까. 난 어떤 내기를 해도 꼭 이긴다고요!"

"진짜다!"

티에우 여사는 흥미로웠다.

"그럼 넌 당첨된다는 데 거는 거지? 금 한 돈 걸 수 있어?"

"다른 사람이라면 안 되겠지만 언니 일이라면야 해야죠!"

그녀는 억지웃음을 짓고는 새끼손가락에 끼고 있던 반지를 빼내 상자 위에 올려놓았다.

"좋아!"

티에우 여사는 손님의 손을 덥석 잡았다.

"근데 난 금 한 돈짜리 반지가 없는데!"

그러고는 갑자기 생각난 듯 벌떡 일어서더니 위층을 향해 소

---

* 가짜 돈.

리쳤다.

"토아야! 이리 좀 내려와 볼래!"

위층에 있던 토아가 뛰어 내려왔다. 진한 향수 냄새에 땀 냄새가 달라붙어 있었다.

"자알 한다!"

티에우 여사는 눈살을 찌푸렸다.

"얼마나 뛰놀았기에 이렇게 옷이 홀딱 젖어버린 거야. 애, 한 돈짜리 네 금반지 좀 엄마한테 가져오너라! 주이엔 아줌마랑 내기를 하면 네 복권이 무조건 70만 동에 당첨된대. 당첨이 안 돼도 우리는 주이엔 아줌마의 한 돈짜리 반지를 갖게 되는 거야……"

토아는 눈앞으로 손을 들어 올리고는 깜짝 놀랐다.

"큰일 났다! 반지를 여기에 끼고 있었는데, 없어졌어요! 아침에 일어났을 때에도 여기에 있었는데!"

"네미!"

티에우 여사가 벌떡 일어섰다.

"까먹을 줄밖에 모른다니까! 빨리 가서 찾아봐. 못 찾으면 바로 한 대 맞을 줄 알아!"

모두들 부산을 떨었다. 푹은 잠이 번쩍 깼다. 토아는 옷장 안의 것들을 전부 꺼내어 샅샅이 뒤졌다. 티에우 여사가 또다시 말했다.

"애도 참! 설 때부터 지금까지 5, 6만 동이나 까먹었네! 원수야, 원수! 네 아버지가 지금 외국에 있으니 망정이지 만약 집에 있었으면 널 죽여버렸을 거야!"

여자 손님들은 집주인이 당황하는 모습을 보고는 슬그머니 돌아가려고 했다.

티에우 여사가 붙잡았다.

"주이엔…… 반지는 여기에 두고 가. 나중에 현금으로 줘도 되지?"

"그래요……"

손님은 수더분하게 말했다.

"당첨됐을 때 내 몫을 떼어주는 것만 잊지 않으면 돼요. 언니 잊지 말고 꼭 저승 돈 70만 동을 올려놓아야 해요!"

"그래그래……"

티에우 여사는 억지로 미소를 지었다. 그녀는 손님들에게 사과를 하고는 그들을 집 밖으로 배웅했다. 집 안으로 들어온 그녀는 갑자기 딸의 뺨을 한 대 때려 넘어뜨렸다. 토아는 훌쩍훌쩍 울음을 터뜨렸다.

하인은 말없이 잠자코 서 있었다. 푹은 쌓여 있는 옷더미 속을 뒤지면서 누나를 말렸다.

"누나 진정해야지. 애 친구들이 저 위에 있잖아…… 토아야, 반지 빼서 어디에다 뒀는지 한번 잘 생각해봐."

"아마……"

토아는 이맛살을 살짝 찌푸리며 생각했다.

"아까 닭을 손질하고 나서 하수도 쪽으로 나갔는데……"

모두 우르르 부엌으로 몰려갔고, 하인도 따라갔다. 모든 이의 걱정스러운 심정이 삽시간에 그에게 전염되었다.

티에우 여사는 닭털을 담아놓은 바구니를 뒤집어엎었다. 토아는 입을 삐죽거리며 울었다. 픅은 부지깽이를 들고 더러운 물이 고인 하수도에 낀 히드라들을 휘휘 걷어냈다. 하인이 말했다.

"그렇게 찾아가지고는 안 돼요!"

그는 옷소매를 걷어붙이고 손을 넣어 흙탕물과 더러운 물이 가득하고 심지어는 인분 덩어리까지 섞여 있는 하수로 안을 더듬었다.

10분은 족히 흘렀다. 갑자기 하인이 기쁨의 환호성을 질렀다.

"여기 있어요!"

하인은 방금 찾아낸 반지를 높이 들어 올렸다. 티에우 여사는 큰 소리로 웃음을 터뜨렸다. 토아는 입술이 일그러질 정도로 기뻤다. 그녀는 감사하는 마음으로 감격스럽게 젊은 손님을 바라보았다. 그 순간부터 하인은 가족에게 절대적인 신임의 대상이 되었다.

하인을 배웅하면서 티에우 여사는 몇 번이고 일러두었다.

"무슨 일이 있어도 보름날 와서 나랑 같이 밥 먹자, 알았지?"

하인은 뒤척이며 잠을 이루지 못했다. 그는 애써 잠을 청했지만 잠이 오질 않았다. 티에우 여사 모녀와 함께 보름 법회에 다녀온 일은 강한 인상을 남겼다. "제기랄……"

하인은 생각했다. "이 사람들은 돈을 쓰레기 버리듯 하네. 매번 초하루, 보름마다 몇만 동씩이나 써버리는 거야 도대

체……" 하인은 자신이 매일 아껴 써야 하는 아주 적은 금액의
돈을 생각하면서 마음이 온통 복잡하기만 했다. 보통, 그는 아
주 만족스러운 일이 있거나 정말 피곤할 때에나 겨우 내장죽*
한 그릇을 사 먹을 뿐이다. 이 서민 음식이야말로 주머니 사정
에 딱 맞는 음식이다. 하인은 이상한 방식으로 죽을 먹는다. 후
추를 잔뜩 뿌리고 그 위에 고춧가루도 조금 친다. 여유 있게,
한 입 한 입 음미하면서 먹는다. 한 입 먹을 때마다 서로 다른
맛이 난다. 돼지 위 조각을 씹을 때는 쫄깃한 식감이 좋다. 소
장 조각은 달콤하다. 간 조각은 고소하다. 창자 조각은 맛이 진
하다. 위와 식도를 연결하는 부위를 먹게 된다면 정말 최고다.
죽을 먹기 위해 하인은 다른 부분의 지출을 줄여야 했다. 예를
들자면, 고기반찬 먹는 횟수를 일주일에 한 번은 줄여야 했다.
그것은 하인이 스스로에게 부여한 엄격한 법칙이었다. 그는 계
산할 줄 아는 삶을 신뢰했다. 절약 또 절약! 고단할 정도로 절
약하자! 그것은 하인이 할 수 있는 능력의 전부였다.

　오늘, 모녀의 시클로비로만 수천 동이 들었다. 그 비용만 해
도 하인이 한 달 동안 벌 수 있는 돈의 세 배는 되었다. 하인은
조용히 한숨을 쉬었다. 그는 티에우 여사나 그 딸에 대한 자신
의 감정을 한마디로 정의할 수 없었다. 하인은 모녀에게서 부
자들이 걸리는 병, 권태의 조짐을 분명히 보았다. 아무것도 하
지 않으면서 등 따습고 배부른 상태가 그런 병을 낳는다. 모녀

---

* 돼지의 각종 내장 부위를 삶아서 작게 잘라 흰 쌀죽에 섞어서 먹는 음식. 베
트남어로는 '짜오롱cháo lòng'이라고 한다. 기호에 따라 라임즙과 고추, 각종 향
채를 넣어 먹기도 한다.

모두 도덕적 타락과, 느낄 수는 있지만 말로는 표현하기 어려운 모호한 어떤 징후를 보였다. 그것은 그들의 눈빛과 미소 그리고 옷차림 속에도 깃들어 있었다. 아하! 하인은 스스로에게 말했다. 그는 아주 쉽게 그 두 영혼 속에 작은 불꽃을 심어 활활 타오르게 할 수 있다. 하인에게는 능력이 있다. 그렇게 할 수 있는 재능이 차고 넘친다. 그 일이 그에게 좋은 기회를 가져다줄지 또 누가 아는가. 그들에게는 즐거움과 기적을 손에 넣기 위해 기꺼이 수천 동을 지불할 능력이 있다. 하인은 비웃었다. "이 도시의 삶에서 부족한 기적이 뭐겠어?"

하인은 손을 뻗어 침대 머리맡에 있는 책을 집어 들었다. 책 속에서 일전에 푹이 그에게 주었던 복권이 떨어졌다. 하인은 깜짝 놀랐다. 오늘 티에우 여사 모녀가 복권을 가져가서 복을 빌며 했던 모든 의식이 그의 머릿속에 떠올랐다. 하인의 복권은 얼마나 불행한가. 동일 **회차** 복권이면서 형태도 완전히 같지만 저쪽 복권은 형체가 없는 후원을 받고 있다. 티에우 여사는 거의 열 군데나 되는 절 법회에 복권을 가져갔다. 결국 복권은 저승 돈이 들어 있는 주머니와 함께 쩐우 사원에 있는 청동 불상의 손 위에도 놓였다. 하인은 오싹했다. 사원 안에 가득한 향냄새와 싸늘하고 장엄한 분위기가 신성한 분위기를 자아내고 있었다. 70만 동! 세상에나, 엄청나게 큰돈이었다. 전 재산이자 유산이었다. 그것은 사업을 일으킬 만한 돈이었다! 그것은 그가 원하는 행복이었다! "반드시 당첨될 거야……" 하인은 중얼거렸다. "복권은 단독 1등에 당첨되고야 말 거야! 그만큼 정성을 들였잖아. 그렇게 큰 비용을 들여가면서 말이야……

예물은 또 얼마나 많았다고! 어떤 신이 무심할 수 있겠어?” 하인은 조용히 신음했다. 그는 이마에서 땀까지 흘리고 있었다. 하인은 열이 나는 것 같았다. 그 복권은 당첨될 것이다. 하인은 숫자 예측 게임의 고수들이 이번에 36이 나올 거라고 점치는 말을 들었다. 그 복권의 뒷자리가 36이었다! 그의 복권은 뒷자리가 37이다! 그렇다면, 그의 복권은 일의 자리만 빗나가는 것이다. 실로 속이 쓰리지 않을 수 없었다.

하인은 잠이 들었다. 손에는 불행한 복권을 꼭 쥐고 있었다. 꿈속에서 연신 커다란 청동 불상의 형체가 아른거렸다. 불상이 벌떡 일어서서 왔다 갔다 하더니 갑자기 하하하 웃음을 터뜨렸다. 불상은 기다란 칼을 의자 위에 내려놓고 손톱이 긴 손을 뻗어 그의 눈앞에 새 돈다발을 들이밀었다. 하인의 귀에 돈들이 사각사각 스치는 소리가 또렷이 들려왔다……

한밤중에 하인은 벌떡 잠에서 깨어났다. 갑자기 한 줄기 빛이 번쩍 비쳤다.

“만일 내 불행한 복권과 그 복권을 바꿔치기한다면 어떻게 될까?”

티에우 여사는 얇디얇은 새틴 옷을 입고 시선은 화장품과 장신구를 파는 매장으로 향한 채 기다란 소파 위에 누워 있었다. 작은 매장이지만 모녀를 부양하기에는 충분하고도 남았다. 집 안은 조용했고 구석에 놓아둔 냉장고가 윙윙거리는 소리가 크게 들렸다. 티에우 여사는 외국의 나체 사진집을 보는 둥 마는 둥 한 장 한 장 넘기고 있었다. 자신의 사고방식은 자유롭고 진보적이며, 시대에 뒤떨어진 고루한 도덕가들의 습성을 싫어한다는 것을 증명하기 위해 그녀는 이러한 취미를 아무렇지 않게 손님들에게 과시했다.

문을 두드리는 소리가 났다. 티에우 여사가 일어나서 내다보았다.

"누구세요?"

"하인이에요⋯⋯"

콜록콜록 가벼운 기침 소리에 초조함이 묻어 있었다.

티에우 여사가 문을 열었다. 꽤 잘 차려입은 하인이 집 안으로 들어왔다. 당연한 듯 그는 출입문의 빗장을 걸었다.

"어디 가는데 그렇게 차려입은 거니?"

"아주머니가 너무 보고 싶었어요!"

하인은 재물 복을 빌며 웃었다. 눈빛은 여자의 몸을 더듬고 있었다.

"아주머니는 무서울 정도로 모든 사람을 빨아들이는 힘이 있어요! 토아는 집에 있나요?"

"영어 공부하러 갔지. 밤 시간이 아니면 낮에는 가끔 영어 공부 모임에 나가."

하인은 입꼬리를 씰룩거리며 웃었다. 그는 이 영어 공부 모임에 대해 이미 알고 있었다. 부잣집 아가씨들과 도련님들은 거기에서 꽤 많은 지식을 완벽히 배울 수 있었다. 물론, 외국어는 빼고 말이다.

하인이 물었다.

"법회에 다녀와서 피곤하세요?"

"하나도 안 피곤해!"

티에우 여사는 즐거웠다.

"절 법회에 다녀오면 난 신기하게 코끼리처럼 기운이 나더라고. 신들은 정말 신성하다니까! 그렇게 높고 가파른 곳에 있는 흐엉사에도 해마다 가고 있잖아. 인삼을 조금 입에 물고 나무 아미타불 보호하고 도와주소서, 염불을 외면서 가지……"

"부처님이 아주머니를 도와주실 거예요……"

하인은 살짝 미소를 지었다. 그는 지금 아주 흉악한 생각을 하고 있다. 그의 신경은 기타 줄처럼 팽팽해졌고 양쪽 관자놀이의 정맥은 벌떡벌떡 떨렸다. 오늘 오후에 복권 추첨을 한다. 하인은 더 이상 망설일 수가 없었다. 하인은 분명히 그 복권이 당첨될 것이라고 믿고 있었다. 이건 자신을 가난으로부터 벗어나게 해줄 기회였다. '망설이면 안 돼……' 하인은 생각했다. '지금 바로 무슨 수를 써서라도 할멈의 애인이 되어야 해. 시간이 정말 얼마 없어. 지금 바로 복권을 바꿔야 해……'

"아주머니는 정말 특별하세요!"

하인은 미끼를 던졌다.

"요즘 이렇게 특별한 여성은 정말 보기 드문데 말이죠!"

"내가 어디가 그렇게 특별하니?"

티에우 여사는 흥미를 보이며 옷자락을 앞쪽으로 여미었다.

"몸 전체가 다 특별해요."

말을 하는 하인의 목소리가 갑자기 달라졌다. 두 눈은 여자의 긴장한 둥근 어깨 주위를 맴돌았고 양쪽 턱은 갑자기 딱딱하게 굳었다.

"아주머니는 요즘 아가씨처럼 매력적이세요."

티에우 여사는 살짝 당황했다. 이것은 난폭한 수탉에게 쫓기는 암탉의 영감 같은 것이었다. 하지만 달콤한 말을 속삭이고 정처 없이 몸을 맡기고 싶은 의지가 그녀의 마음속에서 미친 듯이 일었다. 욕망이 흘러나와 부주의한 동작으로 이어졌다. 가슴께에 달린 똑딱단추가 풀려버린 것이다.

하인은 달려들어 여자를 긴 소파에 자빠뜨렸다.

티에우 여사는 신음했다. 품격을 지켜야 한다는 의식이 깨어나자 그녀는 아주 약하게 저항하는 태도를 보였다.

티에우 여사는 눈을 감았다. 통제력은 완전히 사라졌다. 하인은 씩씩 숨을 내쉬었다. 그는 애원하는 듯한 목소리로 물었다.

"복권 어딨어요?"

티에우 여사는 갑자기 얼어붙었다. 그녀는 그 물음을 금방 알아차릴 수 없었다.

"복권 어딨느냐고?"

하인은 살짝 고함을 쳤다. 목소리에서 금속이 서로 부딪칠 때처럼 쨍하는 소리가 났다.

몇 분이 지나서야 티에우 여사는 하인이 질문한 뜻을 알아차렸고 자신의 비극적인 상황에 대해서도 알게 되었다.

"토아가 자기 손지갑 안에 넣어두었어!"

티에우 여사는 목멘 소리로 말했다. 하인이 긴 소파에서 일어나 넋이 나간 사람처럼 맥없이 선 모습을 보는 순간 수치심과 모욕감이 그녀를 덮쳤다. 다행히도 그때 마침 문밖에서 토아가 엄마를 부르며 문을 두드리는 소리가 겹쳐서 들려왔다.

문이 열리고 자기 엄마가 눈물을 뚝뚝 흘리며 소파 위에서 몸을 웅크린 모습을 본 토아는 너무 놀라 어리둥절했다. 그녀의 등 바로 뒤에서 문이 쾅 닫혔고 그 순간 싸늘한 표정을 짓고 있는 하인이 곁을 막아섰다. 그의 두 눈에서 불꽃이 타오르는 듯했다.

"소리 지르지 마!"

하인이 나지막이 외쳤다.

"손지갑 안에 있는 복권 빨리 내놔!"

토아는 부르르 몸을 떨었다. 그녀는 너무 무서워 정신을 놓칠 것 같은 두 눈으로 티에우 여사와 하인을 번갈아 바라보았다.

티에우 여사가 목멘 소리로 말했다.

"빨리 복권 꺼내서 줘!"

토아는 벌벌 떨고 있었다. 그녀는 허겁지겁 손지갑을 열었다. 곧바로 그녀의 복권이 바닥으로 떨어졌다. 하인이 달려들어 복권을 주운 후 안주머니에 넣고 여유롭게 자기의 복권을 꺼내 티에우 여사에게 던졌다.

모든 일이 눈 깜짝할 사이에 일어났다. 하인은 옷매무새를 가다듬은 후 아무 말 없이 밖으로 빠져나갔다. 토아는 훌쩍훌쩍 울면서 가느다란 나무가 막 잘려져 넘어가듯이 쓰러져버렸다.

티에우 여사는 자리에서 일어나 주섬주섬 옷을 입고는 큰 소리로 꾸짖었다.

"울긴 왜 울어? 네미! 당장 그치지 않으면 한 대 맞는다!"

잠시 침묵이 흐른 뒤 자신이 너무했다는 생각이 들자 그녀는 불쑥 몸을 웅크리고 있는 딸을 끌어당겨 부드럽게 가슴팍에 안고는 예상과 달리 정신을 차린 목소리로 말했다.

"그냥 계속 사는 거야. 그러다 보면 삶을 이해하게 될 거란다. 제기랄! 아이 씨, 제기랄! 엄마도 어쩔 수 없이 비겁한 여자였다는 걸 너는 꼭 알아야 한다!"

에필로그

그날 오후, 70만 동짜리 특별 당첨은 20437번에게로 돌아갔다. 바로 하인이 티에우 여사에게 던져버린 그 복권이었다. 듣자 하니 하인은 미쳐버렸다고 한다. 시클로 기사 일을 하던 친척 삼촌은 그를 정신병원에 데려가야 했다. 티에우 여사가 복권에 당첨됐다. 그녀는 주이엔에게 금 한 돈을 잃었다. 그해 말에 그녀의 남편이 유학 갔던 아들과 함께 귀국했다. 토아는 결혼을 했다. 남편은 푹과 같은 영화제작사에서 일하는 사람이었다.

한동안 도시에는 아이들 사이에 어디에서 생겨났는지 아는 사람이 거의 없는 노래 한 곡이 떠돌아다녔다.

특별한 복권
당첨금 70만 동
품행에 대한 선물

338

신이 내린 하사품
행운 깃든 하늘의 숫자
삼촌한텐 어림도 없지
인생사 적赤 아니면 흑黑
인간사 모두 정이니까……

핏방울

100년 전 이야기를 다시 꺼내놓으니……

—쩐떼쓰엉*

1

19세기 초, 뜨리엠현** 깨노이에 팜응옥리엔이라는 만석지기가 살았다. 리엔 영감은 마을 입구에 집을 지었다. 그곳은 약 1,100제곱미터쯤 되는 평평한 땅이었다. 지나가던 이가 말했다. "땅이 좋구먼. 붓 모양을 한 걸 보니 학문으로 통하겠어. 학문으로 통한다면 물이 마르고 배가 막혀 손이 귀하겠구먼." 이 말

---

* 쩐떼쓰엉(Trần Tế Xương, 1870~1907): 베트남의 시인. '뚜쓰엉Tú Xương'이라는 이름으로 활동했다. 제시된 구절은 쩐떼쓰엉의 시 「집안에서 관직 하기Quan tại gia」의 마지막 행이다.

** 뜨리엠Từ Liêm현: 하노이에 속한 옛 현 중 하나. 2014년부터 북뜨리엠군과 남뜨리엠군으로 나뉘었다.

을 들은 리엔 영감은 지나가던 이의 옷깃을 붙들고 말했다. "내 평생 쟁기질을 하며 살았소만, 자손들이 학식을 갖춰 자랑스럽게 한 세상 살 수 있다면 바랄 게 없겠소. 덕이 있어 천하가 머리를 조아린다면 손이 귀한들 뭐가 문제겠소." 지나가던 이가 웃었다. "학식이 밥 먹여줍니까?" 리엔 영감이 답했다. "밥을 먹여주는 건 아니지." 지나가던 이가 말했다. "그럼 왜 그리 학식에 집착하십니까?" 리엔 영감이 말했다. "아무튼지 간에, 쟁기질보다야 낫지 않겠는가?" 지나가던 이가 물었다. "학식이 많으면 덕이 있습니까?" 리엔 영감이 답했다. "그럼." 지나가던 이는 웃기만 할 뿐 더는 어떤 물음에도 답하지 않은 채 옷깃을 휘날리며 가버렸다. 리엔 영감은 화가 나서 말했다. "미친놈."

집이 다 지어진 후, 리엔 영감은 돼지 두 마리, 소 한 마리를 잡아 하늘과 땅에 제사를 올리고 잔칫상 90개를 쭉 차려놓았다. 집은 대궐처럼 으리으리했다. 가운데에 위치한 세 칸짜리 사당에는 용, 기린, 거북이, 봉황이 새겨져 있었다. 다섯 칸짜리 전실前室에는 멀구슬나무로 만든 둥근 기둥과 커다란 접이식 문이 달렸다. 양편에 자리한 두 채의 별관은 바닥에 밧짱* 타일을 깔았고 인공 연못 주위에 병풍을 두르고 그 둘레에 다시 3미터 높이의 벽을 세워 그 위를 도자기 조각과 유리 조각으로 장식했다. 회반죽은 석회와 모래에 봉밀을 섞어 단단히 굳혔다.

리엔 영감은 마당 한가운데에 앉아 일가를 향해 두루 일렀

---

* 밧짱Bát Tràng: 도자기로 유명한 마을. 하노이시 쟈럼Gia Lâm현에 속한다.

다. "음력 1월 12일을 조상들께 제를 올리는 날로 정하겠네. 예나 지금이나 이 마을에서 팜씨 집안은 도씨나 판씨, 황씨에게 조금도 뒤처지지 않았지. 단 하나 안타까운 게 있다면, 팜씨들이 전부 농사를 짓거나 장사를 했을 뿐 누구 하나 학문에 정진해서 과거에 급제한 사람이 없다는 거야. 천하가 나를 천박하다고 보고 있으니…… 부아가 치미는구먼."

리엔 영감은 다섯 아들을 불러 모아놓고 말했다. "너희들 중 누구든 탐화, 방난*으로 급제하는 녀석에게 여기 이 저택을 전부 주고 우리 집안의 가보까지 모두 주겠다. 중요한 건 천하가 우리 이 팜씨 가문의 덕을 알아보게 하는 거야."

리엔 영감은 80세까지 살았다. 그에게는 아내 셋, 아들 다섯, 딸 여섯이 있었다. 그가 큰 병에 걸리자, 돼지 잡는 일을 하는 큰아들 팜응옥쨔는 눈이 퀭하게 꺼지고 수염을 되는대로 기른 채 거의 한 달 내내 병상을 지키며 간병했다. 리엔 영감의 병상 옆에는 언제나 바나나, 오렌지, 고기, 죠**가 그 어느 것도 부족함 없이 푸짐하게 놓여 있었다. 쨔가 물었다. "아버지 뭐 좀 드실래요?" 리엔 영감이 말했다. "간장을 찍은 자우무옹***이랑 까파오****

---

* 탐화Thám hoa(探花)는 3등, 방난Bảng nhãn(방안榜眼)은 2등.

** 죠giò: 베트남식 햄.

*** 자우무옹rau muống: 모닝글로리. 베트남에서 가장 보편적인 식재료로, 살짝 데쳐 간장 또는 느억맘(액젓)에 찍어 먹거나 다진 마늘을 넣고 기름에 볶아 먹는다.

**** 까파오cà pháo: 화초가지(계란가지 또는 백가지). 여기에서 말하는 '까파오'는 약간의 설탕과 고추를 넣은 소금물에 까파오를 넣고 발효시킨 후 반찬으로 먹는 '까파오 무오이(소금 화초가지)'를 가리킨다.

에 밥을 먹고 싶구나." 쟈는 뚝배기에 땀쌀*로 밥을 짓고 타마린잎으로 국을 끓여 번장**을 곁들인 채소와 함께 손수 아버지에게 들고 갔다. 리엔 영감은 국을 한 숟가락 홀짝거린 후 상을 물렸다. 쟈는 울음을 터뜨렸다. 리엔 영감이 말했다. "다 소용없어. 글이 있어야지." 말을 마치고 숨을 거두었다. 경자(1840)년 음력 12월 21일 사시巳時***였다.

쟈는 돈을 들여 장례식을 아주 성대히 치렀다. 삼일장을 치른 후 35일째에 영혼을 사찰에 모시는 제를 올리고, 사십구재와 백일을 전부 치렀다. 마을 사람들 모두 효자라며 칭찬했다.

장례를 치른 후, 쟈는 사당을 수리하고 한 칸을 증축했다. 저택의 나머지 부분은 그때부터 지금까지 본래 모습 그대로다. 시간은 저택을 한두 군데 낡고 썩고 못쓰게 만들어버렸지만 근본은 변하지 않았다.

2

쟈 영감에게는 팜응옥찌에우라는 무척이나 준수한 적손이 한 명 있었다. 찌에우는 어릴 때부터 영민했다. 여덟 살 되던

---

* 땀tám쌀: 쌀의 품종 중 하나.

** 번Bần장: 흥옌Hưng Yên성 미하오Mỹ Hào시사 번옌년Bần Yên Nhân동에서 생산되는 장의 일종. 북부 평야 지대의 특산물로, '번마을' 또는 '번옌년' 장이라고도 불리며 베트남에서 가장 맛있는 장 중 하나로 평가받는다.

*** 오전 9시에서 11시 사이.

해에 쟈 영감은 구경 다녀오라며 아이를 깨쪄*에 보냈다. 집에
돌아온 아이는 열심히 모래며 진흙을 긁어모아 담장으로 둘러
싸인 집을 짓고, 푸른색으로 물들인 닭털을 가져와 나무처럼
심었다. 흡사 건축 모형 같았다. 비석을 등에 받친 채 모형 위
에 서 있는 진흙 거북이들은 살아서 움직이는 듯 생동감이 넘
쳤다. 쟈 영감은 박수를 치며 물었다. "뭘 만든 거냐?" 찌에우
녀석은 빠진 이를 드러내 보이며 씨익 웃었다. "문묘文廟예요."
쟈 영감은 깜짝 놀랐다. "하늘이 이 아이를 통해 팜씨 집안에
학문의 길을 열어주시려는 건가?" 다음 날 쟈 영감은 깨노이
시장에 있는 자신의 돼지고기 푸줏간에 나가 여섯 근이 조금
넘는 돼지머리를 가져다 며느리에게 주며 쏘이걱**을 지어 그
위에 삶은 돼지머리를 얹어달라고 해서 응오안 선생 댁으로 이
고 갔다.

무진(1868)년에 향시에 응시했던 응오안 선생은 붉게 부은
눈에 진물을 달고 사는 사람으로 성격이 솔직하고 집안은 매우
가난했다. 쟈 영감이 쏘이걱과 고기를 이고 오는 모습을 본 응
오안 선생은 깜짝 놀라 두 손을 맞대고 두 번 머리를 조아리며
달려 나왔다. 쟈 영감은 고기를 얹은 쏘이걱 쟁반을 발아래 내
려놓으며 말했다. "당치 않네. 찌에우 녀석에게 글을 좀 가르쳐
주십사 선생께 부탁하려고 이렇게 왔다네." 응오안 선생은 손

---

* 깨쪄Kẻ Chợ: 하노이의 옛 이름인 탕롱Thăng Long의 다른 이름.
** 쏘이걱xôi gấc: 찹쌀에 걱('개욱' 또는 '목별')이라는 덩굴풀 열매의 속살을 섞
어 지은 밥. 짙은 주황색을 띤다.

님을 집 안으로 들여 자리에 앉게 하고는 연신 머리를 조아렸다. "어르신께 감출 게 뭐가 있겠습니까? 저는 천학입니다. 말이 좋아 아이들 머리를 틔우는 거지 세상에 눈을 가리고 밥벌이나 하고 있을 뿐인 것을요. 사실 저희 집은 아이들이 공부를 팽개치고 쏘다니거나 연못에 빠지거나 매미, 벌레 따위를 잡거나 개에게 물리지 않도록 가둬두는 집에 지나지 않습니다. 저에게 아이의 공부를 맡기시니 나중에 어르신이 후회하시지 않을까 두렵습니다." 쟈 영감은 화도 나고 우습기도 했다. "선생이 그렇게 말한다면 나도 강요할 생각은 없소. 돌아가신 내 선친께서 어떻게든 자손들이 학문을 익히고 훌륭한 인재가 되어 과거 급제의 깃발을 조상님들을 모신 사당 앞에 꽂아주기를 바라셨을 뿐이지." 응오안 선생은 섬뜩함에 몸을 떨었다. "학식이라는 건 정말 무섭습니다, 어르신. 귀신이라고요. 기백이 약한 사람에게는 착 달라붙어서 처참하고 고통스럽게 만들어버린다니까요." 그러고는 꼼짝 않고 앉아 아무 말도 하지 않았다. 둡치마*를 입은 응오안 선생의 아내가 나와 쟈 영감에게 두 번 절을 하고 나서 남편에게 말했다. "아이들이 너무 배고파해요. 당신이 큰 어르신께 허락을 받고 마프엉 아래에 가서 고구마를 조금 캐다가 아이들에게 먹이면 어떨까요!" 쟈 영감이 물었다. "고구마를 언제 심었는데 캔단 말입니까?" 응오안 선생의 아내가 말했다. "2월 말에 심었습니다." 쟈 영감은 속으로 세어보

* 둡đụp 치마: 저렴한 천으로 간단히 만든 치마. 서민 가정의 여성들이 주로 입었다.

왔다. "이제 겨우 50일 됐는데 어떻게 먹는단 말이오?" 응오안 선생의 아내가 말했다. "저희 집에 쌀이 떨어진 지 8일째입니다." 쟈 영감은 한숨을 쉬었다. "아주머니, 여기 이 쏘이걱과 고기를 가져다가 아이들에게 먹이세요. 나와 선생에게는 술상을 좀 봐주시고요." 말을 마친 후 허리춤에서 도마뱀을 담근 작은 술병을 꺼냈다.

응오안 선생의 아내는 쏘이걱과 고기를 들고 부엌으로 들어가 상 두 개를 차렸다. 쟈 영감과 응오안 선생은 방 안에 앉아 술을 마셨다. 마당에서는 응오안 선생의 여덟 아이들이 어머니 주위에 모여 앉아 자신의 몫을 기다리고 있었다.

응오안 선생이 말했다. "깨루*에 빈찌라는 선생이 있는데, 전에 선남**부府에서 관리로 일하다가 파면된 후 아이들을 가르치고 있다는 말을 들었습니다. 식견도 높은데 성품까지 아주 고상하다고 합니다. 빈찌 선생 밑에서 수학한다면 과거 급제의 깃발이 팜씨 가문의 손에 들어올 것은 확실합니다." 쟈 영감은 고개를 끄덕였다. 술을 다 마신 후 놋 쟁반을 들고 돌아오면서 생각했다. '깨루로 가야겠군.'

며칠 후, 좋은 날을 골라 쟈 영감은 찌에우를 데리고 깨루에 있는 빈찌 선생의 집을 찾아갔다. 또릭 강변에 자리 잡은 빈찌 선생의 집은 꽤 유복했다. 쟈 영감이 집에 다다랐을 때 빈

---

* 깨루Kẻ Lủ: 고대 탕롱(하노이) 성채 남쪽의 또릭Tô Lịch강 유역에 자리한 고대 마을로, 현재는 호앙마이Hoang Mai군의 다이낌Đại Kim구에 위치한다.
** 선남Son Nam: 탕롱 이남 지역을 가리키던 옛 지명.

찌 선생은 제자들과 함께 앉아 문장에 대해 논하고 있었다. 돗자리 위에 열 명 남짓한 남자아이들이 책상다리를 틀고 앉았는데, 모두 열여섯쯤 된 또래들로 누구 할 것 없이 총명하고 민첩해 보였다. 각각의 아이들 앞에는 침향나무 종이로 표지를 붙인 책 한 권이 있고, 옆에는 먹과 벼루가 놓여 있었다.

빈찌 선생은 아이들을 마당에 나가 놀게 했다. 찌에우는 신이 나서 기둥에 몸을 기대고 바라보았다. 빈찌 선생은 쟈 영감을 집 안으로 들이고 어떻게 왔는지 물었다. 쟈 영감이 자기소개를 했다. 하나하나 차근차근 아뢰듯이 존경을 가득 담았다. 빈찌 선생은 찌에우에게 왜 공부를 가르치려는지 물었다. 쟈 영감은 어떻게 대답해야 할지 몰라 그냥 이렇게 말했다. "제가 보기에 문장 속에는 도리 같은 것이 들어 있는 것 같습니다. 손자 녀석을 선생께 보내 공부를 시키려는 건 그 때문입니다." 빈찌 선생이 말했다. "문장 속에는 아주 많은 것이 들어 있지요. 직업이 되어 밥을 벌어주기도 하고, 자신을 고쳐주기도 하고, 세상과 일로부터 도망칠 수 있게도 해주고, 때로는 혼란을 일으키기도 하고 말입니다." 쟈 영감이 말했다. "무슨 말씀인지 알 것 같습니다. 백정 일을 하는 제 방식대로 말하자면 이런 거겠죠. 고기에는 엉덩이 살도 있고, 머리 고기도 있고, 등심이나 뱃살도 있습니다. 하나 모두 고기일 뿐 아니겠습니까?" 빈찌 선생이 말했다. "맞습니다! 그럼 어르신께서는 손자에게 어떤 문장을 익히게 하시겠습니까?" 쟈 영감이 말했다. "제 생각에는 말입니다, 뱃살이 가장 무난합니다. 찾는 사람이 많아서 못 파는 날이 없으니까요. 문장 중에 이와 유사한 것이 있습니까? 그저 무난하고 많은 이가 따른다면 손자 녀석에게 가르쳐 보겠습니다." 빈찌 선생이 말했다. "알겠습니다. 그런 거라면 관리가 되기 위해 문장을 익히는 것입니다." 쟈 영감은 박수를 치며 환성을 질렀다. "옳거니." 그러고 나서 찌에우를 불러 세 번 절하게 하고는 하동* 비단 한 무더기와 동전 다섯 꾸러미를 꺼내놓고 빈찌 선생에게 제자로 거두어달라 청했다.

식사를 마친 후, 쟈 영감은 손자에게 이것저것 일러두고 돌아갔다. 찌에우는 따라 나와서 흐느끼며 할아버지를 불렀다. "할아버지, 저 공부 안 할래요. 공부하면 집 떠나서 할아버지도 잃고 어머니 아버지도 잃어버리는데 뭐 하러 공부를 해요?" 쟈 영감은 눈물을 훔치며 도망치듯 떠나버렸다. 빈찌 선생은 찌에우를 달래 집으로 데리고 들어갔다. 학문을 익힌다는 건 자기 자신 외에는 아무것도 의지할 것이 없는 세상으로 들어가는 것임을 아이는 희미하게나마 깨닫고 있었다.

3

음력 1일과 16일, 매월 두 차례씩 쟈 영감은 손자를 먹이고 가르치기 위한 돈과 쌀을 들고 깨루로 찾아왔다. 찌에우의 학문은 일취월장했다. 열 살에 강독이 가능했고, 경의經義에서 '파

---

* 하동Hà Đông: 하노이시 하동군. 이곳에 있는 '하동 비단마을(반푹Vạn Phúc 비단마을)'은 약 천 년 전부터 비단 생산으로 유명한 마을이다. 하동 비단은 과거 베트남 조정에서 의복을 만드는 데 사용되기도 했다.

제' '승제' '기강' '전고' '중고' 등*에 모두 능통했다. 빈찌 선생이 말했다. "이 녀석, 공부하는 게 참 신통합니다. 흡사 마른땅에 물이 쏟아져 쏙쏙 스며드는 것 같으니 말입니다." 쟈 영감은 너무 좋아하며 말했다. "우리 집안은 수 대에 걸쳐 쟁기질에 씨 뿌리기, 돼지 잡기나 할 줄 알았지 글자 한 자 몰랐는데. 이녀석이 이제 우리 가문 전체의 영광이 되겠네요." 이후로 찌에우는 부족한 것 없이 뒷바라지를 받았다.

빈찌 선생에게는 찌에우 또래의 지에우라는 딸이 있었다. 두 아이는 매우 사이가 좋았다. 찌에우가 말했다. "크면 너를 첫번째 아내로 맞을 거야." 지에우는 와락 얼굴을 붉히며 아무 말도 하지 못했다. 한번은, 찌에우가 들판에 나가 물소 치는 아이들과 땅바닥을 뒹굴며 놀다가 아랫도리에 염증이 생겨 음경이 크게 부풀어 올랐다. 처음에는 그저 불편해서 앉아 공부하기가 힘들 뿐이었다. 빈찌 선생이 아무리 물어도 찌에우는 말하지 않았다. 시간이 지나 더 부어오르자 말할 수 없이 아팠다. 지에우가 달래고 달래자 찌에우는 겨우 바지를 내리고 보여주었다. 지에우는 지푸라기 한 줄기를 가져와 찌에우의 음경 길이만큼 잘라서 세 번을 접은 후 팔을 뻗어 칼을 집어 들고 지푸라기를 자르고 나서 소금물로 깨끗하게 씻으라고 말했다.** 그랬더니 나았다. 찌에우는 무척 고마웠다.

---

* 논설문의 서론, 본론, 결론과 같이 과거 시험에서 시부詩賦를 구성하는 각 부분을 이르는 말.

** 옛 베트남의 민간에서는 남자아이가 '떰보이tâm bòi'라 불리는 '귀두포피염'에 걸렸을 때 이와 같이 하면 낫는다고 믿었다.

무자(1888)년에 찌에우는 향시과에 급제했다. 쟈 영감은 온 마을에 잔치를 베풀었다. 잔치는 성대했다. 음식이 일곱 그릇, 일곱 접시나 되었다. 일곱 그릇으로는, 죽순 한 그릇, 면 한 그릇, 토란 한 그릇, 봉타* 두 그릇, 고기 채운 두부 두 그릇이 나왔다. 일곱 접시로는, 닭고기 한 접시, 거위 구이 한 접시, 돼지고기 한 접시, 아몬드볶음 한 접시, 냄짜오 한 접시, 놈 한 접시, 채소 절임 한 접시가 나왔다.** 빈찌 선생도 참석했다. 그는 멋진 집을 보며 끊임없이 감탄했다.

다음 해에 쟈 영감이 돌아갔다. 이때쯤 과거 시험장이 남딘***으로 옮겨 감에 따라 찌에우는 그곳으로 가서 시험을 치러야 했다. 쟈 영감은 눈을 똑바로 뜨고 허공을 응시한 채 숨을 거뒀다. 아무리 쓸어내려도 눈이 감기질 않았다. 누군가 말했다. "할아버지가 찌에우의 소식을 기다리나 보네." 젓가락을 뜨겁게 데워 눈 위에 잠깐 올려놓은 후에야 겨우 눈꺼풀을 오므릴 수 있었다. 집에서는 시험을 망칠까 봐 감히 찌에우에게 소식

---

* 봉타bóng thả: 돼지껍질을 주재료로 하여 끓인 국.

** 아몬드볶음은 콜라비, 당근, 표고버섯, 완두콩, 죽순 등 각종 채소와 죠루어 giò lụa(베트남식 햄)나 돼지고기, 소고기, 닭고기, 새우 등 고기류를 반으로 자른 아몬드(또는 땅콩)와 함께 볶은 음식. 모든 재료는 완두콩만 한 크기로 깍둑썰기하여 넣는다. 남은 식재료들을 사용하여 다양한 아몬드볶음을 만들 수 있다. 주로 전채 요리로 먹는다. 냄짜오nem chạo는 삶은 돼지껍질과 기름, 양념하여 익힌 살코기를 가늘게 썰어 무친 음식. 각종 잎사귀에 싸서 먹는다. 놈 nộm은 베트남식 샐러드로, 각종 채소와 고기 또는 해산물 등에 설탕을 넣은 느억맘(액젓) 소스 또는 기호에 맞는 양념을 넣어 버무린 음식이다.

*** 남딘Nam Định: 하노이에서 남동쪽으로 70킬로미터쯤에 위치한 성.

을 알리지 못했다. 그때는 므어푼*이 내리고 있었고 길이 질퍽 질퍽했다. 찌에우는 남딘의 항타 오거리에 있는 어느 여가수의 집에 세를 얻어 지내면서 종일 문장 복습에 집중했다. 여가수는 이름이 탐이었는데, 찌에우에게 온갖 놀이를 가르쳐주었다. 그 시험에서 찌에우는 3등으로 급제했지만 매독에 걸려서 성기가 늘 붉게 부어 있었고 아랫도리가 쑤셨다. 할아버지의 장례를 치른 후 찌에우는 띠엔주현**의 현관縣官으로 임명되었다. 띠엔주는 규모가 큰 현으로, 쌀이 많이 나고 비우 마을과 림 마을의 여자들이 꽌호***를 매우 잘 불렀다. 그곳에서 관리로 일하는 것은 천국에 있는 것처럼 실로 기분 좋은 일이었다. 찌에우는 관리를 하면서 스승님이 일러주신 말씀을 기억했다. "관리는 벌어먹기 위한 직업일 뿐이다. 벌지 못한다면 어리석은 것이다." 그래서 힘을 모아 재물을 빼앗았다. 관헌 마당에 피나무로 만든 족쇄를 설치했다. 족쇄 윗부분은 아주 큰 구멍이 있는 맷돌로 막아놓았다. 족쇄에 채워져 발목이 전부 부러져버린 사람은 고름이 나고 상처에는 구더기가 생긴 채로 집에 돌아와 파상풍으로 열흘을 앓은 후 죽었다. 마을 사람들은 너무 무서웠다. 현에서는 3년 동안 소송과 도난 사고가 일어나지 않아

---

* 므어푼mưa phùn: 베트남 북부에서 매년 초에 며칠씩 연속으로 내리는 가랑비.
** 띠엔주Tiên Du현: 박닌Bắc Ninh성에 속한 현 중 하나. 홍Hồng강 델타에 위치해 있다.
*** 꽌호quan họ: 베트남 북부 홍강 델타 지역의 대표적인 민요 유형 중 하나. 특히 박장Bắc Giang성과 박닌성 지역에서 크게 발달했다. 2009년에 유네스코 인류무형문화유산으로 공인되었다.

평화롭다는 말을 들었다. 박닌* 공사가 몇 번 찌에우를 초대해 음식을 대접했다. 찌에우에게는 두 명의 부인이 있었다. 지에우 부인은 자신의 남편이 비도덕적인 일을 많이 저지르는 것을 보며 매우 걱정이 되었다. 또한 자신과 둘째 부인 모두 아들을 낳지 못하고 전부 딸만 낳자 밤낮으로 하느님과 부처님께 기도를 하면서 깨노이에 있는 조상의 사당에 향을 꺼뜨리지 않았다.

병에 걸린 찌에우는 몸이 불편했고 성격이 수시로 변했다. 그로 인해 관헌 사람들은 두려움에 떨었다. 어느 날, 엄삭이라는 이름의 동문이 뜨선에서부터 놀러 왔다. 그는 경작지 소송에서 자신이 승소할 수 있도록 찌에우가 처리해준 일에 대해 감사를 표했다. 엄삭은 찹쌀 두 솥, 멥쌀 두 솥, 녹두 한 솥, 큰 오리 다섯 쌍을 들고 왔다. 찌에우는 선물들을 힐끗 바라보고는 말했다. "자네 참 너무 많이 썼구먼." 엄삭이 말했다. "별말씀을. 전부 내 집과 밭에서 나온 거라네." 찌에우는 엄삭과 함께 집에서 밥을 먹었다.

밥을 먹는 동안 찌에우가 연신 앉았다 일어섰다 안절부절못하는 모습을 본 엄삭이 물었다. "종기가 났는가?" 찌에우가 말했다. "화류병에 걸렸다네." 엄삭이 말했다. "내가 봉이라는 의원을 알고 있는데 병을 고치는 솜씨가 아주 놀랍다네." 찌에우가 말했다. "나는 의원을 믿지 않는다네. 전부 헛소리이지 않나. 그 말을 들으려고 돈만 버리고 병은 낫지 않는단 말이지." 엄삭이 말했다. "봉 의원은 정말 신기하다네. 통이라는 훈장이

---

* 박닌Bắc Ninh: 하노이 중심부에서 북동쪽으로 약 30킬로미터 떨어져 있는 성.

중풍에 걸려서 몸이 새우처럼 쪼그라들었는데 이렇게 저렇게 약을 써봐도 낫질 않는 거야. 가족들이 해먹에 싣고 봉 의원을 찾아갔지. 봉 의원이 앉기를 청했지만 앉을 수가 없었어. 서라고 말했지만 설 수도 없었지. 봉 의원이 탁자를 치며 소리쳤어. '이 노인네, 늙어서도 호색한에 무절제하게 먹고 마시고 나쁜 놀이를 일삼았구먼. 거기다 덕이 없는 행동을 했으니 이 모양이 되었지.' 통 훈장은 얼굴이 퍼레졌다네. 자신은 일평생 절약을 하며 어떤 게 맛있는 고기이고 예쁜 여자인지 알지도 못한다고 생각했는데 그런 비방을 들으니 억울해서 말이 나오질 않았지. 봉 의원이 갑자기 일어서서 한 번 밟아주었더니 통 훈장이 나자빠졌는데 척추 한가운데에서 '뚝' 하는 소리가 들렸다네. 그러고는 병이 나았어. 그제야 알았지. 봉 의원이 술책을 써서 고친 거구나. 그래서 바로 무릎을 꿇고 제사를 지내듯 절을 했지!" 엄삭이 다시 말했다. "노이 거리에 어떤 여자가 살았는데 목이 한쪽으로 돌아간 거야. 사람들이 봉 의원한테 데리고 왔는데 봉 의원이 그녀에게 대나무로 짠 가림막 뒤에서 옷을 홀딱 벗은 후 앉아서 눈앞에 놓여 있는 작은 거울을 들여다보라고 말했어. 갑자기, 봉 의원이 가림막을 밀쳐내고 안으로 들어가는 거야. 여자가 당황해서 바로 몸을 웅크리고 목을 돌려 바라보았지. 그렇게 병이 나았다네." 찌에우는 웃었다. "자네가 들려준 이야기들은 전부 풍병을 고친 이야기 아닌가. 내 병은 연애병인데 어떻게 고친단 말인가?" 엄삭이 말했다. "걱정하지 말게. 봉 의원은 100가지 병을 고친다네." 찌에우는 고개를 끄덕이며 선물을 준비하라고 이르고는 엄삭과 함께 봉 의원의 집으로 갔다.

봉 의원의 집은 지엠에 있었다. 띠엔주현의 우두머리가 온다는 소리를 듣고 봉 의원은 골목에서부터 현관 앞까지 꽃무늬 자리를 깔게 했다. 찌에우는 병사에게 아주 정중하게 선물을 드리라고 명했다. 봉 의원은 차를 내려 대접했다. 찌에우가 슬쩍 보니 봉 의원은 아직 젊긴 했지만 백발에 눈이 밝고 귀가 부처님 같은 것이 특이한 관상을 가진 사람이라는 것을 알 수 있었다. 찌에우는 너무 기뻤다. 병에 관해 이야기하면서 찌에우는 조금도 숨길 수가 없었다. 봉 의원이 맥을 짚으며 말했다. "이 병에는 네 단계가 있습니다. 1기는 귀두가 갈라지면서 하얀 진물이 새어 나오는데 지독한 악취가 나고 소변을 볼 때면 떨어져 나갈 듯 아프죠. 두 달 동안 치료하면 낫습니다. 2기는 귀두가 뭉그러지면서 몸에 열이 나고 목덜미가 뜨겁고 음식을 먹어도 맛있는 줄을 모르며 손발이 간지럽고 늘 불안하죠. 석 달 동안 치료하면 낫습니다. 3기는 귀두에서 고름이 흐르고 소변에 피가 섞여 나오고 하루에 두세 번씩 사정을 하며 서서 걸을 수가 없게 되죠. 3년 동안 치료하면 낫지만 치료하기가 어렵습니다. 4기는 손이 잠자리를 잡듯 허공을 휘저으며 눈이 멍해지고 습진이 배와 다리까지 퍼집니다. 이 단계에 이르면 관을 짜야 합니다." 찌에우는 벌벌 떨며 물었다. "선생님 말씀이 그렇다면, 그럼 저는 몇 기입니까?" 봉 의원이 말했다. "2기입니다." 찌에우는 안도의 한숨을 내쉬었다. 봉 의원이 말했다. "1기나 2기나 특별할 것이 없습니다. 어르신 걱정하지 마십시오."

병을 고치고 나서 찌에우의 성정은 조금쯤 누그러졌다. 그해에 림 축제*를 매우 성대하게 열게 하고 봉 의원을 상객으로 초대했다. 축제가 끝난 후, 찌에우는 날씨가 좋아서 관헌 마당에서 잔치를 벌이게 하고 술을 마셨다. 주민들은 아무도 감히 현의 중심지 입구에 난 길을 지나가지 못했다. 찌에우는 흔들대며 앉아 있었고, 등 뒤에서는 두 명의 병사가 부채를 살살 부치고 있었다. 찌에우가 말했다. "나는 팜씨 가문 최초의 배운 사람이다. 그저 집에서 멀리 떨어진 곳에서 관리를 하는 바람에 고향에 아무것도 못 해준 것이 아쉬울 뿐이다." 그때 갑자기 가마 하나가 문 앞을 지나갔다. 찌에우는 화가 나서 욕을 했다. "버릇없는 자식, 현 관리의 궁 앞을 지나면서 가마에서 내리지 않는단 말이냐. 너희들 나가서 그자가 누군지 보고 모가지를 끌고 들어오너라." 병사가 달려 나가 가마를 세웠다. 알고 보니 서양인 선교사였다. 술에 취한 찌에우는 병사를 시켜 30대를 때리게 했다. 매를 맞은 서양인 선교사는 너무 화가 났다. 그 사건 이후 찌에우는 윗선의 신망을 잃었고 파직을 당해 시골로 돌아왔다. 마흔두 살 때의 일이었다.

4

찌에우에게 맞은 서양인 선교사는 장 퓌지니에라는 이름의, 세력이 매우 큰 자였다. 찌에우의 영광의 길은 그렇게 중도에서 끊어지게 되었다. 집에 돌아온 찌에우는 일이 뜻대로 되지

---

* 박닌성 띠엔주현에서 매년 음력 1월 13일에 열리는 큰 축제.

않자 깨노이에 있는 사당 안에서 온종일 엎드려 있었다. 마을 사람들은 찌에우가 프랑스에 저항하는 문신 단체에 발을 담갔는데, 띠엔주현의 현관이었던 그가 엔테*의 데남과 데탐**을 모시는 장군이었다고 떠들었다. 또 찌에우는 청렴하게 관리 생활을 했는데 당시 외척과 결탁한 조정에 협조하지 않았다는 이유로 파직당했다는 소문도 있었다. 하나의 소문은 열 명에게 퍼지고, 열 명에게 퍼진 소문은 100명에게 전해졌다. 지역에서 찌에우의 이름이 갑자기 명예로워졌다. 찌에우는 아무런 말도 하지 않은 채 엄연하게 서양인 선교사를 매질한 일을 관리 생활 중 가장 정의로운 행위로 여겼다. 당시 깨노이에서는 벽돌로 포장한 도로를 건설하기 위해 사람들이 앞서서 자금을 모으고 있었다. 찌에우는 마을을 위해 스스로 한 일이 아직 없다고 생각하고 즉시 큰돈을 내서 정자를 고치고 마을로 들어오는 문을 지어주었다. 그러자 사람들은 찌에우에게 말을 할 때 마치 성인에게 말을 하듯 했다. 당시 지역의 문신파와 세도가 모두 찌에우를 존경했다. 찌에우는 우울하게 앉아서 가끔씩 관직을 표시한 상아패를 꺼내 보며 기나긴 한숨을 쉬었다.

지에우 부인은 자신에게 아들이 생기지 않자 찌에우에게 권해 함께 흐엉사에 가서 아들을 낳게 해달라고 기원을 하기로

---

* 엔테Yên Thế: 박장성 북쪽 끝에 위치한 현.
** 데남(Đề Nắm, ?~1892)은 19세기 엔테 지역에서 벌떼처럼 일어났던 도적 떼를 물리친 후 엔테 봉기를 일으켜 프랑스 침략군에 대항하여 싸우다 살해된 인물. 데탐(Đề Thám, 1885~1913)은 데남의 뒤를 이어 프랑스 침략군에 저항하여 싸운 엔테 봉기의 지도자.

했다. 찌에우는 아내의 말에 따랐다. 음력 2월 1일에 두 사람은 닭이 울 무렵 일어나서 식사를 마치고 옷을 차려입은 후 길을 나섰다. 하동을 지나면서 지에우 부인은 오안* 50개와 가짜 돈, 향, 소원을 적은 상소를 사고 마차를 빌려 절로 향했다. 그날은 므어푼이 내리고 있었고 바람이 매우 차가웠다. 대략 50세쯤 되어 보이고 이마가 낮으며 인색한 얼굴상을 한 마차 주인은 꼭 새우가게** 노파처럼 지에우 부인과 흥정을 했다. 번딘에 이르자 많은 사람이 흐엉사로 가는 게 보였다. 할머니들이 아오뜨턴을 입고 아오떠이를*** 걸친 채로 무리를 이루어 가고 있었다. 서른 명이 함께 가는 무리도 있었다. 통이 넓은 바지를 입고 칸셉****을 쓴 공자 몇몇도 무리를 이루어 가고 있다. 제방에 오르자 므어푼이 흩날렸고 바람이 강하게 불었다. 사람들은 흡사 고전 째오***** 극에서 거리를 헤매는 영혼들처럼

---

* 오안oản: 설이나 제사 때 부처님과 조상에게 바치기 위해 만드는 떡. 익힌 찹쌀가루와 카사바 가루를 섞어 라임을 넣은 설탕물로 반죽한 후 (뾰족한 부분을 잘라낸) 원뿔 모양의 틀에 넣어 굳혀 만든다. 완성된 떡은 각각 빨간색, 노란색, 초록색 등 오색 빛깔의 종이로 싸서 상에 올린다.

** '새우가게 생선가게'는 '흥정을 잘한다'는 뜻의 비유 표현.

*** 아오뜨턴áo tứ thân은 베트남 북부 지역 여성들의 전통 의복. 20세기 초까지 일상복으로 착용되었다. 현재는 축제 등 특별한 날에만 볼 수 있다. 아오떠이áo tơi는 나뭇잎 등을 엮어 망토 모양으로 만든 옷. 비나 햇볕을 피하기 위해 입었다.

**** 칸셉khăn xếp: 긴 띠를 돌돌 말아 머리에 쓸 수 있도록 만들어놓은 베트남 전통 모자.

***** 째오chèo: 베트남 북부 홍강 델타 지역을 중심으로 발전한 전통 종합 무대 예술. 하층 민속극인 째오는 10세기경 민간의 음악과 춤을 기반으로 발생하여 19세기에 절정을 이루었다. 관객의 적극적인 참여를 유도하는 방식으로 극이 진행된다.

몸을 앞쪽으로 기울이고 있었다. 길가에 있는 술집을 지나가면서 찌에우는 차를 멈추게 했다.

찌에우는 술집으로 들어가 술과 개고기를 주문했다. 지에우 부인은 남편을 저지하며 절에 가는 길이니 음식을 가려 먹으라고 말했다. 찌에우가 웃었다. "예부터 부처님이 마음에 있다고 했지, 누가 부처님이 배에 있다고 했나? 번딘의 개고기는 유명하다고. 안 먹으면 바보지." 지에우 부인은 할 말을 잃은 채 주먹밥을 꺼내 먹었다.

식당 주인이 삶은 개고기 한 접시와 찐 순대 한 접시, 개고기 찜 한 접시, 구이 한 접시, 갈빗국 한 그릇, 핏국* 한 그릇, 백주한 병을 내왔다. 찌에우는 마을 순찰대장처럼 게걸스럽게 먹고마셨다. 지에우 부인은 밥을 다 먹은 후 마부에게 바인쯩**을 사다 주고는 마차에 앉아 남편을 기다렸다.

찌에우는 음식을 먹으면서 아오태***를 입고 칸썹을 쓴 사람이 얇은 비단으로 만든 우산을 손에 쥐고 들어오는 것을 보았다. 그 사람은 찌에우를 보더니 급하게 우산을 내려놓고 손을 모으며 허리를 숙여 절을 했다. 찌에우는 젓가락을 들고 그 사람을 가리키며 물었다. "나한테 뭘 원하시오?" 그 사람이 말했다. "어르신 저를 못 알아보시겠습니까? 저 한소안입니다. 전

---

* 익힌 고기에 살아 있는 동물의 피를 부은 후 굳혀서 먹는 음식. 여기에서는 개고기와 개의 피를 이용하여 만든 핏국을 가리킨다.

** 바인쯩bánh chưng: 베트남의 대표적인 음력설 음식. 불린 찹쌀에 녹두, 돼지고기 등으로 소를 넣고 바나나잎이나 코코넛잎으로 네모나게 싼 후 쪄서 만든다.

*** 아오태áo the: 하노이 인근 박닌 지역의 전통 의상.

에 띠엔주에 계실 때 어르신께서 저의 죄를 면해주셨습니다."
찌에우는 "아" 하면서 그 사람을 앉도록 청했다. 한소안이 말
했다. "그때 껌선에서 도적 패가 현의 군대에 잡혔는데 그들이
제가 자신들의 우두머리라고 무고를 했습죠. 어르신께서 집을
수색하라고 했는데 도둑맞은 물건이 나왔는데도 그냥 모르는
척하고 보내주셨습니다." 찌에우가 말했다. "맞아. 그 후에 자
네가 벼 열 솥과 청동 향로를 감사의 선물로 보내주었지." 한
소안이 고개를 끄덕였다.

한동안 반갑게 이야기를 나눈 후 한소안이 물었다. "어르신,
절에 무엇을 기원하러 가십니까?" 찌에우가 말했다. "아들을
기원하러 가네." 한소안이 웃었다. "사모님이 마차 안에 계신
걸 봤습니다. 사모님도 고령이시던데, 기원을 하시면 부처님
이 아들을 주시기는 하겠지만 강제적인 거겠죠. 흐엉사에 후에
리엔이라는 비구니가 있습니다. 닌빈 지역 순무관*의 딸로 예
쁜 데다가 품행도 매우 바르지요. 사는 게 지겹고 자기와 어울
리는 사람이 보이지 않자 머리를 깎고 수행에 들어간 지 반년
이 되었습니다. 반년 동안이니 불교의 법도가 아직 스며들지는
않았을 겁니다. 어르신께서는 우선 인연을 기원하시고 그 후에
아들을 기원하십시오." 본래 여자를 좋아하는 찌에우는 그 말
을 듣고 너무 기뻐서 물었다. "그럼 인연은 어떻게 기원해야 하
는가?" 한소안은 대답을 하지 않은 채 술병을 바라보았다. 찌
에우는 뜻을 알아차리고 1인분을 더 주문했다.

---

* 봉건시대에 작은 성을 다스리던 행정기관의 우두머리.

음식을 먹은 후 한소안이 찌에우에게 말했다. "저는 전부터 후에리엔을 알고 있었습니다. 그녀는 성격이 고상하고 정의로운 영웅 이야기를 미치도록 좋아합니다. 전에 함응이*가 껀브엉**을 따르기로 했다는 이야기를 들었을 때 그녀도 머리를 자르고 변장을 한 후 따라갔었죠. 이 이야기를 들은 그녀의 아버지는 매우 화를 내면서 매질을 했습니다. 그 후 데탐을 따라갔던 신랑이 푹옌에서 죽자 비관한 나머지 수도승이 되었지요. 어르신께서 서양인 선교사를 매질한 일은 전국이 다 알고 있고 누구나 다 감명받지 않았습니까. 만일 어르신께서 뜻을 표하신다면 일은 반드시 성사될 것입니다." 찌에우는 너무 기뻐하며 잠시 생각한 후 말했다. "이 일은 어려워. 여자를 규방 밖으로 꾀어내는 일이야 내 여러 번 해봤고 무섭지도 않네만, 여자를 불방佛房 밖으로 꾀어내는 일은 완전히 다른 일이야, 아직 해본 적이 없다고." 한소안은 웃었다. "이 일에는 다섯 단계가 있습니다. 후에리엔 비구니가 거처하고 있는 티엔쭈사의 주지 스님을 제가 알고 있습니다. 거기에 가면 어르신은 배가 아픈 척하면서 사모님을 먼저 본당 안으로 들어가게 하신 후 주지 스님께 금 100그램을 드리십시오. 만일 스님이 받지 않는다면 끝입

* 함응이(Hàm Nghi, 1871~1944): 베트남의 마지막 봉건왕조인 응우옌Nguyễn 왕조의 여덟번째 황제. 프랑스 침략군에 격렬히 저항하다 1888년에 붙잡혀 북아프리카에 위치한 알제리로 보내진 후 그곳에서 생을 마감했다.

** 껀브엉Cần Vương: 19세기 말 프랑스의 침략에 저항하여 응우옌왕조의 대신인 똔텃투이엣(Tôn Thất Thuyết, 1839~1913)이 함응이의 이름을 앞세워 제창한 근왕운동(1885~1896).

니다. 일을 망친 걸로 봐야죠. 만일 스님이 받는다면 1단계 성공입니다. 그날 밤 주지 스님이 어르신을 승려가 거처하는 방에서 주무시게 해주실 겁니다. 어르신이 저에게 금 100그램을 주시면 제가 밖에서 보초를 책임지겠습니다. 주지 스님은 비구니가 술 시중을 드는 절밥을 대접할 것입니다. 어르신은 수면제를 탄 술 한 잔을 비구니에게 강제로 먹이십시오. 만일 비구니가 마시지 않는다면 끝입니다. 일을 망친 걸로 봐야죠. 만일 비구니가 마신다면 2단계 성공입니다. 밥상을 치운 후에 비구니는 약에 취하고 주지 스님은 돌아가면, 어르신은 비구니를 안고 침상으로 가십시오. 그러면 3단계 성공입니다. 어르신은 비구니의 승복을 벗기고 하고 싶은 일을 하십시오. 그러면 4단계 성공입니다. 다음 날 아침에 비구니가 정신을 차렸을 때 주지 스님과 제가 들어가서 불문을 욕보였다고 어르신과 비구니를 욕하면서 어르신께 문서에 서명한 후 비구니를 데리고 가고 할 것입니다. 어르신께서는 죄를 용서해달라는 의미로 공덕함에 금 100그램을 넣으십시오. 그러면 5단계 성공입니다." 찌에우는 웃었다. "그러지. 근데 자네 말을 너무 빨리하는구먼. 그래서 금이 몇 그램이란 말인가?" 한소안이 말했다. "300그램입니다." 찌에우는 생각했다. "300그램이면 마누라를 여섯 명은 살 수 있는데." 한소안이 말했다. "어르신 마음대로 하십시오. 하지만 후에리엔은 한 명뿐입니다." 찌에우가 말했다. "자네 말이 맞네." 말을 마치고 술값을 치른 후 한소안을 데리고 마차로 갔다. 지에우 부인이 물었다. "누구세요?" 찌에우가 말했다. "내 친구일세." 한소안은 지에우 부인에게 매우 정중하게 인사를 하고 나서 마차 한구석에 쪼그리고 앉았다. 우산은 허벅지 위에 두고 눈으로는 앞을 똑바로 바라보면서 가는 길 내내 아무런 말도 하지 않았다.

5

둑 나루터에 이르자 정확히 정오가 되었다. 축제에 가는 사람들이 매우 많았다. 수십 척이나 되는 바구니 배들이 옌 계곡 아래에 정박해 있었다. 지에우 부인은 여섯 명이 앉을 수 있는 작은 나룻배 하나를 빌렸다. 왕복인데 금액은 쌀 5리터 가격 정도밖에 되지 않았다. 뱃사공은 예쁘고 입담이 좋은 아가씨였다. 계곡 위를 떠가는 배는 자장가처럼 고요했다. 풍경은 매혹적이었다. 노가 흔들흔들 움직이며 붕어마름과 물풀을 양쪽으로 갈랐다. 실잠자리와 고추잠자리 몇 마리가 따라서 날아가다가 갑판 위에 앉기도 했다. 찐사에 들어가 지에우 부인은 소원을 적은 상소를 올렸다. 찌에우는 뒤편에 서서 중얼중얼 기도를 했다. "만일 부처님께서 후에리엔을 주신다면 채식으로 후하게 잔치를 베풀어 후사하겠습니다."

한소안은 이 지역을 잘 알았다. 어디를 가든 그곳의 전설을 이야기해주었고 지에우 부인은 그를 매우 칭찬했다. 올라가는 배건 내려가는 배건 모두가 다 공손하게 서로 인사를 나누었다. 계곡을 따라가다 보면 사람은 속세를 벗어난 것과 같아서 갑자기 감동을 하고 자신이 실로 먼지가 가득한 삶을 살고 있다는 것을 비로소 깨닫는다.

다 나루터에 이르자 뱃사공이 닻을 내리고 앉아서 기다렸다. 한소안이 앞장서고 지에우 부인과 찌에우가 뒤따랐다. 티엔쭈 사 주변은 사람들로 가득했고 향을 태운 연기가 잔뜩 퍼져 있었다. 물건을 파는 이들이 나란히 앉아 있었다. 식당과 천막 여관 들은 대나무로 아무렇게나 지어졌지만 깨끗했다. 한소안은 찌에우와 지에우 부인을 데리고 들어가 주지 스님과 인사를 나누게 했다. 주지 스님은 살집이 두둑하고 혈색이 좋으며 눈썹이 그린 듯하고 두 눈은 흐리멍덩해서 생선 눈처럼 보였다. 착한 사람인지 악한 사람인지, 지식이 얕은지 깊은지 도무지 예측할 수가 없었다. 지에우 부인이 예물을 올렸다. 찌에우는 주지 스님이 고개를 끄덕이며 매우 능숙하고 재빠르게 예물을 챙기는 것을 보며 즉시 생각했다. '일이 분명 잘되겠군.' 잠시 앉아서 막연한 이야기들을 서너 마디 나누고 있자니 후에리엔 비구니가 나와서 인사를 하는 모습이 보였다. 힐끗 바라본 찌에우는 한소안의 말이 틀리지 않았다고 생각하며 속으로 매우 기뻐했다.

기도를 마친 후에 찌에우는 배가 아프다고 호소했다. 지에우 부인은 솔직한 사람이라 그것이 한소안의 계략인 줄도 모른 채 그저 당황스러워했다. 찌에우와 한소안이 계속 설득한 끝에 지에우 부인은 물건을 놔둔 채로 혼자 본당으로 들어갔다. 들어가면서 불안한 마음에 안정이 되지 않았다.

찌에우는 남아서 한소안의 말에 따라 그대로 행동했다. 불쌍한 후에리엔 비구니, 세상에서 벗어나려고 수도승이 되기를 원했으나 벗어나질 못하는구나.

후에리엔은 본명이 도티닌이고 찌에우의 셋째 부인이 되어 1년 만에 아들을 낳고 이름을 팜웅옥퐁이라고 지었다.

6

팜웅옥퐁은 열여섯에 아버지와 어머니를 모두 여의었다. 그날은 4월 11일, 마을 잔칫날이었다. 정*에 나가 의례에 참가한 후 집에 돌아온 찌에우는 눈이 어두워지고 어지럼증이 느껴져서 방으로 들어가 누웠다. 오후에는 슬슬 열이 나는 느낌이 들어, 밥을 반만 먹고 남겼다. 지에우 부인은 닌을 시켜 홀리바질잎과 개망초, 자몽잎, 대나뭇잎을 따서 끓여 찌에우에게 그 김을 마시게 했다. 찌에우는 말을 듣지 않았다. 뜨거운 물이 준비되자 닌이 가져다가 목욕을 했다. 한밤중에 셋째 부인이 향기로운 것을 보자 찌에우는 피가 끓어오르며 격정이 일어났다. 관계를 가진 후 찌에우의 몸은 몽롱해졌고 아침이 되어서 숨이 끊어졌다. 닌은 너무 두려워서 큰 소리로 울었다. 지에우 부인은 화가 나서 욕을 했다. "갈보 같은 년, 수행도 다 못 한 주제에 이제는 지 남편까지 죽이는구나." 닌은 한탄했다. 자신은 속임수에 빠져 셋째 부인이 되었으나 식모와 다를 바가 없었고 집안일은 전부 독차지했으며 남편과의 잠자리도 감추어야 했는데, 이제 와서 남편을 죽였다며 억울한 욕을 먹는다고 생각

---

* 베트남 농촌에 있는 전통 건축물 중 하나. 베트남어 발음으로는 '딘đình'이다. 성황신城隍神에게 제사를 지내거나 마을 주민들이 모임을 갖는 곳으로 사용된다.

했다. 그래서 그길로 제방을 건너 강으로 가서 자결을 했다. 집에서 찌에우의 시신을 입관하고 있을 때 강에서 투망을 치는 사람들이 와서는 셋째 부인의 시신을 건졌다고 알려주었다. 지에우 부인은 땅바닥에 머리를 치며 탄식했다. "음탕한 년, 실로 전생에 죄를 지으니 현생에 고생이로구나." 두 몫의 장례식이 한 번에 치러졌다. 남자의 관이 앞서가고 여자의 관이 뒤에 따라갔다. 이 이야기는 온 지역에 시끄럽게 퍼져 30년 후에도 사람들의 입에 오르내렸다. 향리들은 돈을 벌 기회를 포착했다. 그들은 닌이 강요에 의해 자살한 것으로 보고 시신을 조사하라고 요구했다. 지에우 부인은 뇌물을 써야만 했고, 논 서른다섯 마지기를 팔아서 겨우 일을 무마했다.

그 일 이후, 지에우 부인은 몸져누웠고 정신이 오락가락하는 사람이 되었다. 반은 제정신이고 반은 정신이 나가버렸다.

퐁은 성장해서 베트남어를 알파벳으로 표기하는 법을 배웠다. 성격은 진중하지 못하고 고집이 셌다. 퐁은 논 일흔 마지기가 넘는 전 재산을 상속받았지만 흥미가 없었고 전부 누나에게 관리해달라고 줘버렸다. 퐁의 누나인 껌은 둘째 부인의 소생으로, 혼자 살면서 혼인을 하지 않았다. 성격은 온화하고 자애로웠다.

퐁은 하노이로 가서 공부를 했고 집에는 가끔씩 내려왔다. 어느 날, 퐁은 자기보다 열 살이나 많은 여자를 데리고 왔다. 여자는 덩치가 크고 피부가 까맸으며 이가 누렇고 임신을 해서 느릿느릿 걸었다. 퐁이 껌 부인에게 말했다. "이쪽은 란이에요. 약학을 공부하는 학생이고 하노이에서 신문을 만드는 떤전 씨의 조카예요. 우리는 같이 산 지 1년이 되었어요." 껌 부인은 얼굴이 하얗게 질린 채 무슨 말을 해야 할지 몰라 잠자코 앉아 있었다. 란은 고개를 숙였다. 얼굴은 걱*처럼 빨갰고, 손으로는 뭄바이 실크로 만들고 목을 넓게 뚫어 금목걸이 한 줄이 드러난 옷자락을 만지작거렸다. 껌 부인이 물었다. "그럼 두 사람은 어찌할 생각인지?" 퐁이 말했다. "란은 집에 있을 거예요. 저는 하노이로 가서 자금을 모아 신문을 만들 거고요." 껌 부인이 말했다. "동생, 우리 집은 예전부터 지금까지 농사 지으면서 돼지를 잡고 있잖우. 고향 버리고 밖에 나가서 발광한 사람들 전부 아무것도 못 되는 걸 내가 직접 목격했다고. 동생의 의지야, 여자인 내가 감히 뭐라고 말을 할 수는 없겠지마는, 그저 자중하시라 충고할 뿐이네." 퐁은 재킷 주머니에 두 손을 찔러 넣고 미소를 지었다. "메르시."** 껌 부인은 남동생이 무슨 말을 하는지 몰라 멍해졌다. 식사 때가 되자 란은 밥을 반 공기만 퍼서 자리에 앉아 밥알을 하나하나 깨작거렸다. 살코기를 넣고 끓인 스타프루트 국이 아주 맛이 있어서 껌 부인이 밥그릇에 부어주며 먹으라고 했다. 퐁은 펄쩍 뛰었다. "안 돼요, 집사람은 파를 안 먹는다고요." 껌 부인은 얼굴을 붉혔다. 밥을 다 먹은 후 퐁은 깨노이 시장에 나가서 짜를 넣은 바인자이***

---

* 걱gấc: 동남아 지역에서 많이 재배되는 박과의 여러해살이 덩굴풀의 열매. '게욱' 또는 '목별'이라고도 불리며 속살은 진홍색을 띤다.

** 메르시merci: '고맙습니다'라는 의미의 프랑스어.

*** 바인자이bánh dày: 베트남 전통 떡 중 하나. 동그랗고 납작하게 빚은 찰떡 두 개 사이에 '짜chả'라는 베트남식 햄을 끼위서 먹는다.

두 개를 사다가 아내에게 먹여야 했다.

란은 집에 있는 첫 일주일 동안 방에서 나가지 않고 늘 누워서 책만 읽었다. 껌 부인은 퐁이 무서워서 계속 참으며 아무런 말도 하지 않았다. 하루는 란이 껌 부인에게 물었다. "집에 논이 얼마나 있나요?" 껌 부인이 말했다. "일흔 마지기가 넘었는데, 퐁이 쉰여섯 마지기를 판 돈을 가지고 하노이로 가서 사업을 하는 거지. 지금 집에는 스물한 마지기가 남았네. 그리고 깨노이 시장에 돼지고기 매대가 하나 있고." 란이 물었다. "고기 매대는 누가 보나요?" 껌 부인이 말했다. "친척 중에 빈 씨를 고용했네. 자금은 우리가 대고 이윤은 둘로 나누고 있지." 란이 말했다. "내일부터 제가 고기 매대를 볼게요." 다음 날엔 시장에 나가서 살펴보았다. 임신한 배를 하고 있었지만 일을 차근차근 확실하게 분배하고 금전 관계를 명확히 정리했다. 껌 부인과 빈 씨는 너무 무서웠다. 빈 씨는 단 한 푼도 감히 빼돌릴 수가 없었다.

지에우 부인은 날이 갈수록 쇠약해지고 정신이 있다 없다 해서 줄곧 방 안을 빙빙 돌면서 누운 자리에 바로 똥오줌을 쌌다. 퐁이 말했다. "왜 이년은 이렇게 질기게 살아 있는 거야?" 란이 말했다. "쥐약을 주면 끝날 거예요." 퐁이 말했다. "필요 없어. 며칠 굶겨." 말을 마치고 돌아서서 껌 부인에게 말했다. "오늘부터 큰어머니에게 먹을 거 주지 마세요. 여든두 살이에요. 더 살아서 뭐 해요?" 껌 부인은 무서웠다. "동생, 다시 생각해보게. 자손들한테 덕을 물려줘야 하지 않겠나?" 퐁은 눈을 크게 뜨고 똑바로 쳐다보며 말했다. "이 독한 것이 내 어머니

를 죽였다고요. 누님은 아세요?" 껌 부인은 계속 탄식했다. 퐁
은 문을 걸어 잠그고는 열쇠를 재킷 주머니 안에 넣었다.

방에 갇힌 지에우 부인은 너무나도 배가 고프고 목이 말라서
변까지 손에 쥐고 먹었다. 하루에 한 번씩 퐁은 잠긴 문을 열
고 죽었는지 확인을 했다. 보름이 넘었지만 지에우 부인은 여
전히 질기게 살아 있었다. 퐁은 당황스러워하며 아내에게 말했
다. "이 여자 마녀인가 봐." 란이 와서 보니 침상 다리 밑에 밥
풀 한 알이 떨어져 있는 게 보였다. 그녀는 비웃으며 말했다.
"당신 큰어머니는 아직 더 오랫동안 사시겠네요. 당신이랑 나
를 땅에 묻도록 살아 있을지도 몰라요." 그러고 나서 다시 퐁
에게 물었다. "열쇠 어디에 뒀어요?" 퐁은 벽에 걸어놓은 재킷
주머니를 가리켰다. 란이 말했다. "어쩐지. 내가 저 마녀의 마
법을 깨뜨려줄 테니 이리 줘봐요." 말을 마친 후 열쇠를 받아
손지갑 안에 넣었다.

한밤중에 란이 퐁을 꼬집어 깨웠다. 퐁의 재킷은 거실의 평
상 위에 걸려 있었다. 흐릿한 달빛 아래 검은 그림자 하나가
옷 주머니를 더듬고 있는 것이 보였다. 란은 림나무*로 만든
자를 손에 들고 검은 그림자의 머리에 그대로 내리쳤다. '아얏'
하는 비명만 듣고는 바로 쓰러뜨렸다. 퐁이 불을 켜자 이마가
피투성이가 된 껌 부인이 보였다. 란이 말했다. "아이고 저런,
도둑인 줄 알았어요." 퐁이 껌 부인을 꾸짖었다. "누님 뭐 하러
여길 뒤진 거예요?" 껌 부인은 끙끙 신음을 냈다. 피범벅이 된

* 림lim나무: 격목格木.

368

얼굴을 평상 위에 놓인 식은 밥그릇에 파묻고 있었다.

사흘 후에 지에우 부인은 숨을 거두었다. 퐁은 장례를 제대로 치러주고 도안투언이라는 호를 지어주었다. 그리고 껌 부인은 관리자로서의 역할을 점차 잃게 되었다. 란이 앞에 나서서 모든 일을 지휘했다. 란이 낳은 딸은 후에라고 이름을 붙였다. 란은 아이를 돌보기 위해 유모를 고용했다. 아이는 자라났고 귀여웠지만 아이의 엄마는 아이를 좋아하지 않았다. 아이를 기르는 일은 전적으로 유모와 껌 부인에게 맡겨버렸다.

7

떤전의 본명은 응우옌아인트엉이다. 언론계와 문학계에서 그는 꽤 유명했다. 사람들은 그가 여기저기 잘 끼어들고 이 집 저 집 들어가 목탁을 두드리듯이 탐욕스럽다고 비난하기도 했지만, 그런 건 아무 상관이 없었다. 떤전이 퐁에게 말했다. "문학은 거침이 없어야 하네. 진흙탕에 빠져도 뚫고 나와서 나비와 꽃이 되는 것, 그게 성인이지." 퐁은 그저 고개를 끄덕일 뿐이었다. 떤전과 퐁은 자금을 모아 사업을 했다. 말은 신문을 만든다고 했지만 사실은 그냥 신문을 판매하는 일이었다.

하루는 떤전이 퐁에게 말했다. "내가 최근에 소금 판매 허가증을 발급 받았다네. 자네도 함께하게나. 자네가 팟지엠*으로 가면 거기에서는 뗏 신부님이 일을 봐줄 걸세. 우리 산악 지역

---

* 팟지엠Phát Diệm: 홍강 델타 남쪽에 위치한 소도시. 닌빈Ninh Bình성에 속한다.

으로 가서 팔아보세. 나는 선라*로 가서 껌빈안 주지사 영감을
만나 논의해보겠네." 퐁은 고개를 끄덕였다.

퐁은 팟지엠에 도착해서 교회를 찾아갔다. 그곳은 스무 마지
기 정도 되는 넓은 땅으로, 아주 공들여 지은 공원이며 능, 교
회, 신도 학교까지 모두 들어서 있었다. 앞쪽에는 반달 모양의
넓은 호수가 하나 있었는데, 물이 매우 맑아서 물고기들이 이
리저리 헤엄치는 모습까지 또렷이 보였다. 또 새하얀 성모마리
아상과 예수상을 설치한 인조 석산도 있었다. 퐁은 감탄스러운
마음으로 서서 바라보다가 갑자기 생각했다. '제기랄, 만세의
건축물이라고 불릴 수 있는 건 아마도 전국에서 이 건축물뿐이
겠군. 천주교는 도대체 어떤 종교길래 이렇게나 끔찍한 거야?'

잠깐 돌아보고 있으니 늙은 하인 한 명이 나와 퐁을 안으로
안내했다. 아직 젊은 몃 신부는 피부가 하얗고 이마가 위로 넓
으며 두 눈에는 재치가 넘쳤다. 뗜전의 편지를 읽은 후 몃 신
부는 퐁에게 자리에 앉도록 권하고 나서 곧바로 뒤쪽을 향해
손짓했다. 검은색 수단**을 입은 소년이 차를 들고 나와 권했
다. 또 검은색 수단을 입은 소년 둘이 나와 등 뒤에서 부채질
을 했다. 퐁은 차를 마셨다. 차가 아주 향기로웠다. 퐁이 물었
다. "신부님, 저희가 부탁드린 일이 성공할 수 있을까요?" 몃
신부가 부드럽게 말했다. "성경에 이런 말씀이 있습니다. '형제
들 중에 자신의 아이가 빵을 달라고 할 때 돌멩이를 주는 사람

---

* 선라Son La: 베트남의 북서부 산악 지역에 위치한 성.

** 가톨릭 성직자가 평상복으로 입는 발목 길이의 긴 옷.

이 누가 있겠는가?' 형제님, 안심하십시오. 여기서 쉬다 보면 차차 해결이 되겠지요." 퐁은 인사를 한 후 여관으로 갔고, 떳 신부는 만족스러워했다.

퐁은 여관 위층 다락방에 누웠다. 비가 뚝뚝 떨어졌다. 돈 자루를 들고 다녀야 했기 때문에 퐁은 감히 어디에도 갈 수가 없었다. 여관 주인은 종일 처마 밑에 우울하게 앉아서 길을 내다보기만 했다. 퐁은 너무나도 무료했다. 서 있다가 앉아 있다가, 옛날 싸구려 종이에 인쇄된 「쩨꼭」*을 뒤적이며 읽고 또 읽었다. 이 집에는 도대체 몇 명이 있길래 들고 나는 사람이 도무지 보이지 않는 건지 퐁은 알 수 없었다. 어느 날, 퐁은 용기를 내어 여관 주인에게 물었다. "여기 예쁜 매춘부 있습니까?" 여관 주인이 고개를 끄덕였다. 퐁이 말했다. "한 명 불러주십시오." 여관 주인이 물었다. "아직 처녀인 애가 좋습니까, 아닌

---

* 「쩨꼭Trê Cóc」: 6·8체의 쯔놈chữ Nôm(베트남어를 적기 위해 한자를 빌려 만든 차자) 시 형식으로 쓰인 작자 미상의 우화. '쩨'는 '메기'를, '꼭'은 '두꺼비'를 의미한다. 어느 날, 연못가에 살던 두꺼비 부부가 연못 안으로 들어가 알을 낳는다. 연못 안에 살던 메기는 두꺼비가 낳은 알이 자기와 닮아 보여서 즉시 가져다 기른다. 연못으로 돌아온 두꺼비는 메기가 자기 알을 훔쳐 간 것을 보고는 관에 가서 고발을 한다. 관에서는 메기를 옥에 가둔다. 이에 메기의 아내는 뇌물을 써서 조사관이 알들을 메기 알이라고 상부에 고하게 만들어 남편을 옥에서 꺼내고 그 대신 두꺼비를 옥으로 보낸다. 이번에는 두꺼비의 아내가 남편을 구하기 위해 유능한 변호사를 찾아간다. 변호사는 두꺼비 아내에게 소송을 하지 말고 알들이 부화해서 자연스럽게 따라올 때까지 기다리라고 말한다. 얼마 후 과연 알에서 부화한 새끼 두꺼비들은 자연스럽게 어미를 따라온다. 그러자 두꺼비 아내는 아이들을 데리고 가 결백을 주장하고, 명백한 증거 앞에서 메기는 죄를 자백할 수밖에 없게 된다. 메기는 아주 먼 곳에 가서 살라는 판결을 받게 되고, 두꺼비 부부와 아이들은 행복하게 산다.

애가 좋습니까?" 퐁은 허벅지를 툭 쳤다. "처녀라면 무슨 말을 더 하겠습니까?" 여관 주인은 일어서서 별채로 내려가더니 잠시 후 열다섯 살 정도 된 여자아이 한 명을 데리고 왔다. 여관 주인이 말했다. "이쪽은 내 딸입니다." 퐁은 물을 마시다가 목이 막힐 뻔했다.

아이는 이제 막 성장하고 있을 뿐 꽃과 달의 이야기*에 대해서는 아직 아무것도 몰랐다. 퐁은 가엾긴 했지만 혀를 차고 말았다. "뭣 하러 망설여. 모든 게 다 겪을 일인데." 퐁은 아이를 위층 다락방으로 끌고 갔다. 아이는 따라가면서 성호를 긋고 입으로는 주님을 불렀다.

며칠이 지나자 늙은 하인이 퐁을 만나러 와서 말했다. "자네 일은 떳 신부님이 전부 처리하셨다네. 자네는 하노이로 돌아가서 물건을 받게나." 퐁은 서류를 받아 들고 늙은 하인에게 돈을 건넸다. 아직 젊은 신부가 일을 차근차근 확실하게 처리하다니 감탄스럽기만 했다.

퐁은 하노이로 돌아가서 떤전의 집을 찾아갔다. 퐁이 영감의 집으로 찾아가는 것은 이번이 처음이었다. 퐁이 초인종을 누르자 서양 개 한 마리가 달려 나왔다. 일하는 남자 하나가 뒤따라오며 개를 불렀다. "루루." 개는 꼬리를 내리고 안으로 들어갔다. 남자가 물었다. "무슨 일이십니까?" 퐁이 말했다. "나는 퐁입니다." 말을 마치고 명함을 건넸다. 남자가 말했다. "떤전 씨는 선라에 가서 아직 안 오셨는데요, 선생님께 보내는 편

---

* 건전하지 못한 남녀관계를 가리키는 말.

지를 집에 남기고 가셨습니다. 들어오셔서 주인아주머니를 만나보세요." 퐁은 남자를 따라 집 안으로 들어갔다. 집과 가구들이 고급스러웠고 아주 개성 있게 배치되어 있었다. 퐁은 생각했다. '이 영감 사기꾼이구먼. 이러면서 가난한 척 어려운 척을 하다니. 항상 내 돈을 빌렸었잖아.' 잠시 앉아 있으니 질질 신발 끄는 소리가 들리고 한 서른 살쯤 된 부인이 나왔다. 퐁은 일어서서 인사를 했다. 부인은 매우 고상하게 아름다웠다. 부인이 말했다. "퐁 선생님, 안녕하세요? 저는 티에우화예요. 저희 집 양반이 선생님께 편지를 남기셨어요." 두 사람은 자리에 앉아 대체로 날씨나 물가 이야기 같은 대여섯 가지 막연한 이야기들을 나누었다. 티에우화는 견문이 넓어 보였고, 퐁은 그 점이 너무 좋았다. 티에우화는 옷깃을 여미며 말했다. "편지 읽어보세요." 말을 마치고는 미소를 지었다. 퐁은 편지를 손에 들고 말했다. "죄송합니다." 편지에는 다음과 같이 쓰여 있었다. "퐁에게, 나의 아무르* 하는 친구. 나는 쥐이예** 16일부터 선라에 가네. 껌빈안에게 물건을 판매하는 일은 차근차근 확실히 정리되었고, 물건이 오기를 기다렸다가 돈만 받으면 된다네. 되도록이면 물건이 빨리 올 수 있도록 자네가 신경을 좀 써주게나. 필요하다면 우리 집에 있는 사람을 몇 데리고 가도 좋다네. 자네의 민첩한 두뇌와 일 처리 능력이 있으니 만사가 뜻대로 될 거라고 나는 믿네. 나는 관절염 때문에 돌아가서 자네와

---

* 아무르amour: '사랑' '애정'이라는 뜻의 프랑스어.

** 쥐이예juillet: '7월'이라는 뜻의 프랑스어.

함께 일을 볼 수가 없다네. 자네를 선라에서 보기를 바라네. 자네와 가족들이 평안하기를 비네. 친애하는 '떤전'."

퐁은 편지를 다 읽고 나서 비웃었다. 티에우화가 물었다. "퐁 선생님, 일이 어떻게 된 것 같으세요?" 퐁이 말했다. "사모님, 신경 쓰지 마십시오. 사모님 남편께서는 천재시잖아요." 티에우화가 얼굴을 붉혔다. "과찬이시네요. 저는 저희 집 양반이 소름 끼치도록 이기적으로 보일 때가 많은걸요." 퐁이 웃었다. "그것 역시 천재의 성격이지요." 티에우화가 말했다. "저희 집 양반이 선생님을 아주 칭찬하세요." 퐁이 물었다. "사모님, 어떤 면에서요?" 티에우화가 말했다. "저희 집 양반이 선생님은 젠틀맨이라고 하셨어요." 퐁이 말했다. "사모님, 제가 항부옴 거리*에서 사모님께 변변찮은 식사를 대접하고 싶은데요. 만일 사모님께서 거절하신다면 저는 그런 칭찬을 받을 자격이 없습니다." 티에우화는 망설이다가 고개를 끄덕였다.

집으로 돌아온 퐁은(그는 도시에 자기 집을 갖고 있었다) 생각했다. '떤전 영감 정말 사기꾼이네. 지금도 내가 대, 힘든 일들도 내가 다 해, 그 영감탱이는 앉아서 받아먹기만 하잖아. 그래, 그 영감탱이가 뭘 받아먹게 되는지 두고 보자고.' 퐁은 벌떡 일어나 인력거를 불러 항부옴의 중국 음식점으로 가자고 해

---

* 항부옴Hàng Buôm: 하노이 고시가지에 있는 거리 중 하나. 예전에는 이 거리에서 주로 등나무나 골풀로 만든 바구니나 돗자리, 발, 돛 등을 판매했으나 중국인들이 유입되면서 식당이 많이 들어서게 되었다. 현재는 식료품뿐만이 아니라 전 세계의 매우 다양한 먹을거리를 판매하고 있기 때문에 하노이 고시가지에서 제일가는 음식 거리로 알려져 있다.

서 식사를 예약했다. 중국 음식점에 온 퐁은 중국인 교포인 브엉빈 영감을 불러 말했다. "'니', 특별한 식사 2인분을 '워'*에게 준비해주세요. 최음제를 잔뜩 넣어서요." 브엉빈은 고개를 끄덕였다.

오후에 퐁은 티에우화를 데리러 갔다. 두 사람은 즐겁게 먹고 마셨다. 처음에는 말과 행동을 조심하다가, 나중에는 약 기운이 퍼지면서 서로 어깨를 가까이하고 흐트러졌다. 퐁은 티에우화를 부축해서 방으로 들어왔다. 브엉빈 영감이 문을 닫고 앉아서 보초를 섰다. 그날 이후로 그들은 몇 번 더 함께 다녔다. 티에우화가 젊은 퐁을 만난 것은 실로 큰 가뭄에 소나기를 만난 것과 같았다. 두 사람은 함께 살자고 맹세를 했다.

약속한 날짜가 되자 퐁은 까이강 나루로 나가 물건을 받아서 선라로 갔다.

8

소금을 실은 마차들이 보름을 넘게 달려 겨우 선라에 도착했다. 껌빈안의 집은 반맛 언덕에 있었다. 관료의 집이었지만 여느 타이족 사람들의 집과 하나도 다르지 않았는데, 운 좋게도 더 컸고 더 좋은 목재를 사용했다. 떤전이 퐁에게 껌빈안을 소개했다. 안은 얼굴에 아무런 표정도 드러내지 않았다. 퐁이 슬쩍 보니 안은 난쟁이 상에 피부색이 건강하게 붉었고 눈꺼풀이

---

* '니你'와 '워我'는 중국어로 각각 '너(당신)'와 '나'를 뜻한다.

처졌으며 태도가 느릿느릿한 것이 흡사 생각이 느린 사람처럼
보였다. 힘든 여정 끝에 눈에 띄게 야윈 퐁은 뗀전이 매일같이
삼시 세끼 술을 마시면서 총을 메고 사냥을 가거나 앉아서 쓸
데없는 잡담이나 나누는 것을 보고는 너무나도 불만스러웠다.
뗀전이 말했다. "자네가 힘든 거 알고 있네. 이번 일은 자네 공
이 제일 크네." 퐁은 아무런 말도 하지 않은 채 잠시 후 팔다리
에 바르려고 껌빈안에게 곰의 쓸개로 담근 술을 조금 달라고
청했다.

안이 물었다. "소금이 얼마나 있어요?" 퐁이 말했다. "8톤
요." 뗀전이 놀라서 펄쩍 뛰었다. "저런, 우리 서로 20톤으로
협상을 봤지 않은가?" 안이 말했다. "당신들 낀족* 사람들은 말
은 이렇게 하고 행동은 저렇게 하는 일이 잦죠." 퐁이 말했다.
"첫 회차 때는 8톤을 넘겨주고, 넘겨주는 대로 그만큼의 돈을
받을 겁니다. 왜 말은 이렇게 하고 행동은 저렇게 한다고 하시
는 겁니까?" 안이 말했다. "뗀전 씨가 20톤에 대한 돈을 다 받
았습니다." 뗀전이 말했다. "아편을 사가지고 하노이로 돌아가
려고 내가 돈을 먼저 받아서 이윤만큼 제했네." 퐁이 말했다.
"저는 절대 안 합니다. 국가에서 아편 장사를 금지했는데, 감옥
가지 않게 조심하십시오. 선생님 이윤만 가지고 사시는 게 좋
겠습니다." 뗀전이 말했다. "진짜 곤란하구먼. 내가 사버렸으면
어찌할 건가?" 퐁이 말했다. "상관 없습니다. 저에게 차용증을

* 낀Kinh족: 베트남 총인구 중 85퍼센트 이상의 비중을 차지하는 민족의 이름.
'비엣Viet족'이라고도 불린다.

하나 써주십시오. 여기 주지사에게 증인을 서달라고 해서요."
안이 말했다. "그러면 되겠네." 떤전은 얼굴이 창백해졌다.

그날 오후는 찌는 듯이 더웠다. 떤전은 아직 주지 못한 소금
열두 톤에 대한 금액을 껌빈안에게 돌려주고 퐁에게는 차용증
을 써주어야 했다. 퐁은 돈을 갚을 기간을 한 달로 하고 만일
갚지 못할 경우 개인 주택으로 변제하겠다고 쓰게 했다. 아편
을 이미 사버렸으니 떤전은 마지못해 감수해야만 했다.

다음 날 아침, 떤전은 서둘러 돌아갈 짐을 꾸리고 퐁에게 자
기와 함께 가자고 말했다. 퐁이 말했다. "먼저 가십시오. 저는
며칠 더 묵어야 기운을 되찾을 것 같습니다." 껌빈안은 환송회
를 열었다. 퐁은 피곤하다고 하고 침실에 누워 있었다.

떤전이 떠나자 퐁은 자리에서 일어나 검은 천 스무 장과 붉
은 천 스무 장을 들고 나와 껌빈안에게 말했다. "주지사님을 알
게 되어 너무 기쁩니다. 어제는 피곤해서 선물을 드리기가 불
편했습니다. 오늘에서야 기회가 생기네요." 안은 고개를 끄덕
였다. 퐁이 다시 말했다. "주지사님과 약속한 소금의 양은 20톤
입니다. 이 일에는 감히 틀림이 있을 수 없지요. 사흘 후에 나
머지 소금이 이곳으로 올 것입니다." 안은 역시 고개를 끄덕였
다. 퐁이 다시 말했다. "저는 떤전 씨와 일을 함께하고는 있지
만 적과 같은 관계입니다. 떤전 씨가 아편을 가지고 가는 것은
좋은 일이 아니지요. 주지사님께서 당직자에게 알려주시면 좋
을 것 같습니다." 안은 역시 고개를 끄덕였다.

다음 날, 껌빈안은 말을 타고 일찍 집을 나섰다. 오후에 안이
돌아와서 퐁에게 말했다. "떤전 씨는 옌쩌우에 도착해서 붙잡

혔다네." 두 사람은 함께 웃었다. 안은 은이 담긴 주머니를 꺼내며 퐁에게 말했다. "이건 상금이라네." 퐁이 말했다. "주지사님께서 셋으로 나누어 주십시오. 하나는 집안 여자들에게 새옷 해 입으라고 주시고요······" 안이 말했다. "우리 집에는 여자가 아주 많은데." 퐁이 말했다. "그럼 넷으로 나누시지요."

다음 날이 되자 나머지 소금을 실은 마차 무리가 올라왔다. 나가서 확인한 퐁은 하나도 소실되지 않은 것을 보고는 너무 기뻐서 운송 인부들에게 후하게 상을 주었다. 껌빈안은 만족스러워하며 물소 한 마리까지 잡아 아주 크게 잔치를 열어주면서 퐁을 배웅했다. 잔치 자리에서 안은 퐁에게 넘피어*(물소의 작은 창자와 비슷함)를 먹어보라고 계속 권했다. 퐁은 먹기는 했지만 입안에 머금고 있다가 문밖에 나와서 바닥에 뱉어버렸다.

9

하노이로 돌아온 퐁은 티에우화에게 떤전이 붙잡힌 사건에 대해 알려주었다. 티에우화가 물었다. "징역을 얼마나 살까요?" 퐁이 말했다. "껌빈안이 10년 이하로는 안 하겠다고 약속했어." 티에우화가 말했다. "감옥에서 나와서 죽어버리면 딱이겠네."

퐁은 깨노이로 돌아가서 티에우화와 혼인하는 일에 대해 란

---

* 넘피어nậm pia: 타이족의 전통 음식 중 하나. 타이어로 '넘'은 '국'을 뜻하며, '피어'는 소의 작은 창자 속에 들어 있는 내용물로, 소화액과 아직 다 소화되지 못한 음식물이 뒤섞여 있는 것을 가리킨다. 구운 고기를 넘피어에 찍어 먹으면 고기 맛의 풍미를 더해준다.

과 상의했다. 란은 너무나도 화가 났지만 퐁은 무자비하고 수
단과 방법을 가리지 않는 사람이라 만일 일을 만든다면 자신만
손해일 뿐이라는 것을 알았기 때문에 참을 수밖에 없었다. 퐁
과 티에우화의 결혼식은 매우 성대했다. 떤전이 파산선고를 받
고 징역 10년이 확정된 후 퐁은 떤전의 집을 팔아버렸다. 티에
우화에게는 떤전과의 사이에 아이가 하나 있었다. 아이의 이름
은 하인으로, 머리가 커다랗고 발에 장애가 있어서 서서 걸을
때면 늘 메뚜기처럼 폴짝폴짝 뛰었다.

그 당시 란은 딸을 하나 더 낳고 이름을 꾹이라고 지었다.
후에는 퐁이 하노이로 데려가서 살았고, 나중에 디엠이라는
이름의 남편을 얻었다. 디엠은 퐁이 자금을 댄 신문에 삽화를
전문으로 그리는 화가였다. 디엠의 부모님은 잡화점을 운영
했다.

7월 보름에 퐁은 티에우화를 데리고 깨노이로 가서 쉰 살 생
일을 치렀다. 퐁은 란과 티에우화와 상의해서 잔치를 크게 열
고 손님들을 초대했다. 그날은 달이 밝았다. 퐁은 툇간에 무늬
가 있는 돗자리를 펴고 앉아 여유 있게 수용꽃눈* 차를 마셨
다. 껌 부인은 해먹에 누워 꾹에게 자장가를 불러주고 있었다.
자장가는 이랬다.

달님, 하늘에 떠 있는 달님

---

* 수용(Syzygium nervosum)의 꽃눈. 수용은 열대 아시아 및 오스트레일리아가 원
산지인 나무의 일종이다.

달님은 세상일을 아시나요?
세상일은 시끌벅적 소란스러운데
듣고 있으려니 왠지 모르게 우습기만 하네요……

별채에서는 란이 도와주러 온 친척들에게 지시를 하고 있었다. 껌 부인이 계속해서 자장가를 불렀다. 자장가는 이랬다.

백로가 비를 맞이하러 가네
어둡고 깜깜한데 누가 백로를 데려올까
백로가 고향을 찾아가네
아빠한테 가나 엄마한테 가나, 백로는 누굴 만나러 가나……

풍이 말했다. "10년 후에도 하늘이 나를 살아 있게 하고 돈을 벌 수 있게 한다면 상수*에 이르렀을 때 온 마을에 한턱을 쓸 거야." 티에우화가 말했다. "끔찍해라, 계속 이렇게 방탕하게 살면 5년이라도 더 살 수 있을까요?" 껌 부인이 또다시 자장가를 불렀다. 자장가는 이랬다.

사내라면 사내다워야지
푸쑤언도 가보고, 동나이도 지나고……

풍이 껌 부인에게 물었다. "닭털을 뽑고 있는 저 아이 이름이

---

* 베트남에서 상수上壽는 80세 이상의 나이를 가리킨다.

뭐예요? 뉘 집 아이예요?" 껌 부인이 말했다. "저 아이는 무어 씨네 딸 찌엠이라네." 퐁이 물었다. "무어 씨는 요즘 어때요?" 껌 부인이 말했다. "무어 씨네는 아이들이 많아서 아주 배를 곯고 있지. 3월에는 아파서 죽을 뻔했고." 퐁이 사위에게 말했다. "자네는 화가니까, 자네가 보기에 찌엠이 우리 마을의 미스 베트남이 될 만한 것 같은가?" 디엠이 말했다. "제가 보기엔 그냥 그런데요." 퐁이 말했다. "자네는 볼 줄 모르는구먼. 자네는 옷차림만 보지. 자네가 경험이 부족해서 그런 거야." 디엠은 고개를 끄덕였다. "장인어른 말씀이 맞습니다." 티에우화가 말했다. "장인이랑 사위가 그 이야기에 있어서는 서로에게 조금도 뒤지지 않는군요."

다음 날, 하노이에서 서른 명이 넘는 손님이 왔다. 제방 한편에 차들이 빽빽하게 주차되었다. 공무원과 작가, 기자, 사업가들이 왔다. 부인 몇도 남편을 따라왔다. 사당 가운데에 고정해 놓은 평상 위에 예물들이 가득 놓였다. 퐁은 문 앞까지 나가서 손님을 맞이했다. 빛이 나는 티에우화가 옆에 서 있었다. 란은 분주하게 음식 만드는 일을 지시했다.

정오가 다 되었을 때 마을의 향리들이 와서 인사를 했다. 역시 스무 명은 넘게 왔다. 퐁은 전부 전실로 들어오도록 청했다. 폭죽이 시끄럽게 터졌다.

사업가인 또프엉이 일어서서 손님들을 대표해 축하 인사를 했다. 박수 소리가 울려 퍼졌다. 퐁은 또프엉의 손을 잡고 말했다. "감사합니다 사장님. 감사합니다 여러분. 내 고향, 내 집에서, 주위에는 처자식과 이웃들, 친구들이 있고, 우리 집 논

에서 키운 쌀로 담근 술을 한잔 마시면 그게 행복인 거죠. 하
루살이 같은 인생인 줄은 알고 있지만 말입니다." 모두들 고개
를 끄덕였다. 세 시간 넘게 먹고 마셨다. 요리를 다 먹은 후 케
이크가 나왔다. 각각의 케이크 접시 위에는 크림으로 'Phạm
Ngọc Phong(팜응옥퐁)'이라고 쓰여 있었다. 마을 유지 몇은
손으로 케이크를 집어 입안에 넣었고 손가락에 온통 크림이 묻
자 더러워 보여서 돗자리에 쓱쓱 문질렀다.

　잔치가 끝난 후, 퐁은 티에우화를 먼저 하노이로 올려 보내
고 자신은 깨노이에서 석 달 동안 쉬었다. 그 시간 동안 퐁은
마을을 시찰했다. 새로이 부자가 된 이도 몇 있었지만 가난한
집들도 많았다. 대체로 전부 더러운 남루함에 덮여 있었다. 하
루는 퐁이 제방에 올라 바람을 쐬다가 푸른 풀밭에 드러누워
높은 하늘을 바라보았는데 백로의 날개들이 저 멀리로 아른거
리며 날아가는 것이 보였다.

　하루는, 퐁이 제방에 앉아 있다가 바글바글 모여 있는 한 무
리를 보았다. 가까이 가보니 거리를 돌아다니며 노래를 부르는
맹인 노인이 단니*를 켜고 아이가 노래를 부르고 있었다. 퐁
이 주의 깊게 들어보니 '인, 의, 효, 예'에 관한 알아듣기 어려
운 이야기인 것 같았다. 옆에서는 남자 하나가 앉아서 반죽한
찹쌀가루로 바구니 위에다 푸른색 붉은색 또해** 비슷한 것들

---

* 단니đàn nhị: 베트남의 전통 현악기 중 하나. 단니의 '니'는 '둘(2)'이라는 뜻
으로 현이 두 개이며, 한국의 해금과 유사하다. '단꼬đàn cò'라고도 불린다.
** 또해tò he: 베트남의 전통 장난감. 여러 가지 모양을 만들어 가느다란 대나무
꼬챙이 끝에 꽂아 고정한다. 쌀가루와 찹쌀가루를 섞어 익힌 반죽에 식용색소

을 만들어놓고 있었다. 옛날 영웅들까지 만들었는데 전부 기운 차 보였다. 퐁은 찌엠이 서서 구경하는 것을 보았다. 등에는 풀을 지고 눈을 반짝반짝 빛내면서 얇은 두 입술로 벼 이삭 줄기를 씹고 있었다. 관자놀이에는 땀방울들이 맺혀 있었다.

집에 돌아오니 란이 퐁에게 물었다. "왜 그렇게 우울하세요? 아니면 어떤 아이하고 사랑에라도 빠지셨나?" 퐁이 말했다. "나 찌엠이 너무 좋아죽겠어." 란이 말했다. "제가 당신 아내를 하겠냐고 물어볼게요. 그 애 어렵게 살고 있어요. 저도 그 애를 좋아한다고요." 퐁이 말했다. "당신 은혜를 높이 사겠네." 란이 말했다. "은혜는 무슨. 당신은 호랑이띠니까, 누군가한테 마음이 가면 전후 사정이 어떻든지 간에 다른 고기는 안 먹잖아요."

며칠 후에 란은 무어 씨네 집에 중매인을 보내 뜻을 전했다. 무어는 너무나도 두려웠다. 찌엠은 펄쩍펄쩍 뛰며 자결하겠다고 협박을 했다. 일이 잘 풀리지 않는 것을 본 퐁은 욕을 했다. "당나귀라 무거운 걸 좋아하나* 보군. 내가 정중하게 말했는데 되지 않으니 너희 집안 전부를 비참하게 만들어주지." 무어는 있는 힘껏 아이를 압박했고 친척들도 몰려와서 구슬렸다. 결

와 설탕을 추가해서 모양을 만들기 때문에 먹을 수도 있다. 처음에는 제례용으로 사용하기 위해 주로 공작, 닭, 물소, 소, 돼지, 물고기 등 동물 모양이나 각종 과일 모양으로 만들었으나, 현재는 축제 등 사람들이 많이 모이는 곳에서 아이들이 좋아하는 인물이나 캐릭터 등을 주로 만든다.

* 고집이 세거나 게을러서 상대방이 강력한 방법을 써야 비로소 말을 듣는 사람을 비유하는 말.

국 찌엠은 받아들여야만 했다. 결혼식은 성대하게 치러졌고 찌엠은 혼이 나간 사람처럼 남편 집으로 들어왔다. 몇 년이 지나찌엠은 아들 둘을 낳았다. 첫째 아이는 팜응옥푹이라고 이름을 지었고, 다음 아이는 팜응옥떰이라고 이름 지었다.

10

긴 시간 동안 퐁은 깨노이에 머물렀고, 도시에서의 일은 티에우화와 디엠에게 관리를 맡겼다. 하루는 티에우화가 퐁에게 말했다. "읽을 만한 시 원고를 팔고 싶어 하는 시인이 있는데요, 당신 이름을 써서 출판하려고 해요." 퐁은 눈을 부라리며 말했다. "말도 안 되는 소리! 여자들이란 참. 시인이라는 건박복한 사람을 우롱하는 칭호야. 시는 그냥 능력도 없이 듣기만 좋은 소리일 뿐이라고. 시인이 즐겁고 생기 넘칠 때는 아무것도 안 되잖아." 티에우화가 말했다. "그럼 그이한테 고치라고 해서 내 이름을 써도 되죠?" 퐁이 말했다. "여자는 시를 못써. 시는 마음속의 심오한 생각이어야 해. 여자한테 무슨 심오한 생각이 있겠어. 시는 고상해야 한다고. 여자들은 매달 한 번씩 월경을 하는데 고상은 무슨." 티에우화는 얼굴을 붉혔다. 이이야기는 접어두고 더 이상 말을 꺼내지 않았다.

어느 날 퐁이 자금을 댄 신문에 어느 사내의 그림이 실렸다. 사내의 머리에 그의 아내가 사슴뿔을 꽂았고 마침 들어온 손님이 그 뿔에 모자를 걸어놓은 그림이었는데, 사내의 얼굴이 아주 퐁과 흡사해 보였다. 퐁이 신문을 보고는 누가 그림을 그렸는지 찾아보았다. 신문사 직원은 회피하며 모른다고 말했다. 퐁은 화가 나서 편집자를 내쫓아 버리겠다고 협박했다. 그는 그림을 가져와서 인쇄를 해주면 돈을 주겠다고 약속한 이가 있었다고 고백했다. 퐁이 물었다. "내 머리에 뿔 날 일*이 있단 말이야?" 그가 말했다. "어르신이 고향에 계실 때 풍문을 들었습니다. 디엠이랑 티에우화 사모님이 매우 친하다고요." 퐁은 비웃으며 말했다. "고맙구먼. 가서 일하시게. 다음번에는 주인의 이익을 위해야 한다는 걸 기억하게. 이 점을 기억하지 못한다면 신문을 만들지 말게나." 그는 혼란스러웠다. "언론은 자유와 평등, 박애를 위해서만 봉사하는 거라고 생각했는데요." 퐁이 말했다. "농담 한번 잘하는군? 나가주게. 내가 성을 내면 자네는 똥이나 먹게 될 테니까."

집으로 돌아온 퐁은 이유 없이 벽에 걸린 거울을 깨버렸다. 티에우화가 물었다. "당신 얼굴이 싫증 났어요?" 퐁은 대답하지 않았다. 티에우화가 말했다. "피곤하신가 보네요. 쉬는 게 좋겠어요." 퐁이 말했다. "내일 나 고향으로 돌아갈 거야."

다음 날은 비가 많이 왔다. 처마 앞에 물방울이 둥둥 떠다녔다. 퐁은 앉아서 종이배를 접어 물 위에 띄웠다. 그러다 갑자기 일어서더니 한창 비가 오는 중인데도 당장 고향으로 돌아가겠다고 했다. 티에우화와 디엠은 안 된다고 막았다.

---

* 베트남어로 '(아내에 의해) 남편의 머리에 뿔이 난다' 또는 '아내가 남편의 머리에 뿔을 꽂다'는 '아내가 외도를 한다'는 의미이고, '(남편에 의해) 아내의 머리에 뿔이 난다' 또는 '남편이 아내의 머리에 뿔을 꽂다'는 '남편이 외도를 한다'는 의미이다.

퐁은 우산을 꺼내 머리를 가리고 거리로 나갔다. 잠시 후 우산이 젖어서 물이 몸 안으로 스며들었다. 퐁은 화가 나서 우산을 던져버렸다. 갈수록 비가 더 많이 왔다. 퐁은 머리에 아무것도 쓰지 않은 채로 길 한가운데로 걸어갔다. 시클로 한 대가 '딸랑딸랑' 소리를 내며 지나갔다.

퐁은 돌아왔다. 대문 앞에서 사람을 부르지 않고 열쇠를 꺼내 문을 열고 집으로 들어갔다. 티에우화와 디엠은 함께 누워서 노닥거리다가 퐁이 돌아오는 것을 보고는 얼굴에서 핏기가 사라졌다.

퐁은 티에우화를 앉히고 자신도 의자에 앉았다. 디엠은 벌벌 떨며 눈앞에 서 있었다. 퐁이 물었다. "두 사람이 같이 잔 게 몇 번이야?" 티에우화가 말했다. "여섯 번이에요." 디엠이 말했다. "본베 공원*에서도 한 번 그랬으니까 일곱 번입니다." 티에우화가 말했다. "그때는 서둘러 끝냈는데 뭣 하러 계산에 넣어." 퐁이 말했다. "일곱 번이야 일흔일곱 번이야? 디엠 이 자식, 내가 너를 가르치고 키워줬는데 너는 이딴 식으로 효도를 하는 거냐? 무릎 꿇어, 내 마누라 발이랑 내 발을 핥지 않으면 죽여버릴 거야." 디엠은 바닥에 엎드렸다. 티에우화는 발을 집어넣다가 퐁이 눈을 부라리는 모습을 슬쩍 보고는 다시 발을

---

* 본베Bônbe 공원: 프랑스 식민지 시절 하노이에서 개장한 공원. '본베'는 프랑스의 과학자이자 정치가의 이름인 폴 베르(Paul Bert, 1833~1886)의 베트남어식 발음이다. 현재 이 공원은 변경된 명칭인 '리타이또Lý Thái Tổ 공원'으로 불리고 있다. '리타이또(이태조)'는 베트남 리왕조(1009~1225)를 설립한 초대 황제를 가리킨다.

내밀었다. 디엠은 손을 뻗어 티에우화의 발을 입까지 들어 올리고는 퐁의 발 쪽으로 기어갔다. 퐁은 진흙이 잔뜩 묻은 신발로 디엠의 얼굴 한가운데를 차며 말했다. "꺼져."

퐁이 티에우화에게 말했다. "저렇게 비겁한 놈인데 저놈한테 몸을 바쳤단 말이야." 말을 마치고 위층으로 올라가 드러누워 베개에 얼굴을 파묻고 울었다. 그날 오후에 의식을 잃을 정도로 열이 끓었다. 티에우화는 성심껏 퐁을 돌보면서 밤낮으로 힘을 다해 한시도 곁을 떠나지 않았다. 약 보름이 지나서 퐁은 회복되었다. 말이 없어졌고 성격이 변해서 누구에게든 아주 차갑게 대했다.

11

회복된 이후 퐁은 생각에 잠긴 얼굴로 집 안에 앉아 있는 일이 잦았다. 하루는 동쑤언 시장*에서 건조식품을 파는 번이 찾아와 퐁에게 설탕에 절인 연자육 2킬로그램과 쩨** 몇백 그램을 주었다. 퐁이 물었다. "시장은 요즘 어떻습니까?" 번이 말했다. "어려운 시기잖아요, 먹고살기가 너무 어려워요." 퐁이 말했다. "그래요, 돈은 자애로운 사람들을 가여워할 줄 모르죠." 번이 말했다. "어르신께 급전을 빌리고 싶은데요. 주문한 손님이

---

* 동쑤언Đồng Xuân 시장: 하노이에서 가장 큰 시장 중 하나. 응우옌왕조 때부터 수백 년간 영업하고 있다.

** 쩨Chè: 주로 베트남에서 후식 또는 간식으로 먹는 음식 중 하나. 주재료는 설탕이고, 그 이외에 각종 콩류, 과일, 찹쌀 등 다양한 재료로 만들 수 있다.

있어서 셸락*을 좀 팔아보려고 하는데 돈이 부족하네요." 퐁이 물었다. "얼마를 빌릴 건데요? 언제 갚을 거예요?" 번이 말했다. "한 달 빌릴 거고요, 이자는 10퍼센트 드릴게요." 퐁이 말했다. "요즘 나도 돈이 말라서. 그래, 됐습니다." 그러고는 한숨을 쉬었다. "나는 여자가 생계를 꾸리려고 고생하는 걸 좋아하지 않아요. 여자는 모름지기 온전하고 깔끔해야지요." 번이 말했다. "아이고, 저도 알지요. 하지만 고생하지 않으면 뭐로 먹고 사나요. 어르신이 권력을 쥐고 계신다면 저희들이 기댈 수 있을 텐데요." 퐁이 말했다. "정치는 그저 전부 의심스럽고 천박하기만 하죠." 번이 말했다. "후에에 사는 똔느프엉이라는 아주머니가 저희 집에 놀러 와 있는데요, 그 아주머니가 관상이랑 점을 잘 봐요. 제가 데려와서 어르신과 사모님을 봐드릴게요."

다음 날, 번이 가슴팍에 꽃수가 놓인 닭기름 색 아오자이를 입은 늙은 여자 한 명을 데려왔다. 번이 말했다. "이쪽은 프엉 아주머니예요. 왕족의 후예예요." 퐁은 티에우화를 불러 맞이했다. 프엉이 말했다. "누구를 먼저 봐드릴까?" 퐁이 말했다. "우리 집사람을 먼저 봐주세요." 프엉은 티에우화를 뚫어지게 바라보더니 말했다. "귀밑머리 좀 걷어보세요." 그러고 나서 말했다. "오른손 좀 보여주세요." 또 말했다. "일어서서 걸어보세요." 잠깐 뚫어지게 바라보더니 말했다. "사모님, 사모님은 골격이 귀하고 엉덩이는 크고 머리는 작은데, 이런 상은 명부**

---

* 니스를 만드는 데 쓰이는 천연수지. 락깍지진디의 분비물에서 얻는다.

** 봉건시대에 남편이 귀족이거나 고위 관직을 맡은 계기로 함께 봉작을 받게

388

부인의 상이지요. 어릴 적부터 커서까지 어려움을 모르고 어디에 가든 늘 모든 사람에게 사랑과 존경을 받지요. 남편이 둘 있네요. 미소가 생글생글하면 시빗거리가 많은 법입니다. 하지만 죄를 지어도 남편이 용서해주네요. 이마에 어두운 흔적이 있고 인중이 비뚤어졌으니 이번 달이 고비예요. 생명까지 위태로울까 두렵습니다." 티에우화는 깜짝 놀라서 얼굴이 창백해지며 서둘러 물었다. "불운을 해소할 수 있는 방법이 있을까요?" 프엉이 말했다. "하늘의 섭리는 알 수 없지요. 어찌 말할 수 있겠습니까. 운명이 그렇다면 받아들이는 수밖에."

프엉이 퐁에게 말했다. "왼손을 좀 보여주세요." 또 말했다. "일어서서 걸어보세요." 그러고 나서 말했다. "어르신은 책략이 있고 욕망이 커서 수단과 방법을 가리지 않는 사람이네요. 하지만 마음이 넓고, 도리를 중시하고 재물을 업신여기며, 일평생 돈이 부족하도록 놔두지 않고 부귀영화가 흘러넘치지요. 뭐든지 어르신은 면밀합니다. 어르신은 황금 호랑이라서 어르신을 따르는 사람들은 피곤하지요. 이달에 어르신께도 불운이 들었네요. 부디 몸조심하십시오."

퐁은 고개를 끄덕이며 더 이상 묻지 않았다. 그러고 나서 차를 준비하고 『역경易經』*에 관한 이야기로 화제를 돌렸다. 퐁이 물었다. "『역경』을 '예언서'로 보는 것에 대해서는 어떻게 생

___

된 여자를 이르는 말.

* 유학에서 삼경三經 중 하나로 삼은 경전. 세계의 변화에 관한 원리를 기술한 책으로 『주역周易』이라고도 불린다.

각하십니까?" 프엉이 말했다. "맞습니다. 하지만 『역경』을 보고 초월할 수 있다면 신이 되는 것이고, 초월하지 못한다면 마귀가 되는 것이지요. 만 명이 있으면 신은 없고 전부 마귀뿐이잖아요." 프엉이 술술 말을 하는 것을 본 퐁이 그제야 물었다. "전에 무슨 공부를 하셨습니까?" 프엉이 말했다. "공부도 조금했지요. 옛 수도*에 살다 보니 재주 있는 사람들이 많아서 행운이기도 했지만 화가 더 많았지요." 퐁은 고개를 끄덕였고 프엉에게 밥을 먹고 가라고 한 후 노잣돈을 조금 주었다.

티에우화는 그날 이후로 걱정스러워서 앉아서나 일어서서나 안정이 되지 않았다. 퐁이 말했다. "점은 쓸데없는 놀이야. 뭣하러 생각해." 티에우화가 말했다. "무서워죽겠어요. 떤전 영감이 막 출소했다는 소식을 들었어요. 그 노인네 험악하다고요. 부디 조심하세요." 퐁이 물었다. "떤전이 출소했다고 누가 그래?" 티에우화가 말했다. "어젯밤에 누워 있는데 떤전 영감이 돌아와서 자기 아들인 하인 녀석을 부르는 꿈을 꾸었어요. 그때가 한밤중이었는데 떤전 영감이 하인에게 미군 철제 연료통한 개를 울타리 너머로 건네주더라고요." 퐁이 말했다. "말 같지도 않은 꿈이구면." 말은 그렇게 했지만 퐁 역시 별채로 내려가서 하인이 여느 때와 똑같이 의자에 앉아 커다란 머리를 가슴팍에 숙이고 불구인 다리를 뒤쪽으로 꼰 채 꾸벅꾸벅 졸고 있는 모습을 확인했다. 퐁은 안심을 하고 안채로 올라왔다.

---

* 베트남 중부에 위치한 '후에Huế'를 가리킨다. 1802년부터 1945년까지 후에는 베트남의 마지막 봉건왕조인 응우옌왕조의 황제가 거주하던 곳이었다. 소설속에서 프엉은 후에에서 온 인물이다.

그날 밤, 퐁이 깊은 잠에 빠져 있는데 갑자기 고함이 들려왔다. 눈을 뜨니 불이 활활 번지는 중이었다. 퐁은 문을 발로 찼지만 문은 꽉 잠겨 있었다. 너무 무서웠던 퐁은 창문을 깨고 뛰쳐나오는데 갑자기 검은 그림자 하나가 손에 휘발유통을 들고 여기저기 뿌리면서 메뚜기처럼 폴짝폴짝 뛰어가는 모습이 보였다. 하인 녀석이라는 것을 알아차린 퐁은 몸을 날려 덮친 후 목덜미를 잡아챘다. 불이 무섭게 타올랐고 온몸에 화상을 입었다. 퐁은 아이의 목을 꽉 쥐었다가 녀석의 두 눈이 튀어나오는 것을 보고는 놓아주었다. 퐁은 가만히 서서 집 전체가 활활 타오르는 모습을 바라보았다. 퐁은 하인을 불길 속에 던져버리고는 밖으로 뛰쳐나왔는데 어떤 무거운 물체에 머리를 맞고 쓰러져 정신을 잃은 후로는 아무것도 알지 못했다.

12

떤전이 출소해서 복수를 하기 위해 퐁의 집을 태워버린 이야기가 온통 시끄럽게 퍼졌다. 듣자 하니 떤전은 그 이후 까오미엔*으로 도망쳤다고 한다. 2층에 있던 티에우화는 내려오지 못하고 불에 타 죽었다. 퐁은 등에 화상을 입어 자리에 누운 채로 아주 고통스럽게 치료를 받아야 했다.

당시 깨노이의 껌 부인은 사망한 후였다. 퐁이 고향에 잘 내려오지 않자 란은 쯔엉이란 자와 내통하며 고기 장사를 했다.

---

* 까오미엔Cao Miên: '캄보디아'의 한자어 이름을 베트남어로 음독한 것.

퐁이 사고를 당한 것을 알고도 란은 직접 가보지 않고 사람을 시켜 돈과 선물만 보냈다. 나중에 퐁의 병이 아주 깊다는 소식을 들은 쯔엉은 제멋대로 대낮에 버젓이 란과 왕래했다. 찌엠 세 모자는 별채에 살면서 감히 입을 벌려 말을 할 수가 없었다.

하루는 깨노이에 사는 같은 팜씨 친척 한 사람이 퐁을 찾아왔다. 그가 말했다. "이제 팜씨는 죽었네. 란 부인이랑 쯔엉이 집을 차지해버렸고, 쯔엉은 전실에다가 자기 물건들을 들여놨어." 퐁은 벌떡 일어나더니 피를 왈칵 토하고는 말했다. "나 아직 안 죽었네. 어떻게 팜씨가 집을 잃을 수 있겠는가. 나한테는 아직 떰과 푹이 있지 않은가."

며칠 후, 퐁은 억지로 자리에서 일어나 부축을 해달라고 해서 알고 지내는 변호사의 집으로 찾아갔다. 그는 유학을 갔다와서 법률에 아주 정통했다. 퐁이 안으로 들어갔을 때 변호사는 앉아서 대략 마흔 살쯤 된 부인을 접대하고 있었다. 변호사가 말했다. "안녕하세요? 어르신, 여기 앉아서 차 한잔하시면서 잠깐만 기다려주세요." 퐁은 고개를 끄덕이고 나서 자리에 앉아 변호사와 여자가 나누는 이야기를 들었다. 대강, 부부에게 열두 살 난 아들이 하나 있었는데 이 아이가 아주 버릇이 없어서 아내가 때리다가 무심결에 아이의 고환을 세게 쳐서 아이가 죽었고, 본래 다른 여자와 바람을 피우던 남편이 그 김에 아이를 죽인 죄로 아내에게 소송을 걸었다는 내용이었다. 아내는 무심결에 상처를 입혀서 아이가 죽었다고 자초지종을 설명했지만, 남편은 반박하며 이혼을 하고 재산을 분할하기 위해 아내를 감옥살이 시키고 싶어 했다. 그래서 지금 아내가 변호사를 찾아와 도움을 요청하고 있는 것이었다.

이야기를 듣던 퐁은 변호사가 대략 216조인가 217조인가 하는 법전을 인용하는 모습을 보고는 질려버려서 일어나 돌아가려 했다. 변호사가 물었다. "왜 돌아가십니까?" 퐁이 말했다. "내가 고향에 집이 하나 있는데, 나쁜 놈 몇이 차지하려고 해서 변호사님께 중재를 부탁하고 싶었소." 변호사가 말했다. "알겠습니다. 318조에 따르면……" 퐁이 말했다. "고맙소. 이 일에는 법률이 필요 없으니 내가 처리하도록 하겠소."

그날 오후에 퐁은 사람을 보내 '흉터 뜨억'이라는, 지하 세계의 악명 높은 자를 오라고 해서 말했다. "…… 이렇고 …… 이런 일이네. 얼마인가?" 흉터 뜨억이 말했다. "우리는 의로운 일을 하는 겁니다. 일반 사람들처럼 흥정하지 않습니다." 퐁이 말했다. "알겠네. 내가 안심할 수 있도록 우선 돈을 조금 받게나. 괜찮아. 돈은 돈이고 의로운 행동은 의로운 행동이지. 내가 어떻게 헷갈릴 수가 있겠는가." 흉터 뜨억은 만족해하며 돌아갔다.

오래지 않아, 쯔엉과 란이 시장에서 물건을 정리하려고 하는데 어디에서 온지 알 수 없는 한 무리의 사람들이 찾아와 시비를 걸었다. 그때는 이미 땅거미가 진 후였다. 그자들은 달려들어 두 사람을 때렸다. 란은 바로 죽어버렸고 쯔엉 역시 집으로 실려 가서 사흘 후에 죽었다. 당국자가 와서 조사할 때는 그자들은 이미 흔적도 없이 사라진 후였다.

그해 말에 퐁은 기력이 너무 많이 떨어져서, 즉각 곳곳에 투자했던 사업 자금들을 차례차례 회수하여 돌아왔다.

<h2 style="text-align:center">13</h2>

찌엠의 두 아들은 여덟 살 터울로, 푹이 열 살이고 뗌이 두 살이었다. 퐁은 푹을 학교에 보낼 생각으로 집에 돌아오자마자 찌엠과 상의를 했다.

그때는 초여름이었다. 불에 볶는 듯 더운 날씨가 열흘 이상 계속되다가, 갑자기 금방이라도 비가 쏟아질 듯 구름이 몰려들더니 천둥 번개가 서로 뒤엉키며 내리쳤다. 처음으로 집을 멀리 떠나게 된 푹은 너무 좋아서 연신 애타게 물었다. "비가 그칠 때를 기다리면 그게 언제예요?"

찌엠은 아이를 학교에 보내고 싶지 않았다. 하지만 퐁이 무서워 감히 말을 할 수가 없었다. 푹이 물었다. "근데, 저 학교에 가면 계속 하노이에서 사는 거예요?" 퐁이 말했다. "응, 문학 교수인 내 친구에게 부탁해서 너를 가르치게 할 거야." 푹은 일어서서 자기 유년의 추억에 달라붙어 있는 것들을 전부 새겨두고 싶은 듯 각 방들을 한 차례 돌고 사당에도 올라가고 부엌에도 들어갔다. 그러고 나서 녀석은 문 앞에 앉아 하늘을 향해 눈을 들고 비를 기다렸다.

동쪽에서부터 먹구름이 우르르 몰려왔고 바람 한 점 불지 않았다. 아주 커다란 빗방울 몇 개가 지붕 위에 후드득 떨어졌다. 찌엠은 집 안에서 푹을 위해 나무상자 안에 옷가지들을 정리해주고 있었다. 퐁은 거실의 침상 위에 앉아서 자고 있는 뗌에게 부채질을 해주었다. 푹이 크게 환호성을 질렀다. "우박이다!" 환호성 끝에 녀석은 마당으로 달려 나갔다. 갑자기 번쩍 빛이 나더니 경천동지할 천둥소리가 한 번 울려 퍼졌다. 마당에서 타는 냄새가 진동하면서 새까만 연기가 피어올랐다. 찌엠과 퐁은 넘어져 뒹굴었고 지붕은 요란하게 무너져 내렸다.

잠시 후 퐁은 정신을 차렸지만 온몸을 움직일 수가 없었고, 찌엠은 마당에 있는 푹의 시신 옆에서 울부짖고 있었다. 비가 퍼붓듯 쏟아졌지만 탄내는 여전히 강렬했다. 몸이 휘어진 채 널브러진 푹은 몸에서 수분이 전부 빠져나간 것 같았고 머리는 벗겨지고 말라비틀어졌다. 마당에 깔린 밧짱 타일들은 산산조각이 났다.

푹이 번개에 맞아 죽은 후 퐁은 병으로 누워만 있게 되었다. 퐁은 아무것도 먹지 않았고 몸에서는 열이 매우 높게 올랐다. 누워 있으면서 퐁은 지옥을 헤매는 꿈을 꾸었다. 커다란 가마솥에서 활활 불길이 타오르고 있었다. 얼굴이 까맣고 머리가 긴 추하게 생긴 귀신들이 물을 끓일 땔감을 모으고 있었다. 가마솥에서는 족쇄에 묶인 사람들이 처참하게 신음하고 있었다. 퐁은 어떤 사람이 하는 말을 들었다. "나는 팜응옥리엔이오." 또 어떤 사람이 하는 말이 들렸다. "나는 팜응옥쟈오." 또 어떤 사람이 하는 말이 들렸다. "나는 팜응옥찌에우요." 또 여자 몇이 하는 말이 들렸다. "나는 지에우예요, 란이에요, 티에우화예요." 퐁은 깜짝 놀라 일어났다. 꿈속의 사람들이 자신이 일상적으로 만나는 사람들과 매우 비슷하다고 느꼈다. 리엔은 전보방 주인 같았고, 쟈는 변호사 같았으며, 찌에우는 신문을 파는 아저씨 같았고, 란은 쌀장수 아주머니 같았고, 티에우화는 설탕을 파는 아주머니 같았다.

찌엠은 뗨을 안고 퐁의 침상 옆에 앉아 있었다. 퐁이 말했다. "여보, 뗨은 팜씨 가문의 마지막 핏줄이오. 이 피가 녀석의 선조들처럼 검은색이 아니라 붉은색이기만을 바랄 뿐이네." 말을 마치고 딸꾹질을 몇 번 하더니 가버렸다. 때는 경진(1940)년 3월 13일, 유시酉時*였다.

14

지금도 뜨리엠현 깨노이에 가면 팜씨 가문의 사당을 볼 수 있다. 사당은 인생의 모든 굴곡 앞에서 여전히 변함이 없다. 시간은 몇몇 곳을 낡고 부패하고 고장 나게 만들었지만, 그 근본은 변하지 않았다. 후에 찌엠은 그렇게 홀로 살면서 뗨을 키웠다고 한다. 모자는 채소를 심고 돼지를 키우고 두부를 만들어 팔기만 했다. 뗨은 자라서 혼자 공부하고 책을 많이 읽었지만 과거를 보거나 무언가를 하지는 않았다.

찌엠은 병인(1986)년에 숨을 거두었다. 향년 90세였다. 찌엠의 묘는 꼬꼬 들판에 마련되었다. 묘는 오래된 목면이 홀로 서 있는 곳에 홍강 쪽을 바라보며 놓였다. 이 나무 밑에는 흰개미 집 세 개가 세 발 달린 솥처럼 서로 기대어 서 있었다. 거기에

---

* 오후 5시부터 7시 사이.

깨노이 팜씨 가계도*

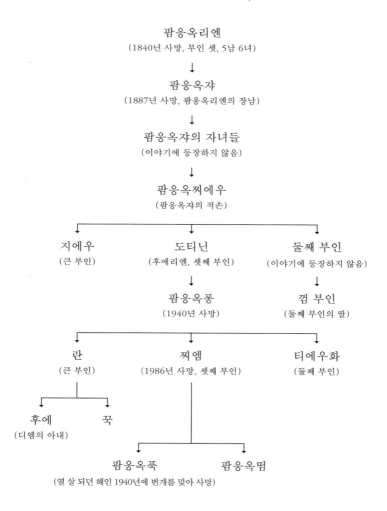

팜응옥리엔
(1840년 사망, 부인 셋, 5남 6녀)

↓

팜응옥쟈
(1887년 사망, 팜응옥리엔의 장남)

↓

팜응옥쟈의 자녀들
(이야기에 등장하지 않음)

↓

팜응옥찌에우
(팜응옥쟈의 적손)

지에우
(큰 부인)

도티닌
(후에리엔, 셋째 부인)

둘째 부인
(이야기에 등장하지 않음)

팜응옥퐁
(1940년 사망)

껌 부인
(둘째 부인의 딸)

란
(큰 부인)

찌엠
(1986년 사망, 셋째 부인)

티에우화
(둘째 부인)

후에
(디엠의 아내)

꾹

팜응옥푹

팜응옥떰

(열 살 되던 해인 1940년에 번개를 맞아 사망)

---

* 이 가계도는 한국 독자의 이해를 돕기 위해 옮긴이가 추가한 것이다.

서는 비가 많이 오는 계절이 되면 아직도 하바신*과 자라, 교
룡蛟龍** 장군 들이 모여 술잔을 기울이고, 반딧불이가 밤새 반
짝반짝 밝게 불을 밝히면서, 사람이 훌쩍거리는 소리처럼 들리
는 음악 소리에 개골개골 개구리 소리가 섞여 들린다고 사람들
은 수군거렸다.

---

* 하바Hà Bá신: 도교에서 강을 다스리는 신. 한자 이름은 하백河伯이다. 하바신
은 보통 머리카락과 수염이 새하얗고 손에는 총채와 물병을 들고서 거북이 등
에 앉아 밝게 웃고 있는 노인의 모습으로 그려진다. 주로 강 물고기 잡이를 하
는 어부들이 하바신에게 제사를 지낸다.

** 용과 외형이 유사하고 몸집이 거대하며 성질이 매우 난폭한 수중 괴물. 사람
을 비롯하여 온갖 동물을 잡아먹는다.

사는 건 참 쉽지

    산간 마을에 있는 사범학교에서 7월 말에 고원지대 교사를 위한 훈련 교실을 열었다. 열한 명이 참가했고, 그들 모두는 처음 수업을 하는 젊은 교생들이었다. 도시의 독자 여러분은 지금으로부터 30~40년 전의 고원지대 학교에 대해 분명히 잘 이해하지 못할 것이다. 내가 여러분에게 해줄 수 있는 말은, 그곳보다 더 단조롭고 이익을 덜 추구하는 곳은 어디에도 없다는 것뿐이다. 그곳에 대해 어떻게 생각하고 어떻게 느낄지는 여러분에게 달렸다.

    7월 말, 북서부에는 비가 많이 내렸고, 갑작스럽게 여러 차례 홍수가 쓸고 지나가면서 예측할 수 없는 재난들이 일어날 수도 있는 상황이었다. 찌 선생은 참고 서적들을 가지고 훈련 교실에 강의를 오게 되었으나, 시내에서 학교로 오는 길에 계곡을 건너면서 물살에 휘말려 짐들이 모조리 떠내려가 버리고 말았다. 열한 명의 교생이 모두 나와 교육 시찰관을 맞이했다. 추위에 벌벌 떨며 앉아 있는 쥐새끼처럼 흠뻑 젖은 알몸이 빼

뼈 마른 노인을 보고는 그들은 울고 웃고 했다.

교육 훈련 교실을 위해 준비한 의례와 일정 들은 예상치 못했던 이유로 갑자기 전부 취소되었고, 찌 선생과 젊은이들 사이에 지켜야 마땅한 행동 원칙들도 일순간에 완전히 방향을 틀게 되었다. 붙임성 있는 여자 교생들은 그를 '아빠'라고 불렀지만, 찌 선생은 농담 반 진담 반으로 자기는 '절친'이나 '오빠'가 더 좋다고 말했다. 여자들이 바느질 실력을 발휘한 덕분에 찌 선생에게는 곧바로 그들이 입던 헌 옷을 '개조'해서 만든 옷 두 벌이 생겼다. 남자 교생 둘은 '아빠'에게 그 어떤 친밀감도 보이지 않았다. 그들의 눈에 '권위가 떨어진' 교육 시찰관은 이미 어설픈 인사일 뿐, 아무것도 아니었다.

하지만 교육 훈련 교실은 수도에도 적용되는 교육부의 규정에 따라 평소처럼 제날짜, 제시간에 시작되었다. 찌 선생은 본래 군인 출신이다. 그는 임무를 가장 중시했고, 그 무엇도 그가 맡은 임무를 수행하는 일을 방해할 수 없었다.

종이도 연필도 없이 찌 선생은 여자들에게 둘러싸인 채 당당하게 교단에 올라섰다. 두 남자 교생은 선생을 존중해서가 아니라 여자들을 존중하기 때문에 할 수 없이 동석해야만 했다.

"선생 일은 참 쉬운 직업이지!" 찌 선생은 강의를 시작했다.

"월급도 적은데 먹을 것도 없다면 어떻게 하지요? 고원지대에 시장이 어디에 있다고 가나요?" 처음으로 집에서 멀리 떨어져 지내게 된 젊은 여자 교생들이 걱정스레 선생에게 물었다.

"채소를 길러야지!" 찌 선생이 대답했다. "닭도 몇 마리 기르

고…… 옛날에, 나는…… (찌 선생은 자신을 '아빠'가 아니라 '나'*
라고 칭했다) 나는 돼지도 길렀어. 음력 12월 그믐날 오후에는
돼지를 잡고 핏국**도 만들었지…… 정말 그렇게 즐거운 건 없
었는데…… 설처럼 즐거운 건 말이야!"

"전부 자연스럽게 해결이 됐지!" 찌 선생이 말했다. "우리
는 그냥 살면 되는 거야! 사는 건 참 쉽지! 그냥 계속 아이들
의 눈을 들여다보면서 살면 돼…… 닭을 거세하는 방법이라든
지 몇 가지 기술은 익혀두어야겠지…… 지혈 효과가 있는 나무
들도 알아둬야 하고, 독버섯을 구별하는 법 같은 것들도 알아
야 해…… 내 경험으로 보자면 너무 예쁜 것들은 믿어서는 안
돼……"

찌 선생은 젊은이들을 데리고 숲으로 들어갔다. 선생은 그
들에게 먹을 수 있는 풀나무들과 약이 되는 나무들을 찾는 법,
그리고 숲에서 길을 잃었을 때 나무뿌리를 관찰해서 방향을 찾

---

* 베트남어로 '나'를 뜻하는 '떠tớ'는 친한 친구 사이에서 상대방에 대해 자신
을 칭하는 호칭. 호칭어가 특히 발달한 베트남에서는 자신을 칭하는 호칭어
의 종류에 따라 상대에 대한 감정 표현을 달리할 수 있다. 교사의 경우는 보통
학생에게 자신을 '선생님[터이thây(남선생님) 또는 꼬cô(여선생님)]'이라고 칭
하지만, 학생이 잘못을 저질러 꾸짖을 때는 자신을 '나(tớ)'라고 칭하기도 한다.
예전에는 선생님의 지위를 학생보다 높이 보고 권위를 세우기 위해 학생들에
게 자신을 '나(tớ)'라고 칭하는 경우도 있었다.

** 익힌 고기에 살아 있는 동물의 피를 부은 후 굳혀서 먹는 음식. 베트남에서
는 상당히 보편적인 음식이지만, 살아 있는 동물로부터 피를 채취해 가열하지
않고 먹는 방식 때문에 각종 바이러스나 기생충 등에 감염될 확률이 높으므로
전문가들은 섭취하지 않을 것을 권장하고 있다. 베트남어 발음으로는 '띠엣까
인tiết canh'이다.

는 법을 가르쳐주었다. 밤에는 모여 앉아 노래 연습을 했다. 찌 선생은 그들에게 가르치는 직업에 관한 노래를 알려주었다.

나는 처음 수업을 나갔던 때를 잊지 못하네
머나먼 학교에 다다랐을 때
새하얀 종이책에
분필 가루 묻은 단출하고 서툰 모습으로
동그랗고 커다란 까만 눈동자들
묻지 마오 내가 왜 사랑하는지를……

"공부를 가르치는 건 어려울 게 하나도 없어! 사는 건 참 쉽다니까!" 찌 선생은 말했다. "우리가 아이라고 한번 생각해보지. 아이에게 무엇인가가 필요하면 그걸 가르쳐주면 되는 거야…… 아이에게 필요 없는 건 가르치지 말고……"

"사는 건 참 쉽지!" 찌 선생은 말했다. "교육은 말이야…… 풀어주는 거라고…… 잘못을 저지를 때마다 용서해주고 말이지…… 아이한테 무슨 죄가 있겠어…… 사는 건 실수의 연속이지, 계속 죄를 짓는 거야…… 우리는 자신의 목숨을 사랑하듯 아이들의 목숨을 사랑해야 해……"

"그럼 사랑은요?" 젊은 아가씨들이 적극적으로 선생에게 물었다.

"그건 모르겠는데……" 찌 선생은 당황해하며 대답했다. "하지만 희생이 뒤따르지…… 쓰라림 말이야…… 사랑은 서로에게 축복의 말을 해주고, 친밀, 애정, 욕망, 삶의 의지 등등, 그러니까 감각 같은 것이 담긴 손길들을 나누는 것이지……"

"거짓말!" 두 남자 중 하나가 우울한 표정으로 욕을 하고는 이를 앙다문 채 작게 말했다. 남자는 도시에서 태어난 전이라는 청년이었다. "그건 그보다 훨씬 더한 거라고……"

"자네는 항상 자네만 옳고 다른 사람들은 전부 거짓이라고 하는구먼!" 찌 선생은 기분 나빠하며 말했다. "자네는 선생 일을 할 수 없겠어. 자네는 사람을 정복하고 제압하려고만 하지 않는가…… 꼭 내 '상사' 같구먼……"

"글쎄요……" 전이 대답했다. "하지만 선생 일이 세상에서 가장 좋은 직업은 아니잖아요?"

"나는 모르겠네!" 찌 선생은 인정했다. "어쩌면 정말로 그럴 수도 있지!"

"근데 우리 지금 사랑 얘기를 하고 있었던 것 아닌가요?" 젊은 여자 교생들은 찌 선생의 설명에 아직 만족할 수 없었다.

"뭣 하러 물어? 어쨌든 누구나 다 아는 걸……" 히에우라는 남자가 쭈뼛쭈뼛 끼어들었다. 전과는 달리 히에우는 소심한 농촌 청년이었다.

"맞아! 어쨌든지 간에 누구든 다 알지…… 결국 고통일 뿐이라는 걸 말이야! 서두르지 마! 애태우지 말라고!" 전은 말을 마치고는 비웃었다.

젊은 아가씨들은 찌 선생에게 사랑 이야기를 해달라고 졸랐다. 찌 선생은 안 된다고 계속 거절하다가 결국은 이야기를 할 수밖에 없었다.

"아마 나는 아주 일찍 사랑을 했던 것 같아……" 찌 선생은 얼굴을 붉히며 고백했다. "내가 아직 학생이었을 때…… 내가 사랑했던 사람은 선생님이었지. 선생님이 교실에 들어오면, 나는 그녀를 꿀꺽 삼켜버리려는 듯 유심히 바라보았어. 나중에는 아주 부끄럽고, 정말로 후회하긴 했지만……"

두 남자는 경멸하는 티를 내며 벌떡 일어나 교실 밖으로 나가버렸다. 찌 선생은 말없이 앉아 있었다. 멍청하게도 하지 말아야 할 말을 해버리고 말았다는 걸 그는 알고 있었다. 그는 실패한 교육자였다. 여자들이 그를 위로했다.

"아빠, 지어내신 거죠? 왜 그런 얘기를 지어내서 사람들이 무시하게 만드신 거예요? 저희는 알아요. 아빠가 고상한 사랑을 하셨다는 걸요. 그렇죠?"

"응, 응." 찌 선생은 대답했다. "고상했지…… 사적이었고…… 하지만 난 실수를 했어…… 난 이기적이었어…… 비겁하기도 했고…… 그녀는 정말 인내심이 강한 사람이었는데, 결국은 나에게 지쳐버렸지."

"여자들이 원하는 게 많아서이기도 할 거예요!" 여자들은 탄식했다. "왜 여자는 소인배나 매한가지라고들 하잖아요……"

"절대 그렇지 않아……" 찌 선생은 고통스러운 미소를 지었다. "그건 공자의 말이야. 그는 정치에 빠져 있는 사람이었지. 그자는 사랑을 몰랐어. 사랑보다 예를 더 사랑했지…… 근데 사랑은 가장 무례한 거잖아. 몹시 빠르고 철저한 사랑만이 비윤리적일 뿐이지……"

"그럼 아이들에게 그런 것들도 가르쳐야겠네요?" 여자들이 물었다.

"물론 가르쳐야지!" 찌 선생이 말했다. "하지만 자연스럽게 맞춰지도록 놔두는 게 가장 좋아…… 사는 건 참 쉽지! 그냥 아이들의 눈을 바라보면서 살면 되거든. 일을 하면서 꼭 지켜야 할 것이 있어…… 저 벼락 맞을 두 녀석처럼 굴지 말아야 한다는 거야! 맹세하는데, 쟤들은 선생 일을 배반할 거야. 쟤들을 사랑하는 여자는 고통에 빠지겠지…… 저런 애들이 누구를 가르치겠나? 남자들은 말이야, 내가 아주 잘 알아…… 얼마만큼은 너희 여자들이 충동질한 거 아니겠어. 쟤들은 위아래도 몰라보는 녀석들이라고, 덕이라곤 전혀 없지…… '덕은 어머니로부터 물려받는 거니까', 알겠니? 지금은 몰라도 나중에는 알게 될 거야……"

마는 찌 선생이 반에서 가장 예뻐하는 아가씨다. 집이 가난해서 고향을 떠나 고원지대로 와 선생 일을 하는 그녀는 늘 사람들에게 양보하고 어려운 일은 앞장서서 한다. 마는 반에서 나이는 가장 어렸지만, 제일 성숙했다. 일찍 고아가 되어 어린 두 동생을 돌봐야만 했기 때문에 마는 누구보다도 빨리 만능인이 되었다.

"얘야, 너는 왜 그리 다른 사람들 일에 발 벗고 나서는 게냐……" 찌 선생이 그녀에게 물었다.

"저도 모르겠어요…… 그냥 제 팔자가 그런가 봐요……"

"어쩔 수 없구나……" 찌 선생은 가여워하며 한숨을 쉬었다. "하지만 자기 자신도 아껴야 한단다. 사람을 아끼다 보면 자기 자신한테 화가 미치는 법이거든……"

그런 식으로, 하루하루, 반달 동안 찌 선생은 자기만의 방식으로 젊은 교생들에게 교육과 관련된 경험과 기본원칙 들을 전수했다. 그는 어려움 속에서 혼자 지내며 배고픔과 위험에 맞서 싸워야 했던 적이 있었다. 그는 교육계에서도 말단직인 초등학교 교사였다. 그는 너무 쉽게 상처를 받았고, 걸핏하면 사람들로부터 모욕을 받거나 무시를 당했다. 그는 자신의 신분을 보호하기 위해, 자신의 인격과 밥그릇을 보호하기 위해 겪어야만 했던 일들을 이야기했다. 간결했지만 단호했고, 과장이나 타협의 여지는 조금도 없었다.

"아무도 믿어서는 안 돼! 사는 건 참 쉽지! 어려움에 닥쳐서 사람을 믿으면 끝장이야! 사람은 누구나 다 배신을 할 가능성이 있어. 가장 고귀한 믿음조차도 배신을 하지. 그래서 죽음이라는 게 있는 거야…… 유일하게 죽지 않는 것이 하나 있는데, 그건 신화야…… 신화 속에서는 사랑이라는 게 가장 위대하고도 쓰라린 신화적 존재지……"

수업을 마칠 즈음이 되자 모두가 많이 친해졌다. 심지어 전은 반에 있는 아가씨들 전부와 뽀뽀를 했다고 자랑할 정도였다. 그들은 서로의 수첩에 칭찬과 덕담, 시의 구절 등을 적어주었다. 여자 교생들은 학교로 돌아가 아이들에게 가르쳐줄 노래들까지 서로 적어주며 공유했다. 그리고 울었다…… 그리고 헤어졌다…… 계곡까지 나와 서로를 배웅했다. 새들이 날아갔다. 고원 지역이 산에 걸린 구름 속에 아득했다. 젊은 선생들은 헤어지기를 아쉬워하며 길을 나섰다. 흥분되기도, 두렵기도 하면서, 즐거움과 슬픔이 뒤섞인 심정이었다. 찌 선생은 계곡을 건너 시내로 돌아와, 자기가 강의한 '훈련' 교실에 대해 상부에 보고했다.

"수업 자료도 없고! 교재도 없고! 프로그램도 없고! 몸은 벌거벗었다! 그럼 그 고원지대에서 교생들에게 뭘 해줬단 말입니까?" 관계자가 물었다.

"불을 좀 당겼습니다…… 그러니까 그 친구들 마음에 바람을 좀 불어넣었다는 말씀이지요…… 그 친구들에게 사는 건 참 쉽다고 말해줬습니다! 그냥 그렇게만 했습니다."

관계자가 푸하하 웃음을 터뜨렸다.

"바람이라! 진짜 멍청하군! 사기꾼 같으니라고! 사는 게 쉽다! 선생이 모든 방식을 망쳐버린 거야. 자, 어떤 게 살기 참 쉬운 건지 이제 알게 되실 겁니다!"

찌 선생은 파면당해 다른 업무로 옮기게 되었다. 관계자가 그에게 말했다.

"교육 사슬이라고요, 할아버지. 교육 사슬에서 고원지대 고리를 선생이 완전히 잘라내 버린 거예요. 쓸데없이……"

찌 선생은 서러워하며 자기가 예전에 쓰던 빛바랜 배낭에 짐을 정리했다. 노병은 마음이 갈기갈기 찢어지는 듯했다. 그는 일을 그만두고 고향으로 내려갈 수밖에 없었다. 사는 건 참 쉽다는 말은 재미 삼아 입 밖으로 내는 농담이 아니었던가? 그의 마음속에 머나먼 고원지대는 멀리 산맥에 걸린 흰 구름들, 젊은 교생들의 근심 없는 웃음소리, 그리고 산골 마을에서 소를 치는 아이와 다를 바 없어 보이는 작고 빼빼한 몸매로 어려운 일을 마다치 않고 사랑을 베풀었던 초등학교 선생, 그 시절 어린 마 선생의 모습 같은 것들로 희미하게 남았을 뿐이다.

30년 후, 찌 선생은 이미 '칠십고래희七十古來稀'* 한 나이를 넘어 집 앞 정원에서 어슬렁거리는 게 전부인 노인이 되었다. 어느 날, 그에게 손님이 찾아왔다. 먼 곳에서 놀러 온 모녀였다. 이제껏 그가 이렇게 즐거웠던 적은 없었다. 그 시절의 마 선생이 딸의 대학 시험 때문에 딸과 함께 도시에 왔다가 옛 선생님을 잠시 찾아온 것이었다.

찌 선생은 소리 없이 웃었다.

"어떠니? 아직 나를 기억하고 있었던 거냐? 얘야, 사는 게 쉽더냐, 어렵더냐?"

마 선생은 가방 안에서 선물을 꺼내 탁자 위에 놓으면서 웃었다.

"말씀드리자면, 칠전팔도七顚八倒하기도 했지만요, 결론적으로는 사는 건 참 쉽더라고요! 아빠 기억하세요? 그 시절 수업에 열한 명이 있었잖아요…… 반이나 죽어버렸어요…… 전은 지금 진짜 높은 관리가 돼서 더 이상 교육 쪽 일은 하지 않고요. 히에우는 심각한 중독자가 돼서, 아편 중독요, 제자하고까지 놀아나는 바람에 학교에서 쫓겨났어요."

"내가 바로 알아봤잖니!" 찌 선생은 탄식했다. "전은 야망이 커. 그 애한테는 선생 일이 너무 보잘것없지. 불한당들은 말이야, 사람들이 붐비는 넓은 곳에서는 언제든 헤집고 다니게 되어 있거든. 히에우는 너무 감정적이야. 본능을 이기지 못하지…… 아이고! 사내 녀석들이란! 선생이라니 가당치도 않지!

---

* 사람이 70을 살기는 드문 일이라는 뜻.

408

그 녀석들에게 덕은 무슨 덕이야!"

마치 그 시절 고원지대의 교실에서처럼, 그의 눈앞에 지금 열한 명의 아이들이 서 있는 듯 찌 선생의 머릿속은 이런저런 생각들로 불편하고 분주했다. 그는 자신에게 극진한 여자아이이자, 자신이 가장 사랑하는 제자를 향해 미소를 지었다.

"얘야, 얘기해보거라…… 사는 게 어떻게 쉽더냐?"

"배고프기도 하고…… 춥기도 하고…… 모든 길이 다 고생스러웠지만, 계속 아이들의 눈을 바라보면서 살았어요……"

"그럼 다른 아이들은 어떠니?"

"마찬가지죠 뭐…… 아빠, 타오 기억하세요?"

"하얗고, 자주 말을 더듬던 아이 아니냐?"

"맞아요! 그 애가 전을 좋아했어요…… 짝사랑요…… 그 애는 집을 나와서 숲으로 들어갔어요. 계속 숲으로 들어가다가 그만 땅벌 집에 떨어져서 죽고 말았어요. 그곳 땅은 아주 말끔하고 평평했는데, 그 위에는 풀 한 포기 자라고 있지 않았어요…… 4미터보다 더 깊어 보이는 구덩이에 온통 벌 천지였죠……"

"불쌍한 것! 깨끗한 것은 믿으면 안 된다고 그렇게 말했건만!" 찌 선생은 탄식하며 눈물을 뚝뚝 흘렸다. "너무 예쁜 아이였는데! 정말 안됐구나! 그럼, 지금 그 애의 무덤은 어디에 있니?"

"아직 거기에 있어요, 아빠! 더우호*산맥 기억하세요? 그 애

---

* 더우호Đầu Hổ: '호랑이 머리'라는 뜻.

가 거기에 묻힌 지 30년이 되었어요……"

"그럼 다른 아이들은 어떠니?"

마 선생은 옛 친구들 한 명 한 명을 기억해내려는 듯 잠시
잠자코 앉아 있다가 말문을 열었다.

"그래도 아무도 선생 일을 포기하지 않았어요…… 근데 연애
사건에 휘말린 친구들은 모두 죽어버렸어요…… 너무 불쌍해
요! 자기 처지에 만족한 친구들은 남들보다 당당하게 잘살고
있고요……"

"내가 말했잖니!" 찌 선생은 고개를 끄덕였다. "그냥 자연스
럽게 맞춰지도록 놔두는 게 더 좋다고! 허무맹랑한 꿈만 꾸었
다가는 끝이야…… 낭만적인 공상은 하지도 말아야 한다……
그래, 너는 어떠니? 올해 딸내미가 대학 시험을 본다고? 그럼,
애 아버지는 어디에 있니? 애 아버지는 뭐 하는 사람이냐?"

마 선생은 눈을 들어 딸을 바라보았다. 딸은 그 뜻을 알아차
리고는 쭈뼛쭈뼛 마당으로 나갔다.

"애 아버지도 옛날에 교육 시찰관이었어요." 마 선생이 소곤
거렸다. "그 사람은 딱 한 번 저희 학교에 왔죠…… 아빠처럼
요, 온몸이 벌거벗겨진 채 우스운 모습으로……"

찌 선생은 숨이 막히는 듯했다. 눈물이 쏟아져 흘렀다.

그는 소리 내지 않고 웃었다.

"그래…… 그럼, 그 사람은 교육 시찰관이었다는 거지……
그래, 그 사람이 뭐라던?"

"아무 말도 하지 않았어요……"

"간교한 놈! 그랬다면 약삭빠른 녀석이구나……"

"그래도 정직했어요…… 근데 무척 건강했죠! 꼭 농사꾼처럼요……"

"그래…… 모두 다 느낌에 달렸지……"

"그때는 가을이었는데…… 산골짜기에 국화가 황홀할 만큼 노랗게 피어 있었죠. 꿀이 이루 다 말할 수 없을 만큼 많았어요…… 학생들이 저에게 꿀을 머금은 꽃을 얼마나 많이 가져다주었는지 몰라요……"

"그래그래…… 이해하고말고…… 그럼, 많이도 먹었겠구나?"

"네…… 상상할 수 없을 만큼 많이 먹었어요. 산꿀이 전부 최상급이었죠……"

"태양 아래 쏟아지는 햇빛처럼 진득한 황금빛이었겠지?"

"네…… 호박 보석 빛깔처럼 노랬어요…… 투명하기도 하고요."

마 선생은 잠시 잠자코 앉아 아무 말도 하지 않았다. 한참 후, 찌 선생이 콜록콜록 가볍게 기침을 했다. 그는 자그마한 소리로 말했다.

"고원지대는 말이야, 얘야. 공기가 정말 깨끗하지. 아이들에게 아주 좋아!"

마 선생은 갑자기 정신이 든 듯 미소를 지었다.

"네…… 그래도 공기는 아주 깨끗하죠. 아이를 낳았을 때, 저는 혼자서 모든 걸 다 처리했어요…… 탯줄도 직접 잘랐고요, 옷도 직접 바느질해서 만들었죠……"

"그럼 그때 아무도 없었느냐?"

"아무도 없었어요…… 다행히 감염이 되지는 않았어요……
그날 비가 아주 많이 왔었는데……"

찌 선생은 마 선생이 방금 따라준 물잔을 받아 들었다. 그가
말했다.

"네 아이 참 예쁘구나! 그래, 말은 잘 듣지? 효도도 하고?"

"네…… 그래도 아이가 말도 잘 듣고 엄마도 아낄 줄 아네
요. 대학 시험을 보게 되면 보고, 아니면 말자고 생각 중이
에요."

"응…… 아이에게 사는 건 참 쉽다고 말해줘야 한다…… 아
이가 겁내지 않게 말이야……"

"알겠습니다……" 마 선생은 머뭇거리며 찌 선생을 바라보
고는 갑자기 눈물을 쏟았다. "아빠 늙으셨어요…… 아빠, 예전
에 아빠가 계셨던 곳들에 대해 아직 기억하세요?"

찌 선생은 고개를 끄덕였다. 그는 마치 자기 자신에게 들려
주려는 듯 아주 작고 부드러운 소리로 말했다.

"그럼…… 기억하고말고! 천지가 다 산이었지! 온통 푸른 산
과 흰 구름뿐이었어……"

잠시 후, 마 선생 모녀는 집으로 돌아가기 위해, 그들의 오랜
학교로 돌아가기 위해 찌 선생과 작별했다. 옛날과 똑같았다.
눈물이 흘렀고, 이별의 말들이 오갔다……

찌 선생은 제자를 배웅하고 나서 몇 시간씩이나 맥이 빠져
머무적거렸다. 다음 날도, 그다음 날도 그는 넋이 나간 사람처
럼 늘어져 있었다. 여러 번, 찌 선생은 불현듯 자기의 몸이 아
주 가벼운 듯한 느낌이 들었다. 저쪽으로 날아갈 수도 있겠다

412

고 상상할 만큼 가벼웠다! 아이고! 그가 하늘로 날아오를 수 있었으면 좋겠다! 바람처럼! 바람처럼! 만약 날아오를 수 있다면, 그는 저 아득하게 멀고 먼 푸른 산맥으로 날아갈 것이다. 흰 구름과 안개 속에 은거하는 그곳으로, 공기가 아주 깨끗하고 탁 트인 그곳으로, 사람 그림자 하나 없이 황량한 산골짜기에 들국화가 황홀한 듯 눈이 부시도록 노랗게 피어 있는 그곳으로.

그렇다! 가장 중요한 건, 사람 그림자 하나 없어야 한다는 것이다! 만약 그렇다면, 사는 건 참 쉽다! 그는 반드시 돌아갈 것이다! 그는 거기로 갈 것이다. 그가 이런 생각을 하는 건 아닐까? 내일을 위해…… 내일을……

몽 씨 이야기

몇 년 전, 도시 외곽에 유명한 똥 시장이 있다는 말을 들었다. '유일무이'한 것이어서 궁금해진 나는 가서 구경하기로 했다.

똥 시장은 선떠이*로 가는 길 바로 옆에서 오전 3시부터 4시까지 약 한 시간 동안 선다. 여기는 채소와 토마토, 가지 종류의 생산지로 유명한 곳이다. 까파오**나 까밧*** 좋은 생비료, 특히 인분을 비료로 쓰기에 아주 적합하다. 벼에 주는 비료로 똥을 사용하기도 하지만 이 경우에는 반드시 썩을 때까지, 삭을 때까지 똥을 충분히 발효시켜야 한다. 똥은 어떻게 발효시키는가? 생변에는 소똥, 돼지똥, 닭똥(아울러 가축 분뇨라고 부른다)과 인분(북쪽 똥****이라고도 한다) 등 여러 종류가 있으나 돼지똥

---

* 선떠이Sơn Tây: 수도 하노이의 북서부에 위치한 지역.

** 까파오cà pháo: 화초가지(계란가지 또는 백가지).

*** 까밧cà bát: 가짓과에 속하는 식물들의 열매. 식재료로 사용된다.

**** 예전 북부의 베트남사회주의공화국 합작사에서는 '인분 모으기 운동'을 실시했다. 그에 따라 각 가정에서는 매달 10킬로그램의 인분을 납부해야 했고, 만

과 닭똥이 무엇보다 사랑받는다. 돼지똥은 성질이 차갑고 바로 사용할 수 있어서 귀하게 여겨지는데 어떤 나무에든지 바로 비료로 주어도 잘 맞는다. 닭똥도 귀하게 여겨지지만 성질이 뜨겁고 고추나무용 비료로만 적합하다. 인분(북쪽 똥)의 경우, 아마도 단백질과 분해되기 어려운 성분이 많아서인지 직접 비료로 주면 나무가 타들어 가면서 바로 죽어버린다. 토마토나 가지류의 나무는 견딜 수 있기 때문에 이런 종류의 비료를 쓸 수 있다. 일반적으로 모든 종류의 똥은 발효시켜서 사용해야 한다. 사람들은 논에 구덩이를 한 개 파고 재, 겨와 함께 똥을 묻은 후 고운 진흙에 지푸라기를 섞어 무덤 모양으로 외부를 바르고 천천히 발효되도록 사흘에서 보름 정도 그대로 둔다. 똥이 완전히 발효되면 그대로 썩어서 축 늘어진다. 똥을 다 먹어버린 구더기들도 죽어서 그 자체로 비료가 된다.

내가 똥 시장에 도착했을 때 마침 장이 서고 있었다. 이곳은 생변 시장이다. 발효 비료(삭힌 비료)나 식물성비료(각종 나뭇잎으로 만든 비료), 화학비료는 전혀 취급하지 않는다. 돼지똥, 닭똥 또는 소똥 등 가축 분뇨도 거의 없다. 전부 다 인분이다.

인분은 물지게 물동이처럼 생긴 함석통에 담긴다. 나무통을 사용하거나 바구니(비닐봉지로 안을 덧댄 바구니)에 똥을 담는 사람들도 있다. 여기 똥들은 대부분 도시에 있는 공공변소에서 퍼 온 것 같았다. 똥통에 학생들이 쓰던 책, 공책이나 신문 조

약 10킬로그램을 채우지 못할 경우에는 쌀 배급량을 삭감당했다. '북쪽 똥'이라는 명칭은 그때부터 사용되었다.

각들이 섞인 것이 많이 보였다.

똥 시장은 붐비지는 않았다. 한 30명쯤 되는 사람들이 사고 팔고 할 뿐이었다. 그들은 서로 아는 사이면서 서로의 '물건'에 대해서도 꽤 익숙해서 흥정도 빨랐다. 마치 달빛과도 같은 고압의 불빛 아래, 새벽의 다소 차가운 공기 속에서 똥 시장의 똥들은 모두 더러움과 빈곤, 남루, 부지런함을 숨기고 있었다.

똥을 파는 사람들은 모두 얼굴을 가리거나 마스크를 쓰고 있었다. 모든 이가 비밀스럽게 팔고 사고 사고팔았다. 최소한 그 것이 내가 느낀 처음 감정이었다. 큰 소리로 말을 하거나 과격하게 값을 깎는 사람은 아무도 없었다. 단 한 사람을 제외하면 말이다. 이 사람은 **시장 주인**인 듯했다. 60세 정도 되었고, 키가 작고 살집이 있었으며 머리는 가르마 없이 짧았고 감시하는 눈빛과 크고 넓은 턱, 풍만한 가슴에 팔다리가 탄탄했다. 그는 얼굴을 가리거나 마스크를 쓰지 않았고, 이곳에서 사용하는 더러운 똥통이나 지저분한 도구들을 만져야 할 때에도 전혀 두려워하거나 불쾌해하는 것처럼 보이지 않았다. 나는 그를 유심히 살펴보았다. 그는 사지도 팔지도 않았지만 왔다 갔다 하면서 사람들에게 주의를 주고 똥통 하나하나를 살펴보고 평가하고 농담도 하고, 고민하거나 망설이는 이들이 있으면 조언도 해주었다. 그는 꽤 활달하고 재빨랐다. 그의 활달한 성격은 시장에 활기를 돌게 했지만 무언가 약간 가여워 보이기도 했다. 그는 이 기괴한 시장 전체의 리듬을 이끌어가는 지휘자 같았다.

몇몇이 한 여자가 파는 똥 두 바구니를 두고 실랑이를 벌였다. 이 여자는 위생업체 직원 같은 차림을 하고 있었다. 여자가 시장 주인에게 도움을 청했다.

"몽 아저씨! 이거 제 똥인데요, 쉰내 난다고 불평하면 억울하지 않겠어요?"

몽 씨(그러니까 **시장 주인**)가 다가와서 살펴보았다. 그는 대나무 껍질을 이용해 젓가락처럼 만든 꼬챙이를 똥 바구니의 바닥까지 집어넣고 휘휘 저은 후 꺼내어 코로 가져가 냄새를 맡았다. 똥파리 한 마리가 그의 코앞에서 윙윙거리며 뱅뱅 돌았다. 그는 뒤로 한 발짝 물러나 눈을 부릅뜨고 똥 꼬챙이를 왼손에서 오른손으로 바꿔 쥐며 똥파리의 비행 방향을 유도하면서 공중에서 재빨리 한 번 내리쳤다. 그가 크게 소리쳤다.

"죽어라 요놈!"

외침이 들린 후 사람들은 똥파리가 똥 바구니 한가운데로 떨어지는 모습을 목격할 수 있었다. 그는 평온하게 손님을 향해 말했다.

"똥 좋구먼. 쉬긴 뭐가 쉬었다고 그래요! 아마도 이 집 똥구덩이가 두부 공장 근처에 있어서 콩물이 섞여 있으니 그럴 거유!"

여자가 말했다.

"맞아요! 여기 똥에 콩깍지가 있잖아요!"

몽 씨가 말했다.

"오늘 자네 똥이 어제 똥만큼 걸쭉하지가 않네! 흐물흐물 흐물흐물…… 에이 조금 깎아줘……"

여자가 말했다.

"외곽에서 여기까지 내내 제가 삐걱삐걱 지고 왔단 말이에요. 얼마나 무거웠다고요……"

몽 씨가 말했다.

"누가 뭐래! 누가 돈 더 벌려고 물을 많이 퍼 넣었다고 했
나…… 물을 빼내야겠어. 그래야 똥이 맛있지!"

시장 끄트머리에서 누군가 똥 두 통을 옻칠한 소쿠리 두 개
에 옮겨 붓다가 길에 흘리고 말았다. 몽 씨가 소리쳤다.

"빨리 쓸어 담아! 아주 말끔하게 쓸어내라고! 대낮에 길에
똥이 묻어 있는 걸 보면 앞으로 더는 장이 서지 못하게 할지도
모르니까!"

장사꾼은 기다란 손잡이가 달린 큰 함석 숟가락 같은 도구를
들고 똥을 쓸어 담았다. 이 도구 역시 **몽**이라고 불렀다. 깨끗하
게 쓸어냈지만 포장도로 위에 똥물이 끈적하게 스며들어 똥파
리가 득실득실 들끓었다. 몽 씨가 와서 그 사람에게 근처 개천
에서 물을 퍼 와 길을 닦게 했다.

비쩍 마른 청년 하나가 똥 수레를 밀고 왔다. 이것은 쓰레기
수거용 수레로 쓰이다가 똥을 담기 위해 개조된 것이었다. 물건
을 팔지 못하거나(물건이 안 팔리거나) 물건이 나쁜 경우(그러니
까 똥이 묽어서 완전 물 천지거나 구더기가 아주 많은 경우)는 모
두 그의 수레에 부어버린다. 그가 전부 사 가기는 하지만 가격
은 전부 싼값이다. 사람들은 **헐값**, **버리는 가격**, **파장 가격**이라고
부른다. 몽 씨와 이 남자는 친한 것 같았다. 몽 씨가 칭찬했다.

"집도 사, 결혼도 해, 전부 똥 덕분이라고! 그거면 최고지!"

남자가 만족한 표정으로 미소를 지으며 담배를 꺼내 몽 씨에
게 권했다. 두 사람은 서서 담배를 피우며 뭔지는 잘 모르겠지
만 이따금 '한 가지 일을 잘하면 평생이 영광이다'나 '그 일로

살다 그 일로 죽는다' 등과 같은 말들이 들리는 어떤 일에 대해 논의했다.

도시 외곽의 들판에 차츰 어둠이 묽어지면서 사람 얼굴이 조금씩 또렷이 보이기 시작했다. 첫 햇살은 기쁜 마음으로 새로운 하루가 다가오고 있음을 알렸다. 첫 진동음이 아주 부드럽게 울리더니 그대로 멀리 퍼져나가 점점 커지고 이어지고 마치 수천수만 개의 파도가 부서지는 듯, 새의 날갯짓 소리가 수천수만 번 겹쳐 들리는 듯, 여러 사람들이 함께 우르르 발을 구르는 듯 소란스러워졌다. 기차의 기적 소리, 자동차의 경적 소리가 청아하게 울려 퍼졌다. 커다란 맹수처럼, 세속적인 욕망을 가득 품고, 감추어진 능력과 함께 대담한 꿈도 가득 품은 도시가 깨어나기 시작했다.

똥 시장 사람들은 재빨리 흩어졌고 순식간에 어느 누구 하나 눈에 띄지 않게 되었다. 꼭 땅속으로 꺼진 것 같았다. 몽 씨는 아무도 남아 있지 않은 시장을 따라 걸었다. 그가 기다란 대빗자루를 어디에서 가져왔는지는 모르겠지만 똥이 조금이라도 묻은 곳이 있으면 증거를 은폐하려는 듯 그는 빗자루를 이용해 얼른 길 가장자리로 숨겼다. 일을 마친 후 그는 근처에 있는 개천으로 내려가 손을 씻고는 여유롭게 방금 문을 연 길가의 퍼* 집으로 들어갔다. 여기에서 그는 특별한 단골손님처럼 대우를 받았다. 식당 주인은 그가 무엇을, 어떻게 먹는 것을 좋아하는지 잘 알고 있었다.

---

* 퍼phở: 소고기 또는 닭고기를 푹 곤 육수에 쌀국수를 말아 먹는 음식.

똥 시장에 다녀온 후 나는 몽 씨와 안면을 트게 되었고, 그와 이야기를 나눌 방법을 강구했으나 그의 입은 굳게 닫혀 있었다. 사람들이 그에 대해 하는 여러 이야기를 듣기는 했지만 그것들은 모두 '반신반의'한 것들이어서 어디까지가 진짜이고 어디까지가 거짓인지 알 수가 없었다.

40년 전, 몽은 순박한 농촌 청년이었다. 그는 변두리의 농촌 마을에 살고 있었다. 나이가 들어서 몽은 돈을 벌러 다녔고 라오스와 캄보디아에까지 건너간 적도 있었다. 어릴 때 몽은 꽤 재능이 많아서 거문고, 바둑, 글씨, 그림 등 뭐든지 잘했다고 하는 이도 있었다.

얼마 후, 먼 지역에서 일을 하고 있을 때 몽은 짬족* 아가씨 한 명을 사랑하게 되었다. 곱슬곱슬한 머리카락에 피부가 갈색인, 불처럼 열정적인 아가씨였다. 순박한 시골 병사는 영혼을 빨린 듯 사랑에 빠지고 말았다. 그들은 함께 숲으로 들어가 이상한 모양으로 깎아놓은 오래된 석상 앞에 섰다. 나중에 몽은 그것이 '린가'**상이라는 말을 들었다. 몽은 아가씨에게 몸을 달라고 졸랐다. 아가씨는 몽에게 평생 자기만 사랑하겠다는 맹세를 하게 했다. 농담 반 진담 반으로 몽은 맹세했다.

"만약 내가 너만을 사랑하지 않는다면 평생 똥이나 치우러

---

* 짬Chăm족: 전 세계에 약 130만 명가량 존재하는 소수민족의 이름. 대다수가 캄보디아에 거주하고 있으며, 베트남(주로 남부)과 말레이시아에도 적지 않은 수가 거주하고 있다. 2008년 기준으로 베트남에서 열네번째로 많은 인구수를 차지하는 소수민족이다.

** 린가Linga: 남자 생식기 모양의 돌기둥. 힌두교의 시바신을 상징한다.

다닐게!"

아가씨는 기뻐서 스스로 몸을 허락했다. 그 후 몽은 다른 지역으로 옮기게 되었다. 그는 곧바로 짬족 아가씨를 잊어버렸다. 이곳저곳 정처 없이 방랑하는 삶 속에서 몽은 이후로도 다른 아가씨들을 많이 만났다. 지쳐버린 몽은 선량하고 제대로 배운 다른 남자들이 시련을 겪은 후 그리하는 것처럼 고향으로 돌아가 마을에 사는 어느 아가씨와 결혼을 한 후 근면하고 모범적인 삶을 살았다.

나는 이렇게 들었지만 이 이야기를 믿을 수는 없었다. 나는 몽에게 직접 물었고 그가 이 똥 시장에서 수십 년 동안 자발적으로 이익을 바라지 않고 일하고 있다는 것을 알게 되었다. 많은 사람이 그 사실을 확인해주기도 했다. 설마 우리 중 정신 나간 몇몇이 아직도 예술 문학이나 수학, 골동품에 빠져 있는 것처럼 그도 똥을 사랑하거나 똥에 빠져 있는 건 아니겠지? 나는 어느 스님과 이 이야기에 대해 의견을 나누어보았다. 스님이 말했다.

"참회는 인간이 늙으면 으레 겪게 되는 정신적인 소요이지요. 무엇이 '참'이고, 무엇이 '회'일까요? '참'은 전부터 자신이 저질러온 잘못에 대한 후회를 의미합니다. 어리석고 집착하고 오만하고 남을 업신여기던 악한 업보와 죄악 들을 모두 후회하고 뉘우치면서 앞으로 다시는 그러지 않기를 기원하는 겁니다. 그런 게 '참'이지요. '회'는 앞으로 저지를지도 모르는 잘못에 대한 뉘우침입니다. 어리석고 교만하며 객기를 부리고 시기에 가득 찼던 악한 업보와 죄악 들은 깨우침을 받고, 더 이상 발현되지 않도록 완전히 끝을 맺어야 합니다. 그것이 '회'이고, 둘을 합쳐 '참회'라고 하는 것이지요. 집착하는 범부속자凡夫俗子는 자신이 앞으로 저지르게 될 죄악들을 뉘우치지 않으면서 이전에 저지른 죄악들을 후회할 줄밖에 모르지요. 그건 이전의 죄는 전부 청산하지 못한 채 나중의 잘못이 생겨나는 것입니다. 그렇다면 그건 아직 참회라고 부를 수 없는 것이지요. 모든 선지식善知識은 단련되고 단련되어야 하는 법입니다!"

나는 잠자코 듣고 있었지만 이러한 설명 방식에 완전히 흡족할 수는 없었다. 몽 씨는 조금도 참회하는 사람처럼 보이지 않았기 때문이다. 나는 '린가'와 옛사람들의 인과응보 관념에 대해서도 조사해보았다. 원시 종교인 배물교拜物敎(많은 이가 사교邪敎라고 여기는)에서는 남녀의 생식기가 결합하는 형상을 꽤 흔히 볼 수 있지만, 그것을 모욕했다는 이유로 화를 입어야만 했다는 이야기는 들어본 적이 없다. 분명 이건 미신과는 관계없는 이야기일 것이다. 몽 씨를 직접 만나본 결과, 그는 무신론자였고 꽤 천진하고 순박했으며 삶을 사랑하고 있었다. 나는 이리 생각하고 저리 생각해보았지만 이 이야기를 완벽하게 설명해내려니 머리가 아프기만 했다.

"종교도 필요 없고, 계산하지 않아도 되고, '섹시'할 필요도 없으니."

몽 씨가 나에게 말했다.

"세상에서 똥을 치우는 직업이야말로 최고지요!"

2001년 신사년 봄, 하노이에서

422

우리 호앗 삼촌

내 고향은 고원지대 언덕배기에 있는 가난한 마을입니다. 조금만 더 가면 쭈*가 나오는 곳이오. 네, 그곳 사람들은 '개가 돌을 먹고 닭이 자갈을 먹는' 땅이라고 부르죠. 사람은 무얼 먹느냐고요? 말할 필요도 없이 배만 부르다면야 무엇이든 먹죠. 우리 집에서 잘하는 요리는 으깬 카사바 요리였어요. 언덕에서 생카사바를 캐 와서 삶아 나무 절구에 넣고 잘 으깬 후 먹을 때 부드럽게 넘어가도록 돼지기름을 조금 넣어 볶는 거예요. 네, 어쩌다 한번 먹을 땐 신기하니까 맛있겠죠. 하지만 일주일, 한 달 그리고 매년 그렇게 먹다 보면 보기만 해도 겁나고 식은땀이 나면서 벌벌 떨릴 겁니다! 솔직히 말하면, 커서는 더는 먹지도 않았을뿐더러 심지어 생카사바를 쳐다보는 일조차 없었다니까요…… '살아봐야 카사바나 먹을 것을', 누가 이런 말

---

* 쭈Chū: 베트남 북동부에 위치한 박장Bắc Giang성 룩응안Lục Ngạn현에 속한 도시. '쭈Chū강' 기슭에 위치해 있다.

을 생각해냈는지 모르겠네요. 이런 말이 어떤 환경에서 어떤 의미로 생겨났는지는 모르겠지만 이 말을 생각해낸 사람 역시 나처럼 카사바에 대해 좋은 기억이 없는 사람인 건 분명해요.

네, 우리 아버지는 초등학교 선생님이었습니다. 그리고 어머니는, 직업란에 이력을 적어 넣어야 할 때에는 '주부'라고 적긴 하지만, 우리 집에 뭐가 있다고 '주부'가 필요했겠어요? 어머니는 농사를 짓고 채소를 기르고 시장에 나가고 땔감을 구해 오는 등 우리 남매를 키울 돈을 보태기 위해서라면 무슨 일이든 했습니다.

제 위로 누나 둘은 모두 초등학교 공부만 겨우 마치고 집에서 어머니를 도와 '주부' 일을 했어요. 아버지의 남동생은 호앗 삼촌이에요. 삼촌은 절름발이인데 절름거리는 발이 채 다 자라지 못한 카사바나무처럼 작기만 했죠. 매일매일 삼촌은 소를 치러 나갔어요. 호앗 삼촌에게는 피리를 깎는 재주와 함께 깎은 피리를 기가 막히게 잘 연주하는 재주도 있었어요. 전에 친할아버지가 살아 계실 때에는 호앗 삼촌도 공부를 할 수 있었고 책도 꽤 많이 읽었다고 어머니가 그러시더라고요. 그 후, 할아버지가 운이 다해 위기에 처하기도 했고, 시절이 그렇기도 했고, 호앗 삼촌이 다리가 아프기도 해서 더 이상 공부는 하지 못했죠.

우리 아버지는 마을에서 공부를 가르쳤는데 학생은 있다 없다 했어요. 아버지는 결코 잘 가르치는 교사 같지는 않았어요. 아버지는 맞춤법을 가르치면서 콜록콜록 기침을 했어요. "연못 안에 아…… 무엇이 아름다운지 아…… 연꽃으로 아……" 학생들은 아버지를 까마귀라고 불렀어요. 아버지는 1미터 정도 되는 긴 세파티아* 원목 자를 한 손에 들고 언제든 준비 자세를 취하고 있었어요. 불행하게도 말썽부리는 녀석이 있어 아버지에게 자로 머리를 맞게 되면 늙어서도 잊지 못할 기억을 갖게 되는 거였죠.

우리 집은 늘 돈이 부족했어요. 나라에서 돈을 바꿔주었던 때**가 생각나네요. 우리 집에는 지금 돈으로 치면 1천 동 정도 되는 1동밖에 없었죠. 돈을 바꾸기 위해서는 현까지 내려가야 했어요. 그러니까 5킬로미터 이상을 가야 했던 거예요. 절대 가깝지 않은 거리죠! 솔직히 말씀드리면요, 지금이라면 그 정도 돈은 내던져 버리고 말지 바꿔서 얻다 쓰겠어요! 이렇게 말하는 건 돈을 경멸해서가 아니라 (어리석기는…… 누가 돈을 경멸할 수 있겠어!), 1천 동으로 뭘 살 수 있겠습니까, 말씀해보세요 어디 한번! 그렇지만 그때 어머니는 산을 넘고 물을 건너가서 그 약소한 돈을 바꿔 왔죠. 돈을 가져왔을 때 우리 식구들은 모두 돌아가며 손에 들고 살펴보면서 누구 할 것 없이 한결같이 돈에 그림을 너무 정교하게 잘 그려 넣었다며 감탄했어

---

* 가구를 만들 때 사용하는 고급 원목.
** 1951년에 '베트남 국가은행'이 설립되면서 공식적으로 베트남 국가은행 이름이 인쇄된 종이돈이 발행되었다. 이에 따라 정부에서는 이전에 사용하던 화폐를 새 종이돈으로 바꾸어주었다. 하지만 이 시기에 화폐 교환 대상은 주로 공무원들이었다. 따라서 정부에서는 1959년에 다시 화폐 교환을 실시하여 종전의 베트남 국가은행권 1000동을 신권 1동으로 바꾸어주었다. 1959년의 이 화폐 교환은 베트남 화폐 역사에 있어 가장 '보기 좋은' 정책이었다고 평가되고 있다. 작품에 등장하는 화폐 교환은 1959년에 시행된 화폐 교환인 것으로 추정된다.

요…… 호앗 삼촌이 돈에 그려진 사람이 조금 비정상적으로 살이 쪄 보인다고 평가했다가 어머니한테 갑자기 돈을 확 뺏기고 혼이 쏙 빠질 만큼 한번 눈 흘김을 당한 후에야 입을 다물었죠.

우리 집에서 소비를 주관하는 사람이었던 어머니는 부족한 돈 때문에 늘 고통스럽게 인상을 쓰고 있었어요. 어머니는 항상 불평하면서 하늘을 탓하고 불행한 운명을 탓하고 능력 없는 아버지를 탓했죠. 어머니는 호앗 삼촌과 우리 남매를 '주둥이 벌리고 있는 배들'*이라고 여겼어요. 어머니는 분명 '주둥이 벌리고 있는 배'가 어떤 종류의 배인지 알지 못했을 테지만 사람들이 그렇게 말하는 걸 듣고는 따라 하는 거였죠. 어머니는 '주둥이를 벌리고 있다'는 걸 엄청나게 많이 먹어야 한다는 의미로 이해했을 거예요. 어머니가 불평하는 소리를 들을 때마다 아버지는 마음이 아팠습니다. 아버지는 한곳에 가만히 앉아 긴 한숨을 쉬면서 열심히 라오스 담배**만 만지작거렸어요. "좌식산붕坐食山崩, 좌식산붕…… 앉아서 먹기만 하면 결국 산도 무너져 내리지." 아버지는 계속 그렇게 되뇌었어요. 나는 아버지가 무능력하다고 생각했어요. 아주 완전히 무능력하다고요……

---

* 베트남 사람들은 끊임없이 무언가를 집어삼키는 것을 '배'에 비유하기도 하는데, 음식을 많이 먹는 사람에게 '전함처럼 (많이) 먹는다'라는 표현을 사용하기도 한다.

** 니코티아나 루스티카Nicotiana rustica종으로 만든 흡연용 담배. 베트남의 경우, 이 종은 라오스로부터 유입되었기 때문에 '라오스 담배(투옥라오thuốc lào)'라고 불린다.

아! 땅속에서 금항아리 하나만 나왔으면! 나는 옛날이야기 속에서, 우리처럼 선량하고 목 짧고 입 작은* 가난한 사람들에게 찾아오는 마법과 행운을 떠올렸죠.

우리 남매들이 성장하면서 날이 갈수록 돈이 더 절박해졌어요. 나는 괜찮았지만 두 누나는 옷이 부족해서 아주 힘들었죠. 추운 계절이 다가오면 가난한 사람들은 아주 두려운 법이잖아요. 어머니는 밥 먹듯이 거칠게 불평을 늘어놓으면서 분명히 삼촌은 하늘이 내린 원수라는 둥 부서진 배 같은 우리 집에 달라붙어 있는 찌꺼기라는 둥 호앗 삼촌의 무용함에 대해 돌려 말하곤 했어요. 당연히 어머니가 아버지 면전에서 호앗 삼촌에 대해 불평하는 일은 없었어요. 어머니가 돌려 돌려 하는 말을 들을 때면 호앗 삼촌의 얼굴은 창백해졌고 삼촌은 그길로 바로 뛰쳐나가 산으로 올라갔어요. 어머니가 나에게 말했어요. "브엉아, 너 따라가서 어떻게 하는지 좀 봐라. 강이나 벼랑으로 떨어져서 스스로 목숨이라도 끊어버리면 사람들이 우리 집을 욕할 테니…… 하긴 저 인간은 살고 싶어 하니까, 근데 살아서 뭐 하겠어? 살아봐야 카사바나 먹을 것을! 정말 전생에 무슨 죄를 지었길래 우리 집이 이런 업보를 치러야 하는 건지……"

한번은 쩨오** 극단이 현에 머물면서 공연을 한 적이 있었어

요. 아버지는 삼촌과 우리 남매가 공연을 보러 가도록 허락해 주었죠. 날씨가 살을 에는 듯했어요. 뉴와 냐 두 누나는 소매가 짧고 해진 초록색 털옷 한 벌을 돌라입고 있었는데 서로 양보만 할 뿐 아무도 선뜻 먼저 입지를 못했어요. 결국 얇은 옷 한 벌씩만 입고는 서로 이름을 부르며 재촉하면서 몸에 열을 내기 위해 재빨리 뛰어갔죠. 호앗 삼촌은 절뚝거리며 뒤따랐고요…… 감동적이라고요? 선생님, 가난한 사람들한테 감동은 무슨 얼어 죽을 감동이에요. 그런 사고방식은 등 따습고 배부른 사람이 사회 밑바닥을 내려다보는 사고방식이라고요. 그날, 째오 극단은 「관음씨경觀音氏經」*을 공연했어요. 마치 축제 때처럼 관객이 많이 모였어요. 우리 남매들과 삼촌은 그때 처음 '예술'이라는 걸 보게 되었던 거예요. 노랫말과 멜로디하며, 반짝반짝 불빛하며, 많은 사람의 흥겨운 분위기까지, 우리는 미친

극이 진행된다.

* 쯔놈chữ Nôm(베트남어를 적기 위해 한자를 빌려 만든 차자)으로 쓰인 운문 소설이자 대표적인 째오 작품. 줄거리는 다음과 같다. 어느 날 씨경Thị Kính이 공부하다 잠이 든 남편의 턱 아래에서 거꾸로 자라고 있는 수염을 발견하고는 깨우지 않고 조용히 잘라주려고 칼을 댔다가 남편을 죽이려 했다는 오해를 받고 집에서 쫓겨나게 된다. 그 후 씨경은 남자로 변장하고 절에 들어가 '경심Kính Tâm'이라는 법명을 가진 승려가 된다. 어느 날 부잣집 딸인 씨모Thị Mẫu가 경심에게 반해 그를 유혹하지만 경심은 넘어가지 않는다. 화가 난 씨모는 자기 집 하인을 유혹하여 임신을 한 후 경심의 아이를 가졌다고 마을 사람들에게 말한다. 이 소문 때문에 경심은 절에서 쫓겨나고, 이후 씨모가 낳아 버린 아이를 젖동냥해서 키우다가 3년 후에 큰 병에 걸려 죽게 된다. 죽은 후 경심, 즉 씨경이 남긴 편지를 통해 남편을 죽이려 했던 것이 아니었다는 사실과 여자였다는 사실이 밝혀지면서 그의 억울한 누명이 모두 벗겨진다. 석가모니로부터 그 덕을 인정받은 씨경은 관음보살이 된다.

듯이 빠져들었죠. 수많은 사람이 동시에 한숨 쉬는 소리를 들어보신 적 있어요? 없다고요? 오, 최고로 흥겨워요, 진짜라니까요! 어떻게 설명해야 그게 벌벌 떨리게 흥겹다는 걸 바로 알 수 있을지 모르겠네…… 그랬어요. 그날 우리는 째오를 봤습니다. 그건 우리의 일상적인 세계와는 다른 세계였어요. 그때 이후 노랫말들이 머릿속에 달라붙어서 떼어낼 수가 없었죠. 지금도 기억하는 노랫말이 있는지 물으시는 거예요? 기억하고말고요. "여자 씨경이 손수 썼네. 산과 바다 같은 크나큰 은혜 어찌 조금이라도 갚을 수 있을까. 머무를 수도, 떠날 수도 없구나. 냇버들* 같은 운명 열이 있어도 소용없네(즉 '십녀왈무十女曰無', 여자 열 명이 있어도 없는 것과 같다는 뜻). 살아도 한숨이고, 비록 죽어도 한숨이구나…… 남은 이는 마음이 괴롭고, 떠나는 이는 마음이 아프다. 가족에게 어떠한 변고가 닥쳐……"

이 대목이 우리 집 환경과 겹쳐서 기억하고 있죠. 째오 공연을 보았던 그 밤 이후, 냐 누나는 집을 나갔습니다. 냐 누나는 집에서 제일 똑똑했어요. 저 무대 위 배우들의 알록달록한 옷자락 아래 숨겨진, 다른 지평에 있는 또 다른 세계를 알아본 거죠. 아버지, 어머니는 예상치도 못한 일에 아연실색했죠. 그때 이후 아버지는 폭삭 늙고 말라버렸습니다. 어머니는 쓸모없는 인간이라며 아버지를 나무랐는데, 열심히 딸을 찾으러 다니지도 않았어요…… 냐 누나가 집에 그대로 있었다면 더 많이

---

* '포류蒲柳' 또는 '갯버들'이라고도 한다. 가을에 냇버들의 잎이 가장 먼저 지기 때문에 몸이 허약한 사람이나 여성을 비유하는 말로 쓰인다.

고달팠을 거라는 걸 아버지도 아마 아셨을 거예요. 그해에 냐 누나는 만 열여덟 살이 되었는데 집을 나가면서 소매가 짧은 초록색 털옷을 큰누나에게 남겨두었죠. 마실 물 좀 한 잔 주시 겠어요…… 젠장, 왜 지금 갑자기 이렇게 감상적이 되는 거지. 그래서 30년이 지났지만 냐 누나가 어디에 있는지는 전혀 모 릅니다. 말 그대로 '살았어도 한숨, 죽었어도 한숨'인 거죠.

그때부터 우리 집의 모든 번뇌는 호앗 삼촌에게 쏟아지기 시 작했습니다. 어머니도 더 이상 가리는 게 없었어요. 어머니는 아버지 면전에서도 호앗 삼촌을 힐난하고 욕했어요. 벌 받을 소리지만, 사실 호앗 삼촌은 미숙하고 쓸모없는 사람이긴 했 죠. 보통 다른 집에서는 진즉에 고물상에나 줘버렸을 것들이었 지만 우리 집에서는 가보나 마찬가지였던 그릇, 접시, 병 같은 것들을 삼촌이 항상 서툰 행동으로 깨트려버렸거든요.

째오 공연을 보고 온 후, 가끔 호앗 삼촌은 나에게 종이와 연필을 달라고 해서는 무언가 열심히 끄적이더라고요. 몇 달쯤 지나서인가 어느 날 나는 호앗 삼촌이 글씨를 빈틈없이 가득 써놓은 종이 뭉치를 들고 쭈뼛거리며 아버지와 단둘이 이야기 를 나누는 모습을 보았어요. "형님, 이것 좀 봐주시면 좋겠는데 요……" 호앗 삼촌은 하늘과 강과 산에 관한 시구들을 아버지 에게 읽어주었어요. 아버지의 얼굴이 붉으락푸르락했어요. 나 는 여태껏 아버지가 그렇게까지 통제력을 잃은 모습을 본 적이 없었어요. 아버지는 험한 말들을 해댔어요. "아…… 시를 쓰고 있었다 이거지? 아이고! 진짜 개새끼네…… 우리 집에도 작가 가 있었네, 있었어! 우리 집이 아주 큰 복을 받았구먼…… 너

글 쓰고 시 지어서 누굴 가르치려고 그러는 거지?" 호앗 삼촌은 고통스럽게 두 팔을 비틀었고, 눈물이 쏟아져 나왔어요. "형님, 형님이 오해하셨어요…… 절대 누굴 가르치려는 게 아니라 그냥 솔직하게 마음을 쓴……" "뭐 더 솔직하게 쓰시겠다……" 아버지는 엷은 미소를 지었어요. "너 우리를 욕하고 원망하려는 거지? 너 우리를 비난하려는 거잖아. 아이고, 진짜 옷소매 안에서 벌을 키우고, 집 안에서 여우를 키운 꼴이구나……* 지지리 복도 없지! 진짜 이 집은 지지리 복도 없어!" 아버지는 종이 뭉치를 찢어발기고는 땅에 떨어진 종잇조각들을 다시 주워 호앗 삼촌의 얼굴에 던졌어요. 어릴 때부터 지금까지 나는 아버지가 그렇게 미칠 듯이 화를 내는 건 본 적이 없었어요! 호앗 삼촌의 어리석은 행동이 아버지 마음속 깊은 곳에 있는 어떤 것을 건드린 것 같았어요. 저기 저 '밑바닥에 뿌리 깊이 박혀 있다'고 하는 것 말이에요. 거기에는 밤낮이나 물불을 가리지 않는 깊은 원한이 있고 질투심과 모욕감, 진저리가 나는 슬픔과 고통스러운 치욕도 있죠. 그리고 무엇보다 두려움이 있어요. 네, 정확히 말하면 평범하지 않은 세상에 대한, 평범하지 않은 상대에 대한 소름 끼칠 만큼 지독한 두려움이었죠. 뜬구름 잡는 글자 몇 줄에 불과했지만 죽음의 교전을 알리는 메시지를 처음으로 받아 들었던 거예요. 아버지는 글을 가르치는 사람이었습니다. 일평생을 목탁을 두드리며 염불하는 사람처럼 글자들을 또박또박 읽으며 살았죠. 그런 아버지도 이런 삶

---

* 은혜를 갚지 않거나 배은망덕한 사람을 비유적으로 이르는 말.

우리 호앗 삼촌 431

에 대해 질문을 던져본 적이 없었거든요. 근데 호앗 삼촌이, 다리 저는 녀석이, 소나 치는 놈이, 찌꺼기 같은 것이 하늘에 대해 강과 산에 대해 시를 짓고 자신과 가족 모두의 삶에 대해 질문을 던진 거예요! 그건 흔히 하는 말처럼 '물컵이 넘쳐버린' 거였죠. 아버지는 조금의 망설임도 없이 호앗 삼촌을 내쫓아 버렸습니다. 어머니는 무서웠죠. 보통 때라면 호앗 삼촌을 두고 불평만 하던 어머니였지만 이번에는 삼촌 편을 들면서 아버지에게 다시 생각해달라고 애원했어요. 어머니는 아버지를 향해 왜 그렇게 잔인하냐, 피를 나눈 형제의 혈육의 정은 다 어디 갔느냐며 부탁했죠. 아버지는 단호했어요. 결국 호앗 삼촌은 떠났어요. 삼촌은 마당에서 무릎을 꿇고 집 안을 향해 절을 했어요. 아버지는 삼촌한테 담뱃대까지 집어 던졌어요. 어머니가 울면서 쫓아갔죠. "호앗 도련님…… 내가 도련님한테 잘못한 건 없잖아요! 삼촌 나한테 화내지 말아요. 이렇게 집을 나가버리지 말아요……" 호앗 삼촌은 어머니의 손을 뿌리치고 눈동자에 눈물을 머금은 채 어둠 속으로 절뚝절뚝 뛰어들어 가버렸어요…… 그날도 오늘처럼 월초였어요. 초승달이 마치 참담한 그림처럼 공중에 차갑게 매달려 있었죠. 지금 아름다웠겠다고 하신 거예요? 왜 그렇게 헛된 아름다움과 거짓 풍경만 생각하세요? 선생님은 높은 분이시라 충분히 먹고 잘 입는 데 익숙해서 그런 식의 감정이 생겨나는 거예요. 가난한 사람들에게는요, 아름다움이란 번식 같은 거예요. 달은 반드시 둥글어야 하고 나무에는 열매가 가득해야 하고 주머니에는 돈이 두둑해야 하는 거죠. 그러니까 뭐든지 이 맥주잔처럼 꽉 차야 하는 거라고요, 100퍼센트,* 건배하시죠.

냐 누나와 호앗 삼촌이 집을 나간 뒤 우리 집은 마치 초상
집 같았습니다. 남은 사람들은 모두 자기에게 잘못이 있는 것
처럼 느껴져서 아무도 큰 소리로 말을 하지 않았고 서로 쳐다
보는 일조차 피했어요. 뉴 누나는 몸이 바싹 말라갔고 아버지
의 등은 굽어버렸죠. 어머니는 이제껏 아픈 적이 없었는데, 감
히 아플 수가 없었는데 이제는 하루 종일 기진맥진 골골했어
요. 아버지는 어머니에게 '더 문명에 가깝고 더욱더 인자한 사
람들이 많은' 곳으로 이사를 가자고 말했어요. 그래야 나를 공
부시키고 나중에 일도 더 제대로 할 수 있는 조건이 되지 않겠
느냐면서요. 그래서 우리는 X시로 이사를 왔죠…… 내가 지금
앉아서 선생님과 이야기를 나누는 여기 이곳 말이에요. 우리는
밥도 팔고 채소도 팔고 시장에도 나갔어요. 그리고 고생 고생
해서 시장 옆에 집을 짓게 되었죠…… 나는 학교에 다니게 되
었습니다. 뉴 누나는 어느 늙은 홀아비와 결혼을 했고요. 우리
매형은요, 나이가 좀 있기는 하지만 돈 많은 금두꺼비인 데다
의협심도 강해요. 그거면 다 된 거죠. 뉴 누나도 노년에 의지할
수 있는 보금자리를 갖게 된 거예요. 도시의 삶은 사람을 변화
시켰어요. 솔직히 말씀드리면, 나는 아직도 옛날에 고원 산악
지대에서 살던 때가 더 좋았다고 생각해요. 여기로 이사 와서
산 건 아버지, 어머니가 정말 실수하신 거예요. 여기는 아버지

---

* 100퍼센트(못짬펀쨤một trăm phần trăm): 건배할 때 사용하는 말. 한국에서
건배할 때 자주 사용하는 말인 '원샷'과 비슷한 의미로 쓰인다.

가 생각하신 것처럼 '많은 사람이 사는 문명적인 곳'이 절대 아니거든요. 아니, 됐어요. 그건 내가 하는 이야기와는 아무 관계 없는 또 다른 이야기니까. 지금 나는 선생님께 우리 호앗 삼촌에 대한 이야기를 들려드리고 있잖아요……

　물론 우리 호앗 삼촌이 어디로 가서 무엇을 하는지는 아무도 알지 못했어요. 어느 날 갑자기 아버지는 어디선가 호앗 삼촌의 사진과 시 한 편에 평론까지 인쇄된 신문을 주워 왔습니다. 시의 내용은 밭에 주는 거름과 벌레에 대한 것이었죠. 나는 뭐 말도 안 되고 웃기는 헛소리라고 보았지만 아버지는 금이라도 찾은 듯 환호성을 질렀어요. "아이고, 호앗이 작가가 되었네. 시인이 되었어. 여기, 여기! 평론까지 이탤릭체로 확실하게 인쇄돼 있잖아." 아버지, 어머니는 기뻐서 어쩔 줄을 몰라 했어요. 어머니는 앓는 소리를 내며 말했어요. "저 봐, 저 봐! 당신 옛날에는 삼촌이 쓸모없는 인간이라고 했잖아요! 이제는 삼촌이 큰 부자가 됐다고요! 분명 돈이 마르지 않을 거예요!" 아버지는 시를 읽고 또 읽다가 깜짝 놀라 멍해졌어요. "잘 썼네! 참 잘 썼어! 진짜 생각지도 못했는데 말이야. 이제 보니 호앗은 원래 숨겨진 재능이 있는 사람이었어. 문학은 이 세상에서 가장 어려운 건데 말이야, 호앗이 해내다니, 진짜 존경스럽네!" 아버지는 신문을 쓰다듬었어요. 아버지는 함께 술을 마시면서 시를 자랑하려고 푹, 그러니까 우리 금두꺼비 매형을 불렀죠. 벗겨진 머리에 머리털 몇 가닥이 간신히 붙어 있는 푹 매형은 고개를 숙인 채로 꾸벅거렸어요. "괜찮네요! 그런대로 좋아요! '덜 익었다'를 '익었다'로 바꾸면 더 심오해질 것 같긴 한데." 아버지는 푹 매형을 그저 편협하고 무식한 부자이자 평범한 범부속자凡夫俗子라고 무시하는 것 같았어요. 아버지가 말했죠. "'덜 익었다'가 좋은 단어야, 아직 '익지' 않았으니까. 그 단어는 사람들이 '익었다'를 연상해낼 수 있도록 유도하기만 하면 되거든. 만약에 '덜 익었다'가 없다면, 그래 한번 물어보세, 자네는 '익었다'를 생각해낼 수 있었겠는가?" 푹 형부가 인정하더라고요. "정말로 '덜 익었다'가 없었다면 제 수준에서는 그 '익었다'를 생각해내지는 못했을 겁니다." 아버지는 웃었어요. "그것 봐! 문학의 신묘함이라는 게 바로 그런 거야! 그래서 사람들이 온갖 예술 중에서 문학이 제일이라고 하는 거지!"

사실, 나는 덧없는 거짓 영광들이 새겨진 문학을 그다지 믿지는 않습니다. 옛날 옛적에 우리나라에서는 문학을 공부하는 사람들이 과거를 봐서 급제한 후 관리에 임명되었잖아요. 낮은 점수로 급제하면 하급 관리가 됐고 높은 점수로 급제하면 고급 관리가 됐죠. 그 시절에 문학은 관료제와 긴밀히 연결되어 있어서 정말 끔찍했다고요. 그 후에 국어자가 쯔놈*과 한자를 대체하면서 사람들은 서양식으로 글을 쓰고 시를 짓게 되었고, 솔직히 말씀드리자면, 앉아서 놀고먹다가 이상해진 자들이랑 건달들이 전부 이 분야를 택하고 있잖아요. 사상을 갖춘 지식의 대가 서너 명이 두드러지기도 했지만 그 사람들은 모두 혁명가들이었고 나머지는 전부 언급할 가치도 없는 사람들이죠.

---

* 쯔놈chữ Nôm: 한자를 이용해서 만든 차자 표기. 발생 연도는 학자들마다 주장이 다르지만, 13세기경부터 문학작품 창작에 사용되기 시작하여 15~19세기 사이에 쯔놈으로 쓰인 문학작품이 다수 발표되었다.

지금 시대에는 많은 사람이 문학을 명예를 낚고 이익을 거두기 위한 낚싯대처럼, 수단과 방법처럼 여기잖아요. 물론 명예도 좋죠. 필요하기도 하고요. 하지만 어떤 명예라야만 가치가 있는 걸까요? 아니, 됐어요. 이 얘기는 더 이상 하지 않겠습니다. 지금은 호앗 삼촌과 삼촌이 쓴 비료와 벌레에 관한 시에 대해 얘기하고 있는 거니까요. 아버지가 잘못 아신 거였어요. 아버지는 문학에 대해 전혀 몰랐거든요. 선생님, 웃지 마세요. 문학이라는 건 아무도 이해하지 못하는 거잖아요? 호메로스식으로 말하자면, '분명히 거기에는 황제가 있을 것'이라고요.

그렇게 가끔씩, 서너 달마다 아버지는 신문에 인쇄된 호앗 삼촌의 시나 풍자 민요를 찾아냈어요. 아버지는 신문들을 열심히 살펴보았어요. 신문을 사는 돈이 우리 집에서 적지 않은 소비 항목이 되었지만 다행히도 우리 금두꺼비 매형이 전부 책임을 졌죠. 푹 매형이 나에게 말했어요. "계속 노인네가 그 쓸데없는 일에 빠져 있도록 놔두자고. 만약 노인네가 다른 일에 정신이 팔려 있다면 우리만 죽어날 테니까." 나는 매형의 그런 실용적인 사고방식이 맘에 들지는 않았지만 매형은 아버지랑 나이도 거의 비슷했고 게다가 나에게 용돈도 자주 주었기 때문에 그냥 그 말에 따랐죠.

점차, 왜 그런 건지는 모르겠지만 아버지는 조금의 의심도 없이 호앗 삼촌이 사회에서 아주 성공한 사람이라고 믿게 되었습니다. 그리고 어머니는 호앗 삼촌이 매우 부자일 거라고 확신했고요. 아버지, 어머니는 하루 종일 호앗 삼촌을 생각했어요. 어머니가 아버지에게 말했어요. "여보! 당신 하노이에 한

436

번 올라가서 삼촌을 만나봐요…… 우리 부부가 삼촌에게 잘못이 있잖아요. 이제는 삼촌이 명성도 있고 어느 정도 위치도 있으니까. 사실 너무 걱정돼요! 우리 브엉 녀석 미래가 말이에요. 누가 알아요? 삼촌이 말 한마디만 해줘도 그 녀석이 사람이 될지? 삼촌이 부탁할 곳이 없겠어요? 그럼 브엉 녀석이 이렇게 공부도 안 하고 놀고먹도록 내버려 둘 이유가 없잖아요?" 아버지는 고개를 끄덕였어요. "당신 말이 맞아…… 내가 호앗한테 미안하다고 사과를 해야 편하게 죽지, 그래야 눈을 감을 수 있을 거라고! 그리고 호앗한테 우리 브엉 녀석 미래가 어떤지 좀 봐달라고 해야겠어."

아버지, 어머니는 셈을 마친 후 푹 매형더러 오라고 해서 이야기를 이어갔어요. 푹 매형이 말했어요. "아버님 생각대로 하세요! 제 생각에는 아버님이 가시는 게…… 근데 제가 하노이에 가봐서 아는데요, 거기는 가난한 사람들에게 굉장히 위험한 곳이에요. 잔인한 일들도 많이 일어나고요." 아버지가 말했어요. "20킬로그램짜리 돼지 한 마리 판 돈 조금을 허리춤에 단단히 차고 갈 생각이네. 브엉 녀석도 데리고 갈 거고." 푹 매형이 말했죠. "그래도 되죠! 근데 하노이에 가시면요, 그 돼지 판 돈으로는 대충 만든 후식이나 사 먹을 수 있을 뿐이라고요. 아무런 소용이 없습니다. 됐어요, 됐어! 호신용으로 쓸 수 있게 브엉한테 제 미제 주머니칼을 빌려주도록 할게요. 옛날에 브엉 나이쯤에 막 부자가 됐을 때 저한테는 화살 한 개밖에 없었는데!" 푹 매형은 나에게 묵직한 주머니칼을 건넸어요. 푹 매형이 말했어요. "이 칼에는 아홉 가지 기능이 있는데 말이야.

칼날에 스프링이 달려서 자동으로 펼칠 수 있어. 이 단추를 한 번 누르면 한 5킬로그램 정도를 밀어낼 수 있는 힘으로 칼날이 자동으로 튀어나오지." 어머니가 한숨을 쉬었어요. "됐네. 자네 너무 끔찍한 말만 하는군. 만약에 하노이에 가서 서로 치고받고 죽여야 한다면 뭣 하러 가겠는가?" 아버지가 말했어요. "저리 말하는 건 다 미리 예방하려고 그러는 거지. 하노이에 가서 욕보지 말라고 사위가 신경 써서 우리 부자한테 말해주는 거잖아."

우리 부자는 역으로 가서 하노이행 기차표를 샀죠. 우리는 호앗 삼촌이 어디에 사는지 물어보기 위해 호앗 삼촌의 시를 실었던 신문사로 찾아갔습니다. 근데 사람들이 별로 아는 게 없더라고요. "아! 수염이랑 머리를 길게 기르고 다리를 절면서 가끔씩 독끄억이라는 필명을 쓰시는 분이 한 분 있어요. 그분은 오후 무렵이면 호안끼엠호수* 근처의 맥줏집 몇 곳을 돌며 자주 맥주를 마시곤 하세요." 아버지는 길게 한숨을 쉬었어요. 가르쳐준 말이 너무 막연해서 아버지는 당황스러웠던 거죠. 아버지는 시골 선생님이잖아요, 아버지한테 글자와 그 의미에 관한 건 장난을 쳐서는 안 되는, 아주 신성한 것이었어요. 우리 부자는 호그엄** 주위를 세 바퀴 돌면서 한 사람 한 사

---

* 호안끼엠호수Hồ Hoàn Kiếm: 하노이 중심가에 위치한 호수. '호안끼엠(환검)'이라는 명칭은, 15세기 초에 명나라의 침략을 물리치기 위해 빌렸던 신비한 검(칼)을 레러이Lê Lợi 왕이 호수에 사는 거북신에게 다시 돌려주었다는 전설에서 비롯되었다. '검(칼)호수'라는 의미로 '호그엄'이라고도 불린다.

** 호그엄Hồ Gươm: 호안끼엠호수의 다른 이름.

람 열심히 살폈는데 그 모습이 거기 경비원들 눈에 의심스러 웠나 봐요. 그들은 우리 부자를 불러서는 신분증을 보여달라고 했어요. 아버지는 호앗 삼촌을 찾는 일에 대해 소상히 설명했 어요. 그들이 말했어요. "만약 아저씨 식구가 아직도 여기 주변 에서 자주 맥주를 마신다면 부랑배나 구두닦이, 신문팔이 들에 게 물어보면 알 수 있을 거예요." 붉은 완장을 찬 경비대장이 안경을 끼고 체크무늬 옷을 입은 남자가 지나가는 길을 막으 며 물었어요. "이봐, 늑대. 자네 이 근처에서 오후쯤에 자주 맥 주를 마시고 다리를 저는 호앗이라는 사람을 아나?" 그 사람이 깜짝 놀라며 고개를 숙여 인사를 하고는 무서워하면서 답했어 요. "네, 그자는 한 한 달쯤 전에 여기를 떠났습니다. 목이 잘려 서는, 듣자 하니 남딘*으로 밀려났다는 것 같아요." 경비대장 은 그 사람에게 그만 가보라는 손짓을 하고는 아버지에게 말했 어요. "아저씨 식구는 이제 여기에 없네요. 아마 경찰이 무서워 서 남딘으로 도망간 지 한 달쯤 된 것 같습니다." 아버지는 너 무 당황해서 눈을 동그랗게 뜬 채 경비대장에게 말했어요. "아 마 잘못 아셨을 거예요! 우리 형제는 바르고 착하다고요. 게다 가 호앗은 글을 써서 신문에 싣는 사람인데요." 경비대장이 미 소를 짓더라고요. "어떻게 알겠어요! 하노이에서는 뭐든지 가 능하다고요! 늑대 녀석이 한 말이면 틀림이 없어요! 그냥 집으 로 돌아가 계세요!"

우리는 경비들에게 인사를 하고 다른 곳으로 갔죠. 잠깐 돌

---

* 남딘Nam Định: 하노이에서 남동쪽으로 70킬로미터쯤에 위치한 성.

아다니다가 우리 부자는 길을 잃을 뻔했어요. 갑자기 차들이 번쩍번쩍 빛을 내며 지나갔는데, 아버지가 어떤 사람이 자동차에 앉아 머리를 밖으로 내밀며 손을 흔드는 모습을 보고는 환호성을 질렀어요. 아버지가 말했어요. "호앗! 저기 진짜 호앗이야!" 나도 자동차에 탄 사람이 정말 호앗 삼촌인 것 같았어요. 예전에 가난하고 힘없을 때랑 비교해서 삼촌은 그다지 많이 변한 것 같지는 않았어요. 아버지는 멍하니 그 자리에 서서 계속 바라보기만 했어요.

날이 저물 무렵, 우리 부자는 작은 절로 발걸음을 옮겼어요. 그때 한 스님이 앉아서 설법을 하고 있었는데, 한 30~40명쯤 되는 사람들이 듣고 있었어요. 펜을 들고 받아 적고 있는 대학생들도 보였고, 외국인도 듣고 있는 게 보였어요. 스님은 문학과 도에 대한 이야기를 하고 있었죠. 스님이 말했어요.

"문학은 실로 도에 가깝습니다. 있지만 없고, 없지만 있지요. '유'와 '무'는 의식의 두 가지 범주입니다. 만약 사람이 겉으로 드러난 모양에 집착한다면 사견邪見이 생겨나게 됩니다. '이런 사람이 문학을 한단 말이야? 저런 사람한테 도가 있다고?' 만약 사람이 속에 감추어진 '무'에 집착하게 되면 일반적으로 문학과 경문을 비난하면서 불법은 직접 말로 할 뿐, 복잡한 문자를 세우지도 않을뿐더러 문자와 문학이 뭣 하러 필요하겠냐고 말할 것입니다. 문자와 문학이 필요 없다고 했으니 사람들은 말도 사용할 필요가 없는 것 아닐까요? 말이 문자의 모습이라는 걸 우리는 알고 있습니다. 조물주가 그렇게 만들었습니다. 스스로 집착하는 것은 어쩔 수 없지만 경문을 모독하는 건 죄업입니다. 범부와 성인의 문장을 분별할 수 있어야 합니다. 서둘러 비판하려 하지 말고 무엇을 읽어야 할지, 무엇을 공부해야 할지 분별해야 합니다. 많은 이가 외부의 형상에 집착하면서 진리를 구하기 위해 이 방법 저 방법 쓰지만 '유'와 '무'에 대한 공허한 논변만 되풀이하며 경문 작품을 경시한다면 마음을 밝히고 본질을 찾는 것이 불가능해지지요. 만일 문학을 수련의 한 형식이나 만법萬法의 하나라고 본다면 사람들의 마음이 지나치게 복잡해지지는 않을 것입니다……"

아버지는 잠깐 앉아서 듣더니 나에게 말했어요. "삼촌이 문학 일을 택한 것 역시 수행의 한 방법이었던 거야. 수행을 한다면 세상일은 끊어내는 게 당연한 거지. 우리도 샅샅이 찾아다녀서는 안 되겠다…… 그래 됐다. 삼촌이 마음을 밝히고 본성을 찾을 수 있도록, 자기가 선택한 진리를 따라갈 수 있도록 편안하게 두자." 절을 나와서 우리 부자는 자질구레한 물건 몇 가지를 사가지고 집으로 돌아왔습니다. 그때 이후로 우리 집에서는 아무도 호앗 삼촌에 대한 이야기를 하지 않았죠…… 지금으로부터 10년도 더 지난 이야기네요.

"맥주 한잔하세요! 저거 있잖아요! 선생님이 벽에 걸린 저 희미한 사진은 누구냐고 물으셨는데, 저 사람이 바로 호앗 삼촌이에요…… 자! 원샷! 한 잔 다 비우세요!"

언젠가 박장*에 갔을 때 나는 이 이야기를 들었다. 그날은

---

* 박장Bắc Giang: 하노이 북동부에 접해 있는 성.

비가 왔고, 나는 길가에 있는 어느 식당에 들어갔다. 식당 주인은 손님에게 호의적이었고 꽤 이야기를 많이 하는 사람이었다. 식당 벽에는 가족들의 사진이 몇 장 걸려 있었다. 나는 그저 문득 빛나는 눈에 어딘가에 몰두하는 듯한 눈빛이 어리고, 한편으로는 마음을 졸이며 고통스러워하는 것 같은 사람이 찍힌 사진이 눈에 들어왔다. 그 눈빛이 계속 나를 따라다녀 끊어낼 수가 없었다. 나는 식당 주인에게 그 사람이 누구냐고 물었다. 그가 말했다.

"아…… 그 사람은 우리 호앗 삼촌이에요. 그 이야기를 듣고 싶으세요? 그럼 맥주 몇 병과 안주를 주문하시면 선생님께 이야기를 들려드릴게요. 이런 날씨에는 아무 데도 갈 수가 없잖아요."

나는 식당 주인의 이야기를 전부 옮겨 적었다. 옮겨 적으면서 몇몇 인물의 이름을 수정하였고, 읽기 쉽도록 약간의 쉼표와 마침표를 추가하거나 삭제했다.

설도 되고 했으니, 독자 여러분께 새해 선물로 이 이야기를 헌정하는 바이다.

옮긴이 해설

왕이 없는 땅에서 인간을 돌아본 작가
응우옌후이티엡

20세기 베트남 현대문학을 대표하는 작가로 손꼽히는 응우옌후이티엡은 과도기에 놓인 1980~1990년대 베트남 문학에 지대한 영향을 미쳤다.

1986년, 서른여섯의 늦은 나이로 문단에 데뷔한 그는 곧바로 평단의 주목을 받으면서 이른바 '응우옌후이티엡 현상'을 일으켰다. 1986년은 베트남이 '도이머이Đổi mới' 정책을 통해 개혁·개방의 첫발을 내디뎠던 시기로, 경제는 물론 사회·문화 분야에서도 매우 중요한 분수령이 된 때이다. 1945년부터 1975년까지 30년간의 전쟁 시기와 이후 10년간 지속된 사회주의 경제의 실패와 몰락 속에서 베트남 문학은 '전쟁, 민족, 독립, 혁명'이라는 시대적 사명에서 자유롭지 못했고, 사회주의 리얼리즘이라는 틀에 갇힌 채 오랜 세월 동안 문화적 갈증을 감내해야만 했다. 그러한 상황에서 등장한 '도이머이'는 베트남 문학이 갈증 상태를 해소할 수 있는 시대적 여건을 만들어주었고, 때마침 혜성처럼 나타난 작가 응우옌후이티엡의 등장은 베트남 문학계에 충격과 놀라움을 안겨준 하나의 사건이 되고 말았다. 그때부터 그는 베트남 전후 문학을 대표하는 작가이자 도이머이 시대의 베트남 문학을 견인한 대표 문인으로 손꼽히게 되었다.

베트남의 저명한 문학평론가인 라응우옌Lã Nguyên은 "1986년에 문학·예술 분야의 개혁·개방 정책이 시행된 후, 새로운 작가들이 다수 등장하여 독창적인 작품들을 속속 발표했지만 그들 중 문학적 완성을 이룬 걸작이라고 평가받을 만한 작품은 응우옌후이티엡의 작품이 유일하다"라며 그의 문학적 성과를 높이 평가했다. 이처럼 응우옌후이티엡이 베트남 문단에 등장함과 동시에 센세이션의 주인공이 된 데에는 그만한 이유가 있다. 그의 작품들은 전쟁 관련 작품들이 주류를 이루던 이전의 베트남 문학이 보여주지 못한 여러 가지 새로운 면모를 가지고 있었다. 그 새로움 속에 바로 '개인'이 있다. 물론 20세기 초중반 베트남 문학에서 근대적 개인이 등장하지 않았던 것은 아니지만, 앞에서도 언급했듯이 수십 년의 사회적 암흑기 속에서 문학은 전쟁과 민족이라는 거대 담론과 사회주의 리얼리즘의 지배를 피할 수 없었고, 그로 인해 욕망, 고독, 권태, 부조리로 상징되는 근대적 개인의 문학적 발현이 억제될 수밖에 없었다. 또한 베트남은 기나긴 전쟁을 겪으면서 물질적, 인적 피해 이외에도 인간성의 파괴와 전통 및 도덕의 붕괴라는 정신적 공황을 겪어야 했다. 그러한 상황에서 응우옌후이티엡과 함께 나타난 그의 소설 속 '개인들'의 모습은 기존의 베트남 문학이 다루지 못했던 당시 베트남인 개개인의 얼굴을 똑바로 그려낸 자화상과도 같았던 것이다.

　이처럼 응우옌후이티엡은 그의 작품을 통해 집단의 일원이 아닌 현실을 살아가는 개인의 모습을 가감 없이 묘사하여 제도권에 부응하는 문학이 아닌 '불온한 문학'의 면모를 여지없이 드러냈다. 그의 이름을 세상에 알린 계기가 된 「퇴역 장군」은 민족 해방 전쟁의 주역이었던 한 장군이 사회로 돌아와 목격하게 되는 비인간성과 그 속에서 마주하게 되는 자신의 초라한 자화상을 견디지 못하고 회피해버린다는 내용을 담고 있는 작품으로, 군인들의 위상이 매우 굳건했던 당시 베트남의 정치·사회적 분위기 속에서는 너무나도 도전적인 작품이 아닐 수 없었다. 기존의 베트남 문학과는 전혀 다른 새로운 스타일의 이 작품을 두고 "「퇴역 장군」 하나를 얻을 수만 있다면 내 인생을 모조리 바꿀 준비가 되어 있다"라고 한 작가 응우옌카이Nguyễn Khải의 말은 지금도 평론가들 사이에서 응우옌후이티엡에 대한 대표적인 찬사로 꼽힌다. 여러 차례 연극으로도 상연되었던 「왕은 없다」 역시 한 가족을 배경으로 그동안에는 보기 어려웠던 전통적인 가족의 붕괴와 무너져가는 가장의 권위, 인간의 도덕적 타락이라는 주제를 한층 더 강화된 풍자적 기법으로 보여준다. 그의 이러한 불온하고 도전적인 면모는 사회주의 리얼리즘과 정치·사상의 제약에서 벗어나 베트남 문학이 잃어버린 개인, 붕괴된 인간성의 회복을 향해 나아갈 수 있는 시발점이 되었다.

　1950년에 오늘날 베트남의 수도인 하노이의 타인찌Thanh Trì 현에서 출생한 응우옌후이티엡은 태어난 지 며칠 만에 프랑스

식민군대의 폭격을 피하기 위해 어머니의 등에 업혀 피란길에 오른다. 열 살 무렵까지 그는 어머니, 외할아버지와 함께 북부 평야 지대에 위치한 농촌 마을을 유랑하며 살았다. 그 과정에서, 유학과 한시에 정통했던 외할아버지에게 학문과 시를 배웠고, 약 서른 가구가 강가에 모여 사는 천주교 마을에서 지냈던 수년 동안에는 천주교 교리와 성경도 공부했다. 이러한 유년 시절의 경험은 「흘러라 강물아」를 비롯한 그의 작품들 곳곳에서 살아 숨 쉬고 있다. 이후 하노이로 돌아와 1970년에 하노이 사범대학교 역사학과를 졸업한 그는 1980년까지 하노이 북서쪽에 있는 산간 지역에서 교사 생활을 했다. 1980년에는 교육 양성부로 일자리를 옮겼다가 1990년에서 1992년까지 지도국의 지도측량기술회사에서 근무했고 그 후에는 하노이에서 식당을 운영하기도 했다. 이렇듯 농촌과 산간 지역, 도시의 사람들과 그들의 삶을 직접 목격한 경험은 그의 작품이 공간과 계층의 제약을 받지 않고 다양한 베트남인의 삶을 사실적으로 묘사할 수 있는 기반이 되었다. 또한 참전 경험이 있는 기존의 여러 베트남 작가들과는 달리 전쟁터에서 멀리 떨어진 삶의 경험 역시 인간의 다양한 면모에 대한 세밀한 묘사를 가능하게 한 하나의 원인이 되었다.

그는 인물과 배경에 대해 나열하는 전통적인 서술 방식으로 작품의 서두를 열면서도 결말에서는 작가가 개입하지 않는 열린 구조의 내러티브를 구사함으로써 전통과 현대의 서술 방식을 이색적으로 혼용하는 새로운 문학적 장치를 통해 독자들이 끊임없이 사유하고 작품의 해석 과정에 적극적으로 참여하도록 유도한다. 이러한 방식은, 특정 지역과 계층을 대변하기도 하지만 그 특성이 정형화되어 있지 않으며 선과 악의 어느 한 쪽으로 치우쳐 있지도 않은 작품 속 인물들을 더욱더 강렬하게 각인시킨다. 한 예로,「숲속의 소금」은 원숭이라는 대상을 인식하고 마주 보게 되면서 선과 악 사이를 오가는 아슬아슬한 줄타기를 계속할 수밖에 없는 주인공의 모습을 통해 인간의 이중성과 복잡한 내면을 잘 보여준다. 또한「강 건너기」는 느슨한 스토리 전개 속에서 인물들 각각의 모습을 세밀히 묘사하는 알레고리 방식으로 인간과 사회의 부조리를 폭로하는 뼈 있는 메시지를 던지고 있으며,「도시의 전설」은 빠른 스토리 전개와 세밀한 심리 묘사로 도시인들의 욕망과 모순을 폭로한다.

한편, 그는 특수한 상황에 처한 복합적인 성격의 인물들을 통해 한마디로 정의할 수 없는 인간 내면과 사회의 다양한 면모를 비추기도 한다. 아직 사람이 되지 못한 남자의 인간성 짙은 짧은 생을 그린 작품인「꾼」을 읽고 난 후 독자들은 한동안 그 의미를 탐색하기 위해 고심할 수밖에 없는 상황에 놓이게 된다.「사는 건 참 쉽지」에서는 '사는 건 참 쉽다'고 입버릇처럼 말하며 단순함 속에서 삶의 의미를 찾으려 했던 한 교육 시찰관의 결코 쉽지 않았던 인간관계와 사회생활을 보여줌으로써 '사는 것'에 대해 다시 한번 생각하게 만든다. 그리고「흘러라 강물아」에서는 검은 물소를 찾아 나서지만 결국 냉소와 잔인함만을 마주하게 되는 어느 소년의 절망을 통해,「수신의 딸」에서는 세상의 구원이 되는 성모와 같은 존재를 찾아 길을 떠나지만 결국 마주치게 되는 건 사회의 모순과 어두운 면

일 뿐이라는 것을 알게 된 주인공이 바다로 이어지는 길 위에서 끊임없이 헤매고 있는 모습을 통해, 변화하는 세상 속을 방황하는 고독한 개인의 모습을 가감 없이 보여주기도 한다.

　이처럼 정형화되지 않은 살아 있는 인물들과 그들이 품고 있는 여러 가지 문제와 갈등, 양면성에 대한 사실적인 묘사를 통해 작가는 '절대 선'이나 '절대 악'이 존재하지 않는 세상, 즉 그의 말을 빌리자면 '왕이 없는 땅이자, 수신이 없는 바다'인 인간 세상의 모습을 적나라하게 보여준다. 이러한 문학적 면모는 베트남이라는 특수성에 머물지 않고 인간이라는 보편성에 닿아 있기 때문에 응우옌후이티엡의 작품은 베트남을 넘어 세계 여러 나라의 독자들과 소통할 수 있는 힘을 가진다. 베트남을 잘 모르는 독자라 하더라도 그의 작품을 읽고 책장을 덮은 후에 진한 여운에 사로잡히게 된다면, 그것은 바로 응우옌후이티엡의 문학 저변에 깊게 깔려 있는 인간에 대한 천착 때문일 것이다.

　'베트남 단편소설의 왕'이라는 별칭이 말해주듯이 응우옌후이티엡은 약 50여 편의 단편소설을 발표하여 큰 성공을 거두었다. 그의 작품 세계는 크게 네 가지로 분류될 수 있다. 「왕은 없다」 「퇴역 장군」 「꾼」 「강 건너기」 등과 같이 현대 베트남 사회를 비판적으로 통찰하는 작품들, 「벌목꾼들」 「농촌의 교훈들」 등과 같이 농촌 문제와 노동 문제에 천착하는 작품들, 「흘러라 강물아」 「숲속의 소금」 「수신의 딸」 「핏방울」 등과 같이 신화와 전설을 모티프로 인간의 이면을 들여다보는 작품들, 그리고 베트남의 역사 및 문학과 관련된 작품들이 있다. 하지만 본 번역본은 한국어로 처음 소개되는 응우옌후이티엡의 작품집인 만큼 베트남에 관한 사전 지식이 없는 독자들도 쉽게 접근할 수 있도록, 배경 지식을 요하는 베트남의 역사 및 문학 관련 작품들은 수록하지 않았다.

주로 포스트모더니즘 계열로 분류되는 그의 작품들은 워낙 다채롭게 해석될 수 있는 특징을 지니기 때문에 베트남 국내에서는 늘 그 해석과 평가에 있어 논쟁의 대상이 되어왔고, 찬사와 함께 새롭고 낯선 것에 대한 비난도 많았던 것이 사실이다. 하지만 1990년대부터 프랑스어, 이탈리아어, 영어, 독일어, 스웨덴어, 네덜란드어 등 여러 언어로 번역된 이래로 해외에서는 꾸준히 좋은 반응을 얻었다. 그의 작품에 대한 서양 언어권의 관심은 작가에게 2007년에는 프랑스 '예술문화훈장'을, 2008년에는 이탈리아 '노니노문학상'을 안겨주기도 했다. 그에 비해 중국, 일본, 한국을 통틀어 아시아 언어권에서는 단편 몇 작품이 소개되었을 뿐 그의 작품들만을 모은 작품집은 아직 출간되지 않았다.

이번 번역본은 한국어로 처음 번역되는 응우옌후이티엡의 작품집인 만큼 번역자의 입장에서 고민이 적지 않았다. 기존의 베트남어 작품들과는 달리, 객관성을 확보하기 위한 짧은 문장 속에 절제된 표현과 대담한 묘사를 담고 있으며, 문어와 구어의 경계를 허물어뜨리는 그의 문체는 일견 번역하기 쉬워 보이면서도 막상 한국어로 옮겨놓으면 자연스럽지 못한 경우가 많았다. 하지만 번역자와 문학 번역 연구자라는 두 가지 정체성의 충돌 속에서 도착어到着語인 한국어의 자연스러움을 위해 작가가 구사한 베트남어의 형태와 구조를 쉽게 무시해버릴 수는 없었다. 작가가 창조해낸 다양한 언어유희와 부조리한 언어들을 한국어에서 다시 살려내고자 노력했던 고민의 시간도 그로부터 비롯된 것이었다. 또한 농촌, 산간 지역, 도시를 가리지 않는 그의 작품 배경과 농부, 어부, 소수민족, 군인, 거지, 사냥꾼, 유랑인, 벌목꾼, 교사, 시인에 심지어 똥 시장 주인까지 다양한 인물 군상, 그리고 민간 신앙, 불교, 유교, 천주교를 넘나드는 종교 관련 소재와 베트남의 전통 풍습, 문화, 역사 등이 어우러진 독특한 소재들, 여기에 더하여 작가가 말하고자 하는 것들을 함축적으로 전달해주는 다채로운 삽입 시들은 독해 단계에서부터 번역자를 힘들게 하는 요소들이었다. 이러한 문제를 해결하기 위해 번역 기간 내내 작가와 수시로 소통하고 정기적으로 베트남 지인들을 만나 도움을 청하는 한편으로 번역자 스스로 끊임없이 공부하고 연구하는 과정이 필요했다. 그 과정을 통해, 가독성에 약간 방해가 되더라도 원작의 느낌과 관련 배경 지식을 충분히 전달하는 것이 좋겠다는 판단하에 본문에서는 원작의 표현 방식을 유지하면서 역주를 통해 독자들이 알아둘 만한 사항들을 최대한 전달하고자 노력했다. 부디 오랜 시간에 걸친 번역자의 고민이 독자들의 독서 과정에서 결실을 맺을 수 있기를 희망한다.

21세기로 접어들면서 응우옌후이티엡의 작품 활동은 예전만큼의 성과를 보여주지 못했다. 따라서 그를 전후 세대 작가, 도이머이 시대의 작가로 국한시켜 보는 시각도 존재한다. 하지만

1980년대와 1990년대 베트남 문단을 뒤흔들었던 그의 작품들은 21세기인 오늘날까지도 독자들에게 널리 읽히고 있으며, 베트남 문학을 연구하는 국내외 연구자들에게 그는 여전히 결코 무시할 수 없는 매우 중요한 작가로 각인되어 있다. '개혁·개방 시대의 베트남'이라는 시공간적 한계를 뛰어넘어 세계문학사적 보편성을 확립한 작가로서 응우옌후이티엡의 작품들이 한국 독자들과는 어떠한 모습으로 소통하게 될지 기대해본다.

작가 연보

1950 4월 29일 베트남 하노이시 타인찌현에서 출생.

1960 프랑스 식민군대의 폭격을 피해 10여 년간 가족과 함께 베트남 북부의 평야 지대를 유랑하다 하노이로 돌아옴.

1970 하노이사범대학교 역사학과 졸업.

1970~80 하노이 북서쪽 산간 지역에서 교사로 근무.

1980~90 교육양성부에서 근무.

1986 단편 「미 아가씨Cô My」(『문예Văn nghệ』, 18호), 「미끄러진 자국Vết trượt」(『문예』, 39호) 발표.

1987 「후어땃 골짜기의 끝없는 이야기들Những chuyện kể bất tận của thung lũng Hua Tát」 중 '신성한 물건Ngẫu vật thiêng liêng' '사Sạ' '버려진 뚜바Chiếc tù và bị bỏ quên' '가장 즐거운 쏘애춤 잔치Tiệc xòe vui nhất'(『문예』, 3, 4호), 「도시의 전설Huyền thoại phố phường」(『문예』, 11호), 「퇴역 장군Tướng về hưu」(『문예』, 24, 25, 26호) 발표. 문예순보상 수상(소설 부문에서 「퇴역 장군」과 「숲속의 소금Muối của rừng」이 후보에 올랐음).

1988 단편집 『퇴역 장군』(째-문예순보출판사) 출간.

452

1989   단편집 『후어땃의 바람Những ngọn gió Hua Tát』(문화출판
        사) 출간. 희곡 「귀신, 인간과 함께 살다Quỷ ở với người」
        (『송흐엉Sông Hương』, 39호) 발표(단편 「왕은 없다」의
        희곡 버전). 다수의 저자가 공저한 『응우옌후이티엡,
        작품과 여론Nguyễn Huy Thiệp - Tác phẩm và dư luận』(『송흐
        엉』, 째출판사) 출간. 영화 「퇴역 장군」(응우옌칵러이
        Nguyễn Khắc Lợi 감독) 개봉. 제9회 베트남영화제 2등상
        (은연꽃상) 수상.

1990~92 지도국 지도측량기술회사에서 근무.

1990   희곡 「사랑이 남다Còn lại tình yêu」, 평론 「작가의 사상적
        빈 공간을 누가 메울 수 있을까Khoảng trống ai lấp được
        trong tư tưởng nhà văn」(『송흐엉』, 42호) 발표. 하노이 『문
        예』지의 쇄신 운동이 쇠퇴하면서 이 시기부터 『송흐
        엉』지는 응우옌후이티엡이 다양한 장르의 작품과 글을
        발표하는 주요 창구가 됨. 『퇴역 장군』의 프랑스어 번
        역본(『Un général à la retraite』, Éditions de l'Aube)과 이
        탈리아어 번역본(『Il generale in pensione』, Eurostudio) 출
        간. 이때부터 프랑스의 로브 출판사는 매년 응우옌후
        이티엡의 작품을 번역·출간 또는 재출간함.

1991   단편 「강 건너기Sang sông」(『문예』, 8호), 평론 「작가와
        네 명의 '마피아' 두목Nhà văn và bốn trùm "Mafia"」(『송흐
        엉』, 46호) 발표.

1992   단편집 『퇴역 장군』의 영어 번역본(『The general retires
        and other stories』, Oxford University Press) 출간. 단편 「시

골의 들판을 그리워하다Thương nhớ đồng quê」(『문예』,
41호) 발표.

1993   단편집 『수신의 딸Con gái thủy thần』(베트남작가협회출판
        사) 출간. 단편집 『호랑이의 심장Trái tim hổ(후어땃의 바
        람)』의 프랑스어 번역본(『Le Coeur du tigre』, Éditions de
        l'Aube) 출간.

1994   희곡집 『붉은 봄Xuân Hồng』(미국 캘리포니아 신서출판
        사) 출간.

1995   단편집 『바람처럼Như những ngọn gió』(문학출판사) 출간.
        『호랑이의 심장(후어땃의 바람)』의 네덜란드어 번역
        본(『Tijgerhart』) 출간. 영화 「시골의 들판을 그리워하다
        Thương nhớ đồng quê」(당녓민Đặng Nhật Minh 감독) 개봉.
        제11회 베트남영화제 최고감독상 수상.

1996   「귀신, 인간과 함께 살다」의 프랑스어 번역본(『Les
        Démons Vivent Parmi Nous』) 출간.

1997   단편집 『원수를 갚은 늑대Sói trả thù(후어땃의 바람)』의
        프랑스어 번역본(『La vengeance du loup』) 출간.

1999   단편집 『비 오는 밤 사랑 이야기Truyện tình kể trong đêm mưa』
        의 프랑스어 번역본(『Conte d'amour un soir de pluie』) 출간.

2000   단편집 『야박한 인생을 가여워하며Thương cho cả đời bạc』(문
        화통신출판사) 출간. 영화 「벌목꾼들Những người thợ xẻ」
        (브엉득Vương Đức 감독) 개봉. 제12회 베트남영화제 2등
        상(은연꽃상) 수상.

2001   단편선집의 스웨덴어 번역본(『Skogens salt(숲속의 소

금)』, Svenska) 출간. 다수의 저자가 공저한 평론 『응우
옌후이티엡을 찾아서Đi tìm Nguyễn Huy Thiệp』(문화통신출
판사) 출간.

2002   장편 『사랑하는 스무 살Tuổi 20 yêu dấu』 프랑스(Éditions
        de l'Aube)에서 출간. 단편선집의 프랑스어 번역본
        (『L'Or et le feu(금과 불Vàng và lửa)』) 출간.

2003   평론 「비투이린 현상Hiện tượng Vi Thùy Linh」「나의 문자
        를 아프게 하지 마세요Xin đừng làm chữ của tôi đau」「응
        우옌바오신, 민중 시인Nguyễn Bảo Sinh, nhà thơ dân gian」
        「작가 동득본Giới thiệu Đồng Đức Bốn」「장편소설의 시대
        Thời của tiểu thuyết」(유네스코 기관지 『오늘날Ngày Nay』,
        19~22호) 발표. 『단편소설선집Tuyển tập truyện ngắn』(째출
        판사) 출간. 단편선집의 영어 번역본(『Crossing the River:
        short fiction(강 건너기)』, 미국 Curbstone Press) 출간.

2004   평론 「호앙응옥히엔-보기 드문 옥구슬Hoàng Ngọc Hiến:
        Viên ngọc hiếm」「어느 작가의 작품 속 '취권' 수법에 대하
        여Về chiêu pháp "túy quyền" trong văn học của một nhà văn」「수
        선화와의 대화 그리고 작가의 혼동Trò chuyện với hoa thủy
        tiên và những nhầm lẫn của nhà văn」(『오늘날』, 4~6호) 발표.

2005   평론집 『그물을 펼쳐 새를 잡다Giăng lưới bắt chim』(작가
        협회출판사) 출간. 단편집 『그때의 갈색 돛Cánh buồm nâu
        thuở ấy』(작가협회-동아출판사) 출간. 장편 『사랑하는
        스무 살』의 프랑스어 번역본(『À nos vingt ans』) 출간.

2006   장편 『소용녀Tiểu long nữ』(인민공안출판사) 출간. 평론집

『그물을 펼쳐 새를 잡다』하노이작가협회 평론상 수상. 「왕은 없다」를 각색한 연극 「보랏빛 봄Xuân tím」(꾸옥또안Quốc Toàn 연출) 하노이 극장에서 공연.

2007   장편 『점수를 조건으로 관계를 요구하다Gạ tình lấy điểm』(작가협회출판사) 출간. 여러 화가들의 삽화를 담은 『응우옌후이티엡 단편집Truyện ngắn Nguyễn Huy Thiệp』(사이공문화출판사) 출간. 프랑스 정부로부터 '예술문화훈장' 수상.

2008   단편선집의 이탈리아어 번역본(『Soffi di vento sul Vietnam(베트남으로부터의 바람)』) 출간. 단편집 『우리 호앗 삼촌Chú Hoạt tôi』의 프랑스어 번역본(『Mon oncle Hoat』) 출간. 희곡 「저쪽 강변으로 가기Đến bờ bên kia」 제1회 전국 연극축제에서 공연. 이탈리아 '노니노문학상' 수상.

2009   단편집 『퇴역 장군』의 독일어 번역본(『Der pensionierte General』, Mitteldeutscher Verlag) 출간.

2010   희곡집 『가정부의 집Nhà Ô-sin』(타인니엔출판사) 출간. 단편선집의 프랑스어 번역본(『Mademoiselle Sinh(신 아가씨)』) 출간.

2011   단편 「엄마의 마음Tâm hồn mẹ」을 영화로 옮긴 「엄마의 마음Tâm hồn mẹ」(팜뉴에쟝Phạm Nhuệ Giang 감독) 개봉.

2012   전통극 째오 극본집 『나비를 잃다Vong bướm』(시대-냐남출판사) 출간. 『희곡선집Tuyển tập kịch』(째출판사) 출간. 단편집 『사랑 그리고 죄와 벌Tội ác, tình yêu và trừng phạt』의

프랑스어 번역본(『*Crimes, amour et châtiment*』) 출간. 뚜오이째 극장, 「가정부의 집Nhà Ô-sin」(레카인Lê Khanh 연출) 공연. 뚜오이째 극장, 「5형제가 있는 집Nhà có năm anh em trai(보랏빛 봄)」(아인뚜Anh Tú 연출) 공연.

2014 평론 「작가와 네 명의 '두목'Nhà văn và bốn "ông trùm"」 (『신예술*Nghệ thuật mới*』, 9호) 발표.

2015 평론 「나는 '퇴역 장군'을 쓴다Tôi viết truyện "Tướng về hưu"」(주간지 『주말 뚜오이째*Tuổi Trẻ cuôi tuần*』, 6월 /『띠어상*Tia Sáng*』, 7월호) 발표. 단편집 『냐남의 비*Mưa Nhã Nam*』의 스웨덴어 번역본(『*Regni Nhã Nam*』, Bokförlaget Tranan) 출간.

2018 장편 『사랑하는 스무 살』(작가협회출판)을 베트남에서 처음으로 출간.

2021 3월 20일 뇌졸중으로 투병하던 중 하노이 자택에서 별세. 향년 72세. 단편집 『왕은 없다*Không có vua*』의 체코어 번역본(『*Když není král*』, Argo) 출간.

2022 12월 문학예술 분야 국가상 수상(작가 별세 전인 2021년 초에 베트남작가협회가 추천함. 심사 후보작으로 선정된 작품은 단편 「퇴역 장군」과 「후어땃의 바람」이었음). 하노이 작가협회 평생 문학 공로상 수상.

(자료 제공: 베트남 문학평론가 마이아인뚜언Mai Anh Tuấn)

기획의 말

세계문학과 한국문학 간에 혈맥이 뚫려,
세계-한국문학의 공진화가 개시되기를

21세기 한국에서 '세계문학'을 읽는다는 것은 무엇을 뜻하는가? 자국문학 따로 있고 그 울타리 바깥에 세계문학이 따로 있다는 말인가? 이제 한국문학은 주변문학이 아니며 개별문학만도 아니다. 김윤식·김현의 『한국문학사』(1973)가 두 개의 서문을 통해서 "한국문학은 주변문학을 벗어나야 한다"와 "한국문학은 개별문학이다"라는 두 개의 명제를 내세웠을 때, 한국문학은 아직 주변문학이었다. 한데 그 이후에도 여전히 한국문학은 주변문학이었다. 왜냐하면 "한국문학은 이식문학이다"라는 옛 평론가의 망령이 여전히 우리의 의식을 장악하고 있었기 때문이다. 그렇게 생각하고 그렇게 읽고, 써온 것이었다. 그리고 얼마간 그런 생각에 진실이 포함되어 있는 것도 사실이었다. 그러나 천천히, 그것도 아주 천천히, 경제성장이나 한류보다는 훨씬 느리게, 한국문학은 자신의 '자주성'을 세계에 알리며 그 존재를 세계지도의 표면 위에 부조시키고 있었다. 그런 와중에 반대 방향에서 전혀 다른 기운이 일어나 막 세계의 대양에 돛을 띄운 한국문학에 위협적인 격랑을 밀어붙이고 있었다. 20세기 말부터 본격화된 '세계화'의 바람은 이제 경제적 재화뿐만이 아니라 어떤 나라의 문화물도 국가 단위로만 존재할 수 없게 하였던 것이니, 한국문학 역시 세계문학의 한 단위라는 위상을 요구받게 되었던 것이다.

그러니 21세기 한국에서 세계문학을 읽는다는 것은 진정 무엇을 뜻하는가? 무엇보다도 세계문학이라는 개념을 돌이켜 볼 때가 되었다. 그동안 세계문학은 '보편문학'의 지위를 누려왔다. 즉 세계문학은 따라야 할 모범이고 존중해야 할 권위이며 자국문학이 복종해야 할 상급 문학이었다. 그리고 보편문학으로서의 세계문학의 반열에 올라간 작품들은 18세기 이래 강대국의 지위를 누려온 국가의 범위 안에서 설정되기가 일쑤였다. 이렇게 해서 세계 각국의 저마다의 문학은 몇몇 소수의 힘 있는 문학들의 영향 속에서 후자들을 추종하는 자세로 모가지를 드리워왔던 것이다. 이제 세계문학에게 본래의 이름을 돌려줄 때가 되었다. 즉 세계문학은 보편문학이 아니라 세계인 모두가 향유할 수 있도록 전 세계 방방곡곡에서 씌어져서 지구적 규모의 연락망을 통해 배달되는 지구상의 모든 문학이라고 재정의할 때가 되었다. 이러한 재정의에는 오로지 질적 의미의 삭제와 수량적 중성화만 있는 게 아니다. 모든 현상학적 환원에는 그 안에 진정한 가치를 향해 나아가고자 하는 지향성이 움직이고 있다. 20세기 막바지에 불어닥친 세계화 토네이도가 애초에는 신자유주의적 탐욕 속에서 소수의 대국 기업에 의해 주도되었으나 격심한 우여곡절을 겪으며 국가 간 위계질서를 무너뜨리는 평등한 교류로서의 대안-세계화의 청사진을 세계인의 마음속에 심게 하였듯이, 오늘날 모든 자국문학이 세계문학의 단위로 재편되는 추세가 보편문학의 성채도 덩달아 허물게 되어, 지구상의 모든 문학들이 공평의 체 위에서 토닥거리는 게 마땅하다는 인식이 일상화까지는 아니더라도 최소한 정당화되고 잠재적으로 전망되는 여건을 만들어내게 되었던 것이다.

또한 종래 세계문학의 보편문학적 지위는 공간적 한계만을 야기했던 게 아니다. 그 보편문학이 말 그대로 보편성을 확보했다기보다는 실상 협소한 문학적 기준에 근거한 한정된 작품 집합에 머무르기 일쑤였다. 게다가, 문학의 진정한 교류가 마음의 감동에서 움트는 것일진대, 언어의 상이성은 그런 꿈을 자주 흐려왔으니, 조급한 마음은 그런 어둠 사이에 상업성과 말초적 자극성이라는 아편을 주입하여 교류를 인공적으로 촉진시키곤 하였다. 이제 우리는 그런 편법과 왜곡을 막기 위해서, 활짝 개방된 문학적 관점을 도입하여, 지금까지 외면당하거나 이런저런 이유로 파묻혀 있던 숨은 걸작들을 발굴하여 널리 알리고 저마다의 문학을 저마다의 방식으로 감상할 수 있는 음미의 물관을 제공해야 할 것이다. 실로 그런 취지에서 보자면 우리는 한국에 미만한 수많은 세계문학전집 시리즈들이 과거의 세계문학장을 너무나 큰 어둠으로 가려오고 있었다는 것을 절감한다.

이와 같은 인식하에 '대산세계문학총서'의 방향은 다음으로 모인다. 첫째, '대산세계문학총서'의 기준은 작품의 고전적 가치이다. 그러나 설명이 필요하다. 이 고전은 지금까지 고전으로 인정된 것들에 갇히지 않는다. 우리가 생각하는 고전성은 추상적으로는 '높은 문학성'을 가리킬 터이지만, 이 문학성이란 이미 확정된 규칙들에 근거한 문학성(그런 문학성은 실상 존재하지 않거니와)이 아니라, 오로지 저만의 고유한 구조를 통해 조직되는 데 희한하게도 독자들의 저마다의 수용 기관과 연결되는 소통로의 접속 단자가 풍요롭고, 그 전류가 진해서, 세계의 가장 많은 인구의 감성을 열고 지성을 드높일 잠재적 역능이 알차게 채워진 작품의 성질을 가리킨다. 이러한 기준은 결국 작품의 문학성이 작품이나 작가에 의해 혹은 독자에 의해 일방적으로 결정되는 것이 아니라, 세 주체의 협력에 의해 형성되며 동시에 그 형성을 통해서 작품을 개방하고 작가의 다음 운동을 북돋거나 작가를 재인식시키며, 독자의 감수성을 일깨워 그의 내부에 읽기로부터 쓰기로의 순환이 유장하도록 자극하는 운동을 낳는다는 점을 환기시키고 또한 그런 작품에 대한 분별을 요구한다.

이 첫번째 기준으로부터 두 가지 기준이 덧붙여 결정된다.

둘째, '대산세계문학총서'는 발굴하고 발견한다. 모르거나 잊힌 것을 발굴하여 문학의 두께를 두텁게 하고, 당대의 유행을 따라가기보다는 또한 단순히 미래를 예측하기보다는 차라리 인류의 미래를 공진화적으로 개방할 수 있는 작품을 발견하여 문학의 영역을 확장할 것을 목표로 한다. 이는 또한 공동선의 실현과 심미안의 집단적 수준의 진화에 맞추어 작품을 선별한다는 것을 뜻한다.

셋째, '대산세계문학총서'가 지구상의 그리고 고금의 모든 문학작품들에게 열려 있다면, 그리고 이 열림이 지금까지의 기술 그대로 그 고유성을 제대로 활성화시키는 방식으로 진행되는 것이라면, 이는 궁극적으로 '가장 지역적인 문학이 가장 세계적인 문학'이라는 이상적 호환성을 추구한다는 것을 가리킨다. 이는 또한 '대산세계문학총서'의 피드백에도 그대로 적용될 것이다. 즉 '대산세계문학총서'의 개개 작품들은 한국의 독자들에게 가장 고유한 방식으로 향유될 터이고, 그럴 때에 그 작품의 세계성이 가장 활발하게 현상되고 작용할 것이다.

이러한 기준들을 열린 자세와 꼼꼼한 태도로 섬세히 원용함으로써 우리는 '대산세계문학총서'가 그 발굴과 발견을 통해 세계문학의 영역을 두텁고 넓게 하는 과정 그 자체로서 한국 독자들의 문학적 안목과 감수성을 신장시키는 데 기여할 것을 기대하며, 재차 그러한 과정이 한국문학의 체내에 수혈되어 한국문학의 도약이 곧바로 세계문학의 진화로 이어지게끔 하기를 희망한다. 이는 우리가 '대산세계문학총서'를 21세기의 한국사회에서 수행하는 근본적인 소이이다. 독자들의 뜨거운 호응을 바라마지않는다.

'대산세계문학총서' 기획위원회

대산세계문학총서